神舟山传奇

罗先明　著

作家出版社

目　录

卷　一

卷二

卷三

卷

一

楔子　神舟山灾难诡异（正在进行时）

如果你感觉山高路陡，不妨抬头看看蓝天。如果你感觉人生无趣，不妨与长寿老人做个忘年交。每一个耄耋尊者必拥有自己的精彩故事，但每一个青春少年并非注定有自己的绚丽晚霞。

曾经的高考文科状元甄士彬，北京名牌大学社会学系高才生，在一段时间里，常以卢梭这话自许："这就是我，一个没有兄弟，没有亲戚，没有朋友，没有任何社会关系的孤独者。"他对美国小说《在路上》的主人公尤其欣赏，那书居然读了五遍。若问心态咋的？请欣赏他写在便签上的一首打油诗：

　　　　无　题
　　弃我去者，昨日之日光溜溜。
　　令我盲者，明日之日复何求。
　　长江之水向东去，
　　一路喧湍不回流。
　　生老病死难超度，
　　功名利禄算个屄。
　　东逛逛，西荡荡，
　　长吟短歌《将进酒》。
　　步履蹒跚，一场误会世间走，
　　仰天长叹，此生付与水东流。
　　但愿佛陀能当真，

寄望来世织锦绣。

然而怪了，打从与太和老爹邂逅之后，甄士彬的人生轨道却有所校正。比"北山愚公"年纪还大的太和老爹，家住江南神舟县。他既当过工农红军，也当过国民革命军；既打过日本鬼子，也打过共产党；既当过农业劳动模范，也被判处过有期徒刑；既捡过烂菜叶填肚子，在猪栏屋里熬过寒冬，也有过亿万资产，一座豪宅。他还特别走"桃花运"，与多名女子结过连理，最后一次做新郎是八十岁之后。婚后他大半时间不住在城里，而住在乡下；不住在别墅，而住在树上。因长期修炼，太和老爹身体特棒，九十岁了，还背着几十斤重的藤篓翻山越岭。甄士彬感觉与老爹十年的交往中颇多受益，便想与同龄人分享。故事，得从一场诡异灾难事故说起。

2015年8月的一天，神舟县"帝豪大世界"发生一系列灾难事故。先是锅炉房地面突然下陷，砸断电缆，引起大火。接着造纸厂墙基突然崩塌，污水泄漏。随后，一股可燃气体从地层深处迸发，遇上绷断的高压电线，再次引起火灾。熊熊烈焰遇上突然而起的龙卷风，将火焰带进厂区附近的森林，大范围山火顿成燎原之势。火借风势，风助火威，神舟山很快变成火海。大火烧了两天两夜，几十万亩山林付之一炬。五名消防队员在火海中失踪。幸亏降下一场大雨，将肆虐的山火浇灭，保住了神舟山主峰以外的广袤山林。

山林是保住了，厂区灾难却在继续，厂基接二连三出现塌陷，不时倒下一座房屋，仿佛下面的地基全是细沙，细沙下面有条神奇的地龙正在翻滚，就像《白鲸》里的白鲸在水中翻滚一样。厂区工人不知是吓的还是有点幸灾乐祸，只知四处躲藏，不考虑如何救灾。唯有一位穿深蓝色保安服的上年纪老人，背脊弯曲，脸带血痕，一边指挥救火，一边四处寻人："小牛子，你在哪儿？还活吗？回我话……"

"帝豪大世界"，营业执照上写的是"中国神舟山综合开发集团公司"。这个由日本"54DAO"集团控股的特大型企业，集木材培植、纸业制造、医疗养生、旅游餐饮于一体，据称总资产千亿元以上。有一位与索罗斯、巴菲特齐名的世界级专家预测，因"帝豪大世界"的响亮登场，全球企业500强名单将重新排序。

神舟山居于长江水系中上游，为长江重要源流之一。下游流域拥有数亿人口，十几座城市，几亿亩良田。神舟山主峰安装了"中国移动"高高的发射塔，信号传输畅通得出奇。信息时代，一部手机就是一个自媒体。网传的信息相互打架。好在事故地点偏远，许多人还是头一回听说这个县名。鉴于近年来灾难事故不是一起两起，这件尚未有处理结果，又来了更富于冲击力的事件，人们也就渐渐看淡，兴奋劲持续不了多久。利害关系者却思之心惊肉跳，久久难以忘怀。

号外一　京报记者心惊胆战（正在进行时）

北京，《健康与人生》杂志社。编辑部主任甄士彬，在旋转椅上左转不是，右转也不是。什么样的债务最让人受不了？良心债。他年纪不算太大，却满脸皱纹，头顶现出一个不大不小的停机坪，周围那一圈稀薄的浅发，还是近些年的产物。有一回在电梯门口，一个扎小辫子、戴红领巾的姑娘对他敬个礼说："爷爷您好，爷爷请您先上。"他真想训她："你这孩子什么眼神？"有时自己生气，就这么光着脑袋。有时想要装嫩（如同六十岁的女演员老想扮演十八岁的小姑娘那样），扣一顶太阳帽，还故意歪着点。

身居北京的他，十年前与神舟山生出一段扯不断的瓜葛。正由于此，"神舟山"三字一直潜伏心底，有风吹草动就心惊肉跳。今晨六点十分，他通过互联网得到神舟山大爆炸的消息，便一直不敢放松。这灾难怎会像连环套似的，一个接着一个？房屋又不是豆腐垒的，怎会连墙脚下塌？好比美国"9·11事件"塌下的双子星座，让人莫名其妙。还有泄漏，还有山火。神舟山大项目究竟暗藏了多少猫腻？天知地知也有人知。正如美国总统肯尼迪遇刺事件，知道真相者自然有人，只故意装聋作哑。所有反常之举，都是埋下的定时炸弹。这一天终于到来了。真正的罪魁祸首是谁？我算不算助纣为虐者？赶紧找牛全胜，他肯定逃不了。这小子的老手机号还在，打个电话试试。"对不起，您所拨打的号码是空号，请核实后再拨，谢谢。"怪不得，十年没联系了，谁知他的手机号变过多少回。心里有鬼的人，手机号码变得最快。神舟县那边还有谁能提供信息？对了，县文博馆馆长马仲生。这个老夫子，手机号肯定不会随意变。

果然，马馆长的手机一打就通，半小时后，若干细节便汇集而来：大爆炸中心在纸浆厂，连续塌方，地裂地陷。伤亡严重，包括企业董事长牛全胜的亲外甥小牛子，他妈却还不知情。通往神舟山的公路已经设卡，除了公安、医院的人员与车辆，其他一律不得靠近。拒绝志愿救助，防止浑水摸鱼。所有现场工作人员的手机一律"集中保管"，以免随意拍照。他先是一愣，稍后便对现场指挥者深为钦佩。国家部委开重要会议，也有类似保密措施。统一发布大爆炸后续信息？但这样一来，大爆炸真相便可能永远成为哑谜。我必须再去一趟，设法进入现场。不管能起多大作用，得点安慰也好。"社长对不起，我得请个假。""是不是去神舟山？""您也知道了？""我能不知道吗？我对神舟山的关心程度不比你低。""那好，我一定不辱使命。""话别说得太满，思想准备充分点吧。只怕我们的钓竿太软，钓不起后面的'大鱼'。"十年了，社长也一直牵挂这事？可平时未听他提过半句。这就是大领导的水平。大领导？比社长资历浅、水平低的人，好些都升为副部、正部。可他还是社长，行政管理三级。那个叔本华怎么说？"举目四望，看到的都是受苦的人类，受苦的动物，一个死去的世界。"看来也不尽然，世界并不那样悲惨，社长身上就有光亮。这十年我没挪窝，就是冲社长来的。"还请同往常一样，关心、支持。我绝对不空手，可立军令状。"两小时之后，甄士彬一边抹着灯泡般发亮的脑门上细密的汗珠，一边心急火燎地直奔北京高铁南站。

一　深山奇遇无名骷髅（记者手札）

　　这是2005年的事，距今已有十年。照我当时的年纪，应该对每一条新闻线索都怀有足够的好奇，何况涉及一个年且九十的长者。每一个耄耋之年的长者都会有许多年轻时候的故事，但并非每个年轻人都能进入耄耋之年。说的是"休慕古，人生百岁如朝露"，可现实生活中百岁之人毕竟甚少。肾气不足、过早谢顶的我，既入"而立"，本该想想古老的命题：如何健康地、长寿着享受美丽人生？我却从未入脑。有人说："人生就是一场苦难。"既是一场苦难，活着还有什么必要？难怪那么多高智商之人，比如奥地利的茨威格、日本的三岛由纪夫、苏联的马雅可夫斯基等，都用极端方式提前结束了自己的人生。

　　就在这时，一条关于太和老爹的新闻在互联网以"博客"形式出现（那时还没有微信）。为证明属实，还附有一张图片：老者穿着盘扣短衫，弓着身子，挥着短把锄头，在半山腰挖何首乌。对于这种选题，我刊理当关注。没准能掘出一颗尘埋的明珠，写出一篇轰动的优稿呢。这，就是别的年轻同事主动向领导争取这个选题的原因。

　　我却无可无不可。社长找我交代选题任务前，我有意绕过他的办公室，从通往厕所的边门走。任务接下后，第一个念头是：千里迢迢，万一白跑一趟值不值？

　　我的直觉是，该"博客"有哗众取宠之嫌，把多桩奇事加诸一人。天下有这等奇人奇事？别看我生长在七十年代，什么事情没见识过？此让人眼花缭乱的"黑白人生"，怎可能全都集中于牛太和一身？

"神舟山？你是说神舟山？哪一篇博客，上网怎么查？"我的顶头上司——眉毛粗黑、眉骨稍突的卓文健，别看与中华人民共和国同龄，属于"文化革命"前的"老三届"，却是个追赶时代潮流者，对各方面信息都留意。他本在茶几前一边烧水泡乌龙茶，一边与客人谈别的事情，听属下汇报了上述线索，立即戴上一条腿缠着胶布的老花眼镜，打开电脑，上网搜索。

"让年轻人去吧。年轻人奔前途，评个'中国新闻奖'什么的。""你这年纪就想充老？给你一天时间，明天答复。"该死的怪老头。我不知该恨谁。

然而过了一天，出现戏剧性变化。名为"西山老樵"的博主更新博文，说前述老人身体异常，突然发病，不能行走，详情尚待查证。言外之意是婉谢前往。

这变故对原先想凭此选题一炮打响的年轻人来说，无疑是当头一瓢冷水。我却好奇心大增。没说的，其中必有缘故。透过表象挖出奥秘，多有意思。我主动敲开社长的房门，一条腿还立在门外："神舟山那事，明天出发行不行？""你不是不想去吗？""社长，地球一天一小变，一周一大变。"我手撑桌沿，左腿着地，右腿的脚尖在地板上敲着节拍。看着唾沫星子落在社长的手背上，自己都觉得不好意思。窗台外面一只正在啄食的鸽子，偏着脑袋，好奇地看了看我们，接着滑翔般飞开。

作为大健康领域新闻从业人员，我对环境与健康的关系一直都在思考。面对越来越恶劣的生态环境（这话可不是我一人在说），人们的健康受到越来越大的挑战。看看来自四面八方的新闻吧，今天雾霾，明天沙尘暴，后天"非典"。毒奶粉，地沟油，还有农药残留严重超标的粮食、蔬菜、水果，用"瘦肉精"催长的猪肉，喂激素养殖的水产品，等等。甚至种植的药材也喷洒农药。锄草本是耕作的基本要素，现在却普遍用"除草剂"来取代。那也是农药啊。与之相伴的，即是不可胜数的癌症患者、糖尿病患者、高血压患者、心脏病患者、脑梗死患者等等，发病年龄越来越低，不少病症无药可救。

另外，人们却在拼命追求长生不老，仰赖的是科学技术的进步。进入太空旅行、智能机器人和互联网时代后，日掷千金的富豪们物质享受的奢华程度，早就超越被埋在海底的庞贝城的特权居民们。为了受用取之不尽的财富，他们还渴望长生不老。西方医学界为迎合他们奢侈的需求，推出的医术高明得吓人，换肝术、换肾术、换血术、换心术、换头术都有了，却还不能解决健康长寿问题。奥秘究竟在哪里？东方西方都离不开这话题。一些人还因此名利双收，获得国际上这奖那奖。现在神舟山突然冒出个健康的长寿着的高人来，这还不吸人眼球？只因为无可无不可的心态，才不想夺人所爱。

"你能保证写出一篇好稿吗？单位差旅费可是包干制。"社长的态度却出乎意料，不似先前那样热心了。

"我请事假也行。"他的态度激恼了我，我突然显出少有的男子汉气概，手撑桌沿，两脚几乎离地。

"行。拿出点硬货来哟，今年年底，杂志社要进行职称调整。"

职称？别拿那个逗我。职称与行政职务挂钩，哪家事业单位都基本如此。我呀，这辈子入不了党。而入不了党就做不了官。我并非刻意保留所谓心灵的一块净土，而是懒散的性格使然。正如陶渊明不宜坐镇县衙，李白不适合供职于朝廷，歌德当不好魏玛公国的枢密官一样。同理，鲁迅也当不好北洋政府的教育部部长或北京女子师范大学校长。哈，竟拿自己与这些大人物比，真叫作不自量力。神舟山离北京怎这么远？下了飞机坐火车，下了火车坐大巴，下了大巴坐农用小三轮，还被迫用腿丈量了十几里山路。这最后一段路更是考验，我得沿着一条用一截截短粗圆木镶成的小径翻越山脊，一上一下，直至山北峡谷，费去三个小时，汗水把内衣内裤全部浸透。前面再拐个大弯，总算见到采访对象的住地了。

啊，老人家果然身体有异，已被送进县城医院紧急抢救去了。

绵延数百里山峰起伏错落，奔突汹涌，这便是雪峰山脉。绵延到了这里，猛托起一座兀立于群山之巅的山梁，南北走向，巍峨雄奇，它就是神舟山。这山梁数十平方公里，主峰顶部平坦，长千余米，远望如一艘航行于天际的巨轮。南面有一巨大石壁，鬼斧神工，恰如西岳华山著名的千仞立壁。因天生之奇巧，故名"仙人壁"，石壁上有些浅浅小窝，刚够一只脚掌，不知凿于哪个年代。一般人见了只会头晕，哪儿还敢踩着它上下攀爬？石壁当腰有个山洞，据说是仙人住的，因之叫"仙人洞"。距"仙人洞"三五百米远处，有一座由若干巨石嵌成的石拱桥，浑然天成，看上去随时会垮，据说神仙才敢从上面经过，故名"仙人桥"。"神舟山"之名则由村民依山貌而定，该县亦因山得名。老人病重住院的消息，就在这儿得到证实。

我将行李箱在县城汽车站附近一家饭店寄存，只随身带一个双肩包。我乘坐乡村客车到了神舟山主峰东面山脚，司机提醒我下车。"往南，顺着专用公路，一直朝上走。"主峰东面山脚下，绵延一条自秦汉就有的山路，从东面山脚逶迤而上，直达山顶，再从山顶顺坡而下，伸向远方。这条山路，被称作"湘黔古道"，串联起沿途数十座明珠似的小城，千余年来商贾云集，如今却基本废弃。二十世纪二十年代末至三十年代末，国民政府组织力量，修建贯通湘赣至西南的公路。它从神舟山主峰东面而来，盘旋经过主峰北侧半腰奔西，在密林怪石中艰难地蜿蜒上下，直达贵州、云南，再通缅甸、泰国、印度、巴基斯坦，成为重要国道。路基虽糟，车辆却往返不息。国道左边，另一条公路朝南延展，与古道方向大体一致，是通往神舟山林场的专用公路。专用公路靠北的一面有一溪流，沿岸水边生长着丛丛芦苇、水柳、竹篁，溪底游动着一条条鲇鱼、鲅鱼，偶尔听得见娃娃鱼的叫唤。怎么我走山路这样累？太和老爹也是这样走的？前面那一排古树长得不错，树叶浓得滴绿，像在俯瞰悬崖下的风景。去那儿看看、歇歇再说。

"叔叔您找谁呀？"这时在我身后，突然响起一个稚嫩的声音。

"我找，我找……"我回头一看，不知从哪儿钻出个小男孩，穿白布背心，剃个光头，腰间系一条棕绳，棕绳上有个竹鞘，竹鞘里插一把刀豆形小砍刀，脚边是一小捆干柴。在他身后，还有一头刚长出笋尖般牛角的小黄牛。黄牛虽小，却长得结实，小屁股圆滚滚的。

我正察看树屋，赶忙下了梯子，一边想着如何措辞："小朋友，你认识住在这树屋里的老爷爷吗？"

"您找我老爸？"小男孩睁着圆溜溜的眼睛反问。

"你老爸？不，我想见一见住在这儿的那位老爷爷。""那是我老爸。""你的老爸？""是我老爸。"

这儿是主峰北边半腰，与专用公路有一段距离，一边临着陡峭的河岸，岸边立着许多枝繁叶茂的大树。其中一棵皮肤皲裂的古樟，树冠自然披散，如一柄撑开的大伞，深绿色的树叶油汪汪的，一捏能捏得出汁水。古樟离地丈余，有一掌状树杈。以此为依托，立着一座由木板、圆木搭成的树屋。它高约八尺，宽约六尺，长约一丈二尺。树屋的木板未曾上漆，折射出白色釉光。底部的树干四人合抱不住，上面绕了一道道很粗的草绳，散发出熏过雄黄的气味，防止蛇类顺着树干往上爬。

很巧，这树屋就是太和老爹的住家。原以为老人住家树屋是"老顽童"之举，眼前这树屋却精致得很，胜过某些行为艺术家打造的树屋一筹。这老爹是因为没钱盖房，还是追求年轻人的"时髦"生活？还是想回归远古？人类祖先有巢氏与他的兄弟姐妹们，首先是在树上安家，再从树上转入洞穴，又从洞穴走向平原。

这倒有意思。我放下沉甸甸的双肩包，取出照相机挂在胸前，用白色太阳帽扇着风，站在古樟树下往上看。树屋底部的木板塌了五块，出现一个长约两米、宽约一米的窟窿，足够掉下一个人。地上躺着一架刨光的杉木梯子，长度刚好够得着树屋。树屋里有些什么？我将梯子靠树干架着，爬了上去，头伸进树屋底部的窟窿。一只毛发漂亮的黄鼠狼，赶在我之前从树屋里"哧溜"一下，跳上旁边一棵大枫树。

就在这时，发生了我与小男孩的简短对话。

太阳帽差点从我头顶飞上太空。此前只听说过老年得子的故事，没想到真让我遇上了。太和老爹生下这儿子时，多大岁数了？见小男孩语气恳切，我只能无话找话："小朋友，那你也姓牛了？"

"不，我姓马。"他的回答却非我所料。

"你老爸不是姓牛吗？"我不免又有小小诧异。

"我妈姓马，我也姓马。"小男孩回话非常认真，"我的绰号带个'牛'字，叫小牛子。"

"呵，叔叔明白了。小朋友，那你今年多大？"

"再过三个月零十天，我就有十岁了。"

我见小男孩神情严肃，不像玩笑，便从背包里找出一本画册，弯腰递给他。因想从他那儿获得更多感兴趣的东西，于是换了个话题："你妈妈呢？她多大了？"

"我妈三十多岁，比我爸小。""呵，是吗？你妈妈特别漂亮吧？""那当然。所有人都没有我妈漂亮。包括电视里头的阿姨。""呵，真好。你妈也住这树屋？""不。我妈不住，也不肯让我老爸住。可我老爸说住这儿好，喜欢，还不得病。""呵，明白。你妈她，住哪儿呢？"

"她住，她住……你问这干什么？我不告诉你。"小男孩翻阅着彩色画册，脸上浮现出亮丽色彩。这时那红润的色彩忽然退去，重现对陌生人警觉的表情。一只红腹锦鸡扑扇着翅膀，从附近草丛突然飞出，落在另一片林子里。

我自认失败，小男孩太敏感了。再经小心修复关系，我才被允许观看树屋的内部结构，忙重新架上梯子。树屋以四棵圆木构成立柱形框架，以棕红色杉树皮装成四壁，内有一张老爹自制的木床，一张白木小桌，上面摆着座钟、热水瓶、收音机，还有两本竖排本的线装书：《易经》和《道德经》。两书页面都已发黄，封皮小心地用牛皮纸包过。常春藤环绕的木壁上，挂着一支枪托乌亮的鸟铳，一件颜色发白的灰布军装，肩部和下摆补过好些补丁。

我将旧军装看了又看，这东西好生眼熟。对，中国人民抗日战争胜利纪念馆里，陈列有这个样式的军装。早就过时的军装怎跑到这儿来了？看来他真打过日本鬼子。他当的是国军还是共军？那是第二次国共合作，两党军队都叫国军，所穿服装相同。据说因为帽徽是国民党党徽，一些参加过二万五千里长征的红军官兵，还把帽子扔在地下，用脚乱踩。那树洞底下的漏洞是怎么回事？

"我老爸摔了，住医院了。从那儿摔的，那个大洞……"小男孩听我问起，突然哭泣起来。

我顺着小男孩手指的位置，探下脑袋，往树屋临近深涧的边沿察看。斜坡的灌木丛与青草上有明显压痕，如石碾滚过。幸好在接近水面的悬崖底部，一片横生的灌木丛将下滑的物体挡住。老爹在树屋住得久了，过于孤寂，精神失控，狂蹦乱跳，将树屋跳塌，突然栽下？"超人"的神话没了。这老人家也是肉体凡胎，该摔跤时还得摔跤，该住院时还得住院。

小男孩用袖子抹干泪水，把我上上下下打量一番，睁着大眼反问："叔叔您是住大城市的吧？"

"是啊，我住的地方，差不多就挨着天安门。"我不知小男孩问话的用意，还掏出一张印有"北京风景"的彩色明信片来。

"那，您是不是经常见到我舅？"

"你舅？"他妈还有个兄弟？这话问得我丈二和尚摸不着头脑，"你舅叫——也住北京？"

"我舅可凶火了，姓牛，叫全胜，百战百胜。与我妈不是一个姓，比我妈小。我舅大城市到处都住，外国也住，就不来乡下住。噢，来过一次，前几个月，我看见了。以后就再不来了。"小男孩凭着山里人的率真，拉开了话匣子。说着说着，他突然变调，眼睛得溜圆，黑里透红的脸上流露出深重疑虑。"叔叔您认识我舅舅吗？"

小男孩谈舅舅是这种语气？为何突然问我与他舅舅的关系？"小朋友，我与你舅舅既然同住一座城市，当然有机会见面。"

"那您和我舅舅是一伙的?"

"一伙"的意思是褒是贬?我试着耍个花枪,问:"小朋友,你很爱你舅吧?"

"爱,当然爱。"小男孩用不屑的语气说,折断一棵带刺的嫩芒枝,扔到地上,"不理您了。您肯定与我舅是一伙的。"

闯进雷区了。"小朋友,你舅舅长得怎么样?我都没见过呢。"我再从背包里掏出几张风景图片,耐心讲解,以化解他的敌对情绪。必须上县医院,见到太和老爹本人。

太阳越来越沉,一座座山梁出现一片片拖长的阴影。阴影相互交叠,形成愈来愈浓的暮色。我顾不上察看树屋底部构造,只想尽快见着老人。小男孩见我不再多问,态度缓和些了。听说我准备去医院看望老爹,还主动给我带路下山。他将那小捆干柴放在肤色金黄的小黄牛背上,麻利地在前面走着,免去我走弯路的担忧。原来,我还在山下两条公路交会处时,他就发现了我,既是好奇,也担心我迷路,便一直跟着。专用公路为减低坡度,绕来绕去。小男孩领我从另一条小道下山,省了不少路程。小道环绕山腰,穿过绿叶层叠的密林。猫腰从树下经过时,时而有凝聚在树叶上的露珠落在脸上、脖子上。我正为此惬意,面前却出现一条小沟,沟里淌着清冽的流水,沟边的泥土质地新鲜,颜色赭红。小男孩见怪不怪,蹦蹦跳跳一跃而过。我这久居都市的人却觉得新奇,不由蹲下,两手合拢,掬起沟里的流水,美滋滋地喝了起来。泉水清凉爽口,略带甘甜,一半直入喉咙,另一半顺着嘴角往下流。我掬了一捧又一捧,不由嚷道:"哈,这才叫山泉。"比起那些漫天叫价的"养生泉""长寿水"来,品质丝毫不差。

我掬水润喉时,无意中见到沟边有一白色物体,像个球形,一半浸在水里,一半埋在土中。出于好奇,我捡起一截树枝,轻轻拨拉了一下。沟边的土很松软,球状物慢慢现出原形。

"啊!"把我吓得,随着一声尖叫,一屁股坐倒在地。

"叔叔。"已跳过水沟的小男孩,惊讶地回过头来。

"别过来,别过来。"我生怕吓着了孩子,忙对他一个劲摆手。

"叔叔,您看见什么了?"

"别看,别看。没什么,没什么。"我固执地说着,一只手撑着地面,一只手继续摇晃。我再次抓起树枝,想拨下一块泥土,将球状物重新掩盖。这一用力，大块泥土是拨下来了，泥土里却又现出半个灰白的圆球。

"走走走，走走走。"恐惧袭上全身，我只觉汗毛倒竖，不禁连打几个寒噤。骷髅，两个掩埋在浅土层里的骷髅。此乃我平生第一次见到实实在在的头骨，相距不足半米。可别将恐怖情绪传染给小孩，我将小男孩挟在腋下，赶紧快跑。而当我跨越一道水沟时，一脚踩塌，脚下的松土塌下大块。罪过，又踩着两个骷髅。这回可不客气，趁小男孩没注意，我飞起一脚，将那两个骷髅踢了出去。那两个骷髅却怪，在空中飞了一圈，又落在离我脚尖不远的湿地上，其中一个还砸了我右脚脚背。这不是成心与我作对？欺负我刚才过于胆怯，不该打寒噤？好，老子就拿出点男子汉气概让你瞧瞧。咱一个大活人，还怕你死骷髅？

我平时既不敬畏权威，也不信邪信鬼，说白了带点儿玩世不恭的味道。见两个骷髅成心捣蛋，邪劲便上来了。我飞跑几步，将小男孩放在前面的斜坡上，然后回头，整治那两个骷髅。什么东西？成了骷髅还想怎的？以为老子真的怕你？本人崇尚唯物主义，神灵呀，阴魂呀什么的统统都是迷信。世间一切事物中，最最伟大的是人。什么这教那教！狄德罗说得好："我听到到处都在喊不信神。基督教徒在亚洲是不信神的，伊斯兰教徒在欧洲，罗马天主教徒在伦敦，加尔文教徒在巴黎，冉森教徒在圣雅各路以上，莫利那教派在圣美达郊区以下都是不信神的人。"看，老子来也。我重回到那两个骷髅跟前，飞起劲儿最足的右脚，照准刚才砸我脚背的骷髅猛踢下去。好，居高临下，朝向合适，只踢得那骷髅如足球一般，从地上跳起，越过一棵树的树梢，掠过一片灌木，带着一道白色的弧光，最后落入山涧。具体落在哪儿，我自顾不上追索。这一着完了，再对第二个骷髅如法处置。就像有某人在后面发力似的，处置完这两个还不解气，想起开头遇见过的两个，也是存心气我？一不做二不休，我随手折了一根树枝，跑到浅水沟边，将那两个刚才亲手掩埋的骷髅掘出，用树枝套上一个，甩钓鱼竿似的，猛力甩了出去。而当我正准备甩出第二个时，小男孩举着两手，大喊着朝我跑来，边跑边喊："叔叔别甩，神仙变的。我老爸说，那是神仙变的。"

神仙？什么意思？我把套在枝杈上的骷髅重新放下，浸入水沟，用土掩了掩。山风突然刮起，满山树木开始摇晃，呼啸声由远而近，搅得我耳膜生疼，身子透凉。我再次连打几个寒噤，这才意识到刚才做得有点过分。说是骷髅，它们却曾是活生生的人，看那骨相，还是孔武有力的男子汉。人类究竟是否有别于其他物类，死后究竟有没有灵魂？这话题已争论多年，还会争论下去。万一这几个人死后果有灵魂，今后会不会寻着我吵，控告对他们的侮辱罪？人死后的名誉权，即是法理问题。人死后即使没有灵魂，也不影响名誉权的存在。比如民族英雄，有的国家就有立法。赶紧，再去找找，重新掩埋，何必欠下孽债。

不知是幻觉还是怎的，我突然看到前面远处，西北方深涧那儿，冒出一股淡红色烟雾，徐徐上升，缓缓盘旋，聚成口子向上的大喇叭，如同金色的牵牛花。眨眨眼再看，烟雾散了，只剩下黛色的青山。一阵粟粟然的感觉袭遍全身，如同冰水直灌脖颈。这些骷髅真显灵了？我构成对它们的侮辱罪了？狄德罗或许错了，神灵还真存在。赶紧下山，快快赶路。我就这样迷迷糊糊，跌跌绊绊，差不多连滚带爬，急匆匆总算下了山。

二　小县城来了大人物（记者手札）

我赶到县医院已过了下午六点，西下的太阳快要挨着树梢，灰蒙蒙的天空像拉开一张宽大帷幔，使太阳的穿透力大为减弱，地面反射出一片绛紫色余晖。太和老爹正躺在重症监护室，据说失血过多，一直昏迷，脉搏微弱。西医大夫启动所有检查手段，结果是没一项指标正常。当我赶去医院，正遇见主治医生召集医疗团队商量，要不要向家属发"病危通知书"。

监护室与门诊部在同一栋大楼，一条长廊通往门诊大厅，长廊两侧是临时摆放的病床，形态各异的病人在床上或卧或躺，床头高高立着挂着药水瓶的输液架。老爹是外伤还是内伤？趁着大厅里乱哄哄的，我对谁也不打招呼，直奔重症监护室。"对不起，牛总有交代，亲属也不能随便进监护室。"看这规矩立的。值班医生胸前挂着听诊器，正好出门，与我照了个面。也是辛苦，你看他眼圈发黑，眼白偏黄，布满血丝。遗憾，栗色木门竟贴着我的鼻子关上。一个穿深蓝色保安服的中年男子进来，很不客气地把我一拉："快走快走，没你的事。"原来，承担全部住院费用的，是老爹的小舅子牛全胜。太和老爹不是国家单位的退休人员，也没有社会保险和养老金，其住院及治疗费用，全是个人自付。牛全胜既有如此付出，对整个医疗过程自有不容置疑的发言权。"你和我舅舅是一伙的？"耳边又响起小男孩疑虑的声音。

距神舟山主峰约莫百华里的神舟县县城，两千多年前的秦末汉初即建有坚固城墙。它曾为州衙门所在，南明王朝逃难时被立为"临时朝都"。该城重创于一百多年前的太平天国。其时，州牧召集乡间土豪武装，连同少量清兵，盘踞城里固守待援，誓与太平军为敌。太平军由著名将领萧朝贵指挥，冒死用云梯攀登城墙，突入城区后追杀清军和土豪劣绅，并将俘获的州牧当众处死。同时对清兵与土豪劣绅施行报复，使城区地面建筑物焚毁大半，城墙也被破坏得残缺不齐。后人为给自己盖房，从被轰开的城墙裂口入手，将黑色的厚砖一块块拆卸，一车车运走。于是城墙变得脆弱不堪。抗日战争时期，日军想据此建立兵站，成为攻占国军西南大后方的桥头堡。于是此城又遭日军炮轰，城墙更被毁得面目全非。中华人民共和国成立后，古老残缺的城墙显得丑陋不堪，等于给新社会抹黑。于是在二十世纪五十年代，古城墙被彻底拆除，于城墙遗址上建成一条不规则的环城街道。环城线里面的房屋即不断拆除、改建，建筑物的风格、高度随心所欲。加上私搭乱建的其他屋舍，终于把这座年代久远的古城改造得不今不古，不中不西，想象不出原来模样。

作为一家县级医院，它实在太破旧了。所占面积虽不算小，具有五十年以上房龄的平房却占了多半，刷过土红的墙体颜色脱落。那条标语多长时间了？"无产阶级文化大革命胜利万岁"，另有条"毛主席语录"写在一堵白色转黄的砖墙上，红漆本色差不多褪尽："把医疗卫生工作的重点放到农村去。"晚八点之后，门诊部各科室关门，只剩下急诊室对外接诊，于是这喧闹如集市的门诊大厅开始安静。一些准备第二天挂专家门诊号的，以及因床位限制而未能挤进住院部的病人及其家属，开始在这儿抢占地盘，安营扎寨。一位病人家属在地上铺开两张装过化肥的塑料袋，准备过夜。另一人裹着一件土黄色棉大衣，靠墙角坐着，身子缩作一团，也是过夜的架势。第三位病人坐在独轮车上给推了进来，身靠一床破烂不堪的棉被。又一人拄着双拐，一条腿的膝盖以下空荡荡的，胳膊上挽了个黄挎包，挎包上吊着个搪瓷茶杯，上面有"中国人民……"字样，艰难地靠墙立着，考虑占据哪一块空间合适。地面又黑又脏，踩着黏糊糊的。医院前面的停车场里，摆放的多半是拖拉机、农用四轮车，还有人力板车，只有几辆小汽车。车辆停放很不规整，司机各自只图方便。停在里头的车辆急着出去，跟在门外的车辆急着进来，只比谁的喇叭响。有两位司机用当地土话互相对骂，只是我一句也听不懂。

"你想见太和老爹？你不是亲属吧？对不起，我们没接到牛总通知，不能让你探视。"

又是牛总。我离开监护室来到门诊部大厅时，正遇上一位剪短发、圆脸盘的女护士，右边嘴角一颗小黑痣，走路有点哈背，神色一脸和气。她手端一个白色大托盘，托盘里盛着注射器和瓶装药水，几张碎纸片随着她裤管刮出的阵风在地上打滚。她本来急着往里走，听我说出太和老爹的名字，才停住步子，简单回答了我的咨询，一溜小跑进去。

夜色迷离，仿佛一切都蒙在玻璃罩里。空气沉闷，含有相当程度的黏性。我身上的毛孔似都关闭，不得不张开两臂，连着做深呼吸。较之数小时前呼吸过的神舟山的空气，似乎经历了两个世界。这可是在县城，而不是在北京、唐山、石家庄。必须设法与太和老爹接近。我走进附近一家打着"超市"霓虹灯广告的商店，挑选自以为适合老年人口味、价格偏贵的糕点，装一大兜，外加五盒外观精美的蜂王浆，付款后再回到医院。

在门诊部值班室坐着的，又是那位右边嘴角一颗小黑痣的短发姑娘。我将所有物品用大塑料袋兜着，双手呈递，一再恳求她转交给太和老爹。

"请问您是什么人？""报社记者，北京来的。""您是记者啊？那不行，那不行。"一边啃饼干、一边看值班日志的姑娘，本已接过食品袋，像突然被开水烫了，止不住尖叫起来。

"记者怎么啦？小姑娘。"我踮着脚尖，右手大拇指与中指相擦，"啪"地响个榧子，以为她开玩笑。

"老爹是我们县的一张名片，哪能让你们随便打主意？我们主任知道要骂死我。再说牛总连亲戚朋友都不让接触，怎会同意记者采访？他可是白道黑道都吃，包括县领导……好了好了，我不说了。"嘴角有一颗小痣的圆脸姑娘板着面孔说完，把慰问品连塑料袋递还给我，转身走向里面监护室，任由我原地呆立，站着看她一扭一扭的粗腰。

这一闷棍打的。虽说临近清明，春寒未尽，我脸上却烧得发烫，不由得把太阳帽扯下来擦汗。说别的职业不行？一些年来，由于有偿新闻泛滥，不少媒体失信于民。你看整版大块的文章，花里胡哨的电视片，不知是广告还是报道，不知是黑的还是白的，不知是毒品还是香料。所以记者这一行在不少人眼里，与政治诈骗、金融诈骗、信息诈骗、街头诈骗的烂货没有两样，只手段不同罢了。"无冕之王"？舆论监督？去你的吧！因之记者在履行职责的过程中，有遭恐吓的，有遭殴打的，还有被扭送法庭的。自然也有跟着受累的，比如我这半个好人。天地良心，有时某个地方领导或某个企业头头拿着"版面费"找上门来，要求发稿，随手带来的信封里，装的或是现金，或是支票，或是购物卡。我总坚决推开，只接过稿件，看内容是否离谱。若与刊物发稿标准基本相符，采用之后，也就收下两条烟、一对酒，或一袋豪华包装的茶叶，一盒外装比内容值钱的点心而已。

　　真的白来一趟？先睡一觉，明早再说。本着节省差旅费的目的，我来到汽车站附近一家兼寄存行李箱的旅店。它的门面很窄，招牌是一个钉在门楣上的玻璃灯箱，白天很难被发现，门口摆着三个没有盖子的大塑料垃圾桶，发出难闻的气味。隔壁是一个麻将房，里面坐了不少人，周围还站着几个看热闹的。其中有个汉子光着上身，一边擦汗，一边起吆喝。门面虽窄，由于客人不用登记身份证或工作证，所以大受欢迎，每天旅客爆满。倘若我不是先寄存了行李，此时还得不到一个小单间。虽说它只有六平方米，我已相当满足，因只值北京中档宾馆价格的百分之一。差旅费包干嘛，能省点当然省，你就是住总统套房，躺下去也只能占两平方米。实在太累，也懒得洗漱了，我脱下衣服，放倒身子就睡，醒来时已是早上七点。我赶紧胡乱洗一把脸，挎着装照相机的小黑包，又往医院赶。路上已有不少行人。一位早起晨练的大爷赤着胳膊，穿一条短裤，脚上是白色的运动鞋，顶着初春的晨风跑步。一个年过半百的妇女，正在医院入口搭撑用塑料布做的凉棚，准备卖油条、豆浆和磨芋凉粉。

　　太和老爹在当地真是名人。他生病住院的消息在县城成了一大新闻。我第二天一大早赶到医院时，见门口已排出一列长队，超过百人，都想进去探视老人。其中不少是太和老爹承租神舟山雇请的帮手，可以说是公司股东。穿深蓝色保安服的门卫嘴里叼着香烟，耳朵上还各夹着一支，边喷烟圈边反复解释："肯定没生命危险，大家尽管放心。"

　　"老爹的婆娘呢？""那女的出国玩去了。""听说老爹是别人害他？""结怨结仇的事难讲。""结大仇呢。他打过仗，杀过人呢。""那是民族仇恨。他杀的是日本鬼子。""仗在哪儿打的？""神舟山。不知道吧？""新鲜，第一次听说。"

　　我站在一旁，听着大家的杂言碎语，脑子里渐渐形成一个比较完整的故事。太和老爹十年前发了一笔大财，用这些钱承租了神舟山林场十万亩山林，种树，又种药材，租期五十年。老爹为此请了一百多人，组成团队，在山上同吃同住。经过十年努力，承租的山林价值大增。有人估算，整个承包区价值数亿，职工人均一百多万元。突然间，林场方面宣布解除承租合同，补偿太和老爹损失。解除的理由是，要在神舟山建设一个投资百亿元的大项目，名叫"帝豪大世界"，由日本人绝对控股。太和老爹却不乐意，还想继续承租。他给出的理由是，神舟山不适合搞别的经济开发，否则不仅毁了整个山林，也污染了下游水域。僵持间，太和老爹发生意外，顿时生死难料。

我来到与门诊部相连的监护室。太和老爹已于昨晚转入住院部小白楼。医院前面的门诊部乱得那样，后院却另是一个特别清净的去处，以围墙隔开，成为院中之院，专收特殊病人。一类是本县副县级以上领导干部，二类是出得起大钱的老板及其亲属。这也是向北京、上海、长沙等大地方学的，确保特殊群体健康之需。是谁做出调整病房的安排？又是老爹的小舅子。不会专门针对我吧？若被盯梢，可不是好事。有人做过调查，某些县城是当今黑白势力混同交错最典型的所在，雇凶杀人就像杀死一只公鸡，打鸣的机会都不给。我身子一抖，在神舟山遭遇无名骷髅的恐惧感再次袭上心头。

"怎么又是您？"在小白楼接待室值班的，可巧又是那位长着美人痣的圆脸护士。见我来了，先自笑笑。

"老爹的夫人来了，也得经他批准？"我打趣地说。

圆脸盘护士瞪了我一眼，认真回答："老爹的夫人还真来过。这儿门口，一小时前，为探视的事，姐弟俩差点打起来了。弟弟行蛮，把姐姐推了个仰面朝天。我们可为了难，是放她进去，还是不放？姐姐最后没法，只好放弃探视，空手回家。"

"姐弟之间竟然这样？"

"亲姐弟又怎么样？何况是同父异母。谁出住院费，谁就是老大。您直接上他家吧，一座别墅。凭您昨晚买慰问品的表现，看来是坏人堆里的好人。我给您画个图。"圆脸盘护士调皮地笑笑，从白大褂的口袋里掏出一支圆珠笔，扯下一张值班日志，纸贴着墙，就给我画起来，又补上一句，"牛总若问，可别说是我指的路。不然我的饭碗就砸了。"

医院领导与牛全胜的关系肯定没的说，我守在这儿只是耽误工夫。按照那图，我很快来到老爹在县城修建的小别墅。这是一座位于江边的小楼，四周围了罗马柱状的粉白色栏杆，栏杆上爬满各种藤状植物。几棵移植的百年老树立在庭院，显示出主人身份的高贵。这么好的别墅不住，老人为何却住树屋？不过这别墅好生荒凉，两扇黑色的镂花铁门紧闭，外面挂了把巴掌大的铁锁。又不走运？院里竟没住人。护士拿我寻开心？再回到医院，那护士也没处找了。医院门口的围观者越来越多，开始影响交通。负责维持医院门口秩序者，已换成两名穿正规警服的警察，他俩板着面孔，一副对所有人都爱搭不理的样子。

我正一筹莫展，却听得发狂般的警笛啸叫声突然响起，声音来自距医院不远的北大街方向。山摇地动，划破长空。私人小汽车刚开始入户，县城的车辆还不算多，公路交通也还畅通。故狂鸣警笛除了显示权威，其实并无必要。因是众多警笛齐鸣，声音格外尖扎，如寒冬凛冽的强风横贯整个县城。哪路天兵天将奔小县城杀来了？北京交通干道上，为外国元首和本国政要开道的警车，也没有这般威猛。医院门口的围观者全都驻步肃立，一位买青菜的大妈突然受惊，打翻了手里的菜篮子，芹菜、青椒、蚕豆、西红柿等撒了满地。突然有人醒悟过来，用颤抖的音调打破沉寂："老爹的儿子回来了，一定是。"

"对，唯他有这个派头。""老板做大了，县长都奉承他。""人家直通省里。""还是大首长的干崽呢。"

这又引起了我的兴趣，忙掉头再去别墅。这些年来，一些地方，官商关系越来越密切，有的超过清代胡雪岩与浙江知府的亲密程度。有正常交往，也有利益输送。很多凭工作关系办不了的事情，商人办得到。这些人手里拿的条子（还有的拿着红头文件），签发者不是上电视新闻，就是上报刊头条。福建那个"华远案"主角赖昌星，小学文化，土头土脑，不是案发，谁承想会有个公安部副部长与他是拜把子兄弟？神舟县也有这样的红顶商人？小心，我掉进虎狼之地了？社长那么大的背景，据说也吃过红顶商人的亏。我钻出人群，戴好刚被挤掉的太阳帽，急忙又转回别墅。嚯，果然是大人物来了。别墅的铁门已开，长满杂草的空坪已被小车占满。其中一辆是带红色顶灯的警车，两辆有武警标识的军车，还有一辆带防弹玻璃、排放量为4.2升的黑色奥迪A8L。红顶警车为省公安厅警卫局专属，也叫开道车。与过去官府出巡、提着铜锣在轿前边敲边嚷的役夫作用大体相当，其警卫对象是省委主要领导，以及来省里视察的各种重量级人物。另有一辆红色保时捷，也颇为扎眼。车辆摆放却不讲规矩，横一辆竖一辆，正如刚才在大马路上狂鸣警笛的派头。偌大一座院子，挤得透不过气。一个头发灰白的老者，下巴松弛，脑门半秃，身子稍胖，正由一位身材曼妙的年轻女郎小心搀扶，从黑色奥迪A8L里钻出，慢慢走向里屋。

"不准进不准进。你是哪里的？这是私人住宅。你想干什么？"临时增派的哨兵穿武警制服，威严地挡在门口。见哨兵紧盯着我装照相机的挎包，我忙转身走开。我刚要举着照相机拍照（感觉那些车牌很有意思），却被一个在别墅外面走动的便衣警卫给发现了。那五大三粗、袖口上翻、有意露出盘龙文身的便衣警卫，立即救火般跑来，连声大嚷："走开，走开。不许拍照！听见没有？你想找死？"靠近之后，就要抢夺我的照相机。赶紧躲吧，他想曝光我的胶卷。我忙一手护着相机，一面指天发誓："真的没照。相机的盒盖还没打开呢。""那就快走，如果你还知趣的话。"我忙将相机放入背包，装着闲逛，绕罗马柱围栏转了一圈。屋里已拉上玫瑰色落地窗帘，窗帘后面传出男女混合的欢声笑语。一群麻雀受了惊吓，"扑棱棱"飞上屋旁的大樟树。

我离开别墅约莫百米，有人在我肩上轻轻拍了一下。这足够吓得我惊跳起来。回头一看，却是一位满脸起皱的老人，穿一件有盘扣的白褂子，看年纪七十开外。"我猜你是……""请问您老……""我就住在这别墅里。""那么您是太和老爹的……"这出乎意料的相遇，使采访出现根本转机。太和老爹漫长的人生轨迹，也在采访中逐步展开。

号外二 牛全胜欲闯禁区（正在进行时）

凤凰海滩，领导人暑期休假专属区。一个形迹可疑的人在附近出现了，他来自中国大西南方向的神舟山。这儿，碧海蓝天，绿树如云，好一个酷暑休闲的所在。这里曾演绎过太多的故事，包括一些载入中国当代史的重大事件。除了给领导人辟出的专属地，还有大片海滩供普通民众使用。两者互不相往。神舟山大爆炸发生的第二天上午，一个背黑色双肩旅行包、穿酱紫色休闲装的中年男子出现在附近。他走路时左手下垂，右手甩得很开。他隔着专属地的铁丝网走了三圈，对每一辆开出的小车都表现出浓厚兴趣，尤其是车牌号。如此异常之举，足够引起岗亭哨兵注意。安装在专属区四周的探头，也将他不同角度的身影汇集到信息中心大厅，通过屏幕放大、拉近。这家伙是什么人？看他狐疑不决的神态，似乎对这儿的布局既熟悉又陌生。他已不能断定想见的首长住哪一栋别墅，甚至不能判定是否在这儿休假。"请问您是想找什么人吗？"终于有穿保安制服的人把他截住，礼貌地盘问了。"我想见一位住在这儿的首长。"他说了一个名字。"想见首长？你是什么人？""我姓牛，这是我的名片。""那好，请先在传达室坐坐。我给秘书打个电话。"不错，电话还真打了，他就在旁边站着。"嗯嗯，明白。好好，谢谢主任。"什么时候秘书变主任了？"对不起，你可能找错地方了。你要找的首长不住在这儿。""那他住在哪儿？""对不起，我可没义务提供。我想你应该懂的。""可我今天一早明明看见首长的小车进了这座大院。""不可能，一定是你看错了。""没错，那车牌号我认得。""你还关注首长的车牌号？你是什么人？来，请出示一下你的身份证。"要看身份证？万一公安机关的通缉令已经发出，那我不是自投罗网？王八蛋，这一手。不行，本大爷的身份怎能暴露给你？让你抓我去立功受奖？"不肯接待就拉倒。老子的身份也是保密的。"

这汉子离开别墅大门七八米远，捡起一块石子，朝别墅墨绿色的琉璃房顶狠狠扔去。没等警卫人员追上，他已撒丫子跑了。操你妈的×。老子手里没枪，否则早把你收拾了。但是别想，光收拾本大爷？本大爷给中纪委直接写信，揭发你这个老乌龟，把你放在一千度的蒸锅里蒸成肉羹，吃进肚子。去西方国家吧，去美国最好，持枪合法。不过他妈的生活成本太高。坐吃山空，手里这一两亿人民币不够几年花的。上中东去吧，那里最乱，浑水摸鱼。可是语言不通怎么办？去日本，投奔石原劲太郎？那老色鬼更是混蛋，纯粹玩"空手道"，专钻中国政府的空子，让我这傻×做"皇协军"。其实老子也不傻，我也在玩他，拿他当幌子，擦屁股的"护身符"。没这个不行啊，赵凯林不肯上钩啊。你看，赵小子不是被忽悠来忽悠去，想怎么玩就怎么玩？玩？玩！可这个玩啊，原来他妈的还有砸锅的时候。竹竿上玩杂耍，竿尖尖戳进屁眼里了。大爆炸发生了，还想指望石原劲太郎？说什么也不能与他接触，甚至不能让他找到。看来还是在国内好。隐姓埋名，做整容术，再找个地方躲起来，反正有几个身份证。还可花钱再买。钱，钱，钱，一切都因为钱。现在钱有了，却成了丧家之犬。祸闯大了，不该不听赵凯林的劝告。那一股从地底突然冲出的黑褐色气体是怎么回事？见光就燃，邪了门了。还有那一处接一处的地陷，地壳变成沙漏了。神舟山有神灵？对了，老不死的东西讲过不止一次。我冒犯天神了？谁救得了我？观音菩萨？赵凯林？老首长？看来谁都靠不住，保命还得靠自己。这边首长休假区警卫森严，冷冷清清。那边百姓开放区，人多得下饺子似的。这就是等级差别。不能跌入底层，定要重整旗鼓。没准又能撞大运呢。求求你，观音菩萨。只要能帮我渡过眼下这场大难，宁愿捐出还剩的一半家产，在县城建给您一座大庙。但是来得及吗？观音菩萨救人不分好坏吗？咳，看我这糊涂蛋，应该找加藤政二的接任者才对。那小子可是个人物，比加藤政二还有神通，世界各地都有他的熟人，与美国佬关系尤其"铁"。没准是美国中央情报局的人呢。对，马上找他，上北京去。公安部就在那儿，我不是自投罗网？通缉令肯定在起草了，很快会贴满大街小巷，电视台也会播。该死的现代传播技术，害得老子躲也没处躲，只能钻地洞。地洞也不保险，萨达姆不是从地洞里给揪出来的吗？别瞎忙了，躲起来再说。万一不行就出国，老子还有八张外国绿卡。当然，那是下策的下策。一旦离开中国，比狗屎还不值钱。我们的捞钱手段，在国外根本没市场。

他从背包里掏出一副墨镜戴上，往左额角贴一块膏药，然后迅速离开领导人暑期休假专属区，消失在茫茫人海里。

三 全村人的"牛牯子"（情景再现）

牛牯子十岁那年，入伙做了一回强盗。其时，他住在山圣甸老家。

山圣甸，一个背山临水的村庄。背靠的山岗绵延数里，形成一道苍劲的山梁。过了这道，又是一道，如此重复，以至无穷。座座山梁重绿叠翠，满目都是春天的鲜花，夏天的葱茏，秋天的坚果，冬天的绿茵。山梁之间为一田垄，田垄腰间片片旱地，垄里为肥沃的水田。村子位于垄底的一片柿树林里，面前淌过一条水面不宽的小河，河里游动着透明的小鱼小虾。间或，几只细颈白鹭从村子上空轻盈而过，画出一道道白色弧线。一条历史久远的石板大道，通向百十里外的神舟山，由神舟山延伸到更远处。它是"湘黔古道"的起点，南方"丝绸之路"的延长线。

村后山腰处，有一年代久远的道观，木梁木壁木窗，自山门往里共三座大殿，次第排列，颇为雄伟。据说该道观原为"马氏宗祠"，建立年代相当久远，可追溯到西汉名将马援。后因为居住在山圣甸的这一支马氏族人不够兴旺，尤其不善读书，不仅无进士举人，连秀才也少，乡间便少有头面人物。因之这族人渐次衰落，有的徙往他处，"马氏宗祠"亦无人打理，于是改为道观。尽管这样，这道观在当地人眼里仍十分神圣，逢年过节都有人来求菩萨保佑。不过乡里人大多不知道家与佛家的区别为何，更不管释迦牟尼、观音菩萨与玉皇大帝、西王母娘娘、太上老君有无关联，所以他们拜的是玉皇大帝、王母娘娘、太上老君，念的是"阿弥陀佛南无观世音菩萨"。

此地，即太和老爹人生旅途第一个驿站。

太和老爹大名牛太和，小名牛牯子。出生那一年，建都南京的中华民国政府才成立两年。事件虽惊天动地，在这儿却无几影响。村里人照常挽着裤管，下到蓄水半尺的稻田，赶着耕牛犁地，秋收后把大部分稻谷交给东家，自己喝谷糠碎米菜叶粥。遇上歉收年，还得上山削嫩点的树皮，晒干，用雷钵捶碎，与谷糠菜叶煮着填肚子。

牛牯子祖上不在山圣甸，而居住在离神舟山主峰更远的大山深处。民间传闻，他的远祖中，不止一人做过山寨寨主。有人说他祖上是汉族，有说是瑶族、苗族，或别的什么民族。还有种说法扯得更远，将他的祖先与蚩尤大帝挂钩，说是因与黄帝争夺帝位不成，遗裔南迁，进入大西南荒蛮之地。神舟山为通向中原重要门户，战略地位尤显重要，且地质构成非同一般，便成为先祖们特别珍爱之所。一代又一代寨主肩负着守土一方的重任，演绎出许多精彩传奇。

于是有人便说，年少的牛牯子身上，流淌着古代帝王的血液。他的一些言行，看来幼稚荒唐，却体现出某种高贵。

远古以来，山民们皆以聚居点划分寨子范围。其分界标志，或是一条山沟，或是一道河湾。虽则如此，山民们除打猎、护林、种地有地界之分，其他方面即相互融合。往往是这个寨子的闺女做了那个寨子的媳妇，那个寨子的男人做了这个寨子的女婿。逢着某个寨子喜庆，相邻的寨子还会用竹竿与草绳做成抬杠，抬着猪羊，扛着木桶，挎着盛满糍粑和糯米甜酒的竹筒，敲锣打鼓前往祝贺。《最后一个莫希干人》作者库柏讲的山寨部落间彼此流血、互剥头皮什么的，在神舟山周围数百里罕有所闻。

只有当山外强盗团伙突袭抢掠，或朝廷剿匪部队强征赋税时，山寨的人们才会闻到人类自己的血腥味。来者不善，善者不来。你既然在强盗眼里是大块肥肉，或在朝廷眼里是一窝土匪，还讲什么道理不道理，人性不人性。杀，烧，抢，奸，只问目的，不择手段。山民们为保卫自己的恬静家园，不得不把脑袋别在裤腰带上，用弓箭、石弩、砍刀、鸟铳做武器，与入侵者展开殊死血战。每当此类事件发生，对于山寨草民，结局总是惨痛的。一户户人家被灭绝，一座座寨子烧成炭。但凡有担当精神的寨主，不是被剁成肉泥，就是被满门斩绝。缺乏担当精神的男子，或根本没有成为寨主的机会，或因临阵脱逃而遭到重罚。然而只要山寨里还有一个活口，必有新的寨主在众人拥戴声中产生。神舟山地区的寨主，高危职位，不是世袭，而是在山民集会上当众推举，无别处寨主拥有的特权（例如对新婚媳妇的"初夜权"等），只有率众冲锋陷阵的义务，看你敢不敢挑战。

在这里，寨主的产生乃一简单而又复杂的过程。那是一场规模盛大的集会，凡能行走的山民，不分男女老幼，都可参加。时在金秋，庄稼已经收获，会场就设在收割了水稻或玉米的庄稼地里。平整开阔，四面环山，当中立一个很高的秋千架。这是一个现场擂台，有心竞争寨主的男子，年纪在三十五岁以上，当着全寨人等，参加多项竞技，如摔跤、射箭、荡秋千等。最激动人心的是踩火塘。当中燃起一堆大火，火焰高达数尺。你想当竞争者？好，请赤着双脚，光着上身，从火堆飞身跃过去。你的体力不济，无法一次性飞越火堆，即须赤脚在烈焰中做瞬间停留。一个个飞越者憋足了力气，四周围观者停止了呼吸。这最后一项惊心动魄的竞争项目结束之后，才进入全民推举阶段。

具有选民资格者不分男女，只需年龄在三十岁以上。山民们认为，唯这年纪，才有正确的是非标准，才会珍视自己神圣的选举权。六十岁以上的老人格外受到尊重，拥有投票两次的特权。每人手拿一个（或两个）熟透的红柿子，投入自己信得过的竞争者的竹筐。竹筐并排摆在一座临时搭成的木屋里，做了不同标记，代表不同竞选对象。投红柿子者鱼贯而入，这样谁也不知票究竟投给了谁。投票结果当场公布，获得红柿子最多者当选。两人所得红柿子数目刚好相等？年长者，请上位。并非展示勇猛、果敢的各项竞争项目的优胜者必定当选，公正、孝悌等品德操行尤其重要。用柿子为"选票"而不用桃子、李子，是因为"柿子"与"狮子"谐音。你做寨主，就该有雄狮搏击般的勇猛，雌狮护雏般的温存。

牛牯子的亲生父亲，就属于敢挑战这一高危职位的男人。他属于一个相当远古的家族，一族人中诞生过多名寨主，有的以辉煌善终，有的以获罪告结。尽管如此，却不能阻止这个家族继续涌现敢于担当的硬汉，因而深受山民敬重。没有修族谱的传统，不能确切知道到底产生过多少寨主。到牛牯子父亲这一辈，结局更为悲壮。因带头抗拒朝廷（实为维护山民应有权益），其父竟被"剿匪部队"将一块大石磨绑在背上，沉入神舟山一处翻滚着黑色泡沫的深潭。其实那年大清朝廷已经没了，所谓"剿匪部队"，实际是一伙打家劫舍的土匪。其头领当过清军管带，便将自己趁乱纠集的乌合之众称作"正规剿匪部队"。这些人穿的还是清兵服装，只是胸前后背去了那个"勇"字，有的把长辫剪了，有的还将辫子拖在脑后。

父亲遇难的噩耗传到山寨时，可怜的牛牯子还在妈妈肚子里睡觉。

牛牯子，山寨寨主的遗腹子，由改嫁的母亲带到三岁半。不料暴发一场瘟疫，如狂扫落叶的秋风，以不可阻挡之势蔓延。国家一盘散沙，日本和西方主要国家在中国都有自己的势力范围，就等着"世界和平会议"快点召开，将中国"公平合理"地予以瓜分。虽说北京有个中央政府，政令却过不了黄河。各省都督自立赋税条令，搜刮民脂民膏。正是这年瘟疫骤起，山圣甸远近多个村子全部死绝，连收尸的人都没有，最后自然封闭，三五年后也无人敢进村，蓬勃长出的杂草能藏住一群大象。山圣甸虽没到烟熄火灭的地步，村里人口却减去十之七八，好些房屋塌了，没人修缮，野兔繁殖了一窝又一窝。在这场骇人听闻的瘟疫中，牛牯子母亲年轻的生命画上了句号。

牛牯子母亲也是山寨人，娘家离神舟山主峰五里地。那年大旱，四处见不到几棵青苍的树木，旱土里的庄稼颗粒无收。她为了保住丈夫留下的血脉，大胆离家，来到这儿，卖身给大户人家做用人。牛牯子的母亲秀气、端庄，脚劲也好，不仅给主人干家务活儿，还挽起裤脚、挑着粪桶下地。村里人则有些轻慢，觉得单身女子晦气，况且是山里人，便背地里叫她"苗子佬"。现在自己病了，无依无靠，命运便注定了。这年轻秀气的山寨女子感觉身体不适，心怕连累主人，便带着儿子主动出门。可怜的妈妈将不懂事的幼儿放在山圣甸道观门前，给儿子捏了两个胖胖的泥巴娃娃做玩具，还往娃娃鼻孔里插了两根狗尾巴草，逗得小儿嘿嘿直乐。趁着儿子玩得高兴，妈妈强忍泪水，赶紧偷偷走开。

小牛牯子回头，发现妈妈不在，立即大哭，发疯般寻找。哪里找得着？道观的山门开着，里面半明半暗。瘟疫席卷范围之宽，道观也不能幸免。已有三名道士不幸染疾，其余道士转移别处。小牛牯子以为妈妈躲在里面大屋里，边哭边挨个屋子寻找。没有，只有小牛牯子的哭喊在空洞的屋子里回荡，听来甚是吓人。小牛牯子已不知道害怕，一心想着妈妈。道观的各个屋子全寻遍，他又转到道观外面。啊，妈妈，您原来在这儿。怎爬到树上去了？"妈妈下来，我要您下来。妈妈，您快下来……啊妈妈，您的舌头……怎这么长？我怕，妈妈，您别吓我……妈妈，妈妈……"小牛牯子一阵气短，当即昏死。

牛牯子长大后才知，幸亏道观里的老道长傍晚回来，发现了他，妈妈那挂在树上的尸首才得以掩埋。他也才得以躲过那场吞噬了不知多少生命的瘟疫。

往下，小牛牯子只能自生自灭，迈过一条条沟沟坎坎了。好在他走路已很稳当，还会赤脚爬树了。

小牛牯子失去妈妈后，便成了全村人的儿子。在妈妈肚子里便缺少营养的他，脖子细长，面无血色，眼珠暴出，手臂瘦得只剩两根骨头。本该是吃饱饭、长个儿的年龄，他却因缺少吃的，营养匮乏，比同龄小男孩矮了一大截。出于生存的本能，小牛牯子歪歪斜斜地走着上门，东家讨一口米饭，西家讨一口菜叶。他两眼圆溜溜的，下巴微翘，长得讨人怜爱。于是，哪家只要揭得开锅，都会省下一口喂他。第一个冬天来了，妈妈留给牛牯子的，只有一件土布单衣，满是窟窿，颜色由白变黑，裤子只剩半截。牛牯子一年到头没鞋穿，十个脚趾冻成细细的红萝卜。寒冷的冬天来了，见到还冒点热气的新鲜牛粪，赶紧把两脚插进去。他夜晚钻进牛栏屋，与水牛紧紧挨着。他把稻草搓成绳，在脚掌上绕了一圈又一圈，既为保暖，也为防滑。春夏秋三季，他大部分时间光着身子，有时用草绳系一条半截裤。有时半截裤也破了，干脆全身光着，像条乌溜溜的泥鳅。偶尔有好心的婶子将自家孩子穿旧了的衣服送给小牛牯子，小牛牯子拿了当作宝贝，轻易舍不得穿在身上。他流淌着的血液里，有山寨男子强悍的基因，抗病毒能力还真强。成年累月的风吹日晒，日子久了，使牛牯子全身黑油发亮，光可鉴人。可惜没人给他理发，头发又乱又长，被汗水粘成一绺一绺，似从山里冒出的小野人。

牛牯子就这样长到六岁。

现在他像个小大人了，尽管比同龄人矮了不少，身子也瘦，但这不妨碍他为村里人做事，回报对自己的哺养。他给这家赶鸡，给那家牧鸭，也帮村里人割草喂牛，扫落叶当柴火。插秧季节，他帮着莳田；收割季节，他帮着捡禾穗。他还帮人家摘棉花、拾稻穗、挖红薯、收豆子、用小扁担和小水桶挑井水等等。上树摘果子更是强项。每天早晨，他背一个小筛篮，握一个小钉耙，去村外捡狗粪做肥料，谁家需要，就倒进谁家水田里。他像有用不完的力气，干不完的活儿。没爹没娘的他，在村里同龄孩子中显得特别懂事，特别惹人怜爱。

也因为没有爸妈，牛牯子在小伙伴中常受欺负。他明白自己的斤两，所以从不争辩。与小伙伴比赛摔跤，即便马上要占上风，牛牯子也会谦让，主动躺下，表示输了。几个同年龄的男孩子站在高高的田坎上，排成一行，比赛撒尿，看谁撒得最远。牛牯子有时得第一，有时得第二。而当他得第一时，必挨小伙伴一顿拳头。他那时还不懂得撒尿撒得远，是肾气饱满、身体健康的表现，下回比赛时，便刻意压制自己，只把尿撒在近处，绝不超过别人。于是，小伙伴们都觉得牛牯子是个好玩伴，有时间就主动找他玩。这样，牛牯子虽无兄弟姐妹，却不觉得孤单。

"牛牯子。""唉。""在哪里？""在这里。""来帮忙。""就来了。"

这是他与村里大人们之间的对答。早早懂事的他，不光与小伙伴玩得好，还主动做大人们的小帮手。他做事不分门户，有喊必答，有求必应。他能跑能跳，能翻墙揭瓦，上房上树。他憨劲如小牛牯，灵敏如长尾猴。他帮哪家干活儿，哪家就管他饭吃。至于工钱，牛牯子从来不想，别人也不提起。他的住处，则是山圣甸道观半间小杂屋，可放下两张竹凉床。那是村里族长召集大家举手通过，给牛牯子特辟的公房。却因为村里人都穷，他还是常饿肚子。每天早上醒来的第一个愿望，便是能上哪儿饱饱地吃一顿白米饭，没有菜也不要紧。把青辣椒在岩钵里擂得稀烂，再加点盐，就是再好不过的下饭菜。他慢吞吞地走着，边走边揉着眼睛，裸露的大脚趾经常踢得出血，前面的路不知通向何方。妈妈、妈妈，您在哪儿？妈妈在那儿，可惜起不来了。别的伙伴都有妈妈，可我没有。也不知爸爸长得怎样。不过，对了，我有爷爷，一个世界上最好最好的道长爷爷。

因寄居道观的便利，牛牯子从小知道世界上有"道家"之说，觉得好玩。不经意间，一位影响终生的导师出现在面前。他就是掩埋小牛牯子妈妈遗体的山圣甸道观的老道长。

老道长姓马，已有大把年纪，右腮长了颗黑痣，黑痣上生出一小撮变白的长毛。老道长穿一件黑色长衫，圆口布鞋，拿一把老蒲扇扇凉和赶蚊子。喜欢云游的他，间或来山圣甸道观小住，来即引起轰动。附近乡邻们排着队请他测字、看相、算"八字"。牛牯子最感兴趣的，是老道长腮上那几根长毛，总要摸摸、捋捋。老道长还真给他捋。他光着半边屁股，喊着"爷爷，爷爷"，在老道长身前身后蹿动，如见到久别的亲生爷爷。

老道长真拿他当小孙子待，还替他起了一个大名：牛太和。"你知道'太和'是什么意思吗？没关系，长大就知道了。"

老道长血统高贵，就出身于声名远播的马氏家族。粗略计算，该家族曾出过朝廷一品大员，多名府尹州牧，秀才则不可胜计。到他的上辈，官运偏稍。一个族老因誓死效忠朝廷，与太平天国为敌而死于非命。另一个族老因支持光绪皇帝"维新政策"得罪"老佛爷"慈禧太后，被革职返乡。上述变故，对老道长影响很深。他年少时认真读书，到中年肚里已装了不少学问，有感于父辈宦海沉浮，风云莫测，便决定出家，于云游时做些善事，与迷恋达闻天下的小弟走的是两条路。他精于《易经》《道德经》《清净经》《阴符经》《庄子》《抱朴子》等，兼通医药，还会武术、轻功。两腿一蹲，身子一蹦，便飞上房檐。乡里人都说，老道长"前知五百年，后知五百载"。这些牛牯子暂时不懂。再长大一点，牛牯子听大人们说，老道长本来可做大官，要威风，或做大生意，挣大钱。可他对这些没得兴趣，喜欢自在、简单，认为这才是真正的生活。所以另有人觉得，他是一个精神不正常的人，小孩子最好与他少接触，免受坏影响。于是有的父母亲听说老道长来了，赶紧将自家孩子藏起。

老道长对牛牯子满是怜悯。每回来了，都给他带点儿吃的，红薯干、玉米粑、爆米花、炒花生等，碰巧还能带几颗纸包的硬糖。牛牯子将老道长的到来视作过年过节，喜得两手撑地，在地上一圈一圈打飞叉。可惜道长爷爷要去的地点多，大家都请他讲道传经。听说在武当山，还有个更大的道观，由老道长住持。武当山在哪儿？离这儿多远？"等你再长大一点，一定带你去。""那儿有米饭吃吗？能让我吃个饱吗？没得米饭，就吃野菜，啃牛楠树皮，反正要把肚子填满。"他总觉得饿。

吃肉？做梦都想得流口水，一年里他只能碰巧吃上一两次。那是大家过年时，哪户人家买了点猪肉，见他眼馋地站在门口，就给他那么一点点。牛牯子欢天喜地地接过来，鞠个大躬赶紧跑。他把那小块猪肉用鼻子闻了又闻，再用舌尖舔了又舔，然后才撮着牙齿，一点点一点点地品味那难得的人间美味。两个手指宽那么一点点猪肉，小牛牯子会美美地享用个把时辰。

待牛牯子再长几岁，老道长便给他讲故事，讲西王母娘娘满怀善心，用仙草救人，讲哪吒从小志大，敢于闹海，也讲太上老君"八卦炉"的神奇妙用。牛牯子先不当回事，后来就着迷了，一心要当神仙。老道长乐呵呵地说："天上的神仙，可不是谁想当就能当的，花钱买不到，横霸抢不到。"

"那地上有没有神仙？"牛牯子天真地问。

"有啊。那叫'活神仙'。长命百岁的人，健康快乐，所以叫'活神仙'。"

"活神仙"之说，从此深入牛牯子脑海。打那时起，他便一心想做"活神仙"。尽管"活神仙"的生活到底怎样，在他脑子里还是一片混沌。只要老道长露面，他立即跟上，抓住老道长的玄色腰带，在身后像只"跟屁虫"，一再恳求老道长传授修炼"活神仙"的功法。

老道长经一番观察，还真应允了他。老道长会一种特殊功法，叫作轻功，也不知如何练成。他放下老蒲扇，把长衫往上提一提，两臂平伸，深深吸气，身子下蹲，好比受到挤压的弹簧，然后突然发力，脚下一蹬，"噌"，那百十斤重的身子，轻飘飘便上了屋顶。有个外号"石锤脑壳"的人，面部上下窄中间宽，眼光凶狠，两臂各文一条青龙，想学这功法，愿出五百块大光洋。老道长笑道："五百块光洋少了点吧？至少是这个数的十倍。"

"那我何时才能挣回本金？""石锤脑壳"一语破底。

"原来你是想练功挣钱？这条道只怕行不通。"

老道长弯下腰，又问牛牯子："你学这功夫，想干什么呀？""打架！"牛牯子脱口而出。他平时吃的亏真不少，村里那些年龄比他大的，或个子比他高的男孩，几乎都搡过他，他却不敢还手。打不过人家嘛。

"小娃子，打架，也对。但要看和谁打，为什么打。切记切记，不可随便开打呵。你随便开打，爷爷的千里眼看得着，就会把你的功夫废了。"老道长说时，眼光直逼，嘴唇闭紧，印堂现出三道竖纹，显得非常严肃。

牛牯子有点犯愁了，老实地问："那，别个首先打我？""你躲开他。""我躲不过去？""你就翻墙，到墙那边去。""他又来追我？""你再躲远点。""我没地方躲啦。""好，你这才出手，出手就一拳把他打趴。"

这些话不止说过一回，牛牯子也不止背诵一遍，直到完全理解、接受。他却还不明白，这些与做"活神仙"有什么联系。

当确知老道长终于拿定主意教他，牛牯子喜得要蹦上天。十岁的他，论身高也就五六岁模样，智商却不比同龄人低。至于吃苦精神，连老道长都称奇。老道长让他从翻跟头学起，前滚翻、后滚翻、侧滚翻、立地翻、空中翻等等，难度一次次加大。没有护身的垫毯，绿色的草地就是练功房。为学功法，牛牯子一回回摔得鼻青脸肿，身上多处血污。有时身子重重地落地，摔得脊柱像断成几截，脏腑都成了碎片。有一回右胳膊着地的位置不对，臂骨顿时折断，锯齿形碎骨刺破皮肤，白惨惨露在外面，像从袖管里伸出一截木头。看着鲜血把地面染红，牛牯子却咬紧牙关，不哼一声。亏得老道长会接骨术，去山里抓一把草药，揉碎，嚼烂，往伤处一贴，用杉树皮做成夹板，将伤骨及时固定，复位，再慢慢合缝，七天工夫便奇迹般复原。另一回牛牯子因晚上没有被子盖，受凉了，肚子泻，老道长抓过一撮胡椒，用布包着，捶成粉末，再兑上一点热米酒，让他喝下，立即见好。

　　牛牯子复原后，老道长赏识他这股顽劲，又教他辨识药草，便于自救。老道长还想教他识字，可惜牛牯子太迷恋轻功，竟学不进去，一个生字十遍八遍也记不住。老道长便不再勉强，只笑呵呵道："可别后悔哟，小家伙。不过，活到老，学到老，八十学艺也算早。你哪天觉得有用，自己肯定会学。"

　　童年时代经历的事情千千万万，牛牯子印象最深的，是老道长给他画的一幅画。原物早就没了，脑子里却一辈子记得。那年他已过十岁，给外号"叫鸡公"的东家放牛。另一个放牛伙伴邀他生火烧栗子。牛牯子不肯，那伙伴不听，结果引发山火。牛牯子忙折下一根松枝，帮着使劲扑打。烟熏得睁不开眼，身上的衣服也烧着了。好险，总算没烧得太宽，却耽误了回家时间。东家叉着八字脚坐在大门口，黑着脸，见面就骂："你死到哪儿去了？"牛牯子讲："山里起火了，我去灭火。"东家更气，伸着赢得"叫鸡公"诨名的长脖子，抄起竹梢把就打："你竟敢在山里放火？"牛牯子不服，还争："火不是我烧的。"他却不肯说出伙伴的名字，生怕他跟着挨打。东家咬定牛牯子撒谎，用竹梢抽得他满脸是血，还不给饭吃。牛牯子饿得肚皮快贴背脊，伤口又痛，这不是路路皆绝？索性往村前水塘里跳算了。他听过这话："早死早投胎，早死早贵器。"投塘里死了，没准还能立即见到自己的亲爸亲妈呢。

　　牛牯子手抱膝盖，坐在水塘边哭了好久，哭得嗓子哑了，泪水全干，力气也没有了。就在他闭上眼睛，准备往水塘扎时，一只大手从后面将他的细腰勒住，另一只大手搭在他的额上，暖乎乎的。

　　不知什么时候，老道长来了。他与牛牯子并排坐下，慈爱地道："牛牯子，怎么坐在这儿？"

　　"爷爷，我不想活了。"牛牯子如见亲人，泪水立时又泉涌一般，流了满脸。

　　"傻孩子，怎说这话？你亲爸亲妈在看着你呢。""爷爷，我就想去见他们。""傻孩子，你亲爸亲妈现在见了你，会很不高兴呢。""当真？那为什么？""你亲爸亲妈盼着你快快长大，有大出息，他们才欢天喜地。"

　　老道长说时，将着三个喷香的糯米斋粑递到牛牯子手里，并用手指梳理他散乱的头发。

　　"爷爷，我听您的。我要有出息，现在不去见我爸妈。"牛牯子身子一歪，将满脸泪水抹在老道长深色道袍上。

　　这天，老道长领着牛牯子来到山圣甸道观的正殿里，先向玉皇大帝、王母娘娘和太上老君行三个跪拜大礼，再给他讲一个又一个故事。故事浅显易懂，都是启发他如何内心坚强，又如何受屈忍耐。老道长最后拿出纸笔，给牛牯子画了一张图：一只老虎在前面走路，尾巴拖在地上。一个人小心地跟在老虎后面，保持一点点距离。一人一虎，若即若离，不急不慌，舒缓行进。

牛牯子一见奇了，不由得问："老虎不会咬他？"

老道长笑道："是啊，这就是他的本事。"

"那是为什么呢？"

"你好生悟一悟吧。"

牛牯子一连想了几天，最后讲出自己悟出的道理："慢慢地，稳当当。不要怕，也不要不怕。"

"真聪明。就是讲，哪里都有老虎，但你还得走路。所以要慢慢地，小心地。心里有个'怕'字，这就不敢乱来。但如果光是害怕，那就寸步难行。所以是你讲的，不怕，也不要不怕。"牛牯子连连点头。他那时还不懂得，此为《易经》的一个爻辞："履虎尾，不咥人。"出处虽闹不明白，意思却烙印般嵌在心底，让他一辈子受用。

牛牯子渐生强烈愿望，跟道长爷爷走，做老道长的小徒弟。将来长大了，变老了，也做个老道长。他在小脑袋里做过盘算：跟道长爷爷走，吃的不用愁，睡的地方有，间或还能吃上一点肉、一块糖。这样过日子，也是活神仙啊。老道长呵呵一笑，看穿了他的心思："你想跟着我吃松活饭？这可不行。道，是'炼'出来的，不是'学'出来的。见过铁匠师徒打铁吗？一块生铁放进火炉，烧得通红，再用大锤猛砸猛敲，又放进炉子烧红，拿出来又是猛锤猛敲。这样反反复复，最后才出来好家伙。所以要真正修道，就得准备修炼十年、二十年、三十年，甚至更长时间，会遇上很多很多拦路虎。"

"修道这么难，修了有什么好处呢？"牛牯子提出个大难题。

"好孩子，这让我怎么说呢？简单一句话，'道'修好了，你就里里外外，整个变了。没有什么难事让你发愁，没有什么苦事让你害怕，没有什么活儿你觉得吃了亏，没有什么坎你觉得过不去。"

"也就变成活神仙了。对吗？"

"对、对、对，正是这样。"老道长在地上蹲着，亲切地抚摸着牛牯子的脸蛋。一只小松鼠竖起尾巴，好奇地望着他们。

"所以我告诉你，做神仙，就是做好你该做的事，走好你该走的路。世界上的事情千千万，该你做的事情也就几件。世界上的路千千万，该你走的路，其实只一条。而要做好自己的事，走好自己的路，就得准备承受各种灾难。做任何事情都有难处，没有难处，就用不着做了。就像唐僧上西天取经，要经历九九八十一难。这都是在不知不觉中承受的，承受了一个，就进了一步。到了最后，你就是了不起的人，也就是活神仙。而其实你还是你，过的还是普通人的生活，简简单单，平平凡凡，既不攀比，也不苦争。所以活神仙也就是普通人。"

这道理有点绕，牛牯子似懂非懂，但"做好你该做的事，走好你该走的路"这些个字，他却记得很牢。他从此变得相当审慎，同时内敛，不向任何同龄孩子挑衅。相反，别的同龄孩子欺负他，他总设法躲开。有人要抢走他辛辛苦苦打来的柴火？你拿去好了，我再上山砍一捆。有人要脱下他身上的破棉袄，你脱去好了，我打赤膊照样过。你想吃我碗里的饭，拿去好了，我暂饿一会儿死不了。老道长的话，在他幼稚的心海里扎根了。

某天半夜，山圣甸道观突然燃起大火，把屋子几乎烧光。幸好那天老道长不在，否则不知会出现何等后果。牛牯子那晚恰好睡在里面的小偏屋，因白天太累，他睡得很沉。感觉焦灼时，大火已封住偏屋的小门。牛牯子吓得忘了哭泣，穿着破旧的小裤衩忙往外跑。他昏头昏脑，一时失去方向，转来转去，碰到的都是燃烧的墙板与木柱。完了，会烧死了。烧死也好，可以见到妈妈。不，我不能死，还要做活神仙呢。牛牯子在大火与浓烟中跌跌撞撞，左冲右突，最后总算逃了出来。模糊中仿佛听到旁边板栗树下有人奸笑，也顾不得看个究竟。跑村里去，赶紧跑村里去。牛牯子不知哪儿是自己的栖身之地，蹲在一座四壁空空的牛栏屋旁，身子蜷缩成团，这才放声大哭。老鼠"吱吱"叫着，在他身边溜来溜去。

这场无头无脑的大火，使山圣甸道观化为灰烬。木壁全烧光了，烧残的圆柱有的歪斜地立着，有的躺在地上。道观由乡贤与村民集资建成，本地族老和入住的道士共同管理，没有明确的产权所有人。这年湘中湘南正闹农会，有家业的族老们不敢出面揽事，道士们即被这场火全赶跑了。老道长闻讯后也不再在山圣甸露脸。于是那烧焦的道观便任由风吹日晒雨打，无人收拾。牛牯子有空就来这黑乎乎的残烬前默思一会儿，回忆与老道长在一起的甜蜜日子，还有那幅与道观同时化灰的履虎尾图。

牛牯子不知不觉长到十五岁。尽管外面的世界变化殊大，牛牯子仍一无所闻。他最急迫的，还是如何做到每天不饿肚子，有件遮体的衣服。羞耻感使他意识到，再不能光身子了，尤其在女人面前。

他现在是大人了，已学会各种农活，如种菜、锄草、淋粪、犁田、耙田、用连枷打豆子，等等。他个儿不高，手必须高抬，才够得着扶犁的木把。为了在水田里迈得开步，他犁田时只穿一件上衣，遮住腹部，大腿以下光着。一边扶犁赶牛，一边高声唱歌。他记着老道长的话，再不为难事犯愁。因为心里高兴，成天曲不离口，唱的是流行花鼓小调。给东家干活，唱到东家；给西家干活，唱到西家；在水田里干活，唱到水田；在旱地里干活，唱到旱地。吃的是粗糙饭菜，身体却出奇的好，一年三百六十五天，很少头疼脑热。万一有时受凉，他就照老道长说的，蹲在灶膛前烤火。烤得一身大汗，寒气也就散了，他又变得生龙活虎一般。

一个新的难题没法解决，照山圣甸村的习俗，男人到了十五岁，得考虑娶老婆（当地人叫"讨亲"）、养孩子了。十五岁男孩哪儿挣得到这笔大钱？只能由父母出钱讨亲。牛牯子无父无母，此事也就免提。看到女孩子对面走来，他远远地偷看一眼，然后赶紧低头，设法避过。女孩子胸脯怎那样高？里面塞了什么东西？还有其他方面，与男的哪些不同？猜不透，不想猜。明天的早饭还不知上哪儿吃呢。

更大的麻烦在等着他。

"牛牯子，跟我走。""好啊。做么子？""穿上衣，带块布，最好是黑的。""做事就做事，要布做么子？白布黑布，我都没得。""那我给你一块。恭喜你这杂种，要过神仙日子了。"

冷不防落下一只又黑又粗的大手，把牛牯子的脑顶重重压住，下巴给另一只大手托起，很不舒服。啊，是"石锤脑壳"。"石锤脑壳"歹毒得很，有一回与别人吵架，抄起杀猪刀就往那人身上捅。吓得对方没处逃，"扑通"跳进水塘里。他要我干什么？对村里人从来有呼必应的牛牯子，跟着"石锤脑壳"走到村外，再上山道，然后被"石锤脑壳"用黑布蒙了眼睛。黑布又脏又臭，憋得他透不过气。也不知到了哪儿，黑布才给摘下。"跟我走，去那边山路，爬到树上，看前面大路。来没来人？来几个人？空手走路，还是挑着担子？"爬树望风，对牛牯子来说，太容易了，再高的树，他两腿一夹，"噌噌噌"便上了树梢。

但他有点生疑："看那些做么子？""闭嘴，叫你做么子，你就做么子。"

"是是，可是爬那么高，我有点晕。""闭嘴。再问一句，看我把你的屌屌割了下酒。"

"石锤脑壳"说着，突然从胀鼓鼓的短布衫里掏出一把杀猪刀，还故意在石头上来回地蹭。"咔嚓、咔嚓"，太可怕了。

"是是，我不问了。""这才叫乖。你跟着我，有吃有穿，赛过神仙。"

"石锤脑壳"也想做神仙！他这神仙是怎么活法？"石锤脑壳"比他大十多岁，眼睛横生，眉毛倒吊，身上藏着一把杀猪的刀，见了别人值钱的东西，非偷即抢。牛牯子早对他几分发怵，路上见了，赶紧远远地躲一边去。实在躲不了，便把头低着，看着脚背，大气也不敢出。以前因为他小，"石锤脑壳"不把他放在眼里，觉得碍路，一掌将他扒开。猛一下，"石锤脑壳"对他如此看重，竟要让他"赛过神仙"。老道长，听到吗？我马上要做神仙了。

他会不会拉我打劫？不会吧，"石锤脑壳"会那么坏？走了几步，牛牯子脑子里忽冒出这个念头，不由得打个冷战。那就糟糕，我成坏人了。可怎么办？杀猪刀的刀尖对着他的背脊，刀把握在"石锤脑壳"手中。稍走慢点，背脊就撞上刀尖了。快走快走，给我上树。眼睛要尖，看准一点。爬呀，再爬，就那样。对，见到挑担子的来了，赶紧学布谷鸟叫。

牛牯子被"石锤脑壳"逼着，爬上高达数丈的松树的树梢，骑着树杈，瞭望山下大路动静。浓密的树叶遮住了他的身子，你就是站在树下，也轻易看不出来。

有人来了，在山那边，正往这儿走，快学布谷鸟叫。他学鸟叫可是绝活，能模仿画眉、黄鹂、百灵、布谷鸟的声音，惟妙惟肖，引得它们围绕着他，喳喳地叫。在山腰草窝里躺着歇息的"石锤脑壳"，听得牛牯子发出的鸟叫声，立即手持杀猪刀冲下山去，占据小路拐弯的有利位置，突然出现在来人面前。"咳，挡我的路？""想死想活？把东西放下。""看看，一根牵牛绳。""晦气。滚你妈的蛋。"原来是空手走路的。"你瞎了猪眼，见着挑担子的才叫。"

牛牯子猛一抽搐，差点从树上摔下。天，他这不是当强盗抢东西杀人吗？"我下来，我不干，我下来。""不，不准下来。再看一会儿，有挑担子的再叫。过神仙生活，有吃有穿，还餐餐吃肉。听话，别闹，好好地看。不许错过，小心割你的屌屌。"

果然有挑担子的了，前后两个箩筐，好像还蛮重。牛牯子的舌头却像粘住了，半天发不出声。"石锤脑壳"躲在树下不远的另一个窝点，死盯着他呢。屙屙割了可不得了，痛得很呢，走不得路呢。学一声布谷鸟叫吧，仅此一次，决不多叫。而且明天再不来了。

一声走调的布谷鸟叫声。

"石锤脑壳"听得声音，知道这回有货上门。便悄悄起身，揣着杀猪刀，脸上蒙一块黑布，只露出两只贼溜溜的眼睛，饿狼般往前一蹿，冷不防出现在挑担人面前。"想死想活？把东西放下。"抢劫得手，挑夫的所有货物全被抢光。

一个烤红薯，拳头大小、焦脆喷香的烤红薯。这就是牛牯子得到的报酬。这是红薯？它能吃吗？吃进肚里会不会痛？啊不，不吃不吃，这吃不得。这是毒药，比毒药还毒。牛牯子惊恐地睁着大眼，望着伸到面前的烤红薯，想退，脚却无力。"你敢不接？不接就割了你的屙屙。""接，我接。吃，我吃。"牛牯子接过"石锤脑壳"的烤红薯，一个转身，赶紧就跑。他跑，他跑，却不知跑向何方。不知不觉，竟来到妈妈长满青草的坟墓前。牛牯子将烤红薯扔得老远，在妈妈墓前"扑通"跪下，止不住放声大哭。

遇上老虎了，正如老道长讲过的那样。这可是一只真老虎，只不过披着人皮，一扭头就会吃人。小心，千万别被它吃掉，不然我什么都完了。先顺着他点，再另想办法。

"石锤脑壳"看准牛牯子无父无母，软弱可欺，所以绝不放过。他这个三代为盗、在村里声名狼藉的强盗，找不到别的人合伙，于是死拉住牛牯子做小帮凶。多一个人，多一双眼。没人帮助望风，他得毫无目标地在险峻偏僻的路旁长期蹲守，有时蹲一整天，也见不着一个抢劫对象，真他妈费时费力。现在有牛牯子替他望风，他可以大部分时间从容睡觉，养精蓄锐。只待抢劫对象出现，即可饿虎擒羊般迅猛出击，一扑一个准，所得赃物全部归己。好比捕获了一头水牛，扔给牛牯子的，不过是啃剩的牛蹄，小半瓢牛骨汤。哈哈，这才叫神仙过的日子。

"你以后都跟着我睡，睡我脚边。老子到哪儿你就到哪儿。你敢不听？割了你的屙屙。"

啊，他那天真割呢。说牛牯子在树上又没看准，一拳将他打翻，让他四脚朝天。然后"石锤脑壳"用一只膝盖抵住他的肚子，一只脚踩住他细长的小腿，裤子被扒到膝盖以下。"石锤脑壳"左手揪出他的小鸡鸡，右手握着杀猪刀，真是一副动手的凶相。牛牯子吓得大喊"救命"，肚子往上一挺。不知是小鸡鸡撞在刀刃上，还是刀刃撞着了小鸡鸡，总之是痛得钻心，血流满地。还敢不听他的？他什么恶事做不出来？我可不能现在就死，神仙日子还没尝过呢。老道长讲了，每个人都有过神仙日子的权利。让他干坏事好了，他干我不干。我这算不算也干坏事？应该不算，因我从没动手抢过。且忍一忍，再行逃命。

牛牯子在"石锤脑壳"胁迫下充当望风员，转眼将近半年。

那天发生了一件大事，村里那位曾给牛牯子肉吃的大伯，被"石锤脑壳"用杀猪刀活活杀死，残忍得令人发指。"石锤脑壳"竟用刀将大伯的脖子割了个圆圈，再用绳子捆住手脚，扔在地里不管。大伯痛得喊天喊地，脚手又蹬又抓，竟在地上蹬出四个深深的大坑。可怜的大伯硬生生折腾了一天一夜，才鼓着渗血的两眼，咽了最后一口气。鲜血浸入泥土，深达两尺有余。

原是大伯在地里锄豆子，不小心得罪了"石锤脑壳"。长豆子的菜地处于两道山梁之间的低洼处，正对着从平地进入山路的入口。那日，"石锤脑壳"刚抢劫了一个过路人，没抢得多少物品，气鼓鼓的，很不甘心。这时又来了两个挑担的，牛牯子便学布谷鸟叫。"石锤脑壳"喜滋滋的，这回还不大捞一把？不料那两个挑夫做事谨慎，见前面地势险恶，便问正在大豆地里锄草的大伯，山路可有危险？大伯并不答话，继续锄草，只点了点头。挑夫们便退回原路，择道另行。"石锤脑壳"抢劫不成，即脸蒙黑布，手持长刀，拿同是本村的大伯出气。

那年头找谁报案？皇帝死了，总督没了，府、州、县官也都跑了，乡下再找不到管公事的人。类似"石锤脑壳"这等好吃懒做、凶狠险毒之徒便上山为匪，疯狂劫夺。土匪人数之多，在一些地方超过善良村民。于是在相当一段时间内，山圣甸成了土匪窝，路人闻之色变，宁愿远远绕道。方圆几十里的人听说山圣甸的人来了，赶紧挑着担子跑开。哪个小孩哭闹，大人会说："还哭？山圣甸的人来了。"那孩子立即止住哭泣。

不不，我不。这个事我再不做了，饿死也不能做。那大伯虽不是我直接杀死的，我却仍有责任。老道长讲，干坏事的人，将来会下地狱。地狱是什么样子？肯定非常可怕。我可不下地狱，还要做神仙呢。那天又到了高高的松树下，照常又得往上爬。牛牯子趁"石锤脑壳"没注意，猛挣脱对方的手，立刻往回奔。小脚快得不沾地，很快消失在灌木丛。

牛牯子躲过了第一回，却还有第二回。"石锤脑壳"看中他的机灵，还学得一点轻功，更不计较回报，上哪儿找这样的合伙人？牛牯子没经验，躲不远，才躲过一天，便被"石锤脑壳"抓住。"刺啦"一声，"石锤脑壳"把上衣一脱，现出手臂上两条张牙舞爪的青龙。坏了，又跑不掉了，牛牯子两手被麻绳捆住，裤子扒下来扔到一边。又是那把杀猪的刀，一尺多长，明晃晃的，吓死人了。"哎哟！"屌屌被揪住了，"轻点儿，痛死了。"

"干不干？不干，真将你的麻屌割了。""干，干。我明天爬上去，今天泻肚子。""还想骗名堂？""骗你不是人。哎哟，轻点儿，求求你，快被你扯脱了。扯脱就没得了。"

牛牯子捂着肚子，往下一蹲，满脸痛苦。只记得"石锤脑壳"最后那话："明天再不爬，就把你骗了。"

必须说软话，不然鸡鸡就没了。失去了小鸡鸡，还像个男子汉？皇帝老子也不能没有。只能想法子拖延，把"石锤脑壳"甩开。

第三天，第四天……牛牯子天天在躲，"石锤脑壳"天天在找。自道观被烧毁之后，牛牯子的常住之所是一户人家的牛栏屋。白天他帮主人放牛，夜里伴水牛睡觉，同时防止窃贼打水牛的主意。牛栏屋四壁通风，地上铺着稻草。大水牛占去牛栏屋的多半空间，他占用一少半。现在，这样的日子也没法过了。"石锤脑壳"已来牛栏屋两次，牛牯子恰好躲过。好在天气转热，他可以在另一家屋子的壁脚下过夜。放牛的活儿干不成了，东家收到"石锤脑壳"警告，再请牛牯子放牛，那水牛就会被杀了吃了。"石锤脑壳"不仅有刀，还有枪呢，是真正的枪，乡里人叫"汉阳棒棒"。还有人见过他的军服，真正的军装，朝廷发的。可惹不起，一只动不动就要吃人的大老虎。别跟在他尾巴后面走了，再小心也麻烦。在山圣甸老家没法活了。赶紧逃跑，逃到"石锤脑壳"见不着的地方，过简单清静日子。妈妈，好妈妈，您就在这儿安心睡着，我以后得空了，再来看望您。

这时的牛牯子，长得敦敦实实，个头虽小，机灵劲儿却逗人喜爱。横竖没有财产，在哪儿都是给别人做工，有饭吃就行。可不能死在"石锤脑壳"手里，神仙日子还没开始过呢。牛牯子用一根草绳将半截烂裤系好，扛着一条扁担，扁担上系一副绳索，赤着两脚，光着膀子，一边哼歌，一边走路，就这样走出老家，走向大千世界。

号外三 太和老爹逃离精神病院（正在进行时）

　　远离城区的神舟县精神病医院。重症病人护理室。住在这儿的太和老爹，与神舟山爆炸现场的死者小牛子确系父子。这护理室有点特别，好像一小竹编工坊，满是各种手工精编的竹器。护理室一角摆了张硬板木床，床边立着一张白木屏风，乳白色绸布上，画着一条从山林间蜒蜒而出的溪流，水面浮着一张竹排，一个披着蓑衣、戴着斗笠、手持竹篙的老人正在操掌。画面题款：上善若水。住在特别护理室的老人，身高只及屏风一半，而且瘦小，脸上则放射出透明的光泽。古铜色脸上与手背上，老年斑颜色极浅。光凭目测，你绝对看不出他已有百岁。老人大清早起床，穿一件宽松的玄色长衫，戴一顶道家人偏好的青布帽子，先在院子靠墙的一角练习倒立。他两手撑地，与头顶构成三个支点，双脚往上，伸得笔直，身上的青衫倒垂下来，罩住了他的脸。约莫二十分钟之后，老人重新站立，双脚分开，轻呼浅吸，放松全身。再后来老人才一边叩齿，一边踮着脚尖走进一间约莫六米的小屋，用采自神舟山千年老茶树的大叶茶，泡了一杯酽酽的红茶，慢慢地喝着，边喝边做"茶灸"。关于茶的论述，陆羽的《茶经》早已登峰造极，至今无人能够比肩。而通过"茶灸"固齿、理气、通便、舒肝等，即是太和老爹探索的成果。太和老爹往紫砂壶里倒进沸水，把茶泡好，再注入一个有盖的保温杯，然后在椅子、床垫或蒲团上盘腿而坐，慢慢品味有点发烫的茶水。每喝一口，舌尖沾着茶水在口腔内来回搅动，清理每一颗牙齿的齿缝，按摩每一处牙根。一杯热茶喝下，身子暖乎乎的，全身上下贯通，汗水自然溢出，涌泉穴由凉转热，脏腑如用昆仑山的涧水涤过一般。那等酣畅淋漓的享受，就如有人喜欢喝酒，有人喜欢抽烟，有人喜欢赌博，有人喜欢吸毒，有人喜欢女色，有人喜欢钱财，有人喜欢权力一样。由于老人家有一整套保养牙齿的方法，所以至今牙齿完好无损，核桃也咬得开。

百岁的太和老爹，还具有俗称"特异功能"的遥感能力。不是"全息遥感"，而是针对特定的人和事。据他事后讲，大爆炸发生的那天早晨，他做完"茶灸"，四肢放松，准备舒缓一会儿时，脑子里忽出现一系列不祥画面，与神舟山大灾难的发生完全同步。一幅，又是一幅……出大事了，一座厂房倒了，又倒了一座。地底下出问题了。惹怒谁了？山火在烧，没办法救。消防车刚得到消息，值班员接的电话。还要写报告。消防车开过去，最快也得三个小时。不信你们打电话去问。6223458，这是他们值班室的座机号。特异功能？特异功能可是假东西，迷信，伪科学。辩解？有这必要吗？一人一个脑袋，千人千个想法。要紧的是让我出去，告诉他们，隐患在哪儿。我不会捣乱。我该死，我罪过。早几天我就有预感，晓得神舟山要出大乱子，只不知哪个时辰。为什么我不能提早讲？这敢随便讲的？就像地震，到来之前，感觉再怎么明显，也不敢轻易发布。脑子没毛病？本来就没病。对，是装的。我想进疯人院。可怜啊，小牛子。你若能提早半小时离开，这灾祸就躲过去了……出去，我必须出去。灾难还没完，地陷还会有，隐患仍存在。只有我晓得隐患在哪里。七十年前就晓得，领着兄弟们钻溶洞，打小鬼子屁股时就有感觉。神舟山神奇得很，不是一般的山。谁想打她的歪主意，注定倒大霉。战争时期是这样，和平时期也是这样。我以前将信将疑，现在即不能不信。排除，赶紧排除。撤换，赶紧把牛全胜的法人代表撤掉。我有责任，造成这个局面。可不能一错再错，否则，不定还会死多少人！求求你们，放我出去。要不把我婆娘喊来，让她做证。啊，不行，不能让秀美晓得小牛子的事。小牛子，可是秀美的心头肉，比不得与我这老骨头的关系。哟，好像有客人来访，位置在正北方向。时间？时间好像还不能确定。先别理，放一边。赶紧解决燃眉之急。

在这个由高墙、铁丝网构筑的封闭的天地里，太和老爹打破了清晨的宁静。他冲出病室，来到护士值班室门口，弯着手指，敲击值班护士趴着打瞌睡的吧台，声音由轻而重。脚尖踮着，下巴几乎挂在吧台的台板上。台板上方是一条条竖立的钢管，中间留出一个四方形窗口。老人的脸贴着窗口，一会儿对护士说话，一会儿对自己说话，一会儿像是对着浩瀚无际的天空说话。

粗粗一听，全是疯话。正在梦乡的护士是新来的，不知这特殊病人的底细，护士长尚未来得及特别交代。老人说得越多，护士越不相信，他只好没完没了地解释。"好妹子，我其实没病，真的没病。""那您是装的？""是的，至少有一半。""不信，我还是不信。""那好。我现在表演一下轻功，请你看看。"老人家说时，来到外面一处空坪。这里种了几株茁壮的红豆杉，枝叶油绿，高度在五米以上。护士好奇地走来，站在走廊里看着。却见老人家将薄衫往裤子里掖好，身子下蹲，突然弹跳，"嗖"的一下，那瘦小的身子便掠过红豆杉梢头，稳稳地落在树的另一面。"天哪，老爹您太神奇了！今年多大？一百岁了？真了不起。不不，我还是没权力让您老走，院长有特别交代，不能放您老出门。"

那对不起，我只能自行其是了。好在这不是第一回，逃离医院，我已经有经验了。难得医院院长对我了解，一贯给我"开小灶"。看来，哪儿都有"后门"。若不是院领导刻意照顾，我也许还坚持不到今天。那么今天，更需要"高看一眼"了。对不起，回头补礼。待护士转身忙别的活儿，太和老爹悄悄出了病房，来到围墙底下，找到一根竹篙，往地上这么一点，然后身子一蹲，整个人便飞过墙头，落在花木掩映的碎石小路上。

四 太和老爹的第一次婚姻（情景再现）

为躲避该死的"石锤脑壳"，还没长大的牛太和离开山圣甸，实属万不得已。他是讲孝心的，父母在，要孝顺，父母没有了，过年过节祭奠他们。父亲坟地在哪儿他无从知晓，妈妈的坟在哪儿，他却记得。长到十二岁时，他忽生出一大遗憾。别的亡故亲人坟堆前都立着石碑，我的妈妈却没有。可立碑需要钱。有办法。他在坟的上下左右各种一棵银杏树。银杏树全身是宝，树叶、果子皆可入药，材质坚硬，可长到一千多岁。但果子有微毒，一次不可吃得太多。好，等我哪天有钱了，再用正式的墓碑代替银杏。离开老家那天，天色已晚。人家讲，天黑了不要去坟地，阴气重，于己不利。他不相信。要离开老家了，不给妈妈磕个头还行？妈妈在世我不能尽孝心，她不在了，更不能忘记。人有孝心，百事可为。孝心是最基本的。连生身父母都不管不顾，还指望关爱别人？他就趁着夜色，走到母亲坟前，连磕六个头，作九个揖。坟地很静，草和矮树丛被风吹得"沙沙"地响，四棵小银杏黑乎乎立在那儿，像四个人影，一声不吭。但他没有害怕的感觉，倒觉得母亲在抚摸他的头发，叮嘱他路上走好。

牛太和两手空空，穷得卵打精光。心里却很有想法，步子迈得好大，像在丈量土地。这天夜里，他走了好长一段山路，来到一座凉亭。凉亭上面盖瓦，四面通风，两边各有一排长凳，让走路累了的人坐着歇凉。见夜里没有别的走路人，他把腰上的草绳勒紧点，仰面往长凳上一躺，就打起呼噜来。蚊子结队成群，向他进攻，竟全然不知，第二天醒来，才发现裸露的胳膊全是被蚊子叮出的红斑。离开老家的第一夜就这样过去了，往后的日子怎么办？上无片瓦，下无寸土，只能过一天算一天，过一月算一月，过一年算一年。

当活神仙？下辈子吧。老道长却说，一个人究竟有没有下辈子，谁也讲不好，所以还是认认真真过好这辈子吧。记着"履虎尾图"，就照那样子走。你走你的，我走我的，我不惊扰你，你应该没理由伤害我。

这时，国共两党的军队以江西东南部地区为中心，正在"围剿"与"反围剿"。日本侵略者虎视眈眈地盯着中国的华北，寻机制造更大的事变。不过这些，对牛太和无关紧要。他想的是眼前的活路。为了活命，必须打工。他开头帮人家打短工，挖土、插秧、锄草、打油菜，遇上什么干什么。这家干两天，那家干三天。连着换了十几户东家后，才找到一个姓马的东家。马东家住在杉木冲，是个中等富裕户，拥有一座土墙围着的院子，院子前面是宽敞的禾坪，后面是葱郁的竹林。马东家有十几亩田，需雇用一个长工。马东家长着一副下巴过长的脸，两只有点外凸的蛤蟆眼，喜欢绷着嘴，拉长脸（怪不得姓马）。他既当东家，自己也干活。第一次见牛太和时，他才从水田里上来，光脚板踩地，身上的白汗衫满是泥巴点，使汗衫看起来像染成了土黄。他的裤脚卷到膝盖以上，小腿肚上的泥巴还没洗干净。他坐在矮木凳上，一只脚屈着，一只脚架在另一张矮凳上，"咕噜咕噜"，抽着铜制的弯把水烟袋，好半天才问："你这么点个子，还瘦不拉叽，做得了么子？"

"东家，所有农田里的事，我都做得，包括犁田打耙。"犁田打耙虽累，却也讲巧劲。牛太和在村里常帮别人干，心里有数，所以不胆怯。他赤着脚，挺直腰，站在东家面前，说话很有底气。

"你有犁把手高吗？""我犁田打耙只穿短裤，这样不怕弄湿衣服。不信您看我一回。""嚯。你舂米有力气吗？""有啊。我搓一根很粗的草绳，脚在踩，手在拉，这样省力，米也舂得多。不信您让我试试。""喂猪也会？""会啊。如果是关在栏里喂，猪草要切得碎，煮得烂，加点糠麸，这样十个月可出栏，一百多斤没得事。"

其实那时，他只会扯猪草，不会切猪草，村里人也大多不敢喂猪，喂的猪刚长大，强盗便进屋了。不仅猪喂不大，连鸡鸭也喂不大，强盗们见了就抢。所以在乡下行走十里，听不到几次公鸡打鸣声。

不知马东家怎么想的。他将弯把水烟袋的烟灰"噗"地一吹，站起来说："好，干两天试试。"牛太和高兴得直想喊叫，又有吃饭睡觉的地方了。第一天给东家推磨磨麦粉，磨盘好沉好沉，哪儿推得动？没干半个时辰，早累得快要趴了。一看东家，又是刚下地回来，坐在矮凳上，边吸水烟边看着他。完了，又没吃饭睡觉的地方了。姓马的东家待人刻薄，别人暗地里叫他"小气鬼"，还对他有个形容，叫"抠鼻屎当早饭"。谁帮他干活，太阳未出山就要人家起床，夜里打着火把还不歇工。过去有篇课文叫《半夜鸡叫》，他与那书里的地主也差不多了。不同的是，外号"周扒皮"的地主自己不劳动，只半夜起来模仿公鸡打鸣，催长工们下地。马东家既催逼长工，自己也干，而且田里手艺功夫不错。马东家不仅对长工刻薄，对亲戚也是如此。他有个姐姐出嫁后丈夫病死，家里遇上困难，想向弟弟借点钱米度灾荒，这弟弟却轻易不答应，气得姐姐发誓不回娘家。你东家是这个脾性，好，我大不了多吃点苦，也要让你满意。他咬着牙齿，推着磨打转。脸上的汗水像是淋雨，眼睛都睁不开。衣服被汗水浸湿了又干，干了又湿，粘在身上黏糊糊的，很不舒服。他索性衣服也不穿，光着膀子干。马东家还不说话，只鼓着蛤蟆眼，边吸水烟边看着他。直到他累得快要倒下，才挥挥手说："好了，歇会儿再干。能尽力就行。"牛太和脚一放松，屁股便跌落在地。晚饭时间到了，他却连摸碗筷的力气都没有，在饭桌上坐了一会儿，半碗米饭还没落肚，眼皮越来越沉，很快粘到一起。模模糊糊，饭碗掉在地上，没吃完的饭粒撒在地上，让马东家好一阵心疼，忙用高粱扫把将饭粒扫拢，撮起来喂鸡。不过马东家相信，小家伙确实出大力了。

就在这时，不知从哪儿传来一个声音，轻飘飘的："人家病了哩，人家还是小孩哩。"

"不不，我没病。"牛太和嘴里充硬，支起身子，晃晃悠悠，试了两次才站直。可不能承认有病。若承认病了，东家就不会让我继续干活，那我就得再找吃饭睡觉的地方。该死的石磨怎么这么重？就不能想个法子？有了，他找一根短棍，别在磨把手上，这样推起来，就感觉省力不少，等于一人干了两人的活。看，马东家乐得，吧嗒着水烟袋，口中不说，嘴巴一扯一扯，朝他笑了笑。过了两天，马东家端起水烟袋，"咕噜咕噜"过足了瘾，然后鼓着有点外凸的蛤蟆眼说："十年。省得你到处转，我也到处找人。"

"十年？"牛太和以为听错了。"不，不，我只干五年。我还要讨亲呢。"长到这个年纪，他慢慢觉得，讨亲确实是个大事。讨不了亲，就不可能知道妹子家的胸脯为什么长得那样高，为什么女人能生孩子，男人却生不出。讨不到亲，打光棍，对男人来讲，那是天大的丑事，无能的无能，也最被人看不起。一辈子没讨亲的男人死了，山圣甸的人叫"绝了树苑苑"，等于杀了自己的老祖宗。

"讨亲的事，我也可以帮你的忙。每年管吃管睡，还有十块光洋。"马东家没容他多说，自顾进里屋了。转身拿出两块光洋，也就是袁世凯的"袁大头"。而他知道袁世凯的名字，是十年之后的事。随国军在河南项城袁世凯老家驻防，打日本鬼子。一颗子弹从左前肩穿透到后肩，再往下就是心脏。东家把"袁大头"在手里"叮当"敲着："先给你两块，满意了吧？"

这就是光洋？只听人说过，却从未见过。东家给这么好的东西，还有不满意的？农村有句话："穷，穷，莫帮工。帮工莫要帮短工，一年到头转田垄。"有这十年，心里踏实多了，不用发愁今天吃不饱，明天那口粥在哪儿。"东家，我给您老磕头。"他边说边跪在有鸡屎的屋檐下，把一只老母鸡吓得急忙跑开。

告别吃百家饭、做百家事的日子，牛太和突然觉得日子过得蛮有滋味。人生在世，有吃有喝，这样多好。牛太和心情开朗，干活更加卖劲，一天到晚忙个不停。那时虽说大工业已使人类生活产生了巨变，这儿乡下却还土气得很，衣食住行都是几千年传下的老古董。偶有新奇的东西，都带了一个"洋"字。铁钉叫"洋钉"，煤油叫"洋油"，用机器织的布叫"洋布"。哪儿来的碾米机？碾米全靠砻子。那家伙上面用篾片和泥巴箍成一个圆桶，中间用竹篾做成槽，下面四只木脚。他推着砻子给东家碾米，砻子比他的身子高，就自制一双木拖鞋，鞋底五寸半高，这样穿着，推砻子就方便许多。碾出的糙米要变成熟米，就用石头做的臼杵来舂。村前有一条河，河里鱼不少。这就激起他捕鱼的欲望，由此学会了织罾，在河里捞鱼。热天的夜晚，水田里的泥鳅耐不住，从泥里钻出来透气。他把劈柴破碎，装进一个瓦钵大小的铁笼子，点燃，提着去水田里照泥鳅。泥鳅见了火光，动也不动。用铁耙子照准一扎，就是一条。不过这事不常干，有时想起太残忍。他还用竹篾织成长圆形的"篓"，里面放些食饵，头天晚上放下水田，第二天大早再取回来。"篓"的入口装有倒刺，闻得饵香的泥鳅、黄鳝从入口顺着进去，就别想原路返回。解开"篓"尾部的活口，就可把里面的泥鳅、黄鳝取出。这个原理，与日后打仗设下埋伏，将敌人诱歼几乎类似。他在各方面都成了农家里手，既不觉得苦，也不觉得累，一天到晚蹦蹦跳跳，曲不离口。啊，这不就是老道长讲的神仙日子？神仙日子就是快乐日子，开心日子，无忧无虑的日子，而不一定是骑马当官、没完没了欲望膨胀的日子。

好事找上门了。由于牛太和手脚勤快，吃得了苦，到第四年，东家对他更为看重。那天，马东家端着水烟袋坐在堂屋的红漆椅上，还是挽着裤脚，脚下两个泥巴水印。他把牛太和叫到面前，在一张短凳上坐下，笑眯眯地问：

"牛牯子，还没讨亲吧？"

"讨亲？我这样的人也想讨亲？"他赤着两脚，脚上同样满是泥巴。想悄悄将泥巴蹭掉，又不好意思，于是将两脚拼命往凳子底下收，想将泥腿藏起。

"晚上睡得着吗？想不想婆娘啊？"

这话问得他满脸臊红，也不敢看东家，只转眼朝向门外。平滑的禾坪里，一只公鸡高兴地叫着，斜着金红色翅膀，绕着一只正在啄食的母鸡转圈。

将近二十岁的男子，怎不想男女之事？看到前面走过的妹子，眼光忍不住跟了上去。有一回正在犁田。一个妹子从田埂上走过，背着一只竹筛篮。牛太和盯着她一扭一扭的屁股看，结果手上没轻没重，犁把手提得太高，犁头插得太深，牛拉不动，"咔嚓"，犁把断了，牛也摔倒在地。他赶紧主动向东家认错，表示一年工钱不要。马东家念他平时老实，只宣布扣五块光洋。他心里却认为想妹子是个丑事，讲出去难听得很，只像一个秤砣，深深揣进肚里。现在他无法回答东家的话，想了想说："东家，若冇得事，我就走了。那块田还有一半冇犁完。"

"冇事，冇事，放你半天假。我家有个妹子婆，你冇见过吧？年纪比你大得一点点，比你还老实本分。你们认识一下吧！"

"不不，东家。我怕见妹子，心里发慌。""哪有么子，是我的妹子，又不是别人家的。"

东家用力吹掉一坨烟灰，拔出烟管，在瓦灰色石礅上磕了磕。马东家东拉西扯，还说了几句，牛太和半句也没听进。

离开东家堂屋时，他把又破又旧的短衫的布扣解开，张开臂膀，乐得真想飞天。意思再明确不过，东家要招他做上门女婿，农村土话叫作"上石"。这在农村是男人没志气的表现，而牛太和想都不想，就认可了这件好事。父母亲都不在了，谁会张罗给他讨亲？这可是要花钱的事，而且是花大钱。省去媒婆钱不讲，"见面礼""定事礼"，就是几担、十几担谷子的钱。还要办喜酒呢，还要住新房呢，还要养孩子呢。简直不敢想。所以周围村里，家里没钱的男子半数以上打光棍。还有的俩兄弟共讨一个媳妇，今夜跟着老大，明夜伴着老二。但是也有例外，有钱的男人则讨几个婆娘，最小的婆娘比最大的儿女还小得多。"上石"就"上石"，有妹子睡就行，生出两个崽，更好得上了天。牛太和臊红着脸，慢慢退出东家堂屋，出门后一路狂跑，一脚飞过丈许宽的沟坎，跑到无人的山顶，高举两手狂蹦乱叫："哈哈，我要讨婆娘啦！"

对门山谷也跟着回应："我要讨婆娘啦——"

马东家也属于古老马氏大家族中的一分子，祖上的祠堂也在山圣甸。只是他信奉土中生万物，地内产黄金，其余都靠不住。所以他决定一辈子种田，其余一概不管，包括读书做官。他既不与本族其他人交往，也不与他们同住，自己在乡下买下田产，修一座独院，自耕自收。但他知道官府的厉害，要你死就死，要你完就完，所以尽量不得罪官家，该交的赋税都交。眼见赋税一年年增多，只把怨恨放在心里，不与官府冲突。这样的生活倒也洒脱，乡邻们说，马东家过的日子有点像神仙了。只有一件事不如意，即家中人丁不旺。他先后讨过三个婆娘，都没给他生出个后人来。好不容易盼到第四个妻子怀孕，生下的却是个女儿，且有先天缺陷。于是有高人指点：你们家祖上出过恶人，积下孽债，现在该你偿还。那高人只隔一层薄纸没捅破：作恶的就是你的前世前身。马东家这下认了，发誓不再续弦，只惦着招上门女婿。这事却也进展不顺，谈的人一个又一个，却一个也没谈成。不是男方不愿，就是女方不满。马东家脸上无事，其实天天着急。现在他看中牛太和憨厚老实，嘴闭得紧，力气虽然差点，但干活从来不怕流汗。牛太和无父无母也算一个优点，无牵无挂，一门心思，侍候岳父岳母，直到天荒地老。

"妹子与伢子的生辰八字？"有人在一旁提醒马东家。

"不用，免了。"马东家把满是茧子的大手一挥。

"那么礼金？"

"牛牯子拿得出礼金，就不在我家做工了。"

"还有圆房礼信？"

"免了，一概免了。"

"圆房"的仪式果然做得简单，没有鞭炮，没有锣鼓，更没有花轿，只有一对短短的香烛，以及一个简单的拜天地、拜父母的程式。也不请客摆酒，只关着厅屋门，请本家几位族老吃了一餐夹生饭。或许与马东家"抠鼻屎当早饭"的性子有关，猪肉、鸡肉煮得半生不熟，牙齿不好的老人只能闻闻香味，煮的鱼走了胆，苦得让客人直吐舌头，白菜、萝卜还忘了放盐（其实是放了，只是放得少了点。那时的盐好昂贵啊，比买士林洋布还费钱）。几十年后，牛太和对这些皆无印象，只有罩在新娘子头上那块红布记得清楚。那是块特地从城市买来的红布，上面还有洋文字母。因新娘坐在一张圆形鼓凳上，站着的新郎虽说个子不高，却也高出新娘一截。牛太和这时还顾不上去想新娘怎会这么矮小，自己本来就够矮小的了。他双手颤抖，揭盖头时力不得法，竟使新娘从圆凳上跌了下来。牛太和手忙脚乱，伸手去扶，反而使新娘完全失衡，斜着跌倒，半边身子贴地，再站不起。

牛太和吓得不浅，脸上的汗珠一串一串。看着新娘躺在地上，用哀怜的眼光望着自己，竟不知如何是好。幸有知内情的亲戚提醒："抱她，抱，抱她起来。"当着众人，笨手笨脚的牛太和这才弯腰去抱新娘。因与女子第一次亲密接触，脑子几乎麻木，面前漫开一片白蒙蒙薄雾。于是又一意外发现让他终生难忘：新娘的腿又细又短，朝内卷曲，成一个不规则的内"八"字。

原来东家女儿乃偏瘫妹子，走路不得，讲话吐字也不太清楚。她平时吃住都在二楼，还在楼上配置了一只木板箍成的专用马桶。难怪牛太和在这儿做工三年，从未与她谋面。而他在第一次听东家谈他女儿之事时，只顾了高兴，竟没想想，为何这么久了，总见不着她。

牛太和似从火塘掉进冰窖，全身由热变冷，脸色由红变白，对眼前的一切失去感觉。他机械地走完必不可少的过场后，紧绷着脸，按习俗抱着新娘进了洞房，把新娘往床上一放，气呼呼倒在床前的四脚长凳上。他想跑，想喊，想要找人打架。可是找谁去？他把深紫色的士林布新衣脱下又穿上，穿上又脱下，最后扔到地上，用力踩上一脚。新郎官，我这也叫新郎官？讨亲讨了个残疾，不被村里人笑死才怪。前辈子没见过女人？前辈子没与女人困过？宁肯打单身，也不能与这种女人过。我才二十岁，还要活几十年呢。原来东家在哄我骗我，还以为真心对我好呢，还以为这辈子不愁吃不愁穿，神仙日子跑不掉呢。还以为捡了个大便宜，云里掉下个金娃娃呢。这才叫便宜不是货，是货不便宜。不不，宁肯饿死，这家的饭碗也不能端，他们的筷子也不能摸。还有你这个讨厌的女人，害人的精怪，长得这样，还想嫁人？你得的是什么病？会不会传染我？前辈子得罪你了？偏偏专来害我。天底下男人多得去了，你就看着我老实，好欺负？好呀，今天就让你晓得我的厉害。

开溜？对，立即开溜。反正我在东家没得什么金银财宝，走到哪儿也是帮工。三月天气，屋里还凉。水田里的青蛙只肯"咕咕"叫两三声。每年开得最早的桃花也才开始打苞。他三下两下，穿好平时穿的破旧衣裤，拿一根布绳往腰上一缠，就去拉门。门却给反扣上了，一定是东家干的。赶紧逃出，再耽误不得。他一推窗户，好，活动的。老道长教的轻功有用场了。虽说练得不够，但比从未学过要强。别看个头矮，这东西不算事。他用力推开窗户，身子便要往外蹿。

窗下却钉了两个钉子，平时用来挂那妹子的衣服。他过于性急，没注意这个。布罩衫被钉子挂住，"刺啦"一下，不知撕开多宽。

他又像被兜头淋了一盆冷水，凉透到心。衣服的撕裂声听起来比打雷还响，他只好暂时不动，回头看一眼躺在床上的瘫痪妹子。吓着她了吧？你看她突然用红布面的被子把头捂住，身子缩成一只大虾，抖得结实的床板"吱嘎吱嘎"直摇。用竹竿撑着的蚊帐受震太猛，也跟着摇晃起来。

他心里乱了，跨上窗沿的脚又缩了回来。她不能走路，讲话不利索，肯定嫁不上好男人。她家里有田，仓里有谷，院子里有鸡鸭，柜子里有衣服，应该讲，什么都不缺。她还有奶子，两个人可以困觉。我如果这样对待，她肯定非常伤心。但是，我真的与她成了夫妻，人家笑话怎么办？一定讲，那个"矮子谷箩"，卵本事没有，卵志气没有，哪像个男人？男人的丑让他出尽。他那是结什么婚？纯粹贪人家的财。不行，不行，宁愿穷一辈子，也不能落一个贪财的坏名声。

牛太和重新转身，脸朝着窗户外面，将木头做的窗户又推了推，然后两手用力，往上一撑，探出半个身子。再慢慢抬起左腿，跨越式伸出。再转过身，于是一只脚在窗户里面，一只脚在窗户外面。再努把力，就可将另一只脚挪过窗框，两手一松，落到窗下的空地。

这时，他听到了压抑的哭泣声，从揭开一角的被窝里传来。不用猜，就知道是怎么回事。于是他为了难。逃开还是留下？是做这偏瘫妹子的老公，还是另找一户人家做工？突然响起了狗叫声，这是隔壁人家的。接着听到隔壁响起推窗户的声音。糟糕，惊动太大，传出去更是笑话。还是等到天亮，趁东家（我可不能承认他是岳父大人）还未起床，再从前门悄悄溜掉。他便缩着身子，从窗口回到房间。上床睡觉已不可能，一旦挨过她的身子，就讲不清了。屋里正好有一把雕花椅子，很沉，是东家特意摆在这儿的。他便将椅子转个方向，背朝床铺，分开两脚，端正坐下，闭目养神。待到公鸡叫过两遍，赶紧溜出贴着两个"囍"字的房门，扛着锄头跑出院门，朝地里奔去。"咣当！"是东家开门的声音。一定是东家感觉奇怪，想看看究竟发生了什么。赶紧跑，别回头。"你这么早就下地了？昨晚困好了吗？今天就在家歇歇，歇两天也没事。"在家？这才不是我的家呢。

天色才刚放亮，山林一片模糊，蒙在厚薄不匀的雾气里。灰蒙蒙的雾气贴着地面弥漫而起，曼舞般上升，将天地融合成不分边际的浑浊世界。地里的秧苗与杂草还分不清楚，绿尖上的露水显得几分凝重。牛太和将锄头横搁在田埂上当坐凳，望着雾茫茫的远处，越想越觉得伤心。我怎么这样下贱？讨个婆娘都不健全。也许我这种人根本没资格讨亲，生来就是打单身的命。农村各个院子，哪里没有打单身的男人？我们山圣甸，就有一半男的讨不起婆娘。他们还父母双全呢。死了这条心，烦恼就没了。今晚不是已见过没穿衣服的女人了吗？也就是那样。好了好了，捡大便宜了。安心安意，给东家干活，对得起他。万一东家再提这事，也就只好走人。没饭吃没觉睡也走人。刮起一阵凉风，吹得田埂上的茅草东摇西晃。他的心也摆来摆去。这算不算无情无义？她可真给我讲过情："人家病了哩，人家还是小孩哩。"对，声音是从二楼传下，这会儿怎记得这么清楚？

因为心思未定，牛太和白天照样干活，收工之后，在田垄瓜棚里睡了两个夜晚，宁愿不盖被子，拿稻草把子御寒，也不回家去住，怕见偏瘫妹子那可怜巴巴的样子。马东家不知道圆房夜里发生的事，还以为他是害羞闹的。头两天，他让别人把牛太和的饭菜用竹筒装着，送到田垄来。端着盛饭菜的竹筒，他心里不由得起了波澜。是照着东家的意思做？还是继续拗着来？或者干脆另找一个东家？这姓马的东家虽然小气，却也有好的一面，起码肯卷起裤脚下田。他还有可怜的一面呢。这偏瘫女儿若嫁不出去，或招不来上门女婿，你说他如何睡得着？这块心病，家财再多也治不好。但是他可怜，我就不可怜吗？别的男人都不要的偏瘫妹子，就该做我的婆娘？我比别的男子差到哪里了？不就是少几亩水田，少一座房屋。还是想不通，田里功夫也懒得做了，上到长满青草的山坡，将锄头把往草地上一横，索性躺倒。这样，送饭的人也找不着他了。刚染绿的柳枝被风吹着，在头顶晃来晃去。

又一个夜晚来了，田间的雾慢慢变浓，模糊了山的轮廓。接着刮起阵阵凉风，吹得山坡上的茅草瑟瑟作响。几只乌鸦"嘎嘎"叫着，扇着翅膀，寻找过夜的去处。他忽然感觉肚子有点饿，才想起今天什么东西都没进肚。可能是我的态度惹恼了东家，东家不再派人送饭了。该怪东家？开头东家讲这事时，我不仅没反对，心里还喜滋滋的，盼这一天快到，想象女人的身子。现在见着真实的女人，却吓怕了。不就是因为她有残疾吗？残疾人难道不是人？算了算了，是我的"八字"载着，这辈子非得遇到她。捡的便宜还算少吗？不用买田买地，都是丈人家现成的。虽不是家财万贯，也够吃了。我遇上她，看来就是缘分所载。俗话讲，百年修得同船渡，千年修得共枕眠。神仙日子，算了，让别人过去吧。第三天傍晚，牛太和扛着锄头，低着脑壳，也不作声，轻手轻脚回到东家用土砖墙围着的院子。那个感觉，好比做了一件极大的错事丑事，脸上麻辣火烧，不好意思见人。

偏瘫妹子倒原谅他了。见牛太和低着头，走进那间还贴着"囍"字、打扫得非常干净的新房，两眼哭肿了的她，坐在床边，怔怔地望着，一言不发。看出他是真的和好，眼光只向着她，朝她越走越近时，妹子的泪水先是忍着，忍着，随后嘴唇开始颤动，颤动。待到他把手笨拙地搭在她肩上，额头离她越来越低，泪水"唰"的一下便涌了出来，越流越多，满脸都是。同时挺直身子，想向他扑来。不料一歪，斜向一边。牛太和生怕她再跌倒，忙弯下腰，一下将她抱紧，两人一起歪在床上。

门上的"囍"字欣喜地见到，这一对年轻人终于睡在了一起。窗外竹林里，传来喜鹊"喳喳"的欢叫声。

岳父（现在该称作岳父了）却对他十分恼火。他在半夜里听得动静，责骂之声从楼下送来："你是什么能干角色？给脸不要脸。我的妹子再嫁不出去，也比你这没娘没老子的强，也比你这冬天没裤子穿的强。马还不吃回头草呢，茅厕板也没你脸皮厚……"还有比这更难听的，能叫人脱掉一层皮。

骂吧，骂吧，骂得好，骂得对，挨骂活该。你本来就是厚脸皮。做下人吧，做小人吧，就像在草窝底下流淌的脏水。牛太和全身发烧，好比做坏事被当场抓住。身子动也不动，嘴唇阵阵颤抖，只不回答一字。因两肩抽搐得厉害，抱住偏瘫妹子的手紧一下松一下。

偏瘫妹子也不作声，却把他抱得更紧，更紧，恨不能分分秒秒粘在他身上，并对他连使眼色，表示别搭理老爸。"老爸在试你的心呢，看你还变不变。"这话，是贴着耳朵说的。从她嘴里呼出的热气，酥了他半个身子。

她就是牛太和的第一个婆娘。

三月天，清明未到，椿树的新叶才刚展开，嫩红的叶脉淌着液汁，散发出一股淡淡的芳香。牛太和头一回抱着妹子睡觉，开始身子哆嗦，后来就贴紧了。多好的妹子，身上该凸的凸，该凹的凹，哪一点也不比别的妹子少。他身子一阵阵发热，不用人教，便晓得自己该如何如何。岳父在楼下骂了些什么，一个字也听不见了。

外面田垄里，青蛙准备生崽，"呱呱呱呱"吵了一个整夜。他感觉全身松软、轻飘，脑子从未有过的清爽。做人，真好。这时，他还不懂得关于人生的宏大意义，只觉得做人比做牛、做马、做猪、做狗，甚至做天上的老鹰、麻雀都强。

牛太和在东家，不，现在是在丈人家做事了。他自然比以前更加攒劲，完全想着是给自己做事。他一边做事，一边想着偏瘫的婆娘。为了让走路不便的婆娘看外面的景致，他背着她来到田垄，让她坐进一把活动竹椅。这竹椅是专门给她做的，能躺能靠，夏天凉爽，冬天即加一个厚厚的棉垫。她在田埂上坐着，晒着太阳，手里握着绣花的针和线，比长年累月闷在家里强得多，甚至比吃鸡鸭鱼肉都补，脸色看着一天天红润。

只有岳父，自那以后，对他的态度有很大改变，像是不能原谅这位"上石"的女婿。在地里干活，岳父只管自己做个不停，从不吩咐他该做什么，不做什么，只看他的悟性。下地回来，岳父坐在门口吸着水烟管，见他来了，即刻起身，或另找一个地方吸烟，或干脆进屋。一家人同桌吃饭时，岳父接过女婿盛好的饭碗，埋头就吃，也不看他。过年过节，岳父一般要喝点小酒，女婿斟满后恭敬奉上，他接过就喝，仍不抬头。天气凉了，女婿见岳父穿得单薄，递上衣服，岳父接过就穿，从不说声"谢谢"。他对女婿也不训斥，甚至白眼也很少给一个。偏瘫妻子见了，却不劝解，只"哧哧"地笑，晚上见了他，两手伸着，含情脉脉地央求他抱着上床。牛太和对岳父的冷漠皆不计较，只察言观色，默契配合。他从早到晚忙得如旋转的陀螺似的，一天里衣服被汗水浸湿好几回，脸上却总现出浅浅的笑窝，心里蜜一般甜。还能求什么呢？有吃有穿，有田有地，还有如此温顺的好婆娘。哈，我真正过上神仙日子啦。

若不是发生了后面的事故，或许他就在岳父家待着，守着偏瘫妹子过一辈子，直至终老病死，而不会有后来的许多故事。他已认定，这就是该走的路。他上回离开山圣甸出于无奈，这回离开东家暖和的被窝，又是身不由己。国家仍处于大动乱之时，日本人趁机疯狂打劫。《何梅协定》、"华北自治"等，一桩桩大事接连发生。强者为王，拳头为大。农村更是盗匪横行，村妇提在手上的鸡蛋也会突然劫抢了去。国之不国，家何有家？牛太和不懂这些，只对发生在身边的事情有着切肤之痛。他原以为只需勤劳为本，靠力气吃饭，加上老丈人的十多亩水田，就可守着自己的偏瘫婆娘安安稳稳过一辈子。耳朵里常响着四个字：安分守己。安分，就是安于本分；守己，就是管好自己。我是什么角色，就在那个位子老实待着。不料，一个石磙子从天而降，把茅草屋顶一下砸塌。"石锤脑壳"——这趁火打劫的恶棍再次闯入牛太和宁静的生活，再次强使他的生活改弦更张。

五　马馆长谈神舟山之战（记者手札）

　　史籍记载，25000年前，神舟县确有人类足迹。考古发现，人类文明在这儿留下的纪念物，包括旧石器时代的石斧、石刀等，还有一颗古猿人的牙齿化石，比云南元谋人化石还早，如今陈列在国家博物馆，县里留下一件复制品。最能体现神舟山古老文明的，是一座座神秘莫测的溶洞。因其特别，在考古史上居有极重要的地位，吸引世界各地的考古学家申请前来，却被有关部门一一婉拒。个中缘由，很少人知。所以这神舟山文明来自中原还是来自中非，或是取自天外，或为当地固有，还是个谜。无论夏、商、周之前还是同代，神舟山都有人背着篓子、扛着尖嘴锄在刀耕火种。因山美水秀，中原文化进入鼎盛时期，皇权触角伸入神舟山，这儿成了遭贬的朝臣流放之地。史料记载，屈原、长孙无忌、王昌龄、柳宗元等均来过此地。进入近代，神舟县还为辛亥革命贡献过一位著名将军。以后，中国人民解放军从华东、华中直扑大西南，遇上白崇禧组织散兵游勇的抵抗，留下许多剿匪传奇。因历史悠久、文物太多，县里建立了文物博览馆。一张由国家文物部门颁发的获奖证书，见证该博览馆应有的辉煌。

　　因听说这儿有过对日作战，我便想拜访当地文物部门。经人指点，我来到了县文物博览馆。它挤夹在两座七层高楼之间，为四十年前的暗灰色三层小楼。走廊上拉着电线，扯着晒衣绳。它原是住宿、办公混合楼，第三层住人，第二层办公兼做展览室。本为专门展厅的第一层，租给个体经营者，辟作洗脚屋和美发厅。因楼前楼后都是高层建筑，走进这座灰色楼房，第一印象是压抑。仿佛前后的高楼随时准备牵手，要将这小楼挤扁。一棵粗大的泡桐树，已有大把年纪，树皮龟裂，突兀地立于楼前，领受有限的日光。两个中年妇女，一胖一瘦，正把捡来的纸箱、纸板、塑料袋等分门别类，几乎将树下的空间占满。

马仲生馆长在二层拥塞的办公室接待了我。他出生于二十世纪五十年代初期，属于接受传统教育的一代。后来听说，马馆长家庭出身不好，海外还有亲戚，这在那年代可是大忌，所以成长期一直不得志。初中毕业后想考高中，却因为家庭出身，尽管高出录取分数线，仍未录取，后来当了农村小学和中学民办教师。再后来因教学业务拔尖，而国家政策在家庭出身方面，条件放宽些了，他便由民办教师转为公办教师。可惜他没学过高中数学，临时补课又来不及，于是失去参加高考的机会。最后以同等学力上函授学院，取得大学文凭。可惜这时他年且五十，失去当公务员的机会，只被县政府"接待办公室"借用过几年，因公关方面脑子太笨，应变能力太差，又退回原单位。他学术研究成果出色，调入现在的部门，且升至一把手。别人都说，他应该很满足了，与他同时当民办教师的，有的至今还未转成公办。他自己也常将下面的话挂在嘴上："感谢毛泽东，感谢邓小平，感谢改革开放。"穿铁灰色中式服装的马馆长，有一张板平苍白的脸，鼻翼略为发红，戴一副暗褐色眼镜，一条眼镜腿缠着黑胶布。我进屋时，他左手持高倍放大镜，观察托在右手掌心上的一块硬物。那硬物颜色发暗，形状不太规则。见我进门，他立即停下手中的活儿，右手在深蓝色外衣上蹭了蹭，这才伸过两手，热情地说："欢迎来穷乡僻壤考察民情。"

"岂敢。补课，扩大眼界。"我微微鞠躬，掏出一本彩色画刊，双手呈递，请马馆长批评。

我留意一下马馆长的办公室，约莫12平方米，三面都是书柜，一面开着窗户。屋中的长桌可以折叠，便于写毛笔字。书柜里的图书挤得很满，柜门很难关严。看那书脊标题，内容涵盖甚广。屋子一端，另有一个上锁的书柜，没装玻璃门，看不出里面放着怎样的稀奇宝贝。

"听说您是抗战史研究专家？"沉默少顷，马仲生主动发问。同时他忽想起该给客人沏茶，忙拿着电热壶，去隔壁卫生间接满水，回来放在电磁炉上。

"您不是在讽刺我吧？到这儿才知有个雪峰山会战，才知神舟山是雪峰山会战的主战场之一。"

"不奇怪。别说您，本县也没几个知情者。""这方面的文物呢？""非常抱歉，我们的工作没有做好。基本是一片空白。"

"那是什么原因？""看来你真是个书生。"

见我不是玩笑，他从书柜里取出一张本县地图，吹了吹灰土，铺在堆着文具的桌上，认真介绍神舟山之战相关情况。发生于1945年的那一场战斗，是神舟山远古以来若干场保卫家园战斗中的一场。

听过介绍，我才知神舟山的神奇。正由于它的神奇，屡遭到外来侵犯。为保卫神圣家园，神舟山成了刀光血刃之地。甲板形山顶上的古老炮台，不知建于哪个朝代。山上山下，不知埋下多少头颅。好在清兵入关与南明小朝廷覆灭之后近三百年间，大西南未出现成气候的割据政权，也就免去了神舟山作为血腥战场的不幸。而到1945年5月，血光之灾又在神舟山重演。

日军于"九一八事变"侵占中国东三省之后，朝关内步步进逼，迫使国民政府放弃长城以北。眼见华北门户洞开，国民政府预计中日之间必有一场大战。于是一方面努力强化华北、华东地区的战略设施，同时尝试加强华东腹地与大西南的联系。1938年8月，将武汉定为临时所在地的国民政府，下令组织百万民工，费时一年有余，以铁锤、铁扦、锄头、竹筐为工具，将十年前就开始动工、始终不能竣工的公路一举完成，从而改变了千余年由青石板、圆木段、碎沙石构成的"丝绸之路"的旧貌。虽说路面不宽，满是粗沙碎石，汽车经过时，扬起的灰土如滚滚黄烟，却在1945年的雪峰山战役中立下殊勋。

1944年5月，日军发动"一号作战"，从河南至广西狂扫千余里，使中国空军在衡阳、零陵、宝庆、桂林、柳州、丹竹、南宁的7个空军基地和30余个飞机场，相继被占领或捣毁。随后，日军又摧毁了鄂西的老河口机场。这样，位于湘西南雪峰山腹地的芷江机场，就成了中美空军唯一的前方机场。该机场经过扩建，可供美军最大的B-29轰炸机起飞降落，携着炸弹，直接轰炸日本东京和台湾一带的日军设施。

这次战役由日本的中国派遣军总司令冈村宁次一手挑起。此举实为剜肉补疮。他发动"一号作战"所调动的主要兵力，此前重点部署在华北，专门对付中共部队。凭此重兵，冈村宁次曾对中共敌后抗日根据地发动一次次"大扫荡"，令中共部队十分被动，根据地曾缩小了五分之四。现在，冈村宁次将主力部队抽走，给了中共极大空间。趁此良机，中共军队展开战略反攻，从而根本扭转了华北局面，抗日力量空前迅猛发展。到1944年年底，解放区已拥有9000万人口，200万民兵，75万正规军。

冈村宁次长着一副刀豆形长脸，被戏称"刀豆"司令官。他戴一副宽边眼镜，看似文弱学究，却以老谋深算、心地毒辣著称。此人年轻时就在中国从事间谍活动，整个青壮年时期都在中国窜来窜去，军阶由少佐升为大将。他对1945年"大日本帝国"的战略大局心知肚明，知日军必败无疑。其时，苏军已攻入德国本土，美英盟军完成了诺曼底登陆。日军在太平洋战场节节败退，日本本土重要设施遭到美军地毯式轰炸。在中国战场，1944年发动的"一号作战"并未实现战略目标。日军徒然将战线拉长，根本没能力守住南北交通线。

但为了报答天皇知遇之恩，他决定冒险一搏。他揣摩透了天皇裕仁的心思，知道这位"天照大神的后裔"最希望的是"体面地结束战争"，为"大日本帝国"挣些面子。于是才有一拨又一拨的"神风敢死队"，一堆又一堆的"人肉炸弹"。为鼓励更多年轻人去战场送死，天皇还亲自去机场"慰问"那些"神风敢死队"队员。真是丧尽天良。我就迎合你的圣意，来一场最后的胡闹吧。我的大儿子已经发疯，二儿子在东京待着。于是一个荒唐至极的"雪峰山作战方案"出台：夺取中国境内最后一个前进机场，然后进军四川，攻下重庆，迫使蒋介石政府投降。痴人说梦？逗天皇开心呢。得知裕仁批准了作战方案，冈村宁次立即严令部队进击，正面与佯攻结合。宪兵队铁面无情，对违反战场纪律者格杀勿论。冈村宁次放言，一旦拿下重庆，所有官佐连升三级，所有士兵重赏三万日元，并援引当年攻占南京的日本派遣军之例，就地解除军纪三天。

在冈村宁次威逼利诱下，死活不顾的日军还真创造了局部奇迹，神舟山之战即为其中之一。神舟山在雪峰山中心地带，本来与会战前两军对峙的前沿阵地相距甚远，因日军采用偷袭之术，就像山本五十六偷袭美军珍珠港那样，使这儿立时成了中心战场。当时天气闷热，偷袭的日军穿着笨重的大皮靴，衣服被汗水浸透了一次又一次，如壁虎般贴着悬崖峭壁一点点攀爬。一座座直立如壁的悬崖，居然让他们翻越过去了。从悬崖摔下深渊，当场气绝者不在少数。只有被死神夺去生命时绝望的尖叫，才暴露出侵略者心里有多恐惧，对人间有多留恋。

先出手者得便宜。中国军队曾在距神舟山三十公里的隘口修筑工事，构筑交叉火力，自以为固若金汤，却忘了偷袭乃日军惯伎。待前线指挥部获知军情，神舟山东面至北面的半山腰间，早已架满日军的轻重机枪、山炮、迫击炮和掷弹筒，从而将公路严密控制。他们还在山上点燃烈火，焚烧树林，借以清除防守的障碍，不让中国军队在攻占时有隐蔽的可能。毁林容易栽树难。片刻工夫，古木森森、浓荫蔽日的神舟山顿时面目全非，飞禽走兽惊慌奔逃。砍伐代替了培护，炭黑代替了翠绿，枪炮嘶吼代替了鸟语花香。时光迅速倒流，恢复了古战场的狰狞。

中国军队发现了日军偷袭的意图，紧急调兵遣将。然而天不假人，当被情报所误的中国军队跑步抵达神舟山脚时，日军已完成部署，对中国军队形成居高临下、以逸待劳之势。跑得精疲力竭的中国军队坐失良机，只能仰面承受日军从上而下、排山倒海般的枪弹和炮击。

"不惜一切代价，拔掉这颗钉子。"重庆大本营急了，连连下达死令。"团长倒了师长上，师长倒了军长上，军长倒了方面军司令官上。"没有任何退路。否则，一旦日军控制了整条公路，即可发挥机动化优势，调集优势兵力直扑机场，迅速占领。于是围绕神舟山主峰阵地的争夺激烈展开，中国军队创下了局部反击的奇迹。

双方争夺战打得正紧，突然从地底冒出一支队伍，直向日军阵地扑去。随之响起一阵激烈的汤姆式冲锋枪声，这是美军专有的先进武器。随着枪响，几十名国军敢死队员在日军阵地后面发动猛攻。日军阵地大乱，陷入腹背受敌的境地。正面进攻的国军趁机发起新的冲锋，先集中排炮猛轰日军，接着冒死突击。美国空军也赶来相助，将炸弹和燃烧弹投向腹背受敌的日军。这支骄横的偷袭日军，就此被整个歼灭。除了被打死的，剩下的全是伤病员，无一人四肢健全。当中国军队攻上山顶阵地时，二十几名伤兵在大佐联队长的命令下全体面向东北，高呼"天皇陛下万岁"，用手榴弹把自己炸得血肉模糊。名叫小栗原的大佐联队长，本想成为乃木释典那种"真正的武士"，却无人在一旁执刀。原来，传统"武士道"自杀程序，是殉道者先在自己肚上横切一刀，再由另一人高举长刀，将其脑袋砍下。这位大佐决定按"武士道"方式自杀前，所有伤兵全都死光了，找不到砍他脑袋的人，只好持枪自戕，因而最终未能成为"真正的武士"。

山腰本有一座古代道场，自然毁于战火，供奉的玉皇大帝、王母娘娘、太上老君、真武大帝被炸得四处乱飞。道观旁边的宋代驿站，也被炮火夷为平地，只留下坚固的房屋基脚深植于地，见证着人类的血雨腥风。

"幸亏日军飞机少，都被美军第二十航空队给打跑了。美国飞机那回帮大忙了。要不，我们死的人还要多。美国飞机贴着树尖，往神舟山顶上投炸弹，把日本兵炸死不少，所以日本人对美军飞行员特别恨。据说当时，有人见到一把白布伞，下面吊着一个人，飘到日军阵地那边。后来去寻，生不见人，死不见尸。有人怀疑，是被日军劈碎吃了。"马馆长望着手里的矿石，忧伤地说。

记者一听，汗毛倒竖。以前，只听说日军在太平洋孤岛上生吃人肉。美国第41任总统老布什的两个战友就遭此惨祸。老布什在回忆录中还提及此事。没想到这种惨剧亦曾在神舟山上演。

该死的战争，该死的冈村宁次。"雪峰山会战"虽以日军的大败告终，却导致中国军人伤亡2.6万余众，其中阵亡者近8000人。为抗击外侵，中国军人的表现可歌可泣。在神舟山日军阵地后面突然出现的国军敢死队队长，就是仍然健在的太和老爹。

"这么大的战役，有没有纪念碑什么的?"记者继续追问。

"有，又没有。这个，如有机会，您可采访太和老爹。""与他的关系大吗?""是的，故事很长的。"

号外四　马秀美揪心之事（正在进行时）

　　距县精神病医院不远的城乡接合部。马秀美租住的农家小院。小院相邻的也是杂院，房顶立着黑烟滚滚的烟囱，地面淌着污水。院里拉起两条麻绳，上面晾晒着衣服。院子里有几只母鸡，不急不忙地低头觅食。房屋的朝向横七竖八，看不出有什么风水讲究。与县城主要街道充满现代气息的房屋相比，这儿是一个建设死角，两者时差不下五十年。习惯早起的她，梳理过的头发扎成马尾巴，胸前系一块深蓝色围腰，手拿火钳，正坐在烧柴火的灶前矮板凳上，生火煮茶叶鸡蛋。今天是自己的崽二十岁生日，她要做的事情很多，好些事都需自己动手，其中两项是烧柴火煮茶叶蛋和香油锅巴饭。茶叶蛋可提前煮好，锅巴饭即只能在开餐前二十分钟揭锅，锅巴才会烧得黄灿灿的，香脆可口。这十年来，崽一直在"帝豪大世界"当打工仔。尽管老板是亲舅舅，他却坚持从班组车间干起，也不想上升到总部管理层，所以至今还是个班组长。她已届中年，却不发胖，显得清瘦、苗条，标准的农妇衣着，头发扎成马尾形，便于简单地梳理，裤腿肥大，便于蹲下去种四季蔬菜和红薯、玉米、花生。她脸色已有些偏黄，眼角的鱼尾皱纹如两束小扫把。一大早起来就在忙碌，做各种准备。自己的崽说了，就是生日，也不在饭店吃饭，顶多上饭店炒个春笋腊肉丝。崽之所以同意吃饭店的小炒，为的是别让妈妈累着。多么懂事，多么孝顺的好崽啊。马秀美想着这些，脸上满是灿烂的笑容。

　　日近中午。就在她准备拨打电话给县城最大的"帝豪饭店"，要求预订两个炒菜时，县电视台的《本地新闻》节目开始了。这是她的必看节目，了解周围发生了哪些新鲜事情，她觉得有趣。"今天清晨6点左右，神舟山'帝豪大世界'发生特大灾难事故……厂房接连倒塌……死伤数字不详……有人下落不明……"马秀美怔怔地看完，却什么也进不了脑子，神经完全麻木。播音员已由女性换成男性，她还木木地站着，两眼黯然无光。最后她一屁股坐在地下，突然歇斯底里般大叫大嚷："牛子，我的牛子。我牛子若有丝毫差错，不把你杀了才怪！"嚷叫之后，忽想起什么最是要紧，忙一骨碌爬起，猛往外跑，同时不停地高嚷："崽啊，我的崽啊。妈妈来了，你在哪儿……"就在她冲上公路时，刚好飞来一辆未上牌照的米黄色进口小车，驾驶员才拿到驾驶本，因担心路考过不了关，还给主考官送了一份礼。急匆中的马秀美在紧要关头，偏遇上这么一个角色。若不是躲得快，当场就没命了。待处理完交通事故，马秀美带着头上的胶布，坐农用三轮车赶到神舟山时，那儿已宣布封场，谁也进不去了。死者家属？那更不行。县领导高度重视对事故的处理，已经成立了应急工作组，组长由县委书记亲自担任。工作组指示：稳定压倒一切，防止坏人破坏，尤其要防止死伤者家属闹事。你的崽是死是活，还说不清。若放你进去，一是破坏了领导定的规矩，再有，万一你的崽没死，你进去有什么意义？

对对，是是。我崽命大，好几次遇险，都没得点事。我崽是什么命？真龙天命。这可不是我说的，是他说的。他是我老公。叫老公多别扭，我们只兴叫"我那男人家"。可不是一般的男人，别说盖过天下，起码在神舟具找不出第二个……别看我生得贱，福分却不差。没事，肯定没事。看我急的，怎么不问问那一位？平时他不愿见我，免得给他添乱，我也可以理解。今天特殊情况，也要躲躲避闪闪？说实话，他才真是"我那男人家"。

六　补偿引发家庭争斗（记者手札）

在县城别墅门口与马秀美的老爸意外相逢，给我的采访提供了诸多便利。老人家还不辞辛劳，用农用三轮车将我拉到神舟山脚下一个去处，见到太和老爹的年轻妻子马秀美。神舟山东面，国道与专用公路交会处的山洼里，有一竹篱围着的小院。房顶盖着厚厚的杉树皮，上面长着一层茸茸的绿苔。木屋前面有个夯得平坦的禾坪，院里养着鸡鸭。小院背后是山，面前有条小河。前院的空坪里，用木棒、竹竿搭建了瓜棚，新育的瓜秧顶着晶莹的露珠，正在怯生生地上架。瓜棚后面是一座茅舍，四面立着木柱，墙壁由一块块竹片编织，房檩则是一根根粗实的南竹。用剖开的南竹做成的引水槽，将山上的泉水接下来，直接导入安放在屋檐下的杉木大水桶中。火塘里摆个三脚架，用来烧柴火。三脚架上方挂了个铁钩子，上面吊着熏黑的腊肉。这是太和老爹在神舟山的另一去处，我前两天在树屋下见过的小男孩也住在这儿。

当我进院时，小男孩正踮着脚尖，给小黄牛捉背上的虱子。太和老爹的年轻妻子则用小瓦钵捣白果。她穿一件玫瑰红短大衣，蹬一双橘红色高跟鞋，染成栗色的长发因染料开始褪色，而显得有点杂乱。头发两边，别着彩色的孔雀和凤凰发卡。她的五官倒是秀丽，属于标准的鹅蛋脸，下巴微翘，略显单薄的嘴唇抹了口红，十个指甲涂成金色。看这穿着，可看出是一个有生活追求的年轻女性，不算太俗，却与单调的山区生活很难融洽。难怪与上年纪的丈夫长期住不到一个屋檐下。

乡里人对记者，一般都较尊重。她对记者的态度却不相同。先对我充满戒备，也不让座，只顾自己用小瓦钵捣白果。白果的乳色汁液溅在她玫瑰红衣服上，印出一个个小白点。见到我挎在身后的照相机，她才递给我一张矮竹椅，杏仁眼开始发光："你真是北京的记者？给我家老爷子买营养品的也是你？看你就像个好人。你跑这么老远，就为了打听我家老爷子的事？你敢替我们讲公道话吗？"于是噼里啪啦放鞭炮似的，说起太和老爹承租神舟山林场的过程。

这使我为了难，问："你丈夫知道合同即将废除吗？"

"还在昏睡呢，不知能不能醒。我外出半个月，这事也才听我弟弟说起。"马秀美说时，将捣成汁状的白果倒进一只空碗，再用一块干净抹布擦拭白色的小瓦钵。

"林场领导讲出废除合同的理由了吗？""我哪儿见得着当官的？全是我弟弟在操作。""承租山林的是你丈夫，你弟弟只是亲属，竟不与你商量？"

马秀美张了张嘴，只叹口气："讲来讲去，还是我那老爷子自己糊涂。"一只漂亮的花冠公鸡踱着方步，伸长脖子走来，想啄食她手心里的葵花子。

马秀美看来满肚子委屈，不知从何说起。说牛全胜对姐姐不管不问？此次出国，即由牛全胜全程安排。从旅行团的选择、往返机票到食宿安排。马秀美虽感觉有点意外，却也说不出什么。难得这份好心，怎好意思拒绝？至于提前返回，纯属偶然。她从旅游大巴下来时，因高跟鞋的鞋跟太高，不小心把右脚崴了，脚背肿得像刚出炉的馒头，一按一个坑。这样子怎能随团？她便提前返回。没想到才进家门，她便撞上常年满世界乱跑的牛全胜，一路招摇从省城回来。为抬高身份，他还带来一大堆大人物。

马秀美接着给我一个难题："你说这合同，可单方面宣布作废吗？"

"这种情况不是没有。""若另一方坚决不肯？""那就打官司呗。""官司若打不赢呢？""那不会吧？如果你确实有理。"这是我所能给予的最好回答。

我知道有专门的《合同法》，条文清晰，实施却难。据一个做律师的朋友介绍，在中国，最不靠谱的就是合同，不论是个人之间、公司之间、集体之间、国家与个人之间，订的合同说改就改，说废就废。要打官司，打吧？法院受不受理是一回事。即使受理，还有个是否秉公裁判的问题呢。有的案子，明明有失公允，法院硬这么判下来，不服你再上告，又是三年五年，还不知是何结果。一个案件，如翻烧饼，一审判原告赢，二审判原告输，三审再扳过来。谁在捣鬼？因素甚多，而法官自然脱不了干系。所以才有流行的那话："大盖帽，两头翘，吃了原告吃被告。"亚当·斯密曾说："一旦商业在一个国家兴盛起来，它便带来了重诺言守时间的习惯。"在他以为，"商人本来最怕失信用"。不知他的话依据在哪儿。

病急乱求医。马秀美转身进屋，抱出一个带锁的檀木盒子，在院子里的石桌上摆好，从内层口袋掏出一串钥匙，挑出其中一片，满脸庄重地打开挂在木盒上的小铜锁。宝贝不少，印刷品占了一半，纸质新旧程度不一。盒盖揭开，一股纸质品的霉味与淡淡的檀木香味混合一起，在空气中缓缓飘散。

"这就是太和老爹与林场签订的合同？"

"没错。盖了公章的。公章中间有五角星，绝不是私人刻的。"看来这木盒不轻易开启。给黄牛抓痒的小男孩好奇地走过来："妈，老爸的木盒子在这儿呀？不是放在城里吗？"

"别多嘴，看牛去。"

"妈，我摸摸可以吗？只摸一下，保证轻轻地。"

"走开，小心你爸揍你。别走远，过会儿喝白果水。"

我看出小木盒对于这一家非同一般，不由得瞄了两眼。盖上有一个镀金的圆形徽章，薄金的着色差不多褪去，既像国民党的党徽，又像美国国旗上老鹰的图案。下面有两行小字，中英文对照。我本想再看个仔细，马秀美却急忙把木盒挪回身边，侧身挡住我的视线，只从里面掏出两张颜色泛黄的打印纸，第二页纸上盖了一个红泥公章，一个私人印鉴。

我把合同书对着窗户照看，目光聚焦于"甲方"栏内那个大公章。"神舟山国有林场"几个字虽经十余年岁侵蚀，却还鲜红。作为权威的象征，它真说作废就作废？

中华人民共和国成立后，即于1952年实行"土改"，全国农民敲锣打鼓，热烈庆祝耕者有其田。搭帮共产党而拥有神舟山一小部分产权的农民们，个个心满意足，对分得的那一部分山林周密规划，准备好生打理一番。但后来明白，毛泽东领导穷人闹革命，可不是重复洪秀全的《天朝田亩制度》，以"耕者有其田"为目的。他的目标，是五亿农民共同富裕，防止再现两极分化。于是全国农民紧跟党和人民政府，欢天喜地直奔集体化道路。

农村合作化运动从1955年开始，至1957年完成，所有田地山林全部归于公有。农业合作化初始，国家的战略目光同时投向山林，组建全民所有制与集体所有制两种形式的林场。神舟山以其丰富的木材资源，自然在关注之列。

先是成立一家小规模的集体所有制林场，后经扩大，升格为国营林场。以云雾缭绕的神舟山主峰为中心，方圆五十华里，副县级单位。它在行政上隶属于省林业厅，但由神舟县托管。有了国有资金支持，神舟山面貌很快大变。几年之后，每一块因战争留下的伤疤都被治愈，代之无边的苍绿葱郁。原来的树木得到合理保护，很快长得水桶般粗细。侥幸存活的千年古木乐享喜雨阳光，也都展开新姿。新栽的树木茁壮成长，疏密有致。群兽竞走，鸟语花香，洋溢着原始森林的气息。一片充满活力的大山林，展现在当代人面前。

这场农业合作化运动，将太和老爹与神舟山纠结到一起。年轻肯干的牛太和，此前已是农业合作化积极分子。当神舟山林场还处于集体所有制阶段，他以"神舟山高级农业合作社副社长"身份兼任林场副场长。当林场决定大规模植树造林时，他领着社员们加入植树造林大军。社员们给林场干活，却在合作社记工分，搞分配。有的社员不满，在牛太和耳边嘀咕。牛太和按照上级领导的讲话口径，说服大家：我为人人，人人为我。我的就是你的，你的也是我的。将来共产主义就是这样。那现在还不到共产主义啊。不到？创造条件，上。谁也不知，积极分子牛太和，时刻担心什么。

过了一段时间，林场升格为国营单位，领导班子重新组建，一些农业合作社积极分子转为林场干部职工。牛太和，为林场发展尽心尽力，有目共睹。如果想去，就写申请书。不说当场长，当一个工区主任，绝对没问题。最好写一份入党申请书。"你要我写申请，加入伟大、光荣、正确的中国共产党？不不，做梦都不敢想。不够格，不够格。""你别谦虚过分啊。凭你一贯表现，只要把申请书递上去，肯定会批准。当一名共产党员多光荣！而且只有入党才能做官。""不不，我不够格，我享受不了这样的光荣。我是干农活的八字，还是留在农业合作社。""进国营林场，就是跳出了'农门'，吃上国家粮。这个差别大了。你不懂？""我晓得，谢谢。我不够格，没这'八字'。"牛太和就这样与神舟山国营林场失之交臂。

国营林场体制的确立，给神舟山带来巨大利好，一条公路从山脚分岔，牵上山腰，成为专用。专用公路向林场腹地延展，千古闭塞的山林响起了汽车马达声。那一年，分管神舟山林场的，是赵凯林的父亲赵海鸣。他享受副县级领导待遇，亲任神舟山筑路工程总指挥长。他到过工地三次，每回都卷起袖子，裤腿挽过膝盖，在工地现场喝一回大酒，抢一阵铁锤，出一身大汗，衬衫上印出一片洗不掉的汗渍。全靠肩扛手抬的方式搬运砍伐的木材，自此成为历史，机械化作业首次惊醒沉睡了千百万年的神舟山。林场的砍伐速度快得惊人，砍掉的成材林超过若干年的总和。

也是在这一年，一支国家专业矿探队开进山里，意外发现古木森森的大山腰间立着一座砖砌的纪念碑，当中嵌着一块长条形木匾。一看内容，吓一大跳。怎会是一座抗日战争胜利纪念碑？碑文还是蒋介石写的。谁干的这事？没人承认。国民党时期的县长早被当作历史反革命分子镇压了，共产党的县长怎会给国民党树立胜利纪念碑？立即炸掉！运炸药来。探矿队的炸药还没运上山，夜里忽发生怪事，刻着蒋介石手迹的木匾失踪了。警惕，神舟山暗藏有反革命分子。炸，坚决地炸！奇怪，炸药包点不燃。打钻，往纪念碑基脚灌进火药。"轰隆"，总算炸开一个小坑，坑里却现出一片骨骸，随着硝烟飞出老远。同时从地底喷出一股暗红色浓烟，呛得大家眼泪直流，有的口吐白沫，几乎窒息。不得了，地下有毒气。怪事一桩接着一桩，探测仪器失灵，标注的数字一会儿这样，一会儿那样。到底以哪次测量的为准？地质结构怎如此不稳？更大的灾难来了，一探测员工跌入悬崖，摔成残疾，终身离不开轮椅。多名员工身染怪症，彻夜奇痒难耐。对了，不明矿物辐射。不是铀矿，而是另一种（或多种）人类尚未命名的矿物质，放射性为铀的N倍以上。快快，撤退。一份含糊不清的报告就这样递交上去，不敢对诡异之事涉及半句，只强调以目前我国地质矿探的技术，不具备开采条件。

报告送得恰逢其时，探矿队接到"下马"命令。原来探测神舟山的计划由苏联专家制订，与制造原子弹有关。随着苏联专家突然撤走，制造原子弹的计划搁浅，神舟山暂时免去一场惊扰。这是国民经济开始遭遇"三年困难时期"的头一年，国家提出"调整、巩固、充实，提高"。神舟山林场撤销，分别并入几个相邻的人民公社，其中划归给神舟山人民公社的面积最大，工人全部遣散。好，牛太和只差没大声叫好。他与神舟山瓜葛之深，有谁能知？他现在是"神舟山人民公社管理委员会副主任"，兼任神舟山生产大队的大队长。吃的是"集体粮"。这吃"集体粮"的户口比较特殊，介于农村户口与"国家粮"户口之间，由所在的人民公社自己供应口粮。此一阶段，与"大跃进"时期吃大锅饭、办公共食堂的政策已有所不同，叫作"自留地、自由市场、自负盈亏，包产到户"，简称"三自一包"。牛太和一听摇头。包产到户有好处，但总有些人能力不如别人，总有些人有特殊的家庭困难。他来折中，各取一半。他在自己管辖的生产大队里，将"包产到户"改为"包产到组"，发动社员们十户为一个生产小组，内部按劳分配，大种优良树种，适当开垦荒坡，种植玉米、红薯、高粱、薏米、燕麦、荞麦，还有各种蔬菜。有条件的，养几只鸡、几只鸭、一头猪、几只羊。牛可千万不能养，否则就是资本主义。自种自收，自救度荒。这样过了三年，以神舟山主峰为中心，山区面貌焕然一新。新栽的树苗"噌噌噌"往上长，与苍翠的老树林相映成趣。新垦的耕地规模适当，绿油油的旱地作物长势喜人，承包的村民一个个笑呵呵的。虽说别的村子传出饿死人的消息，神舟山主峰所在的公社社员们，却拿出多余的粮食，肩扛手提，接济其他亲友。

歪打正着。牛太和坚持"小组承包"的做法，得到上级部门肯定。牛太和成了"正确代表"。又动员我申请入党？不不，我还是不够条件。吃"国家商品粮"？这个可以。提拔我担任人民公社社长？不不，我顶多干个副职。感谢好意，真不够入党条件，永远不够。

我瞪着细眯眼，将合同看了两遍，心有疑惑却只能住嘴。大凡政府赔偿，尺度极难把握，双方都有操作空间。民间方面，有的人听说哪儿要拆迁，立马用竹竿、木棒、牛毛毡搭建几座简易房，然后就看政府的了。政府方面，倘若有人在内部玩手脚，几千元的简易房，能评出几十万。这几十万却不能如数拨付给当事人，而是通过一只只无形的手悄悄瓜分，当事人与批准拨款人各得其所。这回落到太和老爹头上的，将是何种结局？我不由得想起他那神通广大的小舅子和那支警笛长啸的小车队。

"老爷子不愿退回那片山林。"马秀美吹去落在合同纸面的灰尘，小心对折，放进檀木盒，起身进屋。她回头又做补充："那山林是他的命，是他的崽，他的亲崽。"她特别把"亲"字说得很重。

"他老人家担心赔偿金额不够?""他从未想过要从国家手里骗钱。""那你弟弟的意思？……""他呀，恨不得把国家银行往自家搬。"

遇上难题了。希望我凭北京记者身份，站在你和太和老爹一边说话？牛全胜与地方领导关系这样铁，争取国家高额赔偿，肯定志在必得。你动了他的奶酪，他不找你拼命？让牛全胜知道内情，捅我两刀怎么办？靠人民政府吧。你是合法妻子，当然拥有授权。县领导不秉公办事？我更没辙。明哲保身还来不及，找这种麻烦？打道回府吧，好选题多了。

主意拿定，一身轻松。就当是自费旅行一趟好了。我对马秀美含糊地说了几句"和为贵"之类的废话，对她包里的东西也不感兴趣。当然，若见到牛全胜，也可以劝劝他。"北京记者，你可真是好人。有你这话，也就够了。你不是很想见老爷子吗？我写个条，你试试看，醒没醒来。""这当然求之不得，收获一点是一点嘛。"她满心欢喜，非得把剥好的柚子放进我背包。惭愧，这份信任，怎对得起？小男孩见我要走，牵过小黄牛与我道别。小黄牛友善地舔了舔我的衣角，继续低头吃草。

离开神舟山下的棚屋后，我先上医院重症病房。遗憾，太和老爹仍未清醒，我只能隔着窗户玻璃，见到模糊影像。问医生、护士，谁也不正面回答。没法子了，我即去购买上省城的长途汽车票。还好，买的最后一张。又一个夜晚过去，我早早起床。看看手表，离上车还有三个小时。信马由缰，满街瞎转。怎么又到了马秀美的别墅前？里面有人吵架，声音不小，只听不清吵些什么。大门未关，她老爸上哪儿了？谁和谁在吵？会不会与我有关？

强烈的好奇心磁铁般吸附着我，不觉间便进了别墅院内。感觉不妥，正欲后退，却听得屋里的声音越来越响，调门越来越高。其中马秀美的声音充满悲愤：

"你不就是要他死吗？""放你妈的狗屁。""小牛子说，你去过山上。""去过又怎么样？上山打野雉不行？采灵芝不行？""人在做，天在看。""看你个死。拿来，赶快！""我欠你么子？""合同，与林场签的原始合同。""合同早撕掉了。""滚一边，我来找。是不是在你那包里？""不行，就是不行。""我要，必须给我。"

高门大嗓，声声相逼，大有你死我活的架势。

我悄悄退出院门。是进去劝架，还是等着进一步的结果？这是在别人家里，清官还难断家务事呢。啊，他冲出来了，彪形大汉，穿一件咖啡色夹克衫，显得牛劲冲天，手拿一个橘红色坤包，正是马秀美挎在身上的那个。马秀美追上来了，一把拉住坤包的带子。"我的，还我。强盗，强盗！""呸，家里的东西都是我的！"坤包带子断了，包却牢牢抓在牛全胜手里，他边跑边嚷，越来越快，很快冲到黑色小车前。

"还我，强盗。强盗！"马秀美追了上来，使劲拉着车门，不让牛全胜上车。

从另一间屋子跑出头发几乎全白的父亲，拦在小车前面，试图劝姐弟和解："胜子，把东西还给你姐。你们就姐弟俩，别让人看笑话。"

"闪开，老不死的。你也跟着捣乱。"牛全胜猛一用力，将马秀美的身子扒开，随即车门落锁。见老父挡在车前，立即下车，一把将老父甩出丈余。老父亲哪儿敌得过他的牛劲？被摔得趴倒在地，好长时间都起不来。而当他再次上车时，马秀美也再次扑来，身子趴在驾驶室前的车盖上。牛全胜脚踩油门，汽车发动。车身颤抖，车轮开始滚动。

马秀美仍不肯下来。

老父亲挣扎着爬起来了，推开女儿，自己顶上去，试图以父亲的身份劝阻亲生儿子。这举动更激怒了牛全胜，脚踩油门，就要把汽车开出去。疯了，牛全胜疯了。他看来根本不承认"百善孝为先"这一传统美德。

不好，小车一动，万一将老人家颠下来怎么办？多一事不如少一事？不行。激情杀人往往就在这种情况下发生。马秀美也疯了，把父亲从车盖上拖下后，自己扑上去。"不能这样，马秀美你先下来。合同不过是一张纸，人的生命比合同重要。牛全胜你不能乱来。这样做会触犯刑律。大家追求什么？不都是想过好日子吗？这样胡闹，家破人亡。老人家请您闪开。"我转过身子，几步冲去，从侧面把马秀美给抱了下来。红了眼的牛全胜不想收手，小轿车大声吼着，从半开的电动闸门缝隙中擦身而过，撞得电动门曲扭变形，小轿车前挡板掉在地上。我赶紧后退，倒在地上，车轮溅起的脏水落满我一身。

晦气。我懊恼地离开太和老爹的别墅，想起买好的长途车票，忙往汽车站跑。车票作废，谁让你不赶时间？大巴早开走了。只能等明天的同一趟车。又得再住一晚，好像神舟山和我缘分多深。无所事事，时间难熬。上哪儿消遣？这儿的洗脚屋、洗头房、按摩室倒是不少，但据说都是变相的色情场所。还是慎独的好。干点什么？再上医院看看，老爹现在状态怎样。

怎么，老人家从医院失踪了？

号外五　常务副省长寝食不安（正在进行时）

省委常委宿舍区，常务副省长赵凯林住家。这里距神舟山三百多公里，在外人看来，与神舟山大爆炸一毛钱关系都没有。事实却不。在这套面积达300平方米的大屋子里，只住了赵凯林一人。屋里，最引人注目的是一幅直条山水画，画面奇峰突兀，巍峨陡峭，云蒸霞蔚，气象万千。山顶立着一人，两手叉腰，翘首西望，一副志得意满之态。画面题款："会当凌绝顶，一览众山小。"神舟山大爆炸的消息传入屋主耳朵里，是在事故发生后的半小时。若走正常程序，这消息根本不可能在此刻让他知道。类似这样重大的灾害消息，上达到他这位常务副省长，中间隔着多少道门槛：事发地点—119接警室—值班中队长—县消防大队部—县公安局主管副局长—县公安局局长（抄送县安全生产管理办公室主任）—县政法委书记—县委书记—市公安局消防支队—市公安局主管副局长—市政法委分管副书记（抄送市安全生产管理局局长）—市政法委书记—市常务副市长—市长—省消防总队值班室—省消防总队分管副总队长—省政法委值班室—省政法委分管副书记（抄送省安全生产管理局局长）—省委"要情专报"摘编室—分管省领导（分送副省级以上领导人），他本人这才得闻。可因为他与神舟县的特殊渊源，这消息竟由县委书记直接捅给他了。当然，县委书记首先是把电话打给秘书。深知赵凯林个性的秘书，分分秒秒不敢急慢，立即"原汁原味"报告了他，而不用担心打扰休息。本在床头靠着抽烟的赵凯林，突然变得那样灵巧，鲤鱼打挺般弹跳而起，紧紧抓牢黑色座机话筒。"真是神舟山？确认是'帝豪大世界'出的事？死没死人？死了多少？让司机把车准备好，我立即就去。通知神舟县主要领导，立即派公安干警封锁现场，严禁新闻媒体派人混入。有牛全胜的消息吗？千万别让他跑了。通知省公安厅，立即发布通缉令，务必将那王八蛋严控。还有，赶紧给国家安全生产总局发一报告，就说我们已掌握所有第一手材料，截至目前，还没有人员伤亡方面的消息。详细情况随后上报。慢着，省公安厅的通缉令先别发，压一压，视事故调查进展来定。"该死的牛全胜，一再叮嘱你，别碰那禁区。发那种横财，要掉脑袋的。这王八蛋就是不听。灾难果然来了。有没有人知道厂房倒塌的真实原因？有没有人知道牛全胜偷偷摸摸采矿的事？哪是一般的矿石！全球唯一，稀土之王，镇球之宝。品质最好，品位最高，专用于制造太空飞船和太空武器。鬼知道他干到哪一步了？用什么方式偷运出境？一旦被发现怎么办？一系列大难题，有的根本无法解决。这王八蛋，利欲熏心，连我的话也听不进，对我也遮遮掩掩。只听那妖精的，让我在火上烤。你以为"两面人"的角色好演？你以为"两面人"的日子好过？脖子上套了这么多绳索，想交辞职报告都不可能。

赵凯林穿着绿底丝质绣花睡衣，一边抽烟，一边思考，一边对秘书发布指示。烟灰在柔软平滑的高级亚麻床单上落满，他却浑然不知。直到亚麻床单燃烧起来，发出一股怪味，他才动手去掐。床单已烧出一个大洞，下面的垫被也受到株连，烧坏一大块。他好不恼怒，将床单三下五下扯落在地，踩上几脚，把火头踩灭。再往烧坏的垫被上浇一杯水，这才将毛茸茸的两腿往裤筒里伸。洗脸、刷牙、刮胡子之类全免，裤子拉链也没拉上，套着拖鞋就往门外跑。心里一个劲念叨："南无阿弥陀佛，观音菩萨保佑，现在关键时刻，千万不要翻船。上面考查组已到了这儿，现在是关键时刻……看我这毛手毛脚的，还未给观音菩萨磕头烧纸呢。小神龛设于卧室套间的里间，镀金佛像请自佛教圣地五台山。观音菩萨，没少敬奉，紧要关头，就看您究竟灵不灵了。佛教、道教，基督教、伊斯兰教，管你什么教，能保我平安就是好教。"

司机未到，我跑出来干什么？堂堂常务副省长，突然不打招呼，扎到一个县去，这叫什么组织程序？你与他们是什么关系？中央纪委的消息灵着呢。没事找事，此地无银三百两。稳住，千万稳住，别让任何人看出破绽。看我急的，有必要吗？谁抓住我的蛛丝马迹了？回屋去，继续睡。于是赵凯林重新躺回宽敞舒适的大床，脱下没拉拉链的长裤，继续享受早晨的"神仙烟"。直至省委书记和省长的电话相继追来，他才将烟头掐灭，边出门边往上提裤头。体重增长太快，肚子大得像个孕妇。危险，千万别藏着恶疾大患。如今的怪病太多了。

七　被迫离乡背井（老爹自述）

首先感谢你，北京的大记者，千里迢迢，来看望我。人未见着，却给我买那么多补品。虽说我从来不吃补品，只吃五谷杂粮，但诚意动人啊。前些天发生的这点意外，让你赶上了，误了你宝贵时间，实在抱歉。有些事情，该来的必然来，躲也躲不开。你可能觉得奇怪，昨天还躺在医院病床上，怎么今天就能和你聊天？应该是个缘分，让我们走到一起。你来看望我，是对我的抬举。我今年九十，称得上"老而不死"了。想起有句话，"老而不死是为贼"，好像所有人都不该健康长寿似的。其实不是。不是卖弄学问，孔夫子原话这样讲的："幼而不孝悌，长而无述焉，老而不死，是为贼，以杖叩其胫。"有具体针对性的。隋唐大医孙思邈，能说他"老而不死是为贼"吗？我年轻时，从老道长那儿接受了一个讲法，叫作"我命在我，不属天地"。也就是讲，人生属于自己，怎么活法，总的在于自己，不在别人，更不能怨天怨地。有人喜欢轰轰烈烈，有人喜欢默默无闻；有人喜欢经历丰富，有人喜欢生活简单；有人喜欢出人头地，有人喜欢自在平常。至于我，本来也想过简单生活，做一个扶犁掌耙的老实农民，就像老道长那样，说走说走，一身轻松。不料后来，竟惹出一大堆事情，想简单也简单不了。直到今天，还给自己找了一堆麻烦。回过头来，才感觉要过类似老道长那样的简单生活，真不是简单的事情。你生活道路上遇到的诱惑太多太多，稍有松懈，就抵挡不住，就能影响你的生活道路。有的影响一时，有的影响终生。于是你的生活便不再简单，好比陷进荆棘林，前后左右都是刺。我被"石锤脑壳"所逼，离开丈人家之后，决定当兵，就是被刺扎的结果。

讲起当兵，那真是大白天遇上倒路鬼。从未想过要走的路，竟却绕不过去。最不愿干的职业，却干了十二年。我岳父已给你大致讲过我第一个婆娘的事，我指的是现在的岳父，秀美的老爸。我的岳父有三个，两个搞体力劳动，一个是大知识分子。可惜有知识的岳父我既叫不出名字，也不知长相，隔着茫茫东海，属于异国他乡。所以即使老人家还活着，也无缘见面。记者，这可是第一个对你讲，暂时要替我保守点秘密。秀美她爸是最后一个，我俩既是翁婿，又是真心朋友。我这三次婚姻，在你们耍笔杆子的人看来，确实蛮有故事。若有兴趣，也愿意详细讲给你听。为的让现在的年轻人晓得，人的一生中，总会遇上七奇八怪的事，既检验智慧，又考验意志。中国有个大作家讲，人的一生是漫长的，但要紧处只有几步，特别当人年轻的时候。而以我这九十老爹的人生体验，这话对，也不全对。其实人生的每一阶段，都有"要紧处"在等着你，不光是几步的问题，有时是几步，有时是几十步，有时就那么一刹那。就看你如何把握准。

再补充我第一回的婚事。经过几天琢磨，我算是想清楚了，顺着"八字"来，命里注定的。命里有来终需有，命里无来莫强求。这样一想，所有怨气全消，偏瘫婆娘不仅认了，还变成心肝宝贝，白天抱着下楼，夜里抱着困觉。这时我才晓得，偏瘫妹子具有的许多优点。原来她很小就懂得生活的意义在于自己，残疾人不等于就是废人。腿脚不灵便怎么办？把手的作用充分发挥。干什么？绣花。绣花要的是巧劲和眼力，与两条腿关系不大。她就在家里绣啊绣啊，一年三百六十五天，一天也不停歇。她请过一位绣花高手，上门教几回要领，后来就全凭自己心灵手巧。她坐在窗前，看着不同季节开放的鲜花，绣出各种图像，真是活灵活现。有一回，她把绣着牡丹与蝴蝶的手帕晾在敞开的窗口，竟引来两只红黄斑斓的彩蝶一次次飞来，落在上面，想与手帕上的蝴蝶一同跳舞。我拿过她绣的牡丹闻闻，嚯，好像真有一股香味。看着她的一件件精美的绣品，你可能会忘了现在是白天还是晚上，是吃过饭了还是没有吃过。不仅绣花，还有纺纱。她在楼上床边摆一辆纺车，高度比普通纺车矮一点，便于她操作。她左手握棉花条子，右手摇纺车把手，"嗡嗡嗡嗡"，像蜜蜂在叫。一天工夫，两包棉花便变成一个个纱锭。那种纺车，轻便，灵活，现在只能在博物馆里见到了。她给我纳的鞋垫，一针一线，针脚绵密。她给我做的布鞋，虽然未能完工，我脚掌却感觉暖暖的。从小到大，我几乎没穿过布鞋啊。

婆娘对我也百般喜爱，每天不论早晚，都在门口坐着，一边做活，一边等着我从田园归来。心里高兴，嘴里忍不住就要哼几句。有一回我回家取绿豆种子，听得她在轻声地唱：

三月里来鲜花开，
鲜花开在陡石隘。
十把梯子不到顶，
哥变猴子采下来。

猴子哪有哥哥乖，
田里活路样样来。
撒把豆子收一担，
种个冬瓜两人抬。

妹在前呀哥在后，
两根杠子穿筛筛。
抬的一个胖娃娃，
摘片云朵当衣裁。

我当时听了，羞得脸红，不吭一声，赶紧出门。心里那个喜呀，比吃了蜜糖还甜。

岳父家吃饭，每天一般两餐，晚上适当吃点夜宵。岳父把财富看得重，吃饭严格限量，有时还分着吃。每到这时，我婆娘生怕我吃不饱，总要往我碗里拨一些。至于那个感情啊，每回往我身上一挨，立即软得如棉花条子。我抱她上楼时，她和我贴得那样紧，差不多粘在一起了。七十多年前的事情，现在想起，就像昨天发生的一样。我那时就想，若能这样平平安安过一辈子，就是我理想中的神仙日子。

这样安详的日子过了一个月，"石锤脑壳"突然出现，把我的幸福全砸了。这王八蛋，贼心不改，还要我跟他做强盗。"来来来，跟我来。以为你跑了就没事了？你不干，老子还得废了你。""砰"的一声，几十粒铁砂子落在水田里，还有几粒蹦到我身上，钻进我大腿里，至今没取出来。那天我正在水田里垒田埂，手拿耙子，裤脚挽过膝盖。"石锤脑壳"突然来了，背着一支鸟铳，讲不上三五句话，就朝我开了一铳。鸟铳里灌满铁砂，隔远把人打成残疾，挨近能把人打死。"莫莫莫，我跟你走，跟你走。"好汉莫同狗斗。对了，"履虎尾图"。我估计还是看上了我的轻功，要我替他放风。现场与他对打？他有鸟铳，我只有耙子。鸟铳敌得过枪炮？吃亏的肯定是我。我与他约定，给我一天时间，先把田里的秧苗插完，立马上路。"反正你跑不掉。不然我把你废了。""砰！""石锤脑壳"往鸟铳里灌满铁砂、硝药，又朝水田里开了一铳，溅起的水花一丈多高，吓得树上的麻雀、乌鸦扑腾着全飞走。"别这样，何必呢？跟你走不就行了。总得对家里人做个交代。"好汉不吃眼前亏，这话没错的。我赔着笑脸，生怕他搞什么新名堂，赶紧提前收工，急忙往家里走。几只白鹭正在水田里寻找吃的，一步一步，样子悠闲，被我吓得全部惊飞。

板车撞着石壁，硬碰还是迂回？拼他一个死，欠下一条命，人心同样难得安宁。而如果死于他手，我就太不值当。我才多大年纪，好日子还在后头呢。三十六计，走为上计。他不让我在家里清净，我再挪个地方。世界这么大，总有落脚地。家里是没法待了，弄不好殃及亲人。走，离开这儿，让他找不着。已到了吃午饭时间，饭菜都准备好了，只等岳父回来。若在往常，我可以一走了之。今天，我已经有婆娘了，而且岳父老子指望我干活。报警！我遭到敲诈勒索了。倘若现在，首先想到的是这个办法。公安局再怎么不作为，对这种性质的案子，一般不敢懈怠。可在那时，上哪儿去找执法警察？全县只有一个警察所，几十号人护着城里的衙门和大户人家的公馆，基本不管乡下的事。偶尔下乡，本身也是敲诈勒索，事主的损失不仅挽回不了，相反失去更多。回到家里，我放下满是泥巴的裤脚，坐也不是，站也不是，饭菜端到面前，也不想吃。婆娘见我样子不对，眼光忧郁地看着我，手里的绣花针扎得指尖出了血。她现在每天早晨由我抱下楼，在堂屋坐着，或者绣花，或帮着择菜。到了晚上，再由我抱上楼去。现见我一副心事重重的模样，便问我有什么事？讲还是不讲？讲嘛，怕吓了她。不讲，怎躲得过？"我若是出去一段时间……"我把她抱起，挪个位置，与饭桌挨近一点。"出去？哪儿去？不行，你又嫌弃我。"婆娘一听，才刚坐稳，立即放下碗筷，与我赌气。"不是。是有人……"我怕她紧张，便故作轻松，还保持微笑。"你原来还有别的女人？难怪要出去。我不吃饭了，还不如早点死了。你爱跟谁困就跟谁困。"看，越讲越讲不清。这叫我怎离得开？

岳父回来了，扛着铁犁，牵着一头大水牛。见我回来得比他早，感觉诧异。他晓得我从不偷懒。我赶紧跑过去，接下他肩上的铁犁，还有那头大水牛。那个年头，一头大水牛的价值，相当于一辆载重汽车，或一辆现在的大"奔驰"。我把铁犁放下，将大水牛关好。岳父坐在矮凳上，一边抽着水烟袋，一边主动问我："你有么子事？"我心里一阵滚热，忙站到他面前，低着头，听他讲话。这是关心啊，他好久没主动与我说话了。他头发已白了不少，且变得稀疏，脑门上皱纹叠加，数都没法数。岳父一年年衰老了，体质也一年年变差，咳嗽多痰，有时半夜里咳得没法睡觉。"没得事，您老放心。我有点头痛，所以收工早一点。""怕是受寒了吧？喝点姜汤水，发发汗。晚上洗个热水脚，放点紫苏，加一把花椒。"岳父说完，继续抽烟。一只脚刚过门槛，回头补上一句："秧苗要抓紧插，季节误不得。"不行，我不能抛下他老人家。

我想起有一回去镇里给岳父买烟丝，路过乡公所，见到站在门口的一个警员，穿黑色制服，背汉阳长枪，很是威风。据讲他们除了替乡公所站岗，还捉拿土匪。老百姓帮助政府捉住土匪，政府还有奖赏。"石锤脑壳"就是土匪，还是个头目。假若乡公所把他捉拿了，我不就安宁了？正好岳父的烟丝快用光了，我便抓住这个机会，第二天大清早就往设在镇里的乡公所跑。镇是古镇，临街的房子清一色木板房，木柱木壁大都歪斜得厉害，有的眼看就要倒塌。街道很窄，堆满垃圾，成群的苍蝇大清早出动，见了人迎面就扑。街的两边都是木屋，破破烂烂，歪斜得厉害。唯有乡公所是一座砖房，虽然老旧，但很气派。大门两边嵌进两道石柱，上方粉白的墙上还有彩绘，绘的是古代人骑马砍杀。也是我来得太早，镇上绝大多数居民都没开门，只有少数人穿着稀奇古怪的睡衣睡裤，在"嚓啦嚓啦"刷马桶。乡公所的大门当然紧闭着。我站在大门口一边的墙根下等呀等，一边抵挡着苍蝇的攻击，直等得两脚发酸，肚子也空了。路过的人都用好奇的眼光看我，这人蜷缩着身子，想干什么？讲实话，我那时的确很不打眼，又矮又小又黑，初来乡公所这样的地方，心里还发怵。若不是被"石锤脑壳"所逼，哪会上这儿来？提起来就害怕。也不知过了几个时辰，镇里所有的门都敞开了，乡公所的大门才开了一道缝。也是我急了点，才听得"嘎吱嘎吱"的门枢转动声，立马奔了过去。

"干什么，干什么？出去，出去，出去。"一把揪住我的头发、将我拎出去的，是个又高又黑的胖子，肚子肥得鼓起来，像怀了七个月的宝宝，穿的也是警员制服。

"我……我……我……告……告……告……"被掼倒在地的我，又急又慌，舌头跟着发僵，竟打起结巴来。

我的头撞在石板地面上，撞出个鸡蛋大的包，血也渗出来了。但想到明天就是"石锤脑壳"来拉我当强盗的日子，结巴也不打了。而当我把来意讲清，警员把一只长满汗毛的大手往我面前一伸："拿来。"

"什么拿来？"我又蒙了。

"钱啊，光洋啊，有金条更好。"

"我，我欠您的钱了？"我更犯糊涂，一屁股坐倒在墙脚下。

穿警服的高个子歪着脑袋，一只手擦着鼻涕，一只手指着我，疾言厉色地训道："小穷鬼，你捣什么乱？谁让你来的？不出钱，谁给你去捉土匪？"

"捉'石锤脑壳'还我出钱？""你不出钱谁出？弟兄们下乡进山要吃要喝，打土匪还要子弹。这些都不用花钱？""那……那……大概，多少？""你抬一箩筐光洋来吧，'都督券'可不要呵。那些废纸，擦屁股都擦不干净。"

我至今不记得怎么昏昏沉沉回到家，只记得因忘了买烟丝，让老岳父气得摔了珍爱的铜质水烟筒。一箩光洋，我的天，这位老总真是敢开口。把我自己卖了，也不值几块光洋。岳父的全部家产，只怕也卖不得几箩光洋。原来乡公所是这样捉土匪的，难怪土匪总捉不净，相反越捉越多。这穿制服的警员不也是土匪吗？我不知那家伙的官级究竟多高，他上面是否还有更大的"老总"（乡里人那时把吃官饭的都叫作"老总"）。但我已没有勇气去见别的大官，自己出大钱请乡公所捉土匪的事，怎敢向岳父大人禀告？

我只能硬着头皮与"石锤脑壳"周旋，求他开恩改口，放我一条生路。我不想妨碍人，更不想伤害人，只求过安心日子，就像在树丛下流动的水，无声无息，安于本分，同时给别人带来一些益处。比如让我的偏瘫婆娘和岳父大人都过上安心日子。

紧张的一天一夜就这样过去。第二天中午，我挑着秧苗，挽起裤脚，照样下田。一边插秧，一边留意路边动静，心里复述将要对"石锤脑壳"讲的道理。太阳高照，气温上升，田埂上的雀芽草、蒲公英、野草莓被晒得蔫蔫的，细茎低垂，叶尖稍稍卷曲。水田里的蚂蟥活跃起来，搅动着软软的、腻味的、黑乎乎的身子，稍不留意就附在你赤裸的脚上狠命吸血。我只能"啪啪啪"把它们打死，免得它们疯狂繁殖，害人。

好难熬的一个上午，每飞过一只鸟儿都让我心惊肉跳。我一边插秧，一边留神石板路上的动静。头脑发晕，水田在动，有几次我差点栽倒在水田里。"石锤脑壳"却没出现。他改变主意了？没准是良心发现。那就谢天谢地，乐意给他烧高香。万一他主意没改？为了偏瘫婆娘，为了岳父一家，还得与他面对。因怕误事，我中饭也没回家吃，又饿又累。实在坚持不住，就上了田埂，往下一躺，用斗笠遮住眼睛，休息一会儿。哎，这才叫活神仙呢。不求住高楼大厦，吃山珍海味，只希望平平安安，"石锤脑壳"不来打扰。这一放松，不到两三秒钟，居然就睡着了。被"石锤脑壳"用鸟铳的木托敲醒时，我正在梦游天堂呢。

"快起来，跟我走。还想挺尸？""对不起，你看我这块田，还只插了一半。""你想变卦？老子一铳把你打死。"

他后退两步，真将鸟铳举起，黑洞洞的铳口对准我的脸。

"别别别，这个开不得玩笑。"我忙站起，将头一低，闪开两步，躲开那吓人的铳口。

"石锤脑壳"铁心害我，仗着高过我一个头，身子也比我粗，存心要来横的。没等我再走远，他立即追上，举着鸟铳的木托，狠狠地朝我后脑砸来。用力那样猛，我竟被砸倒在涂了湿泥的田埂上。就在同时，鸟铳的扳机受了强烈震动，陡然击发。"砰！"铳管里填装的铁砂全射出去，有几颗正好擦过"石锤脑壳"自己的右边脸颊，灼烧的剧痛使他忍不住大喊大叫。好险，再偏左一点，铁砂就会直入他那张菜板脸。那就有他好受的了。原来他只想着如何镇住我，竟忘了鸟铳里的铁砂随时会射出。自然，他用铳口对准我时，也绝不考虑我的安危。他想怎么干就要怎么干，这个天下只有他大，整个地球都是他家的。

"石锤脑壳"因脸部灼伤，本能地将鸟铳丢了，手捂住脸。我正往前跑，听得后面声音不对，转过身子，才见到这些。我一时忘了危险，反过身来，朝他靠拢，关切地问："伤着没有？这儿出血了，要不要我帮你找点药草敷上？桎木叶和麻苋苋可以止血。"

趁我踮着脚尖替他察看伤口的当儿，"石锤脑壳"一把将我抓住，"啪啪啪"就是三个耳光，然后伸出右手扼我喉管。他身子高大，力气也有，扼得我喘不过气，眼前冒出金星。坏了，今天得死在他手里了。岳父老子还等着我插完秧呢。婆娘还等着我抱她上楼呢。我不能死，我死不得。挣扎之时，我突然记起老道长传授轻功时，还教过几招防身之术，强调只能在受到威胁时才用。其中一招，就是狠踢胯裆。此刻应该是用的时候，否则我就没命了。我因被他扼着喉咙，身子自然往后斜仰。面对着面，正是我踢他胯裆的好机会。于是我两手抓住"石锤脑壳"的衣服，抬起右脚，狠狠朝他大腿根部踢去。"哎哟哎哟，你这个野崽。"我还没轮得上踢第二脚，"石锤脑壳"便松开扼我喉管的手，蹲了下去，两手捂着睾丸。

"对不起，是你逼的。"我见他脸色痛苦，立马又有点后悔。万一踢伤了他怎么办？害他一辈子，讲不准养崽都不行。我便又挨他蹲下，连赔不是，还想弯腰看他有无外伤。

也就在这时，牛高马大的"石锤脑壳"只一用力，抓住后脖便把我按住，使我脸朝下摔成嘴啃泥。接着他的拳头像洗衣服的棒槌一样，在我背上、两侧一阵猛捶，痛得我泪水直流。"石锤脑壳"，你是真不把我当人，道理再多也讲不清。啊，他还在抓那杆鸟铳。他还带着装硝药的牛角筒。

我还是不敢硬顶，担心吃个大亏。生命只有一次，不能这样子死在他手。我把头用力一抬，猛撞他的下巴。"石锤脑壳"疼得要命，大喊"哎哟"。我趁势起身，一下挣脱了他，赶紧往旁边小树林跑。"石锤脑壳"痛得不行，动作也不麻利了，过了好久才装上第二管硝药和铁砂，无可奈何地冲着我的后背放了一铳，却已伤不了我半根毫毛。最后他扯起嗓子喊叫："下回上你家里去。除非你不想活了。"

我与"石锤脑壳"的仇恨就这样结下了，两人中间必须先死一个。总有这么一些人，以为自己是人上人，别人是人下人，甚至不是人。你不惹他，他来惹你。无人替我主持公道，政府也不行。我在小树林里坐等天黑，直到夜色变浓，"石锤脑壳"恼恨地离去，才敢回家。一路上脚步好沉，裸露的大脚趾老踢着石子。与他去拼？拼不过怎么办？这个家还是毁了。我拼过了他，把他杀了？那我就欠下一条人命，即使政府不管，自己良心也过不去，还是郁闷而死。只有一个办法，先出门躲躲。不是讲善有善报，恶有恶报吗？待他哪天遭恶报死了，我就可以回来过安心日子。但是，假若他迟迟未遭恶报？假若世道不变，政府永远是个熊蛋，"石锤脑壳"依然横行乡里，我就一辈子不能回自己的家？我不相信。三十年河东，三十年河西，世道总在不断地转！

岳父家四垛三间正房，东边有间厢房，是我平时的住处，眼看着离我越来越近。它们在淡淡的夜幕背景下，显得安详宁静。以岳父目前的家产，在周围乡村算得小康人家。想想我儿时流离失所的生活，而今住自家的房，种自家的地，吃自家的饭，也就自足了。但总有一些人，见不得别人过称心日子。这不，马上我将被迫远离这舒适的一切，再过有一餐没一餐的日子。若不离开，家里很可能被洗劫一空。那我就把岳父一家害惨了。

我拖着步子，比石磨还沉，进屋后像做了错事，不敢看坐着抽烟的岳父，更不敢上楼去见我的偏瘫婆娘。掌灯时分，照岳父定的规矩，为了省油，整个屋子只能点一盏豆油灯，半个时辰后就得吹灯上床。我赶紧就着摇摇晃晃、半明半暗的豆油灯光，对岳父简要说了我的危险处境，以及外出避难的打算。

"哪个时间走？我给你准备米。"岳父佝偻着身子，在矮凳上坐着，闷头抽完第十管烟，突然发问。

"啊不，米我不要。"我还想推辞，岳父已将油灯吹灭，起身准备睡觉。我不知该讲点什么感激的话才合适，在黑暗中追到房门口，"我躲一阵子就回"。岳父没做回答，只听见黑暗中一张凳子被绊倒的声音。后来我才了解，岳父自己年轻时也有过类似经历，差点没命，花了好大一笔钱，才把瘟神给"请"走。历朝历代，一旦朝廷腐化，百姓造反，国势衰败，朝纲不振，社会混乱，土匪就日益猖獗了。这种情况之下，你必须学会避祸。

这个夜晚，我几乎一宵未睡，抱着浑身哆嗦的婆娘，也不敢讲更多安慰的话，因为讲也没用。她用两只胳膊围着我的脖颈，哭个不住，哭得枕头都湿了。直到两人进入水乳交融的忘我境界，她才止住哭泣。而这时东方的窗纸开始发白，我不得不离开温暖柔软的床铺，开始了野人式生活。以后我慢慢反省，寻找根源。结果发现，"石锤脑壳"其实是自己招来的。

"怎么会呢？你离开老家，不就是为躲避他吗？"

"是啊。可是见鬼了，有一回趁着岳父让我收租谷，我挑着箩筐，竟上山圣甸村遛了一转。"

"那是你必须要走的线路？"

"也是，也不是。主要是我心里，有点想要显摆。因为那天，我穿了一件没有补丁的黑衣服，是我婆娘用岳父的旧衣改制的，非常合身，还穿了一双布鞋，是婆娘刚给我做的。在这以前，我既未穿过像样的布鞋，也未穿过合身的衣服。我甚至未穿过不打补丁的衣服，所有的衣服都是补丁摞补丁，看不出原来的颜色。那天突然穿了件这么好的衣服，刚好有机会经过山圣甸老家，便想让村里人看看，现在自己变得怎样，是不是有点儿出息了。用现代的话讲，也就是想满足点虚荣心。"

"这种虚荣心，恐怕不只你有。"

"是啊。也就是想要享受一时半会儿的快感，结果惹出大事。"

"怎么？你撞见'石锤脑壳'了？"

"那倒没有。我挑着空箩筐，装作整理绳索，特意在村口站了一会儿，直到来了个熟人，才假装准备走。熟人认出我了，自然高兴，问这问那。我慢悠悠地回话，蹲下去擦擦布鞋的鞋面，期待更多熟人的到来。果然，大家一传二，二传四，来的老熟人越来越多，我听到的夸奖也越来越多。这个讲'牛牯子真行啊'，那个讲'牛牯子有出息'。有的摸着我的衣服，问是谁给缝的，手工真好。还有问我现在哪儿发财。我嘴上不出声，心里美滋滋，一高兴，就把岳父家的地址讲出去了。"

"也就是说，你走之后，有人无意中透露给了'石锤脑壳'？"

"正是，一点没错。所以我的体会，万般祸患，若究其源，半是外力，半是自己招的。尤其是处于顺境，更要夹着尾巴做人。否则，'富贵而骄，自遗其咎'。这个'富贵'，不一定就是人们常指的大富大贵。比如我做了上门女婿，相对以前的生活来讲，也算'富贵'了。同样那个'骄'字，也要做多种解释，不一定是大吹大擂。我在村里熟人面前，就属于'骄'的表现。结果才过了几个月称心日子，马上招来大祸。这道理老祖宗早就讲了，就是《易经》'泰'卦里讲的：'亢龙，有悔。'以后孔子发挥了这个思想，讲得更加明白：'战战兢兢，如临深渊，如履薄冰。'"

"您老对传统文化这样熟悉？在大学读了几年？"

"别笑话我了。从小到大，到老，连学校大门都没进过。也就读过这么几本，记得这么几句。行军路上，监狱宿舍，田径山坡，树屋溶洞，随时随地。身上揣个小本子，有空就掏出来读一句两句，写一笔两笔。时间久了，就记得多了。这就叫积沙成堆。"

"您老真蹲过监狱？"

"是啊。讲一句不该的话，有时监狱里关的，并不都是坏人。有些坏人，也不一定关在监狱。"

"大胆请问，您老离别第一个爱妻之后，是怎么过的呢？"

"怎么，还想再听？"

八　迷失在深山老林（老爹自述）

我离开岳父家那天，太阳被乌云遮蔽，雨点如细沙一般。气温不高，油桐树白色的花朵还没绽开。倒是枇杷不怕寒冷，结出青涩的颗粒，指尖般大小，裹一层灰色的茸毛，告知春天已到。我用一个长包袱背着岳父亲手给我准备的五升大米，还有两件平时穿的旧衣服，上面有偏瘫婆娘亲手打的补丁。脚上是一双稻草编织的草鞋，就这样上路了。心里留恋偏瘫的婆娘，走上一会儿便回头看看。雾气很浓，从天上垂落，像一张无边的巨网，遮挡了前面的山林、田野和道路。该上哪儿去打工？哪儿有一个固定吃饭和睡觉的地方？没有具体目标，只想着离家远一点，别让"石锤脑壳"再找着。至于什么时候能回来，简直不敢指望。我那时对世事的认识，主要是老道长讲过的浅显道理。记得老道长讲过，国家总是乱一阵子，接着又好一阵子。如果连着出几个平庸皇帝，就会来一个中兴皇帝。所以叫由乱到治。以后学得《易经》的皮毛，才明白就是那个"否极泰来"的卦象。这样我在离开岳父家之后，也不感觉完全绝望。往大山里走吧，山里那么多野兽都能活下来，我一个人，有两只手，为何活不下去？未必我比野兽还要无能？不是讲世间万物，人类最有能耐？妈妈从神舟山把我带来，我就再回神舟山好了。

大山林真是养人的地方。虽说每一座山头、每一条小溪都有其主，有的花钱购买，有的凭权势霸占，但主人们对山林的管理都是粗放式的。你可以不去碰山里的珍木，林中的蘑菇、茯苓、蕨根等等却可任性采挖。如果有幸，还能采到价值甚高的百年灵芝。射杀猎物是禁止的，尤其是珍贵动物，那是山林主人眼里的宝贝。大山里人烟稀少，有时走了几十上百里，却没见着一个同伴。那时神舟山的路可不是现在这样子，唯有那条驿道，用石板、木头砌成，靠悬崖的边沿有时还拉一道铁链。其余的路只有巴掌宽度，上上下下非得弯腰弓背不可。所以山里人运送货物，很少挑担子，而用竹篓、藤篓背。因竹篓、藤篓体积小，占的空间不多，肩膀与背的承受能力也强。第一天上山出于好奇，也为了锻炼胆气，我有意不走驿道。驿道宽达三尺，间或有商客结伴而行。怎么走法？专拣扭来扭去的小道行走，反正条条小道通大路嘛。我却想得太简单了，有的小道并不交叉，而伸向不同去处。我这样走了半天，也没见到一户人家，天色却渐渐暗了，四周的树木趋向同一颜色。糟糕，卡在半路上了。原路退回已不可能，离山脚至少有三五十里。正当长叹之际，忽涌现一个念头。老道长讲过，道家人夜宿是家常便饭。云游，走山路，路径长短哪儿算得那样准？所以是走到哪儿歇到哪儿。只要天黑前找到一个溶洞，甚至一个树洞，就不用发愁。至于鬼呀神呀，则不用害怕。你不作恶，鬼神是不会为难出家人的。任何报应都合乎因果，种豆得豆种瓜得瓜，钩藤根长不出玫瑰花。我相信自己不是个恶人，所以真不胆怯，只是有点累了，扯一把青草往下一垫，一屁股坐下，便听得肚子里"咕噜咕噜"一阵叫唤。我忙紧了紧裤带，是"辟谷"的时候了。

我把手伸向斜挎在肩上的长包袱。里面有五升米，这五升米可不够我吃几天，只能是关键时刻救命用。只要手脚能动，就不碰那些米。不是很想做活神仙吗？道家人出门在外，是没法背着粮食走的。他们也不能像佛门弟子那样，拿着钵子，四处化缘。所以据说，有时他们是不食五谷杂粮的，这就叫"辟谷"。用什么填饱肚子？各种果实，包括松子、植物块根、韧软的树皮、嫩生的树叶等等。赶上运气好，也不反对摄取点肉类。可是眼下，我在这渺无人烟的山林里，果树正在开花，上哪儿弄果子和块根吃？换句话讲，在这青黄不接的季节，人在旅途的道家弟子如何"辟谷"呢？

先喝饱水再讲。有水喝，就饿不死人。有机会再往肚子里填进一些嫩树叶。总之务必填饱肚子。还要尽可能定时，尤其在辰时之前，务必进食。酉时之后，则轻易不要进食。

高山有好水。就在我坐着的路边，山崖上便有清水汩汩渗出，形成一条细长的银灰色水线。山风来得猛了，银线随风飘动，只是摆幅不大。我喘息过后，体力恢复，便手扶山崖，张大嘴巴，让那条银灰色水线直接流入我的喉咙。啊，那个清爽，那个惬意，好比有一股凉丝丝的气流从嘴里直通全身，每一个细胞都膨胀起来，所有疲劳烟消云散，脚杆劲绷绷的，直想飞天。那个感觉，已过去七十年了，现在还记得，以后好像再没喝到那样的好水。如果让现在某些卖矿泉水的老板得知，只怕兑上一百倍自来水，还要卖出个天价来。

奇迹接着发生。待我肚子被山泉水灌饱了，转身寻找过夜的地方，一个被挡在石壁后面的溶洞，变戏法般出现在面前。这不是神舟山南面那块大石壁，而是位于神舟山主峰的西南面，古驿道经过的半山腰，离高高低低的石板路不远。沁人的凉气从洞口直泻出来，夹带着一股淡淡的异香，类似千年檀香木散发的气味。我因突然凉水入肚，有腹泻感觉。忍着腹泻的压迫走了十几步，来到一道石壁前。完事之后，我折下树枝扒点土，把该处理的都处理好了。我忽然发现石壁左侧有几道裂缝，其中一道较粗，能塞进一个指头。用手指抠抠，缝隙增大。再用力一推，平整的石壁竟凹下一块。用力，用力，继续用力。石壁开始动了，原来是一道狭小的石门。泥地里一个生锈的东西是什么？十字架。不理它。是不是有人进去过？里面黑乎乎的，好吓人。进？进！

也许永远弄不清石壁怎样被凿开，甚至永远弄不清它是天然生成，还是搬运而来。地球上的不解之谜本来就多，比如大西洋海域的大百慕三角区等。我当时限于学识，不可能想得太多，只为找到这么个可以过夜的溶洞，欢喜得了不得。我发现垒在洞口的石块都是活动的，就像有人用水泥沙石搅拌后黏合起来一样。黏合得那样紧，只能一点点抠，让我费了老劲。直至完全天黑，才勉强弄出个可供我这小个子进入的窟窿。因闻得里面那淡淡的异味，洞内的湿度也大大增强，我便不敢贸然进去。况且洞里比外面更黑，只能蹲在洞前坐等天明。天色虽暗，天上却有许多星斗，闪闪烁烁，从树梢望去，伸手便可摘下。树林完全沉寂，深涧里的流水响声不止，倒也不觉得寂寞。虽然身在洞外，我已相当满足，相信找到了一个好住处。仿佛有一股神秘的力量，把我这个神舟山的小崽子又拉回来了。眼前的一切，陌生而又熟悉。于是盘算，怎样过往后的日子。哪能想到，就是这偶然的发现，会在十年后神舟山之战中派上大用场。更未想到，它成了我探索人类远古文明的小小入口。

这就是我在神舟山的第一夜。第二天醒来时，衣服已被露水打湿。

大记者，也许你不会相信，我在山里连着住了半年，那五升大米居然只吃了一半。第二天弄清溶洞基本构造后，我心血来潮，突发奇想。离开岳父家，见不着偏瘫婆娘，我已是无牵无挂，何不就在此地练点道家功夫，长住下去？倘若我能在大山里过自由自在的日子，坚持"辟谷"，不受任何人干扰，简单平凡，清静宁寂，不就又成了活神仙啦！山圣甸老道长来无影去无踪，或许就是这样修炼的。即便我做不了活神仙，若吃得了这个苦，日后下山，要么继续在岳父家做事，要么帮别人打工，再有大苦大难，应该也不在话下。"石锤脑壳"，你成全我了。

于是我有了新的念头，要在山里至少住一两年，每个月偷偷下山，去岳父家看看。只要不暴露行迹，"石锤脑壳"肯定逮不着我。万一被发现，再与他斗智斗勇。正赶上万物生发的季节，虽没有成熟的果实，却有鲜嫩的新芽。尤其是满山的笋子，用指甲轻轻一划，透明的乳汁就渗了出来。放在嘴里咀嚼，一股淡淡的甘甜味。神舟山气温较低，笋子还没露出地面，用木棍小心挖出，一个个壮鼓鼓的，剥开笋叶，现出里面的笋肉，又白又嫩，美味上口，这就叫玉兰片。用它炒腊肉丝，比得过任何山珍海味。当然，这些我后来才懂，当时只晓得玉兰片不用过火，也能生吃。远古时代的先人，不就是吃这些吗？我们这些后人，不都是他们养育出来的吗？除了大米、小麦可做食粮，白菜、菠菜、芹菜、丝瓜、南瓜、苦瓜等等，都可填饱肚子。老家山圣甸的乡亲们，一年中大部分时间都靠野菜充饥。所以吃的问题，便不成问题了。乱吃山里的野生之物虽有风险，而古代神农氏遍尝百草，无疑更需勇气。我是神农氏后代，应向老祖宗学习。

没有顾虑，一身轻松。在这满山葱翠的季节，我见到每一样植物的嫩芽就轻轻掐下，用山泉水洗洗，再往嘴里送。没油没盐，嚼起来津津有味。其实那嫩芽也有苦的，苦的当场就吐。那回我掐了一把松树粉芽，颜色金红，满以为是个对胃口的好东西。道家人不是讲过，食用松粉有益健康吗？结果我一口吞下，苦得直吐舌头，连胆汁都呕出来了。啊，了不起的神农氏，不晓得你吃过多少苦，中过多少毒，才给后人留下那么多宝贵的经验，教给我们哪些植物能吃，哪些不能吃，哪些营养多，哪些营养少。现在，我也快变成"神农氏"了。

吃惯了有滋有味、用火煮熟的食物，现在突然吃的全都没油没盐，没经火煮，胃里那个感受，真是没法形容。总觉得肚里是空的，需要有东西填进去。有时胃里酸水翻滚，吃下的青草树叶全吐了出来。对肉类更馋。有一回在山坡上发现一只银灰色野兔，涎水立即涌了上来。我跑呀跑，跑呀跑，只想一把逮住，活剥了它，再填进空洞的肚子去。兔子当然跑了，累得我两腿抽筋，扑倒在地。事后一想，幸亏没抓着它，不然真可能连皮带毛，全吞进肚里。兔子也是一条命，真若死在我手里，不是罪过吗？有时又担心长期不沾荤腥，会把身体弄垮。又一想，牛呀，马呀，驴呀，不都是吃草长大的？还有大象、长颈鹿等等，照样有力气。上古之人，也是吃素为主，同样生育后代。这样过了一段时间，才压住吃肉的欲望。

最大的恐惧是与野兽为伴，因为大森林是野兽的住家。白天还不打紧，到了夜晚，鸟儿休息了，一些猛兽却照常活动，发出的吼叫撕破夜幕，初听起来真有点瘆人。听得多了，也就习惯，慢慢还能分辨出不同野兽的不同声音，同一种野兽在表达不同欲望时，有怎样不同的叫法。而在心里，一个阴影特别得浓，就是担心遇上老虎。在神舟山，还真碰上了。那是个天色阴沉的下午，我从溶洞里出来，想摘点嫩葛根苗吃。葛根可是好东西，入了《本草纲目》，甘、辛、平、无毒。当然，我那时还不知有一部大书叫《本草纲目》，只听乡里人讲，葛根除阴气，解诸毒。可蒸可煮可熬，服后可断谷不饥。但采葛根是秋天的事，现在不是采摘季节，那就摘点嫩尖芽尝尝。坏了，不该动这念头，植物也有灵性，过度采摘嫩芽，影响葛根生长。看，我在山坡上才摘了几把，就闻到一股奇特的味道。猛一抬头，妈呀，下面小道上那个全身斑纹的大家伙是什么？老虎，百兽之王。虽从未见过，但肯定没错。神舟山树木茂密，野兽种类很多。我已见过野猪、豺狗、狐狸、麂子，却还没见过老虎。曾听别人描述过老虎的长相，印象最深的是老虎满身的斑纹。好在我看见的是它的尾部，所以老虎并未被惊动。

我立即想起老道长画的那幅图。小心，现在真遇上老虎了。看它那条尾巴，硬硬的，在地上拖着，却不紧贴地面，随时可以抬起。它突然站着不动是怎么回事？闻着我的气味啦？啊，它还扭过脖子，回头了呢。空气凝固了，周围一片死寂，半点声响都没有。老虎，实实在在的老虎。它脖子太短，扭头费劲，所以只能斜视，身子仍冲着前方。你想怎样？完全转身，冲我扑来？别动，千万别动。它在死盯我呢，显然在拿主意。我不动，它也不动。不会真的跑过来吧？别慌，我距它还有十多丈远。万一它跑过来，我有轻功，还来得及上树。身边就有一棵老樟树。而老虎是没本事上树的。乡里人讲，猫不肯教它这一招呢。所以才有那个歇后语：猫教老虎上树——休想。别动，别后退，你盯我，我也盯你。你的眼睛睁得大？我睁得比你更大！对，既不惹你，也不怕你。看你怎么着？我挺直腰杆，瞪圆眼睛，手扶树干，做好随时上树的准备，就这样与老虎僵持着，足有三分钟之久。

好，老虎退阵了，意志动摇了。也许它觉得我太小太瘦，不够它一顿晚餐，于是回头继续走路，一会儿便消失在拐弯的密林里。我这才发现，浑身上下都是汗水，连头发都汗津津的。骨头则像面筋，一下软瘫了。妈呀，老虎真扑过来，我这样子还能爬树？庆幸，老虎没有吃我，我也不曾后退。对，"履虎尾，不咥人"。这回可是货真价实，遇上老虎了。结果我，胜利啦。古人传下这六个字，一定经过千万次体验。照着去做，绝对没错！

又过了一段时间，老虎的印象慢慢淡化，反而嘲笑起当时的表现来。胆子竟那么小，一动不动。当时应该冲上前去，就像好汉武松那样，把老虎一顿暴打。即便不把它打死，也要它九死一生。"履"了这一回虎尾，我的胆子壮了不少。老虎，百兽之王。我都不怕，还怕别的？大话好讲，心里还是有点打鼓。那回的处理方式，还是对的。主动挑事，不是好事。所以我每次从溶洞出来，左看右看，老虎第二次出现怎么办？怕个卵，一定比上回表现出色。这事就如俗语讲的，你越是盼着见鬼，鬼越是不来。直到我最后离开那儿，也没再见过老虎踪影。知道我在这儿？被我吓跑了？哈，看我的本事！别别，小心，也许那是一只精神萎靡的老虎，从别处过来，心情郁闷，离群索居，刚好被我遇上了。本来神舟山就不适合老虎居住，气场压住它了，没法施展功夫。正常情况下，老虎尾巴，还是踩不得，老虎屁股，还是摸不得的。

我那天上山时，忽视了一项最基本的准备工作：没带火种。火，使人类祖先的生活质量大大改善。没有火，什么都只能生吃，那就叫茹毛饮血。不知老祖宗第一次是怎样使用火，然后是怎样保存火种的。在我生活的年代，村里各户人家都必须保留火种。晚上睡觉前，把灶膛里刚燃烧过的余火用热灰掩盖，第二天早起再扒开，就着余火将干草引燃，生火做饭。长年累月，天天如此。哪家头个晚上余火没留好，就是坏兆头，得赶紧向灶王菩萨磕头请罪。尤其大年三十，灶膛千万留好火种，否则来年凶多吉少。没错，那时已有了便于携带的火柴，放在一个个小盒子里。但那可是奢侈品，一般人买不起。我们的祖先发明了火药，火柴却是西方人发明的。所以乡下人叫它"洋火"。那些外国人出品的东西，乡里人称呼时都加上一个"洋"字。某个女子打扮比较出众，或表情比较妖娆，就称她"洋里洋气"。我因为在山里没见到人家，只好连着吃生东西，肚子受不了，先隐隐作痛，后来开始泻了。这可不行。不肖子孙，肠胃比老祖宗娇贵多了。是我一个人表现不好？还是人类的肠胃一步步退化？别霸蛮，还得煮熟了吃。我因为没钱买那小小的一盒火柴，便下到山脚，找一户人家取了火种，用瓦片托着，再盖上一片瓦，带了上山。把火种放在已被凿开一个大口的溶洞里，瓦片就是饭锅饭盆。嚯，这煮熟的野菜，口味就是不同。只有在吃野菜实在腻味时，才撒进去一撮米。这样四个月下来，那五升米还剩大半。我捧着装米的长布袋，心里充满自豪感。过惯了这样的日子，往后还有什么为难的呢？

我这心态，不知你能否理解。一些年轻人，尤其是城里长大的，分不清稻子稗草，不知道花生是长在土里还是长在树上，真叫作"四体不勤，五谷不分"。孟子早就讲过，对承担大任的人要"劳其筋骨，饿其体肤"。西方一些年轻人就有这种精神。他们搞"绝地体验"，把自己置于人为的绝境，逼着自己想办法，找活路。美军西点军校的学生，分配上前方的欢欣鼓舞，分配去五角大楼或参谋总部的，却是一脸苦相，干上一段时间，一定到前方去。想当将军的，必须上前方，提升机会才多。"二战"时期的史迪威，先担任教官，后来上前线，在东方战场发挥了重要作用，晋升为陆军四星上将。

但是年轻人，处在绝境则需格外当心，"战战兢兢，如履薄冰"。我忘了这一条，就吃过一回亏。那晚突降大雨，山里从上往下淌水。我白天跑得太累，晚上睡得太沉，睡前没用泥土挡住溶洞入口，流水倒灌进来，盖着的火种全泡汤了。这不是自己找事？自我惩罚吧。我一咬牙，连着吃了半个月未过火的生菜，直到满嘴发涩，胃里翻腾得实在厉害，影响夜间睡眠，我才决定下山，再续火种。

我下山取火种时，走到半路，发现森林上空飘浮着一缕青烟，淡淡的。仔细一看，这烟不是从山下升起的。大山里还有人家？那不正好帮了我的大忙？我便依肉眼判断，寻找青烟源头，在人迹罕见的密林里钻来钻去。皇天不负苦心人，又是一个重大发现。一座还剩下半壁残墙的玉皇大帝庙，就立在连着古驿道的半山腰上。庙堂早已损毁，四周杂树杂草。有的高过头顶，有的比楼房还高。一位穿褐色长袍的老人，正挥动长柄砍刀，清扫庙堂四围。清理出小片空地后，将砍下的杂树杂草烧掉，再砍另一片，这样不断扩大空地面积。我越是走近，越不敢相信自己的眼睛。怎会这样巧？正在忙活的老人，竟是多年未见的山圣甸老道长。老道长在武当山住了几年，特来这儿祭祀。

"这大庙怎么也毁了？"

"一扯就远了。你知道太平天国的洪秀全，从广西金田起义攻打南京，经过哪些省份？"

"呵，他们与大庙是什么关系？"

"水火关系。洪秀全为了发动农民起义，宣布自己信教，信的是他自己创立的'拜上帝会'，开头把西方人都蒙住了，以为他也信奉上帝，还表示支持，希望他把朝廷搞垮。后来才发现，'拜上帝会'与西方人的基督教差别十万八千里。他宣传上帝是人类的最高主宰，但上帝有个唯一代言人，就是他本人——天王洪秀全。这样信徒们祭拜上帝，也就是拜他这个代理人。那年太平军从广西北上，攻打南京，有一支队伍经过神舟山。发现这儿有个玉皇大帝庙。这不是与我们的天王作对吗？砸！于是这庙就遭了劫。"

"那当地人是什么反应？"我不由得问。

"几乎没什么，因为信道教的人少。农民平时做工，养家糊口，一般什么也不信，只信米缸里的米有多少，饭锅揭不揭得开。道教虽然历史久远，但自从佛教进入中国，便受到挤压。以后又来了基督教，地盘更窄了。"

"那道教究竟怎么样呢？"

"我认为好，因为我信。它是中国土生土长的东西，讲'我命在我'，讲'重在今生'，能不好吗？不过我讲的没用，别人不信我的。"

"这么说，太平军不该砸玉皇大帝庙啰？"

"我也不想讲太平天国的事，太复杂了，没这水平。总之是，神舟山的玉皇庙被毁了之后，再也起不来了。农村修庙，得靠有钱有善心的乡贤们。没人捐款，自然修不成。据讲，那玉皇大帝庙还是北宋时期建的。"

"这也建于北宋？北宋修的庙不少哇。徽宗皇帝治国不行，对文化建设倒是关注。"

"是啊。'乱世治兵，盛世修庙'，说明那时世道兴隆。那个皇帝啊，有点像乡里人讲的：'男怕走错行，女怕嫁错郎。'他若承认自己不是当皇帝的料，主动让贤多好，青史留名。最后呢？丢了江山，做了俘虏，成为笑柄。"

确信老道长就在眼前，我别提有多欢喜。我踮着脚尖，轻轻过去，绕到老道长身后，然后突然跳起，一把抱住他的腰。本想捂老道长的眼睛，可是够不着。我在他身子后面，他想朝左侧看我，我转向右侧。他想从右侧看我，我转向左侧。"吓着我了，是谁？""是谁？""到底是谁？""到底是谁？"我与老道长闹够了，才转到他跟前，"扑通"跪下，连磕三个响头。

"您老怎么上这儿来了？""来见你呀。""您老怎知道我在这儿？""哈哈，这叫天机不可泄露。""您老好！我要跟着您老学。""家里的事呢？""不管不顾。""那可不行，不能收你这个徒弟。"

在神舟山与老道长相逢时，就是用这些话开头。到分手时，老道长忽然问我："你往溶洞里进去多远？""不是太远，半里路吧。""不够不够，那哪儿够？""不敢进去，有点害怕。""南面的石壁敢爬上去吗？""那哪儿敢？看着头晕，掉下去不会摔破脑壳？""是的，别去乱爬。因为你功夫不到。""老道长，您的意思是，假若哪天我功夫到了，就可以爬大石壁了？""没错。你先别想这个，往溶洞深处进吧，只要你是真正的君子，就会看到好景致。"

我永远记得老道长讲最后一句话的眼神，深邃冷峻，一点不像开玩笑的样子。往里进，怕什么？否则，显得我做过亏心事似的。一个风雨交加的日子，洞外的山坡到处淌水，脚下一踩一脚泥。正好，往溶洞深处看看。我燃着一个火把，用木棍与杂草捆扎在一起，边走边晃动。嚯，越往里走，溶洞里越是神奇，一会儿宽敞得像座宫殿，一会儿狭窄得只能爬行。再往前走，现出一个平台，足够让几百人排队操练。我正觉奇怪，眼前突然出现一片耀眼的闪光，胜过十个同时出现的太阳。我受了强光灼射，泪水哗哗直流。闭上两眼，被严重灼伤的眼睛仍泪水不断。与此同时，我感觉浑身燥热，如同置身于一个熊熊燃烧的大火炉，每一寸皮肤都灼得起泡，身子骨将要熔化成水。同时，耳朵里充满了各种喊声，既有搏斗者发出的吼叫声，又有刀剑猛烈的碰撞声，还有战马绝望的悲鸣声。

我心里忽涌起一阵从未有过的恐惧，那恐惧如同铺天盖地的罗网，紧紧地把我裹挟。除了本能的尖叫，没有别的办法。脑子里一片空白，做不出别的反应。两脚像稻草把子似的，软得不能挪步，只保持了数秒钟直立，身子便往前扑倒。是栽进水洼里，还是磕在石头上，居然毫无感觉。完了，这辈子完了。宝贵的人生，就这样扫尾了……可是却怪，当一场劈头盖脸的大雨将我浇醒，发现自己居然又躺在小山洞外面，满身泥土被冲刷得干干净净。后来揣摩，在神舟山溶洞那独特的空间里，我是否有过一段短时间的失忆？

号外六 石原劲太郎诡计多多（正在进行时）

　　日本东京，"54DAO"株式会社总部。这个老态龙钟、嘴巴扁平的男人，胸脯突起如鸡胸相似，额角青筋如一条条僵死的蚯蚓。着装却相当正经，笔挺的深蓝色西服，血红的鹿皮领带，裤管的折缝刀削的一般。他，就是大名鼎鼎的石原劲太郎董事长，年轻时候的"风流大帅"，现仍不失早岁的翩翩风度。虽人在东京，却已及时从驻北京办事处获知神舟山大爆炸的消息。他不由自主地一声尖叫，如同被突然折断了胳膊。身子神经质地抽搐着，像喉管被割了一刀却还未割断的公鸡。接着他两手捂脸，既像哭泣，又像仿效野猫洗脸。短暂的惊慌过后，他即拿出处变不惊的本领，闭上眼睛，躺在特别定制的樱花硬木安乐椅上，闷声不响地摇啊摇。安乐椅装了可自动升降、转向的调节器，运用的是人工智能原理。人工智能，没错，石原劲太郎眼下最感兴趣的就是人工智能。别看这行业尚属时髦，他却在这一领域早有巨额投入，决意让自己在晚年大大辉煌。要说他与神舟山"帝豪大世界"的关系，说来吓你一跳。该项目的第一大股东，就是这位坐在人工智能安乐椅上的老斗鸡公。至于他的目光为何跨洋越海，瞄上了中国的神舟山，自有一番说头。他是神舟山"帝豪大世界"的董事长，对大爆炸事件不关心才怪，对造成的损失不痛心才怪。不过他有他的法子，经一番冥思苦想，头绪终于理出。他很响地干咳三声，尖尖的喉结上，那一层薄如蝉翼的黄皮肤上下蠕动了一阵。再掏出洁白的手帕，擦了擦脸、嘴巴、鼻孔和手背，这才按一下装在安乐椅右侧的呼唤铃，对随即进门的女秘书下达指令："通知本公司驻美国纽约华尔街商务代表，务必于本周五之前返回国内，听候指令。动身之前，须会见与我合作的美方首席执行官，商量对中国政府索赔事宜。驻中国代表处的特使先躲藏起来，不要让中国人找到。待我们有了成熟的索赔方案，再出其不意。我们是虚拟出资？那个什么人，好像姓牛吧，来过我这儿多次。我们有制作完整的文件，现在是要弄假成真，逼他们就范，确保第一大股东的地位不可动摇。把我们当年与中国神舟县政府签署的合同拷贝一份，发给他们，恐怕他们一时还找不到那份文件。以进为退，转移视线，机会还多呢。凭中国人那一点点可怜的智慧，永远也破解不了神舟山之谜，开发不了地底的宝藏。那可是地球上绝无仅有的稀世之宝啊。掌握在中国人手里，真是可惜。暂时索取赔偿吧，有，总比没有好。最重要的是，不得暴露'智能超人'的蛛丝马迹。赶紧切割，越干净越好。就算那鲁莽的中国小子不小心说出，也扯不上我。那可不得了呵，肯定引爆全球，被控'反人类罪'，准备上国际法庭。"

突然发生了这么大的事，自己要不要亲自去中国一趟？开专机还是坐民航飞机？在北京待着还是直奔神舟山？不会被中国大使馆拒签吧？说不定早上了他们的黑名单。这样的黑名单哪个国家都有，包括我大日本帝国。大日本帝国，大东亚共荣圈，天照大神，还有"现人神"。大和民族立国以来从未有过的威风。脱亚入欧，杀鳅喂鹤，何其痛快，眼看就要与希特勒的德意志帝国共分天下。唉，可怜，这些年竟被中国人给甩下了，真是岂有此理。上天对我大和民族不公，硬把我们弄到这一溜挤挤巴巴的海岛上，资源贫乏不说，还动不动地震啊，海啸啊，没完没了。中国人的素质那么差，根本不配拥有那么大的国土，不配拥有那么丰富的资源。弱肉强食，丛林法则，人类社会历来如此。动物世界也是一样。两头雄狮为争夺领地，一头雄狮必须把另一头咬死。一个庞大帝国倒下去，又一个庞大帝国兴起来。用军事手段得不到的东西，还可以采用别的手段。老了，没关系。把责任交给年轻人。现在中国代表处的那个年轻人，不是干得很出色吗？还可以培养出第二个、第三个……第N个。他又按了按呼唤铃："离战败纪念日还有几天？请记得提醒我，我要去参拜靖国神社。你们这些三十岁以下的年轻人都得去。看我这记性。立即把法律顾问团首席律师请来，还有原始文件。对我方不利的，一概不认；对我方有利的，抓住不放。再说一遍，重复一遍……"真是老了，累了。做了上述安排之后，石原劲太郎的神经松弛下来，脖子往后一仰，禁不住打起呼噜来。被皱纹紧包的干扁的嘴角，垂下长长的涎水，使有点歪斜的嘴角与庄重的深蓝色西服之间，拉出一条细长的、黏糊糊的白线。

九　寻找国军少尉特务排长（旁白）

就在我决定留在神舟县，等待太和老爹苏醒时，互联网上又一篇"博文"引起了我的注意。读过之后，我不禁对太和老爹的身份产生怀疑。这说的是他吗？

1947年，我地发生过一场重要战役，已载入我军军史。国民党五大主力之一的王牌整编师（实为一个主力军），被中共野战军全歼，整编师师长、副师长丧命，国民党军的官兵十之八九非死即伤，只极少数人投诚或逃跑。华东野战军是攻方，国民党军是守方。守方的主阵地是一片大山，主峰拔地而起，突兀而孤傲。双方争夺的核心阵地，就是那座主峰。

笔者祖父为山东本地人士，当年开中药铺子，距该战场不远。战役发生前，祖父偶尔结识国军一名少尉排长。该排长仗义行事，救过我祖父一命。

那天，一伙穿便装的国民党军官兵从药铺经过，见柜里摆着一些药品，一拥而入，动手就抢。这是国民党军队的致命硬伤，因这涣散的军纪，惹得百姓又气又恨，只希望他们连打败仗，早早交出地盘。中共野战军的军纪则完全相反，从井冈山至今，始终坚持不拿群众一针一线。

"长官，这是俺们的衣饭钵，全家人靠它活命。"我那戴瓜皮小帽、穿长衫短褂的祖父不识时务，想和他们论理。几名官兵举起枪托，朝祖父头顶猛砸，当即将祖父砸倒在地。那些人还不想歇手，声称要将我祖父以"妨碍军务罪"处置。这就是要人的命了，再敢出声，就地枪决。

我祖父顾不得脑顶已有鲜血流出，在脸上画出一道道血痕，赶忙爬起，膝行上前，抱住为头的一名军人，一个劲磕头，连呼"长官饶命，要什么都拿去好了"。那几名士兵不再理会我祖父，开始逐个药柜翻检。认为不值钱的，则扔得满地都是。他们不识各种药草的真正价值，只知道人参是最好的东西，于是硬逼着祖父把人参交出来。好在祖父真还有一点人参，忙全部交出。"长官抱歉，再多的实在没有。"祖父于是又挨了几枪托。他担心在劫难逃，再不出声，只用一块纱布擦了擦脸上的血迹，靠墙根坐着，闭着两眼，心里默念"阿弥陀佛"。

正危急间，外面又进来一人。他进屋方式有点特别，像是一发哑炮弹，从里院半开半闭的窗户直射进来。原来抢劫药材的几个官兵将大门上了闩，阻止别人进来。后来者跳窗进屋后，稳稳地站定，如一座铜钟。他个子虽然矮小，在下属们面前却极有威望。那几位见他来了，立即齐刷刷站成一排，像在接受检阅。后者见状，忙摆了摆手，让大家"解散"，然后从口袋里掏出大把光洋，放在桌上，嘱手下官兵将部分药品带走，另一部分留下。"这个也用不着，人参是大补品，不是随便可以吃的，弄不好上火，口鼻出血，适得其反。"那几位本想发一回横财的官兵虽有些失算，见长官这个态度，便不敢继续耍横。一人抓了几块光洋，出大门走了。

好一个惊心动魄的场景，差点就要酿成血案。我祖父正不知如何感谢那官长才好，对方却主动向祖父致歉："弟兄们性急，让师傅受惊了。"说时，扶起我的祖父，熟练地给他包扎伤口。

祖父别提有多吃惊，不由得说出一句："长官，您……您是共军化装？"

"老先生，您这是么子意思？"

"不是共军，怎会这……这样？"

"听您这话，就晓得蒋军没希望了。"那人悲哀地苦笑，蹲在我祖父身边，缠好最后一圈绷带。

我祖父这才知道，这一伙是国民党军特务部队，所以都穿便衣。既侦探共军的军事动态，还兼采购药材业务。他们因之见药材就抢，抢回去再向头儿要钱，实际等于"空吃"。幸有后来这位长官，既及时制止了恶行，也给手下人留了面子。

祖父感动不已，扶着桌子腿坐下，感慨地说："真没想到，蒋军里还有您这样的好人。"

"我们这个队伍，坏事做得太多，所以偶尔做点好事，也让人不敢相信，是吗？"那人边说，边整理行装急着出门，追赶队伍。祖父问他官职，他却笑而不答。经过门前一丈多宽的深沟时，只见他后退两步，再纵身一跳，便稳稳地到了对面。那身子轻得，像没有多少重量。

也是这人与祖父有缘。主峰战斗打响的第三天，救命恩人突然在药铺再次出现。那时已是午夜，天色深灰偏蓝，悬挂着几颗暗淡的疏星，空气中弥漫着来自战场的硝烟焦灼味，闻起来直呛鼻子。因社会治安混乱，抢劫杀人成风，药铺大门早早地关了，门后还顶上一根大圆木。我祖父听得屋顶有动静，推开窗户，却见一人从屋顶飞落下来，顺势蹲地，以防止歪倒。听得里院天井里这一声钝响，祖父先是一惊，随即猜到是谁进院了。祖父提着马灯往里院天井一照，果然是那位救命恩人。

"对不起老板，半夜侵扰民宅，实在没有办法。"对方表情诡秘，先对我祖父抱拳致歉，再做一掩嘴动作，示意不要声张。

"您这是从哪儿来？"

"那边，战场。仗还没结束，不过快完了。"

祖父请他进里屋歇息，发现他走路一拐一拐。两人落座后，那人才道出缘由：突围时不慎受伤，不想再回部队，请求治疗腿伤，然后回老家谋生。

"要么您把我送与共军，还领得一份赏钱。"那人说罢，"叭"一下跪在祖父面前。

祖父一听，吃惊不小。两边的仗虽还在打，但胜负已定。为此，中共方面悬赏，号召民众抓获国民党军战俘，包括逃兵。由几位中共野战军最高指挥官联合署名的告示，就贴在药铺外面涂成白色的砖墙上。祖父伤还未愈，一块白纱布在头部绕了两圈，忙深弯下腰，将那人扶起，连道"岂敢岂敢"。

那人便在祖父药铺后院的柴屋里偷偷住下，治疗腿伤。据本人介绍，为国民党军少尉特务排长。祖父对他的身份并不关心，只希望他早日康复。祖父用的是传统秘方，先敷草药，再上树皮夹板，口服汤药，穴位按摩，针刺加艾灸，等等，所有手段齐上。有些治疗手法是很疼的，让人想起《三国演义》中关云长刮骨疗毒的情节。少尉排长却不把疼痛当回事，每次接受治疗都配合甚好。虽疼得汗水滚滚，有时身上的衣服都被浸透，却还找些故事，说与祖父听，同时要祖父只管"用劲，用劲"。他歪着嘴，笑着宽慰祖父："比起战场上的苦痛，这就像用鹅毛搔痒。"

"英雄，了不起。"祖父由衷赞道。

"逃兵，百分之百的逃兵。既不想归队，又没勇气投诚。"少尉排长苦笑着说，眉心皱成一团。

少尉排长如何临阵脱逃，自是个忌讳话题。祖父从与少尉排长的接触中，感觉到他对生活火一般的热情，对未来充满憧憬。自己身处逆境，却反过来劝说我祖父，日子肯定越过越好。他引用《易经》开导我祖父："《易经》讲，'易''不易''变易'。就国家大事来讲，'不易'的是江山，'变易'的是政府。一个政府统治江山几十年，既然搞不好，就要另换一班人上台执政，也就是改朝换代。""是，是。您还有这样深的学问？佩服佩服。"祖父连打拱手。

那时我祖父既讨厌国民党腐败无能，又担心共产党"共产共妻"。国民党对共产党的污蔑宣传，那是真够狠的，被说成比强盗还强盗，比流氓还流氓。所以祖父准备打点家产，迁往南洋，投奔一个远房亲戚。少尉排长却说，他多次化装去过共产党的解放区，对他们的政策有所了解。共产党对地主狠是狠了点，按人口分田分地，但也没有说的那样可怕，因为地主的田地并不全部分光，还是给他们留下口分田，只要求自食其力，再不能不劳而获。至于是否挨批挨斗，那就看平时对农民的态度，是否恶劣到令人发指。你骑在人家头上拉屎撒尿，现在人家有机会出气了，还不揍你一顿饱的？但是像祖父这样有一技之长的人，干的是救死扶伤的活儿，共产党肯定需要。只有像他本人这样的国民党军官，身上背着血债，才比较麻烦。你想想，既为军人，在战场上，你端着枪，我也端着枪。不是你打死我，就是我打死你。他坦率承认，自双方开打以来，倒在他枪口下的共军官兵，不在个位数。他时刻担心，哪天被共产党抓住，非挨枪毙不可。以血还血，一报还一报啊。

"唉唉，犯不着，犯不着。其实根本犯不着。"国军少尉特务排长说到这儿，连连摇头，不住叹气，好像责任都在自己。

"那您觉得，这仗该打不该打？"祖父放低声音。

"这事我也想了又想，看你站在哪个立场。对穷苦人，当然很好。对地主老财，当然是一场灾难。"

"据说共产党要搞社会主义。"

"社会主义是什么样子，我没见过，我也不懂。但国民党搞成这样，肯定不行。穷的穷，富的富，不是办法。唉，掌柜的，我们谈点别的好吗？不谈这个，一想就脑壳痛。"少尉排长端起半杯凉水，一口喝个精光。

我祖父问："仗还没打完，你脱离国军，是不是早了点？"

"不早不早。《易经》讲：'履霜，坚冰至。'"少尉排长脱口而出。

"啊，《易经》你懂得真不少。"

"哈，你以为国民党军个个都是文盲？我们师长还上过北大呢。孙立人将军，还是个留美生呢。不过这回，我看师长他是死定了。他的人生之路哪，不好讲，不好讲。从北大出来的，也有蠢人。"说到这儿，少尉排长又叹一口气。

住的时间久了，两人间戒备减少，不由得又恢复了对时局的探寻，凡能想到的话题，都不避忌讳。

后来的事实证明，少尉排长的预见准得很。就在少尉排长逃来祖父家不久，传来国民党军整编师全军覆灭的消息，整编师师长、副师长以下二万余人全成了蒋家王朝的殉葬品。再以后，少尉排长的话进一步得到验证，整个大陆被共产党占领。那些跟着蒋介石打到最后，未及时反正、投诚或逃跑的官兵，除一部分人去了台湾，留在大陆当炮灰的，大都成了"历史反革命分子""国民党残渣余孽"。

"这个排长，简直神了。"祖父止不住称赞。

少尉排长与祖父另一相通处，即两人对中医药都感兴趣。祖父出身于中医世家，少尉排长对养生修炼兴趣甚浓。祖父还发现，少尉排长居然对《易经》《道德经》大有兴趣，军用挎包里带着一本手抄《易经》，还有一本手抄《道德经》。他对《易经》里的句子倒背如流，随时运用，毫不做作。每天早起，少尉排长还在院内小天井里修炼气功。他两腿微屈，站成"骑马桩"，因腿伤未愈，有时疼得汗水直流，仍不少于半个钟头。这不仅激发了祖父对气功的兴致，对少尉排长本人的骨伤治疗也收效极好。别人说"伤筋动骨一百天"，而少尉排长右腿骨伤不到一月便基本痊愈。再过半月，他又开始练飞檐走壁的功夫了。

祖父后来常以少尉排长的病案做比喻，启发别的患者：与医生积极配合，便可事半功倍。

少尉排长劝祖父别下南洋的话，可说是再次救了他的命。原来祖父计划中有一位同行者，不听祖父劝告，仍坚持远迁。他却是小本生意，雇不起洋车，更遑论坐飞机了。于是照传统做法，将所有家产兑换成银元，揣在身上走路。结果走到半路，遇上劫匪，不仅丢光家产，还被砍了脑袋。相比之下，祖父后来尽管失去了大半家产（工商业社会主义改造时，药铺被政府统购），本人成为"自由职业者"（相当于"富裕中农"成分），不仅保住了脑袋，还进了国家医院，成为外科手术临床"一把刀"。"文革"中祖父一边被挂牌子、戴高帽挨斗，一边继续上手术台。后来政治风云又变，我祖父再次受到尊重，还被评上国家级名老中医。祖父的心情好了，年过九十还健康得很。

少尉排长骨伤痊愈后，化装回老家了。他与笔者祖父之间的命运纠葛，令祖父没齿不忘。少尉排长临别时，将所带的一百块光洋留给了祖父，边退边打着拱手，再三拜托："切记别讲出我的经历。就当那个特务排长被共军打死了。"祖父当时感觉奇怪，经历过一次次政治运动后，对少尉排长的深谋远虑颇为折服："简直像个神仙。"

少尉排长与祖父自此从未谋面，甚至失去音信。祖父曾动过去湘地寻访的念头，但想到那惊涛骇浪式的政治运动，没准会给对方添乱，只得罢了。现祖父九十有五，牙齿还剩五颗，拐杖拄不稳了，只能靠轮椅代步，却始终不忘这位少尉排长，常闭着眼睛念他的名字。在国民党垮台，共产党当权后，祖父便顺应潮流，跟着共产党的步子走。先按照公私合营的要求，第一批把药店交出，自己一边给人看病，一边收取公私合营药店的利息。后来国家政策改变，公私合营药店的利息没了，祖父也不气恼，继续做他的医生。发现自己的工资比党委书记的高，他还主动要求降低工资。政治运动来了，祖父跟着参加，但是从不出头。他知道自己入不了共产党，也不加入民主党派。结果他不显山不露水，闯过了一次又一次政治运动，包括"文化大革命"那样激烈的风风雨雨。他心里感激那个国民党少尉排长，怎么一个国民党军队的排长这样有水平？他后来情况怎样？能不能在政治运动中顺利过关？祖父压住想亲自寻访的念头，心里默默祝福好人一生平安。现在，国家改革开放。过去看得很重的"个人历史问题"不再成为问题，"当国军打日本"好像也不用遮遮掩掩了。祖父故命笔者，在网上发布信息，拜托各位高士觅寻。有知其下落者，盼及时奉示，必竭诚致谢。

信息再描述少尉特务排长体貌特征：少尉姓牛，名太和，湘地人氏，高约一米五〇，瓜子脸，偏瘦，身上多处枪伤，一处危及心脏。右腿有过粉碎性骨折，行动却不失敏捷。话语不多，语速稍快。会木工、篾匠、泥瓦工活儿等，在农民兄弟中间，是个标准的全能冠军。

别费神了，与我有什么利害关系？然而就在我第二次从长途车站购票回转时，县长赵凯林突然亲自来访，再次打乱了我的返程计划。

十　县长充当不速之客（记者手札）

"听说你是北京来的大记者？"

"县长，我只是个小报记者，而且是非主流媒体，主要报道健康养生。"

"谦虚。越是谦虚越有门道。"

"县长您真误会了。我这人什么本事都没有，更谈不上什么门道。"

"哈哈，好好。能坐到一起就是缘分。我们都是来自五湖四海，对不对？"县长故意装出的笑声，让我背上汗毛直竖。

十年前的那一天，我与县长赵凯林的谈话就这样开头，确实有点别扭，因完全出乎意料。不知他从哪儿得到我来神舟县采访的消息，认为我值得屈尊交往。不过他还不知道我已经二上神舟山。我从车站附近那个旅社搬到县政府招待所平房，因那儿卫生条件实在太差，成堆的苍蝇从过道跟到客房，贴着鼻子飞。县政府招待所经过改造，新建了一座九层高楼，算是本县目前的标志性建筑物，有头有脸的客人都喜欢往那里面钻。我则受困于差旅费报销的限制，住进原来的老平房。约莫十平方米的屋子，硬板床占去一半空间，没有沙发，没有茶几，只有一张木椅和一张满是划痕的小桌。

赵凯林县长生于六十年代末，与居于七十年代"龙头"的我年龄相近。他的仕途比我通畅得多，如今已是正处级领导，在这一代人中间，就仕途来说，堪称属于"龙头"。他一看就是大领导派头，身材魁梧，面孔白净，鼻梁准直，下巴微翘，头发按三七比例分开，现出白色发痕，再用发胶加固，显得一丝不乱。某个正在彷徨中的年轻姑娘瞄上一眼，准会暗地喜欢。赵凯林着一套深蓝色西装，显得特别正经，左肩稍稍偏斜，信心十足，仿佛前面有一场丰盛的晚宴等着他主持，或有一场规模宏大的企业开工仪式等着他剪彩。据说他也是"乘龙快婿"，托了原配妻子的福。不过由于第一个妻子长得太胖，而很不讨丈夫欢心。结果赵凯林虽凭借岳父的关系，短期内如三级跳远运动员似的，由普通办事员跃升为副股长、副科长、副处长，却还是毫不留情地将原配妻子"另做安排"，与早就勾搭成奸的情妇结婚。风闻第二个妻子近期也与他关系紧张，因发现他于情感方面又"旧戏重演"。

我接过他递来的名片，上面赫赫然印有：管理学博士生（在读）；研究员（特邀）。我将名片反复看过，再郑重装入口袋。我，又是惭愧，出于惰性与敬畏，这辈子别想与博士学位结缘了。我纳闷，怎会有那么多官员是博士出身？偏偏我这个名牌大学的本科生连研究生文凭也这样难拿。我让出那把木椅给尊贵的客人，自己在床沿坐下。几只蚊子"嗡嗡"叫着，在屋里交叉巡逻。

"大记者住这么小的屋子？也有损我们神舟县的形象啊。小朱，叫服务员来。"

"不不，谢谢县长。我喜欢住小房间，心里踏实。"

"不行不行，坚决不行。小朱，你直接去前台办理。"赵县长不容置辩地伸出长臂，将我一挡。我被推得跟跄两步。随之，服务员端来一个特大果盘，盛着切成片的火龙果，剖开的芒果，黄熟的香蕉，本地刚上市的新鲜草莓。没等我有推却的表示，他已用竹牙签挑好一片火龙果，送到我手边。

我们的话题很快进入ODA。我对此略识皮毛。它指的是日本战后对中国的经济援助方式，实为日本政府对华贷款项目，由日本战争赔款引起。

赵县长说，神舟山大项目，属于ODA范围。赵县长的信息会不会有误？也许，ODA只是一个噱头，本意并不在这上面。

"您对日方资金有如此把握？"我给县长剥开一个香蕉，无话找话。

"人家日方接洽人是世界500强企业，国际信用5A。董事长当过国会议员，应该假不了。"赵凯林接着提起牛全胜的超常社交能力，说着，又客气地用竹牙签叉上一颗鲜嫩的草莓递给我，接着补上一句，"据牛全胜介绍，人家日方董事长表态了，即使彻底抛开ODA，日方投资也是一点问题也没有。"

我想起马秀美老爸的提醒，心里有些不安。他对牛全胜那样信赖，可见关系不同一般。难怪牛全胜对政府补偿那样有信心。这个县长，把我与某个同名同姓的"红二代"混淆了吧！赶紧撇清，消除误会。于是我笑道："县长别说了，我就是一个平民子弟，除了认识我们社长，其他司局长级领导一个也不熟悉，更不用说部长了。在中央机关，司局级领导也是打工，相当于县里的股长。所以实在抱歉，帮不了您任何忙。"

这番单刀直入的话，说得赵县长脸上的笑容一时僵了，手里的茶杯一会儿放下，一会儿又两手捧着。后来他放下茶杯，往嘴里塞进一块火龙果，慢慢咀嚼，自找台阶："您累了，看得出来。您先休息，改个时间再来拜访。"

我见他似欲出门，心里"咯噔"一下。马秀美托付的事，还得借他之力呢。我赶紧站起，拦在赵凯林面前："请坐，请稍坐。既开了头，不妨再聊聊。贵县的大项目，归于哪一类？"

"多谢多谢，神舟县五十万人民有福。我们这个大项目呀，您听我详细向您汇报。"赵县长真能放下身段，在我这毛头小伙面前如此谦卑。他借机坐回沙发，一手握着我的腕子，一手在我的膝盖上轻轻拍着，使得我全身痉挛。在真正的高官达人面前，他将是怎样的表现？

我与他并排坐着，装作很感兴趣的样子，听他介绍本县招商引资情况。原来赵县长还真想干事，该县中长期招商引资项目竟有五十多个，都是亲自洽谈，亲手签批。这个"综合开发大基地"项目为其中最大的一个。所以赵县长充满热情，明显偏爱，比自己的私生子还看得重。他津津有味地向我介绍，项目从筹划到立项费了多少功夫，具有怎样的前景。成功与否，直接关系到本县GDP能否增长，财政收入能否猛增。

"这么大的项目，多长时间才能建成？""很快。也就是三五年，七八年，顶多十年二十年。""那您早该升上去了吧？"

"这与提级毫无关系。我考虑的只是如何做到'为官一任，造福一方'。""这么好的事，还有什么顾虑？""这个，怎么说呢？我只担心一条，'环评'是否过得了关。"

环保风险评估？这可是个大事。经济发展与环境污染之间的矛盾，那是不争的事实。西方发达国家就是这样走过来的。鉴于这些年经济发展对环境的严重破坏，从上到下，"环保"的呼声越来越高。国家制定的标准一套一套，专门机构层层叠叠。然而标准再严，还得靠人把握。这就产生了操作空间。我看过一则电视报道，某县为应付上级检查，雇请大量民工，提着油漆桶，将滥挖的青山刷上一层绿漆，看上去绿油油的。标准，标准？那个被判处死刑的原国家药监局局长，手里握的也是"标准"。神舟山大项目里有"药品生产"与"造纸"两项，必然绕不过"环评"。可县长找我有什么用？环保总局是我家私开的？

"你们搞健康报道的，与国家环保总局应该常打交道吧？"

原来这样，弯子绕得多大！而我是死脑筋，只能如实回答："那倒也是，但却轮不到我这只'菜鸟'发声啊。"

"甄主任太低调了。您是怕添麻烦吧？您就动一下嘴，对我们支持一把。根据县政府文件，我们对招商引资是有奖励政策的。"说时，手伸向身边的黑色拉链公文包。

"不用看，相信，我相信。"我忙摆手制止。由于发展是硬道理，招商引资普遍被列为地方政府政绩考核的重要内容、评先晋职的重要指标。各地政府出台的奖励政策，不仅具体，且都兑现到位。有的地方，数额还高得吓人。且特别注明是"税后奖金"，与影视明星和歌唱明星们拿高额酬金一样。想我眼下的工资收入，能得点合理合法的外快，倒也不坏。可我哪儿来这个能力？我是谁谁谁的七大姑八大姨？是谁谁谁身边的贴心人？所以有人评说，这招商引资的奖励政策，实际是为某些人量身打造。我一时走神，手拿的杯盖掉在地板上。

赵县长看出我在犹豫，笑了笑道："这事暂说到这儿，您再琢磨琢磨。能来我们这穷乡僻壤，确是我们的大幸。听说您要采访牛太和老头？那老头若单讲健康养生，倒也值得报道，不过这老头很倔。就说神舟山这项目吧，天大的好事，既利国利民，也利自己家人，他却不愿配合。"

我一时默然。想不到老爹成了县政府眼里的"钉子户"。"钉子户"可不是好当的，除非你确有冤情，或真是一个赖皮。由于政府的强势，你可能被迫自焚，也可能被迫跳楼。我背上突然滚过一阵寒意。关我什么事？我是外地人。不，既然遇上，就不能不管。可我凭什么管呢？

想起了我们的卓社长。他对神舟山的热情，始终比我高昂。社长的人际关系，在京城是数得着的。社长，您追求公平正义，喜欢打抱不平，这活，我就替您揽下吧。"国家环保总局，没问题。"于是我脱口而出。

"好好好，君子之言，驷马难追。兄弟，够哥们。"亢奋中的赵凯林，捏住我的肩膀拍了又拍，马上要来个同性恋者的拥抱。我忙讪笑着往后直躲，后悔刚才的冲动。可是没用，赵凯林已深信无疑。两人又闲谈了一会儿，赵凯林的手机响起，他看了一下来电号码，一声不吭，很快将手机关掉。见赵凯林有点心神不宁，我忙主动提出话别。送赵县长到了一层接待大厅，见墙头刚挂出一幅红底金字标语"全县人民动员起来，以实际行动迎接县党代会胜利召开"。赵县长在横幅前看了看，将粘得不太稳的地方按了按，这才朝门外走去。他怎会注意这种细节？因为党代会也就是换届会，人事安排早有布局。难怪赵县长对神舟山大项目抓得这样紧，这不直接关系着他的未来？

我后来得知，外号"温吞水"的原任县委书记，比赵凯林年长五岁，从农村党支部书记干起，一步一步走来，行事风格与赵凯林完全不同，所以两人关系紧张。有时开县委常委会议，开着开着就争执起来。"温吞水"倒不会与赵凯林唇枪舌剑，而是不轻易表态，让赵凯林单方面高谈阔论，叫别的常委无所适从。关于招商引资，尤其是如何对待牛全胜引进的神舟山大项目，两人的观点南辕北辙。不知赵凯林使了怎样的手段，最后结局是"温吞水"明升暗降，调任市政协排名最末的副主席（好像是第二十九位），算是解决了副厅级待遇。赵凯林即接替"温吞水"当上县委书记。有关方面承诺，一年后他即升任市委常委，县委书记继续兼着。作为市委常委，比起排名第二十九位的市政协副主席，自然是河马与毛驴的重量比。

当晚九点多钟，也就是赵县长告辞后五分钟光景，我接到宾馆总服务台电话通知，要我搬去新建的楼房。是那位脸上有一对酒窝的前台服务员的声音："您是甄先生吗？请您住新楼八层的一个套间。房费由县委接待办统一结付，您就不用管了。马上有服务员来帮您拿行李。"

我心里一怔，这肯定是赵县长所为。能住个大套间，当然舒服，还不用我掏钱。当然也不是赵县长自己掏钱，而由公家报销。"公家"是个大概念，既体现了政治制度，又特指经济构架。平时，我是很鄙视这类行为的。此刻，我是断然拒绝还是欣然接受？

主意还没拿定，酒店行李员已在敲门。我不能不开门让人家进来，否则显得多不礼貌！进来的是个长得帅气的年轻小伙子，穿着酒店统一配置的深蓝色西服，系枣红领带。"小伙子你……"我还没想好合适的言辞，行李员即刻回答："您别客气，这是我的分内之事。"提着我搁在电脑桌上的双肩包就走，一边问还有没有别的行李。我简直没时间婉拒。

我与赵凯林的交往，就从这件不起眼的小事开始。不能说人穷必然志短，否则古代伯夷、叔齐宁肯饿死、耻食周粟的事迹就没法解释。人的堕落，不管是整体堕落还是部分堕落，一时堕落还是长期堕落，本质性堕落还是小节方面的堕落，都得归结于贪欲之心。亚当·斯密曾言："人的微妙的身体比其他动物需要更多的供应，人的同样微妙或说得更正确一点，即远为微妙的头脑需要更多的供应。一切技艺都是为着这些服务的。"而所谓头脑的需要，亦即心的欲望。一则成语做了精辟表达——欲壑难填。乡里人说得更为形象："口是灶门心是海。"所以老子主张："不见可欲，使民心不乱。"而我，就因为赵凯林给了这么个小小"可欲"之机，心里的防线便镇守不住。回单位报销住宿费时，明明房费自己不曾掏，因为差旅费是大包干，却按每天包括住宿费在内的固定标准给报销了。有谁知道？除了赵县长一人。这就叫不能"慎独"。由此带来的烦恼，往后将会见到。

号外七　福山老汉上访不成（正在进行时）

神舟县长途汽车站。他就是福山老汉，背还是那样屈着，左边脸颊有块伤疤。他用自制的黑膏药遮着伤疤，膏药上面有两道平行的细胶条。因腰杆没法直立，行走时只能眼光朝下。这个神舟山林场的退休职工，穿一件早就过时的黄军装，挎一个印有"大海航行靠舵手"的黄书包，提一个纸糊的小灯笼，灯笼里装着灯泡，控制灯光亮度的是两节干电池。"老人家，您这不是浪费电吗？大白天的，阳光灿烂。""不，我的眼睛不好，看不见，太黑暗。""老人家，您这是上哪儿？""包青天在哪儿，我就去哪儿。""包青天是北宋人，死了一千多年了。""活过来了，包老爷现在坐朝廷呢。""老人家，您有什么冤情？""我没有。但我爱管点闲事。"

这是距县城不远的长途汽车站，站内站外人头攒动。有抱着婴儿的妇女，有扛着大编织袋的小伙子，还有手拿铝盆或纸饭盒的乞讨者，或拄着拐杖，或在地上蠕行。福山老汉先站在旁边，后被熟人给认出来了，于是被推到大家面前。他可不愿意抛头露面，说上两句，就往人堆里缩。

班车偏不按钟点驶来，他只好继续与熟人交谈。熟人多了真不是好事，怎会有这么多乡邻认得我这个驼子客？一定是我两次在县政府门口静坐的缘故。一次是独自一个，穿了件画满"？"的白衬衫。一次是后面跟着神舟山林场职工一堆人，举着长横幅："我们要工钱，我们要吃饭。"还有最出名的一次，去了北京天安门广场，被揪回时，轰动全县。这样出名真不是好事。看，他们来了。福山老汉弯腰曲背，正要钻进乘客最多的人堆，却见人群后面忽起了一阵骚动。接着便有几名穿保安服装、戴"特勤"袖标的汉子出现在他面前。

"您是福山老爹？让我们好找，累得我脚背都肿了。好，帮我们省下不少的差旅费。每人分得好几十块烟酒钱呢。""你们是谁？我怎么不认得？""我们认得您就行了。您又想去天安门广场对吗？这回可由不得您。""我不是上访，是走亲戚。""走亲戚还带灯笼？不走？您老就得进笼子。""我快七十还进笼子？""照样。那个姓什么的，职位那么那么高，年纪也是一大把，不也还在吃牢饭？""他那是贪污犯。""您这是煽动犯。"

福山老汉一只脚已踩上汽车踏板，还是被穿制服的"特勤"队员强行拉下，纸糊的灯笼掉在地上，被一只穿皮鞋的大脚踩得扁扁的，踢到汽车底下。"特勤"队员穿的服装，从样式到颜色都与公安民警制服相似，足够以假乱真。"您老可以去一个地方，直接见省里领导。常务副省长，官职不小吧？""常务副省长？是不是赵凯林？""老人家，对领导可不能直呼其名，何况是那么大的领导。""就因为他官职太大，所以我听了他的名字就害怕。""您不见可以，但越级上访绝不允许，这是政策规定。"福山老汉由两名"特勤"队员挟着，如揪鸡崽似的，给塞进停在车站旁边的一辆装了铁栏的警车。随即警车打着闪灯，疾驶而去。

福山老汉这回可不愿配合。警车停稳，警察要求老人下车时，福山老爹忽想来个惊人动作，吓得两名负责"接访"的警察目瞪口呆。这个老东西，看来是硬角色。一定要给他找个好地方，既隐蔽，又安全。关多长时间？待爆炸事故处理好了再说。县委书记听了汇报，亲自下达指令。

十一　稀里糊涂当了红军（老爹自述）

有人总结：当你老了，一生最后悔的是什么？据讲，排在前面的有五项。排在第一位的人后悔，年轻时努力不够。排在第二位的人后悔，年轻时选错了行业。排在第三位的人后悔，对子女教育不当。排在第四位的人后悔，没有好好珍惜自己的伴侣。排在第五位的人后悔，没有善待自己的身体。我这九十老人，自以为都沾不上。若说勉强，第二项还沾点边。我在二十岁那年，遇上又一个十字路口，虽说影响了我一辈子，却不能算入错了行。你走过来的路，就是你该走的路。落在哪个环境，就是"天然存在"，只有坦然面对，改变自己。有个王阳明，好像就是这么主张，叫作"致良知"。我这理解，也许牛头不对马嘴。

老道长发现的那座残庙，当时别的菩萨没有，却有一尊紫檀木精雕的玉皇大帝圣像，给扔在残壁前面的山涧里，高约八尺，左臂折成两段，耳朵也少了一只。雕刻的刀工却很精细。据马仲生馆长后来考证，该雕像完工，应在东汉以前。所幸涧水不深，竟未被冲走。按道家尊神位次排列，玉皇大帝为至尊。往下便有点混乱，有将太上老君排在其次的，也有将真武大帝紧挨其后的。还有张道陵、葛洪等四大天师，都很受尊重。如此尊贵的雕像，自然不能让它继续躺在深涧里。我与老道长将它抬上来，放在一块大石板上晒了七天，逢快要下雨时便挪到树荫下，盖上厚厚的茅草。老道长还不放心，问我，能不能再找个安全一点的地方。我便告诉他发现溶洞的过程。

"是吗？快走，马上去看。"老道长杂有白须的眉毛一耸，有点内陷的眼睛闪闪发亮。

"有这么重要？"我呆呆地望着，一时不能理解。

"这样吧，我先感受一下。""老爷爷，您这是……""别出声，安静。"

我赶紧闭嘴，退向一旁，看老道长如何表演功法，心里充满好奇。老道长先问了溶洞的方位，再面朝溶洞，在一块干净的草地上盘腿坐下，闭上两眼，手搁膝头，身子放松。嘴唇轻轻嚅动，像在念叨什么。约莫两分钟光景，老道长将两膝"啪"的一拍，高兴地道："不得了哇，小家伙，你发现个惊天奇迹。"

"您指的是那个溶洞？""走，看了再说。"老道长立马要我带路。我好不喜欢，立即屁颠屁颠地跑在前头。此前我还不敢往深里走，不多一会儿便止了步。

后来我听老道长讲起溶洞的事，惊得舌头都吐出来了。

关于溶洞的事，照老道长的讲法，神奇得不敢想象。我也不敢贸然否定，因为宇宙间还有多少奥妙，人类未曾揭示。毛泽东讲过那话：人类的历史，就是由必然王国向自由王国发展的历史。这个历史永远没有完结。比如这通信工具，先是有线电话，后来无线电报，到现在移动手机等，它们出现之前，一般人想象不到。若依老道长所讲，溶洞里曾住过许多奇奇怪怪的人，有过许多奇奇怪怪的事，发生在神舟山的许多历史事件，曾经对地球和太阳系产生过极大影响。总而言之一句话，神舟山不是一般的山，那溶洞也不是一般的洞。他当时的话，等于出个题目，要我回答。

老道长要干的事，是恢复重建玉皇大帝庙。可当时没有木工，竖不了屋架。老道长便提出先建个简易庙堂，将玉皇大帝安顿下来，待有了资金再造个大的。现在怎么办？最简单的办法是建造土墙，往上架木头。老道长听了我的建议，高兴地点头称赞："这办法行。"建造土墙，我在村里见过，不用劳烦别人。我下山向人家要了几块木板，钉成一个长方形木框，往里填土，再用木槌一层层夯实。照我的速度，再干两月，四堵结实美观的土墙就立起来了。

这时，老道长已经离开神舟山，上武当山讲道去了。我送别老道长之后，即遵其所嘱，开始恢复重建玉皇大帝庙的工作。为保护那座雕像，我将它搬进了离开得最近的洞子。我将洞子内部修整了一下，敲掉一些碍事的钟乳石，挪开了一些石头，再搬来几块平坦的石板，拼成一张石床，上面铺一个稻草垫子，作为我睡觉的地方。嘿，冬暖夏凉，蛮舒服的。待大庙盖好后，再把它请出来。我们约定，由老道长设法筹集一笔必不可少的款子，购买房梁、檩子、瓦片等，让大庙初具规模。这大庙也是一座道观，待道观建立后，我就作为老道长的正式弟子，在这儿长住，住持事务。那样，我就是正儿八经的道家人，就有可能做活神仙。我想得正美，怎会料到，又一个人生转折在前面等着。

进入深秋，天气转凉，山上的树叶有的火红，有的凋落，有的仍保持深绿。站在高处望去，像铺下一张奇大无比的大花毯，唯有仙女才能合力织成。从溶洞到大庙相隔约莫五华里，我已用砍刀和锄头修出一条小道。小道两边是茂密的树林，我每天在两处来回走，就像在绿色通道里行进，晴天晒不着太阳，雨天沾不着水珠。有时我仰着脖子，仰脸接着树叶滴下的露珠。那天我又在打夯土墙，赤着上身，汗水不断往外冒。后来累了，我便坐在铺了落叶的地上，一边把落叶扫拢，一边点火烧水。感谢老道长，这时我已相当富有，不仅有了一小盒洋火，还有一只既能烧水煮饭煮菜、又能喝水用的大搪瓷茶缸。此前每当我出过大汗，就用凉水甚至井水冲洗身子。老道长讲，这样不行，会生大病。就像灼伤，不可用凉水冲洗，否则有大麻烦。老道长的话我当然要听，于是改用热水擦身子。有了洋火，烧水煮东西的底气大增，尽管我仍轻易不用一根火柴。有个叫王愿坚的作家，写过一篇小说叫《七根火柴》，讲的是红军战士过草地用生命保护火柴、防止被打湿的故事。那种意境，我非常理解。再讲那天我因为有了老道长的火柴，所以便扒开大庙工地一角的火种，抓一把树叶做引子，"呼呼呼"很快燃起一团烈火来。再把一个捡来的小陶罐灌满水，放在用三块石头垒成的小灶上，小陶罐立即"嗞嗞"唱起来。我一高兴，摘一片薄薄的木叶，仿照鸟儿的叫声，吹奏起来。木叶是特殊树叶，薄薄的，很结实。放进嘴里一吹，轻轻颤动，各种声音都能模仿，清脆动听。

"嘿，老表。"不知什么时候，我眼前出现一队山外人，穿着拉拉杂杂的灰布衣，既像兵，又不像兵。其中一个黑脸膛的大个子见我不回应，又大喊了一声"老表"。

"这里的人不叫'老表'。只有江西那儿才叫'老表'。这儿叫老乡。"这回讲话的，脸色比较白净，显得几分斯文。

"叫老乡恐怕也不对，应该叫老弟。你看他那么小，只怕不到十岁，就干这么重的活。"第三人的鼻子有点扁，鼻梁骨有点歪，声音倒是蛮好听。他们的话，其实我都听懂了，只是琢磨，都是些什么人？我们农村习惯，那时见了兵就赶紧跑，不然就会被抓去。谁愿当兵啊？而当兵的见了老百姓，个个凶神恶煞。不是抢东西，就是抽嘴巴，目的是要你帮他带路，还帮他背枪、挑担子。

这些人分明也是当兵的，因为都背着枪，头上的帽徽是个布做的红五星。他们却与我以前见过的兵不一样，一个个讲话那么和气，还把我当作未成年的小弟弟。这让我很不好意思，怎么我在别人眼里显得这么小？将来不知要遭多少人欺负。只有一个办法，就是我必须有本事，而且别人一般没有。他们对我这么好，我却有点纳闷。正想着这个，却听那鼻子有点扁、鼻梁骨有点歪的人说了个地名——苏宝顶，然后问我："小老弟，你知道怎么走吗？"

那地方我晓得啊。原来我在山里无别的事做，便满山乱跑，一去几十上百里，走到哪儿吃到哪儿睡到哪儿，然后再回头。反正是修炼，哪儿都一样。因此方圆几百里，没有我不熟悉的地方。我也不长心眼，就说，哪样走，哪样走。到哪儿，到哪儿。于是那当兵的说："小老弟，来来来，你带我们走一趟，给你十块光洋。"

给人带路，行善的事，我自己出门，也有问路的时候。还能得钱？听错了吧？十块光洋？岳父老子还是马东家时，一年才给我十块光洋。真要给？那个当官的还把钱拿出来了，在手板上托着。我立即一口应承，只笑了笑："光洋我不要。光洋又不能吃。"再说他们有十几人，真要抓我，我逃得了吗？所以我就放下建大庙的活儿，给他们带路。

走到路上，那个鼻子有点扁、鼻梁骨有点歪的人，边走边问我情况，家里有什么人，有没有房子，有没有田地，有没有其他财产，等等，我都如实回答。还不知不觉扯到"石锤脑壳"的事。只没说讨婆娘，想自己长得这样，讨个有病的婆娘，不是让人笑话？

我照着他们的要求，走了一整天。开头我没有什么想法，倒觉得和他们在一起，非常愉快。他们一路走，一路讲笑话，中午还给我白米饭吃。他们背袋里有光洋，见到大户人家，便进屋买吃的。有一回那屋里没人，脸色比较白净的那一位，便拿出光洋放在桌上，再写个字条，说明情况。我因为高兴，步子也快。虽然个子小，步子短，但迈步的频率快，所以不仅没落下，有时还超过了他们。下午遇上一道深涧，下面是翻滚的流水，宽度超过两丈。我想也不想，凭着老道长传授的轻功，身子一蹲，脚一发力，"噌"的一下，便飞了过去。

在场的人惊得呆了，望着已在对面稳稳立住的我，好一会儿没人出声。我其实毫无自夸的意思，纯属急中生智的行为。他们对跨越溪流深涧早有准备，很快有人甩给我一卷结实的麻绳。我接过后，绑在一棵很粗的树干上，一条柔软结实的索道就架成了。当所有人沿着绳索飞越过去后，那个鼻梁骨有点歪的人特地蹲下，亲切地拍着我的肩膀称赞："了不起，小老弟。想不到你有这本事。"

我不由得有点害羞，忙回他话："这没什么，大哥。不过我真不是故意显摆。"

"我相信，相信。你是跟谁学的呢？师父一定非常高明。""我师父比我厉害多了，上房揭瓦都做得到。我只学得一点点皮毛。""你师父？他在哪儿？""我师父走了，上武当山了。"

"武当山在哪儿？"那几个人交换了一下眼色，谁也讲不清武当山的具体方位。看看天色将暗，我感觉带路的任务应该完成了，于是提出返回的要求。

鼻梁骨有点歪的大哥没正面回答我的问题，却笑呵呵地问："小老弟，你知道我们是做什么的？"

"不晓得，只晓得你们都是'吃粮的'。""小老弟，你希望不希望穷人有一支自己的队伍？专替穷人说话，替穷人打土豪，给穷人分田地？""不晓得，田地都是财老倌自己挣的，怎么能分呢？"

我那时就是那样的觉悟，怎么想就怎么讲。"吃粮"，是我们当地对当兵的一个讲法。讲白了，当兵就是混饭吃。至于为国家而战，为别的什么什么而战，对不起，懂不了。

我的回答，显然不是那个鼻梁骨有点歪的大哥希望听到的。但他也不恼，反而笑了笑，最后才对我解释，他们这支队伍叫作中国工农红军（难怪帽子上都有个布做的红五角星），有很多很多人，还有机关枪。他本人是个连长，当红军以前在地主家做长工，总是吃不饱饭，睡不够觉。他接着解释："我们这支队伍，是穷人自己的队伍，我们的根本任务，就是帮穷人闹翻身，过得像个人的样子。到了将来，穷苦人还要掌握政权，干共产主义呢。"共产主义是什么东西？不懂，也不好意思问。然后，他拿我当小娃娃似的，摸着我的脸颊劝道："小老弟，你也是个穷苦人，天下穷人是一家。你就跟我们一块走。这么多人在一起，多热闹啊，有饭大家吃，有衣大家穿，有福大家享，有难大家当。来，先给你把衣服换上。"

真没想到，红军连长的手那样巧，三下两下，把一件小号军衣的袖子去掉一截，裤筒卷起一截，就给我穿上了。我开头想推托，穿上后心里则美滋滋的，低头看看衣服下摆，又扭身看看后腰长短如何。呵，我还从来没穿过又合身又干净的衣服呢，村里人送给我的衣服，不是太长就是太短，还有的太破，一摸一个洞。偏瘫婆娘还来不及给我缝件新衣，我就不得不出来了。这位红军大哥、大官（我不晓得连长是个什么样的官），讲得也在理，天下确实是穷的穷，富的富，很不合理。虽然也不是所有富人都坏（比如我岳父就不是太坏），也不是所有穷人都好（比如"石锤脑壳"虽然也穷，却坏得不能再坏），但是这个世界，确实很不好。我爸长得什么样，我都没见过。我妈死得那样惨，想起来就要哭。我呢，其实没有大想法，只想安安稳稳过生活，可却过不成，只能住山洞，不敢下山去。"石锤脑壳"倒好，经常吃鸡鸭鱼肉，比我岳父家吃得好多了。这个红军大哥讲了，要给我分田地。我要是有自己的一块地多好，加上岳父老子的，日子就好过了。但那是哪一天呢？穷人还要掌握政权？政权是不是印把子？那可不得了。那看个镇公所，威武得好凶火。不过我不想那么多，有碗饭吃就行，最好一年还能打几餐牙祭。走，跟着你们走，反正也回不了家。与这么多人在一起，确实好玩。我一人在山里，山里……啊啊，看我这脑子，竟把老道长的事给忘了。"不行不行，我还有任务没搞完呢。"忙边脱衣服边讲。

"你还有任务？多大的事？要不要我们帮你完成？"

"不是，是我师父的事。"见他们问得恳切，不由得将老道长嘱托之事和盘托出，并特别强调："老道长肯定还会回来。见不到我，会很伤心的。"

红军连长听完，当即一阵大笑，本来有点歪的鼻梁骨更显得歪。其他红军战士听后，也都笑了。大家七嘴八舌，世界上哪儿来的玉皇大帝？也没有神仙菩萨。要说有神仙菩萨，就是我们自己。穷苦人要翻身，过好日子，全靠自己。如今有了穷人自己的军队，穷人夺得了江山，分田分地，就能过好日子了。他们还讲，建一座庙，要费多长时间？用多少精力？还得花多少钱？拿这些钱做点有意义的事，比如给穷人买些吃的穿的用的，比什么都强。

我后来才知，红军连长看上我的轻功了。他们是一支侦察部队，负责给大部队打前站，所以常常逢山开路，遇水架桥，十八般武艺齐上。所以我这种角色，对他们很有用场。他们连哄带劝，要我跟着走。一个下巴有点翘的叔叔掏出一根草绳索，故意绷紧脸："走不走？不走就把你捆起来。"红军连长忙夺下他的绳索，扔下深涧，并且批评那个战士："这是什么搞法？学国民党抓壮丁？"

最使我动心的，是红军连长讲的："你现在跟我们走吧。你师父盖大庙，也不是他一个人的力量办得了的。待革命胜利了，江山是我们的了，我组织一些人，帮着他盖。盖个大的，天下无双。"

"那您也信玉皇大帝了？"

"小老乡，这与信不信没关系。不就是盖座房子嘛。"红军连长又一次仰天大笑。

"那您要过多久才能再来？"

"不会很长，也就是三五年。"红军连长讲得十分确切。我盯着这个大官反复地看，他也笑眯眯地盯着我看。最后，我终于动摇了。这个官多大啊！有队伍，还有枪。想要做的事，哪儿能办不成？对，这就是我该走的路。

"要得，跟你们'吃粮'去。"我就这样稀里糊涂当了红军。

"您当时是不是还有点害怕？"

"是啊，怎得一点不怕？他们这么多人围着我，而我孤身一个。若不服从，没准真会把我捆起来。那就亏大了。我曾见过军队抓壮丁的情形，用很粗的麻绳，把人一索子捆起，捆得贼死，生怕逃走。这就叫抓壮丁。那句话，'履虎尾……'没错，同时想起了那幅画。可不能被老虎吃了，他们那么多人，比老虎厉害多了。算啦，反正我如今有家不能归，人一个，鸟一条，无牵无挂。倒不如在队伍里混出点名堂来，比如也能背上一支枪，穿上一身军服，再回到家乡来，那就不同了。不仅'石锤脑壳'再不敢欺负，只怕镇公所的警员也不敢狗眼看人了。到那时我再把军服脱下，把枪挂在墙上，专门对付'石锤脑壳'，也就可以住回岳父家，与偏瘫婆娘真正过安心日子。"

讲到当兵，过去乡里有句话："好人莫当兵，好铁莫打钉。"可见当兵不是好路子。但只要朝廷打仗，就得有人当兵，这样穷人的崽不想当兵也得当。我后来听村里老人讲，我爷爷的爷爷就当过兵。他老人家不仅当过兵，还上广州打过仗。那时朝廷有个林则徐，在广州与洋鬼子打擂台，烧他们的鸦片烟。我高祖父就在林大人统率的部队里。可惜洋鬼子有洋枪洋炮，朝廷害怕，反而把林大人给处分了。清兵再与英国佬开打，我高祖父被英国佬的洋枪给打死了。一枪打中脑壳，崩掉了大半边。后来收尸，干脆把脑壳切掉，用泥巴捏了个假的，给埋葬了。

以后我曾祖父也当兵，当的是曾国藩的湘军，上南京，打太平天国，最后也被打死，中了太平军的埋伏。我爷爷也当过兵，在长沙，后赶上武昌首义，朝廷完了蛋，中央政府也完了，各省都督搞独立，军队也成了都督私人的队伍。当兵的觉得开小差的机会到了，"呼啦啦"跑了一半。我爷爷本来不想当兵，也赶紧跑，再不回营。至于我父亲，你可能听别人讲过，当的是地方军，寨子兵，而且是寨主，最后死在所谓"朝廷"手里。现在隔了一代，我又当兵了。

也是后来才知，我跟着的这个红军连长，名叫邱爱民。关于他的事情，我后面还会提到。他既引了我的路，也把我害得苦。但我没任何理由怨恨他。我那时有什么政治觉悟？哪儿分得清红军、白军？共产党、国民党？毛泽东、蒋介石？穷人为什么穷，富人为什么富？讲到政权，更扯不清了。只晓得坐衙门的人都有印把子，印把子盖下去，该杀的杀，该关的关。别的方面，完全是稀里糊涂。

十二　当散兵游勇的日子（老爹自述）

我跟着红军走了一个月，路上打打走走，一直走进贵州遵义。这是1934年底到1935年间，虽然是南方，天气已经很冷，红军战士还穿着单衣。由于在过湘江时红军打了大败仗，前面后面都是国民党的军队，所以大家心里都在焦急，不知下一步该怎么走，情绪完全兴奋不起来。这个，我后来才晓得。才加入红军队伍，对于我自然有一种新鲜感。我个子小，特机灵，大家都喜欢我，常拧我的脸寻开心。我小时练的轻功也派上用场了，尽管本意不是为了打仗。有一回又路过一条深沟，比上回遇见的更宽。邱连长看着有点犯愁，见我在旁边，像是自言自语："这个，太宽了吧？是不是绕弯子算了？"我把那沟看了又看，在心里掂量再掂量，最后走到邱连长面前，蛮有信心地表示："我试试，能不能飞过去。"放下枪支背包，身子下蹲，脚跟一蹬，铆足了劲，"嗖"的一下，真到了对岸。邱连长高兴得大叫："好，小家伙有种。"随即向我抛过一副结实的绳索，让我把它绑在这边树上。大队人马，照着上回的办法，从缆绳上一个接一个滑过来。以后但凡遇上类似麻烦，都由我打头阵。我的轻功慢慢出了名，邱连长对我越来越重视。遇上特别重要的任务，总把我拉上。"小伙计，跟着我，靠近点。""别怕，有我呢。""子弹见了我就会躲。"

那回，中央领导在遵义的一座院里连着几天开会，我跟着连长做警卫。那是一月，红军刚进入贵州时，气温还没升上来。天气阴冷，银杏树光秃秃的，樟树叶上沾满了霜。河边的芦苇涂了一层白粉。溪里的小鱼躲在石缝里，太阳当顶时才肯游出来。部队住地的山头上，覆盖着厚厚的冰雪。老百姓一听有军队过这儿，大都早早地跑了，尤其是年轻人。只有老人、妇女走不动路，留在家里。遵义城区不是很大，大多是木板屋，老房子。会议那几天，气温却开始上升，东边天空出现淡红的云霞，如彩笔绘出一般，看去赏心悦目。头顶的天色变蓝，云层变薄，越看越觉得广阔、深远。中央领导开会的会场是一栋二层小砖房，我们警卫人员站在楼下。中央领导大都年轻，火气大，嗓门高。我听到会场里争得厉害，一个高鼻子蓝眼睛的外国人，气得跑出会场，一边吸着烟斗，一边叽里咕噜大骂。后来跑出一个满脸络腮胡子的人，对外国人好言好语劝了好久，那个外国人才肯重新进入会场。连长，他们会不会打起来？真想上去看看。可是不行，我决不乱动。放哨有严格纪律，不准离开岗位。

这次站岗，使我有机会见到好多共产党的高级领导干部，一个个那么亲切，平等待人，没有半点架子。由于邱连长不断开导，我对政治上的东西已略知一点儿，晓得红军是穷苦人的军队。内心却有新的疑虑。那我算什么人？我算个穷人还是个富？有田产还是没田产？岳父老子的田产有没有我的份？我加入的这支队伍，算是自己的队伍吗？我跟着邱连长行军打仗，是为自己还是为别人？哪天穷人大翻身，有没有我的份？岳父老子的田产，会不会分给村里的穷苦人？我满脑子都是糨糊。

后来我们连不负责会场警卫，干别的了。

略去我在红军部队的具体过程，也不说我差点冻死饿死，只讲我是如何脱离红军部队的。那时红军前有堵的，后有追的，危险至极。为摆脱困境，红军在大山区绕来绕去，尽量避免与敌军决战。听红军老战士讲，这和以前的做法不一样了，以前是与敌军死打硬拼，结果大大吃亏。过湘江时，死的红军官兵不计其数，满江都是漂浮的尸首。敌军在对岸架起机关枪等着你，你还要强渡，这不是白白送死？天底下竟有那样的蠢人。假若在那之前由毛泽东当总指挥，会不会是那种走法？从红军老兵嘴里，我已知毛泽东初上井冈山的故事。简直神了，人数那么少，条件那么差，敌军那么强，在他指挥下，红军却由小到大，由弱到强。后来红军总部迁到瑞金，头几次反蒋介石的"围剿"，也是一次次打胜了。老兵们还讲，那些夺毛泽东兵权的人，其实比他差多了。别看装了一肚子书，都没真本事。当然是谁的本事大，谁来当指挥。现在指挥权归毛泽东了，红军的战术跟着改变，对敌人能躲就躲，能避就避，有直路可走时，偏走弯路，走弓背路。直路上有敌人啊，就像过湘江，机关枪在等着你。别说你仅有这么点人，人数再多，顶得过机关枪扫射？

走路不过脚板起泡，总比流血牺牲强。所以实在万不得已，才向敌军开火。

　　仗到底打起来了，因为前面的路已被敌军堵死。蒋介石坐着飞机到了四川，给四川军阀封一大堆官，还带去许多光洋。这样连哄带逼，四川军阀们来劲了，非得与红军死拼不可，就像广西军阀在湘江边干的那样。红军方面，那个仗是林彪与彭德怀联合指挥的。林彪领着部队一直打前锋。我们那时称呼他军团长，那么年轻，简直是军神。对彭德怀，大家也很敬重，懂军事，了不起。他领着部队在后面，不让敌军靠近。邱连长作战有功，已经升为团长，我成了他的小警卫员，尽管只比他小三岁。他特别喜欢我的机灵。我的机灵不是做出来的，这在打仗时非常管用，好像子弹真会避开我。军队里有个讲法：怕死的人偏偏易得死，不怕死的人反而不得死。这种背反现象，我后来在《道德经》里找到根据了。《道德经》讲，圣人"后其身而身先，外其身而身存。非以其无私邪，故能成其私"。由于我的机灵，还真帮了团长大忙。因为我们团长打仗是个不要命的，每次都冲到最前线。又因为这样，军团长才晓得他，而且器重他，提拔他。

　　就在这一仗，我在火线负了重伤，因为我替团长挡了枪弹。邱团长握着手枪，冲得太靠前了，敌军一眼看出他是个指挥官，把他盯得死死的，几支步枪和一挺机关枪冲着他瞄准，机关枪"嗒嗒嗒嗒"，已开始射击。而我就在他身旁。我一看不妙，忙说"团长，快挪位"。他不听，仍在原地半跪半蹲，指挥作战。老兵都怕机关枪，那东西打在身上，不是死一回，等于死几回，要穿几个洞。敌人已盯着团长了，可了不得。警卫员是干什么的？第一大任务是保卫首长。不行，我得上。子弹打着我怎么办？别担心，不会的。子弹会避着我呢。万一，万一……万一就万一，第一位的是保卫首长。你平时不是很机灵吗？上啊。上！我猛一下跳过去，使劲把他推开，占据了他那个位置。想来不合逻辑，团长个子比我高，体重差不多是我的两倍，居然能将他推开老远，可见一个人的爆发力有多大。就在这时，一梭子机枪子弹扫过来，我把脑袋一埋，子弹贴着脊背飞了过去，打得我身后的泥土溅起好高，树叶落了一地。好险，我的脑袋只要抬高一厘米，当场就开花了。可见敌兵早就瞄准好了。但正如俗话讲的，明枪易躲，暗箭难防。就在我为躲过机枪而庆幸，却过早挪动了一下，想拉着团长另找安全地点。另一敌兵从旁边"砰"地打来一枪，正中我的右大腿，一下把我打倒。这又是一颗射向团长的子弹，被我挡住了。就是这儿，这儿。所以你看，我走路总有点往右瘸。

我的大腿被子弹打中后，当时并不觉得，还一瘸一拐跟着团长跑出好几里。直到把敌军全部击溃，我军突围到了安全地带，才发现右腿有点疼。伸手一摸，黏糊糊的。一看，全是血污。我想把裤子解开，看伤在哪儿，伤口怎样，可裤子与大腿早被血污胶住了，这一扯，受伤的皮肉生生地撕下一大块，痛得我禁不住喊出声。这不是要命吗？受的竟是重伤，大腿被枪弹削去好大一块，所幸没把血管打穿。腿骨也只是擦伤，未打折。只是救护条件太差，找不到懂医的人，也没有救急包。血还在流，人血不是水。水也有流干的时候。对，老道长讲过，凡是苦的叶子，或多或少，都有止血功能。行啊，看这山里，树叶还真不少。神农尝百草，我也试试看。救命第一，管你效果有多少。我就近薅了一把灌木叶，不知是青木香还是桎木叶，放进嘴里一嚼，苦得直打战。好，就是你了。忙咬牙嚼碎，再用两片宽大的粽子叶包着，敷在伤口。哈，真止住了血。

新的问题来了，伤口经这样包扎，疼痛还在，而且随时有撕裂的可能。所以走路只能一点一点地蹭，尤其不能急行军。这不变成废物了？红军那时的情况，前有堵截，后有追兵。为突破敌军封锁，哪天不在急行军？按照军委新首长的指挥宗旨，宁肯辛苦两条腿，也要跳出包围圈。尽量保存实力，准备干大事业。据红军老兵讲，这是毛主席的一贯做法，走路多，放枪少，一打一个准。我却成了废人，再也跟不上队伍，怎么得了？我丧气地坐在地上，不由得流下泪来。

团长明白是我救了他的命，愤怒，伤心啊，指挥部队把落在后面的一股敌兵全部干掉，连伤兵都不留。听人讲，第二次世界大战时期，德国某部绞杀了苏联著名女英雄卓娅。待德军失败，该部谋求向苏军投降时，苏军最高统帅部下令：不接受该部德军投降，全部就地歼灭，一个不留。人们在特殊场景下，情绪就不可控制。团长将发烫的手枪收回枪套，回头用拳头揉一揉发红的眼睛，蹲下来安慰我："痛得厉害吗？来，我背你。"这倒提醒了我。团长要指挥打仗，怎可能为我的事情分忧？不行，得赶紧与团长分手，免得成为他的包袱。于是我强忍着痛，费劲地笑笑，还试着站起来。"团长，别人丢了脑壳，我只丢了一只脚，这只脚还没断，所以根本不算事。只是我不能跟着你了……"后面本来还有"往后怎么办"几字，到了嘴边，又咽下去。

怎么办？没办法。团长看透了我的内心，把我当小弟一样紧紧抱着，泪水直流，可前面还有作战任务在等着他呢。最后团长抹一把泪水，果断地说：

"小老弟，你好好活着，想法子治伤。伤治好了，再来找我，找部队。或者将来，革命胜利了，如果我没被打死，我们再相会。"这话说得，我听了像刀子在扎。

可团长说的都是实话。这时红军居无定所，每天都得行军，时刻准备打仗，哪儿来的后方医院？所有伤兵都没法管，伤到哪儿就扔在哪儿，也就是自生自灭。这是有极大危险的，因为这不是红军根据地，老百姓搞不懂什么红军、白军。这个世界，哪儿来的一支好军队？除了抢劫还是抢劫。所以你就别指望老百姓对伤兵友善了，有药也不给治。而且老百姓也穷，自己的嘴巴都糊不了，还管你从哪里拱出来的伤兵。

团长真是个大好人，见我不可能跟着部队走，便留下五十块"袁大头"。"拿着，设法找当地医生，把腿治好。""团长，我不要。""你敢不要？你敢不执行命令？""团长，你们也要钱。""你别担心，我们是大部队，要钱可以筹。你只一个人，上哪儿筹钱去？"团长说着，眼圈红了。"好好，团长，我收下。""这就好。你还要努力活下去，争取我们再见面。""是是，团长。我……"

这五十块大洋对我来讲，可是个大数字。我从小到大，手里同时拥有两块光洋的时候都很少。岳父打从决定认我"上石"之后，只管我每餐吃饱，从不给我分文。我不知什么时候还能见到团长，或许这辈子再见不到了，不由跪下，朝他连连磕头。团长忙弯下腰来拉我，痛得我"哎哟"一声大叫。团长跟着跪下，替我抹去泪水。我知道团长事多，便催他赶紧去追队伍。团长走出几步，又扭身看了我一眼，手背往眼上一抹，拉一下灰布军衣，迈开大步，不再回头。

只剩下我一人了。倒是清静，也有了充分的自由，可突然觉得，这世界太大，太空，也太可怕了。我已被整个世界抛弃，不管是人的世界，还是鸟类、兽类的世界。就是那"哗哗"响着的溪流，也与我无缘。天地之大，而我是何其渺小，渺小得不如一粒小沙。望着周围陌生的树林，孤寂的山岗，想着往日与团长及战友们的生活情景，再想想今后的艰难日子，我不由得放开喉咙，大哭特哭。我哭自己，哭父母，也哭苦命的婆娘。所有倒霉事都堆到我身上了，让我还活不活？路，哪一条是我该走的路？

就在这时，朦胧中一个人向我走来，亲切地呼唤我的名字："牛牯子，起来。你只被老虎咬了一口，算什么啊？你还年轻，今后的路还长呢。"这不是山圣甸老道长吗？多久没见，竟在这儿遇上。我欢喜地张开两臂，想把他拉住，听他多讲一会儿。睁眼再看，却是幻觉。

"您那时最大的愿望是什么？"

"活下去，必须活下去。不想死，一点也不想死。"

"有没有活着太难的感觉？"

"有，但还是想活。这幻觉提醒了我，坚定了我活下去的勇气。老道长讲过，佛教相信往生转世，道家却看重今生今世。除非是舍生取义，非死不可，死得其所，否则一定要过好人生的分分秒秒，因为过去一秒就少了一秒。人生百岁，也不过三万六千五百多天。不行，死在这里太冤，什么事情都没做，鬼都不晓得我是哪一个。我才二十岁，老道长讲，一个正常人，可活过一百二十岁。我不要这种清静，不要这种自由。一定要走出山林，一定要活着出去，再回到人群去。人世是美好的，人世是宝贵的。虽然那里面有数不胜数的争斗、欺诈、丑恶、血腥，可我还是要走回去。因为那里除了丑恶，毕竟还有诚实、友谊、善良，还有亲情。"

"您是不是还想着过神仙日子啊？"我笑了笑说。

"一点不假，还真有这个意念。大主意一定，劲也来了。我把这五十块大洋看作命根子，不敢带在身上。"

"您是怎样处理？"

"因为我穿得皱皱巴巴，也没有一个口袋装这么多光洋。我便把四十八块光洋用布包着，塞进一个滴水的小溶洞，做了记号，身上只带两块光洋，折下一根树枝，去掉枝枝杈杈，当作拐棍，一步步朝附近的寨子走。"

"您老当时的位置？"

"那是四川与青海接界的山区，很少见到行人。幸亏我已有在神舟山独自生活的经验，四顾茫茫，渺无人迹，也不觉得害怕。"

"您老人家真是好样的。让我大受教益。"

"这就是一些年轻人所说的'绝地逢生'。"

想来轻巧，实行起来，确实也难。伤口一直都在渗血。每走一步，痛得咬牙。没有钟表，只记得挪第一步时，太阳刚刚偏西，一步步挪到路边，望得见一个寨子翘起的尖屋角时，太阳已擦着远处山顶。回头看走过的路，约莫三五华里。我几乎用尽全力，发肿的两腿好像失去了痛感。我便在路边一

124

堆茅草丛边坐下，想缓一会儿神。这一缓，望着大山越拖越长的阴影，脑子里又乱套了。我怎么这样倒霉？从小苦过黄连，眼看有好日子过了，却被"石锤脑壳"砸了饭锅。好不容易找到一支队伍，跟上一个好首长，却被子弹坏了前途。拖着这条伤腿，走路这样费劲，还不如死了算了。用信佛的人的话讲，早死早投胎，也许下辈子直接投胎到一个富贵人家，生下来就是公子哥儿，衣来伸手，饭来张口，享不尽的荣华富贵。对，这样最简单，免得再受苦。难怪有那么多人自杀，包括我亲爱的妈妈。原来他们对人世已经绝望，只求尽早解脱，快点投胎，重新做人，让日子从头开始。对于走到绝壁边沿的人来讲，有什么不能理解？

怎么个死法？马枪已经被团长收走，担心枪会给我惹祸。不然用嘴咬着枪口，脚趾将扳机一踩，"砰"，一下就完，马上投胎，做公子哥儿。听老兵讲，红军里头，曾有人因为悲观绝望，看不到毛主席描述的那个辉煌前途，就是这样死的。啊，不，不，这样死太可怕了。据他们讲，这样死的人，子弹从嘴里进去，从后脑勺出来，把整个脑袋都崩掉了，要多惨有多惨。上吊？大树倒满山都是，但得爬上高处系绳子。可伤口这样疼，哪儿有力气爬？哟，对面山上有个高崖，只怕有十几丈。从那顶上跳下，肯定没命。这倒不失为一个好办法，闭上眼睛，两脚一蹬，身子往前一扑……马上脱离苦海，重新转世。对，赶紧，趁天色还没完全黑下来，拼尽力气走过去。糟糕，伤口撕裂，又痛得钻心。但不要紧，再坚持一阵。那不仅仅是悬崖，而是苦海的岸边啊。真不知哪儿来的那股劲，一步一挪，居然抢在森林变暗之前，在藤藤绊绊的山道上挪出约莫半华里，来到倾斜的悬崖下。旁边的树木有的干枯了，不声不响，像一个个瘦长的精怪。

再加把劲，就可爬上去了。站在悬岸边往下一跳，也就万事大吉。然后，然后呢？我突然感觉有些害怕。人家讲，投胎也有投错了的，或又投胎到穷苦人家，或者投胎到下贱人家。甚至本来是一个人，死后却投到老母猪肚子里。太可怕了，随意性太多，你根本管不了后面的事。不行，还是道家讲的，我命在我，不属天地，不重来世重今世，别枉做人一辈子。我不能死，哪儿能就这样放弃自己最宝贵的东西？且莫讲下辈子如何如何，过好这辈子再说。这辈子你怕困难，没勇气过好，下辈子又遇上难处怎么办？没准比现在更难。幸福在来世？完全是想当然。相比别人吃过的苦，我这算什么苦啊？糊涂。为么子非得把自己逼到绝壁边沿？退一步海阔天空。我坐在一块表面不平的石板上，用力拍打自己的脑袋，揉一揉发胀的小腿肚，把右大腿外侧粘在伤口上的裤子轻轻揭了揭，最后将大腿重重一拍。哎哟，痛！疼痛算什么？没打死就是大赚。

论季节已是冬天，虽未冰冻，气温却接近冰点，树林里草木有的被寒霜打蔫，有的仍倔挺挺的。白天还不觉得寒冷，到了夜间，气温骤然下降，我穿的衣服非常单薄，不够抵御寒气，身子不禁有些发颤。太阳已完全隐没，唯有山林上空现出一片淡淡的青灰色，使地面勉强辨得出高低。孤寂对于我已是常事，必须克服的困难是寒冷与疲劳。因为拿定了无论如何也要活着出去的主意，便认真考虑安全过夜的问题。这时我才感觉又累又乏，眼皮沉重得抬不起来。不行，得小心野兽光顾，不能在地面坐着或躺着过夜。野兽们的鼻子灵得很，老远就闻得出异味来。于是我挑中一棵丫枝很粗的大树，费劲地爬了上去。两腿分开，骑马般跨在树的丫枝上，才发觉伤口又被撕裂，血水又渗出来了。我随手再撸了一把树叶，嚼碎，扯开裤子敷在伤口上。也不知撸的是什么叶子，敷上去热辣辣的痛，血却又给止住了。为防止睡熟后从树上跌下来，我用皮带把自己连树干绑在一起，头枕着靠上的树丫。也许是疲劳过度，不一会儿就睡着了。

日有所思，夜有所梦，这话有时也灵。奇怪得很，我在树丫上睡的那晚做的梦，居然伴随我几十年，至今仍记得清清楚楚。我梦见自己又回到神舟山，住在那个神奇的大溶洞里。数百名神情严肃的成年男女秩序井然，坐在石阶上，讨论与自己切身利益密切相关的大事。他们的服装与现代人不同，上半身是精美的编织物，映射出各种光彩。下半身是种类不同的兽皮，只遮住膝盖以上。脚上穿的，则是清一色的兽皮鞋。会议主持人戴的花冠，用百合、牡丹、玫瑰、月季、映山红编织。他边听一个接着一个的发言，边用树枝在石板上画着记号。会议最后以投放彩石的方式表决，到会者事先都得到三种颜色不同的鹅卵石，投放时分别投入三个大木桶，表示赞成、反对、弃权。最后当场将三个大木桶打开，统计赞成和反对的人数。会议结束后，主持人把花冠挂在主席台后面的石壁上，预备下次会议使用。开饭的时间到了。在一个奇大无比的餐厅，各种美味在长长的餐桌上整齐地分列数行。餐桌由一截截完整的圆木构成，用斧头削平，便于摆放器具。两个穿白色服装的美丽少女站在餐厅入口处，看过每个入场者胸前佩戴的圆形鹿皮标志后，即发给一个藤制的餐盘。小孩由大人领着，老人由年轻人扶着，或用手推车推着。每种食品除标明名称，还注明营养成分、制作特点，以及适宜的人群，大家用餐盘取食时谦恭礼让，各取所需，谁也不浪费一星半点。有的喜欢素食，有的需要荤味，有的偏重寡淡，有的嗜好微辣。大家欢欢喜喜，各遂其愿。饭后是大家游乐的时间，溶洞突然扩大了数倍，由人工布下的许多美丽景观，雅致，舒适，赏心悦目。原来是我的眼光太窄，只见得一个角落。在不知其名的光芒的映照下，人们有的嬉戏游玩，有的吹拉弹唱，有的跳各种舞蹈，有的在庭院漫步。

夜来了，这儿也有薄雾般的夜色。这些人怎么过夜呢？亦如用餐那样，也是各取所需？还是依规矩分头就寝？倘若各取所需，几个人同时看上一个人怎么办？你想满足你的欲望，我想实现我的梦想怎么办？该不会打架吧？好，溶洞向深处延伸了，又一片美景在眼前展现。这就是他们的起居区，静谧、安详，由一个一个私密的小溶洞构成，每个小溶洞前面，挂着一块用芦苇编织的门帘。就寝的时间到了，人们从游乐区走来，带着幸福的微笑，进入各自住处。对不起，能不能让我跟着进去，仔细看看……我拦住一对牵着孩子的年轻貌美的夫妇，发出请求。一定是请求过于愚蠢，妨碍了对方的隐私，结果未等到答复，我就醒了。

我醒来后感觉树下有异常动静，还有浓重的腥臊味。扭着脖子往树下一看，我差点失声惊叫。你想我看见什么了？一只豹子，身上长满花斑，黄色，正在我睡觉的树下，抬着圆圆的脑袋不住打量，似乎拿不定主意。金钱豹！我忙坐直身子，用力摇晃树枝，尽量弄出响声。天哪，这可不是好玩的，尖爪利牙的豹子会"噌噌噌"爬树，树上的雏鸟有时还被它们吃了。刚才它一定想趁我不备，发动偷袭。见我这么大的块头（在它的眼里，我当然不算太小），取胜的把握不大，所以才犹豫不决。假若它们结队成群，力量远胜于我，早就趁我熟睡之际，将我生吞活剥，没准还嫌我肉少骨头多呢。这就是"丛林法则"。而我将树枝这么一摇晃，它那有限的智商弄不清我的能耐究竟多大，吓得古怪地尖叫一声，赶紧没命地逃开。

看着金钱豹越逃越远，我感到身子一阵透凉，无意间又是一身冷汗。事后回想，这算不算躲过一个小小劫难？倘若那金钱豹来的不是一只，而是一群，手无寸铁的我，如何招架得住？金钱豹可是凶狠家伙，连耕牛都敢偷袭。白捡了一条贱命，还跳什么悬崖？赶紧给老天爷磕头，烧高香谢恩吧。冥冥之中，不知是谁在保佑我呢。看来道家人的话没错，我命在我，不属天地。人生总有高潮低潮，就像流水时急时缓，时起时落，时而开阔豁亮，时而拥塞挤压，不可能老处于顺畅无阻状态。快快走吧，到人多的地方去，否则孤立无援。我赶紧溜下大树，折了一根很粗的树枝握在手里，防止第二次遇上野兽（讲不定这里也有老虎呢）。凭着日光的倒影，管你是陡坡也好，沟壑也好，只瞅准一头，朝着太阳升起的方向，身子一拐一拐，步子半尺半尺，就这样往前挪、挪、挪。大腿的伤口又撕开了，血水顺着脚杆往下流，却也顾不上了。小心，可别再遇上猛兽。尽管心里焦急，步子却仍迈不开。走了半天，回头看看，还是没走多远。我在茫茫大森林里走了两天，第二个夜晚，仍然睡在树上。这时倒不觉得苦，反觉得有点意思。以前在神舟山的日子真没白过。吃过黄连的人，再苦的东西入嘴，也不会觉得苦。难怪老家山圣甸有个习俗，才生下的孩子，在吃妈妈的奶之前，先喝一点点黄连水。

因为找不到可吃的粮食，我还是只能生吃树叶草根。南方的冬天，既是寒冷季节又是成熟季节，土里的蕨根和茯苓都已成熟，且未过采摘期，挖出来，洗干净，就可以填肚子。没油没盐？早习惯了。我将木棍的一头弄尖，采挖起来相对顺手。这样一天下来，饥饿问题基本解决。我一边有滋有味地啃着才出土的蕨根和茯苓，一边漫无边际地想，古人过日子大概如此吧？他们却照样养育子女。看来过日子的奢华之风，完全是后人所为。（这时，我还不知道《道德经》里早有论述："圣人为腹不为目，故去彼取此。"）这种奢华，首先起于宫廷，东方西方都是一样。罗马皇宫奢侈浪费，世人皆知。在我们中国，据讲清代的慈禧太后，每餐饭要上一百道菜，这到底是"为腹"还是"为目"？

山里空落落的，见不到半个人影，只有鸟的叫声。讲实话，人生地不熟，心里还真有点打鼓。为了给自己壮胆，我忽然吼叫起来：

月亮挂在天边上，
老鹰飞在云边上，
大树生在山边上，
人要走在路边上。

堂堂正正，正正堂堂，
一条汉子一杆枪。
不怕炸弹，不怕血光，

找死找活都值当。

人生不怕黄连苦，
矿石不怕进炉膛。
做个神仙穷快活，
天上地下任游荡。

我要活，我要活，
活在当下好风光。
该躲我就躲，
该扛我就扛。

　　好运终于来了。当我翻过一座山岭，走出一片树林时，见到一缕升起的青烟，飘浮在丛林上空，像是一副稀薄透明的轻纱。有青烟就有人家。果然再走上一阵，出现几块开垦的坡地。一个老人正在坡地上挖红薯。他缠一块白颜色包头布，身边是两只小箩筐，旁边一头小黄牛在吃红薯叶。老人耳朵灵，没等我走近，他已停止干活，四下打量。我刚靠近，他就发现了。我这一拐一拐的狼狈模样，自然逃不过他的眼睛，便远远招呼，主动向我走来，关切地询问是怎么回事。我心里好一阵热乎，已经有两天没见过人影，更没开口讲话了。但我不敢讲真实身份，万一他讨厌当兵的怎么办？更不敢讲挨了子弹，只说不小心摔了。老人家眯着眼睛，把我的大腿伤口看了看，也不讲什么，只要我坐着别动，因为脚不能再用劲了。"我先回去，一会儿再来。"回去叫更多的人来，把我捆绑抬走？据说在某些地方，有吃人肉的恶习，说是吃一口人肉，就多活一岁。天哪，可别让我撞上了。赶紧走，趁缠白色包头布的老人未回。什么不能再用力，等着被活活吃掉？我立即强忍疼痛，拖着伤腿，往旁边的密林走去。约莫走出半里，脑子里又冒出一个念头：万一人家真是好心，有意帮你，只是回家拿药物什么的，你这样不辞而别，岂不辜负了人家？《三国演义》里的曹操，遇上好心住户，人家半夜里准备杀猪款待他，他却疑心住户的杀猪刀是为他准备的，结果反而杀了住户全家。这情节可能是作者编的，但说明一个理，疑心过头，也误大事。绑就绑，杀就杀。是福不是祸，是祸躲不过。总比死在树林里被山蚂蟥吃了强。我便再回到与老人家相遇的原处，在一堆干树叶上坐下，身子放松，坐着不动，也实在走不动了。

再说这位老人家，过了大概两个钟头，还真回来了。他带回的是两包嚼烂了的草药，用树叶包着。简直神了，老人家将草药往我大腿上一敷，腿部受伤的位置立时凉丝丝的，感觉特别舒服。皇天在上，我遇上救命恩人了，幸亏不曾走开。心里激动，真想蹦起来，腿却扯得生疼，只能顺势下跪。"感谢感谢，救命大恩。没有别的，刚好有两块光洋……"忙从裤腰带里抠出那两块光洋，双手拿着，递给老人。

"收起收起，留着自己用。你想上哪儿去？""我，主意还没定。""那就跟我走，再帮你治一治。""真的？""谁有工夫同你开玩笑？""那……好，你真是活菩萨。"缠白色包头布的老人家早有准备，带来一根特制的弯头拐杖，并给我做示范：将弯头卡在腋下，走路就会轻松。却因为我个子矮，拐杖的弯头高过肩膀。老人家将拐杖锯掉一截（他竟同时带来一把小锯），我使用正好。深山老林里，竟遇着这样的大好人，可见世上好人还是不少，这个世界还是值得留恋的。想我那跳悬崖的念头，有多愚蠢。那时跳下去，还有现在的奇遇吗？活下去，一定要顽强地活下去，无论遇到何种情况，除非别人一枪把你打死，你自己绝不可轻生。活下去，顽强地活下去，只要有生的希望，就要活下去。活着干什么？像这个大好人一样，学点有用的真本事，既能保身防身，又能帮助别人。

我在这位好心的老人家里吃和住，前后一个半月，终于能正常行走。原来是我"八字"好，子弹只削去腿上一块肉，骨头连带受撞击，但是没打断，子弹从一旁滑过去了。我算不算有后福之人？应该算吧。至少自我感觉是这样。记者你看，这儿，大腿，现在还凹进一块，就是那回被子弹削的。账该怎么算？怪红军团长，还是该由红军的敌人负责？红军的敌人是国民党。1937年，全面抗日战争爆发。国共两党第二次合作，红军接受改编，全部换了帽徽领章，变成国民革命军，但是变皮不变心。我若不是半路受伤，也跟着变了。可是后来，我竟由红军变成国民党军队的一员，在山东战场上与曾经的战友互相射击。

上过战场的人，没几个不受伤的，有的伤痕累累，九死一生，我在战场就受过多次伤。在上海战场受伤，只差一粒米的距离，就报销了。小鬼子的弹片竟打中我的胸脯，就在这儿，离心脏只有一粒米吧。在山东战场受伤，伤的是左腿，中的是炮弹弹片。看，左脚小腿这条长沟。炸弹就在我原来趴着的掩体里爆炸，三个兄弟都被炸得开花了，我仅被弹片削去一大块。我的轻功，加上凭听觉感知到炸弹的落点，才抢在炮弹落地前一个跳跃，飞出好几米。这回，躲过的又是一场大难。

"老爹，您和那位老人真是有缘。"

"是。对这位素昧平生的老人，你想我怀有多深的感激之情！真愿意给他做干儿子，报答他的大恩。伤快好了，我重返山林，找到那个藏着四十八块光洋的溶洞。老团长，您的大恩也不敢忘啊。"

"那时光洋非常值钱吧？"

"是的。那时国家四分五裂，各省地方政府自行其是，用枪杆子讲话，挑战中央政府的权威，甚至货币发行也各搞各的。于是在社会流通最广的，仍然是袁世凯政府铸造的银币——光洋。倒是后来全民抗日，大大削弱了地方政权，树立了中央政府的权威，推动了国家的统一。所以从另一方面讲，抗日战争爆发，给蒋介石巩固中央政权提供了极好机会。他如果真有本事，满可以干一番大业。但是事实上，蒋介石还是没本事，把机会断送了。所以讲，真有本事的还是共产党，毛泽东。"

"老人家肯接受您的光洋吗？"

"坚决不肯。当我将光洋捧到老人家面前时，老人把我的手推开，讲的话调门不高，却震得我耳朵里嗡嗡地响：'小后生，你这就把人看扁了。菩萨讲：救人一命，胜造十级浮屠。看，我已得了十级浮屠，这回报还不够大？'接着'呵呵'地笑了起来，并用白包头布擦一把脸上的汗水。"

"真是好人，倒变成您在成全他了。"

"是啊。我一看这样不行，便想拐一个弯，于是提出：'大爷，那我帮您上山采药行吗？顺便学点草药知识。只在您老人家家里蹭点饭吃，不要分文工钱。''这个可以，只要你愿意学，我当然愿意教。说起药材，满山都是宝啊，都是老祖宗一代一代所传。再不传承，就会失传。政府只忙打仗，顾不上老百姓生老病死。'老人家用白色包头布擦把脸，发了一通感慨。听老人家口音，与神舟山非常相似。可我问他，他却不承认。几十年之后，这个谜底才给揭开。"

我大长知识了。虽说累一点，每天爬高山，有时还钻岩洞，却几乎天天在学东西，练本事。原来老人家是祖传世医，信奉道学。祖上立过一条家训，叫"不为良相，当为良医"。这话有说是范仲淹讲的。家族中人，赶上朝廷兴旺，不妨进衙门做个医官；若时世不好，即行医民间。清朝康熙、乾隆时期，家族中曾有人出任御医。雍正之后，便与朝廷渐行渐远。到了他这一辈，国家更不像样，世道更加纷扰，他索性隐居山林，只为百姓疗救。老人家不仅给人治病，采药更是行家。我通过跟他采药，认得不少药草。原来许多长在路边野地的药草，下贱得很，不被怜爱，却是治病的良药。比如马齿苋，田边、路边到处都有，趴在地面长，却能清热利湿、解毒消肿。用开水一烫，再放点酱油和醋凉拌一下，便可降肝火，清心火。还有野菊花、金银花、蒲公英、车前子、白花蛇舌草等等，长在山坡荒地，不择土质肥瘦，都是解热消暑利尿的好药。

我甚至懂得了一些中药采摘知识，要点之一是采摘适时。比如茵陈长到三月，叶子嫩毛毛、软乎乎的，是治黄疸病的好药。一旦长到四月，就变成一支一支蒿秆了。所以民间有几句话："三月茵陈四月蒿，肚里绝对记得牢。三月茵陈能治病，五月六月当柴烧。"再如枇杷叶也可入药，但必须是有年头的老叶，用鬃刷把背面的毛刷干净。如果随便从地下捡一把枇杷烂叶，治病当然不行。

由此我想起一事，现在好多人讲中医治病治不好，全是医生的错。照我看来，药材本身的原因或许占去一半。种药不讲地道，采药不讲时节。本该长在西北的药材，硬要在东南移栽；本该生长三年的药材，长到一年就采；本该选用上好的叶子，你用烂叶子充数；等等，当然治不好病。不仅治不好病，甚至耽误时间，把没病搞成有病，小病搞成大病。

我从老人家手里学得这些草药知识，管用了几十年。直到现在，还起作用。再讲后来当兵打仗，遇到受伤的弟兄需要急救，卫生兵上不来，自己便找些药草，做紧急处理。这样救了不下百十人。长官晓得我有这么一点本事，更器重我了。这也是我一个乡下人，无任何背景，一步步得到提升的重要原因。尽管我这样的下层军官其实是送死的官，但毕竟也算个"官"啊。由此我就想到，人也莫不如此，贱有贱生，贵有贵养，就看你对别人有什么益处。生得贱的，未必就是废料；生得贵的，未必就是人才。清朝的八旗子弟，有大出息的不多。明朝朱元璋给予自己的皇子皇孙种种特权，最后到了崇祯皇帝一代，国破家亡。崇祯帝上吊自杀前，用剑砍杀自己的骨肉，骂他们不该生在帝王之家。其实国军里头，升官提级最讲人际关系。首先从蒋介石本人开始，一个

"黄埔系"，一个"江浙系"。有时其他方面的人也用，却是凤毛麟角。

在老人家的精心护理下，我的伤势一天天好转，最后基本痊愈。这老人也信奉道教，只不过在家修行。老人家意识到自己是家里的台柱子，一旦出家，个人倒是轻松，可一家老小怎么办？老人家有个患了小儿麻痹症的孙子，由于治疗及时，救得了生命，却不幸长成鸡胸。老人家对此同样有自己的解释，祖上积德不够，所以遗祸后人。鉴于此，老人更注重积善积德，求得现世现报。老人家的想法既很现实，又让人受益。我就是其中一个。临离开时，我把那四十八块光洋全部留下，用布包着，扔在老人家院子里就跑。老人家年纪大了，而我本来就比猴子还精，他哪儿追得上？听着老人家在后面招呼，我笑着回话："我还有十块，足够。以后有机会，再回来看望您。"

记者你晓得我这回去哪儿？又去当兵，又去"吃粮"。因我听得消息，军队在镇上招兵，宣布管吃管穿，还管升官发财。升官发财我不想，这辈子我就做个普通人。有人讲，不想当元帅的兵不是好兵。但也未必。都想当元帅，兵谁来当？在战壕里蹲守，还靠士兵啊。但当兵管吃管穿蛮有吸引力，因为我没有别的出路。再回神舟山？看来不合适。与邱团长相处的那几个月，我思想发生了一点变化。我觉得一个人如果与世隔绝，只顾自己修炼，从早到晚闭门思过，似乎太自私了一点。修炼可以长寿，不错，但长寿又是为了什么？为长寿而长寿？为活着而活着？那样与野兽就没有太多差别了。人就是人，人不是兽。长寿不仅要为自己，也要为别人做点有意义的事。这就要融入社会生活中去。直接回岳父家？"石锤脑壳"再来骚扰怎么办？还是多学点本事吧，最好能带回一支枪。那样，即使政府治不了他，凭我个人的本事也能制服。在红军队伍里几个月的生活经历，还消除了我对当兵的恐惧。当兵并不那么可怕嘛，大家在一起，彼此像兄弟，有时嘻嘻哈哈，日子过得好快。当官的不仅不打人，对当兵的还蛮爱护。比如我们邱团长。

我这回当兵是自愿去的，这在当地成了一大怪事。那时军队招兵，几乎全是强迫征兵，也就是抓人。有部电影叫《抓壮丁》，讲的就是这事。像我这样，主动要求当兵的，只有专门"卖壮丁"的人才干。他们一般收人家的钱，顶别人的名，到了军营再偷偷逃跑。下回又是这样。因此当我来到兵站，提出要求时，长官把我打量一番，突然问我："小杂种，你得了人家多少钱？赶紧吐出来，否则把你当逃兵毙了。"我听了莫名其妙，忙着辩解："我没收别人的钱啊。我是真心真意来当兵的。"其实我也是稀里糊涂，没搞清这回招兵的是国民党，是地方军阀，与红军完全不同的两回事。结果我才当兵一天，就挨了班长三耳光，差点没把耳朵打聋了。身上藏着的那两块光洋，也被班长搜去，硬说我是偷的，不然穷小子哪儿来的钱？我无话可辩，只对班长讲："我若是偷的，我就不是人。"

"啪啪！"因为犟嘴，我被左右开弓。

"长官，我若是偷的，明天就被枪炮子打死。"

"啪啪啪啪！"这回打得更狠，我的左脸红肿，牙齿出血。

"长官……"我不得要领，还想再辩解。

这时旁边好心人提醒："别再辩了，赶紧认错。"原来我不小心讲了军中最忌讳的话。

我挨打之后，回想与红军团长的关系，才感觉可能入错门了。世界上军队与军队之间，指挥官个人与个人之间，原来差异这么大。就像这座山不同于那座山，这棵树不同于那棵树。红军团长对我那么好，这个部队的班长却对我这么凶。可我上哪儿找红军团长去？他们好像上北方了。北方一望无际，遍地都是路。只好这样子混，该我走的路，大概就剩下这一条了。我以后对挨打都习惯了，听说蒋委员长还打别人耳光呢，打的还是高级将领。"八字"载着，我就是这样。小心，真落在老虎堆里了……练真本事的时候到了。千万千万，别被老虎咬住。一定一定，记住这为人做事的重要古训。我必须好好活着，还想过神仙口子呢。个子小不算事，机灵点啊，邱团长不是很喜欢我的机灵劲吗？但愿国军里头也是一样。

还真让我撞上了，过不多久，瘦个子营长看上我了，让我做勤务兵。在长官身边，相对来讲，比下连队自由、安全。以后，随着我的轻功被别人所知，长官对我越加信任，给我的担子越来越重，危险越来越多，职务也越来越高。已经是抗日战争时期了。多次到了阎王爷门口，判官小鬼又把我赶回。想到那么多弟兄先后去了，我却活着，心里就像装着一个太阳，每天快快活活，遇到什么烦恼都想得开，下达给自己的任务，无论多难，都当作该做的事，非得设法完成不可。长官想到我的时候越来越多。这个事，让牛太和做去。那个事，派牛太和执行。我当然是不折不扣，完成得漂漂亮亮。这就有了良性循环，干得越多，任务也越多，长官对我也越加看重。

我就在国民党军队里待了12年，开始被称作白军，后来被称作国军，再以后被称作蒋军。职务，即由勤务兵当到少校特务连长。

十三　不是手足，胜似手足（情景再现）

不愧是花了天价的高档住宅区，虽竣工不久，大门保卫工作却一丝不苟。进出的电动门设置了密码，小区注册的小车方可直入。可不，这两辆小车因临时换了车牌，被电动门拦截，待两人把临时车牌取下，换上原来登记注册的车牌，电动门才肯放行。这就是现代科技管理方式，适用于庄园式高档住宅和私密会所。庄园户主的身份五花八门，既有隐姓埋名的豪门望族，也有从前的下三烂、今日的暴发户。因大多庄园主非实名购置，所以管片民警也不知究竟里面住的是什么人。

两车在庄园里绕行一番，来到一独栋别墅面前停下，从车里分别走出两个气宇轩昂的男士。一个穿深蓝色西装，显得特别正经，一个着咖啡色夹克衫，看似格外潇洒。汽车进入旁边的车库，两男士再从车库出来，按过指纹，进入室内，关好保险铁门，然后上了二层阁楼。原来两人都不带司机，为的是谈话方便。这是一场绝对私密的谈话，两人才不辞辛劳，跑这么远。然正如俗话说的，山里说话，有鸟听见。水边说话，有鱼听见。所以尽管二人行踪诡秘，窃窃私语，谈的内容还是泄露了出来。

"你拿到合同原件了?""这点本事没有?""授权签字怎么办?""过去林副统帅的签字秘书都能模仿，他算什么? 哼。""倘若有人提出笔迹鉴定?""这还不好办? 指定鉴定单位，塞它几个钱完事。""你小子胆子真大。""你比我干得还少?"

稍歇，品味顶尖名茶，说是云南普洱茶里的老班章。两人谈话继续："我们机关工作，什么都中规中矩。""哪里凉快哪里歇着去。在我面前假装正经。""老弟，有些事，还是小心的好。""操你妈的，承租合同继续有效，我们的大项目只能吹了。""也不是这么回事。《孙子兵法》讲：'不战而屈人之兵'……""做梦。你想让他主动退出？""再动脑筋嘛。你是干大事的，有时需要耐心。""废话少说。什么时候补偿到位？"

虽说吸烟有害健康，高档香烟的价格却越来越高。当然，吸高档香烟者，从来用不着自己掏腰包。"又没耐心。办事总有个程序。""操你妈的狗屁程序。老子现在急需要钱。""你需要钱，让我犯错误？""你这狗官，贪污的公款还少？""纯属造谣。我倒问你，上面的事情，是否确能搞定？""废话。那些人的家门钥匙就在我口袋里。""这牛皮吹得太大了吧？"

接着是一阵"呵呵呵"的冷笑声。

"你要中组部的任命书？"一方好像被激怒了。

"什么时候，领我去一趟你说的首长家？"另一方的要求不算过分。

"这不太简单了吗？一个电话的事。""好哇，大约什么时间？""现在就走。下去开车。""不开玩笑？""吃饱了撑的。你只需把见面礼给老子准备好。""什么意思？""王八蛋，揣着明白装糊涂。你以为首长都是吃素的？""嚯，原来还有这个条件。你不是'黄牛党'吧？"

一方又被激怒，一巴掌落在桌子上，接着是破口大骂："操你妈的，既然不信，还来找我？""哎哎，别走，开个玩笑嘛。坐坐，你说多少？""这是有行情的。看你想要什么级，地方、军队都一样……"一方扳着指头，说得有板有眼。

"太复杂了。你就说县长调为县委书记？基本是同级。看你说得像不像。"另一方撮着嘴巴，轻松地吐着烟圈。房顶的天花板四周镶了铂金，格外富丽堂皇。

"王八蛋，是不是你刚刚办过？""请别转移话题。""操你妈的，捉弄老子？老子动个指头，让你吃了上顿没下顿。"

"别这样，小老弟。咱们现在是唇齿相依。相信你，再往上，我现有关系肯定不够。反过来说，我越是往上，对咱们'利益共同体'……是不是？"这一方慢条斯理解释。

"这就对了，这才叫情同手足。还有什么可怀疑的？""不是怀疑，只是咨询。还有那边，外商？""更不用任何担心，最讲诚信。加藤政二那小子就像我的干儿子。""你确实了解他们的经济实力？""报上都有介绍。对，还可上网查询。"

稍停，一方冷不丁一句："见过他们董事长吗？""我与董事长差不多天天在一起。""哟，你不是说他们总部在东京？""妈的，舌头僵了。我是说，与董事长特别助理是好兄弟，差不多天天在一起。"

除了香烟，桌上还放着从法国进口的红葡萄酒，一瓶已经喝光，一瓶刚刚打开。另有一盘炸鸡腿，一盘炒鹿肝，一盘炒鹅肝，一盘切驴鞭，一盘红烧肉，还有几个汉堡包。两人隔着一张大茶几，一个把长腿搁在茶几上，一个身子斜靠在沙发上。茶几由一大块完整的梨花木雕成，做工精细，颜色金红，重达两吨，显得特别名贵。

"你敢小看那小子？好些大领导都是他的密友，与他都有合影。美国总统、美国国务卿、美国中央情报局局长、美国参谋长联席会议主席、日本首相、日本官房长官、日本外交大臣等，都与他有合照。至于跨国公司，全世界500强企业的前五十名的董事长、CEO等，全是他的座上客。那回他在北京人民大会堂请客，包了人民大会堂一层楼。我们派出一个团，替他站岗值勤……"

"吹糠见米，要看结果。ODA停止了，他们若真能顶上，当然是神舟县人民之福。他们的第一笔资金什么时候到位？"

"妈的，又外行了。你得拿到国家发改委的正式文件，还有国土资源部的建设用地指标。我们他妈的是项目审批制，土地国有化，两条大绳索。"

这边说时，两手摊开，上下抖动，显得十分急切。

"那还有多少工作要做？""所以啊，先得完成我们这方面全部手续。""引导资金必须到账，空手套不了白狼。""所以就要赶紧作废合同，国家赔偿全部到位。""玩来玩去，你小子还是玩的政府财政，国有资产。""我为的不是利益共同体吗？少得了你一分一厘？""要钱的是你，我按月都有工资。"

身子斜靠在沙发上的这一位，轻松地弹去落在身上的烟灰，再往嘴里送进一块炒鹿肝。

"少他妈的吹。别人不知，我还不知你那三宫六院，二奶、三奶、五奶、八奶。这栋别墅，不就是你的'逍遥楼'吗？玩是好玩，钱袋子也够难受的，对不对？小乖乖，亲一个，叭。真臭。""规矩点，别动手动脚。具体商量，下一步，怎么走。""扫除废除合同的一切障碍。""好的，就这么做。"

这是2005年发生的事。密谈约莫进行了三个小时，结束后，两辆小车驶出庄园，换上原来替下的车牌，前后拉开距离，朝神舟县方向疾驶而去。因为从车里不断抛出没吃完的食品，两只饿瘦了的流浪狗，跟在它们后面穷追了好一阵。

　　又过了两小时，神舟县人民医院重症监护室门口的走道上，出现了一群阵容庞大的队伍，领头者为县长赵凯林。跟在县长后面的，是医院院长、党委书记、科室主任等等。"总的原则是，用最好的医生、最好的药品、最佳的方案、最短的时间，将太和老爹从死亡线上抢救回来。"赵凯林西服革履，表情正经，边走边做着有力的手势，说话铿锵有声。墙角里的老鼠听了，吓得溜溜乱窜。

号外八　高志尚巧遇"温暾水"（正在进行时）

　　北京，中央某部委信访接待室。一位来自神舟县的上访者核对过身份证，填写了登记表，排队等候工作人员接见。这是一座不起眼的小院，坐落在一条长长的胡同里。胡同倒是干净，地面光可鉴人。两边人家的窗户一般用铁网罩着，里面有的窗户紧闭，有的盛开着盆栽的鲜花。这样的胡同如今已经很少，大多胡同经改造扩建。传承了八百年的小四合院被整体拆除，代之以摩肩接踵的高楼，遮天蔽日，成了宽敞的大街。于是这老胡同里的四合院，便成了稀缺物资，笼罩着岁月带来的神秘色彩。有的四合院门口还钉了金属牌：市（区）重点文物保护单位。这座改作信访接待室的四合院，喷过黑漆的大门没有门牌号码，也没有单位标牌。若非有人指点，外人绕上半天，也将白费功夫。好在北京近年萌生了一项职业：带路党。英雄不问出身，"带路党"成分五花八门。有普通居民，有下岗职工，也有级别不高的退休干部，专给来京上访的外地人指点相关部委所在位置，并负责带一段路，直至指定机关附近，然后收取带路费。现场结清，谁也不欠。

　　这位神舟县的上访者也付出了这样的代价。但他是幸运的，因为路没带错。"带路党"还讲职业道德。这位上访者与福山老汉的穿着风格截然不同，穿的是整洁的深灰色中山服，四个衣袋没有皱褶，提包还装有拉锁，一看就能想象他身份的体面与庄重。这曾被称作"毛氏服装"的正装，现在穿的人虽然少了，但还有人在不同场合照穿。甚至国家领导人在特定场合也穿。这样，高志尚穿着这身正装在相关人员面前出现时，身上便带着些凛然之气，让人不敢小觑。这老头，正统派，起码不搞邪门歪道。靠了这身正装，他才轻松地闯过一道又一道阻挡上访者的关卡，直上最高接访机关。原来这最高接访机关还是每天开门纳访，只事后用全国通报形式，找处置上访人员不当的各地党政机关算账。

"我已有四十四年党龄，这是我抗震救灾那年交的特殊党费的党费证。这是我的身份证：高志尚，身份证号：430349……我现在以一个共产党员的党性和良心保证，检举揭发的材料都有根有据。企业改制前后，我的身份发生根本倒错，由原来的企业一把手，变成一名普通员工，而且是民营企业的员工。作为一名普通员工，我在那个'大世界'混了十年，对部分内情还算了解。若说我是'卧底'，也算得上。北京一个著名教授公开讲，在中国，私有化程度越高越好。国有企业最好一个不剩。现在的一切社会问题，都是私有化程度不够所致。容我说句粗话，他这是放屁。过去说私有制是万恶之源，这话可能太绝对了。若说多种所有制并存，公有制为主，这还说得过去。首先是社会主义，然后才是中国特色啊。你说我'左'也好，'右'也好，我就是这个态度。"

"那您想实名举报谁呢？""首先是我自己，放弃革命原则，屈从上级压力。还有，也不是一点私心没有。""那您有过贪污行为？""有，也没有，看你们怎么界定。"

不苟言笑的接访人员，憋不住微微露齿："相信您的坦诚。来，说说您的情况。"

"您不用给我戴高帽，我现在也不坦诚了。以前讲，做老实人，说老实话，做老实事。现在，这一套好像不灵了。眼看离入土的日子近了，所以我也要与时俱进了。"

"好了好了，您别说了。除了举报自己，还实名举报谁？"

"两类人，一类，党里、政府、军队里的；一类，社会上的，这委员那代表，这理事那会长，等等。全是牛鬼蛇神。"

"您老怎么全是'文革'语言？等着您提供确切证据呢。您先歇歇，送您老去一个地方，吃住不用担心，还有医疗保障。"

"不不，你不是要送我进精神病院吧？我可不是疯子。"

高志尚到底给发送回了原籍，接待他的是省委信访局。因为他毕竟是有点身份的，而且没给地方领导带来更多负面影响。为不让他再次上访，省委信访局领导决定亲自找他谈话。国家信访局是副部级单位，局长由国务院副秘书长兼任。这儿的省信访局却是正厅级单位，由省委副秘书长兼任。可见省委领导对这项工作的重视程度。"哎哟，是您？""是您！老书记。""老场长。您怎么也入了上访群？""老书记，我是被逼的。遇上您，正好。老书记在神舟县工作多年，对神舟县的历史最了解，包括'帝豪大世界'。""慢着，别别。还得另找一个人，至少三人在场。神舟县的事情可不一般，是赵副省长的'样板田'。""行行，听您的，不给您老添麻烦。老书记您的腿怎么啦？"

高志尚见到的这位省信访局领导，正是当年神舟县委书记"温暾水"。十年不见，"温暾水"头发几乎全白，右手拄着单拐。这是怎么回事？

十四　惹不起肯定躲得起（记者手札）

时在正午。太阳当空照着，看来火气十足。但在山里，阳光的热度则减弱了许多。鸟儿们都有自己的生活规律，此时都开始午歇，鸣叫声不似先前嘹亮。高高的板栗树花开正盛，在浓浓的绿色中，如团团金色云霞。我在山下没找到那位牵小黄牛的男孩，只好独自上山。我按着马秀美老爸手绘的线路图"按图索骥"，找到距古道不远的溶洞入口。这洞口也很隐秘，前面长着一丛低矮的灌木丛，灌木丛后面是两棵大樟树。接近溶洞时，我已累得上气不接下气，不由得佩服太和老爹的脚劲。同样吃五谷杂粮，他怎么就那样充满活力？

一阵奇妙的吹奏声从距溶洞更高处传来，声调古朴清脆，不像是普通乐器奏出的乐声。由于这吹奏模仿各种鸟儿的叫声，就像那有名的二胡独奏曲《空山鸟语》，竟引得想要午休的鸟儿兴奋起来，争着与吹奏曲唱和。午间的沉寂顿时打乱，满山是各种鸟儿脆亮的吟唱。如此动人的天籁之音，听了真让人心醉。

我正好奇地东张西望，一头小黄牛突然从前面不远的杨梅树林走出来，边走边啃着地上的青草。它的角上，系着一条红丝带。这不是那男孩的小玩伴吗？这么说，小男孩就在附近。我欣喜地跑过去，一边"哞哞"地叫着，如见到久别的老朋友。小黄牛也不认生，抬头看了看我，甩了甩尾巴表示欢迎，然后低头继续吃草。

我惊讶地发现，被浓密的杨梅树叶覆盖着的丫枝上，还长着一株株葱绿的植物，模样似我在城市公园里见过的吊兰，绽放着一串串金黄色小花，漂亮，柔和，引来成群蜜蜂，一边开心地歌唱，一边忙着采集蜜汁。杨梅树旁边不远的空地上，摆放着一个个带孔的大木箱。那是蜜蜂们的住家，也是它们的工房。一只只蜜蜂排着长队，心急火燎地或从一个个小圆孔钻出来，或从一个个小圆孔钻进去。原来这是个环环相扣的动植物衍生链，只是丫枝上的植物是人工培育的，每株花的根部有一个小土块，用塑料托盘盛着，是为吸收养料的大本营。我弯下身子，正在树荫下照料吊兰形植物的小男孩的身影映入眼帘。

"喂，小朋友，你好啊。"我也弯下腰，猫着头，欢喜地跑过去。

"叔叔，您又来啦？小心，别碰树上，上面长着石斛。"小男孩赶紧招呼。

"这就是石斛啊？它可是宝贝，民间号称仙草。"

"那当然，我爸说神仙就喝这个，所以我老爸才种。"

"这是你老爸的发明啊？真了不起！你老爸现在在哪儿？"

"那边，正摇蜂蜜呢。小心，您可别过去。蜜蜂很乖，但谁也不能欺负它。否则与你玩命。"

"这山里还种了什么呀？"我看出小男孩头脑精明，请他站到树林外面，进一步问。

"有樱桃树、杨梅树、甜柚树、猕猴桃、金钱橘、板栗树、禾梨树、柿子树、橘子树、水蜜桃树、无花果树、红豆杉树、樟木树、香椿树，等等；还有许许多多的药材，黄芩呀，黄精呀，杜仲呀，白术呀，茯苓呀，何首乌呀，青木香呀，金银花呀，我都说不上来啦。"小男孩口齿清楚，很有节奏。

我蹲下去，双手捧着他黑里透红的脸蛋："你都能说这么多，比我聪明多了！是你妈教你，还是你老爸教你？"

"当然是我老爸。我老妈只会做饭，做的饭特别好吃。我老爸连鸟儿说的话都听得懂，小溪里游的鱼有几斤几两都看得准，走路的兔子是公是母都分得清。"

"你老爸真是个大能人，一个人种这么多？"

"不是。我老爸种，叔叔阿姨也种。我老爸说，大家一样平等，一个锅灶吃饭，大家都是'老板'。大家对我老爸可好了，我老爸对叔叔阿姨也喜欢。大家又喝酒又唱歌，围着火堆跳舞，还荡秋千、摔跤、翻斤斗呢。还玩牌，斗地主。"

童言无忌。我还想再问些别的，美妙的吹奏声突然停止。鸟儿们的兴奋劲也跟着过去，森林里出现短暂的沉寂。我的目光投向那两棵肃立的古树，想打听树后是否真有个奇大无比的溶洞，太和老爹是否真住在洞里。却听得小黄牛突然发出两声带着感情的叫唤，像是见到熟悉的同伴。小男孩随即欢喜地说道："我老爸来了。"蹦蹦跳跳地重新钻进杨梅树林。

我已从马秀美老爸那儿获悉古道的基本情况，还知道山上曾有过的古老建筑。为何千百年前的旅人不择他处，偏要攀登陡峭险峻的神舟山？古老的驿馆建设之前，是否有比他们更古老的拓荒者在这儿开山凿石，生生不息，繁衍出一代又一代？

正遐想间，那头小黄牛不知从哪儿钻出，径直来到我的面前，鼻子在我深灰色风衣上蹭蹭，然后走开，继续埋头吃草。我还没明白它的意思，小男孩已再次蹦跳着出现了，手举一束青叶，高兴地嚷道："叔叔，看，看。七叶一枝花，漂亮吗？我老爸刚刚采的。"

我一阵狂喜，赶紧迎着跑去。背包挎在身上嫌烦，随手扔在地下。传奇般的太和老爹，今天终于见到您了。哟，这就是众口相传的您？如此普通的一个老爷子。人到老年，由于谁都难免的骨质疏松，老爹身高已不够一米五，白发多于黑发，身子单薄，这就使他脸形稍长的头部与矮瘦的身材似不成比例，耳朵也大得格外让人注目。他走路的姿态却与中年人无异，因身高关系，步子不大，落地的频率却快，似用脚跟敲击大地，催促自己前行。近看脸部，额门的皱纹粗黑清晰，不显杂乱，受过伤的鼻梁中段有点凹陷，面部肌肉拉得很紧，透射出暗红色健康光彩。嘴自然抿紧，显得自信。身背竹篓，竹篓里露出半截短笛。左手拿一把绿叶，右肩扛一把短柄锄头，正遇上路面有一道土坎，老爹习惯地轻轻一跳，便跨越而过。

"老爸，他就是，北京来的。""呵，真抱歉。让你上这儿来了。""您老好。来，我替您背。""不用，这不算事，也就是二三十斤。""您老才出院啊。受伤那么重。"

"是吗？呵呵。我是受了点伤，不过很快就好。我稍微懂一点养生功夫，恢复得快。你看山里的野兽，不管大的小的，地上跑的土里钻的，有什么磕磕碰碰，甚至爪子歪了，自己吃点什么草草，东蹭一下西蹭一下，也就好了。这就是自救。没有这种能力，就没有抚养幼子的可能，这物类就会被开除球籍了。人也是兽，兽也是人。天地万物，皆同此理。所以老子讲，'天地不仁，以万物为刍狗'。大记者，你讲对不对？"

我望着太和老爹古铜色的脸，由衷地向他鞠躬致敬。因为我本来就比他高出三十多厘米，他这番信手拈来的言谈，更让我吃惊不已。他一边说话，一边轻轻抚摩着主动靠近的小黄牛的脊背。我掂了掂自己的背包，应该到不了二三十斤。我便从太和老爹肩上强要过竹背篓。了得，这何止二三十斤？应在四十斤以上。我初次背负，竹篓的位置没调整好，居然打了两个趔趄，赶紧扶着一棵树干，立稳桩子。

"老爹，您这么硬朗。起码健康长寿二百岁。"

"不敢。中国有历史记载的，真正健康长寿的老人是隋唐大医孙思邈，寿高一百四十一岁。至于说彭祖八百岁，还有谁二百五十六岁，那只是一种讲法。孙思邈是大医，又是道家，所以宋徽宗尊他为'真人'。我何德何能，岂敢超越他老人家！"说着，太和老爹哈哈一笑，朗朗笑声像吹奏小号。

四十斤重的竹篓驮在我背上，压得我直不起腰，却只能挺着。看来西山老樵的博文不假。我不敢触及他从医院偷偷出逃的事，便从眼前这一望无际的山林谈起，谈它的历史、现状与前景。太和老爹立时明白我想问什么，乐呵呵地道："小老弟，走，进洞子，当神仙去。冬暖夏凉，什么'空调'都不需要。我知道你想问，怎么躲这儿来了。是的，老爹我就是不让他们找到。"

"找到又怎样呢？""那我就得签字啊。""签字会怎样？不签又怎样？""这一签字，十万亩山林用不了两年就毁了。毁了的不只是山林，还有更重要的东西。""听说你们有很多股东？""是啊。即使要签，我也代表不了全体股东。""听说出资承租的只有您一人？""这话也不准确，因为那钱本来就属于社会大众，并不是我流血流汗、一分一分挣的。"

原来，老爹对林场名义上个人承租，实际是大家合伙，属于集体所有。

"没错。农业也好，林业也好，我都不赞成搞单干。莫讲人类，就是动物，也是不主张单干的。你看蚂蚁，还有蜜蜂，抱团的精神多强！捕食的野兽也是这样，比如狮子，还有大象，都是成群结队。单干的力量太单薄了，扛不住自然灾害，还容易两极分化。非洲大草原的狮子那样强壮，一旦离开群体，就可能被鬣狗围歼、吃掉。反过来，鬣狗也是一样，别看那么凶猛，一旦脱离群体，肯定成为狮子、花豹的点心。《易经》讲，'不贵难得之货，使民不为盗'。意思就是，不要引导百姓只盯着个人利益，只想个人发财什么的。所以我是不赞成把田土分到各户的。"

打住，这事可扯不得。我松一松竹篓的背带，笑了笑说："政府下决心要

145

做的事，您不签字，他们照样会做啊。"

"是啊，我也晓得。一块大石头滚下来，一根茅草秆怎挡得住？"

"您说'是啊'，我也说'是啊'。您老的意见既不受重视，那又何必？"

"那是另一回事。就好比当年枪毙马县长。我不动枪，照样枪毙。但如果逼着我亲手扣扳机，就不同了……唉，讲到哪儿去了。人老了，就这么东扯西绊。一句话，我决不签这个字。当然了，三副面孔六只眼，当面对抗没意思，也对抗不过来。孙悟空一个斤斗十万八千里，怎么也跳不出如来佛的手板心。所以，还是我这个办法好。要干你们干，反正我不沾手。我就是我，惹不起肯定躲得起。"

十五 我们不怕折腾（记者手札）

与太和老爹交流时，老人家希望我给林场领导捎话，暂缓宣布合同作废。完成这个使命，难度极大，倘若谈成，一是会得罪赵凯林，其次是得罪牛全胜。再说政府与林场领导决定了的事，我有能耐让他们改变主意？倒可以趁机摸一摸林场底细，为何非得废除承包合同不可。现在有的高喊"国退民进"，有的仍主张搞好国企。中央还出台过正式文件，强调一定要办好国企。他们是不是想身体力行，紧跟中央？那这思想境界，就了不得啦。我耐着性子，多次联系，终于在县城一个高墙围着的独立大院里，见到了国有神舟山林场的高志尚场长。

瘦死的骆驼比马大。进院后第一眼看到的，是一个宽敞的停车场，停放着三排小轿车，虽无"奔驰""宝马"之类名车，"奥迪""沃尔沃""日产"等车还是不少。车身满是泥土。墙根下有一辆枣红色"桑塔纳"，本有几成新，车门半敞，可能是关不上，扔在那儿生锈。另一辆白色"捷达"四轮朝天，躺在一棵半枯的老槐树下，车上满是白色鸟粪，有干有湿。

院中立了一根高高的旗杆，正对着办公楼大门。旗杆顶部三个穿在一起的铜质小圆球却已生锈，如同铁扦穿起三个煤球。升降国旗的拉绳断了一根，一面国旗软塌塌地垂在下面，离地不过三尺。用砖块和水泥筑成的旗杆底座早就开裂，从裂缝里长出的蒿草足有两尺多高。

刚好赶上临时断电，电梯停运。我从一层步行到五层，只在楼梯拐弯处见过三个人。到了五层，我一间一间屋子打听，高志尚场长在哪间屋子办公，却只在第三间屋子见到办事人员。我怀疑自己进错了门，这就是曾获"全国林业先进集体"荣誉称号的神舟山林场场部？五脏六腑被掏得这样？

二十世纪六七十年代，甚至八十年代头几年，木材紧俏，一切按计划供应，林场与省政府计划委员会各持有50％的指标审批权。那时，这座大院一天到晚人头攒动，汽车进院必须排号，与一个时期高档餐馆的停车场同样拥挤。

高志尚场长在办公室接待了我。那办公室相当于三分之一个篮球场的面积，书报杂志却还找不着堆放处，只好四下里乱丢。我瞄了一眼，全是公费订的党报党刊。另一半空间曾是个苗木标本展示处，并排摆放着三个大玻璃柜，里面分层放着一个个苗木标本，既有本地品种，又有外地品种，可惜全部干枯，说明早受长期冷落。

"对不起，小地方，比不得你们大机关。太乱，不成样子。已有好几个月没推门进来了，怎么说呢？时过境迁的感觉，总免不了吧。"高场长先去苗木标本展示处巡视一番，连说"罪过，罪过"。然后回到办公桌前，隔着栗色桌面与我对坐，边说边嘟圆嘴巴，吹那桌面上的灰尘。看他往后梳着的满头白发，大概离退休年龄不远。他身子偏胖，鼻尖发红，脸色灰暗，如一株霜打的老茄子，给人的感觉是正走在背运上。宽大的办公桌上满是灰尘，上面并排放着八个塑料药瓶，各自贴着标签，注明不同用途。

"不错了，很干净。我的办公室比您这儿更乱。"我客气地说着，很不礼貌地拿过一张报纸垫座，因座下的椅子实在太脏，而我的裤子颜色太浅。同时用太阳帽扇风，想赶跑满屋浮尘。为交流方便，我虚拟了一个身份，自称是马秀美的法律顾问。对太和老爹，我决定先行撇开。

"是吗？那牛总的事您管不管呢？作为太和老爹的小舅子，他本来就该享有部分权益。再加上他那钻天入地的本领，谁敢漠视？"高志尚并不看我，继续鼓圆腮帮，试图把桌面的灰尘全部赶跑。见我跟不上话，又做补充："这户人家比较特殊，牛全胜虽是弟弟，权威不能轻视，我们只能尊重他的意见。他们当时还注册了一个家族企业，牛全胜是董事长，太和老爹只是股东之一，占的股份很少。马秀美在公司里则什么都不是。"高场长搔一搔半秃半白的头发，把桌上八个药瓶的位置调整了一下。

这又奇了。无论太和老爹还是马秀美，都未提到注册公司的事。那好，请看文字材料。高志尚拉开办公桌的抽屉，掏出两份压过塑封的复印材料。这是一份工商行政管理局颁发的营业执照副本的复印件，企业名称是"神舟山林业开发股份有限公司"。另一份复印件，即是股权登记的原始档案资料。

上面写着：牛全胜，出资：495万元，持股95%；牛太和，出资5万元，持股5%。再看登记日期，果然是十年之前。

服了，牛全胜竟搞出这么一套手续。看来，马秀美是输定了。

我从高场长谈话中得知，神舟山主峰为林场最大的一个工区，面积十万余亩。曾因"历史反革命罪"入狱的太和老爹，一直对神舟山情有独钟。他从监狱一出来，就提出来神舟山当临时工。可那是1979年，"阶级斗争"的弦还绷得很紧。神舟山林场作为国营企业，"工业学大庆、农业学大寨"的双重标兵，怎敢接受他这种有污点的人？最后被安排在县城当清洁工。他却有空即往神舟山走，尤其是那座主峰。他拿一把短柄锄头，背一个竹箩子，在主峰周围这儿挖挖，那儿刨刨，既像在寻找什么，又像在掩埋什么。旁人见了好生奇怪，这个太和老爹，是否有重要珍宝遗忘在那儿？曾有人说，他的先人过去是山寨的寨主，于是更引发不少人的联想。有人甚至悄悄跟踪，想看个究竟。曾经有过所谓"民族大业"的机构，说清朝遗老遗少在西南山区埋藏了多少多少珍银财宝。太和老爹是不是与这个有关？

后来情况有变，林场对外承包经营。那是改革开放初期，尚未涉及体制产权。老爹听了，心痒痒的。可他那时没钱，既交不起承包费，也没钱买树苗。后冒出一个"有来头"的承租者，也不知承租费交没交，反正是将神舟山林场一举拿下来。他们在承租合同上写得很好：坚持植树，不得滥伐。实际却只砍不栽，将满山树木不分大小，一片片砍光，小的扔得满山都是，大的拿去卖钱。结果只用了三年时间，神舟山便成了"癞痢头"，再过两年，接近"大光头"。太和老爹戴着斗笠，穿着草鞋，悄悄上山，站在溪边，看着这些，却也无语。承包经营者把能运出山林的大树砍光卖光之后，单方面宣布：废止承包合同。

太和老爹得此消息，又往林场跑。他对林场领导说："我给林场做义务工行不行？"

"老爹，您老的热情很好，但目前没法答复。因为林场正处在体制改革的十字路口。原来属于林场编制的工人早就全部遣散，承包经营的老板也把他雇用的工人全部辞退。林场成了空壳，只剩下十几个留守人员。他们的工资从哪儿出，还没协调好呢。您老如果想来，真只能学雷锋，做好事，义务劳动。"高志尚一边吹着办公桌上厚厚的灰尘，一边笑道。

"没得事，我真的愿干。"太和老爹说时，指着脚边打捆的行李，开山挖地的工具，以及用来做饭的铝锅、用餐的碗勺等，"看，我把什么都带来了！"

"您老这么大年纪，万一出了工伤事故，我们也出不起医疗费啊。"高志尚听得劳动工具和饭锅的响声，知道老爹不是说说，便停止收拾桌子，先拿起那口铝锅看看，又摸摸他的被子的厚薄。

"领导，我这人比较特殊。别看八十岁了，可是怎么讲呢？这样吧，领导，我给您表演一个小小动作。"说时，太和老爹走向屋子一角，发现天花板上有几个连在一起的蜘蛛网，形成蜘蛛家族阵营。蜘蛛网距地面高丈余，没有长柄笤帚，没法清除。在高志尚的注视下，太和老爹手拿一张旧报纸，平地轻轻一跳，便跃出地面七八尺高，挥动报纸，将屋角的蜘蛛网"啪啪啪"全部扫除。眨眼工夫再落下地板，气也不喘。

高志尚好一会儿才反应过来，笑问："假若天花板再高几尺，您老也飞上去了？"

"所以啊，领导，我还不是'老而不死是为贼'吧？"

"服了，服了。名不虚传。您老就来我这儿做顾问吧。不管有没有发工资的地方，我都给您发工资。"

老爹对高志尚连打拱手，表示真不需要他发工资，只需给他在神舟山林场干活的机会，也就心满意足。没说的，高志尚当天开着四轮小卡车，载着太和老爹上了神舟山林场的一个工区，找了个竹板与树皮搭建的旧工棚住下。

我后来才知，高志尚与林场的纠葛也不是一时一事。他当年对太和老爹的承诺，不是心血来潮。这位在神舟山林场工作四十年的"老林业"，从普通职工一直干到主要领导。他小学没毕业就失了学，原因是父亲不幸病故。好在已是人民公社年代，公社领导念他家是贫农成分，就推荐他进神舟山林场当工人。那时，农村户口与城市户口的差别，好比地面与天上。当林业工人与干农活，劳动强度虽差别不大，前者却可吃上按月由国家供应的商品粮，多少农村青年羡慕得眼睛发红。那是"文化大革命"的前两年，才刚十八岁的高志尚，力气足足的。加上对人民政府的感恩之情，因之如龙跃于渊。他勤劳肯干，林场所有艰苦岗位都干过。他还发明一种快速培植优质苗木的方法，在南方多个省区推广应用。他这就受重视了，当上了最年轻的工区主任，还获得"全国林业劳动模范"的荣誉称号，在人民大会堂与王进喜、陈永贵等著名人物一道，接受过毛泽东主席、刘少奇副主席、周恩来总理、朱德委员长等中央领导人的接见，并在一起合影留念。

这就是他人生的顶点了。

既有顶点，就有落点。随着神舟山所经受的一场又一场折腾，从"文化大革命"发动、结束到改革开放，高志尚的生活之路，也开始了戏剧性起落。他一会儿是"走资本主义当权派"，一会儿是"三结合"的林场革命委员会成员，一会儿是林场书记，一会儿只是个空壳董事长。林场实行承包经营后，他因舍不得离开，心甘情愿领取勉强维持生活的最低工资，于是做了林场代表，声称对"承包"经营者行使监督权，以保证林场权益得到保障。这其实只是虚名，对"承包"经营者无任何约束力。因这岗位没任何油水，找谁谁不愿干，所以才落到高志尚头上，还保留"场长"的虚衔。高志尚心里苦笑，指挥不了生产，就自己上工地干点活儿，但不拿工资外的任何补贴。

　　谈到林场，高志尚兴致顿起。用不着我开口，便滔滔不绝地介绍林场的简单历史。林场作为神舟山的一部分，其深刻变化，起于修建的那一条专用公路。打从有了它，一棵棵参天古木被伐倒，锯断后即装车，运往千里之外。"若没有公路，解决不了运输问题，1958年再怎么喊'大跃进'，也砍不倒那么多木材。几个月工夫，便把神舟山来了个'鬼剃头'，有的山坡干脆'一路光'。"高志尚回想往事，不无感慨。

　　"砍那么多木材干什么？""上级号召大炼钢铁。木材烧成木炭，用来炼焦炭，再用焦炭炼铁炼钢啊。""这么说，又是一场大劫。""若单从山林损害来看，1958年的乱砍滥伐，比起那场战火引发的劫难，有点半斤八两。神舟山恢复元气，经过了十多年。不过马上，又一场劫难开始了。"

　　"后来搞'三线建设'。有人提出，要充分挖掘神舟山的矿产资源，就地建设一个亚洲最大规模的核武库。资料记载，矿探队1958年的考察探测不了了之。这时，冒出一个'造反派'组织，把当时发生的某些奇异现象说成是封建迷信。帽子一戴，原来的矿探队长成了'文化大革命'的批判对象。"

　　"三线建设"是国家经济建设方面的一个重大举措，为的是保住沿海的国家经济重要项目，不被苏联（那时称作"苏修"）和美国的核武器摧毁。那时国际形势对中国大大不利，苏联已放出话来，将对中国核基地实行外科手术式的打击。后来，两国总理曾在中国首都机场举行简短会晤，谈及此事。然而事情未了，"苏修亡我之心不死"。毛主席的话一针见血。所以才决定把上海等地的一些重要工厂，尤其是军工企业，迁往湖南、湖北、四川、贵州、云南等内地省区。这在当时，无疑必要，而且成效不小。但有的项目在具体实施时，却有过巨大的混乱。大家都想抢头功，不经严格论证，项目匆忙上马。

"神舟山的重大军工项目，同样未经过充分论证。一位姓邱的大领导，在'文化大革命'初期被打倒，后来下放到'五七干校'进行教育改造。以后这位领导因政治历史清白，得以重新分配工作。正赶上'三线建设总指挥部'缺得力人手，便被指派出任副职。该领导工作心切，只想抢回耽误的时光。上任之后，坐着越野车在西南各省满地跑，有时跋山涉水，有时隔着玻璃做现场调研。他坐着小车从神舟山经过时，因是旧地重游，便多问了两句。于是有人报告，说山下稀有矿产丰富，其中一种矿石比铀矿还珍贵，不仅能制造原子弹，还能造航天飞机。该领导大喜，不问开采条件是否具备，脑门一拍，定下在这儿建厂的大策。于是，神舟山再遭折腾。近几年逐年恢复的树林因建厂的需要，再遭大面积滥伐。在掘土机的作业下，大片成林材与幼苗被连根刨出，堆在一旁，少量的用汽车拉走，大多就地焚烧。一时神舟山上空黑烟滚滚，终日不散，似乎又打大战。林场工作几乎停顿。口号是'一切服从军工大局'。"高志尚说到这里，摇了摇头，露出苦笑。

　　接着发生新的戏剧性变化。"文化大革命"结束了，姓邱的领导又受到牵连，被说成受过"四人帮"重用。停职检查！神舟山军工项目因人噎食，突然废止。其时，厚达数千页的设计图纸正在描最后一笔，土建工作才准备就绪。

　　"那以后呢？再不折腾了吧？""对不起。国有变私有，往后的事情，更说不清了。"

　　高志尚见我表情愕然，拿起桌上的鸡毛掸子，扫了扫桌面。他不再继续这个颇为敏感的话题，转而聊起太和老爹与林场的关系。

　　"开始他怎么不承租？""一是没钱，二是有钱也轮不着他。""后来他既有钱又有权了？""第二次承包不需要权了。林场已被掏空，谁都怕沾手了。""这么说，太和老爹甘做冤大头？""这就是老人家与众不同的地方。"

　　我心里纳闷，他怎么突然间变得有钱了？

　　从1995年到2005年，太和老爹领着一百多个伙计，在神舟山吃住劳作。他对伙计们讲得清楚："我们是一个盆里吃饭，一个锅里舀汤。我一碗你也一碗，我一瓢你也一瓢。吃不了的，你们都拿走。我一个老棒棒，还能求么子？财产这东西，生不带来，死不带去。"他们一棵一棵树苗栽种，蓄积天然水浇灌，终使神舟山重新披上浓艳绿衫，满山树木齐刷刷争着生长。每当静谧的春夜，太和老爹躺在小小的树屋里，闭了双眼，静听树梢幽幽的拔节声。

　　现在，林场突然宣布，要将太和老爹租种的山林收回，并为此承担巨额赔偿。赔偿金额由县财政局垫付，待上级部门拨款后再予扣除。这对某些人来说，简直是天上掉馅饼的好事。但太和老爹的思路，与某些人又不一样。

"这是县委、县政府的一致意见？""马上召开县'党代会'，'温暾水'就要转岗。赵凯林将要党政一肩挑了。"

高场长说时，拧开其中一个药瓶，倒出一些黑色的小丸子在掌心上，仔细数过后，将多出的一粒放回药瓶，把该吃的药丸全倒进张大的嘴巴里，再喝下几口白开水。

高场长进一步证实我在赵县长那儿听得的信息：日本跨国公司的董事长石原劲太郎乃商、政两通的雄才，既是亿万富翁，又是执政的"自由民主党"元老级人物。只需动动眉梢，便能影响"自民党"总裁选情。听说他家族在战争中死过十八人，军人超过半数。那个死于神舟山之战的小栗原大佐，即为其家族成员。小栗原的遗骸是找不到了，他的灵牌却在东京"靖国神社"里供着，与东条英机等七名甲级战犯的灵位相去不远。石原劲太郎举的是"日中重归友好"大旗，表面与岸信介相反。日本政商两界高层，也有不少人对中国真诚友好。石原劲太郎的举止让人琢磨不透，以致首相扬言要开除他的党籍。石原劲太郎一边在报上公开还击首相，说首相不应该停止履行ODA，同时一边物色合适项目。这个"神舟山综合型大项目"，即为规模最大的一个。为尽快推进，特派年轻的"中国通"加藤政二做操盘手。他认加藤政二为义子，可见寄予希望之大。

中国方面，由于牛全胜非比寻常的人脉关系，使之成为一个典型的"戴帽子"工程。自上而下层层施压，办事程序就简单多了。别人一年两年甚至十年八年才能做到的事，牛全胜三下五除二，"啪啪啪"就搞定了。谁说办事没有效率？只看是谁在办事，办谁的事。

我眼前晃动着十万亩山林的壮丽倩影，脑子里想着工厂机器拥塞、传送带纵横的景况，不由得道："真要在神舟山办厂，不会把它折腾个天翻地覆？"

"我们经得起折腾！"高场长不无调侃地说，拧开第二个药瓶盖，往手心里倒出一把白色药丸，认真数过，发现数量不够，又倒出一粒，这才吞服。

看着高志尚服药的动作，我忽然感到有点心酸。当年全国劳动模范的影子哪里去了？若找不到合适的舞台，他的剩余岁月很快将不再剩余。适者生存，包括大人物在内，谁都只能适应变化着的时代，否则就等着淘汰。别添乱了，赶紧走吧。我连声诺诺，急忙退出。双肩包被门框的钢钉挂住，差点扯破。

卷

二

号外九 贵妇人来自东京（正在进行时）

北京饭店东楼九层阳台。这儿住着一个寻亲的小团队，目的地是遥远的神舟山。这是本季节难得的好天气，飘浮的白云如透明的细纱，有的成团，有的丝状，有的变幻出各种动物形象。见不到轻风的踪影，却见远处天安门广场的国旗在轻柔地飘动。"神舟山怎么啦？出什么事故啦？不影响我们吧？""妈妈，刚才有朋友来电话，那儿发生山崩，把道路给堵了。""那得多长时间修通？""外婆，这就不好说了。这个季节，尤其是江南，多雨，路滑。""现在是几月份？我记得那个雨季，那是五月份。""好外婆，您记性真好，七十年前的事也记得。""亲身经历的事，一万年都记得。那么，明天能够启程吗？""妈妈，还真不能着急。说是山崩，有可能一座山都塌了。把它搬开，哪儿是一天两天的事情？""你不会让我空手而回吧？老妈九十岁了，还能出行几次？这回一定不能落空。""好外婆，没问题。我们都陪着您。中国人特别会搞基础建设，修公路呀，修铁路呀，修码头呀，听说还在南海种岛哩。高速公路网建成不过十几年，马上是高铁网了。好外婆，您知道西方国家给中国人送了个什么称号吗？'基建狂魔'。呵呵。咱若不是有中国人血统，也会有酸溜溜的感觉哩。""看咱这闺女说得多好。别看生在纽约长在纽约，可懂得东方人的人情世故了。我就在北京等着，你们就在北京陪着。哪天的路修好了，哪天立即飞过去。"

听得出，对话的是祖孙三代，共有四人，时间是神舟山灾难事故发生的当天下午，祖孙三代从东京羽田机场飞来北京首都机场，然后下榻在这儿。房间一个月前就预订好了，生怕到时候没了。被列为中华人民共和国建国十

157

周年首都十大建筑之一的北京饭店，历来为众多外宾所青睐。这不光因为它的地理位置好，还因为拥有一个让宾客觉得好听好记的名字。对于这位来自东京的老妇人来说，则有更深层的含义，尤其是这座仍保持二十世纪五十年代风格的东楼，最能牵动她的心思。她当年作为新闻记者，跟随田中角荣首相初访中国，住的就是北京饭店东楼。别看她九十高龄，且久病初愈，却显得精神矍铄，在那件鲜艳的玫瑰红长袖衫映衬下，微陷的两颊还带点湿润的淡红。她让外孙从客房搬出一把座椅，摆在九楼的阳台上，安闲地坐下，望着浩渺的南方，似要将神舟山的远景尽收眼底。阳台下面的长安大街上，车流如滚滚长龙，却听不到一点声息。这就是北京司机的素质。与当年作为新闻记者访问北京时相比，现在的车辆不知翻了多少倍，街道宽度则明显跟不上车辆的发展速度。她拉了拉女儿的袖子，低低地问："那个，刘先生，太和，肯定在吗？""在的，妈妈。他老人家一直在等着您呢。""那个，我们，给他带点什么礼品呢？""外婆，听您的。您老人家怎么说，我们就怎么做。"气质不凡的老妇人眼睛微闭，陷入深思。突然，房间里唯一的男性青年发出惊叫，因为他通过手机看到神舟山灾害事故的报道了。"外婆，没事。但我现在得出去一下，会见一个朋友。对对，就是通过他，与刘老先生取得联系的。现在神舟山那边发生塌方，小车开不进去，得想别的办法。""好好，快去快回，外婆可等不及了。"九十老人努力站起身，走到房间门口，手扶门框，目送外孙出门。

十六　刻骨铭心的愧疚（老爹自述）

记者，您对我那树屋感觉怎样？它的优越性可多了，不仅能睡，还能打坐。闭上眼睛，盘着两腿，手心向上，舌头抵住上腭，在树屋打坐的感觉，如同整个悬在太空，头上是蓝天白云，霞光万道。那身子也不像是自己的了，像是一片羽毛，轻轻地飘、飘、飘，越飘越往上升，看到的不是太阳，而是数不尽的星星，一个比一个光鲜，伸手就可摸着。嗬，真上天堂啰。

树屋还有个好处，材料少，成本低。头一眼看去，屋子建在树上，那得多少材料？多少工夫？其实，你先搭架子，再钉木板，"乒乒乓乓"，三下两下，快得很。哪个需要，我一天就搞一座。若在地面搭座屋子，没有十个八个工，莫想。

（山区大面积梯田里，油菜花开得正旺，漫山遍野一片金黄，如遍地黄金化成了水，满地流淌。蜜蜂成群结队，"嗡嗡"地唱着，在花丛中忙忙碌碌。几只鹭鸶在未种油菜的水田里迈着高雅的步子，一边觅食，一边对着水里的影子顾盼自怜。我与太和老爹坐在山坡梯田边，下面垫块石头，望着满坡耀眼的金花，饶有兴致地侃侃而谈。这是他从医院不辞而别之后与我的单独会面。此前除了他的丈人，谁都不曾见面）

要问我为何住在树上？我听说，远古时候，人们先是住在洞里，后来住在树上，再又下到地面。那时野兽凶猛，遍地横行，人们住在树上不仅安全，而且干净，没那多灰尘。现在的人，自己觉得聪明，屋子越竖越高，吃的越来越细。其实有么子好？住高楼，坐电梯，一上一下，心房跟着上上下下。长年住在高楼，接不着地气，也不是好事。听说外国有个神话，一个大力士，与别人格斗，无往不胜。累了，困了，只要往地上一躺，立即全面恢复。后来敌人看出这一点，把他打垮之后，想方设法不让他躺着，不接地气，结果他就死了。说明什么？大地才是一切。离开大地，你就活不成。所以爱护大地，就是爱护我们人类自己。再讲出行，古人骑马，现代人开车。马吃草，吃了又长，永不枯竭。开车烧油，烧了也就烧了。于是大家为争夺石油大打出手，使出种种阴谋诡计。那个萨达姆遭到算计，还送了命。当然，我喜欢住树屋不光是因为这些。

您问我和伙计们在山上每天怎么过的？一是照看树苗，二是采集松脂，三是栽新的苗木，四是给树木剪枝，五是给果木施肥。树木和人一样，需要营养，也会得病遭灾。才栽种不过三年的树木，尤其是果树树苗，就像没长大的娃崽，更要照护，不然就有虫子叮咬，受风霜雨雪侵害。

对于虫子，我们从不打农药，果树尤其喷不得农药。不论果子长到多大，都喷不得药水。现在冒出什么"有机农药"，扯淡。就像过去日本天皇那样，明明是侵略别国，杀人放火，却说什么"心怀悲怜地杀人"。杀人就是杀人，农药就是农药。农药的残留入了人的肚子，就会害人。有毒的除草剂浸入土里，影响庄稼生长。人们吃了这样的农作物，当然也不是好事。所以我把虫子一条条捉住，用带网罩的小竹盘装着，摆在显眼的路边，让小鸟来吃。到了冬天，还要给树木施肥，帮它过冬。尤其是果树，想盼着第二年与今年一样，多结果子，就要给它施肥。正像一个女人刚坐了月子，付出那么多，就得补充营养，恢复元气。总之，人和树木同为一理，只是树木不会讲话。

其实树木也会讲话，也有灵性，只是我们不懂。风吹过来，进入林子，"呜呜"地叫，那不仅是风在讲话，也是树在讲话。就像各种鸟类，都有自己的一套话语，只是我们不懂。别以为人类什么都懂，最是聪明。其实自然间比人类聪明能干的物类多了。蜜蜂的窝做得多好，蜘蛛结网疏密得宜，小小一只蝴蝶，长得那么漂亮，彩笔都画不出来。所以人不能伤害自然，更不能与天对着干。《道德经》里讲："人法天，天法道，道法自然。""人定胜天"？不说了。

问我为么子来神舟山栽树？这要扯到那一年，那个仗。快七十年了，几乎天天做梦，梦见在这儿那儿打仗。打仗不是好事，打仗就要死人。但不是说，所有的仗都不要打了。《易经》"解"卦里讲："公用射隼于高墉之上，获之无不利。"意思是，敌人像一只凶猛的大雕，已经飞上你家高墙了，随时准备俯冲下来。你这时拿起强弓把它射杀，没什么不利的。我们的抗日战争，那敌人可不是飞上高墙、准备俯冲的问题，而是已经扑进院子，疯狂掠杀抢劫了。所以打日本小鬼子的战争，是保卫民族生存的战争。

若问我为么子对神舟山一仗印象最深？因为是打小鬼子的最后一场大仗。这一仗打完之后不到三个月，小鬼子就投降了。可是呢？我的那些弟兄们就是没见到这一天（太和老爹说到这儿，忍不住溢出泪水）。都是些好弟兄啊，有的和我一样，打小鬼子整整打了八年，满身都是伤疤，就像光着身子从荆棘丛里穿过一样。还有的刚刚补充进来，穿军服不过三两个月。有个小弟兄才满十五岁，个子与步枪一般高，脸圆乎乎，谁见了都把他的脸轻轻捏一下。就是这样的好弟兄，大家就盼着小鬼子彻底投降这一天。都还没讨婆娘呢，没见过女的脱衣衫，都想见见、摸摸、抱抱、亲亲。他们都是十几岁、二三十岁的男人。那个年龄，哪个男人不想那事呢？不想的是男人吗？可是都……都……都阵亡了。（太和老爹说着，两手捂住眼睛，禁不住低声抽泣。泪水顺着指缝流到地下）

神舟山这一仗，我内心深深愧疚，觉得对不起弟兄。我们是特务连么，任务是侦察敌情，却没能提前截获日军情报，防止偷袭成功。有两个原因。一个老百姓不配合，不给提供有价值的情报。原来那年三月，开打前一个月，有几个卖布的挑着担子，在神舟山一带穿来穿去，布却一寸也没卖出去。后来搞清楚了，那是日本特务侦探地形。这么重要的事，如果在"解放区"，老百姓早报告共军了。可当时在神舟山，却没一个老百姓有这觉悟。一是不往那方面想，二是老百姓怕与军队打交道。这使我突然想起毛泽东讲过的一句话："兵民是胜利之本。"第二个原因，军部只要求我们注意雪峰山以东的敌情，从未想过日军会深入山区，孤军偷袭。日军的战斗力的确不能轻视。尤其是冈村宁次这个家伙，彭德怀元帅都讲过，是个非常难对付的敌酋。这就违反了古人那条训诫："知己知彼，百战不殆。"还有最让我揪心的一条，由于我未得到日军孤军偷袭的任何情报线索，因而在神舟山战斗打响的前一个夜晚，我看着弟兄们连日劳累，困得不行，便批准他们进一个大户人家的厅屋里，解开衣扣好生睡了一觉，而不是及时赶往神舟山。倘若当晚及时赶去神舟山察看动静，或许当时就能与偷袭的鬼子部队遭遇，神舟山主峰即不至于失守。由于里里外外都疏于防范，狡猾的敌人自然会钻空子。倘若我们早发现敌情，通报军部，军部长官下令弟兄们抢先一步，占领神舟山高地，结果就是两样。

（"这是重庆军委会的责任啊。""话可以这样讲，但心里总堵得慌。""您老直接上主峰了？""我们的援军没来，日军枪炮子弹还凶得很，就把我们特务连顶了上去。"——沉默。我从拉杆箱里掏出一块毛巾，给老爹抹干泪水）

刚说过子弹不长眼，却也有长眼的时候。譬如我，心脏中弹片那回，没哪个医生敢动手术。有个医生，是个老乡，把我弄到手术台上了，还问最后一次："动不动？"我答："动不动得？"老乡说："不敢保证，弄不好就下不来了。"我立时下了台子，往地上一站，说："那还动么子？死在手术台子上算个鸟？还不如在火线上被打死。人活一百岁，早晚是个死。死就要死得痛快，死得轰轰烈烈。"结果好好的过来了，直到如今，我还没死。

得知日军抢先占领了神舟山主峰，我心里那个痛啊，恨不得举起双枪，冲上阵去，与小鬼子拼命。冷静一想，这又有何意义？要紧的是将小鬼子赶下山，将山脚下的公路重新堵死。我方最高长官都已看出日军险恶用心，所以下达死命令：不惜一切代价，夺回神舟山主峰。

我那时作为特务连连长，提前半月将日军频繁调动的情报报告军部，任务已算完成。疏于防范的事，一是当时不可能追究任何人责任，其二也超出我的职责范围。可是当发现日军孤军偷袭，抢占神舟山，心里还是如刀割一般。我该干点什么，尽力减少损失？远望神舟山那奇异的峰顶，我发狂般在营地的草坪上走来走去，穿跑鞋的脚掌在地上一蹬一个坑。哈，有了。我突然想起，当年在神舟山第一次偶然发现的那个溶洞，位置在西南山坡。可否从那里钻进去，摸索出一条通道，然后爬上山，突然拱出来，居高临下，将日军打个措手不及？我"嗵嗵嗵"立即跑向师司令部。"报告师长……"师长正窝了一肚子火，一条腿着地，一条腿跨在椅子上，右手握着手枪，枪口在右边鬓角蹭上蹭下。我的天，假若他无意中将扳机一扣，怎么得了？那枪膛里肯定上了子弹。他拿发红的眼睛朝我横扫过来，粗声喝道："什么好事？有屁快放！""报告师长，我晓得……我以前进去过。"我懂得师长个性，此时此刻绝不能啰里吧嗦。他也懂得我的个性，没有大事不敢占用他一分一秒。我三话两句，连比画带讲，简单说了当年进洞探险的经过，然后不待我继续讲下去，师长大手一挥："武器、人员，要多少给多少。一个字，快！"

现在再讲神舟山那个溶洞的事。那个溶洞，实在神奇得很。老天有眼，扬善除恶。我怎么也不能想象，当初纯属想找个栖息之地，才冒险深入那乌

162

漆墨黑的溶洞，不知里头藏了些什么。实在讲，还有点怕。后来经老道长鼓励，才大胆往溶洞深处闯。结果像进了另一个世界。脚下有"哗哗"的水响，头上有水珠不停地滴。第一次深入洞里时，不仅没有现在常用的手电筒，也没有带玻璃罩的手提马灯，甚至找不到松明子。结果我不仅遭遇了在里面睡大觉的狐狸，还遇上了倒悬在石壁顶上的蝙蝠，幸亏不是吸人血的那种。更让我吓得全身发麻的，里面竟有不少蛇类。或许是我走得小心，没对它们造成威胁，所以没一条蛇向我发动攻击，只很不情愿地从我身边溜过，有的还直接从我光着的脚背上滑过。不过我还是战战兢兢，赶紧退出。我估计，那回往里走了不过五十米。

后来有了火种，也就有条件燃着火把进去了。火把给了我大大的便利，让我对神舟山肚子里的东西了解得更深更细，疑惑也更多更无法解释。它不仅唤起我对远古时代的臆想，甚至想过，地球上的一切是否曾被推倒重来。最后我成为溶洞的常客，里面每一块倒挂的大乳钟石我都摸过，地面每一块大的石板我都坐过。我不仅知道溶洞大得不可想象，而且知道溶洞与外面山体有好些出口，有的直达山顶，有的连着山腰，有的出口凿在南面巨大的石壁上，有的出口通往远处的河道。当年只是为了好玩，怎想到今天作战会派上用场！这些秘密，抢占神舟山主峰的小鬼子自然不知。师长担心我在里面迷路，特地把自己常用的手电筒给了我。那时手电筒可是珍稀宝贝。此外，还提了一盏带玻璃罩的马灯。

我挑选了二十名突击队员，全是特务连的格斗与射击高手。各人挎着美国造的最先进的汤姆式冲锋枪，腰上还别着手榴弹。我领头在前，拧开手电筒，凭着记忆，跌跌撞撞快速向前。里面黑乎乎的，大小溶洞一个套着一个，分别通往不同方向，如同巨大的迷宫群，分不清东西南北。稍不留意，就会走错，找不到想找的出口，或者就是绝路。我心里那个焦急，如同烈火烧心。在我头顶，倾斜的山坡上，国军兄弟分分秒秒都在流血。虽然讲他们为国捐躯，死得其所，但死亡毕竟不是件愉快的事，一旦死了，就本人来讲，也就什么都没了。快快，快找，肯定有通往山顶的出口。我在痛苦的焦虑中瞎摸瞎闯，头上不知撞出多少个包。让我至今觉得诧异的是，手电筒之外似乎还有一点光亮，忽闪忽闪，在前面引导，使我在迷宫般的溶洞里行走如飞，却不曾迷失方向。这究竟是我的运气好，还是冥冥中有一股神秘的力量，刻意匡扶正义，要将邪恶斩除？或是我进溶洞次数多，里头已储存我生命的信息？

我领着弟兄们跌跌撞撞，走了约莫半个钟头，终于听见头上激烈的枪炮子弹声。当见到从洞口的缝隙里漏进来的光亮时，我高兴得差点喊起来。竟这么巧，那出口从上朝下，正好冲着小鬼子的战地指挥所。道教说天人相应，我命在我。所以我把它归结为心灵感应。心里那个狂喜，竟在爬出山洞的最后一秒滑了一跤，把师长的宝贝手电筒给丢掉了。

我不想详述爬出溶洞后如何向小鬼子扫射的过程了，你只需揣摩"以眼还眼，以牙还牙"是什么意思。复仇，站在受压迫民族立场，都是天经地义。在复仇心理的支配下，我与弟兄们打得那个狠劲，任何战斗中都少有出现。因为我们是真正的偷袭，小鬼子做梦也不可能想到，会从地底钻出一支队伍，对着他们的后背开枪。小鬼子阵地上那个乱劲，好比一棍子捅烂一窝大马蜂，立即炸窝了。后来得知，我出洞后第一串子弹出去，打中的正好是日军阵地的最高指挥官，虽未当场将他打死，却把他打成了重伤。日军阵地在神舟山主峰北面，紧扼住公路。我钻出溶洞的出口，刚好也在北面，位置高过日军阵地。名副其实的居高临下，对我军太有利了。加之小鬼子最高指挥官倒下了，一时指挥体系乱了套。我们一边射击，一边狂呼大叫。事先与师长有约定，当我们从山顶往下突然进攻时，山下我军立即接应，再次发起集体冲锋。这样上挤下压，打得小鬼子无处可藏。除了被打死的，受伤的即按照他们的"武士道精神"，几乎全都用手榴弹把自己炸死。那个叫栗什么原的日军最高指挥官，最后是怎么个死法，讲不清楚，反正是自杀，尸体后来还找到了，炸得血肉淋漓。因为日军在前沿阵地没有救护场所，凡是伤兵，如不愿当俘虏，则只有一死。在中国战场如此，在东南亚战场、太平洋战场也是这样。有人宣扬日军如何"视死如归"，其实完全是被逼自裁，法西斯军部在放纵部下死亡。这也看出日本军国主义体制有多冷酷，对人的生命何等漠视。他们对自己战死的同胞尚且如此残忍，还能指望对被奴役民族有丝毫人性？

神舟山一仗是打完了，主峰重新回到国军手里。我军再次控制了山下公路，掌握了战略主动权。冈村宁次利用公路运送主力部队直抵前进机场的计划完全破产，不得以宣布撤兵。从重庆国军最高总部到方面军司令部、军司令部等等，嘉奖令一大堆，其中自然少不了我的名字。仗一打完，当时我也是一阵狂喜，倒不是嘉奖令什么的，而是庆幸又没死。再过一会儿，便高兴不起来了。神舟山之战，照理可以避免，假若提前布防，小鬼子还能偷袭成功？所以严格地讲，这个不算胜利，避免不打才是胜利。现在，满山都摆着尸体，模样奇奇怪怪，其中国军弟兄占了多半。我的突击队员也被打死八个，因为日军在最后时刻终于闹明白了，于是掉转枪口朝我们猛打。那时我们的子弹已基本打光，只有挨打的份。我因为个子矮，动作快，躲闪及时，才又逃过一难。看着摆得满山都是的尸体，我突然坐在地上，手捂着脸，放声大哭。巡查战场的师长弓腰弯背，气喘吁吁地爬上山来了，见我这样，"啪"的一下，拍了我一巴掌："立大功了，还哭个屁？我的手电筒呢？"

我的主要战绩，是从溶洞出去，找到高地，对日军阵地出击。若没有我率队突袭，我方的牺牲人数至少是日军人数的三倍以上，还不能保证及时将神舟山主峰拿下。就在我与突击队的弟兄们从溶洞口冲出时，日军增援部队也正往主峰赶。我军若延迟一小时攻占神舟山主峰，固守阵地的日军与增援日军即可会合，对我军前后夹攻。最后鹿死谁手，就不好讲了。我不由得想起老道长，若不是他当初鼓励我进入溶洞深处，东西南北摸了个大概，留下了信息，打仗那天临时进洞，能否摸着出来都难讲。

也就从那一刻起，我萌生了一个心愿。这么多弟兄倒在这儿，我得有个表示，才对得起他们。不然，他们不安，我更不安。他们是倒在胜利前夜啊。每次开战，长官都讲，小鬼子快完了，这是最后一仗。我们开始相信，后来就当放屁。他的意思，只希望我们勇敢点，别怕死。这回我们看到，美国人都派飞机来帮我们了，阵地上还有美国顾问。小鬼子的飞机只晃了一下，便吓得没影了。我们就知道，真是最后一仗了。长官多次讲过，只要美国人支持，我们的仗必定能打赢。因为美国兵只在接近胜利的最后时刻参战。但最后一仗死了这么多弟兄，想来心里就像刀割。面对长眠的弟兄们，照我们乡里习俗，一是烧点纸钱，二是多栽点树。对，就是这样。我拳头往膝盖上一捶，主意就算定了。

后来我还得知，神舟山之战打响前，有一队当地老百姓被迫给日军带路和挖战壕。日军为防止泄密，竟将他们全部杀害。其中一人是我的乡亲，与我还有一层特殊关系。这也是我在神舟山坚持祭祀的原因之一。

我对在神舟山栽树特有兴趣，既和小时候的个性有关，也和这一场战斗有关。老家山圣甸有好多树，我就是爬树长大的。树的用处多了，长得又好看。松树柏树，常青不老。打神舟山那一仗，小鬼子抢在我们前面将山里的树烧光了，满山一片黑。仗打完之后，我军阵亡的人，以及被打死的日本人，没法区别。血与草木灰混在一起，满山血水，黑红黑红。那个惨哪，黑红黑红（说到这儿，老爹不住地摇头，摇头）。神舟山的枪声停了，按程序是打扫战场。可主力部队没这个时间，因为别处的日军正在逃跑，军部命令我们立即追击。打扫战场的任务，只能由地方政府完成。我望着满山裸露的尸体，完整的，不完整的，泪水流了一阵，然后就想，打完仗我就退伍，来神舟山重新栽树。既栽用材林，也栽果木树，给众多弟兄遮阴歇凉，也让他们品尝鲜果。人没了，魂还在。不能让弟兄们的英魂浮在半空，飘来飘去。

接受打扫战场任务的是个县长，由我领着，去见师长。我这特务连长，除了侦察，这些事也干。县长穿一件白褂，外套一件背心，棕红色，蛮精神。县长见了我们师长，高兴得连连作揖："民族英雄，国家栋梁。中华复兴，全靠诸君。这样多民族英雄牺牲于此，感天动地，气贯长虹。清扫战场一事就交给下官了，一定让他们的英灵得到安息。"

这个县长，我当时不晓得他的名字，就喊"抗日县长"，后来才知他叫马博文。马县长也为神舟山战斗做出牺牲了。原来这山是他家祖业，被小鬼子全毁了。要重新恢复原来面貌，可不容易。现在掩埋死难弟兄的事，又全靠他的威望，组织当地民众来做。

我初见马县长时，有似曾相识的感觉，可就想不起来。又想绝不可能，我上哪儿见他？我在东家干农活时，他还在南京政府的教育部供职，全面抗战开始后才回到家乡。据说他本不愿在本县做官，而打算创办一所中学，是省政府的长官多次动员，才肯出山。省府长官对他讲，如今国难当头，做官不是个人图舒服，而是为民众做善事。他便被说服了。开头讲好，只做两年县长。却因为上下拥戴，一直做到现在，将近八年，贯彻抗日战争始终。他动员当地民众和开明乡绅，开办战后医院，接纳国军伤病员。还协助重庆军政府，创办黄埔军校神舟县分校。由于政绩显著，他被聘为省政府参事室参事，还受到重庆中央政府嘉奖，发给一张印有蒋介石头像的嘉奖令。但他的官职却没升上去，干了八年还是县长。

特务连任何时候都是打先锋，包括前进、转移和后撤。神舟山的仗打完了，我们赶紧转移，领受新的任务。这时我们又领得一个重大任务，要求直入小鬼子前线司令部，打乱他们的指挥系统。神舟山这一仗，把他们的整体部署给打乱了。他们原来以为，神舟山可以坚守，山下的公路可以稳控，后续部队可以增援，合击盟军机场必定成功。所以日军将师团司令部大胆前移，距神舟山不过十公里。不料日军后续部队被国军死死堵住，分割包围，动弹不得。而国军在神舟山的阻击又打得这样成功，将孤军深入的日军偷袭部队几乎打光，小鬼子这才承认全盘输了，合击机场只是白日做梦。开头，远在南京的冈村宁次不肯相信皇军会败得这样惨，还派心腹参谋上前线察看真伪。最后不得已改变主意，下令残余日军赶紧撤退。我们师长察觉日军大溃退在即，这才命令我率领特务连突袭日军司令部，打他个出其不意。一旦打乱了他们的指挥系统，就可分头拦截各部残敌。

我们带着先进的美式冲锋枪和火箭筒一路狂跑，很快接近小鬼子的师团司令部。小鬼子尽管在火线屡吃败仗，对司令部守卫却严，兵力也多。我估算一下，硬打不行，得防止反包围。于是我们虚张声势。不是要打乱他们的指挥系统吗？我有我的经验。那时已是夜间，小鬼子司令部亮着灯光。于是我下令集中火力，对准灯光最多的屋子打。这下好了，轻重武器"噼里啪啦"一顿猛扫，并发射几枚火箭炮。小鬼子这回又尝到遭偷袭的味道，屋子立即燃起冲天大火，鬼子兵死的死，逃的逃，藏的藏，过了一阵才胡乱还击。接着是大小汽车紧急发动，载着当大官的，机密文件，赶紧转移。我们则对着他们的屁股继续放枪，打得小鬼子摸不着头脑，只顾一路狂跑。然后我领着弟兄们冲进屋去，收拾战利品。

嘿嘿，您知道我们的战利品是么子吗？多得不得了，也好得不得了。不仅有物资，而且有俘虏。不仅有男俘虏，还有个女俘虏呢（太和老爹说到这儿，脸上忽现出难以抑制的喜气）。扯远了，还来说眼前的事。

有件事过去不敢讲。我承租神舟山，栽树，一半为了林场下岗工人，一半冲着死去的弟兄。担心弟兄们寂寞，特来陪陪，与他们说上两句。我不信佛，也不反对别人信佛。我不相信人死后还有灵魂，却也希望还有灵魂。所以我要敬奉他们，给他们献祭、插烛、敬酒、烧纸钱。每年清明节是必须的，其他时间也可以上香，比如大年初一、正月十五、三月初三、五月初五、七月十五、八月十五、九月初九、十二月初八，等等。其实我知道烧纸钱绝对是假，中国人用人民币，美国人用美元，英国人用英镑，日本佬用日元，地下的人怎分得清？

神舟山本是天然宝地。光是树木，有人讲，神舟山未破坏之前，有一千多种植物，其中有些属于珍稀植物，如楠木、红椿、铁杉、蕈树、树参、榉木、伯乐树、红豆杉、沉水樟、银杏树等。还有乌冈栎、马醉木、山乌柏、马尾松、满山红、猴头杜鹃等。有的扎根陡峭石壁，有的立于山顶。在峡谷、石壁、瀑布旁，还生长着珍贵观赏植物。有些外国人，包括日本人，羡慕得不得了，有时借旅游为名，偷偷摸摸进山，采集珍贵植物标本。

神舟山的珍贵动物也多。红腹锦鸡与白腹锦鸡的羽毛，一个金红，一个雪白，如披上柔软锦缎，美得没法形容。走路昂头挺胸，一踱一踱，高贵得很。金丝猴还懂得欣赏自己的美色，常在水边的树上攀爬，一边荡悠，一边瞧着水里的影子。有时从林子里钻出两只活泼的小鹿子，一边喝水，一边相互打闹。

地质学家的研究成果更让人震惊。说神舟山数千万年前有一个巨大的火山口，腾升的岩浆高达千丈，映得方圆数百里一片火红。以后火山冷却，形成这特殊地貌。我的感觉，神舟山的神奇还不止这些，老道长当初要我深入溶洞，应该另有深意。可惜老道长已经仙逝，这谜底只有留待我们这些后人揭晓。或者我哪天一知半解，或者我至死也是满脑子糊糊。总之一句话，神舟山是上天赏赐给我们的厚重礼物。

我的树屋选了个好地方，位置在神舟山北面半山腰。为么子选择山北？仗就在山北打的。弟兄们大都倒在山的这一面。树屋四面开窗，"井"字木格，透过去能看到四面的风景。神舟山除了前面提到的珍贵树种，还有种植的地道药材，价值确难估量。不过，实话讲，我看重的可不是这个（他比画了一个数钞票的动作）。

树屋里没有电视机，只有个收音机，装在木盒里。听收音机好，不费眼力，就能知事，有时还跟着唱两句花鼓戏。不过我一般不听时事，只听评书。时事，那是当官人关心的事。用古人的话讲："肉食者谋之。"从中央到村里，有的是能人，轮不着我操心。除了大年初一、七月十五、九月初九，我一般都不下山。还有个清明节，非下山不可。因我还有父母亲，得给他们"挂青"。

我娘死得早，当时没钱立碑，也没钱买"老材"。由于是上吊死的，凶杀，一般人还不敢挨近，怕犯"煞星"。是好心的老道长出钱买了几块木板，钉成个长盒子，把人放进去，就这样埋了。我坐牢出来后，挣了点钱，赶紧为老娘立了座碑。高约两米，在一片墓地中特别突显。墓碑两旁各种了一棵柏树，树叶深绿，一旦下雨，上面就沾着点点露珠。至于父亲，因不知名字，更没有遗骨，便在老娘的墓旁，堆了一个庄严的陪墓。本来清明节应该先祭祖宗，包括父母，再祭弟兄。但因与弟兄们挨得近，所以我将顺序倒过来，先祭弟兄，再祭祖宗和老父老母。十个年头过去，祖宗和老父老母好像没有怪罪。

你不是想劝我离开树屋吧？没人能说服得了我，包括我婆娘。我的崽您见过了，今年十岁。崽跟着我，一是他心愿，二是我乐意，打心里喜欢这个孩子，不想让崽跟着他妈受不好的影响。至于婆娘，不是细伢子，爱怎么过就怎么过。结婚之前就讲好了："你住哪里我不管，我可喜欢住山里。"人一个，鸟一条，就这样，九十岁过来了。有人骂我"老牛吃嫩草"，不正经。其实，打从民国三十四年之后，我做梦都未想过再与人结婚，更未想过讨个年轻六十岁的婆娘。

信佛的人讲：百年修得同船渡，千年修得共枕眠。也许就是那样。我这么个矮子谷箩，比《水浒传》里武大郎还不上相，却撞着马秀美这么个好人，怎么解释？所以还得珍惜缘分。因此，对她掏心掏肺，也应该的。她想要钱，除留下买树苗的本金，全都给她。她想住得好点，就修座别墅。她不爱做事，那就玩吧，崽都不用她带。只这个不能让步，就是我必须在神舟山长住。

凡事有因有果。我对弟兄们实在，他们也对我诚心。我坐牢十六年而不死，冥冥中有弟兄们护着。我买彩票中大奖，是弟兄们在暗地使劲。我结婚生崽，也是弟兄们在努力。我走桃花运，女人好几个，还有漂洋过海的姻缘，更搭帮众多弟兄。所以我这有生之年，不能光为自己活着，还得为弟兄们活着。他们给我下达命令，我必须服从。必须完成我的使命，让弟兄们享受应有尊重。《周易》讲"易"，其中一层意思是"变"，沧海变成桑田，桑田沉入大海。所以我相信国家观念也会变，为国牺牲的弟兄不论党派，都会进入英雄纪念堂。日本战死的军人不管在哪个国家，都是在民族扩张的过程中被打死的，照道理讲，死不值当。比如说死在神舟山一仗的那些日本兵，个人得到了什么？家庭得到了什么？用人类正义的眼光审视，在名誉上又得到了什么？可日本人却把他们统统当作民族英雄，全放在"靖国神社"祭奠。我们也不反对日本普通民众参拜，因为毕竟战死的都是他们的亲人。只反对日本首相和政要参拜"靖国神社"，因为那里面还供奉着东条英机等七名甲级战犯的灵位。把那七名甲级战犯供奉在那里头，目的非常明确，就是要日本上上下下都把他们当作最了不起的"民族英雄"，永远受到祭奠。这当然是反人类的行为。他们是恃强凌弱，发动侵略战争的罪魁祸首，是全人类的凶恶敌人。怎么能让他们卷土重来？反观中国，我们为何就不能有类似这样的祭祀场所？昨天没有，今天会不会有？今天没有，明天会不会有？所以我有耐心，一定等到那一天！我不是消极地等，而是尽能力做点小事。这样哪天见到他们，也许少点愧疚。

十七　永远的方舟惠子（老爹自述）

我现在给小弟讲日本婆娘的事，之前已向你透露过我有三个岳父。社会上流传一些讲法，不过他们全是胡猜乱编，真正知道真相的人只有我自己，再就是方舟惠子本人。对秀美也没详细讲过。有一回与现在这位岳父大人一块儿喝酒，因平时酒量不大，竟然醉了。无意间讲了个人概，但也不具体。

先说方舟惠子，我见到她时，她刚满十八岁，却已在日本的部队服役两年。我们在一起十天，她会讲中国话，又信得过我，还打算在中国长期住下去，不回日本了，所以她自己的事，家里的事，都讲给我听。

关于相逢，纯属偶然，或说真是缘分。那晚我们把日本的师团司令部给轰跑了，也是稀里糊涂，以为只是个联队指挥所的驻地。师团司令部是很高的机关，怎会跑到火线上来？可见小鬼子打仗，从高级长官到一般士兵，都有股鬼劲，真不怕死。所以"二战"时期，日本死在前线的高级将领不在少数。那个挑起"珍珠港事件"的山本五十六，是个海军大将，就死在前线。还有个日本陆军大将，坐着飞机搞视察，从岳阳飞往武汉，被国军兄弟用炮弹给打下来了。日本另一个中将叫什么"名将之花"，被八路军打死在太行山上。所以日本民族的尚武精神十分可怕，倡导以流血为荣。日本"二战"时期的"神风敢死队"，十七八岁的年轻人驾驶飞机做自杀性攻击，就是恐怖行为。再讲，我领着弟兄们收拾残局，捡到一堆没来得及烧毁的文件，才晓得端掉了小鬼子的师团司令部，混乱中打死了一个旅团长，少将，而师团长侥幸溜了。

那是个没有月亮的夜晚，天空满是乌云，一堆一堆，如一座座大山，随时可能压下。地上灰暗模糊，到处只见黑影。小鬼子司令部在一个木屋连排

170

的山村，村民们早在小鬼子到来之前便逃离了。小鬼子进村后，靠轻型发电机照明。师团长带着部队逃走后，把发电机也带走了。山村没了临时架设的电灯，燃烧的木屋便成了半明半暗的光源。就在这半明半暗中，我们看到一些受伤的小鬼子在墙角挤作一堆，或躺或坐，正在叽里呱啦商量，是集体自杀，还是等着当俘虏。这些家伙才踏上中国国土时，一个个耀武扬威，杀人放火，无所不为，自以为天下都是他们家的。现在落到这样，什么长官，什么天皇，什么大神，全不管他们了，注定只能做异乡鬼。他们怕死又不得不死，因此都在痛哭，各有各的哭相。年纪大的也就二三十岁，最小的只有十六七岁。日本打到最后，没兵源了，只好押着在读的中学生上前线送死。这是我后来晓得的事，是方舟惠子对我讲的。

这里讲到日本伤兵。日本小鬼子打仗，仗着战术精湛，一般都是主动挑起，寄希望于偷袭，就像在珍珠港干的那样。这样，战场远离后方基地，包括战地医院。比如雪峰山会战，距小鬼子的后方基地就有二百多华里。这样，小鬼子打仗时，对伤兵的态度非常残忍，就是让你自生自灭，最好是对天皇尽忠，也就是自杀了事。没人来救你。日本兵自己没办法救你，不可能将你背回到几百里外的基地营房，除非你有一定官职，比如联队长以上。中国老百姓对小鬼子恨得要死。由于小鬼子见了中国老百姓就杀，所以中国老百姓见了日本伤兵也毫不客气。

就在雪峰山会战时，发生过这么件事。一个日本伤兵拄着木棍，上一户村民家讨水喝。村民把水端过来了，一看，正是这家伙两天前强奸了自己的妻子，并残忍地将她刺死。那村民怒从心起，抄起一把锄头，就将伤兵打倒。那伤兵还想反抗，村民再加上几锄头，索性把兽兵送去见他们的什么大神了。再说中国军队，对日本伤兵也没办法管，自己的伤员还顾不过来呢。所以日本兵一旦受了伤，而且走不动，就只有死路一条。他们通常的做法，就是用手榴弹把自己炸死。这是每次与小鬼子打仗，很难抓到俘虏的一个重要原因。

还有另一个重要原因。在日本，如果做了俘虏又被放回家，就成了臭狗屎。走到路上遭人骂，坐在屋里遭人抢。乡邻还可以朝你吐口水，甚至抽嘴巴，在你家里脱了裤子拉屎撒尿，而你屁都不敢放一个。因为你不该活着回来，只能为天皇尽忠。日军建制以地块为主，什么北海道师团、关东师团等等，将乡邻编排在一起。除了相互照应的因素，更有相互监督的意义。某人在战场上表现不好，马上传回家乡，这样你的家人在乡邻面前就无颜面了。

有人讲，这也是日军拼死作战的因素之一。尚武民族，就有这么可怕。

再讲那晚我见到的日本伤兵。只听得他们叽里呱啦，在商量着什么，大概争了几分钟。当我们出现时，嚯，那些个家伙竟举起手来，主动要求当俘虏。这可是一大怪事，以前从未见过。一个排长问我："连长，把他们都干掉吧，免得浪费粮食药品。不然还得养他们，还得给他们治病。"说时就拉枪栓。我忙按住排长的枪，对他讲："莫莫莫，上面长官要。"我虽然也杀人，杀那些到中国来杀人放火的小鬼子，但见到小鬼子成了这个鬼样，也就下不得手了。于是这些鬼家伙被我的弟兄们给集中起来，关进一间大屋，等上司派人处理。后来一算，三十三个，还有一个中佐。有个大佐赶在我们靠近之前，硬是横一刀竖一刀把自己给结果了。一次抓了这么多俘虏，以前不敢想象。我在山西打仗时，听说过八路军被日本伤兵咬掉耳朵的故事。说是在平型关作战时，八路军打小鬼子打到最后，打扫战场，发现有受伤的小鬼子，就背他去包扎。"红军优待俘虏"，这在红军与白军作战时是出了名的。所以有的白军因为讨厌打仗，还未上战场，就等着做俘虏。不料小鬼子恩将仇报，竟把背他的八路军耳朵给咬掉了。八路军气得将小鬼子扔下，一刺刀捅死。可见活捉一个小鬼子之难，又可见军国主义教育对日本年轻人毒害之深。

就在我想着如何向上级报告时，听到哪儿还有声音，像是呻吟，很低，哑哑的。还没天亮，雾气也重，数步外看不清人。我举起一块烧着的木板，循着声音去寻。火光照的地方不宽，我只能一小块一小块地方搜查。最后搜查到一间半塌的屋子，也就是小鬼子司令部的发报室。那不是一张乌漆墨黑的长桌吗？下面竟还躺着一人。我赶紧蹲下，用燃着的木板去照。嚯，也是个小鬼子，仰面朝天，闭着两眼，已经昏死。地上黑乎乎的，空气中充满血腥味。我伸手在地上摸索，感觉湿漉漉的，原来是一摊血，面积还不小。再摸小鬼子身上，还在流血呢，看样子快见阎王了。

救还是不救？不救，就让他自生自灭好了，谁让他来中国造孽作死。救，毕竟是一个人，而且上级讲过，抓到俘虏重奖。这家伙只要没咽气，送交师部就可以领赏，何乐而不为？火光快要灭了。我噘起嘴巴，对着木板吹了一下。木板"噼里啪啦"，爆出一串火花，差点溅到我脸上。光焰变大了，把小鬼子的脸也照得更清晰。再看那躺着的小鬼子，长得好秀气，还是张娃娃脸呢。讲不准也是个高中生。试试鼻息，还在出气。鬼晓得他是如何被拽来中国的？现在，看你还能杀人。好赖是个娃崽，他妈妈还盼他回家呢。救吧，也是一条命。佛教讲，救人一命，胜造十级浮屠。道家讲，活在今生今世。眼看着他死，对不起良心。也许他之前杀过中国人，烧过中国屋，但是现在他已不能再作恶，也就等于做了俘虏。是俘虏就应当俘虏对待，自古以来中国人都讲救人积德。还有一笔赏金在等着拿呢。一打鼓二拜年，两就其便。值得！也是我的红运来了，还是在自己老家，说不定是父母在天之灵保佑。我把燃着的木柴搁在桌子边沿，让屋里继续有光亮照着，然后跪在地上，俯下身子，手顺着他两边胳肢窝轻轻地、轻轻地插下，想将他抱起，移个位置，再想办法止血包扎。

小鬼子的帽子掉了。这时我才看到她的头发，虽然剪短了，却还是个女人发型。

世界全黑了。脑子里一片白。我当时真是傻了。大火尚未完全熄灭，不时有烧断的木梁往下掉，我却浑然不知，只面对女鬼子发愣。

现在让我回想，也说不清当时脑子里想些什么。

这就是方舟惠子，我的第二个婆娘。我俩第一次见面，就是这种情形。我以前听说日军里头有女兵，却从未见过。于是暗存了一个心结：哪天能见识一个日本女兵，可能是什么感觉？日本女人是否也如日本男人那样，凶残无比，胜过野兽？有哪种野兽会像人类这样，使尽手段折磨被称作敌人的同类？野兽间只是撕咬，人类发明的酷刑则多得不可胜计。中国、外国概莫如此。当一个实在的日本女兵躺在面前，而且失去知觉，可听任自己摆布，脑子里那些乱七八糟的念头反倒全无，只想着如何救她性命。别这样年纪轻轻就了结一生，也该有父亲母亲吧？至于她是怎样进入军营，干过哪些恶事，把她救活后怎样处置，等等等等，全不考虑。

我平时不要特权，有一个红薯也要与弟兄们平分。但是这回，我决定利用自己的职权，还有干特务侦察的本领，做一件利己的事，不让其他弟兄靠近。肯定，她是我的女人。如果不是，为何偏让我遇上？既然是我的女人，干吗让别人分享？哪怕是我的兄弟。怀着这种自私自利的目的，我要弟兄们把别的俘虏押到另一座屋子集中看管，严防逃跑，除了站岗的，其余躺下睡觉。我即将方舟惠子（那时可不知她叫什么名字）的军衣解开，先察看她伤在哪儿，再考虑抢救办法。我当然看到了她胀鼓鼓、白生生的奶子，但这不曾让我分神，因我已不稀罕，偏瘫妹子的奶子与她的没太大区别。伤口，必须找到伤口，马上把血止住。我俯下身子，几乎将她嗅遍。好，伤口在这儿，肚皮上面。谢天谢天，小女鬼子伤得不是太重，也是自伤，用的是匕首。她想用匕首划破自己的肚子，就像"武士道"那种死法一样，但不知为何她只是划破了皮，没再往深处划，更没像某些疯狂的日本武士那样，把自己的肠子掏出来，挂在铁钩上。但光是这一刀也够她受的，满地的血就是从她肚皮的伤口流出来的。她已昏死过去，我如果晚到半个钟头，她身上的血就会流光，不想死也得死了。

当时遇到我，算她有这个命。

我们搞特务侦察的，哪个不会几下自救常识？否则单独行动时意外受伤，你就死定了。我当兵前就学得一些草药知识，懂得把八叶麻、志木叶、白花蛇舌草嚼碎，敷在伤处便可止血；用金银花、野菊花泡茶，便可降火；等等。更何况，我在四川大山林跟着草药师父，学了大半年，多少有长进。到部队当了特务侦察兵，一方面巩固原来的知识，一方面学习新的。所以急救方面的事，对我不难，何况我还有上司配发的急救包。

只说那时看出她是个女的，而且年轻，更怜悯她了。我是有过婆娘的，对女人是什么样子不觉好奇，况且这女子小命只剩一点游丝，还能想别的？那还是人不？所以我把她上衣完全撕开后，脑子里默默念叨的只是"救她救她"。我又点燃一些木片，也就是点燃屋里能够拆碎的家具，让火光更明亮些，然后解下身上的急救包，倒出一点急救粉，撒在她肚子横拉的刀口上。因刀口看不清，又找不到消毒水，我先趴下，用舌头把她伤口周围的血水一点点舔干净，动作尽量轻点，不让她痛上加痛。第一遍急救粉撒上后，血虽然止住了，但还是渗出来。我又仔细地撒了第二遍、第三遍，直到完全将血水止住。她若再失血，肯定没救。

（"她愿意接受救治吗？""开头可倔了。恢复意识后，把我的手一次次推开，还把扎的止血绷带给解了。不过这个女鬼子还算客气，没用嘴咬我，否则她就要挨嘴巴了。""这么说，她后来也不想死了。""没错。我后来看出，她确实想活着回去，见她的家人。什么为天皇尽忠，早不知道丢到哪儿去了。"）

我连甩几把汗水。汗水顺着面颊，流进我的嘴里。谢天谢地，小女鬼子有救了。不是我救法高明，而是我发现，小女鬼子非常配合治疗。她意识到我真心救护，稍做挣扎后便不再反抗。她仍未睁眼，也不乱动，连哼哼唧唧的表现都没有。她已不想舍弃自己的性命，宁愿当个俘虏，也要活着回家。她就这样放松身子，听凭摆布。木材的火光一闪一闪，照得她的脸蛋一会儿清晰，一会儿模糊，也更让人怜爱。

往后的事情，应该说非常顺当，如果不是我受了假期限制，两人间的故事会更精彩，内容也更多。我俩在一起共待了十天，那是我直接从师长那儿争取得来的假期，作为对我成功偷袭日军神舟山主峰阵地，以及捣毁日军师团司令部的奖赏，也与战争接近尾声，日本败局已定有关。部队还在县城休整，我自掏腰包，在不引人注意的街道后面租了两间屋子。你可能会问，我哪儿来的钱呢？那时中下级军官的薪水普遍不高，想发点小财只能吃空缺。而我那特务连的编制，师长都知道，所以根本没有吃空缺的可能。这样，我只能在执行任务时顺手牵羊，能捞就捞它一点。譬如打死一个日本军官，刚好他身上有一支金笔，那就对不起，归老子所有了。中共军队里有条纪律，"一切缴获要归公"，那是真的归公，交给军需部门。国军基本没这一说，捞得的战利品大都由自己处理。入乡随俗，我也一样。但真正捞油水的机会也不是太多，所以我就不想放过。老子不偷不抢，拿的是无主之物。但这些东西往哪儿放呢？行军打仗，忽东忽西，不知哪天就倒地不起，所以战争时期，财产这玩意儿毫无意义，金山银山也不比生命值钱。我抱着随得随散的态度，把值钱的东西全交给了长官。不是固定交给一人，而是遇上谁就交给谁。当然也有倾向性，自己喜欢的，就多交给一点。军阶高的，也多交给一点。回想起来，给师长最多。倒不是有意巴结他，而将他看作年长的叔辈。还有，我平时一不吸烟，二不喝酒，三不嫖妹子，所有津贴都积攒下来。除了有时资助特别困难的弟兄，其余也交给师长太太保管。这也是师长特别信任我的原因中的一个。

师长平时对我既严厉又关心，除了公务，家有私事也让我参与。比如他在老婆之外还有个年轻漂亮的小姨太，用现在的话讲，就是小三。那时高级军官有小姨太，可以讲是公开的秘密，有时彼此还相互夸耀。这事师长对我也不保密。因为他与小姨太两人不常在一起，有时师长忙不过来，却认为必须送些慰问品，这样的差事就落在我头上。当我现在遇到需要花钱的时候，再向师长求助，就很自然了。师长大概猜出我有隐情，却不点破，这在军官中比较常见。师长只对我诡秘地一笑，用手比画了一个握手枪的姿势。意思是讲：你小子若在外面胡搞，小心老子毙了你。

"哪儿敢哪儿敢。师长放心，绝对忠诚。师长，这可是我的老家，皇帝家里也有几门穷亲戚呢。"我灵机一动，这不可以打一回救济父老乡亲的幌子吗？反正军纪里没这一条。我接过师长递给的沉甸甸的钱袋，赶紧立正敬礼。钱袋里装的全是光洋。那时虽有国民政府发行的法币，可却连政府和军队的高官都不相信它的实用价值。所以私下流行的硬通货，还是袁世凯时期的光洋。算不算是个讽刺？

我与方舟惠子在前面九天的情形，就不仔细讲了，有机会你问她去，假若有这一天的话。那些日子在我眼里，她自然不是一个敌对国家的士兵，彼此有着国恨家仇，而只把她看作一个可怜的伤员，与我同是人类，只是性别不同。她已实实在在落难，需要同情救助。这使我想起我落难山林时，那位懂医的老人家无私医治救扶的情形。所以我感觉到了自己的应有之责。当然除了那些，也不是毫无私心。孔夫子讲，饮食男女，事莫大焉。作为男人，与这么个娇小懦弱的美丽女子耳鬓厮磨，且莫讲生出别的邪念，光在心理上也是极大愉快。所以《道德经》提醒我们："五色令人目盲。"

现在讲第十天，也就是假期最后一天。方舟惠子身体尚未复原，而我必须按期归队，否则师长非枪毙我不可，而我也对不起他的信任。方舟惠子怎么办？交给俘房营？第一，已经迟了，人家会问："为什么不按时送到？"我讲不出像样的理由。第二，俘房营会怎样对待这个年轻漂亮的女鬼子？日军糟蹋过我们那么多女同胞，俘房营的长官或弟兄会不会"以其人之道，还治其人之身"？第三嘛，一旦交给了俘房营，我还有机会再见到她吗？我思前想后，最后脑子里冒出个绝招：找马县长，就当她是我的一个亲戚。反正她长得与中国人没两样，还会一口带北方口音的中国话。至于她的中国话是怎样练出来的，我没法追究，她也不会讲。可凭着我与马县长的一面之交，要托付这么大的事，心里真没底。但事已至此，别无他路。拿定主意前，我在马县长的家门口走来走去，走来走去，以致引起县长的怀疑。那天他坐在自家大院的天井的石凳上，穿着米黄色府绸短袖衬衣，一边摇着老蒲扇，一边看前些天的《中央日报》。他身子偏胖，容易出汗，看报纸累了，起身散步，无意间见到了我。我与方舟惠子在一起时，穿的是便服，那天想着要见县长，便穿了一套军服。我特地把军服用抹布抹干净了，这样穿着就显得整齐，也很庄重，同时将少校领章、肩章别上，把蒋介石亲自授予的青天白日勋章也挂上，脚上还有一双黑皮鞋。以这服装在马县长面前出现，个子是矮了点，但还是像回事，县长可能会重视些。再说他对国军官兵本来就尊重，从他爽快地答应打扫神舟山战场，掩埋死难弟兄尸体，可看出他对抗日官兵的真实感情，一点也不做作。

再说，我也没有一个亲戚。抗日县长就是我的亲人。

这装扮自然让马县长注意到了，便主动招呼我进屋。我心里有事，脸上很不自然，感觉有些发烧。马县长便问："你这兄弟，是否有为难之事？"

"县长，这个这个……"天气正热，汗水滴到地下，能冒出一丝烟来。我因为担心事情不成，身上出的全是冷汗，两腿打哆嗦，站都站不直。

"有事你就讲嘛。你们抗日救国，流血牺牲。老夫在后方出点微力，完全应该嘛。"

"县长，这事实在，只能算我的私事。"眼看太阳已经西斜，归队只剩了几个小时。把我急得满头大汗，眼里进了汗水，刺激得眼睛生疼。讲，如实地讲。这是最后的机会，再过几小时，就身不由己了。我憋足全身力气，如实道出请求。只虚构了重要情节，将方舟惠子称作自己的姨表妹，在长沙念书，失散多年。姨表妹不幸病了，休学回老家。正赶上这场会战，和我相遇。我想安排她在县医院继续治疗一段时间，然后回校，把书念完。到那时估计仗也没得打了，我也退伍了，就可回老家找份工作，过正常日子。眼下自己归期将至，没法继续照料。现在伤兵太多，县医院床位紧张，所以想拜托县长给医院打个招呼。

马县长笑眯眯的，显然不相信我编造的全部情节，只肯定一条，我与这女子关系非同一般。这个心地善良的老人，将老蒲扇"啪啪啪"拍了几下，然后一挥："好，送她来吧。就住我家好了，我的院子宽敞。她还能走吗？走不了就让人用轿子接。"

我喜得真想蹦上天，要的就是这个话。单论长相，中国人与日本人实在没两样。据说日本人的祖先就是中国人，日本所有岛屿都是从中国大陆分离出去的，只日本人不愿承认。就像一部外国小说写的，阔女儿不肯认穷父亲。方舟惠子的中国话讲得好，冒充中国人没点事。只是她不会讲本地土话，才让她当个学生娃。她，一个日本佬，伤还没好利索，除了马博文县长这样的好人，交给谁我敢放心？而我已侦察清楚，马县长家房子有富余，占一小间不碍事。师长给我的钱还没花完，我决定全部留下。

不过我还是假意推辞，说："那不方便，添这么大的麻烦。"

"咳，看你说哪儿去了。你得了这么高规格的奖章。不是靠吹，用命换的。能帮这么点小忙，是老夫莫大的荣幸。"

"那就拜托您了。打完仗我就来接她。"我激动得忘了军人身份，"扑通"跪下，朝县长磕了三个响头。

"岂敢岂敢，倒置倒置。待你回来，保证还你一个完璧归赵，使你们花好月圆。"马县长忙扔下老蒲扇，一把扶我起来，同时直打拱手。听他的意思，已完全明白我与"姨表妹"关系非同一般。

第一次与马县长打照面时，就感觉在哪儿见过。这回再次见面，感觉更加明显。但我不好意思盘问，只把他胡须杂白、下巴微翘的印象刻在脑子里。心里反复念叨："他真是我的亲人哪。"临走时，我瞥了一眼马县长放在桌上的报纸。我那时还没有系统地学过文化，只偶尔问人家，这个字怎么认，那个字怎么读，所以斗大的字认不得几箩筐，只见报纸标题上有"谈判""国共""重庆"字样，其他就不认得了。后来才晓得，抗日县长对毛泽东与蒋介石即将在重庆举行的谈判高度关注，时刻担心。他的内心宽广得很。这是我第一次近距离接触马县长，这个对我恩重如山的人。（九十老爹说到这儿，再次泪眼模糊）

这天晚上，在县城一个大店铺里，我包了一间客屋，和方舟惠子同床共枕，睡了第一个觉，也是最后一个觉。我们都晓得明天就要分开，究竟哪天才能见面，都不敢讲。月亮圆圆的，高挂在房屋上空，透明透亮，照得见人的影子。街上和店铺门口都挂着一排排大红灯笼，用竹篾编织，糊上红纸。店铺门口的灯笼里还点着蜡烛，亮闪闪的，为的庆祝国军大捷。这正好增加了我和方舟惠子之间的喜气。我永远记得方舟惠子那个夜里对我说的第一句话，是用中国话讲的。她紧傍我坐着，柔丝般的头发垂到两肩，瀑布一般，声音颤颤的，那样温柔，满含愧疚："我，没有第一次了。"

"那不正好，我也没有。"我接过这话，立马把她抱得紧紧的。方舟惠子脸模子那个漂亮，像纸上画出来的一样。身子水滑水滑，泥鳅一般。腰段细细的，奶子胀胀的，皮肤嫩嫩的，从来没见过像她这么美的。自与偏瘫婆娘分手之后，我已经十年没挨过女人的衣边，跟着部队天天打仗，今天不知明天小命是否能保，还顾得上想别的事？现在见着方舟惠子天仙般模样，与第一天晚上在司令部见她的感受就不一样了，只觉得全身就像冒火，烧得哪儿都发烫。三十如狼，四十如虎。那年刚好我三十，她十八。两人睡在一起会做些么子事，小弟你自己去想好了。她呢，把我看作她的亲人，百般信赖，紧缠着我，身子软得像棉花条子。我们住的是木板屋，不隔音，楼上楼下的客人都讲，我们吵得他们通宵睡不成。呵呵，时间分分秒秒都很宝贵，对不起，别的什么也不顾了。

这里要穿插我和偏瘫婆娘的一段故事。神舟山之战打响前，我心里存了个小九九，战斗结束之后，要抽空去看看我的偏瘫婆娘和老岳父，甚至还想回山圣甸住两天，看看那该死的"石锤脑壳"闹腾成什么样子了。今非昔比，老子现在是正规部队，国军少校，手里有枪，而且多次杀过恶人。你小子还敢要横？一枪崩了你，还扣你个"劫夺国军枪械"的罪名。至于偏瘫婆娘，实在对不起，委屈她了。虽是偏瘫女人，同样也需要男人啊。从她与我睡觉时的表现就可揣摩。十年不通音信，或许她以为我早已不在人世。突然间出现，她肯定欢喜，除非又嫁了别人。但我想她不会嫁，也难得找到愿意娶她的人。用力抱抱，亲热亲热，想必她更会欢天喜地。她是我第一个亲热过的女人，能忘得了吗？虽然讲身有残疾，但绝对心是好心。还有老岳父，对长工们虽然有点苛刻，对我却一直不错，是我看不起他的女儿，才生我的气。现在我混成个国军少校，再去看他，说明我已经从心底改过，把他女儿当正常女人看待。我那时哪儿想到抗战之后，国家还有那么多的磨难，还会有国共之间的一系列大战。战争结束之后，我还想与偏瘫婆娘堂堂正正补办一场婚礼呢。请一两桌酒席，让她娘家的亲戚都来见面。我这十年，高官们的大太太小姨子见得多了，发现还是古人讲得对："丑丑婆娘是个宝，漂亮婆娘惹烦恼。"高官们在外头拈花惹草，其实绿帽子早就戴上好几顶了。而我的偏瘫婆娘，相信她任何时候都不会对我有二心。由于我真心实意盼着重逢，见面第一句话都反复推敲了多回。到最后，因为突然冒出的方舟惠子，把这事给耽搁了。不是不记得，实在是脱不开。直至第八天傍晚，我照料方舟惠子躺下，才借了一匹马，乘着夜色前往岳父家，想看看他一家人生活得怎样。这时我已改变主意，只能静悄悄的，丝毫不能张扬。我已断断续续读过《道德经》，记得里面有这样的话："富贵而骄，自遗其咎。"大白天骑马进村，就有"骄"的味道。

故人故土，一草一木，远走万里也忘不了。我骑着借来的马"嘚嘚嘚嘚"，两个多钟头后便到了岳父家附近。我把马拴在离岳父家不远的一棵香椿树上，然后大步走近。快到跟前，见大门关着，我刚要敲门，忽冒出一个念头：会不会岳父家有大的变化？比如新增了人口？十年时间不能算短，不敢说没有第二个像我这样的男人被岳父看中，做他的上门女婿。因为年轻时丧

179

妻的岳父，只有这个女儿，肯定要想办法接续香火。于是我绕到用土砖围着的院子背后，朝里张望。这儿有一高坡，正对着我那偏瘫婆娘的二楼窗户。窗户很窄，这我知道，那年那夜，我就在窄小的窗户上差点卡住。现在，那窗口正对着我，隔了一层薄薄的土布窗帘。屋里亮着灯，但不透亮，可能点的桐油灯吧！有人影晃动，大概准备上床吧！岳父的家规，是不许点灯太久的，免得燃多了油。可那屋里到底有几个人，却还不能确定。怎么办？不行，不能白跑一趟，而且时间不允许耽搁。我便使出了轻功本能，铆足了劲，轻轻一跳，便上了高约八尺的墙头。估计砌墙的土砖笨重结实，能承受我的体重。还好，没有意外，我与屋里人只隔着一层格子窗户了。"你困不困？""现在不困，想抽杆烟。""那我要困了，不管你了。""你先困吧，我一会儿上床。"这不是一男一女在对话吗？音量不高，有些粗哑，像受了凉。有点熟悉，又有点陌生。相隔十多年，她声音的特点在我的脑子里已经模糊了。我无法细辨，也没时间多想，只觉得心里酸酸的，很不是味。有了心事，脚底不由颤动了一下。这一颤动，年久失修的墙头出现裂缝，竟塌了一片。墙土往下掉的声音是那样响，首先把自己吓了一跳。我赶紧下蹲，用力一弹，离开墙头，重新回到屋子对面的高坡。夜间的凉风吹着竹叶，"沙沙"地响，像在替我打掩护。

不知是不是墙头的响动惊动了屋里，眨眼之间，屋里的灯光熄灭，土布窗帘也看不见了。一切归于黑暗。

我心里也一片黑暗。不想她了，各有各的生活路子。不能怪她，她怎知我这十年是死是活？岳父却有田产要人继承。我略带失意，离开那座熟悉的土墙围着的院子，骑上马，在夜色中重新回到县城，回到郊外租住的小屋，继续履行照料方舟惠子的责任。几年之后才搞清楚，那晚我在墙头看到和听到的，其实是一场误会。而与方舟惠子的关系，即是一番绵绵无期的相思情债。人生在世，就好比划船从水里行走，一条水路七拐八弯，岸上景致七奇八怪。看起来是一连串的偶然，其实藏着许多的必然。我理解佛教的核心思想，就是四个字：因果，因缘。照这四个字来解释，我与偏瘫妹子和方舟惠子的关系，似乎都包括在内了。（摇头，长叹。泪水顺着九十老人的两颊挂了满脸）

十八　工商局局长离奇死亡（正在进行时）

神舟县工商行政管理局门口，着深蓝色西装、系枣红色领带的太和老爹，未及临街的电动门敞开，就来到门外等候。他这身打扮看起来有些滑稽，但为了上政府部门办事，只好这样。他一边走路，一边合着节拍叩齿。这是神舟山大爆炸发生的第二天，县城对此事几乎家喻户晓。太和老爹名气虽大，但由于平时很少在大庭广众露面，故见过他的人却少。此时，工商管理局门口的值班保安人员就不知他是谁，故有点不友好。保安员脸色发暗，肚子特大，一看就是脾胃不好。他个子不算太矮，脖子却短，后脑勺与后脖颈连接在一起，形成两道横着的裂沟。他推开小窗户，把脑袋伸出来，像极力想拉长脖子，粗门大嗓地喝道："站开点，你这年轻人想找死？车撞了你怎么办？谁负责赔偿？"

太和老爹回头看了看。值班保安约莫五十岁光景，也就是自己年龄的一半，心里便有点不痛快。这大概就是你对待所有来访人员的态度吧！回想以前，我分分秒秒都记着老道长传授的那几句话："讲话不高声，走路靠边行，吃亏不要紧，有理让三分。"这样做下来，麻烦事避得不少，唧唧歪歪活到今天。今日反思，这活法是不是无可挑剔？该屈就屈，算不算明哲保身？更紧要的，倘若引发严重恶果，我该不该承担一定责任？比如这回，神舟山大爆炸。虽没发生战争，却造成了与战争同样的恶果。假设我当初坚持不废除承租合同，不给牛全胜瞒天过海的机会，那么这场灾难，会不会因此避免？这么多年轻人的性命，会不会不这样可悲地断送？当然，"假设"永远不会存在，也没有真实意义。不过古人又讲：往者不可谏，来者犹可追。一个"追"

字，说明汲取以往的教训，并非毫无意义。

"您是讲我站的位置不对？好，我退开点。但您也不要开口伤人啊。"

"我伤你怎么样？这是我的地方，这里归我管。"

"您这人有意思。没听说政府对外办公的地方，成了私人的地盘。亏得您守的只是个传达室，倘若坐的是办公室，手里握着政府的印把子，怎么得了哇？"

太和老爹不知不觉中讲出的话，在心里憋了很久。平时没机会发声，现在不由自主地流露出来。但他立即意识到态度不对，怎能与这种人计较？这个保安员讲到底也是可怜，并无签字权力。有趣的是，他居然把我称为年轻人，倒是大大抬举了我。凭他这句话，也不该对他凶里凶气。我真有那么年轻？这么讲来，几十年功夫没有白练，除了有某种特异感悟（我不讲是特异功能，因一些科学家认为特异功能是伪科学），外貌上也有变化。话讲回来，一个人活得久不算本事，活得有意义才算本事。就是在别人眼里，你还有点点用处，不是别人的包袱。我做到这一点吗？惭愧，聊以自慰的，是没有成为别人的包袱。但犯下放纵犯罪的大错，却不可原谅。所以看来，时时处处做老好人还是不行。

可是，《道德经》又讲，"水善利万物而不争"，这"不争"二字，又怎样解释？

太和老爹所住的精神病院，住院部主任即当年人民医院住院部女护士，那个右边嘴角一颗小黑痣的短发姑娘。她因对太和老爹知根知底，所以对老爹有求必应。她明白，太和老爹任何时候都不会提过分要求，更不是真正意义上的精神病患者。太和老爹与其说是来医院治病，不如说是为了避险。唯其"有病"，才可彻底跳出利益之争、是非火坑。然而不幸，今天他却非得离开这个"避风港"不可，风险再大也顾不得了。获得医务人员特许后，他即想着如何介入"帝豪大世界"的后续工作。群龙不得无首，否则祸殃更甚。太和老爹脱下住院病人统一的蓝条纹服装，越墙离开医院后，本想先去别墅看望妻子，却不知她在还是不在。听她讲，好像在医院附近租了房子，他也从未去过。他拿定主意当一名"疯子"，不想引起任何人怀疑。眼下实在没法，牛全胜已经跑了，估计不会有任何人敢以"帝豪大世界"股东身份现身。他再不出山，烂摊子就没人收拾了。太和老爹已有十年未在街面行走，发现变化还真的不小。原来的街道拓宽拉直，另外新辟了两条。被称作"经济开发区"的那一块，有几栋高楼超过二十层，而以前县城最高的楼房只有三层，大都是砖木板结构。一半是木柱木板，一半由砖头砌成。多少年来，木材不及砖块值钱。太和老爹走进一家茶馆（县城里居然也有了茶馆，这可是以前不能想象的事），要了一壶煮沸的红茶和一只白瓷杯，慢慢做着"茶灸"，直灸得微微沁汗，开始溢出泪水，主意也就有了。对，应该上县工商局变更法人代表，将担子移到我的肩上。这不是争名争利，而体现担当精神，就像战争时期，得有人当敢死队长一样。虽然我年纪不小，但古代还有百岁挂帅的佘太君呢。再讲国外，年过百岁的董事长也不稀罕。而我只是过渡，表示对死伤人员负责。我也不是给自己敛财。财产再多，对于我有什么意义？生不带来，死不带去。就算有儿女，也是林则徐讲的那话："子孙若如我，留钱做什么？贤而多财，则损其志；子孙不如我，留钱做什么？愚而多财，则增其过。"总之，这回不能做缩头乌龟。

太和老爹正要向传达室保安员道歉，大门外忽起了一阵骚动。原来是一辆灰色小车鸣着喇叭，正要进来。几年光景，县城私家车发展竟这么快，宽阔的街面被小车堵得一塌糊涂。大门贴近街道，车辆挤成长龙。保安员见了灰色小车，就像小男孩见了爱发脾气的亲爹，赶紧钻出传达室，挥舞双手驱赶行人，替小车开道。太和老爹站的位置在电动门中间，自然在驱赶之列。好在老爹早已自觉地退避三舍，所以没轮到第二次挨训。不料小车恰好在进门时熄了火，卡在电动门中间。不知车里的司机是如何着急的，只听得发动机"呜呜呜"空转着，就是动不了。车里的乘客先是坐着不动，等待小车重新开动，见小车仍旧不动，于是骂骂咧咧地想推门出来，却赶上电动门也暂时失灵，身子给卡住了。小车司机未及时察觉，还在车里折腾。

"混蛋，还不快来帮忙？""来了来了，局长来了。""快快，把车推走。""是，是，局长，是是。""你想把我卡死？""是是，我这就来推。""混蛋，我的腰快断了。"

难怪工商局保安员开口就骂人，原来是这位局长带的坏风气。太和老爹见若干人撅着屁股，有的推小汽车，有的拉电动门，有的拽工商局局长，忙得不亦乐乎，暗暗觉得好笑。当然，这不是取笑别人的时候。见司机与保安员都忙着扒拉电动门，于是他绕到小车后面，两手搭在汽车后备厢的仓盖上，略一运气，猛喝一声："起——"那小车便离开原地，"刺溜溜"冲出老远。电动门现出一个大大的空间，于是局长轻松得救。

"小伙子，搭帮你。""这点事，没关系。""小伙子，你这是……""有点事，找局长。""找局长？你你你……你不是……""曾局长，您应该也见过我。""您不是，那个牛全胜老总的……什么人吧？""没错，就是我。你大概还记得吧？""记得记得，怎不记得？但哪儿敢认啊，我的老爹。假如我记忆没错，您老今年怕有一百岁了？"

上班的职工陆续到了。太和老爹一下成了公众人物。神舟县城的人，有几个没听说太和老爹的？就是那个短脖子的保安员也不例外。可因为太和老爹不在公众场合出现，大家也就只闻其名，不见其人。天哪，您老一百岁了，还这么年轻？刚才还推动了一辆汽车呢。奇闻，神舟县最大的奇闻。神舟县要出大名了，把百岁老爹宣传出去，比大爆炸更出名。电视里报道的那些"长寿县"，不就是用几个上岁数的老人作为"活广告"吗？至于老人是外地雇的还是本地请的，那就天晓得了。已是上班时间，从工商管理局门口经过的人们，先是不知道这儿发生了什么事，当得知百岁老爹就在眼前，都怀着好奇与尊敬围了上来，争睹老人家的风采，于是将门口围得紧紧的，并延伸到门口街道，形成交道堵塞。太和老爹先不觉得，待明白是怎么回事，忙回头并转体一周，向关心自己的乡亲们抱拳致谢，然后急催工商局局长进办公室去，有事请教。

太和老爹记起，这位局长就是十年前的县法院民庭庭长曾光仪。头上还是大盖帽，身上还是正规服，只是颜色和图案换了花样。总算遇到熟人，熟人总好讲话。至于对方是怎么从法院调到工商局，并且当上局长，老爹则不想打听，这事与他无关。不归自己管的事情，坚决不管，不归自己做的事情，坚决不做，以免惹是生非。

工商局局长曾光仪鼻尖上附着一片红斑，光闪闪的，看似交了好运，其实是严重脾虚。他做梦也没想到，会在机关大门口遇上太和老爹。他不是早疯了吗？还以为他早不在了呢。他怎么突然来工商局找我？我玩的鬼招已被识破？听说他有特异功能，眼光能穿透你的五脏六腑。你肚子里有什么心思，或脑子里想些什么，他一看就一清二楚。我的天，这不是该我倒霉？我这一肚子屎屁尿，还不被他看透？他再一多嘴，张扬出去，配合群众举报，纪检部门立案，我不是死定了?!瘟神，该死的瘟神。赶紧送走，分秒不停，离得越远越好。糟糕，没准我这心思已被他识破了。你看他那眼神，正在想事的样子。不行，还得强装笑脸。但是这强装的笑脸也会被识破啊。该死的老东西。我今天怎这样倒霉？是不是作恶到头，阳寿将尽？不行，我得撑着，决不能在他面前露馅。

"局长，局长，麻烦您一点小事。""什么好事？我上午刚好要去县委开会。""对不起，时间不长。""那也不行啊，总不能说县委的会议，不比您个人的事情重要嘛。"

曾光仪边说边往里走，同时用眼神对保安人员暗示：务必将太和老爹拦在大门外。

果然，太和老爹已看出他的心机，敏捷地抢上两步，赶在曾光仪局长前面进了办公大楼。看来，不露点真功，镇不住他。太和老爹拦在局长大人前头，半是微笑，半是严肃地说："您那个会议真是上午？"

"您老是什么意思？"曾光仪嘴唇一阵颤抖。

"我什么意思，您应该清楚。"太和老爹脸绷得紧紧的，好像拿到对方什么把柄，"您是参加过全国廉政建设座谈会的，还与国家领导人合过影，照片应该就挂在办公室吧………局长您怎么啦？脸色不对。好，不讲了，我再不讲了。"

"您说吧，说吧。我的脸色？很正常啊。说吧，说吧。"

"实话讲吧，我才从精神病院出来。没错，精神病院……不对，局长，您的脸怎突然这样白？您没心脏病吧？"

"我的身体健康得很，全县科局级干部中，数我的身体最好。您老快说，有什么事？我忙得很，今天要开八个会，吃十顿饭。都是朋友请客，都得出席，举一下酒杯，摸一下筷子，就是一餐。跑马灯似的，天天这样。一个也不能少，一个也得罪不起。刚才说我办公室挂照片，您看到了？"

"猜的，您别上心。求您办点正事，您看行吗？"

"可以可以，请进请进。早听说您老有透视功能，真是这样？"

"哪儿有那事？""您老肯定？""真的没有。""肯定您有。""局长，请您相信，真没这个本事。""您老只管直说，还看到什么了？""我不知您指的哪方面。若讲身体，恕我直言……怎么看着看着就加重了？赶紧上医院去吧，可不敢误了您的病情。我虽不专门学医，但也懂得鼻屎它那么一丁点。有病，真的有病。不止一处，心、肝、脾、肺、肾都有问题，还有膀胱，已经肿大，出现硬块了。您赶快去，我不说了。尤其心脏，毛病大了。"

"我没病，没病，真的没病。自己有病没病，还不知道？您怎能说我的心坏了？您说吧，说吧。您老这么大年纪，亲自上门，怎能空手而去？以人为本，为百姓服务，是我们共产党的根本宗旨，记得牢着呢。"说时，用手指了指墙上的合照，果然是中央首长接见全国工商系统廉政建设座谈会全体代表。

"那我就讲，关于那个公司，董事长的事情，牛全胜不是跑了吗？总得有人顶着嘛。所以我想……啊啊不对，局长，你真的有病，马上就要发作。超不过半个小时。我走了，不讲了。这里还有别的人吗？请你们快叫救护车。我走了，不妨碍。有人吗？快来呀。"

太和老爹由局长曾光仪请进办公室，开头还有点拘束，因他很少有机会进领导们的办公室。就是过去当劳动模范，大红大紫时，也很少享受这个礼遇。别看曾光仪只是个科长，行使权力时，神态与快感一点不比北京的部长们差。不过在太和老爹面前，曾局长倒是客气，笑容可掬地请他在沙发上坐着，从热水瓶里倒出一杯隔夜的开水，双手捧着，摆在老爹面前。太和老爹忙站了起来，身子微弯，深致谢意，却同时发现，曾局长脸色突然煞白，额头出汗，两只手明显颤抖。这不是猝死的前兆吗？太和老爹虽不是专职医生，对这个却看得很准。传统中国医学，讲的就是望、闻、问、切。他虽有一些"遥感"能力，其实并无看透对方五脏六腑的本能，对曾光仪内心的恐惧一无所知。现在见局长突然变得这样，自然不敢大意。工商局长越不把即将发作的疾病当回事，他心里越急。最后他也不说事了，凉开水也不喝，礼貌也不顾，索性起身离座，走到走廊上高声喊叫："来人哪，快来人哪。你们局长病了，得赶紧送医院，一分钟也误不得。"

"你这老东西疯了还是怎的？出去，赶紧给我出去。保安过来，把他带走。"曾光仪局长追到外面走廊里，很响地跺着水泥地面。太和老爹这番吆喝，使他变得怒不可遏。走廊两边都是办公室，使走道显得很暗，很别扭，有点像卡夫卡小说《审判》里描写的那种办公楼走道的风格。

保安员进来了，正是那位先前对太和老爹傲慢无礼的人。可是现在，对老爹态度却大有不同。他对太和老爹早有耳闻，且相当敬重。因他原来就在神舟山林场工作，林场改制后，被迫下岗，下岗时还不到四十岁。领得那一点点"一次性买断工龄"的补助费，哪儿够一家人生活？不得已托人说情，附加一份厚礼，才当了保安员，每月收入光够他一个人的吃喝。因对来工商管理局送礼的人见得多了，对工商局领导大把大把收受礼金的事也见得多了，所以他一天到晚心情烦乱，有点零钱就拿去喝高度白酒，见了谁都粗暴得要命。他明知不对，却改变不了。刚才他正为孙子交不上住院费发愁，又错把太和老爹当作不懂事的年轻人。待弄明眼前这位就是如雷贯耳的太和老爹，这才感到自己的不是。现在听局长大声吆喝，赶紧跑来，首先对太和老爹深深鞠躬，真诚地表示"有眼无珠"，才问局长"有什么吩咐"。

这举动让曾光仪气得七窍生烟。据事后人们回忆，曾光仪当时的表现，就像一条竹叶青被打中脑袋似的，是一种垂死的疯狂。太和老爹要求变更公司董事长的正常要求，却无意中戳中曾光仪的要害。他在替牛全胜办理工商登记时收受贿赂，完全不按正常程序办事，注册资本金一分没有，却虚报为5亿元人民币。同时虚增经营范围，将本属国家限制经营的领域全部囊括，使"帝豪大世界"既是一个实体企业，又是一个以文化娱乐为掩饰的赌场、毒品集散地、色情场所，甚至成了非法集资、漂洗黑钱的地下钱庄。曾光仪则以他人名义在该公司持股，坐庄分红。虽说所持股权与更高层次的权贵人士相比，分量轻微，却因为懂得知法犯法的严重后果，而在心中形成巨大压力。他既时刻担心东窗事发，又时刻想拼命掩饰。在他看来，具有特异功能的太和老爹早已洞察一切，今天算总账来了。出于负隅顽抗的本能，他才在太和老爹面前色厉内荏，以掩饰自己的极度恐慌。

"你这老东西也跟着疯了？你不赶他走，还向他鞠躬？""嗨嗨，局长，这位老人家……""还啰里吧嗦？快快出去。""嗨嗨，局长，这老人家，一百岁了。""哪怕他一万岁，也要赶出去。"

太和老爹本想立即下楼，听工商局长这么一说，不由得有点来气。但他还尽量克制，只转过身子，面对面站着，缓缓地说："局长你现在有病，怎么讲我都不怪。我是正儿八经来办事，不是来取闹。不办就不办，何必那么凶？我有两条腿，不用你来赶。"

这时又插进一人，是一位理短发的中年妇女，穿的是工商局的统一制服，看来是第一批赶来上班的。见太和老爹与局长如此对立，她便上前挽住太和老爹的胳膊，把老人家拉向一旁，同时劝慰："老人家，我们局长现在有别的急事要办，您老就等一会儿吧。来来来，上我办公室稍坐坐。您老是大名人呢。我妈很早就认得您。"回头对局长说："局长您也别急。老人家毕竟这么大年纪了，对他还是耐心点。"

"方副局长，你别做老好人。这么大年纪的人，有什么屁事？'老而不死是为贼'，这句话你懂不懂？哎哟哎哟，我这是怎么了？痛痛痛，哎哟，痛痛痛……"曾光仪局长说着说着，声调降低，降低，再降低。两手不由自主地抓住胸口部位的衣服，像要把它撕碎。随后摇摇晃晃，如喝醉了似的，脚下打着趔趄，晃动着走了两步，即如一截发枯的干柴，砰然倒在地上。

前任县人民法院民事审判庭庭长曾光仪，头发过早染霜，鼻尖上附着一片闪亮的红斑，"红鼻子"的外号即由此得来。他还有一个外号：县政法系统的"老油条"。十年前，他亲自签署一份法院传唤通知书，要求被告人牛太和到庭应诉。这是本县法院建立以来，所有审理过的案件中年龄最大的被告人。听说当事人身体健康状态不佳，他本可支持老爹，维护正当权益。但在后来，他打听到本案的油水很足，原告牛全胜为获得全胜，会付出很大一笔酬劳。惯于"吃了原告吃被告"的他，随即改变立场。发现太和老爹的年轻妻子很好糊弄，他便决定从她身上下手，将她叫去法庭。

结果一切如愿。

不过，曾光仪在收获这一劳动成果时，却结结实实地碰了壁。原因是牛全胜立案前许诺的优惠条件，后来不肯兑现了。联想到此前在"帝豪大世界"奠基庆典上，牛全胜对他多么无礼，气得这位法官恨不能再签署一份判决书，将前面那一份判决书否定了。这当然是不可能的，为此曾光仪生了一场大病，被送进"ICU"紧急抢救，鼻孔、手腕、头上都接上了塑料细管，拉屎撒尿也得有人帮忙。人们都以为他活不长了。

牛全胜后来大大地发达了，许诺的那一笔钱算不得什么事，便以现金方式支付给了他。曾光仪腰间的钱包鼓了，恰听说县工商局有一个局长的空缺，便用牛全胜给的这笔钱走了关系。他在这新的岗位果然了得，差不多到了日进斗金的地步。原来工商局是个可管可不管的衙门，随便找企业一个什么岔子，企业就得用钱摆平。要摆平还得找工商局内部的人，也就是找他这位局长。今天上午，他本来约了一位企业家来办公室单独密谈，不料却遇上太和老爹。

曾光仪就这样死了，死于心脏病突发，脑血管破裂。有文学爱好者将他的死与俄国作家契诃夫笔下的《公务员之死》做了比较，一个是小公务员，被权势赫赫的枢密官吓死，一个是堂堂局长，吓死他的却是无权无势的百岁老爹。于是有人解释，曾局长早晚是死，与太和老爹没丝毫关系。

工商局局长被太和老爹吓死了——这消息在县城很快传开。县城虽大，却又太小。于是围绕这事，引发了更加猛烈的暴风骤雨。太和老爹被说得神而又神，一些人对他奉若神明，另一些人却对他唯恐避之不及。

十九　十字路口的抉择（老爹自述）

我从四川加入国民党部队不到两年，部队就开拔了，直达抗日前线。以后我们的部队统称"国军"，共产党的部队也是这样称呼。且莫讲打小鬼子的八年经历，写成书用火车也装不下。就说抗战胜利后，弟兄们别提多欢喜，大家发疯般狂跳，眼泪"哗哗哗"地流。欢呼抗战胜利，追悼死难弟兄。而更大的心愿，是盼着拿到军饷回家讨婆娘，开开心心过日子。打这么多年的仗，谁不打得心烦？就是那些高级将领，比如我那位师长，停战后升为副军长了，也想着如何享受，抱着小姨太过和睦美满的日子。有一回我见他接待一个老家的亲戚，交给亲戚一大袋银元，嘱咐替他在老家买地。买地和买房一个性质，就是想过安乐日子啊。过安乐日子就不能打仗，否则，田地再肥沃，也是一堆泥巴。房子再漂亮，也是一堆砖头。可是后来，记者您也知道，发生那样大的变故，弟兄们别提有多失望。

我这类中下层官兵，与共产党并无血海深仇。在此之前，我们都晓得共产党也实实在在打小鬼子。这里讲一个我亲眼见到的事实。1937年10月，我们的部队开到山西，参加保卫太原的战斗。先是在忻口打，那儿有个南怀化高地，卡着从北边通往太原的公路，真正的咽喉阵地。小鬼子死命往高地上冲啊，冲啊，大炮轰，飞机炸，打得可惨了。那么一小块地方，两边死的人超过几万。我们的部队在那儿居然坚守了21天。为什么国军能坚守那么久？与共军的支持有关系。那时共军已改名为国民革命军第八集团军，习惯叫八路军。八路军除了那场有名的平型关大捷，还在敌后给国军极大支持。八路军作战灵活机动，忽东忽西，不像国军死守阵地。摧毁小鬼子的运输线，挖断小鬼子的公路，使小鬼子的给养上不来。最不可思议的是，八路军吃了豹子胆，竟敢偷袭日军阳明堡飞机场，用手榴弹炸掉小鬼子24架飞机。消息传开，日本东京一片恐慌，认为是帝国皇军的最大耻辱。那24架飞机被炸掉后，一段时间我们头上听不到小鬼子的飞机声。

我那时也听长官讲，共产党"只顾占地，游而不击"。我开头相信，后来细想，人家占领的，都是国军丢掉的。北平、河北过去是宋哲元的，山西是阎锡山的，山东是韩复榘的。他们本事不够，才让小鬼子把所有省会、所有地市、大多数县城给占领了。共产党执行毛泽东的抗日游击战争方针，不与小鬼子争城市，而将广大乡村占领，实际对小鬼子形成反包围。我们那时对这种打法羡慕得不得了，尤其是我，本来就是红军战士，阴差阳错成了国军。想再投奔过去，却没这胆量，人家不认咋办？没准把我当奸细给毙了。羡慕八路军这种打法的，还有国军不少高级将领，其中有个叫卫立煌的战区总司令，还开办军官训练班，学习共产党的战略战术。我那师长（抗战开始时还是团长），就进过这个班。可惜国军只能学"皮"，学不了"芯"。因为共产党与老百姓是鱼水关系，国军对老百姓却没有那么好。国军信不过老百姓，最后还是打不成。

共产党打小鬼子有一个套路，叫作"你打你的，我打我的，打得赢就打，打不赢就跑"。小仗不断，大仗也打。最著名的是百团大战，打的真是时候。那时德国入侵波兰，全世界一片悲惨。中国战场，国军全部退守大西南。八路军却在华北组织一百多个团，持续打了几个月进攻战，打死打伤小鬼子数万人。就是那个战役，迫使小鬼子重新部署在中国的兵力，将重点放在华北。这对国军来说当然是大好事，减轻了压力嘛。我们师长也公开叫好，盼望八路军再来几个这样的大仗。小鬼子打长沙连打三次，都没把长沙占领，很大一部分原因，就是不敢从华北调兵，不敢放手进攻大西南。否则，他们早就将长沙拿下了。所以我虽是国军，但不是只维护国军立场。你可能奇怪，你晓得这么多事？我干的是特务侦察，走的地方宽，见的范围广，还常在长官身边。附带说明，我由于有条件与长官接近，而长官身边的人大都是文化人。所以我虚心拜文化人为师，一个字一个字认，一个字一个字写。我把《孙子兵法》作为识字课本，既认了字，又学了知识。日子长了，就叫作聚沙成塔。师长对我大加赞赏，认为初中生也比不上我的水平。这当然是鼓励。他还送给我一支铅笔，一个笔记本，并在笔记本上题了字：将国民革命进行到底！

这么高的长官给我题词，当然是好大荣耀。笔记本只有巴掌大小，重情义的我，欢天喜地接过它，放进自己的挎包里，走到哪儿带到哪儿。笔记本上，抄着我喜欢的《易经》《道德经》和《孙子兵法》里的话。以后，师长又送给我一个小木盒，正面有国民党的党徽。我满心欢喜地接过来，用它装笔记本什么的。这个小木盒，后来一直跟随着我。这是师长的心意啊。尽管他人不在了，我不能把他完全忘了啊。不过，因为上面有国民党党徽，我只能小心藏着，不敢公开使用。直到前些年，被秀美发现，于是归她保管，装一点有价值的东西。

所以那时，我表面听长官的，心里却认定一个理：两边都是国军，两边都是兄弟，两边都曾经为中华民族流血牺牲。现在小鬼子被赶回去了，战争结束了，就该过正常生活，好好建设家园。现在要我这当过红军的人去打红军？老子枪口朝天。还想指望我卖命？

一辈子都记得抗战胜利的消息传开后，全国上下万众欢腾的样子。从上海、重庆、南京、北平、武汉、长沙等大城市到各个小县城小集镇，成千上万的人们敲锣打鼓，热泪满面，舞着龙灯，踩着高跷，哑着嗓子，又蹦又跳，有的还抬着领袖的巨幅画像游行。人们见面就表示庆贺："谢天谢地，总算活过来了。只要不打仗，就可以过快乐安稳日子。"

已获提升的老长官晓得弟兄们不愿打仗，于是用谎言欺骗大家："南京光复了，政府的钱都存在南京。部队都开到南京去，上南京领赏去。"他这一宣传，连我都信了。我那时只想一件事：快快回老家，照料方舟惠子。我已与马县长约定，一旦从南京领得赏金，立即往回奔。这段时间的生活费，把我留下的先用光，不够了，请县长给垫着，到时候归还。所以长官的宣传正合我意。我就这样心挂两头。

部队到了长沙，才知不是开往南京领赏，而是直接开去山东打内战。长官按照蒋介石定的调子给大家训话：国民革命尚未成功，所以还要继续打仗。这话，是从孙中山的"总理遗言"中变过来的。国民革命是什么东西？革命成功是什么样子？给弟兄们个人带来哪些好处？没人解释。大家心里明白，是蒋委员长把弟兄们当工具使。虽然国军内部从来不组织政治学习，但大家还是多少知道点时事，知道老蒋是自己当老大（委员长），小舅子、大姐夫轮番当总管（行政院长），整个天下就属于他们一家子。为了维护他们的江山，必须驱使大家给他卖命。或者花言巧语，或者强行捆绑。国军队伍里，像我这样主动当兵的，只有极少数"兵油子"，又叫"卖壮丁"。唐朝诗人杜甫，写过朝廷捉壮丁的诗，逼真极了。真是古今一理。这个制度，一直延续到蒋介石政府。后来我在山东共产党统治的解放区执行侦察任务，第一次见到年轻人当兵竟戴大红花，村里人一个劲敲锣打鼓。还打个屁的仗？国民党输定了，蒋介石没救了。

这样，好了，对前途感到绝望的弟兄们倒是盼着打仗。不是想如何打胜仗，打败共产党，而是到了战场，才有机会逃跑。所以一个仗下来，趁乱跑掉的弟兄往往比阵亡的还多，投降的就更多了。开头是一个连一个连投降，后来是一个营一个营，一个团一个团，最后是一个军一个军的投降甚至起义。因为共产党不杀俘虏，这与小鬼子有根本区别。命保住了，家里人也不会受连累，多大的好事。有人总结，蒋介石为什么三年里被毛泽东打得落花流水？讲一千道一万，这才是真正的为什么。

我自己也是，一边打仗，一边想着方舟惠子，每见到一个有姿色的年轻女人，立马想着我的方舟惠子。她现在在哪儿？正在忙什么？会不会也想我？该不会上错床吧？有时还傻乎乎地乐：我没准要做父亲了呢。那晚上连射几枪，没准有一枪命中。想着自己未来甜蜜蜜的日子，就更不想流血打仗。

机会果然来了，部队奉命开往华东，与共军争夺地盘。讲实在话，那地盘本来是山东军阀韩复榘丢了的，为此，蒋介石还把他骗到武汉枪毙了。共产党开辟敌后抗日根据地，又从日本人手中夺了回来。抗战胜利时，山东所有的大中城市都被国军接管，共产党占领的只是一部分县城。就是这样，蒋介石也不放过，一定要把共军全部赶出山东。于是便有了我们这支部队对共军的主动进攻。开头有过一个"和谈"，由美国政府主持，为首的叫马歇尔，要求彼此都精简兵力。蒋介石对共产党耍心眼，将拥有三万多人的大部队称作整编师，实际比一个军的实力大多了，所以整编师的师长是中将军衔。我的老长官即是这个整编师的少将副师长。

我的老长官也被蒋介石彻底洗脑，甘愿以死相报。与那位中将师长抱成一团，所谓"不成功便成仁"。别的将领想：老蒋那么信赖你们两个，给你们封官许愿，你们就干吧。要我与你们同去送死，那可靠不住。因此在那场战役中，我们的部队被层层包围，友邻部队都听得见炮声了，就是拖拖拉拉，不积极前来解围。当然也有客观原因，共军的包围圈太严密了，鸟都飞不过去。据人家讲，共军的兵力是国军的十倍，只有武器比不过国军。但是打仗，最后靠的还是人啊。还有老百姓的支援队伍，简直看了吓人。我在敌后执行侦察任务时，被共产党领导的老百姓"支前"阵容吓坏了，密密麻麻，排山倒海。结果，我们全军覆灭。师长、副师长全都阵亡。有人讲两人是自杀，又有人讲，两人是被共军打死。总之是遭横死了。那个师长死后，现在还讲，被埋在当地老百姓的猪栏屋。那也有可能，因为他手下的官兵对老百姓下手太狠，组成"还乡团"，对共产党基层干部乱砍滥杀，与日本鬼子一样残忍。用铡刀铡，用开水烫。有个"还乡团"居然把烧红的铁条往村妇联主任的阴部捅。那个惨叫声，十里外都听得见。于是一报还一报。

我在敌后共军阵地穿插侦察时，有两件事让我从头到脚直冒凉气。一是那么多"支前"民工，比共产党的正规军多了去了。二是中将师长那个布阵，分明是自己找死，往铁桶里钻，却吹嘘什么"四面拒敌，中心开花"。古人讲："人固有一死，或重于泰山，或轻于鸿毛。"这样的死是重于泰山还是轻于鸿毛？我值得陪着你们去死？给我十个勋章、提我当四星上将都不稀罕。四星上将算什么？我有方舟惠子呢。所以仗一打响，我就寻思如何开溜。我不溜在头，那样良心上对不起有恩于我的长官。也不溜在尾，那样没准就死定了。这样，我在战役打响之前与打响之后，带着队伍，冒着危险，深入共军后方，尽可能搜集情报。到了战役末尾，两位逞能的师长死期在即，我才下定决心，周密设计，利用最后一次深入敌后的机会，与老长官不辞而别。

我这样做是不是问心有愧？没那回事。为回报老长官的恩惠，我已有差点被共军打死的记录。那是在马歇尔主持"调停"失败，国共双方正式开打时。我按照长官的命令，趁着黑夜去摸共军哨卡，刚要靠近，就被共军发觉。共军一梭子子弹打来，打在我的肚子上，肠子都流出来了。我咬着牙，把露出的肠子往里塞，再抓过一把树叶捂住，外面包上撕破的衣服，坚持走了两里地。回到营地，我躺下后想，真是命大，没被打死。假若死了，值不值得？这可不是死在神舟山之战的阵地上。假若蒋介石能把共军彻底消灭，也许我还算个"烈士"。共军若打赢了呢？我就成了一只被打死的野狗子。罢罢，趁这机会，小病大养，仗打完再出院。所以那回，我在后方医院休息半年。有本外国小说，叫什么"几十几条军规"，讲空军飞行员如何泡病号的事情，我完全理解。最后老师长亲自来医院查房，意思催我出院。我担心穿帮，才恋恋不舍离开医院。迈出医院大门时，两脚那样沉，像拖着铁镣子。

"我命在我，不属天地。"通过这回负伤，我更信这话。对上过战场的人来讲，死，分分秒秒的事。战场上死的花样多了，有的脑袋被炸成碎片，有的只剩一只胳膊，有的肠子被甩出丈余，有的拦腰成了两截。所以我爱自己的生命，爱自己的生活。

做出这个重大决定之前，我还用一块光洋占过卦。光洋有袁世凯头像的一面朝上，我就该走。另一面朝上，我就留下。我闭上眼睛，把光洋连抛三次，都是有袁世凯头像的一面朝上。我便将一件平时化装穿的农民衣服塞进包里，同时塞进几把光洋，对手下弟兄嘱咐："情况特殊，我得单独执行任务。如不能按时回来，说明已为党国捐躯，你们无须悲伤。"然后趁着天黑，从被重重包围的山上独自溜出。《道德经》"上善若水"篇中有话："动善时"，不该动时不可妄动，该动时必须得动。

由于我多次穿越火线，熟悉地形，所以一路走得顺利，同时得力于熟练的轻功，飞越壕沟和攀登绝壁都不在话下。谢天谢地，上回伤的不是两腿，否则就不会有今天了。这样连闯几道关卡，我竟都顺利过去。换了别人，很难做到。比如我那两位师长，就算没人守卡，也过不了那些堑壕。但在最后一关，从十多丈高的悬崖往下跳时，因看不清悬崖下面有些什么，落地时跌在一个石坑里，把脚崴了，走不得了。守哨的共军发现动静，朝我盲目开了一枪，见无反应，便不再走近。哨兵可能以为，不会有人敢跳，便没注意察看。

又是天老爷关照。事后我不由得拍拍屁股，嘿嘿一笑。又一回"履虎尾，不咥人"，今后不知还会有多少类似经历。如果把人生比作一条长链，一次又一次遇险、脱险，便是链条上的每个环节。

我那一跳，后来才知是脚踝全崴，彻底脱臼。而在当时，除了钻心的疼痛，没有别的感觉。但想到自己还好好地活着，回到家乡，就要见到方舟惠子，这点痛苦算得个屁？三国的关云长还刮骨医毒呢。我咬着牙慢慢站起，掰断一根树枝，去掉枝杈，当作拐杖，一步一步地挪、挪、挪。约莫走了三个小时，才走出七八里地。天色一点一点放明，田里的雾罩慢慢收起，阵地那边的枪炮声已听不太清，我才敢停下来歇歇。一是太累，二是怕被当地人发现。我便在庄稼地里躺倒，再等天黑。身子一放松，竟然睡着了。

也是太累太乏。等到我醒来时，日头已经西落，快要挨着矮矮的山边。晚霞如连成一片的大火，熊熊燃烧，看去就让人身上发热。一只老雕以为我是个死人，在我身边的一棵树上立着，歪着脑袋，紧盯着我。我好生气，捡块石头想扔过去。何必与老雕较劲？它有它的所求，我有我的所求。要紧的是赶快脱离危险，不被老百姓当作国民党伤兵扭送。石块便落在自己脚前，差点砸了脚背。

经过一整天休息，痛苦减轻了些，脚踝却肿得像个圆球。我先是有点伤感，但很快被庆幸的感觉代替。想起一个在神舟山战斗中受伤的弟兄，两条腿齐大腿根被炸断，痛得满地打滚，抬下山去没走几步，因失血过多死在担架上。还有多少死去的弟兄，如今连脚指甲都没有留存人间。比起他们来，我太幸运了。

一旦想明白，劲头便有了。我忽然觉得肚子好饿，才记起一天没吃东西。看看身边，只有玉米秆子。秆子也吃，能填肚子就行。当红军那阵，饥饿时连树叶都吃。当国军打小鬼子时，也常常吃馊饭、霉米饭、沙子饭，甚至喝泥巴汤。我把玉米秆一点点折断，塞进嘴里，慢慢咀嚼。本想只咽下那一点点甘甜的汁水，不料喉咙里像伸出一只手，竟将玉米秆渣也吞下去了。不知吞了多少回，玉米秆被掰断十多根，才不再吞渣子，只咽下那汁水。

玉米秆渣子也不全是废料，入肚之后，竟觉得力气增了不少。我一步步挪到一个水坑边，掬着水坑里的脏水，喝得有滋有味，再摸肿起的脚踝，才感到已经脱臼。想到脱臼可能造成的严重后果，我不知哪儿来的蛮劲，坐下来，盘着腿，咬紧牙，闭上嘴，抱着脚踝，狠狠地使劲一扳。只听得"咔嚓"一声，脱臼的脚踝竟扳过来了，痛得我一身大汗。再用脏水洗一洗脚踝，谢天谢地，长痛不如短痛，经这一正位，反而没先前那么痛了。我叉腿躺倒在地，后脑枕手，眼望天空。看着顶部那无穷无尽的钢蓝，一时所有痛苦全忘。

我在水坑边又躺了一个多小时，直到天全黑了，才开始下一步行动。为回老家，首先还得把伤养好。我想起那个药店老板，或许他能帮忙。并不是此前替他做了那么点好事，想着图报，而是没别的办法。万一药铺老板不敢收留，再做考虑。我可以装作哑巴，以免露出外地口音，这样边替人家做工，边往老家走。总之我要回老家去，找方舟惠子去。我就这样一步一瘸，向药铺老板家走去。见到形迹可疑的人，赶紧猫着腰，躲进庄稼地。

那时候国家穷到何种地步？我只看眼前事实，见过的贫苦人家，真个是几个人合穿一条裤子，一个出门做事，另一个只得在家里猫着。以后我认得一些字，看了点资料，才晓得整个国家的贫困程度。我见过如下的数据：1920—1921年的华北四省大饥荒，饿死1000多万人。1928—1930年的北方八省大饥荒，饿死1300多万人。1936—1937年的川甘大饥荒，饿死逾千万人。1942年的河南大饥荒，至少饿死300万人。官方统计却是：饿死1602人。1946—1947年的粤桂湘大饥荒，饿死1700万人。这些数据，也不知是真是假。1943年2月1日，《大公报》发表通讯《饥饿的河南》，说"十室九空"。蒋介石下令停刊三天，并将记者张高峰关押在豫西警备司令部。美国记者白修德采写《等待收成》一文，同样反映河南饥饿情况，3月2日在《时代》周刊发表，引起轰动。国民党当局奈何不了白修德，却让洛阳发报局的发报员做了替死鬼。

唉，我有时也想，当年那几步路是对还是错？若不脱离军营，能否免遭后来的劫难？更不用坐十几年牢房？但又难说，没准就死在那个什么崮上，暴尸荒野。或用船像装猪仔一样送去台湾，当一名老兵，孤身一人，老死在台澎金马。或者，或者……"或者"太多了，不如不去想。凭自己的判断，大胆往前走。人的一生，就是一场又一场搏斗。今天在这个战场，明天在那个阵地。到处都有老虎，在你前后左右。从某种意义上讲，我们随时都可能与虎为伴。你若保持谨慎，它才不会咬你。来吧，不怕。我艰难地从地上爬起，站稳，咬牙，迈步。一，二；一，二，就这么向前走着。

二十　当逃兵跑回老家（老爹自述）

我在药铺老板家住了一段时间，伤基本好了，赶紧回家。为防止再次被抓夫子，我装作腿伤未愈，确实也未完全恢复。为减轻走路的痛苦，我一遍遍回味与方舟惠子告别前后的细枝末节，心里甜丝丝的。

前面讲过，打小日本的最后一个战役结束后，我与所有弟兄一样，盼的就是别再打仗，不管什么仗都不要打，不管内仗外仗。我那时当然没有现在这个觉悟，分不清正义战争与非正义战争。我在山坡上一屁股坐下，望着被战火烧得石头发烫、熏得乌漆墨黑的山林，心里盘算，现在什么都不要了，官不要，钱不要，只要人身自由，还是回到老岳父家，跟着种地，与偏瘫婆娘过平淡日子。这个世界，有人爱官，有人爱财，有人爱名，我只爱自由自在，平平常常过日子，做一个平头老百姓。

后来奉命偷袭日军师司令部，等于又从天上掉下个林妹子。加上对偏瘫婆娘的误会，我的心思全变。当夜便利用当特务连长的特权，避开众多弟兄的耳目，将方舟惠子送到一座尼姑庵里，谎称是自家亲戚，意外受伤，在这儿暂住几天。为取信住持，还亮出我的军官身份，只瞒了部队番号。尼姑庵的住持见我是个军人，心有疑惑，也不多问，竟收下了，只说现在化缘不易，不能久住。实现了第一步，接下去是如何照顾她。这时，部队在距神舟山百余里的军营休整两月。准许请假出入营房，但不得在外夜宿。每一仗之后部队休整，此事在我预料之中。但如何趁着休整实现退伍梦想，就颇费脑筋。我站在特务连驻地的木屋窗口，望着神舟山方向，构想一个个计划：在神舟山脚下买块地，盖座屋，与方舟惠子过牛郎织女的日子，一边种苞谷、花生、豆子，同时陪伴死去的弟兄。

如何让师长开恩，给我几天假？为此，我来了一场天大的冒险，差点丢了小命。

那时，我对老师长还看不透彻，以为关键时刻救过他，就可以像对待同胞兄弟一样，心里憋不住，便把退伍回乡的想法对师长讲了。他是黄埔军校后期毕业生，国字脸，大刀眉，一把镀金的"中正剑"常年不离身。平时对我不错的师长，这时两眼一瞪，说："不行，你得继续跟部队走。"

"报告师长，仗不是打完了吗？"

"有些事情你还不懂，还有大事要你做。你是侦察功臣，部队少不了你。"师长说完，把手一挥，目光转向桌上的报纸。

我确曾救过师长的命。那是在第三次长沙作战时，还是副师长的他，带着敢死突击队，亲自在捞刀河一线指挥作战，被日军机枪手发现，冲他瞄准射击。我一个轻功，飞出好远，扑上去把他推倒，自己大腿连中三弹。幸亏我的腿短，没打中骨头，只伤了皮肉。这事我从未在师长面前炫耀，也从未向他提过任何要求。但心里感觉得出，师长待我不错。现在我因为退伍的决心坚定，便想请师长顾念旧情，成全我一把。于是我大着胆子，第二天再提请求。

"混蛋，给我拉出去毙了！"师长眼睛一横，勃然大怒，忽然站起，大手往书案上猛地一拍。

"冤枉，我未违犯军法。"我一见不好，高声叫屈。

"混蛋，你动摇军心。先给我关起来。"

于是进来两名卫兵，将我胳膊扭转，推了出去。

师长这回是来真的。原来怀有我这想法的不止一人。他正为这事伤脑筋，琢磨如何压住这股退伍风。结果我撞在他的刀口上。要不是军长出面求情，我真会被毙了。原来我对军长也有救命之情。他坐的车被日军炸翻，他被压在车底。刚好我率领几个弟兄赶到，把车翻转，将军长救出，又赶紧送卫生站抢救。军长急需输血，而我正好是〇型血，立即第一个抢上，躺下抽血。也许是这个缘故，军长说，枪毙就不用了，当众打二十军棍，以儆效尤。

结果我被脱下裤子，当着数千弟兄的面出丑。操场上官兵们挤得满满的，我被拖到一个特地搭成的木板平台上，接受屈辱的惩罚。幸亏打板子的弟兄见我平时老实本分，不讨人嫌，于是手下留情，那板子举得高，落得轻，只受了皮伤。我这才清醒，骂自己"活该"。师长自有师长的道理，他不严惩我，队伍没法带。而我仗着有恩于他，才敢意气用事。这在骨子里同样离不开一个"骄"字。看我大意，踩痛虎尾了。若不是此前积了点德，小命就没有了。

师长这么一招，预期效果果然不错，自此再没人敢提"退伍"之事，也无人脱逃。他就这样将部队全员拉到山东，与共产党作战。这在当时算是奇迹，兄弟部队不仅有个别脱逃，还有集体脱逃，甚至投向共产党的。师长因这功绩，升为副军长，部队整编后，改任整编师少将副师长。

可我不能怨恨师长。因他最后还是替我办了这件大事。大会示众后，师长让打板子的弟兄搀扶着我，到他面前："念你是功臣，批准十天假，回老家看看，也算光宗耀祖一回。但如果不按时赶回，一旦抓获，格杀勿论。"

我一听，乐得傻了，愣了半天，才给师长跪地谢恩。想到有十天假，身上也不觉痛了。对师长说一声："我若不按时归队，就是狗娘养的。"然后一转身，美滋滋走出营房。后面的弟兄冲着直乐："还要重打二十大板。"就是这十天假期，成全了我与方舟惠子的好事。

雪峰山会战结束时，正当农历五月，天气已经很热。水田里的禾苗长得很高了，绿汪汪一片，像条条绒毯。除了行走的大道，田埂上都种着绿豆、光豆、胡豆、冬豆，连成长线，将田垄隔成一个个棋盘。看着家乡熟悉的景致，弟兄们谁想离开？我们这个部队，湖南人占多数。上司怕军队哗变，传下话来，不是去山东，是去长沙玩，弟兄们打小日本八年，太苦了，该去大城市享福了。大家一想也是，盼的就是这天。死去的弟兄没这福分，活着的弟兄有福可享，能说不该？

送别方舟惠子之后，我又回到营房。部队下一站到底去哪儿，师长一点风声不透。所以我还以为，会在长沙住上三五年。与方舟惠子告别时，一方面难分难舍，一步一步，倒退出门，还在大门沟坎边跌了一跤。一方面却真的以为，一个月之后便可接她去长沙团聚。长沙城区比县城宽得多，在那儿藏下个把人来，自然不难。再过上一段，坚决退伍，也对得起众位长官。望着头上高高的天空，觉得云彩比往日更白，天幕比往日更蓝。

我们在长沙附近一座小镇驻扎下来，占据了半条黄泥巴街。弟兄们兴高采烈，放下背包就整修营房。营房漏雨的屋顶才刚用泥巴涂好，生火的灶膛才刚烧热，上级命令到了：立即开拔山东。

"狗杂种，把老子当猴子耍！"营房里顿时炸了锅。有弟兄半夜朝天放枪，吓得师长的小姨太尿了裤子。还有一个弟兄把枪扔进水沟，逃出营房，跑回老家。临走，这兄弟留下一个字条，明确表示反对内战，回家种地。他还真有大丈夫气概，居然将老家的地址给留下了。

可是不行，师长奉了军长的命令，军长奉了集团军总司令的命令，集团军总司令奉了蒋介石的命令，必须开赴山东，那儿是新的火线。可怜那个逃跑的弟兄才过三天便被抓回，五花大绑，当着万名弟兄，三支手枪齐射，打了个脑袋粉碎。这名弟兄也是神舟县人，打小日本打了八年，身上多处受伤，没想到落得如此下场。我抱着他没有脑袋的尸首，弄得满身血污。没有脑袋怎么下葬？我用黄泥巴与米浆搅和，给他做了一个假脑袋，有眼睛有鼻子有嘴巴，这才刨个深坑，把他慢慢放进去。我边流泪边往坟堆上垒土。弟兄你何必逞能，老虎尾巴是踩得的？既然逃跑，就躲起来，别让人家找到。人生一世，怎能这样度过？

军令如山。这个该死的仗，不想打也得打了。偷偷接方舟惠子来长沙团聚的事，自然没戏。有了上回的教训，再不敢在老师长面前提任何要求。

已提升为整编师少将副师长的老师长，抗日开始时还是个团长，八年中屡立战功，负伤八次，左肩胛骨还被炮弹片削断，你说有多危险！他视蒋介石为再生父母，因为八年中他提升了好几级。也正是如此，他对蒋介石与共产党对决的战略部署，脑子都不过，就决心贯彻到底。就是这么个人，作为我的上司，自然不愿把我这样的干将放跑。他还对我许诺，只要紧跟着他，三年之内，保准我升为将军。就是这么个人，你说我还能怎样？副师长生怕我有二心，不仅不准我再回神舟县见方舟惠子，就连写的信也给扣下，只许到山东后付邮。"这回不敢违抗了吧？"副师长将麂皮手枪套摘下，摆在桌上，大刀眉朝上一耸，半开玩笑半是认真。

"请老长官放心，绝对服从命令。"我两脚并立，"叭"的一响，把细脖子尽量伸长。

"再加一句：誓死效忠党国。"副师长说时，右手往墙上蒋介石的画像一指。

"好的，誓死效忠党国。"我像留声机似的，机械重复，高举右拳，做宣誓模样，心里有话也不敢出声。

别提我离开长沙的心情有多复杂。经过这么多年，我已认得几个字。可有什么用？该说的意思表达不出。给亲人的信写了又涂，涂了又改，就是不敢寄。不是没机会，特务连嘛，总有许多自由。怕的是一旦让副师长知道，小命真完了，亲人也会活不长。怎么办？留得青山在，不愁没柴烧。只要两人都活在世间，总有相聚的一天。我就怀着满腹心思，带着小部队，跟着大部队，到了山东。（太和老爹说到这儿，显然不胜感慨。随手捡起一根小枝头，在地上画圈。再用鞋底把地上的痕迹抹去，眼望远处，表情茫然）

我不想评论那几年的战争，也不想回顾与共军作战的具体过程。那些日子真的难熬，只盼国军快点失败，自己趁机逃跑，哪儿来的心思打仗？更莫讲打什么胜仗。我这念头，只是出于个人私利，并不懂得，国家当时正面临新的被分割局面，只有共产党取胜才能避免。早过了与方舟惠子的约期，寄出的信不知收没收到。就算收到，我也得不到回信，因为不让暴露部队住址和通信方式。各级长官对部队看管更严，还实行"连坐制"。哪个连出了逃兵，全连挨罚。有一回，一个士兵在逃跑的路上被抓回，当众枪毙时，连长、排长同时被各打三十、五十下屁股，班长即被送上军事法庭。

我还干老行当。因为当特务兵的关系，多次潜入共产党占领区，所见所感，与长官对弟兄们宣传的完全不同。我相信共产党做的事，对穷苦百姓有好处。讲共产党得人心，得的是老百姓的心。而我们这些人，有几个真正愿意替蒋介石卖命？顶多是他那个亲手提拔的整编师师长和副师长。

我常想起那话：与人方便，也是与自己方便。若不是药铺老板给予治疗，或许我的骨头早撒在千里之外。只是遗憾，后来我再没见到那位恩人。不是我忘恩负义，而是形势变化太大。政治运动一波一波，查各人历史问题，如果是历史反革命，就得坐牢。我去找他，一是暴露了自己，二是讲不准给他找麻烦。

（老爹说时，声音哽咽。我为了转移老爹注意力，想了想插话："您不是自称特务排长吗？"老爹抹一把泪水，憨厚地笑道："那是要减轻药铺老板压力。我把官衔说高了，不会吓着他吗？"）

我为么子急着离开山东？因为山东开始斗地主、分田地，同时清理户口。我不是当地人，瞒不住。《易经》中的"履霜，坚冰至"，讲的就是预见性。我既然感觉到了，就得赶紧离开这是非之地。我不学那位又要逃跑又要逞能的弟兄，一定要深深地沉下去，重新过一种生活。我要对得起父母给我的这条命，决不随便糟蹋。既要好生过下去，还尽可能过得好一点。所谓好，并不是天天吃鱼吃肉，而是自由自在，精神愉快。

逃离战场回家的路上，为了蒙蔽别人，我拄一根棍子，继续假装有伤。背着简单的木工工具，走到哪儿，帮人家做点小事，得点吃的。有时一天没饭吃，光喝水。有时就吃山里的野果子。当年在神舟山挨饿的经历帮助了我，在我眼里，遍地都是可食之物，无毒就行。在国军这几年更锻炼了我的忍耐精神，只要有口气，就要往前爬。有一种果子叫"救兵粮"，红红的小粒粒，吃下去有点酸。也是我嘴馋，那天吃多了一点，结果泻肚子。连着泻了七八天，一点力气都没有，木工工具带在身上成了累赘。但比起战场上受的苦，这算什么？咬一咬牙，绝不能将工具丢掉。我就在路边躺着，等好心人路过。后来果然遇上个好心人，给了我半个生红薯。我吃下后，又有点劲，又能赶路。从那以后，我每当见到有人落难，或没吃的，立马想起自己当年躺在路边等人来救的事，想起那半个生红薯，于是尽我所能，帮人一把。

我没有直接回山圣甸老家。因有两个担心，一是眼前，担心保长乡长告密，把我当逃兵抓。前面那位弟兄的教训，不可不认真吸取。那时，国军也奖励抓逃兵，送回部队后即可领赏。有些缺德之人，专干这种鬼事。也许"石锤脑壳"还在村里继续游手好闲呢。像我这样脱离战场，当然是逃兵了。从几千里外跑回，当逃兵枪毙，岂不冤枉？还有第二个原因，我晓得有一天蒋介石肯定要垮台，共产党肯定坐天下。坐了天下就必须考虑巩固天下，就要打击各种敌人。我的身份摆在那儿，能不遭人怀疑？所以我决定，从回老家第一天起就隐瞒真实身份，打小鬼子立功的事也不讲，更不能透露由蒋介石授过勋章，宁愿默默无闻。老子讲："功成名遂，身退，天之道。"看，古人对"身退"看得多重。为了不让村里人过多联想，开头那一阵，我不在山圣甸露面。

我既不打算回山圣甸老家，便在离老家周围的乡村游荡，并给自己编了一个故事：在外面做手艺十几年，混得一口饭吃。趁着天下太平，还是回老屋场踏实。好在我确有一身手艺，会竖木屋，会织篾活，会泥瓦工。应了那句老话："一招鲜，吃遍天。"我自制了两只扁圆形敞口木箱，里面装着锯子、锛子、刨子、墨斗、篾刀、泥水刀，削一根桑木扁担挑着，哪家要什么，就帮着干什么。哪家给我多少工钱，我就收下多少，没有工钱，能给饭吃，也不计较。我有时在乡里做事，有时在沧浪镇做事，今天睡这儿，明天睡那儿。日子久了，人们都相信我真是在外面做手艺，技术还不差。过了半年多，我才回老家。

确定回山圣甸之前，我偷偷去村里看了看"石锤脑壳"的住家，发现那大门的锁已生锈，格子窗户上爬满蜘蛛网。门口的干牛屎、干狗屎一大堆。看来，这家伙离家不是一天两天。上哪儿去了？我不便问。不过我现在用不着怕他了，凭我国军特务连连长的身份，足够对付他的，就是单打独斗，也不在话下。我的枪法打得很准，百步之外，说打左眼就打左眼，说打右眼就打右眼。当然还是尽量低调的好，不到万不得已，不与他计较。真人不露相，露相非真人嘛。

老家的人见我回来了，都很欢喜。"牛牯子发财回来了？""这些年去哪儿啦？"问个不止。因为出门当兵的不止我一个，而好多人都有去无回。但我仍不讲在国民党当兵的经历，只说"帮人家做工，老板遭劫，我跟着冤枉挨打，索性不干，回老家了"。老一辈人都在，都记得那个吃百家饭、做百家事的牛牯子。与村里人接触后才知，"石锤脑壳"不仅正式做了土匪，还拉起一班人马上山了。我在村里再没仇人，大伙都相信我的话。看到村前的溪水还是那样清，经过山圣甸道观的石板路还是那么宽，田垄里的青蛙夜间还是那样闹，心里觉得特别踏实。

既回到村里，便不免去道观遗址看看。天下着雨，我戴了一顶斗笠，穿了一双草鞋进屋，进门时把草鞋脱了，赤着脚，表示恭敬。见到的却是，那遗址虽经清理，痕迹还在。烧黑的屋柱早被别人扛回去当柴火了，只剩下作为地基的石头裸露地面，像在诉说它们的怨言。村里人都说，那火是"石锤脑壳"烧的。因为老道长常来，用自己的榜样影响大家，感化了村里好多人，不再跟着"石锤脑壳"干坏事。"石锤脑壳"对老道长恨之入骨，便用这种方法将老道长赶跑。我回村的第一个夜晚，在大路口点着麻油灯，摆上一小坨腊肉，一条草鱼，半边鸡肉，烧着纸钱，然后恭敬地跪地长揖，一祭天地，二祭祖宗，三祭神舟山的弟兄，四祭各路野神野鬼，保我岁岁平安。

我突然感觉胃出了毛病，老是疼痛，还容易腹泻。这是长期军营生活的严重恶果。一个未在战场倒下的人，如果被疾病摧垮，岂不冤枉？但我哪儿有钱吃药？自己学，寻草药。野兽长年累月在山林，其实也会患病，都是自寻药草，解毒除疾。人类比不过兽类？一有机会，我就向别人打听。结合以前向四川草药师父学的一些知识，日子久了，懂得的就多了。晓得青皮、陈皮、乌药、木香、香附、佛手、枳实、刀豆等等，都是治疗胃病的良药，只看如何合理搭配。尤其让我惊喜的是，常被人扔在地上的柿子蒂，居然对降逆止呕极有效果。从这以后，自采草药成了我一辈子的好习惯，直到今天也坚持。自采的野生草药新鲜，药性完整，不被破坏，所以疗效好。同时我注意细嚼慢咽，不吃过冷过热过硬过于辛辣的食物，基本按时定量，切忌暴饮暴食，这些在战争环境中没法做到的，和平条件下都能做到。从年轻到年老，多年一以贯之。俗话讲：人是铁，饭是钢。还有人讲：病从口入。把胃调理好了，胃直接连着肠，直接连着脾，想不健康都不可能。

　　回老家而隐瞒真实身份，是我人生中的又一次正确选择，让我不受任何怀疑，轻易避过了"镇压反革命分子"那场运动。那又是一场暴风骤雨，发生在农村"土改"之后。假若我一回老家就让人知道我是国军特务连连长，少校，那就十有八九被列为"镇反"对象，后果就不好讲了。什么叫运动？运动就是刮台风。台风来了，管你是樟树、银杏、枣树、桃树、杨梅、苦槠树、杂七杂八的树，凡挡在道上的，必然摧毁折断。一个没有避祸能力的人，如何健康长寿？我讲的马县长，就因为不懂这个，所以给枪毙了。当然后来给平反了，还发给证书。但已是三十年以后的事，我在马县长坟前亲手栽的两棵松树，已长得相当粗了。

二一 九十老爹成为被告（情景再现）

高个子邮递员骑着果绿色自行车，来到马秀美所住别墅的门口，见铜制的大门被卸下一扇，好生奇怪。因急着送达手里的邮件，便走了进去。"有人吗？家里有人吗？"邮递员连喊三声，没人答应。正考虑退不退出，一个声音从三楼传出，接着从推开的窗户露出一张面孔，并传出一个女性生硬的声音："你找哪一个？"

"县法院的传票。通知牛太和到庭应诉。""你没走错门吧？""一笔一画地写着，这几个字还认不得？""拿回去。没这个人。""大姐，你是说这里没住着牛太和，还是说这传票你不肯收？""两件都是。你哪儿来哪儿去。""大姐，这可是法院的东西，盖了公章，公章上还有国徽。""别吓唬我。你只管拿走，没你的事。""大姐，你不会是牛太和吧？你可不能替他做主。拒收法院传票，是符合坐牢条件的。""坐牢就坐牢，坐牢也不收。"说时，三楼"啪"的一响，打开的窗户给关上了。

"大姐你别搞错，今后坐牢的不是你，而是牛太和。你这么冒失，不是害了他老人家吗？如今依法治国，法律面前人人平等。"邮递员扯着嗓子，声音几乎传遍了整条街道。

这对马秀美是个提示。她再次推开窗户，对邮递员说声"等一等"，然后在屋里的书桌上"沙沙沙"写了一张小纸条，又在抽屉里翻一阵，没找到想找的东西，便将那字条儿揣在口袋里，"嗵嗵嗵"下了楼。

"你到底来领了。法院里的东西，哪儿开得玩笑。"高个子邮递员俯下身子，边说边从草绿色大帆布邮袋里掏传票。

"别拿别拿，真的麻烦你退回去。我写了一张条子，也麻烦你带给他们。不过我没有印泥，没法盖手印。带了印泥吗？请问你一声。"马秀美摆手将邮递员制止，随即从口袋里掏出才写的字条。

"大姐，我不是法院的人，只负责递送邮件。我尊重太和老爹，才多了几句嘴。你真不签收，我当然只能原路退还。"邮递员把贴了封条的法院传票在马秀美面前展示了一下，再放回帆布邮袋，"其实我也知道这事荒唐。大姐，别客气，大哥别的本事没有，骑车跑路可是强项。凡是老爹的邮件，都直接交我，邮资全由我付。我说个手机号码，请你记下。"

看着邮递员骑着果绿色自行车在街道拐弯处消失，回到三楼后，一直在窗前站着的马秀美才转过念头，觉得应该把传票收下，不然真落下一个罪状，就不好办了。她这几天心里窝了一肚子火，很想找个发泄的出处，可惜没一个意气相投的人。老爷子住在神舟山的溶洞里，谁也别想见他。倒是个好主意，却苦了女当家。因太和老爹没法在林场起草的协议上签字，解除合同的协议便生不了效，牛全胜只能干瞪眼。无奈之时，他寻着马秀美，想逼她代签。若不是有她这个妻子在前面顶着，牛全胜早代签了，甚至会模仿太和老爹笔迹。老家伙晚一点醒来多好，或者马秀美在旅游团待到最后一天。马秀美似看出他在设套，索性把守门的父亲打发走，将大门关上，把自己关在三楼，任凭牛全胜喊得喉咙冒烟，就是不接他的话。邮递员到来之前，牛全胜又来过了，翻过铁门，进院子转了一通，没见着马秀美，气得将合着的大门卸下一扇，满怀怨恨地走了。马秀美在窗口看着，不由得发笑。好，看你还有哪些鬼名堂。

不料，邮递员送法院传票来了。

只上过六年小学的马秀美，对法院，不，对所有政法机关都怀着复杂的心理，既觉得神秘崇高，又怀着深深恐惧。她听到政法部门贪赃枉法的故事太多了，却总不肯相信，认为是当事人编造。看公安局、检察院、法院大门上方的国徽那么大，那么红，那么漂亮。法院屋基垒起那么高，怎会有没良心的事情发生？那不是黑了天了。不过，还是小心点，远离十万八千里的好。所以马秀美在三十多年生活中，处处夹着尾巴做人。一旦人家说，这事关系到法律问题，她赶紧收手，哪怕利润再多。只要见到戴大盖帽的，政法机关的也好，工商管理机关的也好，城市管理机关的也好，甚至公路管理部门的也好，她都心惊肉跳。由于各个单位聘请的保安搞模糊哲学，穿的制服颜色逼近公安服装，弄得马秀美几乎不敢出门，生怕又是哪一位戴大盖帽的在前面等着，要把她往黑屋子里送。

所以这回，她在与邮递员对话时嘴巴虽然硬，当邮递员真的转身走了，心里便没底了。邮递员当然是无辜的，只因为肚里有气，借机发作罢了。"法院传票"，光是这四个字就够吓人的了。传的虽然是老爷子，但我能袖手旁观吗？怎么说也是夫妻呀。这么多年，他给我顶了空名声。

昨天，福山老爷子领着一班老头老太，扯起横幅，在县委门口静坐，告太和老爹违约，将他们的"股权"卖了，却得不到一分钱。这当然是故意的。县委大院也没人接招。最后有人提醒，去找法院，打民事官司，状告牛太和董事长侵权。也有道理，福山老爷子便领着大家转移阵地，排成两行，不时还喊两句口号，往法院去了。一路走得整齐有序，边走边唱二十世纪六十年代流行的歌曲《社会主义好》：

> 社会主义好，社会主义好，
> 社会主义国家人民地位高。
> 反动派，被打倒，
> 帝国主义夹着尾巴逃跑了。
> 全国人民大团结，
> 掀起了社会主义建设高潮。

难道这就是福山那一班人集体请愿的结果？

现在，马秀美觉得事情严重，便不再躲在三楼了，也不顾忌与牛全胜相遇。她平时出门，对着镜子，收拾得自己看了顺眼为止。现因事急，她抓了一件深蓝色罩衫穿上，用手指将头发胡乱梳理，在脑后扎成一束，顺手抓了个手提包，急匆匆出了门。到处在搞基建、挖明沟、砌暗沟，道路乱糟糟的，这儿过不去，那儿也过不去。自从赵凯林当上了县长，县城的基建便没完没了，不知他这届政府哪儿来这么多修路的钱。马秀美虽住在县城，却从未上县法院去过。她边走边问，一路遭遇了不少白眼。似乎反问："你撞见鬼了吧？要不想去送钱？凡是好人，都不会去那种地方。"马秀美自认倒霉，身子矮了半截。脚上的米黄色坡跟皮鞋不知何时在烂泥里踩过，脏得发黑。她一边在心里骂着（还不知该骂谁呢，因为迄今为止，也不知谁是原告），一边尽可能迈开步子，争取早一分钟到达该死的县法院。

法院到了，装有电动推拉门的大门呈"八字"敞开，门口两边各立一根大理石圆柱。远看，以为是天安门前的华表石柱给迁到这儿来了。马秀美想着有事，也不胆怯了，眼里只有正对大门、高悬在办公楼上方的红色国徽，稍一迟疑，抬脚就冲。

"回来回来，找谁找谁？"一个凌厉的声音突然响起，接着便从传达室跑出一人。这可是实实在在穿深蓝制服的法警，比在县政府门口站岗的辅警威武多了。法警的年纪与马秀美相仿，力气却比她大了许多。他在她身上看到了恐怖分子的影子了？却见他毫不客气地捉住她的肩膀，用力一推，马秀美便踉跄着跌倒，手提包甩向一旁。

马秀美吃惊地望着对方，眼里充满困惑。一边吃力地想要爬起，一边委屈地说："你哪里咯样凶火啊？还想吃了我？我又不是坏人。"

"你没进过法院？法院是哪样进的？"

"我又没犯法，进法院做么子？"

法警听了，不由得"扑哧"一笑。"你往里面冲，还不是进法院？"接着板起面孔，"你到底找谁？有什么事？"说时走近一步，想帮她站起。

马秀美拒绝了他的好意，一手撑地，终于站稳。拍了拍裤子上的灰土，心里寻思：是的，我这是来找谁啊？没有人通知我进法院啊。只是听邮递员说，有一封法院传票。还不是我的，是老爷子的。是老爷子又被人告了。昨天告他的是福山老头，据说没告准，法院不接受。那么今天，告他的又是谁？马秀美左猜右猜，怎么也猜不出来。对了，也许又是福山那一伙。可气啊，老爷子。还以为你是说着玩，没想到真把股权分摊了。要不是林场反悔，我还继续蒙在鼓里。有你这样过日子的吗？

马秀美听说福山老头带头闹事，气得身子发抖，只想与丈夫大吵一场，把结婚以来所受的委屈全倒出来。她开头不知道在县政府门口请愿的是谁，挎着一只竹子编织的菜篮，还想挤进去看热闹。后来弄明了事由，差点当场与请愿者吵起来。见福山领着队伍转移阵地，马秀美便远远地跟在请愿队伍后头，看有何结果。请愿队伍离法院大门还有一百多米，便被提前出动的法警排成横列，严严地阻住。马秀美别提有多欢喜，真想高喊"法官万岁"。所有承租费都是老爷子掏的，别人怎可分享？再说这承租费中，还有我的一半呢。既然结为夫妻，财产就该共有。一是我年纪还轻，二是还有个十岁的崽呢。我的宝崽，娘为了你，吃了多少苦，受了多少罪。你的命就是我的命啊！

马秀美站直身子，手提包也捡回来了。她忽记起邮递员说的电话号码，忙从提包里翻出。"对不起大哥，我是……"她于是得知了法院邮寄传票的具体部门。

正在这时，一个着法官正装、系枣红领带的法官从大门一侧的旁门走出。他精神抖擞，满面红光，脸上的胡子刮得干干净净，胸前还别了一个枣红色天平徽章。他好像刚喝了酒，脸上红得发紫，与猪肝颜色接近。他一边对同事们点头微笑，一边朝马秀美走来。法警正为马秀美的纠缠不知如何是好，只因她既不像恐怖分子，又不像难缠的上访专业户。好在马秀美已说出法院具体部门的电话号码，那正是民事审判庭对外的公共电话，永远打得通，也永远无人接。现在马秀美见了法官，不由得跨上两步，把他拦住。结果巧了，给太和老爹签发传票的，正是这个佩法院徽章的民庭庭长，大名曾光仪。

"进来进来。你就是太和老爹的爱人？这么漂亮，这么年轻。他来不了，你来也是一样。依照法律规定，你完全有资格做太和老爹的诉讼代理人。"曾光仪笑容可掬，声音甜腻，如同过去皇宫里的中人。

"法官您太好了。我家老爷子确实冤枉。""冤枉不怕。我这个法庭专门纠正冤假错案。""这回告我家老爷子的，不知是哪一个？""不管是谁，我保证还你一个公正。"

救命的菩萨，多好的法官。马秀美两膝一软，激动地跪在曾法官面前。"谢谢法官，您太好了。我代表我家老爷子给您拜三拜。祝愿您老健健康康，长命百岁。"

二二　重逢加藤政二（记者手札）

"啊，这么巧，在这儿遇上您。""呵，是牛总。您在等客人？""是的，我在等几位重要客人，当然包括您。太巧了，正愁联系不上。我还要给您介绍几位新朋友。都很有背景，很有品位。"

省城玛德利亚宾馆一如其名，系欧式五星级豪华宾馆。餐饮部作为宾馆重要部分，同样尽显豪华。整个装修采用古罗马风格，大厅圆柱为光洁的白色大理石，走廊壁画全是中世纪欧洲名画的复制品。色调亮丽，金碧辉煌。厅内金鱼池上方有座巨大的拱形水帘门，从三层楼高的天花板直垂地面，循环流水昼夜不停，形成稀薄的瀑布，周围是透明的水雾。瀑布后面用彩色灯管拼成四个大字："恭喜发财"。专业钢琴师弹奏的古典乐曲，在大厅中从上午九点回响到午夜两点。门口有个宽大的待客区域，摆着四组沙发，供客人使用。这儿不仅不收取费用，相反给客人提供茶水瓜子。那茶叶虽说劣质，瓜子也不上口，但所营造的温馨气氛，足够让客人流连忘返。较之某些宾馆恨不得将门外的草场也辟作"消费区"，确实让客人感觉舒心惬意，无须服务员敦促，也会主动消费。

因这家五星级宾馆所附餐厅的名气，大凡来省城办事的客人，只要有些身份的，必将被主人设法在此宴请一回，否则就觉得不够意思。反之，那些到过省城的游客，若不曾在此小酌，便觉得失落了什么。于是这餐厅的客位越来越紧张，菜价也越来越昂贵。据说要想预订一个豪华包厢，须得提前三月。难怪餐饮部总是顾客盈门。门前的停车场虽然宽大，却直至午夜也排得满满的。若不是地下还有三层停车场，体面的客人们简直没法潇洒。比较而

210

言，旁边的餐馆清冷得多。

我在神舟山一事无成，灰溜溜的，只好悄悄离开，在省城转乘飞机，准备回京。刚好与一位在省城工作的老同事联系上了，约好去机场之前，在玛德利亚宾馆大厅见面聊聊，于是在此小坐，没想到牛全胜就坐在我的对面。他比我先来，穿了件花格衬衣，头发梳理得十分用心，还抹了一层发油。他占了最大的一张沙发，叼着一支烟卷，左腿架在右腿上，右腿裤管卷起，一只手搔得皮屑满天飞。门口的保安已上前提醒过一回，让他讲点风度。他将眼睛一横："你妈的×，你知道这餐厅是谁开的吗？"

因为他脸朝向大门口，所以我在落座时没被他发现。我正待起身，口袋里的手机响了，于是引起他的注意。他的目光在我脸上稍作停留，立即起身，朝我俯倾，同时伸出一只手，等着我握。

我赶紧对着手机，与同事说了声"过会儿再聊"，将手机挂断，然后用两只手与牛全胜的一只手紧紧相握。

"您的客人还包括我？多谢。不敢当，不敢当。"

牛全胜旁若无人，大声大气，只偶尔朝大门口望一眼。"真的在找您，不信您问赵书记。那小子真是官运亨通，明年就要升为副厅了。三十多岁，和平年代，官升得这么快，没有鬼才怪。中纪委怎么不来查一查他？"

我恨不得用一块擦地板的抹布，把他的臭嘴死死堵住。

我好生奇怪，人们哪儿有那么多的牢骚。随便你走到哪儿，总会听到一连串咒骂声。骂政府，骂时代，骂企业改制，骂医疗改革，骂住房改革……吃饱的在骂，挨饿的也在骂；住豪宅的在骂，住茅棚的也在骂；吃肉的在骂，喝汤的也在骂。董事长在骂，跑腿的也在骂。知识分子在骂，没文化的也在骂。饭桌上在骂，喝咖啡也骂。坐在家里骂，住进宾馆也骂。空前的言论自由，谁都无所顾忌。有的把改革开放前的三十年讲得一无是处，有的对改革开放后的三十年充满怨气。其实这前后三十年哪儿能相互割裂？列车运行，过了第一站，才能到达第二站、第三站。

牛全胜也属于骂人族群。那晚在神舟山宾馆与他谈话时，也是这腔调。那是我与赵凯林见过之后，他突然来访，用拳头直播大套间的门，事先也不打招呼。

当过武警战士的牛全胜，因在北京的大机关站过岗，这就成了他用以示人的资本。也不为怪，他长得一表人才嘛。挺直的身腰，标准的五官，"老子若有个好爹，或者手里有钱，他妈的干个将军，一点问题没有。"这是他对三年军旅生涯的自我评价。

后来，话题转到林场合同上面，牛全胜同样满是怨恨。他先从林场改制骂起，骂当年的承包人与县领导"官商勾结"，贱卖国有资产。接着又发牢骚，既然提倡"让一部分人先富裕起来"，凭什么把他牛全胜排斥在"先富"的圈子之外。还骂马秀美下贱可鄙，贪图钱财，才肯嫁给可以做爷爷的老家伙。又骂赵凯林太黑，国家补偿款还未到账，却向他伸手要钱。最后骂曾光仪两头通吃惯了，竟连他身上的"唐僧肉"也敢吃，真他妈找死。整个谈话，就听他在骂。我被折磨得昏昏欲睡，他才突然问我："你在北京，关系不少吧？尤其是新闻界。"

"你想干什么？""比如发个'内参'，或组织个新闻采访团什么的。""针对你这个大项目？""别人的事关我个卵。""你这项目，八字还没一撇啊。""省领导亲自来县里打招呼，省军区首长都来过了。""那是两码事。有人对我讲，他立一个项目，跑过五十八个部门，盖过五十八个公章，最后还差三个，硬是没有搞成。""那说明他是笨蛋，他办审批手续肯定是由下而上，逆水行舟。我这人办事刚好相反，自上而下，顺水撑船。这就是聪明人的办事风格。"

牛全胜说着，两手在沙发背上摊开，十指在脑后枕着，身子一仰，得意地哈哈大笑。

我两手抱着胳膊，不由得眼睛发愣，竟找不出反驳的词句。经不住他再三恳请，只得敷衍，答应回京后试试组织新闻采访团的事。据我所知，新闻记者"走穴"就像歌唱演员抱团"走穴"一样。一帮人扎进某个单位（无论是企业还是政府部门），一通海吃之后，拿一份由被采访单位提供的统一的新闻稿，改个名称，注明"本报讯"或"本刊讯"，发表出去，采访就算完成，红包即稳稳当当列为合法收入。这事儿我曾干过两回，始终有点胆怯，便不再参与。现应牛全胜之邀，为首组团，还真有点头疼。至于发"内参"，更不是我的权力。何况我们这种杂志，算不上"主流媒体"，文章写得再好，问题提得再深刻，选题再怎么事关国家利益或老百姓生计，人家也不拿你当回事。

现在与牛全胜偶遇，想他此前对我的亲热态度，不由得生疑。他是不是误解了我的身份？看看手表，去机场还有足够时间。行，我就一边等我那位朋友，一边与他聊吧。一位穿着紧身衬衫的年轻女郎，前胸的开口低得现出乳沟，手指间夹着一支香烟，在一旁看着我们，似欲上来搭话。牛全胜把手一挥，示意她离得远一点。女郎撇一撇嘴，扭扭屁股，弹弹烟灰，朝牛全胜做了个不屑的表情。

"您今天请了些什么客人啊？"待客的客人一批批离去，四组沙发满了又空，空了又满。趁着空隙，我赶紧占据旁边一张沙发，与牛全胜并排而坐。

牛全胜又贴上来了，紧紧挨着，好像两人是同性恋者。我这回坐的是一张三人沙发，他习惯地将腿一抬，把那个空位给占了，一边回答我的问题，一边继续搔着小腿，搔得沙发上落下一片白色皮屑："都很有档次，与您这大记者一样。有省里的厅长，有省委领导的秘书，有身家几十个亿的大老板，也有北京来的局长。还有一个最最重要的客人，说来您会大大吃惊。正儿八经的日本客人。"

"日本客人？"

"特别高贵。日本'54DAO'中国课课长。在日本，课长也就是部长，至少相当于中国的厅长、局长。娘卖×的，操！人家资本主义就是尊重人才。"牛全胜说着，又将我拉下，同时放下裤腿，"他是美国哈佛大学的博士呢，他的老丈人是美国最大的制药业大鳄，专治癌症。全世界百分之九十以上的癌症病人，不管得的是哪一种，吃了他老丈人的药必好。我这朋友的中国话还说得特别好，普通话比我强一百倍。他是专门来考察神舟山大项目的。还有一层关系，只对你讲。这个家伙，与美国太空署、五角大楼、中央情报局都有联系。他们共同组建了一个特别机构，叫'阿尔法舰队'，进行秘密试验。那东西一旦搞出来，整个世界天翻地覆。"牛全胜一边搔腿，一边与我聊天，目光紧盯着大门。

我已经懂得牛全胜的说话风格，水分在八成以上。他花如此代价在这个餐馆请客，订的二十八人一桌的大包厢，肯定请的是非常之辈。我便抱着看热闹的心态，继续与他消磨时间。与我的朋友见过之后，我看一下手表，上机场还来得及。行，我就做一回观众，看你牛全胜请的是什么高贵客人。

于是我意外地再次见到名为加藤政二的日本人。

这人三十岁上下，蓄一个标准的西式分头，发油擦得满头溜光。他进门时表面谦恭，不住冲众人点头，眼神却冷漠傲慢，时不时嘴角一歪，挤出一丝冷笑。我决定以同样的冷淡回敬他一把，在他就座时，故意低头用茶水冲洗餐具。他却刚好被安排在我身边就座，席间出去打过一个电话。重新入席后，两人才开始沟通，只听他悄声说："初次见面，请多多关照。真对不起，刚才通了个国际长途，问候我妈妈和外婆。我每隔三天给我妈一个跨海长途电话。贵国有句话说，'儿行千里母担忧'。真是这样啊。贵国还有一位诗人说：'慈母手中线，游子身上衣。临行密密缝，意恐迟迟归。谁言寸草心，报得三春晖。'也是这个意思啊。没错吧？"

"一个爱卖弄的家伙。"我在心里骂道。不过看来，这小子对中国传统文化还有点造诣。因两人隔得很近，我看清了这位异国青年左耳垂上长的一颗黑痣，黑痣上还有三根超过两寸的长毛。这人怎么有点面熟？我极力搜寻记忆，竟一时想不起来。起身离开吗？似太不礼貌。与其别别扭扭地挨着，不如硬着头皮交流几句，否则这顿饭将多难受！难怪存在主义哲学家萨特说："他人就是地狱。"

"请问先生，我们好像不是第一次见面。"

"是吗？那可真好。"加藤政二对此并不当真，一边应酬别人，一边和我说话。

"您是否在北京留过学？"

"是啊。您是从北京来的？"加藤政二停止与别人交谈，专心听我说话。

"请问先生，您上的是不是北京语言大学？"

"没错。先生您……"

于是我俩四目相对，各自进入过去的某个时点。后来几乎同时出手，紧紧相握。加藤政二嫌一只手力度不够，又加上一只，将我的右手紧紧捉住："真是高兴，竟在这儿再见到您。"

"您好。我也非常高兴。""您与牛全胜先生是一起的吗？""我只是偶尔碰上。""你俩过去是好朋友？""见面次数不多。""那就好。先生如果方便，我们单独聊一会儿可好？""行啊。只要您认为必要。"

两人越谈越近，看得出坐在加藤政二另一边的牛全胜，满眼妒意，使劲干咳，痰沫就往桌底下吐。

我俩彼此都认出来了。这位加藤政二先生，六年前我替他解过一回围。那时，我是北京一所名牌大学的在校生，他是北京语言大学的留学生。由于他在一家咖啡馆里，当着众多中国学生的面口无遮掩，把日本右翼势力的典型言论搬到北京来散布，激起中国学生的义愤，差点引发一场街头拳脚纷争。若不是我拼命将他拖出重围，他没准会被打得头破血流。因为在场的学生们情绪已接近失控，那是不在乎涉外事件不涉外事件的。

最后挨打的是我，大家把我当作日本留学生中的右翼分子了。我的头被打破，鼻子也被打出血。幸亏那天我带着学生证，结果被作为"汉奸"送进了北医三院，实施人道主义救治。

事后加藤政二对我承认，他的确是个"右翼学生"，如果按照中国人的标准划分。而站在日本人的角度，依照他们团体的价值标准，他则是百分百的英雄行为。他同时介绍，自己是"日本自由民主党"最年轻的党员之一。

宴席开始前，照例彼此通报家门，牛全胜还有意给自己一个显摆的机会。"各位朋友，先开心一笑，我给大家表演个小节目。"说着，牛全胜从女服务员手中要过一只钢质调羹，两手一扳，竟将调羹扭成九十度的"7"字形。

"啊？你有这本事？""没看清，再来。"

"行。大家看好了。"牛全胜要过第二只钢质调羹，轻轻一拧，扭出一只小麻花。

"服了服了，牛总绝活。难怪能干大事。"

"这不算事。我在中南海给首长表演，一根这么粗的钢管，一拧就弯。不过也就这么点伎俩，要干大事，全靠各位仁兄相助。来，上菜上菜。"牛全胜眉飞色舞地说着，唾沫星子四溅。出席宴请的众人碍于情面，齐声叫好。

菜肴开始上桌。看那一盘盘珍馐佳肴，我立时惊叹牛全胜出手之阔绰大方。原来这桌菜参照国宴标准，每一盘菜都有名号，色、香、味兼具，确够水准。先是冷盘，有"春色满园""三花争艳""竹报平安""满堂喝彩""一枝独秀"等名号，每个拼盘都注入艺术品质。再上热菜，全是珍稀之物，如乌鱼蛋汤、参皇养生汤、黄扒大排翅、鱼翅四宝、蚝皇青底鲍、黑菌芦笋汤、鲍汁海参煎、珍珠帝王蟹、玛瑙鱼圆、法式焗蜗牛、雀巢富贵龙虾、虫草花狮子头等，还端来一个气锅鸡。就是素菜，也都够档次，如珍菌香瓜盅、金耳上素、枸杞上汤盖菜等，最后是豆腐煎肝、雀巢酥芋头、鲜虾龙珠饺、蓝莓慕斯蛋糕、象形船点等。因菜肴的品种数量太多，一张桌子不够，只好将两张桌子拼拢。看来，牛全胜下血本了。若以北京的菜肴价格，这桌饭没有六位数下不来。

"你啥时成为'54DAO'中国课课长了？"在大家分头敬酒的工夫，我悄悄问身边的日本客人。

"一言难尽。我们找机会深谈。"加藤政二说时，主动站起，端起酒杯转向我，看上去很是真诚，"朋友，我提议，为我们今后的全面合作，干杯！"

我将酒杯举到一半高度，脑子里忽掠过他当年在咖啡店大呼反华口号的场景，以及我所知道的"54DAO"的右翼背景，不由生出一股怒意，却不便发作。

这不是我唱主角的地方啊，可不能喧宾夺主，砸了人家的彩头。于是我将举起的酒杯放下，只站直身子："对不起，加藤先生。本人酒精过敏，一喝便倒。"

加藤政二略为吃惊，酒杯在手里久久不放，最后自找台阶，说："好，为了我们的友谊，这一杯我替你喝了。"言毕，先将举着的酒杯喝干，再斟上半杯，一仰脖子，全喝了下去。他的脸即刻因饮酒太猛而变得潮红，忙向服务员要柠檬水，一口气喝下，想借此冲淡胃里酒精的作用力。

这使我很是过意不去，端着酒杯，呆立片刻。然而作为一个北京名牌大学的学生，我不能放弃自己的爱国情怀。这情怀体现在点滴言行中。尽管有时我说话阴阳怪气，像个玩世不恭的公子哥儿。但现在是面对日本青年，两个民族曾有不共戴天之仇。我于是要过一满杯矿泉水，牛饮般喝个干净，算是对他的回敬。

同桌都在相互敬酒，一个个露出粗野本相，嚷嚷声能把房顶掀翻。牛全胜见我与加藤政二谈得融洽，便将注意力转向一位下巴松弛的老者，头发灰白，脑门半秃，身子稍胖。这人怎么看着有点眼熟？是不是在牛全胜别墅家打过照面？不过牛全胜这回并不十分在意这位老者的存在，与老者隔着餐桌碰过一次杯之后，目光便重新转向加藤政二，几乎不离开他的面部。那等奉迎之态，旁人看了都心里发毛。但宴会是他做东，当然只能遂他的心意。于是几乎所有人都把加藤政二视作宴会的中心，争着向他敬酒。我因为坐在旁边，不得不一次次站起，躲避溢出的酒水。不一会儿进来几位穿着艳丽的年轻女子，抱着琵琶开始弹唱。一听乐声，就知是专业水平。宾客们的注意力被演唱者吸引，一个个兴奋得哈哈大笑。接着是年轻女子们轮着给宾客们敬酒。训练有素的年轻女子端着一杯杯价格昂贵的"轩尼诗"，如喝白开水般一饮而尽。有一位着装轻佻、低胸露肩的女子，嘴里咬着盛有半杯酒的玻璃杯的杯脚，慢慢倒入那位下巴松弛的老者张大的嘴巴里，引发一阵山呼海啸般的掌声。

轮着加藤政二接受年轻女子敬酒，但看得出他对此种行为充满鄙视，对低胸露肩的女子们看也不看，只把脸朝着天花板上的枝形吊灯。于是我替敬酒的女士打圆场，建议请人代替。牛全胜自告奋勇，连着喝了八杯。酒毕，牛全胜眼睛红红的，拧着加藤政二的下巴，打着饱嗝说："你记着，50亿美金，投资款。一分不少。老子家里的人，过去打鬼子。现在，和你们搞友谊，搞开发。你们吃肉喝酒，老子只捡点剩饭剩菜。还不合算？老子发起飙来，把你们……你们……你，把他搞定。要多少红包给多少红包。"最后这话，是冲我来的。

在座人看出牛全胜已经半醉，担心说出不得体的话，便吆喝着将他架走。我正求之不得，于是客气地请加藤政二重新坐下，继续刚才的话题。

加藤政二看出我的心思，放下酒杯，从压在身后座椅上的黑色电脑包里掏出一份报纸。呵，《读卖新闻》。幸亏我识得几个日文。头版头条，署名文章，标题醒目："提醒小泉纯一郎先生：ODA不能叫停"。"作者是谁？"

"我们的董事长，石原劲太郎先生。"话语中充满敬意，听得出关系非同一般。

这报纸是特意给中国人看的。显然加藤政二有所准备。这却足够我思考的了，这个石原劲太郎，与日本内阁到底是什么关系？若按政治标准，到底是左翼还是右翼？对不起，中国人的思维方式，总把"左""右"看得很重。

宴会快要收场，赵凯林突然出现。于是一阵忙乱，临时增加座椅和碗筷。赵凯林穿着深蓝色西服，枣红领带的领结顶着下腭。他的目光首先对准那位老者，连连喊着"老首长"，从摆得歪歪扭扭的一张张椅子背后硬挤过去，端着玻璃杯给老者敬酒，杯里的酒洒了一路，有的还洒在别人背上、肩上。第一杯酒敬过，又自斟一杯，说是请老首长转达对某某人的问候。老首长显然感觉开头受了冷落，故一直绷着脸。现在有了赵凯林热情洋溢的问候，似得到一些补偿。于是脸上的皮肉比先前更显得松弛，似乎两颊那两坨往下耷拉的皮肉马上会掉下来。他笨拙地起身，隆重答礼。赵凯林却已将目光转向他处，搜索更适合施礼的对象。他表演了这一出节目之后，才对大家拱手致歉，表示来得晚了。见我在场，他先是一怔，随后便落落大方地点头一笑，还把酒杯冲我举了举。接着直率地问："请问哪一位是日方代表？"

加藤政二装作没有听懂，只看着他，没有回应。

"请问哪位是加藤政二先生？"赵凯林再问一遍。

怪事，牛全胜对赵凯林竟不温不火，似不把县太爷当回事。我在加藤政二答话前离座站起，向他介绍了赵凯林的身份。加藤政二赶忙站起，抢先把手伸向这位才提拔的县委书记，弯下身子，献上日本人惯常的礼节，且道："久闻大名。幸会，幸会！请多多关照！"赵凯林再次展示了他善于应酬的功夫，隔着三个座位，俯身扑向加藤政二。危险，我不会被压垮？近年酒席上常传出醉死人的新闻，会不会也有眼下这种情况？于是我赶紧展开自救，低头退开两步，让他们二人紧紧相挨。看得出来，两人都在着急地寻找对方。

二三　一座特殊的纪念碑（记者手札）

"我讲过抗日县长对抗日，有两大贡献。第一个贡献已讲过了，第二个贡献已经被好多人忘记了。纪念碑，他在神舟山修建了一座抗战胜利纪念碑。纪念碑正面，嵌着纪念匾，一丈八尺长，两尺五寸宽，共有十四个字，镀了金，很漂亮。你猜谁题写的？蒋介石。这在当时可是大事，由蒋介石亲自题词，那是相当的光荣。我不知他总共题写过多少块抗战胜利纪念匾，只知在南岳衡山也有一块，比这还大，'文革'中也受过破坏。"

我们现在的谈话地点，名为沧浪寺。这是一座恢复重建的寺庙，圆木架梁，火砖砌墙，雕花窗棂，四角翘檐，进门的大厅里立着屈原塑像。相传楚国左徒屈原曾到过这儿，见到赤脚捕鱼的渔夫，很有感慨，于是写下《渔夫》一诗。诗中有语："沧浪之水清兮，可以濯吾足。沧浪之水浊兮，可以……"后人被屈原的大德所感动，便在此建庙立碑。于是逐渐有了屋舍，最后依寺得名，形成沧浪镇。

这是一座古老而杂糅着现代气息的江南小镇。年轻的水泥街道、柏油路面与古老的麻石小巷并存，拔地而起的巍巍高楼与低矮的木板小屋共立。木屋的铺面由一块块木板组成，开市时将木板卸下，闭市时再安上。随着近年城镇开发的加速，木屋已越来越少。因为稀罕，木屋一条街被省文物局标注为"省级重点文物保护单位"。当地人因有玩麻将的习惯，便将带电动搓牌装置的麻将桌一排排摆在当街的房檐下，男人女人四面坐着，从早到晚麻将牌"哗啦啦"响个不停，与古董式木屋共同构成奇妙的一景。玩麻将还必定讲个输赢，一角钱为一赌注也好，否则觉得没劲。这习俗曾根绝近三十年，如今却成为时尚。

新开发的"仿古一条街"由钢筋混凝土构成，涂上粗糙的彩绘仕女游春图案。按摩房、洗脚屋、游戏机等广告招牌随处可见。河面横跨着一座漂亮的仿古大桥，桥上建有双层长廊，长廊两边嵌着一幅幅传统木雕花鸟图案。窗下摆着长凳，供人们歇脚纳凉。大桥基脚即由花岗石改为水泥墩，长廊的横梁也改为钢筋混凝土结构。好在桥下的流水正在变清，准备迎接由镇政府举办的"国际龙舟邀请赛"。名为国际邀请赛，实际不会有一个外国人到场，只会有一两个发过横财、移居海外、拿到外国"绿卡"的本地成功人士出席。他们将在脖子上挂上金色绶带，胸前别一朵艳红鲜花，绶带上写着响亮名号："国际龙舟大赛形象大使"。

"小镇离山圣甸老家十几里，联系着我的半生半世。年轻时帮着东家买东买西，常来这儿。1966年农历七月半之后，具体时间记不得了，我被当作'双料反革命'给抓进监狱后，被押着来这儿开过批斗会，脖子上挂了块三十斤重的铁牌子，站在台上。那时，这儿是沧浪人民公社所在地。人民公社制度据说是参考法国'巴黎公社'的名称，以及它的基本理念。这个名字，是毛泽东亲自取的。到了邓小平时代，便给废除了。我被关进监狱后，公社的'造反派'组织万人批斗会，又把我与其他在押犯人借出来，一起批斗。"

"'借来批斗'？"

"'造反派'想把批斗会场面搞大，而批斗对象不够。监狱在沧浪人民公社范围里，两边一协商，便冒出这种事。台上一站一大片，有时一百多人，公社自己的批斗对象不到两成。'造反派'觉得非常过瘾，有气势，于是借了一次又一次，还上省里介绍经验。"

"你被'借批'过几次？"

"仅一回。那时才进监狱，不懂规矩。管教干部组织犯人学习，'批帝、修、反'，包括台湾的蒋介石。已有好多年没说到他了，以前在军队里，一提到他的名字就毕恭毕敬，称呼'委员长'。现在再提到他，结果讲溜了嘴，竟也冒出个'委员长'。这可塌了天。管教干部怒火万丈，一拳打来，正打在我鼻子上。我毫无防备，往后便倒，出了好多鼻血。他讲我当众放毒，进了监狱还贼心不死。说要写报告给上级，加我的刑。我当时吓坏了，已经被判无期徒刑了，再往上加，就是死刑啊。实在讲，我可不想死。人生只有一次，即算转世投胎，与这一世也没什么关系。何况这只是佛教一种说法，真正的

219

转世人谁见过？身体没一点问题，好端端的，怎舍得死呢？要死，不如当年在抗日战场上死。

"我赶紧趴在地下，狠抽自己嘴巴，'啪啪啪'，抽得满嘴流血，肿得像个面包，一星期嘴张不开，吃饭都感到困难。我还向管教干部申请跪玻璃碴，惩罚自己。那个打我拳头的年轻干部，立马要将一块好好的玻璃打碎。另一个干部有一半白头发，把那人拦住，说：'玻璃可惜，让他跪沙子吧。'那年轻干部便装来半簸箕沙子，很粗的那种，里面有小石头，棱尖。他们把我的裤脚一撸，膝盖露出，命令我在沙子上跪了两个钟头。沙子陷进肉里，好久都挖不出。恰好公社'造反派'要来借犯人开批斗大会，我被当作最坏的典型，用绳子五花大绑，脖子上挂块铁皮做的牌子，给牵了出去。

"我开头很是抵触，后想起山圣甸老道长赠给我的画，脑子里豁然开朗。进了监狱，我才深深懂得它的含义。进监狱劳改，这才真叫踩着老虎尾巴过日子呢，弄不好，就会被老虎吃掉。这时我已学得一些《易经》知识，知道那是《易经》'履卦'的爻辞。还有个卦相讲：'君子终日乾乾，夕惕若，厉，无咎。'任何一个人，无论处于社会顶层，还是中层、中下层、底层，都是受限制的，不可能绝对自由。你做了皇帝，当上总统，还得防止篡位，防止弹劾，防止被人暗杀呢。我们这整个人生，就是不断地从一座监狱移进另一座监狱。只是有的范围大，有的范围小，有的有围墙，有的没围墙。有的围墙看得见，有的看不见。有的是这种监规，有的是那种监规。这就叫'厉'。人的生活状态，就是踩着老虎尾巴走路，终日乾乾，时时警惕，目标实现了，还不被老虎吃掉。这就叫'无咎'。古人在解释'震卦'时，说得更明白，叫'君子以恐惧修省'。这样思来想去，给自己长教训，不埋怨干部了。人家干部有干部的立场，不当场揭发，不严厉惩罚，那不是包庇坏人？饭碗还要不要？他也是'履虎尾'啊。这样一想，抵触情绪便少了许多，在监狱的日子也感觉好过些了。"

"明白了。现在请老爹接着讲纪念碑的事。"我提醒他道。

"纪念碑正面有一块纪念匾，是檀香木做的，非常名贵。题字并不写在匾上，而是写在纸上。怎么就变成匾了？这要感谢那个马县长。仗刚打完，部队就急急忙忙转移，把神舟山打扫战场的事，都托付给地方。抗日县长一手撩起长衫，一手拍着胸脯，落地一字，砸个大坑：'我若是不把国军兄弟的后事处理好，我就不配做人。'他只有一个请求，希望我们的集团军总司令，向蒋委员长，该死，错了，向蒋介石请求题写几个字，做成一块匾，这就可以修建一座纪念碑。我们的集团军司令是蒋介石的嫡系，黄埔二期学员，提的要求只要正当，都会答应。这就讲到蒋介石用人，当然主要是看你对他忠不忠。陈诚只因是小老乡，什么好事都少不了他。为蒋介石撑起半个江山的戴笠，也是浙江人。蒋介石也不全是任人唯亲，其他地方的能人也用。有几个与他贴得很近的，就是湖南人。他后来最宠信的整编七十四师师长张灵甫，是陕西人。我们的集团军总司令，是山东人。一个原则，必须对他绝对忠诚。

"再说我们集团军总司令，听抗日县长这一提议，立马同意，边戴白手套边说：'这个好，我马上向委员长请示。'也不知他什么时候找的蒋……蒋介石，反正是山东那边还没开打，题字就来了，通过当地省政府长官转送。马县长可高兴了，这是大荣誉啊。拿到题词后，他在县里开了个隆重大会，好几万人，把一条主街全挤满，还有人爬上房顶看热闹。踩高跷，耍狮子，舞龙灯、唢呐、锣鼓、大钹惊天响，放的鞭炮几百筐，还登了《中央日报》。但是，谁想得到呢？最后成了马县长的重要罪行。蒋介石那么信任你，而他是打内战的头号战犯，你还能不跟着坏？"太和老爹说到这儿，情绪又低落下去，眼望远处，连连摇头。

太阳隐入深灰色云层里。迷蒙的苍穹下，沧浪寺旁的流水滚动着幽蓝的波光。连下两天小雨，天气有些湿冷，寺门前绽绿稍迟的苦楝树，将尚待换装的干枝伸向飘浮着鹅绒般水汽的空中。前面远处的水田里，几个农民裤腿挽过膝盖，背着棕丝织成的蓑衣，戴着裱了油纸的雨斗笠，拄着竹棍或木棍，正在薅禾苗。

"您见过马县长建的纪念碑吗？"我试图转移话题。

"见了，那是1947年年底的事。我回县先去找马县长。可惜他去了南京，说是准备开'国民大会'，选举总统。那是国民党第一次在大陆开'国大'，也是最后一次在大陆开'国大'。各地乡绅为当'国大'代表，争得一塌糊涂，出钱贿选、刺刀逼选等等，花样百出。马县长因为威望高，经过推选，居然也当上了'国大代表'。当然，请客吃饭免不了。出席宴请的，每人发个红包。这又是他的一大罪状。伪'国大'代表，是怎么当上的？与蒋介石心贴心，说明你多坏！

"继续讲我，回来想着做两件事。头件事暂时不讲。第二件事，就是上神舟山看望阵亡的弟兄们。这时，我又得知小鬼子杀害中国苦力的事，其中一人恰恰与我有特殊关系。再想起我父母都是神舟山里的人，我身上流着神舟山人的血。在溶洞深处见过的奇异现象，也很有吸引力。几件事纠集在一起，使我对神舟山产生了非同一般的情感。一是深深的追思，二是深深的忏悔。虽然是阴阳两界，没法了解弟兄们到底有没有感知，我却希望求得心里安宁。否则我会像两手沾满亲人鲜血的李世民一样，时时受良心的折磨，别想过好日子。李世民二十七岁登基，五十岁去世。这二十三年里，心里有一天得安宁？

"嚯，好雄伟的一座纪念碑，位置就在我如今树屋往上的半山腰，靠着玉皇庙旧址。在老道长手上重建的玉皇庙，已在战火中被毁，只剩了一堆石头。纪念碑约莫三丈，上面是尖顶，下面是基座。碑身砌砖，基座用一块块石头砌成。碑的正中，嵌着一块漂亮的木匾，上面是蒋介石的亲笔题词：'神舟山抗日烈士纪念碑'！一笔一画，毫不含糊。马县长为了让那几个字亮起来，特意镀上金粉，镶入紫檀木框，金光四射，熠熠生辉。古老的栈道也整理过了，铺上一块块石板。颜色深沉凝重，衬托着大理石纪念碑，显得庄严肃穆。

"我以前对蒋介石有过好感。他给我授过勋；他亲自上前线；抗战八年，国军、共军好几百万人，全都归他统率；他还是盟军中缅印战区总司令，多了不起。抗战结束时，他瘦得那样，我们看到照片，都有点心疼。而到抗战胜利后，我对他却越来越反感，主要讨厌他没完没了地打打打。我那时只有一个观念，讨厌中国人打中国人，双方没完没了地打啊，打啊，死的都是穷人家的孩子。本来，民族与民族之间的仇恨就不该有，都是地球上同一个物类，全人类和平共处多好。就如老祖宗讲的，天下大同。各民族内部，更要和谐共进。

"那时，还不懂得共产党掌权到底为什么，与国民党掌权有什么根本区别。还不懂得，在一个民族内部，领袖不同，一族人走的方向也会不同。这个领袖有把握将本族人领上康庄大道，那个领袖却可能使一族人陷入泥淖沼泽。所以我对蒋介石打内战的政策虽然反感，但未曾想到它会毁掉整个国家和民族。这样，当我在重回神舟山之时，猛见到蒋介石题写的纪念匾，不由得生出一种久别重逢的亲切感觉，心里像煮开一锅水。蒋介石虽有坏的方面，却不能讲点点滴滴都坏，有时也讲点人性。我那时脚伤还没完全好，走路时拄着一根竹棍。我扔了竹棍，来到纪念碑前，'叭'的一声跪下，没命地磕头磕头。后来别人见了我，你额门怎流了那么多血，两边脸上也满是血痕。对不起，我哭阵亡的弟兄，哭他们的家人。他们中好多人老家在哪儿，还有些什么人，全都搞不清楚，部队也不提供。可怜，家里人天天盼着他们回家。不知烧了多少纸钱，烧了多少高香，磕了多少响头。

"这是1947年8月，共产党还没在全国建立政权，神舟山还在国民党统治之下。国民党执政以来，对下面的统治从来就非常脆弱，县以下的基层政权徒有虚名。乡公所很少有人办公，'保'一级一般只有一人，村公所连人都找不着。这与共产党高度重视基层政权建设，完全相反。你看共产党，全国一盘棋，上下一条心。有人测算，中央开一个会，贯彻到乡一级，全国就要召开三万多个会，贯彻到村一级，即要开五十多万个会。看起来会议多，从另一个角度，这也叫政令畅通。而在当时，我钻的是国民党基层政权涣散的空子，上山祭祀阵亡的国军战友，没任何顾忌。既不用担心有人阻拦，也不指望有人相助。再讲那时，除了马县长这样的热心人，读过书，有学问，关心天下大事，其他人对神舟山阵亡官兵很少在意，各人自扫门前雪，大家都为生计忙。只有我心里有数，该干什么还干什么。不过，我的祭祀活动仍秘密进行，一是不想显摆自己，二是不想让乡亲们知道我的从军经历，防止今后麻烦。这种谨小慎微的心态，已成了我的习惯，正合了《道德经》的要求，叫作'豫兮若冬涉川'。事后证明，这些预防措施，既限制了我的发展，也救了我的生命。

"记者您是共产党的党员吧？（我赶紧摇头）那您信神还是不信神呢？（'我没有信仰'——赶紧回答）好，以前我也不信，那回我有点相信了。不是信神弄鬼，而是相信世界上存在一种看不见的感应力量。用现在有的话讲，叫作'暗物质'。这种感觉，来源于第一次给弟兄们烧香敬酒。我那时脑子糊了，不分顺序。应该先供三炷香，再磕三个头，然后烧纸钱。不管收不收得着，反正心意要到堂。我在山下买好香和纸钱，还买了一陶罐苞谷酒。回转神舟山时，太阳快要落地。山林开始发暗，雾霭悄悄升起，小鸟开始归巢，野物开始进穴。这时我心里也安静下来，磕头过后，专心烧纸。

"这时我突然感到，周围的一切在晃动。先是纪念碑轻轻晃悠，后是地面开始颤动，带动满山树木，都在摇摇晃晃。不仅树梢在动，树叶在动，山上的灌木丛也在动。还像有好多人在呐喊，冲锋，厮杀，杀得不可开交。我以为是眼睛发花，耳朵出毛病了，便只顾继续自己的事。天快黑了嘛。而当我把焚香点燃，开始烧纸，并拧开陶罐，开始洒酒时，头顶的灰云忽然散开，天空忽然加倍放光，周围也变得光亮起来，映得满山一片金黄。好比太阳被乌云遮住，现在突然从云层里钻出来。光线那样强，照得我几乎睁不开眼。接着我感到脚下的地面在慢慢上升，仿佛有股神力在地下托举，要将神舟山举上太空。而我自己，身子整个突然间发热，好比受到强光照射。同时我觉得头顶那样清爽，好像百会穴突然洞开，一股股泉水从云缝里倾泻下来，灌透全身，凉爽宜人。

"我现在还能回味那种感觉，真是奇妙无穷。可是当时，我吓坏了，赶紧扔下香烛纸钱苞谷酒，拔腿就跑，脚也不觉得痛，一路不知摔了多少次，还糊里糊涂掉进河里，爬了半天才起来，衣衫裤子全部湿透。我一口气跑下山去，确信没人跟着，这才往长满草的梯田田埂上一躺。湿衣服穿在身上太不舒服，索性脱掉，就这样光着身子，骨头酥软，闭了眼睛，半天起不来。

"这事过后很长一段时间，心里还犯嘀咕，感觉中了邪，脑子有毛病。别讲上山，甚至不敢遥对神舟山多看一眼。后想起山圣甸老道长讲过的显灵故事，似乎找到答案。我便将那回遇上的奇异现象（用有些科学家的话来讲，或叫一种幻觉），归结为阵亡弟兄显灵。这样不仅不觉得后怕，相反感觉亲切温暖。这样以后每次上山，都希望那回的奇异现象重演，以便重温那种感觉。有时故意待到半夜，但愿与隔着阴阳两界的弟兄们重逢。可直到我后来长住树屋，也没能找回那种感觉。这与我后来在溶洞深处见到的幻影，是两种完全不同的感受。"

我随太和老爹来这儿，本是想追寻他当年落难的足迹，却意外引出这段经历。他曾在离小镇10公里的省第一模范监狱服刑，这期间穿着深灰色囚服，由狱警押着，常来小镇采买各种物品。走出警卫森严的狱门采买物品，这对于服刑人员来说，实际是某种奖励，活动范围与监狱相比，自然大得多了。所以对多数服刑人员来说，可望而不可即。太和老爹出狱后，又从小镇出发，重新融入社会。站在小镇最高的塔楼平顶往西翘望，可见到遥远的神舟山。这时的神舟山便变得很小，宛若一块晶莹的玉雕。太和老爹对小镇的情感，可谓百味杂陈。

二四　神舟县灾难频仍（正在进行时）

"高铁"真是中国的奇迹，短短十余年，竟在全国布下一张大网，与普通铁路网互不交叉。车厢电子屏幕上显示的时速，已是每小时三百余公里。速度，这就是国家近三十年经济发展的速度。可惜今天，我因脑子里满是神舟山大爆炸带来的阴影，对车厢内振奋人心的列车速度，以及车窗外目不暇接的美景都毫无兴趣，只希望车速还能加快，以便早一刻赶到事发地点。座位右边一对年轻情侣，旁若无人地搂着抱着。女孩的牛仔裤尤其时髦，故意拉开几个口子，有一个口子接近大腿根部。我无可奈何地闭上眼睛，装作睡觉。

在我的记忆里，五年前的八月某日，曾有过一个惊人的消息通过地方电视台、地方报纸和QQ、微博传开：神舟山"帝豪大世界"发生大爆炸，爆炸部位也是在造纸厂。那时机器处于试运行阶段，由于操作不当，加上机器本身故障，导致该厂的锅炉、浓硫酸与火碱储罐一个炸了另一个接着炸，形成连环大爆炸。地方电视台通过对爆炸现场扫描，让人们看到了一幅幅可怖情景：那现场如同遭到恐怖袭击，除了满地被炸得乱七八糟的机器、厂房、汽车，更能见到遇难者被烧得发黑的尸首，还有的被炸得四分五裂，缺胳膊断腿。地方报纸除了形象的文字描述，还配发若干触目惊心的照片。其中一幅照片展示的是一只断腿，与身子完全分离，腿上套着一只蓝色运动鞋。死者显然是一个爱好跑步的小青年。QQ、微博上的文字描述一连数篇，使读者印象深刻。

那时，互联网刚刚兴起，"微信"尚未问世。人们主要是通过报纸、电视获得信息。QQ、微博传送的内容也很有限。就在广大读者、观众期待该爆炸事故的后续报道时，电视屏幕上却再也见不到相关图像，地方报纸也无声无息。再过两天，还是那一家地方电视台，报道的内容则是：包括省级领导在内的各级党政领导，如何就事故处理采取得力措施，受灾民众如何感谢党和政府，等等。地方报纸更推出一篇又一篇连续报道，对省、市、县三级党委政府如何高度重视灾难事故、如何深入现场进行调研、如何制定处理方案、如何责成企业整改、如何举一反三推动安全生产等等，描述得淋漓尽致。而对事故发生的原因和死伤的具体人数，却未着一字。互联网上与大爆炸相关的微博文字，也全部不见踪影。

以后发生的事情更加蹊跷，该企业竟成了环保标兵，每年都获得国家环保部门的表彰与奖励，鲜艳的锦旗在墙上挂得满满的。多家报纸发表过他们的经验报道，并配上通栏大标题。有几位"微博"的博主也不知什么身份，竟对"帝豪大世界"及牛全胜竭尽吹捧之能事。这么大的事件若发生在别处，不仅当事人难逃干系，还可能拔出萝卜带出泥。至少会有一两个不懂业务的"临时工""编外人员""新手"充当替死鬼。出于对业内"潜规则"的了解，我猜测，一定是牛全胜对所有相关部门都下了功夫，每个部门都发放数量不等的"封口费"。牛，牛全胜的确是"牛"。

以后相当一段时间，关于神舟山"帝豪大世界"再无任何负面信息。牛全胜头上的光环也在提级，去年竟获得国家级荣誉称号，出席在人民大会堂举行的授奖仪式。我见了当天的电视报道，看见牛全胜斜披大红绶带，上缀金红色绸花，绽开的笑容使他的长脸变成满月，昂首挺胸立于前排，等着国家领导人与他亲切握手。电视还介绍，牛全胜正在美国一所"常春藤"大学念博士学位，意在将"帝豪大世界"推上全世界，在美国纳斯达克上市，进入世界企业一百强。乌鸦真能变成孔雀？这些年来，我怀着忐忑不安的心情，时时关注有关神舟山消息，暗暗为它祈福。有时在纸质媒体上见到一个"船"字，也会心里发毛。神舟山又怎么了？对地底下那些再不能发声的人们，有什么新的说法？

今天，担心的事情终于出现，乌鸦到底没能变成孔雀，牛全胜还是牛全胜。赶上互联网发展到微信阶段，第一波灾难图片迅速在网上传播。尽管我相信接下来会有强人采取"删帖"措施，但恶劣影响已经造成，泼出去的水再收不回来了。事情往下将如何发展？会不会又是不了了之？急啊，真想插上翅膀飞过去。不过又得小心，既然第一批赶往现场的新闻记者受到粗暴对待，等着我的，也不会是掌声和鲜花。封锁线离爆炸现场十五公里，我该怎么混进去？

还想享受十年前赵凯林接待我的待遇，免费住高级宾馆？做梦吧，你。在飞奔的列车上，我将手机拨通神舟县委宣传部。值班人员客气地回答："请问您是哪一家新闻媒体？方便留下手机号或别的联系方式吗？请等着我们的正式通知，什么时候举行新闻发布会，一定邀请你们参加。如果派不出人来，可给你们一个统一的新闻稿。省委省政府对这次事故高度重视，赵副省长亲自到了现场。这信息您应该关注了吧？"说完将电话挂断。

爆炸现场果然不让靠近。我刚把记者证从双肩包里掏出来，马上有两名衣着与公安干警几乎一模一样的年轻人走了过来，臂章上写着"特勤"两个字，主动伸手，说是要看看证件的真假。这是许多地方处理"突发事件"的基本套路，首先严密封锁现场，不让新闻单位的人进入，防止舆论失控。查验记者证的做法虽也不错，但万一记者证被扣怎么办？好在被圈在现场的人员不少，总有机会采访。对，先找马馆长去。我礼貌地鞠了个躬，掉转身子便走。

"愚民政策是走不通的，时代发展了。按照省政府调查组现在的工作思路，往下很可能要出乱子。"已经退休的马仲生馆长戴了副黑框老花镜。对我十年后的突然到来颇为诧异，放下手中的篆刻刀，用指尖刮了刮鼻翼。当谈及大爆炸的原因时，老馆长也像有某种灵感，扶了扶下滑的眼镜道："'帝豪大世界'出事是必然的。但这回的事故出得蹊跷，究竟是什么原因，估计除了当事人，谁也说不清。"

马馆长已过上传统的农家生活，租用村民的土地，盖了个农家四合院。进门是一堵照壁，上面画了一个阴阳相配的太极图。上首是三间正房，两边是厢房，院子的部分场地盛开着月季、玫瑰，另一部分空地辟作菜地，种着豆角、苦瓜、丝瓜、南瓜等多种蔬菜。几只母鸡和一群白鸽正在地里啄食。围墙上面，成熟的金樱子一串一串，像冰糖葫芦。

马馆长的外貌变化却大得让我吃惊，头发不仅稀少，而且全白，脸色偏暗，皱纹以鼻梁为中心纵横交错，如罩了一张针脚细密的渔网。他是否患上某种顽症？想问一声，却不便开口。他的精神状态倒好，身子在木椅上坐得很直。这是在上首正房的一间书屋里，或许好久找不到合适的谈话对象，他对我的到来至少不表示反感，所以话题不断。只听他接着介绍："我们当年的县领导好慷慨，以招商引资名义，将神舟山及周围一万亩林地辟作工业用地，以'零地价'送给企业。另外十万亩山林租用期五十年，租金只够买几筐萝卜丝馅饼。那家伙拿着一万亩土地的使用权证，往银行一押，银行便贷给他多少多少个亿。到底贷了多少，业内人士都不了解，老百姓更不可能知道。那家企业套得这笔巨款后，大部分分批提取现金，进入个人账户，少部分投入生产。照他们吹嘘的计划，要盖一座年产量居于全球之冠的特大型造纸厂；盖一座远东最大的中西药结合生产基地；盖一片全球面积最大、水平最高、集健康养生旅游三位为一体的别墅群；盖一个超七星级豪华宾馆。总之，都是全球之最，只没说是宇宙之最、太空之最、太阳系之最、银河系之最了。而在实际操作中，他们干的第一件好事，便是将神舟山原来长得好好的树木一批批砍光，全部化作纸浆，少部分在当地造纸，大部分运往日本本土，作为造纸原料在日本储存。为保证造纸原料，大面积种植速生林。因速生林对土地危害之极大，不仅在日本禁止栽植，其他国家也严格限制。我们国内，一直争执不断。牛全胜钻了这个空子，凡能种植的山坡给塞满。至于造纸厂的污染治理，则只开空头支票。老百姓多少次到县里上访，反映造纸环境污染问题。有人抬来受污染而死的猪，猪肉颜色变黑。有人捞起受污染而死的鱼，鱼的内脏也变黑。可是，县领导不理，市领导不理，省领导也不理。再往上告又给批回来，还是落到那班当权者手里。"

"他们的摊子这么大，主打产品究竟是什么？"

"这也只有牛全胜才能回答。但我怀疑，他是在挂羊头卖狗肉。投产多年，并没见到他们造出多少纸产品。最近一年，只见各种机器运出运进，而且多半是夜里行动。运载车辆盖得严丝合缝，并有武警坐在上面押车。"马馆长边说，边继续旋转手里的"核桃壳"。我仔细一眼，发现它不是核桃，而是颜色暗褐、有晶莹磷光的石块。

"这家企业究竟是干什么的呢？"

"掠夺资源，而且是替日本人在掠夺。"马馆长弯着下唇，用刻刀敲了敲桌面，"因为是日本控股的企业，不仅升日本国旗，还唱《君之代》之歌，只差没要求员工每天对着天皇画像鞠躬了。神舟山主峰，整个就是日本人的世界。日本人当年用枪炮没能实现的目标，今天通过项目，通过钞票，全实现了。对日本人来说，他们在神舟山播种头颅，已有所值了。"

我心里"咯噔"一声。那么换个角度，中国军人在神舟山的牺牲，鲜血头颅，价值则没有了？

室外菜地上空，一只老鹰的影子无声地掠过。母鸡本能地钻进菜地里，白鸽"扑棱棱"飞上树叶茂密的枣树，地面什么痕迹也没有。苍鹰有些失望，扇了扇翅膀滑翔而去。母鸡们重新钻出菜地，白鸽们又落到觅食的空地上。这话题过于沉重，不适合眼下讨论。于是我再问，目前是否适合接待外国游客。有几位日本朋友，对神舟山非常向往，想来看看。有没有别的办法通融，打破僵局。

马馆长从有点摇晃的旧木椅上站起，目光在我脸上停留片刻，断定我不是说着玩的，便弯下腰，拉开书柜底层的抽屉，掏出一本纸面泛黄的相册，打开给我欣赏："你看，这些人是谁？"

我将照片上的人物一一辨认，他们大都在七十岁上下，神情恭敬，穿着普通，每人带着个旅行包。他们大都是男子，唯有一位女性。不过，我没本事确认他们的身份。

"日本人。有的是当年的鬼子兵，中国战场幸运的幸存者。有的是死者亲属，他们家的什么人，就死在神舟山战斗中。总之都与那一场战争有关。""这是他们组织的旅行团？""是的，我接待过他们。"

1990年，马馆长在县"接待办"工作，接到省"外事办"的通知，说有一批日本人想来神舟县。头年刚发生过"政治风波"，影响尚未消除。这种敏感时期，县领导当然不同意他们来县。于是派他去省里主动对他们解释。并说，神舟山早就天翻地覆，昨是今非，没什么看的。

"那女的问了您什么问题吗？"我指着照片中唯一的女性，急切地打断他的话。

"问了。问我知不知道有个太和先生？我说不知道，因为我确实从未听说。那时的太和老爹哪儿有现在这样出名，每天扫大街，个人档案归派出所管着。"

我一听这话，感觉有戏。太和老爹身为一介平民，却被外国人问起，肯定有些原因。"那位女嘉宾当时是何表情？"

"脸色发白，两颊抽搐，非常失望。可我有什么办法？本想让她留下联系方式，可是省'外事办'的领导在场，不让我们单独接触，更不许留下通信方式。这就是当时的政治气候。"

我默了默神，承认他说的有理。况且我也不敢断定，照片上的女性就是加藤政二的外婆。不过我已是信心满满，立即请求用手机把这张珍贵的照片拍下来。

"问题是你怎么进得去？本地人都不让进，外地人更不行了。尤其是老外。""那要到什么时候？""得看调查组的工作什么时候结束。""您估计要到什么时候？""也许一年也出不了结论。""那么再想办法。"

告辞马馆长出来，我即去县城别墅找马秀美，可见到的却是她的老父。这位可怜的老人已瘦得不能再瘦，颧骨高耸，眼窝深深地陷下去，两边的肩胛骨似乎要将衣服戳出两个洞来。我见到他时，他正在地里用竹竿搭瓜架。别墅的草坪已经翻垦，种上了瓜菜。一群小猪满院子跑着，地上落下一些猪粪。老人的视力和记忆力都严重衰退，已属于中度老年痴呆症。他眯着眼睛看了我好一会儿，才仿佛记起了我。我一旁见了，很是伤感。

"你是……买奶猪崽的？"

"老人家，我从北京来，来看望您老人家。"我忙做自我介绍。

"北京？你来催账的？不在家，我女儿不在家。这里就是我住，一间屋住人，三间屋关奶猪崽。"

"您儿子也不住这儿？"

庆幸老人家耳朵还灵，"你说的儿子是不是崽？我没有崽，没有。我只有一个女儿"。

我大致明白他的意思，不再询问。别墅已有了很大改变，二层以上做了仓库，堆放纸张和其他用品。一层除了老人家的住室，其余房间都改作猪圈，养了好些母猪和仔猪。敞开房门，便有一股刺鼻的猪粪味散发出来。

"你女儿和外甥呢？"我请求老人家陪同在一层各间屋子转了转，试着转换他的注意力。十年时间，别墅已是破损不堪，墙上抹的泥灰掉了不少，变得青一块白一块，像生了满脸斑疮。

"太和老爹在哪儿？他知道吗？"

"幸好病了，一直住院，是疯子住的医院。已住了十年。世上的事，一概不懂。我要是也成了疯子，那就有福了。"

"牛全胜呢？没来过家里？"

"他若是回家，前脚进屋，我后脚就向公安局报案了。这个化生子，但愿政府抓住他枪毙才好。"老人捡起一双牛全胜放在门边的旧皮鞋，狠狠扔向外面的脏草坪。

二五　抗日县长的悲剧（老爹自述）

我费尽周折从山东回到老家，首先不是去乡下老家，而是直奔县城，去马县长家接方舟惠子。结果您已经猜到，惠子早就离开。不，她那时还在这儿等了一段时间，等我兑现承诺，退伍回家，与她好好过日子。她在与我亲密相处的最后一天已拿定主意，不回日本了，就做个遵纪守法的中国公民。她还向我吞吞吐吐地透露，她的祖上与中国还有些渊源呢。可惜那晚时间太短，好多心里话都来不及讲出来，窗户纸上却现出日光了。她就这样等呀等，直到有消息证实，我们的部队又开往前线，要打一场新的战争了，她才决心离去。

"她天天在盼望你呢。除了吃饭睡觉，其余时间，她总坐在二楼窗户前，窗户正对着大街。有时刮风下雨，她也在窗前坐着，看着雨点打在窗户玻璃上。大家都劝她保重身子，因为她看着瘦了。"这是马县长的介绍。

"是是，感谢，万分感谢。"我还能讲什么呢？只有对马县长下拜，连作几个长揖，感谢他对方舟惠子照顾得那么好。

马县长这时已患上严重的哮喘病，脸色白得像纸，一般情况下都是张着嘴巴出气，发作时就像拉风箱似的。我离开县城时，将所有钱都留给方舟惠子。这两年无任何积蓄，帮不得我的恩人，只能跪在身边，帮他做做穴位推拿，缓解病痛。

方舟惠子去哪儿了，谁也回答不上。马县长诚心想要挽留，她一边如日本年轻女子惯常的那样，一次次深深鞠躬，一边缓步后退，同时轻轻摇头，说："您对我关照得太好了，一辈子不会忘记。我还有别的亲戚，先上他们家住一段时间，没准我夫君就回来了。"直到离开之日，她始终未暴露真实身份。她把剩下的钱留了一多半给马县长，一少半自己做生活费，打扮成一个学生妹的样子，坐上一辆用黄牛拉的架子车，一点一点消失在街道拐角。那是通往省城的路。天下着雨，灰蒙蒙一片，远处的青山被雨雾锁住，一片模糊。虽是通往省城的要道，路面却没铺沥青，烂得一塌糊涂。

那时神舟县县城很小，城墙残缺，街道狭窄。街道两边的房屋大半是木屋，少半是砖屋。房顶有的盖了薄薄的瓦片，还有的盖着厚厚的杉树皮。哪儿像现在街道，四纵三横，大车小车挤得满满的，还有穿来穿去的出租车。街面也是公路，用碎沙子铺成。平时车辆很少，雨天路面满是泥浆，晴天一旦车辆驶过，即辗得尘土飞扬。街道两边的房屋墙面和屋顶，以及路边的苦楝树、杨柳树的叶子上，全被灰尘沾满，沉得抬不起头。共军和国军打仗的消息从北边传来，搞得城里居民人心惶惶，街面冷冷清清，见不到几家商铺。太阳还没下山，开张的几家便将店门关了，拖一根粗木头，从里面把门顶上。夜里街上没有路灯，只有从居民家里窗户透出来的一点点光影。居民点灯都用桐油，富裕人家才点得起洋油，也就是煤油。满城看去，一片死寂。这种情况下谁还雇人做工？我在县城挣不到饭钱，只能回农村帮人家种田。我给马县长又做了一次推拿，再向老人家鞠了三个躬。马县长那时走路已有些困难，坐在白色的帆布躺椅上，欠起身子，微微笑着向我还了一个拱手礼。

我先在老家附近帮别人打短工，东家一天西家两天。我有时挑着粪桶，有时挑着水桶，有时挑着箩筐，在风里雨里跑来跑去，裤腿挽过膝盖，脚上套着自己编的草鞋。草鞋主要用稻草编织，夹杂一些笋壳叶子，更加结实耐穿。我一边干活，一边打听老家消息。听别人讲，"石锤脑壳"已被省政府收编，当上国民党军的少将旅长了。想到他竟然也做了国军，军阶比我还高，心里怪不是味。同时越加坚信，隐瞒真实身份太有必要。与"石锤脑壳"同在一个系统，这不是降低自己的身份吗？确信他不在村里，我心里才踏实了些，半年之后，背着一个筛篮，篮子里放了点旧衣服之类的行李，戴着一顶烂斗笠回到老家。

说实话，凭我当时的枪法和功夫，对付"石锤脑壳"易如反掌，哪怕他有一支杂牌队伍。但我不想招惹是非。一怕暴露当兵的经历，二怕欠下人命。何必呢？所有教义都讲，善有善报，恶有恶报。那时，主动想"除暴安民"的正义感已经没有，只盼着平平安安活着，悄悄寻访，有机会与方舟惠子重聚。我不知怎的，有这个坚定信念。

伙计们又问我讨婆娘了吗？我立马想到方舟惠子。但这事我同样不能讲啊。我摇着头回话："无能无志，出门十多年，还是人一个，鸟一条。"他们说："这样也好，自己挣饭自己吃，不用牵挂别人。"那时山圣甸又建了个简易的新道场，规模不及原来道场的一半，屋柱也变矮变细了。再一打听，这道场也由老道长主持重建，里头居然有马县长捐的钱。我有点闹不明白，老道长与马县长会不会是兄弟，只是走的生活道路各不相同？老道长过去从未向马县长提过钱米方面的事，重建山圣甸道场时，手头吃紧，才向马县长求助。马县长先不乐意，认为修建道场意义不大，既解不了国家的危，也救不了百姓的急。经不得老道长再三动员，这才解囊，所捐资费占了整个修建款的一半。它既是一所道场，也是小小的马氏宗祠。趁着没人注意，我悄悄溜进重建的山圣甸道场里，在满是泥巴的玉皇大帝、王母娘娘、太上老君塑像前跪下，一个、两个、三个响头下去，心里顿时觉得踏实了不少。老道长，我也是在跪拜您啊。

早些时候，我对"活神仙"的生活那样向往，以至于在神舟山独自住了好几个月。而在经历了那么多年的战争，目睹了那么多的苦难和死亡，见到了那么多兄弟为国捐躯之后，我对人生的认识有了很大变化。一个人死去易得，活下来真还不那么简单。老道长云游四方，首先是自己潇洒，再做些好事善事，这个当然很好。但我现在觉得，人生的更高层次是主动融入社会，保持积极态度，根据自己能力做点有益的事情。你可以独立行事，追求某个目标。也可以谨慎交往，寻找和发现志趣相投的人，拧成一股合力，共同完成某项大事。无论处于何种状况，都不可对他人的痛苦麻木不仁，无动于衷。别说是人，你看动物，也有群体观念呢。小到蚂蚁、蜜蜂、麻雀，大到狼群、狮子、大象，都有这种特性。人，是社会的人。所以这回，我虽然十分想念老道长，却不想真正过他那样的生活，更未想过出家。我一定要回到乡亲们中间，困难再多，也要扎进去。

讲起困难，我再回村里定居时，确实遇上一大堆。首先我是个真正的赤贫户，除了身上穿的旧衣烂衫，外带几套木工、泥瓦工的工具外，上无片瓦，下无寸土，只有一双会干活的手属于自己。为不让乡亲们生疑，我把当国民党军期间穿过的军装几乎全部处理掉，或拆开重缝，或剪成布片，或者送人。只留下一套比较完整的，实在舍不得扔，用布包着，外面裹上好几层干棕片，藏在离家不远的一个山洞里，再用树皮封好，堵上一块石头。直到树屋建起来，才取出来挂上，作为纪念，睹物思人，回想过去的日子。因而马县长最初见到我时，也替我担忧。他坐在扶手椅上，微张着嘴，呼吸显得吃力。他却还关心我将来之事，疑惑地问我："你怎么不申请领点优抚金？你是抗战军人，合乎上司规定的范围。虽然不多，总管点用。"

"多谢县长。我不想让更多人知道过去那些事。""那是为什么？打日本鬼子，还是坏事？""一言难尽，总之我真的不想再提。我的抗日勋章，包括蒋委员长亲自授予的那枚，都扔掉了。""那就没办法了，我手头只有这笔款子，专款专用。你不肯亮出革命军人身份，到底是什么原因呢？"

老人家的话让我大觉为难。他可是1926年加入的老国民党员。听人家讲，他因为有些主张与共产党相同，1927年4月蒋介石主持"大清党"那回，差点被当作国民党党内的"左派"给毙了。如果我现在告诉他，国民党政府早晚会垮台，他能相信？不追究我的"谣言罪"才怪。我只能另编理由。

"县长，您是我的大恩人，在您老面前什么话都不该隐瞒。实在是因为脑子受过伤，一想起过去的事，立马像要疯了。所以宁愿粗茶淡饭，过普通日子。其他方面，百事不沾。"

还是马县长的悉心关怀，向山圣甸的新道长引荐，让我住在新道场后面一间放杂物的小屋里，约莫两张床宽。身板挺直的新道长看我实在，又有老县长面子，也就同意。于是我白天出门做工，夜里回来睡觉，有空就帮道场做些杂事。

毕竟不是十几年前的小毛头，我不仅田里活儿都拿得起，还会木匠、篾匠、泥瓦匠等等活儿，还会自己织渔网。这些在农村里没一样用不上。于是我成了村里的大能人，谁家有事都找我去，或请我帮忙，或请我出主意。我又变成小时候的"牛牤子"了。我的身子既不可能长高，当然也没长胖，始终保持原样。气功、轻功也都坚持，几乎每日不断。条件要求不高，有两肩宽的地面即可。分腿站立，两手自然下垂，全身放松，放松，再放松。想象脐下丹田有一个火轮，不住地旋转。就这样。时间一般以清晨为宜，那时空气清新，杂质较少。万一哪天清早太忙，或周围人员太多，无法独自待上十分钟二十分钟，便在夜间想办法补上。我却只做不讲，因担心人家不理解，还以为我搞别的鬼名堂。人的养生，从幼年到老年，每个阶段各有重点，并不是只到老年才需要健康养生。我现在身体尚可，气功养生从不间断是秘诀之一。

　　这样的日子过了三年，直至国民党政府垮台，蒋介石被赶去台湾，中华人民共和国成立。让我最为庆幸的是，我在随后的农村"土改"时，还享受贫农待遇，分到了属于自己的二亩五分水田，县人民政府统一发给了土地证。可巧，我所分得的，恰好是"石锤脑壳"家的水田。而这些水田，竟然是我那偏瘫婆娘家的，后被"石锤脑壳"强行霸占。这里头有我很大一份责任，也有一个很大误会。现在想来，心里还不是味。我蹲在土地证上写着自己名字的田埂上，抓起大把黑土，捏紧，松开，捏紧，松开，泪水不知不觉就下来了。

　　由此，不能不讲到当年的"土改"。"土改"对神舟山和山圣甸的贫苦乡亲来讲，是一件做梦都不敢想的大事。而对于我，却在意料之中。因为我已在山东农村见到过共产党领导下的"土改"，那真是广大贫苦农民的翻身日子。过去农民千百年来，都盼望"耕者有其田"。而农村的耕地自进入有阶级社会以来，都为大地主私人所有，皇帝是最大的封建大地主。"普天之下，莫非王土"，这还不大？这种土地所有制度延续了几千年，直到共产党掌权之后，才得以结束。我不是政治家，但我知道，在那时候，广大农民是从心底里拥护的，因为他们大多没有自己的田地。即使有，也不多。而这些人占了农村的大多数，所以就整个政策来讲，在农村深得人心。

　　"土改"开始前，我已经成了村里公认的的热心人，所以"土改"工作队进村后，我这个赤贫户自然被大家推举为积极分子，成了农会组长。"不不不，我干不得，没资格。""要要要，就要你这样的人来干。公道，正派，肯动，不偷懒。""好好好，那我只干三个月。如果干得不好，大家另外选人。"我哭笑不得，这不是把我推上风口浪尖了吗？到了后来，我还当上民兵队长。

　　在整个过程中，我的心情非常复杂。一边跟在"土改"工作队员们后面跑来跑去，对村里各种情况摸底调查，一方面背脊一阵阵发麻，有时甚至两腿发颤，尤其在"跳圈子"阶段。"跳圈子"是土改第一阶段，有各种政治历史问题的人，都划入"圈子"里。再一个一个甄别，把问题不是很大的人从里头剔出来。你怎么了？窗户外面有什么好看的，你脑子是不是走神了？没错，我有时就是这样。人在会场上坐着，眼睛却看着别处，心里也想别的了。你想，所有国民党基层政权人员都进入"圈子"，我这国民党军的少校还跑得了？虽然讲我打过日本鬼子，但我同时也打过共产党。我哪儿有资格调查别人，本身就是"圈子"里的人。真是万幸，假若当初不隐瞒身份，何来今天的自在洒脱？为了今后的幸福安宁，假面具还非得继续戴下去不可。一方面受着道德的鞭打，一方面受生存本能的驱使，为赢得"土改"工作队的更多信任，我一有机会就表现自己。结果无意间陷进泥淖，差点被迫要奉政府之命，端起步枪，亲手将子弹射向有大恩于自己的马县长。

这事的祸源是"石锤脑壳"。

任何与政治有关的事情，无论大小，都不可能获得所有人拥护，总是有人欢喜有人愁。"土改"是共产党发动的最大的政治运动，必然也是一样。"石锤脑壳"就是疯狂反对的一个。

当年逼得我离家出走的"石锤脑壳"，在我远离家乡之后，变得越来越胆大妄为。他因为投靠了一个本县更大的土匪头子，用长砍刀做凶器，参与杀害了五名过路的盐商，由土匪头子奖给了一杆"汉阳棒棒"。有了这支步枪，"石锤脑壳"更不得了，公然大白天背着它串东村，走西村，见了值钱的东西就抢，脸上连一块黑布也不蒙。他又像以前对待我那样，用枪口胁迫了几个年轻人，算是拉起了一支队伍，自封"冲天司令"，挂靠在县警察局名下。打着帮政府收税的名义，不仅抢东西，连漂亮妹子也抢。用毛巾布把妹子的脸上一蒙，嘴巴一捂，给人家父母亲安的罪名是"抗税漏税"，推上不知从哪儿抢来的一辆大板车，用两匹马拉着，疯狂地蹿回自己的窝子，算作人质。"石锤脑壳"把裤子一扯，先粗暴地对人质行使"初夜权"，再让其他同伙轮番"尝鲜"，然后通知家里拿钱赎人。

一个伸手不见五指的夜晚，我岳父家的大门突然被人用脚踢开，接着冲进几名脸上蒙着黑布的人。其中一人端起长枪，对准堂屋北面墙上的神龛，"砰"地就是一枪，吓得我岳父两腿发软，不由得跪在地上："想拿的都拿走，只莫伤了我的人。"

"莫要伤人？哼！"手持长枪的家伙挥动枪托，朝岳父头顶上一砸，岳父立即倒地，满脸鲜血。

"哎哟，轻点好吗？"

"你还嫌重？"接着，那人飞起右腿，踢球似的，朝岳父身上一顿乱踢。岳父痛得满地打滚，却再不敢出声。

"搬，能搬走的都搬。先装满所有麻袋，再把麻袋往车上扔。"

开枪和打人的就是"石锤脑壳"。因为记恨我那时不肯就范，迁怒于我偏瘫婆娘一家。他在将我岳父痛打过后，大摇大摆地把家里值钱的东西装了十几麻袋，扔在板车上拉走，就像自己搬家一样。临走，还留下一张盖了政府大印的"税票"，喝令我趴在地上的岳父："过了期限，抄灭全家。"可怜岳父被打断三根肋骨，从此再直不起腰。就是这个"石锤脑壳"，把岳父家几乎完全摧垮。岳父为治腰伤，只得变卖田产，直到1949年临终之际，也没能治好，田产却丢掉大半。

"石锤脑壳"自拉起自己的队伍之后，家产便迅速壮大。他连强占带贱买，伤人数十，还欠下人命两条，终于将两千多亩良田据为己有，还盖起了一座大庄园。因嫌山圣甸交通不便利，将庄园盖在县城附近，只在老家保留一个据点。人民解放军渡过长江、占领南京"总统府"的消息传来，他才满心惶恐，不敢在家歇脚，背着枪支子弹上了神舟山。被他胁迫上山的，只剩了几个人。面对这样一个名副其实的土匪头目，同时又是恶霸地主，村里的乡亲怎不害怕？所以"土改"工作队进村物色"根子户"时，除了我，谁都不敢开口应话。

搞"扎根串联"那阵子，农村里闹腾得可厉害了。正赶上朝鲜战争爆发，那些潜伏在大陆的国民党特务，一些旧政权的骨干，一些对"土改"政策刻骨仇恨的人，以为"第三次世界大战"要爆发了，共产党的政权不稳了，于是纷纷行动，急不可耐，要抢夺头功。一时间，这里放火，那里爆炸，这里"根子户"被杀，那里工作队员遇害。见识不广的贫苦农民便心里没底了。我村有两户贫农，一户穷得全家人只有一条裤子，那条裤子还是补丁摞补丁。另一户全年有十个月缺粮食，只好用树皮、野草、观音土当饭吃。可就是这两户人家，当乡干部把土地证送到他们家时，他们硬是关着破烂不堪的堂屋门，上了闩，不与干部见面。为什么？担心地主恶霸又起来，像二十多年前"起农会"那样，"还乡团"一回来，分过地主财产的都倒了霉。有的被倒挂在树上吊打，有的还被割断脚后筋，一辈子只能在地上爬着走路。在这种情况下，"土改"还怎么搞？"根子户"谁还敢当？于是在关键的关键时期，中央政府在对外抗美援朝的同时，对内来了个轰轰烈烈的"镇压反革命"运动。

"政府开头采用什么办法？"

"集中学习，由解放军的特派员主持，动员他们转变脑筋。比如'石锤脑壳'，解放军把他的队伍打散后，当场抓住了他。经审讯，旁人也指认他为首残害百姓的罪行。因为解放军对他态度好，他便以为解放军好糊弄。'石锤脑壳'花言巧语，痛哭流涕，讲自己如何为生计所逼，才走这条路。又讲自己曾经给红军带路，与我那年的情况一样，红军还给了他三块光洋。他把光洋拿给解放军特派员看。特派员以为他态度诚恳，便相信了他，让他写下悔罪书，才关押十天便放了。意思是树立一个悔过自新的典型。"

"'石锤脑壳'变好了吗?"

"越变越坏。抗美援朝的战争一打响，蒋介石'反攻大陆'的谣言一传开，他立马翻脸，重新拉起一支小队伍，把国家粮库抢了，还用枪托把粮库主任打得满脸流血。'石锤脑壳'不知从哪儿听得谣言，讲蒋介石要在神舟山建立'反共救国基地'，将用飞机空降国民党部队和军事教官。当地人只要响应，就可当个大官，还会奖励一整箱一整箱美元。'石锤脑壳'担心自己的号召力不够，竟跑去找'抗日县长'，要他挑头。这就把马县长给害了。他在打着给政府收税的旗号进行活动时，与马县长有过接触，觉得他'好讲话，很和气'。"

"他后来确实见过马县长?"

"是啊，要害就在这儿。马县长抹不开面子，竟在家里接待了他。也不知两人究竟是怎么谈的，只是有人证明，两人隔着一张四方桌子，面对面坐过。而后来'石锤脑壳'为了自救，想要立功，把'抗日县长'咬得死死的，胡说什么，全是马县长的主意。不过这样也救不了他的命，最终还是被枪毙。"

曾在山圣甸村蹲点搞"土改"和"镇反"的工作队长赵海鸣，是一个精明干练的解放军连长，但是不幸，在一个乌云压顶的夜间遭土匪偷袭，手臂受了轻伤，因此对所有进了"圈子"的人都咬牙切齿，恨不能将他们的名字全都画"×"。由于他工作积极，态度坚决，很快当上副区长。第二次"镇反"运动结束后不久，再升任区长，成为正营级干部。

枪毙"石锤脑壳"那天，同样先是在广场上开万人公审大会，把"石锤脑壳"和其他公审对象一个个五花大绑，捆得像草把子一样，跪在临时搭成的台子前面。排成三行，好几十个，都是死罪。每人背上都插了一块木牌，写了各人的名字，名字上面再画一把血红的大"×"。木牌之多，看去如一片光秃秃的树林。

令人痛心的是，就在同一天，竟把"抗日县长"也给枪毙了。而我，差

238

点做了行刑人。

那时枪毙犯人一律实行公审，每次公审都召开群众大会，扩大影响，也对坏人起震慑作用。我在山东共产党的老解放区已经见过，熟悉那种宏大场面。而在神舟山，千百年来没有过大会公审，村民们便当作看热闹的机会。所以每有公审大会，大家都争着前往，看坏分子怎样受到惩罚。为防止秩序混乱，深得信赖的民兵们一般负责现场保卫。民兵们没有统一服装，却并不妨碍他们严肃地履行职责。他们背着没有子弹的步枪，臂上套着红袖章，很是威严地在会场四周巡查，防止发生意外。我是民兵队长，每有这类会议，必然到场。个子虽小，但我迈的是军人步伐，所以仍然引人注目。这却不是我之所愿。

那天的公审大会在县城召开，意义很不一般。而在平时，因为想参加会议看热闹的人多，公审大会一般在乡政府或区政府召开。我是乡一级民兵队队长，一般只负责保卫乡政府组织的公审大会，这回是召开全县大会，按县里通知，每个村可派几个贫雇农积极分子代表。我因为在村里人缘好，又是实实在在的赤贫户，便成了当然的贫雇农积极分子。刚好这回没有保卫会场的任务，参加全县公审大会的光荣，便落到我的头上。后又接到通知，会议时间推迟两天，因为要训练十名会打枪的民兵骨干，在全县公审大会上与解放军战士一道，共同对罪犯执行死刑。这样更能体现人民民主专政的巨大威力。这十名训练对象，从各村的民兵队长中产生。

热心的赵海鸣队长，对我一直相当信任。在他看来，能担当枪杀地主恶霸的枪手，是极其荣誉之事，唯有表现最好的积极分子才能胜任，所以当即推荐了我。

"千万，别别。我个子太矮，枪摸不着。""你用手枪，总可以吧？""不敢不敢，我怕听枪响，会晕过去。"

一句话，我死活不敢接受这个荣耀。

共产党夺得天下后，农村贫雇农真是大翻身。我这个两手空空的光棍，也有一份属于自己的田产，不用出钱买。所以每当我站在公审广场的人堆里，前后左右都是贫穷百姓时，心里的感受即与广大贫雇农完全一样。我是他们中间的一员，同样一直凭两手吃饭。所以跟着大家喊口号时，我比谁的嗓音都高。

而当我低下头来，静心一想，一股寒流立时从头顶直下脚心，仿佛自己也被按倒在台上。因为被枪毙的人中间，除了"石锤脑壳"这类强盗土匪，还有过去的乡长、县官，以及在国民党特务机关干过的人，也有国民党军队的军官。我听台上宣布他们的罪行，有的杀害过共产党地下工作者；有的以前对穷苦人欺压太甚，欠下血债；还有正式退役的国民党下级军官，家有田产，因而对"土改"抵触。他们却还看不清时局，以为蒋介石真有本事反攻大陆，于是参与针对"土改"工作队的暴动预谋，结果被判处死刑。听到宣布他们过去的军阶，我不由得背脊发凉。倘若以军阶高低来定罪行，那我就危险了。我是个少校特务连连长，倘若被政府查出，脑壳还保得住？好在我自脱离国民党军队后，再没有任何"现行"，未留下任何劣迹。但也难讲，怎知赵海鸣是什么想法？倘若他突发奇想，要争个什么功，那不麻烦了？因为死刑虽然都得经过上级批准，但材料是他一手做出来的。所以每当这时，我不敢与赵海鸣队长对视一眼，总是把脑袋深深地勾下去，脖子更不敢伸长，仿佛那样一伸，就可能像提鸭子似的，被揪着脖子提上台去。

再讲那天，正是农历九月底，公历十月份。天气很热，太阳悬在头上热烘烘的，没有一丝风，空气像是凝固了似的。广场人挤人，背贴背，转身都不容易。大家的注意力都在台上，却不觉得热。我因为个子矮，只能踮着脚尖，透过人缝往台上看，有时还得跳一跳。照我的本事，我可以轻易跳上广场西边的土墙。但那是违规的，持枪民兵在那儿把守。所以我只能勉强看清跪在台上第一排的公审对象的脸，后面几排人的面孔几乎看不见。我就用心听大会主持人念他们的名字，以及他们的主要罪状。

也是心里有鬼，所以我绝不敢端枪，面对那些人犯。仿佛那枪口不是对着别人，而是对准了自己。我就这么战战兢兢，如履薄冰地过着日子，既要当积极分子，又不敢过于表现自己。难不难？当然难。但既然要活下去，再难也不怕难。

参加全县公审大会的那一天，我的心情就是这样。

就在我乌龟般在人堆里缩头缩脑时，忽感觉人群开始涌动，并引起一阵嘁嘁的议论声："这人是谁？""那个县长？"我被夹在数不清的大腿和背脊中间，几乎透不过气。这可不行，会被憋死。于是我脚尖一点，奋力一纵，即如练轻功似的，一下超过周围人的头顶。周围人再用力一挤，填补了我的空间，我便被大家给托举起来了。

这时我看到惊人的一幕：白发满头的马县长，给神舟山国军死难弟兄入土立碑的开明绅士，给方舟惠子提供过帮助的恩人，这时正被推着从台前走过，押往刑场。原来公审对象在宣判之后，押走一排，再移上一排，以便让每个人都被"亮相"示众。这样当前三排死刑犯被押走，最后一排便给推到了前台。身子佝偻、像一个罗锅的马县长，两手反绑，背插斩牌，站在最后一排，开头被其他死囚挡着，不曾引起众人注意。现在他突然出现，当即引起骚动。广场前排人群中有认得他的，把消息传给后面，后面的便想往前拥。因为绝大多数人没见过马县长，只听说过他的名字。县长，在县里当然是大人物了。这么个大人物被人民政府枪毙，自然是令人惊叹的事。大家便想凑近一点，看个热闹。

"搞错了，不是的。"不知怎的我嘴巴一张，竟喊出这样的话，还伸长胳膊，拼命挥动。

"你喊么子？快下来。"

"他不是，搞错了。"我又喊第二声。

"快下来，别挡着。"我还想喊第三次，却被人给揪了下来，又重重地跌落下去。我再次奋力挣扎，从密匝匝的人墙中探出脑袋时，却见耷着脑壳、两脚无力的马县长，正被两个持枪民兵左右架着，拖下台去。

太阳突然消失，眼前一片昏黑。我顿时浑身酥软，落入人堆，差点被活活踩死。

这就是我和马县长的最后一面。

记者，也许你以为我真了不起，竟敢在那种场合替马县长喊冤。1980年10月，县人民法院正式宣布为马县长平反，讲是杀错了，县长不是"反革命分子"，"石锤脑壳"的所谓检举揭发纯属诬陷。而在当时，我只是心里有一股无法抑制的冲动，非得喊出来不可，后果全然不计。若意识到那样做是有意对抗政府，自己也有被枪子崩了的危险，没准还不敢去做。最值得庆幸的是，我那天未被选为行刑枪手。否则，倘若轮着我必须将枪口对准"抗日县长"，我该怎么办？

当公审大会结束，人群慢慢散开时，一个当时站在身边、听到我大喊大叫的老人，轻轻撞了撞我的胳膊，问："你刚才在喊么子？"

"没喊么子。你听错了吧？"这时我已清醒，赶紧矢口否认。

"你喊'搞错了'。小心点，后生家。"

"谢谢您老人家。我没喊，真没喊。可能是太阳晒久了，脑筋发糊了。"

我脖子一缩，赶紧溜走。身上黏糊糊的，一摸全身是汗，连衬裤都透湿了。幸亏当时场上混乱，人声嘈杂，众人的注意力都在台上，我的喊叫才未引起更多关注。

这以后我多次做梦，梦中出现的情形与见过的公审大会几乎相同。幸好我是单身汉，不怕被谁偷听梦话。每一场公审大会的会场上，都有两条醒目的标语，分别贴在主席台两边：坦白从宽，拒绝从严。它们像八把锋利的尖刀，直插我的心脏。我心里倍受折磨，要不要投案自首？若不主动自首，万一被揭发出来怎么办？这样每当梦醒，我便心里念叨："明天就去自首，争取从宽处理。明天就去，天亮就去。"而当第二天早起，阳光照着眼睛，自首的勇气又不知去哪儿了，代之以侥幸心理：也许不会被人揭发。除了马县长，周围没任何人知道我的底细。而他已经不在，即使他还活着，估计也不会揭发我。何必自己往火坑里跳？一旦自首，即便能得到宽大，也不会宽大无边。至少我这"根子户"的帽子再也没有了，当"土改"积极分子更不可能了。当不成积极分子不打紧，遭到怀疑怎么办？你若不是积极分子，遭受怀疑的机会就多得多。能不能出家修行呢？现在出家修行也不行了，"反动会道门"同样在打击之列。老道长云游四方的生活，还过得下去？所以上上之策，还是能隐瞒即继续隐瞒，进哪座山唱哪支歌。于是在侥幸中过了一天，到夜里又被噩梦惊醒。自首的事情就这样拖着，在上级派来的干部和所有贫雇农面前，即努力有好的表现。

后来听人家讲，"抗日县长"的死，关键还是与"石锤脑壳"见面的情节。他怎么就把"石锤脑壳"迎进家里？他怎么就不当场把"石锤脑壳"给轰出去？他怎么就不能主动向解放军连长揭发"石锤脑壳"上门串联的罪行？我想这些，与他的处世观点有关，觉得"告密"不是正人君子的行为，最后落得如此结局。经过这个阶段，我对自己的未来又充满信心：我只需时时小心，不犯"现行"，即使哪天被揭发出来，顶多也是判刑。何况已没有"石锤脑壳"这样的仇人存心作对，无牵无挂地过好自己的每一天吧。讲不准我还会有点作为呢。那我这辈子就值了。

"石锤脑壳"被枪毙后，山圣甸村里的人敲起锣鼓，大放鞭炮，还有人舞龙灯，踩高跷。都讲共产党干得好，除了个大恶霸。原来对共产党采取观望态度的农民，都喜笑颜开。不敢接受地主浮财的人，也都高兴地接过盖了人民政府大红印的土地证书，在自己的田地里精耕细作。"土改"第一年秋天，就迎来了大丰收。黄灿灿的稻穗连成大片，有起有伏，如海浪一样，空气里都是稻谷的芳香。收获季节到了，到处是用扮桶拌谷子的声音。村里人一边拌禾，一边唱歌。那个热闹劲头，千百年未曾有过。听听那时唱的什么：

太阳出来照四方，
犄角旮旯都沾光。
妹伢仔穿上花衣衫，
崽伢仔草鞋变"解放"。
两口子四月忙插田，
八月拌桶"砰砰"响。
关门睡个落心觉，
养个宝崽七斤零八两。
倒吃甘蔗节节甜，
翻身全靠共产党。

二六　温柔旧梦重现（老爹自述）

　　请听我再讲讲与偏瘫婆娘的事情，因为她几乎影响了我后来的几十年，直到现在也没割断。严格地讲，我不能称她为婆娘，因为即使照旧时的要求，我俩也算不得正式结成夫妻。我们没相互交换过生辰八字，没在族老的主持下拜过天地，没请众班亲戚与村里父老喝过喜酒。所以我们的"圆房"其实有点不太光彩。首先老岳父心里自卑，觉得招一个长工做上门女婿伤了面子（因为我实实在在，是他的长工）。可不招纳我这样的人，他的女儿只能打单身。据我后来所知，此前岳父曾相中一个身高体壮的年轻长工，那年轻人看出主人的意图后，吓得连夜就逃，换洗的旧衣烂衫都不要了。见我做人做事实在，又不嫌弃他的女儿，老岳父这才下决心破除惯例，不张扬地把婚事办了，让我成了他家里的正式成员。

　　结果如你所知，所有设想的美好图景，全被"石锤脑壳"砸了。

　　我与方舟惠子结合的前一刻，心里还在打架。我若与方舟惠子好上了，就是背叛我的偏瘫婆娘。明人不做暗事，要么对方舟惠子碰也不碰，要么先取得偏瘫婆娘的谅解，公开的一妻一妾。因为那时，法律没有一夫一妻的规定。而万一婆娘她不乐意，也就对方舟惠子不存非分之想。抱着这种心态，便有偷偷去岳父家的举动。听得楼上男女二人的对话声，当时心情相当复杂。原来在我离家之后，你也把我忘了，我早就戴上"绿帽子"了。而我一直对你牵肠挂肚，对任何女人从不多看一眼。不过也是，我这么久不在家，也无音信，不知我是死是活，中间恰好遇上一个合适的男子，两人相好天经地义。这样正好，我俩过去的一切都可了断。只要方舟惠子答应，我与她结为连理也就没任何道德障碍。

我在与方舟惠子离别前的最后一夜，想法就有这么复杂。

从回到老家至"土改"的三年间，我都没想过第一个婆娘的事。相反，脑子里倒是装满了方舟惠子的种种幻影。但我上哪儿找去？且莫讲我不晓得她老家日本的住址，就是晓得，我也去不了。一是不准去。中华人民共和国成立前，国境线虽说管得不严，去其他国家可以，但是去日本就不同了。战争仇恨未消除，谁敢以私人目的去那儿？日本那时穷得一塌糊涂，去那里也只有挨饿。中华人民共和国成立后，我们国家已经再次与日本为敌了，因为抗美援朝战争爆发，日本成了美国的帮凶。这时哪儿容许中国人去日本？同时，国家对边境线管控严格，公民出国要经过严格的政治审查。公开去不批准，秘密去就是叛国投敌。二是没钱去。我在日本投降之后到国共战争期间，几乎没有储蓄。起初阶段，我不够资格当接收大员，从而失去发财机会。那时的接收大员可牛了，扛的是"国家无条件没收日伪敌产"的大招牌，捞钱就像在地上挖泥巴，个个肥得流油。连蒋介石都讲，"接收敌产"之举，大大地腐蚀了国军的战斗力。后来阶段，战争起来了，能发财的机会只有用战争的名义，强征民产。我身边不少同僚就是这样发横财的。我却实在干不了这种伤天害理的事。这样我所有的，仅只是上级下发的津贴。而大部分津贴都存放在老师长家里。我是偷着走的，临走时哪儿敢找他要？他本人后来也死在战场上，老婆另外嫁人，更没法要回这笔款子了。谁证明你的钱放在她家里嘛。我回老家时，就这样两手空空，从原点回到原点。"土改"时把我的个人成分划为贫农，完全合乎实际。回到老家后，前面那三年新中国还没成立，两个党都忙着打仗，自己倒是没有任何政治压力。可经济压力却大得很，成天都想上哪儿去打长工短工，填饱肚子，然后慢慢攒点钱，盖两间茅草房，有个遮雨挡风的地方。雨季来了，下地干活，帮东家犁田、插秧，买不起一件蓑衣，只能自己把棕叶片扎拢，连在一起，用来遮雨。再讨婆娘，哪里敢想？日子久了，方舟惠子在脑子里的印象，也就慢慢淡化。

后来，意外得知岳父一家在我别后的情况，也得知与婆娘之间，有个极大的误会。

岳父见我与他的偏瘫女儿没能成婚，便讨了一房续弦。我在神舟山之战结束后的那个晚上，在岳父家二楼听得的男人说话声，就是他的。因为受凉，声音嘶哑，我竟没能分辨出来。原来他与偏瘫女儿调换了住房，偏瘫女儿为起居方便，仍住回一楼。这续弦带来了一个快要成年的儿子，又给他生了一个小男孩。偏瘫婆娘在失去我的音信之后，感觉非常孤单，成天关在屋里，把绣花绷子放在桌上，俯下身子绣花，连大门口也不迈出。绣出的手帕、头巾、围腰等等，由父亲拿到市场去卖，卖得的收入补贴家用。她成天绣啊，绣啊，有时绣着绣着，泪水便悄然无声地流了下来。现在有了继母领来的这个弟弟，自然有了新的慰藉。虽无太多的语言交流，彼此看上一眼，即已会意，日子久了，两人便超过了一般异父异母的姐弟关系。年少的弟弟对姐姐的遭遇深表同情，对她的忧郁深为关切。因为两人并无血缘联系，他们的母亲对姐弟俩的情感亦表示默许。

干活是一把好手的岳父，心胸却有些褊狭。他有空仍坐在门前的矮凳上，"咕噜咕噜"地吸着水烟袋，脑子里时刻在转的，是如何给自己的血亲骨肉留下更多田产。他眼里的血亲骨肉，过去是偏瘫女儿，现在即是与续弦生育的儿子。这样在两个儿子之间，自然分出亲疏。由于岳父对续弦带来的儿子有些歧视，使得这男孩长到十八岁便决计离家，独立生活，就当没有分文田产可以继承。他没有起家的本钱，只能靠双手两肩。便用坚韧而有弹性的桑木，削了一根长矮粗细都很合适的扁担，又买了一担箩筐，凭着自己的力气，专门做贩米的生意。这是很吃力的，每买进和卖出一担米，自己赚不得太多，一旦遭遇抢劫的强盗，买卖就全亏了。好在强盗们抢劫这种苦力型"米贩子"的情况不是太多，因为在那个年代，强盗中的大多数也是贫苦人。好一个有志气的年轻人，眼看有了一点点积蓄，偏瘫妹子似乎也有了盼头。不料在那一年，遇上偷袭神舟山的小鬼子，被强行抓去，做了挖战壕的劳工。战壕挖成后，小鬼子担心泄密，竟把所有劳工从悬崖上扔进深涧，活活杀害。这些人上哪儿去了？谁也不晓得。战斗结束半年后，山洪暴发，深涧水涨，劳工们的尸体漂浮起来，冲下山去，乡亲们才晓得那些人的下落。但尸体已高度腐烂，眼睛鼻子成了窟窿，谁也认不出谁。有的身子被豺鱼啃过，只剩了骨头架子。想起这些，我既痛恨小鬼子，又痛恨"石锤脑壳"。

我在配合"土改"工作队登记全乡所有田产时，才知道岳父已经去世，偏瘫女儿并未成家，家里还有个不争气的弟弟。而全家的总田产，却大大超过全乡人均田亩数，所以理所当然，得把多余土地调剂出来，家庭也得定为地主成分。我大致了解山东共产党解放区的情况，岳父家划为地主成分可不是好事，定为地主分子更是糟糕。而导致祸害加身的，是对于政治全然无知的岳父本人。原来解放军即将南下的风声正紧，别人都往外抛售土地，他却以为捡便宜的机会到了，把能够拿出的钱财都买了田产。结果在不足一年的时间里，岳父的田产翻了三番。他本人却有病舍不得花钱治疗，赶在"土改"开始前离世了。那时没有"癌症"这个词，他实际患的是肺癌，与长期吸烟和劳累过度有关。照我看来，这样也好，否则他老人家倘若活着，眼睁睁看着买下的田产无偿分给别人，肯定也活不长，而且更痛苦。就算活着，也会被定为地主分子，成为专政对象。那他也活得不自在。这个可悲的贪心人算是入土为安了，留下一对儿女，日子自然不好过。我为避免这一家被定为地主成分，更避免偏瘫婆娘本人被定为地主分子，便大着胆子，试着在赵海鸣耳边吹风："首长，这一户情况比较特别，我曾在他们家当过长工，对户主情况比较了解。""他们剥削压迫的情况怎样？""首长，这一家虽然也有剥削，可他家的户主一直下地干活，而且是把好手。""他家这么多田土，还要亲自干活？""首长，这田土并不是多年就有的，而是近一两年才有。有的还是今年上半年买的，插下了秧苗还没收到谷呢。所以若去掉今年才买的，也就是一个中等富裕户。""他们上半年还买地？有意思，土财主，真是个土财主。"

赵海鸣说时，不由得哈哈一笑。

我一听有点希望，忙接过话头："首长，您的话太正确了，正是个蠢得到家的土财主。更有讽刺味道的是，这家的户主因长期劳累，积劳成疾，有病还舍不得花钱治疗，已在上个月去世了。"

赵海鸣表情愕然，一时无语，只用手不住地搓着膝盖。

长相威严、骨骼发达的赵海鸣，有草原民族血统，刮不净的胡子在两颊与下巴绕了一圈，随着解放军大部队来到神舟县。他个性开朗，打仗勇敢，多次立功。但读书不多，文化知识欠缺，对政策的理解与执行有些随意性。他待人还吃软不吃硬，谁若顶撞，对的也是错的。我后来得知，他在亲自审讯马县长时，就因为马县长不服气，顶撞了他，惹他大怒，往桌上一巴掌拍下去，震得盛水的瓷杯跳起三寸多高。你这个老王八蛋，敢与我顶嘴？老子整不死你，就不姓赵。他指令部下整马县长的犯罪材料，定的罪名是"暴动主谋，窝藏首犯"，亲自送到军管会。待批下之后，他才返回驻地，可见决心之大。

而对岳父一家，听了我的介绍，他又去家里见过偏瘫女子，便生了同情之心。于是提出，田产处理从严，家庭成分从宽。这样，依照田产数量，本该划为地主成分的岳父家，最后定了个富农成分，偏瘫女被定为富农分子。而超出人均田产的土地，则全部没收，分配给贫困户。这富农分子对偏瘫女来讲，意义不大，因为成分只是个政治概念，参与政治活动才有作用。而她从来足不出户，也不识字。她年纪大了，视力差了，绣花已不可能，与政治根本无缘，只每天摇着小纺车，"嗡嗡嗡"纺纱。她一边纺纱，一边自吟自唱。那回又被我听见，唱的还是乡间流行的歌曲：

> 一枝梨花开路边，
> 哥想带回插床前。
> 只怕梨花开不久，
> 栽花就要土连根。
>
> 花未到手莫怨天，
> 只要有心就有缘。
> 早早晚晚勤浇水，
> 铁树开花也得见。

后来农村搞历次政治运动，对她都毫无影响。村里有时开会，对"地富反坏"这四类分子训话，她也从未被通知参加。大家好像把她给忘了。她弟弟则因这家庭成分大受影响。他因为在家里排行最小，养成一些少爷习气，下地干活的自觉性比老父差多了。后来他找借口上县城念书，其实整天贪玩。现在成了富农出身，念书遭到其他同学白眼，干脆不念，也没钱念了，不得不改掉不良习气，回到老家，拿起锄头，在留给他和姐姐的那四亩水田里干活了。其实他还是上中学的年纪，不过已轮不到他享受少爷待遇了。

（"这个人你是见过的，能猜到他是谁吗？""牛福山老人家？""不对。""马馆长？""也不对。""难道是马秀美的老爸？""正是。想不到吧？""太奇妙了。这是什么时候的事？""故事长了，还离得远呢。""他不是姓牛吗？""打从抗日县长被枪毙，他觉得姓马不光彩，所以把姓氏改了，改作姓牛。""那他也是牛全胜的父亲？""不会有假，记者先生。"）

我向赵海鸣替岳父家求情时，半点也不敢暴露与偏瘫妹子的关系，他也从不产生怀疑。由于我们当年未举办传统的结婚仪式，所有亲戚与邻居都不晓得我们这一层关系。甚至她弟弟也不晓得，因为那时他还没出生。

确知我那未履行正式手续的婆娘并未嫁人，我心里深深不安。半夜从床上爬起，坐在石凳上发闷。邻居家的狗被我惊起，"汪汪"地叫。这不是我造成的吗？她那样的善良之辈，肯定坚持"从一而终"，不会轻易改弦易辙。这么多年不曾招郎，一定是因为当年已经跟了我。是我害了她，是我耽误了她。怎么办？补偿。可她家的成分那样高，公开往来将对我大为不利。"与富农分子划不清界限"——这罪名可不小。何况，假若别人知道了我过去与她的关系，还会把我当"根子户"看吗？赵海鸣这些政府官员还信得过我吗？"与女富农分子困过觉"，这句话多刺耳。但我却不能对她充耳不闻，好像什么事情都没得。那我不成了负心汉？依照传统道德标准，负心汉同样受千夫所指。否则就不会有戏剧《铡美案》了。"言善信"，这是《道德经》倡导的品性。只要有机会，又不妨碍我，那就一定要履行自己的义务，做一个负责任的男人。

一个月光明朗的夜晚，时间大约在晚上九点。我从乡政府开完会，正往家里赶。我这时已是乡民兵大队长，活动范围扩展到全乡。岳父家与我的老家山圣甸虽相距十华里，却属于同一个乡，所以我有机会从她家门前的石板路走过。岳父的家离大路约莫半华里，屋后那一片青翠的竹林还在，屋前长出两株高高的柚子树，屋顶一头盖着青瓦、一头盖着稻草，由竹林与柚子树掩映着，与别的人家不搭界。这是岳父生前的布局，他喜欢清静。这样，屋场显得非常打眼，远远就能看到。每当我见到它时，过去与屋场关联的一切便浮现在脑海里，不由得百味杂陈，同时忍不住生出一个念头，想进屋去看看。可那是富农分子的家，而且是个女的，你这民兵大队长进去，什么立场？什么目的？于是每当经过，只能尽量放慢脚步，偷偷多看一眼。这还得在一个人行走时。有一回我与赵海鸣同行，步子突然放慢，赵海鸣诧异地问我："怎么回事？突然走不动。你平时不是个飞毛腿吗？"我赶紧蹲下去，装作倒鞋子里的沙土，同时向他道歉。现在我单独一人经过她家，虽是夜间，明亮的月光却把那屋场照得同样打眼，更富有吸引力。多好的机会，我自己前后左右没人，那屋子前后左右也不会有人注意。她家里仅姐弟俩，我进去看看有何不可？她弟弟若问，就讲来做个调查什么的，总有办法搪塞。

月光太强，把地面的石子照得清清楚楚。我仍担心被别人发觉，便绕道从屋场后面的竹林里走。竹子长得非常浓密，有的地方挤不过身子。好在我身子单薄，个子不高，左转右转，很快来到屋后。还是那一道围墙，因不及时维修，已塌了几处。我靠近一看，楼上黑漆漆的，唯楼下木格窗户透出一点光亮，还不及月光那么明亮。只她一人在家？屋里一点响声也没有。她在干什么？现在睡觉还早了点。我绕着屋场的后墙走了一个来回，好确定翻墙的位置。既不能吓了她，又要让她第一眼见到，免得大喊大叫。我最后选定一个光线较暗的塌陷处，凭着轻功，稍稍一跃便跨了过去，落进后院壁脚。屋子是木头结构，墙壁都是木板做的，日久失修，已有不少裂缝。我把眼睛贴着其中一个裂缝，于是看见了一个坐在椅子上的背影。那不就是她吗？

久违了，我的亲人。对你不起，可我终于又见到你了。我的心突然剧烈蹦跳，呼吸也加快了。鼻子顶着木壁，眼睛眨也不眨，死死盯着，似乎想用眼光把她吸引过来。该怎么进去？怎么同她讲话？她还认得我吗？已过了近二十年。我心里不住地盘算，不知怎的，两手在木壁上抓挠起来。

四周很静，只有竹叶在月光下轻轻拂动的声音。这抓挠木壁的响动，在夜晚的沉寂中便显得格外刺耳，以至她低垂着的脑袋动了动，想把头转过来。她却无法立即做到，瘫痪的下半身制约了她。于是她恢复原来的姿势，沉着，镇静，好像世界间的一切都与己无关。

既然惊动她了，不妨再惊动一下，让她有心理准备。于是我有意敲了敲木壁，让响声更大一点。

"是谁呀？是鬼你就走开，是人不怕你进来。屋里没什么值钱的，我嘛，你晓得，我是一个瘫子。"

我的心跳瞬间停止。这是她的声音，是她在讲话。那么平静，见怪不怪。看来夜间打扰，于她已成习惯。各式各样的骚扰她都适应了。适应过程可以想象，经历过多少个心惊胆战的时刻，尤其当她弟弟不在家时。不能让她再受惊扰了，于是我再次敲响木壁，并稍稍放开音量："是我，别怕。我的声音还听得出来吗？"

"你？""我。""真的是你？""确实是我。""你就在外面壁脚下？""我站了好一会儿了。"

她听出我来了，想立即转过身，却同样没有成功。我真傻，怎能指望她替我开门？二楼有个活动窗户，一般不关，因没人从那儿进出。于是我转过方向，对准二楼那个窗口，身子下蹲，脚下发力，"嗖"的一下便飞了上去。再顺着楼梯，下到一层地面。

亲人，我终于又见到你了。坐在破旧的木椅上，膝头盖一块蓝围腰，一手拿着正在刺绣的鞋帮，一手握着绣花针。我在她面前站着，一时不知所措。她也怔怔地望着我，两手暂无动作。我的位置高，她的位置低。我稍许俯视，而她只能把脸稍稍仰起。在桐油灯光的映照下，她的脸色有点苍白，额头有三道波浪式皱纹。黑亮的头发盘成一个圆鬏，束在脑后。眼神那么温柔，嘴唇微微颤抖。我们就这样相互凝视着，足足两三分钟。后来我突然蹲下，跪在她的面前，伸长两手，要把她抱在怀里。"哎哎，慢慢，我手里有针哩。"她说时把鞋帮和绣花针都丢到一边，一头向我怀里扎来。

但是，就在偏瘫妹与我即将紧密接触时，仿佛无形中有一只大手在作难似的，她突然调整了姿势，前倾的身子又往后缩。我不明白她的真实想法，以为她还有别的不便，便再次主动伸长手臂，想把她抱住。"不不，不要。我是个瘫子，是个废物。我的成分还不好，都会害了你。"

"你讲这些干什么？我们还和从前一样。""不不，不一样。我都晓得。你是民兵，还是队长。我们完全不一样。""一样，是一样。我本来还是历史反革命分子呢。""那也不一样。我不能害了你。让别个晓得，那就麻烦了。"

我们就这样争来争去，她的决心大大出乎我的意料。因担心被隔壁邻居听见，两人都把声音压低。我担心她坐的椅子不稳，不敢过于用力。见她的态度如此坚决，我只好放弃与她亲近的愿望，僵硬而窘迫地站了起来。临到出门，我转回身子，一边看着坐在旧椅上的她，一边慢慢倒退，直到她被门框挡住为止。我一直退着，退着，直到背脊撞在柚子树上，想要转身，却不知不觉，又走进屋来。

真没想到，她这态度。热脸贴人家的冷屁股，我这不是自讨没趣吗？冒这么大的风险，就为了听她这几句话？像她这样的女人，世界上太多了。不过，也许和她就有缘分，不然在茫茫人海里，怎恰好就遇上她？关系就那么深！确实是为我着想，这事一旦传开，不仅眼下会成为丑闻，还有可能把我的老底给抖出来。那我就只能被人民政府专政了。两人真的就这样了断了吗？也许只能这样，就当我还在外地没回，或想得更绝一点，就当我已被子弹打死。可我毕竟没被打死，还活生生地站在这儿，站在她面前啊。

"你走哇，走哇，真的你走。"

"好，我走，我走。我……"我的脚就是不动。

这个夜晚，刚好她弟弟不在。我便把她抱起来，放到床上，然后紧贴她躺下。这个夜晚是怎么过的，我已记不太清。屋子后面的竹林，在夜晚的凉风里轻轻摇晃，陪伴着我们。桐油灯已经吹灭，屋里一片幽静。用报纸糊着的窗户，替我们保守着秘密。两人都说得不多，只彼此感受着对方的温暖。但幸福时光不能贪婪。不等天亮，我即赶紧起床，生怕被别人撞见，再从后墙跳下，迅速穿过竹林，又回到日常生活中去。

我在告别前匆匆瞥了一眼她的住房布置，发觉北边墙壁上有一个小小佛龛，供奉着一尊檀香木雕制的观音佛像。佛像下有一灶台，插着三炷燃尽的焚香，屋里还有一股淡淡的焚香的气味。我刹那间心里淌过一股暖流，不用担心她寂寞难耐了。我虽不懂得佛教的轮回转世是怎么回事，但我懂得佛教里讲的"姻缘"与"缘分"这四个字的含义。当然这是我的理解，不知佛教教义的精髓，是否真能用这四个字概括。我更相信，一个诚心信教的人是不会心灵空虚的，不管是信佛教、基督教，还是信伊斯兰教，除非信教只是一个幌子。这些年来，每当想起我这位苦难的偏瘫婆娘，最担心的是她如何在孤独中打发日子。自这个夜晚之后，我便悉心留意，看哪儿有上好的燃香。因为那时，许多寺庙、道观已经关门，和尚、道士们都参加劳动，改造思想去了，要买得一把燃香还真不容易，但我还是做到了。因为最有名的几座古刹尚未闭户。这样我在第二次偷偷与她会面时，手提的布袋里便有了她最为珍爱的礼物。我才进屋，她就闻着燃香的气味了。我才掏出一半，她就忍不住拍起木椅扶手来。这礼物对于她是多么珍贵，竟激动得想要从木椅上站起，结果滚倒在地上。

（"你们的关系就这样恢复了？""是啊，其实她一直在期待我上她家去。""她知道你回老家了吗？""弟弟已无意间告诉过她了。""以后你们就经常见面？""哪儿敢啊。第二次见面，差不多相隔半年。""主要是你的顾虑？""是她。晓得我已经是积极分子，还当民兵队长，生怕影响了我。""这样的幸福持续了多久？""五年，直到她不幸去世。主要是缺营养，她全身浮肿，一掐一个坑。最后死时，肿得像一个黄皮冬瓜。"太和老爹说时，叹息声又响又长）

二七　爱妻眼里的疯老头（正在进行时）

这是又一个热气蒸腾的暑月，阳光带着强大的穿透力，晒得美人蕉阔大的叶子松松地卷起来。用红砖砌成的精神病院的高墙上，紫红色牵牛花无力地低垂着，像在睡午觉。唯有墙脚的茜兰，叶片仍那样伸展，叶尖如箭镞一般。叶脉里的汁液经太阳暴晒，竟渗出一层油汪汪的碧绿来。

因联系不上太和老爹，我只得来找马秀美。经人指点，我终于在距精神病院不远的一座用木板、牛毛毡、塑料布拼凑而成的小屋里，见到了想见的人。屋子不宽，但很整洁。屋里逸出一股艾灸的气味，闻着特别舒服。泥糊的墙壁上，挂着一幅人体穴位图。十年不见，与当年那个嘴唇抹了口红，十个指甲涂成金色的她相比，马秀美简直判若两人。脸上的皮肤变得粗糙，眼角的皱褶如鲫鱼的短尾，头发自然黑亮，用皮筋扎成一束，不时左右颠动。穿一件式样平常的翻领白衬衣，胸前系一个自己缝制的拼色围兜，那是村妇下厨房常有的打扮。她外表变化虽是如此，体质却明显健康，肤色黑里透红，眼睛特有神光，干活也利索多了。我见到她时，她正站在砧板前切菜。只听得"砰砰砰砰"砧板响，菜刀落下的频率如击鼓一般，快捷而有节奏，与韩国电视剧《大长今》里主角的刀功好有一比。接着是站在灶台前，手持锅铲炒菜。只见她一手握着铁锅的柄，一手把着锅铲，将菜在铁锅里翻来翻去，一盘色、香、味齐备的青菜便炒好了。

"您又来了。好多年没见。是不是因为大爆炸来的？"

"不是不是，与那个无关。到南方出差，顺便路过，特来看望老朋友。"

"您可真有情义。还以为您早把我们忘了呢。不过神舟山的事情，真还需

253

要你们这样的人帮忙说说，不然这回死的人全都白死，大家的损失全都白丢，所有真相，全被牛全胜那帮人一巴掌捂死。"说时，马秀美用手揉了揉鼻翼。显然鼻子有点发酸。

我点着头，询问她的近况。

"忙呢，天天都忙。不过怎么说呢，应该不算瞎忙吧。"于是欣喜地谈起自己的生活故事。

太和老爹住进精神病院不久，马秀美便搬到这儿来了，将县城的别墅交给老父亲打理。她一反过去的生活方式，过起了普通百姓的平常日子。也就是说，她又回到从前的平民生活。不同的是，她现在不用再为吃穿和零花钱发愁，尽管太和老爹的大部分资产被蛮横的弟弟夺去，但她的基本生活费还有。想想与太和老爹的特殊生活方式，她觉得也就够了。多陪伴老头儿一些日子，成了马秀美的最大愿望。

"看，我这就去医院送饭。""去医院送饭？""您没听说，我那老头？""不是说他已经出来了吗？""又被赶回去了。说他的病没好，已经把一个领导吓死了。再这样下去，从县里到省里，不知还会有哪些领导倒霉，不是吓死也会吓出一身大病。"说话间，她已利索地将饭菜和葱花蛋汤分别装进三个竹筒，盖上盖子。

"干吗不用保温瓶呢？""我老头不让。说那东西串味，不如竹筒好。""你送饭多久了？""他住院多久，我就送了多久。除掉他上山里修行的日子。"

上山里修行？我待要细问，马秀美拖过一条木板凳，请我坐下，自己即一阵风出门了。

我走到她住的棚屋外面，估量小屋与精神病院之间的距离。两地约莫千米，中间有条碎石小道。再看小屋周围，开挖出一片菜地，种着豆角、黄瓜、厚皮菜、大头萝卜、辣椒等。旁边还有一个用木板围成的猪栏屋，里面躺着一头黑耳朵壮猪。豆角与黄瓜都已上架，一边成熟，一边继续开花。菜地旁边，摆着两只木头做的粪桶。这是当地农民常用的工具。与它们挨着的，是两只挑土的瓢箕。距棚屋不远的草地里，一头壮健的黄牛低着头，安静地吃草。会不会是我十年前见过的那头小黄牛？

半小时之后，马秀美提着三个叠在一起的竹筒回转了。我一看，不是她出门提的那三个竹筒。

"这些菜都是你亲自种的？"我指着屋子周围的菜地问。

"您帮过我呀？您也不会。"马秀美笑道，拿过装有长豆角的小竹篮，倒出里面的豆角，坐在矮凳上，一根根择，放进竹子编成的圆形斗箕里。

"你来这儿住，就是为了方便给老爹送饭？"

"您猜对了一半。"马秀美笑了笑说，现出诡秘的表情。但她毕竟个性坦诚，还是告知了她的秘密。原来她受太和老爹影响，一直在学习中医基础知识，对艾灸钻研尤深，已掌握了相当高的技能。她每天对照人体穴位图，给自己艾灸，有时也免费给隔壁邻居灸。由于有事可做，这样日子过得充实，心里的感觉喜滋滋的。"跟着老爷子二十年，总算没有白活。"

"老爹他身体究竟怎样？"我急切地问。

"讲不清，有人说他神神道道，有时我也有这感觉。他对某某人讲，你左边第三根肋骨那儿，长了一个肉瘤，最好抓紧治疗。那人穿着好厚的衣服，而且肉瘤只可能长在肉里。可是怎么着？去医院检查，切片，果然这样，而且马上就要转化为恶性。你说，这算不算神神道道？"马秀美已将豆角择好，端着小斗箕进了屋。不一会儿，她又拿着一个小斗箕出来，里面盛着嫩生生的鲜黄花菜。

"所以一定要求他回精神病医院去？"

"何止是县领导？省里领导都发话了，是那个从我们县升上去的副省长，姓赵，牛全胜的拜把子兄弟。是他一口咬定，老爷子绝对是精神病，他的话半句也信不得。一个人怎可能看出另一个人在想些什么？他往你身上一看，马上说你刚杀了一个人，正在想如何掩藏，或者栽赃在别人身上。这种话一散布，社会不是大乱了吗？所以绝对不能让他四处乱窜，胡说八道。副省长这一说，当官的都拥护。县政府开来一辆中巴车，还来了几个警察。只有把他关进精神医院才放心，大家都怕了他嘛。"马秀美说着，不由得来气，把斗箕在板凳上磕得直响。

我虽然才到神舟县半天，却已听得不少关于太和老爹的传奇故事，只没人说得清他再次住院的真实原因。见马秀美心里不痛快，我便换个话题，打听往医院送饭的细节。

"我只送到护士手里，再由护士转交。""这么复杂？直接送不行？""他不认我啊。他要我嫁人啊。""这话不是今天才说吧？""十年了。说不能误了我什么什么的。"

我见马秀美笑得很开心，担心不经意触及她儿子的事情，便绕开家庭话题，谈她手上小小的竹团箕。它金黄颜色，篾片匀细，编织严密，似一轮金秋夜空的小月亮。我不由得赞道："这小团箕多精美。一个真正的工艺品。"

"疯老头的手艺。个个都说好。""这是才编的吗？""上个月。好香吧？""我的意思是，老爹不是病了吗？""编竹器可没停止。""这可真是奇迹。""老头本来就怪。"

马秀美说过，从屋里抱出一堆竹篾织品：小竹箩，小竹筐，小竹篮，小竹箕，小竹筛，小竹团箕，还有小竹笼、小竹椅、小竹桌、小竹床等，一件件精美绝伦，谁拿在手里也不想放下。嚯，还有一个个小蝈蝈笼子，拳头般大小，工艺精细绝伦。

我要过小团箕闻闻，闻得竹篾淡淡的清香。听过马秀美介绍，我才知老爹这些年在精神病院的情形。十年前，太和老爹被小舅子给强行送进精神病院后，身体状况一阵子看去正常，一阵子严重恶化。若处于恶化状态，或在四人住的屋子里闷声坐着，或在长满青草的地上朝天躺着，有时还突然蹦上屋顶，踮着脚尖在上面走来走去。他习惯踮着脚尖走路，认为有利于绷紧小腿筋肉。照太和老爹的说法，小腿相当于第二个心脏。人老从脚起，脚老从小腿起。过了一段时间，他情绪正常了，便要求医生给自己找些事做，或者挖土，或给果树剪枝，或喂养小猫小狗。他最喜欢做的，则是编织竹器。一根圆溜溜的凤尾竹到了他手里，先锯成一段一段，再劈作一块块竹片，又将竹片细分成芦苇般绵软的篾丝。一束束篾丝到了老爹手里，如同纺织女工手里的细纱，即刻成了一个个精致适用的手工艺品。他把这些竹篾产品分送给医院医生、职工和其他需要的人，有时还让马秀美拿到街道、工厂、学校、幼儿园去，无偿赠送。万一人家要付钱，就收一点点竹篾成本费。

"竹篾这么细，他怎么劈出来的？"我将一个小蝈笼托在掌上，转换角度，欣赏不够。

"闭上眼睛，不伤手指，他可以把篾片劈得像芦苇似的，又细又长。""编织也不用看？""也差不多。不信你让他表演一回。"

太和老爹把竹篾编织看作极大乐趣，无论月亮阴晴圆缺，几乎未曾停歇。十年里，他亲手编织的竹篾制品，堆积起来高可逾山。接受过他馈赠竹篾制品的，不下千人。老爹作为特殊患者，被允许在院里自由活动，与那些"武疯子"有根本区别。他瘦小的身影出现在那儿，即赢得医生与护士热烈欢迎。

"老爹现在的身体如何呢？""除了有一点神神道道，再就是少了些头发。"

"听说人老从脚起。他走路还行吗？""还能上屋顶呢。只是我不准他。""视力？""看电脑不用戴老花镜。""你刚才说他上山修行？""是呀。要不，身体哪儿得这样硬扎？"

接着马秀美兴致勃勃地介绍太和老爹练功的琐事。这让我想起古代道家人士穿着道袍，在云雾山中飘飘然的情景。

一旦手上得闲，太和老爹便是练功。他有时盘腿而坐，有时站着练功。盘腿时手心朝上，平放在大腿上，舌尖抵住上腭，两眼微闭，全身放松，开始入定。他保持这种姿势，有时能坐五个钟头，饭也用不着吃。站着练功一般选择早晚，就在院子的草地里。两腿比肩分开，全身放松，眼睛微闭，脚后跟轻轻提起，两手自然下垂，就这么深深呼吸。太和老爹经这一练，肺活量之大，一般年轻人远远不及。一分钟内，只需四次深呼深吸。

"他平时吃什么呢？""粗茶淡饭，每餐离不得青菜，特别是叶子菜。""全部素食？""也不全是。老头儿特别喜欢吃鱼，尤其是山涧里的小鱼小虾，鱼头鱼尾全吃。""记得他以前还喜欢唱歌。""如今还学会拉琴呢，'嘎弓嘎弓'。我说难听死了，他拉得蛮有味。""老爹平时还做些什么呢？""看书，打卦。叫作什么'一斤（易经）'。那本书怎么这么重？居然有'一斤''两斤'。"

"那他到底有病没病？"我忍不住又问。我心里惦着的，还是那一笔良心债。若太和老爹不能复出，在神舟山重建抗战纪念碑的计划，或许真的泡汤。

"你是说神神道道？也许是练气功练的。你想他练了多少个年头？是石头也会改变模样。冬天睡在他身旁，感觉像靠着一个火炉子。夏天他却不怕热，好比身上装了个散热器。我身上有什么毛病，他看一眼就说得出来。我没文化，说不清，大概是老祖宗的学问遗传到他的身上。"马秀美说时，不无骄傲地眨着眼睛。

"刚才问到上山的事，老爷子可不让说。他上山下山都是大清早，趁别人没起床，连医院的医师、护士都不知道。医师、护士也不是不知道，而是随他便。因为他们都了解，所以懒得管。老爷子会功夫，出入不需经过传达室。站在墙根下，身子往下一蹲，'嗖'一下便飞了出去，谁也拦不住。不对，纠正一下。前些年是身子一蹲，脚底像安了弹簧似的，'嗖'一下便飞。现在年纪大了些，一般是撑着一根竹篙，往地上这么一点，身子一蹲，再飞出去。有一回让我刚好看见，便悄悄跟了一段。他跑得飞快，尤其是爬山路厉害，简直像走平地。我竟没能跟上，只知他的方向是神舟山。听其他人说，老爷子不是去

'帝豪大世界'，而是别的地方。记者您不是还要见他吗？正好问一问。"

"太和老爹现在在哪儿？"

"我不是说过了吗？又回到精神病医院了。"

棚屋外面，瓜架上又一茬黄瓜金色的花朵光鲜地开着，迎着和煦的凉风，颠颠摇摇，一副欢乐喜人的模样。几只勤劳的蜜蜂，唱着歌儿，在花蕊中忙来忙去。用竹管子从山上引来的泉水，"汩汩汩"地直接流进一个有盖的大木桶。

马秀美说的不假，太和老爹确实又回到了精神病院。是他自己要求住，不是医生请他住，与牛全胜也没关系。县城所有机关都关门了，担心太和老爹突然闯入，发现什么见不得人的秘密。尤其是县委大院，还调来了一队武警，两队"辅警"，围得像个铁桶。啊呸，我成了瘟神了！到哪儿都讨人嫌。干脆，再回精神病院，不惹这个麻烦。

"请问我能见见他吗？""除非你是原来神舟山林场的员工。""如果我说是政府机关的人？""已经吓死一个了，太和老爹哪儿还敢造孽？"我走到精神病院门口，提出想与老人家见面的愿望。传达员把脸贴近只剩一条缝的窗口，认真解释。

二八　意外再遇老道长（老爹自述）

我在"镇反"阶段的表现，是没得讲了。那场公审大会，我算是又躲过一劫。那以后我更注意夹着尾巴做人，见了一只狗也对它微笑。什么打日本小鬼子有功？做梦都不敢想。我甚至担心夜里讲梦话，把过去的事讲出去，所以我尽量不与别人搭铺睡觉。有一回与伙计出门住旅馆，那旅馆只剩了一张床。我硬是找一张凳子，在门外靠墙坐着，直到天亮，也不敢与伙计合睡一个铺。这样，谁还会想到我牛太和握过枪、杀过人呢？觉得委屈吗？有一点点。可是你想想，"上善若水"的水，尚且能"处众人之所恶"，刻意保持低调，我还有什么资格招摇过市？"履虎尾"啊，要牢记啊。这样是不是活得太累？又累，又不累。小心又小心，这就是累。没出大差错，这就是不累。

做事方面，我自然更加积极。所有落到自己头上的事，都看作该做的事。不然，怎么会落到你的头上？村里哪家有事，我边跑边喊"来了来了"，常常踢得大脚趾出血。于是村里人个个夸我好，讲得我都脸红。到了"土改"，划分阶级，我不仅被划为贫农，还是上红榜的"土改"积极分子，分田有优先权，最好的水田任我挑选。可我能享受这种优先权？拿到土地证书的当天傍晚，我跑去母亲的坟地，往坟前插了三根草香，跪着磕了三个头，再转个身，先东西南北各拜上三拜。天色幽蓝，星斗满天，周围没半点响声，像是怕打扰我的祭拜。为何要朝东西南北烧香？我想起那些在战争中死去的弟兄了，东西南北都有，个个年轻，生龙活虎，如今魂都不知在哪儿。离我最近的，是神舟山那些弟兄。不行，我得恢复神舟山的祭祀活动，当面向他们磕头。是他们在保佑我，把他们的福气都加到我身上。但必须偷偷地做，切不可让人抓住把柄，否则我自己哪天也完了。

这是我回到老家后的第五年，也是人民共和国成立后，第二次上神舟山祭祀阵亡的弟兄。这回还增加了一个祭祀对象——马县长。我在神舟山纪念碑旁边给马县长立了一块石碑，高约三尺，宽约两尺，碑的正面凿得干净、平整，只是没刻一个字。因为除了我，没有谁认为马县长有冤屈，都觉得他就是该死。没有罪怎么被枪毙？人民政府做的事情，还会有错？无论如何，不能让第二个人知道那块碑为谁而立。

我在第一回上山祭奠受惊之后，有一段时间眼前老有幻影，甚至影响睡觉。后来听神舟山一个瑶族老人说，死者见到久别的亲人，就会显灵。恐怕也是，不过弟兄们不会吓我。这样到了第二年清明节，我用自己编织的竹篾笼子装了香烛、纸钱，还有一壶米酒、五团鞭竹，又上去了。从老家山圣甸到神舟山一百多里地，我头天动身，第二天中午赶到山上。这回的感觉果然特好，阳光当头照着，身子暖洋洋的，仿佛山里每一棵树、每一根草都在和我讲话，钦佩我的义举。我心里答道："弟兄们把命都留在这儿了。这么点小事我不做，还算个人吗？虽不敢说没有他们的牺牲，就没有神舟山的今天。但神舟山今天的鲜活安宁，有他们一份功劳。历史就是这么一环扣着一环，少了哪一环，就不是完整的历史。"话是这么讲，心里却悬悬的。时事多变，下一个清明节，还能不能上山祭扫亡灵？

马县长立的纪念碑第一次映入眼里时，即冒出隐隐的担忧。这纪念碑会不会哪天被推倒？这时，长江以南虽然听不到枪炮声，长江以北却打得不可开交。且莫讲毛泽东尽得人心，光是他那个战略战术，集中优势兵力，各个歼灭敌人，就让人不寒而栗。而蒋介石根本不是指挥打大仗的料，回想起来，十四年抗战，国军正面战场上，一是多数战役处于被动。最典型的是"淞沪大会战"后阶段，还有"南京保卫战"。二是他手下的将领，十个人十条心，拳头收不拢，锣齐鼓不齐。往往是一支部队在拼死拼命地打，友邻部队却在一边看。尤其是衡阳保卫战。方先觉将军的一万七千多人在城里死守待援，顶住日军十万人的疯狂进攻。外围国军几十万人，却始终不来增援。结果是方部几乎全军覆灭，城还是没能守住。所以我早早看明白了，神舟山肯定属于共产党。

神舟山成了共产党的天下后，我怎么办？且莫讲得好处，会不会哪天给揭发出来，作为反动分子遭到镇压？神舟山成为共产党的了，蒋介石题写的纪念碑还立不立得稳？弟兄们还让不让祭奠？没法找到答案。我每天夜里睡不踏实，起来十次八次是常事。有时解小手解不出，小肚子又痛又胀。按中医说法，这是内热上火。我就用黄连冲白开水，每天当茶喝，还用菊花、金银花、蒲公英泡茶喝，把内火压住。觉睡不好，干脆半夜里起床，坐在屋子外面的石凳上，观看天上的星星。不想太多，能祭祀一回算一回。万一不行，也只好请弟兄们谅解。

按照老家清明祭祖的习惯，我就这样连着祭了三年，从1948年到1950年。每次都正大光明，不遮遮掩掩，神舟山当地好些人都认识我了。那时，乡亲们的政治觉悟还没那么高，没想过祭祀国军阵亡官兵是犯忌的事。尽管这样，我还是始终对山圣甸的乡亲们保密，不让他们知道我的从军经历。

抗日县长在清扫战场时，将国军阵亡官兵的尸首一一整理，装进一个个白布袋，入殓。挖几十个大坑，把尸首一层层放下，每放一层，撒一层石灰，再放一层，再撒一层石灰。最后堆上黄土。只有军官，才能每人一口棺木。也不是真正的棺木，而是一个个长木箱。钉木箱的钉子叫"洋钉"，从国外进来的，可贵了。还有的木箱用草绳捆扎，草绳里夹进一些竹篾，增加韧性。好些官兵的军服在战火中磨损，破烂不堪，皮肤外露。马县长从极为有限的办公费用中拨出一些，买几十丈洋布，请乡间妇女们缝制成衣，给国军阵亡官兵穿上，庄重入土。这时，军队已奉命开拔，急于上前线与共产党对决，马县长没法找到阵亡官兵生前的照片，因为有的士兵一辈子就没照过相。花名册也不齐全，故根本谈不上立碑。那时，南京国民党政府焦虑着与共产党作战，巩固政权，对抗战烈士的抚恤工作并不重视，也不拨付专项资金。马县长也就只能做到这些。

对横七竖八地倒在山上的日本死亡官兵，民工们出于对他们生前的憎恨，都不愿接触，觉得恶心。马县长亲自上山，给大家动员："别记恨他们了，都是人，两条腿。生前恶贯满盈，死后即无所谓善恶了。"民工们便把日军尸体抬到一起，堆上柴草树枝，点燃大火烧掉，再把骨灰深埋地里。想起这些死于异国的孤魂，生前一个个那样穷凶极恶，如今成了一撮骨灰，不禁对他们可恨又可怜。日本"天照大神"是管不了他们了，"现人神"裕仁天皇也管不了他们，东条英机等甲级战犯们，早就自身不保。直接指挥他们的冈村宁次，在蒋介石庇护下虽捡得一条性命，却也顾不上给他们收尸。他们就算有亲属，也不知他们死在何处，所以不可能来吊唁。为此，他们的鬼魂一定心怀怨恨，搅乱阴界，造成混乱。为不让他们继续滋事，我给他们也立了块碑，用砖头堆砌，约莫八尺，中间挖一个槽，嵌进一块木牌，写上："日本军阵亡官兵之冢"。

1951年3月发生的马县长被枪毙的事，正好在清明节之前。我耳朵里"嗡嗡嗡"直叫，做梦都是民兵用步枪对着我，生怕也做了冤枉鬼。这年清明节我便没上山，只能隔山隔水，遥望西边，在心里默默念祷。

后来拿到了鲜红的土地证，自然首先想到了他们。我把土地证拿在手上，掉过来掉过去，反复地看。没错，上面写的名字是我，盖的县政府大印。那地被"石锤脑壳"强行霸去后，不好好耕作，闹得土质贫瘠，天旱缺水。"我就要这块，没关系，我会种田，能把它变肥。再讲，共产党把田地无偿分给我，挑肥拣瘦，那哪儿行？""好境界！不愧是根子户。"这是"土改"干部的评价。我这话一出，影响一片。那些原先不愿接受贫瘠田的，都不再吱声。在区一级土改积极分子会议上，主持会议的赵海鸣对我亲口表扬，问我还有什么要求。别的没有，但想请三天假，去县城商店买点农用物资。那时，一般农民出门还比较自由，不用去村里打证明，证明你是什么家庭成分。我因为是民兵队长，管理得严，所以必须获得领导批准。由此，我初步尝到共产党管理社会的滋味，与国民党大不相同。得到准假后，我避开别人，趁早出村，脚穿自己用糯米草和笋壳叶编织的草鞋，提个白色的土布袋，里面装了一点吃的，还有心爱的土地证，赶在清明节到来的前三天，悄悄来到神舟山。因为路远，刚下过雨，我没法走得太快。赶到神舟山脚时，已接近黄昏，树林里飘浮起稀薄透明的雾霭，草木看去不太分明。

我这回没带肉类祭品，只带了一瓶用木桶蒸烤出来的老酒，一把用艾叶做的焚香。想到假期只有两天，还是今晚祭祀的好。我抬头看看天色，头顶尚有大片青光，落霞余晖罩着地面，树林间缝中游动着一抹淡红。准备夜宿的鸟儿叫唤了一阵，现在归于安静。野母猪带着一窝窝小猪，住进舒适的草窝。我很快选择了一条小路，直达立有纪念碑的半山腰，凭着足够的脚力，身子前俯，猫腰攀爬。

前面就是抗战纪念碑，寂寞无声地立在密林中。一抹残阳透过树缝，落在离它不远的地面。我正要感慨它遭受的冷遇，却惊讶地发现，碑座前面的杂树被人砍过，周围杂草曾被清理。纪念碑正面的地上，搁了一块很大的石板，显然为了方便摆放祭品。石板前面，还有焚香和蜡烛的残留物。是谁赶在我前面来过这儿，比我还惦念长眠的国军弟兄？惭愧，我却顾虑这顾虑那。得设法弄清是谁。没准能遇上一个昔日的好弟兄。我眼光四扫，搜索一会儿，没发现可疑之处。

又陷入当年受伤离队、独自在树林盘桓的尴尬了。如果下山，山下附近找不到一户人家。那就只能在山上留宿。好在这不是第一次。可惜周边的树都还没长粗，原来的古树大都被日军摧残光了，后来栽下的树木，长得最快的，树围也不过两三尺。哪天有机会来这里植树造林，倒是功德无量。我再打量，看中了一棵分杈的速生枫香树。树干虽不算太粗，承载我的体重应该可以。弟兄们，对不起。去年没来，只怪我是个怕死鬼，前怕狼后怕虎。留得青山在，不愁没柴烧。我若是进去了，或出了意外，那就没法与各位重叙友情了。新社会新规矩，不遵守，讨苦吃。喝酒，喝酒，大家喝酒。对不起，没带菜来。下回再补。我这么念着，点燃焚香，同时把满瓶米酒全洒在纪念碑前。然后轻轻一跃，我上了那株枫香树，分腿在树杈上坐着，后脑枕着树干，重温熟悉而陌生的山林生活。

这回醒来不是因为来了野兽，而是树杈"嘎嘎"的响声把我惊醒了。原来枫香树太年轻了，承载能力有限，连我这样单薄的身子也承受不了。我稍一转身，两股树杈分裂，"啪"，我给颠下地来。幸亏地面的野草已长得相当茂密，厚如柔软的绒毯。又庆幸我的轻功，从三米多高处落地，竟然毫发无损。枫香树，对不起，把你弄残了。十年树木，百年树人。是弟兄们在提醒我吗？好，我一定争取机会，参与神舟山的再造再建。摔这一跤，印象深刻，决心也悄悄地下定了。

这天的食物，我又照以前的老办法解决。正是百花初放季节，山里的杜鹃花一丛一丛，开得火红，黄灿灿的花蕊甚是招人喜欢，引来一群群蜜蜂，绕着花卉飞舞。竹林里的嫩笋开始冒尖，毛茸茸的嫩尖上，顶着一滴滴晶亮的露珠。夏初的山泉，带着一丝丝甜味。这些，不都是过去传说中神仙的美味吗？以前还讲要做活神仙，后来东跑西颠，脑袋挂在皮带上过日子，还想这些？不做短命鬼就是万幸。现在进入和平时期，朝鲜战争打不到内地来，蒋介石反攻大陆？不过吹吹牛皮而已，所以有条件谈健康养生了。对，老道长不是一直在练气功吗？难怪他的身体那样好。从早起到中午，我脑子里一边胡乱想着这些，一边琢磨如何练习气功。我回忆老道长的模样，两眼微闭，两脚平行，呈"八"字站立，两眼微闭，开始了第一个步骤。

时候已到中午，我站得有点累了，准备找一处树荫。这时听得身后响起一声轻轻的干咳，吸引我转着头来。啊，这，您老……老道长！我感觉热血沸腾，全身像要着火。

出现在我面前的确实是老道长。离别至今，一晃十六年。老道长的头发已经全白，脸上的皱纹纵横交错，脸颊以鼻梁为轴心，向两边凹了下去，使鼻梁显得高耸有力。变化不大的是他那双眼睛，黑白分明，周边虽有纹路包围，目光却仍是那样清澈，像能穿透人心。老道长的背脊稍曲，腿脚有力，站立如松，肩上是一个棕色大布袋，布袋口露出一些青绿的叶子。我猜想那是才采的新鲜药草。

"我晓得你想要问什么：这些年我是怎么过来的？对吗？说来非常简单，修身练功，采药救治，居无定所，自食其力。东西南北，我都去过。包括抗战区、敌后区、国统区、解放区。中间经历两个战争时期，我的生活一直跟着在变。现在中华人民共和国成立了，我又在变，所以还活得好好的。道家讲，天人相应。这个'天'，不光指头顶上的天，也指人的生活环境。要想活下去，你就得适应。海里的鱼放在淡水里，一会儿就死。不能适应嘛。天山的雪莲种在我们这儿，怎么活得了？水土不宜嘛。新疆的哈密瓜移到海南去种，长出的只能叫海南瓜。北极熊生活在冰天雪地就是不怕冷，热带鱼靠近赤道就是不怕热。你说是不是？"

讲得太好了，去除了我最大的心病。因为隐瞒了自己的历史，弄的是假身份，觉得太不地道，违反道德规范。圣贤们的古训是"言必信"。你看这"信"字，左边是"人"，右边是"言"，就是讲，一个人要讲真话。我这算什么行为？会不会遭报应？这念头折磨得我吃饭不香，睡觉不宁，有时走路，也要莫名其妙地回头看看，好像后面有脚步跟着。正合了乡里那句俗话：心里有鬼，到处碰鬼。

"是是，对对。我也在变，我过去是国民党的军官，现在是'土改'积极分子，还分得两亩多水田。老道长您说，我这算不算为了适应环境，必须、必须具有的变化呢？"

"一点没错。《易经》的最大学问，就是个'变'字。'易'就是'变'。它是学问，也是策略。这是多少代古人的经验总结啊。《易经》之前有八卦，八卦之前有《河图》《洛书》。天地间哪儿有一成不变的东西？有个西方哲学家说，你在这条河里刚洗过脚，转身离开后，就不是同一条河了。这话有道理，因为水在流动啊。苏联与美国，'二战'时是同盟军，战争结束后，变成对立国了。共产党与国民党，抗战时期是友军。后来一个要这样搞，一个要那样搞，变成你死我活，共产党把国民党赶到台湾去了。冬天来了，穿棉袍大衣，夏天来了，穿背心单衣。你看那水，该转弯时，绝对转弯。顶着花岗岩脑袋，顽固不变的人，吃亏的只是自己，就像我那兄弟。"

"您的兄弟？"

"你不知道？死者为尊，那我就不能说了。"老道长说时，轻轻吐出一道看不见的气流，眼光朝向远处。我见他情绪不好，便不敢多问。

奇了怪了，莫非老道长知道我在这儿，特来开导？他有特殊感知能力？看来老道长并未完全脱离神舟山，时不时来这儿走走。纪念碑前石板上的香灰痕迹，莫不就是他留下的？再据乡亲们事后讲，神舟山之战发生前，重修的道观虽然规模不大，可却香火不断，一直有人烧香。那场战斗之后，才彻底停止。没准这也是老道长在维持？

我们在一段木头上并肩坐着，木头躺在地上，长出白色的菇朵。天气虽还有点凉意，我却感觉到老道长身上散发出一团烈火。真是怪事，老道长少说也在八十岁以上，一般来讲，老人身上的火气渐趋衰减。老道长服的什么灵丹妙药，练的什么功法，能做到异于常人呢？道家观念，每个人都生活在后天。真想再向老道长学点新功法，嘴里却讲不出来，想了想道："老道长，您传授给我的轻功，真管大用，几次让我死里逃生。"

老道长哈哈一笑，手掌在我肩胛处一拍："知道你想说什么，小伙子。觉得奇怪吗？人与人之间，有一种感应力。只是一般人体会不了。不过，你可不要宣扬这个。今后大陆将大讲唯物主义，把这些都当作歪理邪说。你的身份特殊，尤其说话谨慎。老子讲过'多言数穷，不如守中'啊。"

（"老道长怎么能猜到您老当时的心思呢？""不是猜，而是看。准确点讲，是感悟。""老道长是不是有特异功能？""当时没这个提法，现在看来，应该是这样。""可否借用另一种说法，叫作'第六感觉'？""我也不懂，但我晓得不是人人都有这个能力。""现在还流行一个名词，叫作'暗物质'。""对对，我想就是那个东西。""您老现在是不是也有这个能力了？""差远了，差远了。不过，比起一般人，可能有那么一点点。"）

我们接着把话题转上祭祀。原来老道长确曾来过这儿，一是祭祀，二是琢磨在被毁的玉皇庙原址上做点文章。神舟山之战结束后，老道长就想着这事。前几年募集不到重建的经费，后筹措到一点费用了，政府却宣布取缔反动"会道门"，老道长便再不考虑在神舟山重建玉皇庙的事情。

"我以后来这里的机会少了，得上别处去。这也是'天人相应'，因为国家政策变了，只保留一些大的宗教场所，其余都会关闭。一方面国家会说，有宗教自由；另一方面，又反对迷信。而宗教，你如果理解不透，看起来就是迷信。我在没见你之前，感悟到了你的信息，脑子里出现了你的影像，知道你今天会来。这是不是迷信？我也说不清。你担着风险，关心国军阵亡官兵，不忘记祭祀他们，还包括马县长，这个就好。天下分成不同民族的情况下，为民族利益而死的人，不管是谁，是共产党也好，是国民党也好，都是民族英雄，都该受到敬重。这个事，不公开祭祀是暂时的，会有一天，要正儿八经举行祭祀，还会是国家在搞。你现在能做，就是积德。但是这座古庙，还不到重建的时候，就不要去碰，玉皇大帝、王母娘娘、太上老君都不会责怪。中国道教，源于伏羲，是他发明了先天八卦，留下了《易经》这部远古的学问集成。伏羲不是某一个人，而是一个象征，多少代古人智慧的象征。我们后来的各种学派，老子、孔子、庄子、孟子、孙子、墨子、韩非子等等，当然也包括道教医学，都是从这个源头分流的。所以无论朝代如何更替，道教不会灭亡，中国文化不会灭亡。你刚才不是想学点新功夫吗？这也是道家学问中有的，叫作'内丹功'。动作看来简单，重在深刻领悟，还要长期坚持。但要说明，并不是每个人都能开窍，先天后天各占一半。"

老道长侧过身子，信手拈来，娓娓动人地给我讲授了大半天。临走，他给我留下两本竖排本的古书：《易经》和《道德经》。老道长，太感谢您了，真是及时雨啊。原来，师长题词的那个抄着《道德经》的笔记本，"镇反"时我担心有事，偷偷把它烧了，只留下那个木盒，舍不得毁掉。上别处找不到这本书，我正在发愁呢。现在，是老道长送给我的书，谁找岔子我也不怕。这两本书便成了我的随身宝贝。翻看的次数多了，纸边磨损，我小心地用牛皮纸做了三层封皮。

老道长真把我当徒弟了，此前从未传授过这么多。可惜我因为读书太少，好多话听得硬涩，更理解不了。还得下决心学文化。以前行军打仗，没法安定，肩上只能扛枪，腰上只能缠子弹带。现在国泰民安，有了自己的田产，出行安全，衣食无忧，再不会有"石锤脑壳"那种人渣捣你的乱，我当然要一边识字读书，一边练习"内丹功"。

看出老道长就要离开，我不由问他："师父现在去哪儿？"

"我嘛，继续云游，走到哪儿算哪儿。""师父您还想像以前那样，过神仙生活？""没错。所谓神仙生活，不光拘于外表，简单自然，清新安宁，行走往来，潇洒自在。更多是在内心，舒张徐缓，恬静休闲，吞吐四方，包罗万象。也就是像大海一样辽阔，像天空一样高远。换一个说法，这就叫与天地共享洪福。"

他的话好像有些变了，以前描述神仙生活，不是这么讲的。也是我笨，好长时间都没弄懂。

我与老道长一同下山，踩着碎石小路边走边聊，最后在一座跨越小溪的木桥的桥头分手。看着他慢慢远去的背影，脑子里继续浮现出他的面容。怎么这么熟悉？这么慈祥？和谁长的模样相似？啊，马县长，抗日县长。老道长也姓马，两人都姓马，一笔难写两个马字。莫非他俩是亲兄弟？我想要追上去问个究竟，却见老道长已转过大弯，隐入另一片苍绿的树林。树林茫茫无际，漫不经心地涌向天涯海角。

（"后来见过老道长吗？""没有，听讲过他的消息，听起来有玄乎。""是怎么说他的？""有人讲，他最后无疾而终。有人讲，他最后七天不进食，只喝水，最后发生自燃，顺利登天。"）

二九　老夫少妻各执一词（情景再现）

"哟，你还会演京剧？那个《窦娥冤》里的女主角，就是你这扮相。""你怎么下山来了？""你请我下山的啊。""胡说。这几天我头脚不出，二脚不迈。""那我怎么收到你的信息，说你将去省里，而且会背一个斗大的'冤'字！""胡话，鬼话。神神道道，算我怕了你。""你不是在做出门的准备吗？道具都有了，哈哈。""你是神仙？千里眼？你是我肚里的蛔虫？""哈哈，没这点本事，五十多年的气功白练了。来来，坐坐。我给你泡一杯神舟山的'明前云雾茶'。"

这是那天上午发生在县城别墅的对话。马秀美正做出门的准备，太和老爹突然推门进来，把她吓一大跳。不迟不早，老爷子偏偏在这时赶到，让她大为扫兴。她顺手拿过一杆鸡毛掸子，在太和老爹脑袋上"笃笃笃"连敲三下。太和老爹接过鸡毛掸子，接着又在自己头上、手臂上各敲三下，然后恭恭敬敬，两手捧着，把鸡毛掸子递回。

"打重一点，再重一点。骂是亲，打是爱。"太和老爹说时，解下随身带来的、早就过时的帆布挎包，掏出一个精致的圆竹筒，拧开密封很严的竹盖。顿时，一股浓浓的茶叶的芳香，在屋里弥漫开来。这是太和老爹亲手培育的高山云雾茶，从采摘到烘制，全是一手操作。它的生长基地就在神舟山，海拔1000米上下。因采摘时间在清明节前，故叫作"明前茶"。据老爹多年观察品味，超过这个海拔度或低于这个海拔度的茶叶品质，都赶不上它。加上神舟山特有的土质气候，这款云雾茶可与国内外任何高等级茶叶叫板。而这只是神舟山的珍宝之一。

太和老爹直接从神舟山主峰下来，戴了一项圆锥形棕丝斗笠，进门时忘了摘下。现在他把斗笠放在一旁，坐在马秀美对面的圆凳上，面前隔着一张四方桌。他把茶叶倒进一个赭红色紫砂茶壶里，注入开水，稍过一会儿，才倒入一个白瓷茶杯，两手托着，送到妻子手上："夫人，请用茶。"

马秀美忍不住"扑哧"一笑，说："什么时候学得酸里酸气？"

"你受了这么大的委屈，都快成现代的窦娥了。气在肚里，长期郁积，那怎么行？茶水可是个好东西，降火消气，生津化瘀。尤其这神舟山云雾茶。"茶杯被妻子劈手抢去，溢出的沸水溅在他青筋暴起的手背上。马秀美放下茶杯，忙递给他一条印花手帕。

马秀美知道老爷子想逗她欢喜，可自己实在欢喜不来。马秀美还在少女时代就爱整洁，尽管衣服的布料谈不上太好，样式却颇讲究。走自主择业之路后，她对衣着打扮更注意了，似要在这方面与别人一比高低，至少是不甘人后。她任何时候都显得精致，利落，不拖泥带水，头发理成长长的波浪形，每天还不忘抹点口红，甚至刻意涂抹指甲油。为此遭到过不少非议。而她，人家越是议论，她越是不忘装扮自己。而在心里，时刻为日子过得太快发愁。眼见老爷子一天天老去，儿子却刚十岁。物价一月比一月在涨，开销一年比一年增加。单凭自己的力量，能不能把儿子带大？当然带大容易，现在只要不偷懒，一锄头挖下去，石头缝里也长庄稼。可儿子难道也要如我小时候那样，看着别人吃巧克力而嘴馋？儿子长大了还要讨媳妇呢。趁着老爷子健旺，怎么也得给儿子积攒点钱。承租林场十年，头几年都没有产出。眼见这两年有收入了，老爷子却不让随便变出现金来，说要做长远打算。结果忙了十年，树木、果园和药材都成林了，马秀美手头还是没钱花。暂时没钱花就没钱花吧，反正承租期五十年。后面的四十年，总可以边生产边销售，直接产生经济效益吧！那样，小儿子倒变成富翁了，自己更是衣食无忧。靠山吃山，满山是金哩。随手砍倒一棵红豆杉，或采下一篮子水果，就能换出几张大钞。

突然冒出个大项目，于是一切被打乱。对这还在酝酿中的大项目，马秀美有足够理由关心。

"本来好好的一个事，马上可以变出大笔钱。""钱是可以变，山林却毁了。""那你有本事阻止啊？""这不可能，蚂蚁力气再大，也挡不住最小的滚石啊。""既挡不住，又不留退路，你真想活活憋死我们俩娘崽？""为难，当真为难。""为难个屁，自己找的。"

"啪!"马秀美愤愤地将茶杯摔在地上。太和老爹长叹一声，弯腰把茶杯捡起，一看，茶杯裂了。他把茶叶捡起，扔进塑料垃圾桶，然后去找拖把。拖把却没找到，于是他拿起一块抹布，跪在地上，将弄湿的地板一点点擦干净。

马秀美本来懒得与他抬杠，因为她几乎能把他的回话先说出来。说他是窝囊废吧，本事却实在大。九十岁了，背不驼腰不弯，从神舟山到县城百十里路，他不声不响便来了。精精瘦瘦像只猴子，可却很少生病。生病也是自己在山上寻一把草药，自己治愈。说他有本事吧，眼看到手的巨额补偿款，竟被小舅子独吞，连骨头都剩不了两根。该死的曾法官，不知与牛全胜达成怎样的条件，他俩不会是一人一半吧? 否则案子怎这样判。马秀美越想越气，索性趴在桌上哭泣起来。

"天底下少见的男人，没骨头，没出息。"

"哈哈，又被你讲对了。"太和老爹不气不恼，脸上仍带着喜色。

太和老爹心里清楚，妻子的要求可以理解。自己年纪这么大，哪天说倒就倒。给母子俩留点实在的东西，也是他的想法。婆娘，毕竟是自己的婆娘。儿子，也是自己的儿子。他还是劝妻子想开一些。

"'礼让'从家里做起。你们怎么讲也是姐弟啊。""他那种人也值得礼让?""再忍忍，再劝劝，再观察观察吧。""还要到什么时候?""古时候有个'掘地见母'的故事，就是讲'多行不义必自毙'的道理。当然，尽量别让他拖到那个时候。"

"你的崽耽误不得呢。得给他留点财产呢。你仅一个崽，不怕绝了后，就不用管他。我是不着急，崽不是我的姓。"马秀美说着说着，声音渐渐放低。

"改姓'马'也行啊，现在就去派出所。你们马氏，过去是大户，田产不少呢。你爷爷差点就被划作地主。不，我讲错了，土地改革时，你爷爷已经去世。只剩下你爸，还有你姑妈。我也希望你们马家有人传宗接代，不仅是有后人，还能走正道，成大器。"太和老爹对她声调的变化似乎有意忽略。

"我还有个姑妈?""你没听讲过? 那就不讲了。"

一壶水喝光了，又烧一壶。马秀美越喝越觉得口渴。患上糖尿病了? 白耽误工夫，老爷子是不可能被说服的。她把那写有"冤"字的白衬衣卷起，扔进衣柜，走到一楼厨房，烧了一锅热水，倒出半脸盆，把毛巾浸湿后拧干，交给太和老爹擦脸，然后系上围裙，拧开煤气罐，给老爷子准备晚餐。

马秀美已有好长时间没给老爷子准备饭菜了。不是她不愿意，而是没机会，太和老爹根本没多少时间与她在一起就餐，偶尔坐在一起，也吃不到一块儿。太和老爹喜欢清淡，少盐少油，马秀美刚好相反，要多放盐，口味重，还少不了肉和鱼，否则那顿饭等于没吃。再说马秀美做饭菜的手艺也不敢恭维，因为她从小到大，都是老爸给她掌大厨。她老爸如何学得这项手艺，自有一番故事。她的懒惰，也有原因。现在她站在灶台前，想着此前对待老爷子的态度，不免有点内疚。

"你想吃什么？""你做了什么我就吃什么。""我煮大鱼大肉。""我就连鱼头带肉骨一起吞。""我煮石子泥巴。""你吃得，我肯定吃得。"

遇上马秀美心情畅快，两人对话便这么生动有趣，就像相声表演，一个捧，一个逗。太和老爹一贯寡言少语，与马秀美在一起也是这样。但为了让妻子高兴，便极力迎合，找些俏皮话应答。这种个性差异，是否与老少夫妻有关？太和老爹一直盼着马秀美首先提出性格不和的问题，然后马上去民政局办离婚手续。可马秀美尽管也有不满，心里憋屈，就是不提离婚之事。他也只好说服自己，维持现状。

"我就不懂了，既然你惯纵他，怎么还躲着不见？在合同上痛痛快快签上你的大名，不是很好？"两人坐下准备用餐时，马秀美端上才做的糖醋排骨、鱼肉丸子、腊肉炒玉兰片，给老爷子把米饭盛在碗里，递上筷子，同时问他。

这问题在太和老爹脑子里过了一回又一回。是啊，我可不可以完全顺着这混账小子，满足他的一切要求？不行。强行阻止？白费力气。他的手段多着呢，加之还有人极力配合。我如果与他彻底翻脸，毫无成效不讲，还可能再招杀身之祸。这也等于被老虎咬了呀。所以干脆避让，让牛全胜驾着破车继续疯狂，迟早遭报应好了。不过，太和老爹不想现在对马秀美解释，她现在也理解不了。

"以后你就懂了。"

接下去的一段对话由太和老爹主动挑起，直接涉及马秀美最担心的问题。即如果背着"冤"字上访，会有怎样的后果。各级政府对一切有可能导致社会动荡的行为，比如背着"冤"字上访，保持高度警惕。用权威领导的话来讲，叫作"稳定压倒一切"。和平时期，维护国内稳定当然是最大的问题，花大钱完全值当。这也叫"不治已病治未病"。所以有过激烈上访行为的人，就会成为维护社会稳定的专职人员的监控对象。那你就不自由了。

"好像你见过一样。""我不仅见过，还亲身经历过呢。""那你怎么不被抓进去？""我呀，有我的高明对策。"

太阳偏西，日影慢慢拖长。户外街道因在整修中，挖开的路面尚未填平，汽车路过时，扬起的灰尘一蹿老高，越过围墙，直接进入屋子。这是新的县委、政府两套班子制定的新的城市规划的一部分，与原来的城市建设规划刚好相反。正合了那句话："张书记挖，李书记填，王书记来了造大田。"太和老爹把所有未闭合好的窗户关严，又拧开洗手间的龙头，用抹布把屋里的门窗都抹了一遍，然后提出上神舟山住去。

"明天或者后天，他就会回县里来。我不能让他遇上，不能亲手签那个字。他模仿我的笔迹是他的事，我无法阻拦。但签字的手必须由我的大脑控制。"太和老爹说时，将两手高高举起，对着太阳的光照了又照。

"你还想住树屋？""树屋没法住了。一是没有修复，二是很容易被他找到。""那你打算住哪儿？""这回，我要让他发现不了。""你不是想从南面的绝壁爬上去吧？""嘿嘿，暂时保密。"

太和老爹诡秘地笑笑，上前抱着妻了的肩头，"叭"地在她脸上重重地亲了一下。久违的亲热动作，使马秀美不觉脸上潮红，下意识把他推开。

马秀美本希望老爷子能留下过夜。她已有一年多未挨近他的身子，他总有借口躲避。嫌我身子不干净怎的？我并不要求你那样那样啊。这也叫夫妻？你是想把我往别的男人怀里推吧！关键是不把我当回事，否则哪儿有男人把自己的女人往外推的？想到这个，她的泪水忍不住就出来了。晚餐用毕，她到底还是放了他。而她放弃上访的唯一回报是，小儿子会得到他应有的一份。暂时就这样了，谁让我当年非得嫁给他！

没错，内心，是我非得嫁给他。表面，好像是牛全胜的恶作剧。这是要保密的，再亲的人也不能让他知道。马秀美每当忆起当初，心里五味杂陈，甚至忍不住流泪，她哭自己糊涂，哭自己命苦。

"我这十年内，估计'倒'不了。放心，我心里清楚。"这是他临走时最后的话，说时，两手搭在马秀美的肩膀上，正视着妻子的眼睛。马秀美心里像遭了电击，忍不住趴在他肩上，不让泪水流出。他从不说这个"倒"字，这是犯忌讳的。但今天他说了，可见想稳住我的心。好，相信你。十年之后是2015年，儿子二十岁，老爷子你，刚好一百岁。但愿。暂时就信了你，不去省里告状。我也晓得，状是告不赢的。于是马秀美把束成马尾形的头发解开，恢复原先徐徐披散的波浪形，重新抹上口红。第二天上午，她还专门去美容店涂了指甲油，把指甲涂成红、黄、蓝、紫、灰五种颜色，看着美滋滋的。

他们的和谐状态维持了一年，由于牛全胜承诺的条件兑现不了，两人又冲突起来。

三十 "内参"引发的风波（记者手札）

由于上面对各新闻单位的报道范围有严格规定，所以我遵社长之意，写那篇"内部参考"时，一直犹豫不决。社长点着一支雪茄，慢悠悠地说："环境保护与健康的关系，太紧密了。所以这项目不管是谁撑腰，都不可盲目拍板。"

我本想退出神舟山这场纷争，因对手过于强大。大多新闻单位都不愿搞批评报道，担心惹出麻烦，甚至引发官司。想不到卓文健社长对神舟山大项目如此反感，非得干预一把不可。有这样的领导撑腰，我还这顾虑那顾虑？腰背有堵墙撑着，自然劲头十足，下笔也特别来神。我首先充分肯定，该项目落户神舟县将产生的巨大经济效益，再从神舟山特殊地理位置说起，委婉提出：该项目一旦建成，对森林资源和环境保护将带来灾难性后果。同时暗示，外方投资者有借此对我国大西南进行渗透，刺探经济情报之嫌。神舟山不仅地面上的物产极为丰富，地下的宝藏更不可胜计。不仅是名副其实的金山银山，还可能是国家的地理坐标。总之，凡能想到的用词，全堆砌上去。因是一篇唱反调的报道，按规定需交相关单位审核。但我敢肯定，赵凯林绝不同意。便向社长提出："可否搞个特例，反正不公开见报。"

社长掐灭烟头，慢悠悠回答："走个形式，回头，该怎么办还怎么办。"

这话给我鼓劲不小。于是我背着行囊，第三次来到神舟山。自己掏钱在宾馆住下后，给赵凯林发了一条短信。赵凯林不到一刻钟便回了信息，表示正开重要会议，中午将来宾馆，陪我一块儿用餐。落款是："赵凯林敬电"。

我不能不受感动。宾馆服务员又按照指示，让我住进那个已很熟悉的大套间。我现在明白，那是赵凯林在宾馆长期租用的房子，专为接待重要客人。

但我这回无论如何不能再住，因我写的是一篇批评报道。万一两人闹翻，让我怎生收场？

当我再见到赵凯林时，第一印象是赵凯林突然像变了个人样。往日那个春风得意的赵凯林似乎从地球上消失，代之以一个老成持重、朴实诚恳的形象。他不再穿晃眼的西装，换上一件车间油漆工似的老蓝布工作服，不过还洗得干净。头发推成球形，手提一个枣红色文件包，上面印有一行弧形金字，如同一道亮丽的彩虹：中共中央党校青年干部专修班。

"恭喜赵书记肩负重任。"

"今后还望多多关照。"

"我算哪棵葱啊。"我自嘲地道，恭敬地给他倒茶水。

"嗨，别谦虚。我就喜欢与低调的人交朋友，心里踏实。我们这儿，国家级大项目即将引进，还望您能多多协力。这是全县人民梦寐以求的大事啊。"说时，赵凯林的手机响了，他看了一下来电显示，皱了皱眉，便将手机按了。

我们正要继续交流，赵凯林的手机又响了起来。这回他有点恼了，粗暴地说："正在谈事，肯定回话。"然后将手机关掉，回头再展示给我一个灿烂的笑脸。他对我仍是百般热情，见我坚决不肯住大套间，不再勉强，只给宾馆经理打了电话，又让送来一个果盘。在等待果盘进屋的时间，他一边喝茶，一边微笑着问："听说你们报社，打算介入神舟山项目？"

他怎知此事？我的新闻稿还没掏出来呢。话既挑明，我从背包里掏出那份拟发《内参》的打印稿，颇觉为难地道："稿子还没决定发不发。特请您先审阅。"

"你们是中央机关，我是地方干部。哪儿有下级干涉上级的理？"赵凯林说时，坚决把打印稿推回，"我不过是顺便问问，就希望您们多加关注。"

我不知赵凯林究竟是何想法，再次将稿件呈递到他面前："这是我们的规定，必须交相关部门审阅。"

"不用，真的不用。你们是中央机关，那么高的水平，什么文章该发，什么不该发，发了之后，社会效果怎样，绝对一清二楚，用得着我来废话？"赵凯林仍保持令人感动的微笑之态，为阻我再递，还拉开我背包的拉链，将稿件直接塞进去。

他不看稿件是真的了，我便抢着去开房门。目送赵凯林离去时，见他一边走路，一边打开手机。我这就没辙了。但他真的对我放心？或者不在乎我们这种杂牌刊物？我空手返回，只好将难题上交。

照理（照一般新闻报道之理），我这篇所谓"内参"，应该寿终正寝了。可社长偏要较劲。原来我这位社长不是好捏的软柿子，其父是现任某部长的入党介绍人，俗称地道的"红二代"。社长左手燃着雪茄，右手拿着我稿件的打印样，表情轻松安闲，语带讥讽地道："他光拼关系却罔顾事实。我们呢，既然尊重事实，就不怕什么关系。"

赵凯林这回遇上对手了。我写的《内参》经社长批准付印后，也不知通过什么渠道，真送到上头去了。不仅部长做了批示，还惊动了国务院某位副总理。于是这份由我署名的动态报道，辗转跑到了国家环保部。事情立时升级，成为一个正在发酵的"环保事件"。

在我写的材料里，桉树种植为焦点之一。牛全胜引进的大项目，由三大板块构成，其中一块便是大规模种植桉树。此事环保部门与造纸行业一直观点相左，有些地方政府也遭到裹挟。一些人认为扩种桉树是大好事，尤其是利用外资种植，效益多多。我在文章中援引若干事例，其中之一：某地农民通过帮助外商营造桉树基地，劳务收入一项，每亩地每年叮产生经济收益400元，比种粮食高出100元。事例二：某县2003年完成桉树基地10万亩，农民人均增收47元，2004年完成31万亩，农民人均增收176元。

我同时援引反对的事例。其一，某大学生命科学学院有一课题，对桉树林和当地松林、长绿阔叶林、针阔混交林、荒坡灌草丛等5个林种，做了连续10余年的对比研究。研究证明，在5个林种中，桉树持水保土效果和自我更新能力最差，不能靠种子自然繁殖，并对异地原生物种有极大排抑性。大面积连片种植桉树，很容易导致土地贫瘠、原生物种衰减退化等。桉树林表面绿油油的，实际是"绿色荒漠"。

文章还提到纸浆制作基地问题。经查阅国家环保部门公开资料，有领导在讲话中指出：前些年来，全国节能减排工作取得了积极进展，但污染减排的形势仍然非常严峻。特别是造纸行业污染物排放总量居高不下，控制造纸行业的COD排放量，是全国工业COD减排的关键点。

我同时指出，在神舟山开发饮食、文化娱乐、旅游产业，也是弊大于利。为保持上游水源，这些重污染产业，不宜在这个绿色王国大张旗鼓推广，必须控制规模。至于搞大规模矿产开发，更将是一场大灾。好在目前该大项目的计划书里，未将矿产开发列为主项。这应是一大幸事。

由于文章涉及多个产业，于是那份"内参"便有多个高层领导画圈、做批示。哈哈，工作没有白费，卓文健社长的眼光真毒。由于高层领导亲自关注，一个专题环保调研小组宣告诞生。由国家环保部牵头，其他部门派人参加。事情因我而起，我也就荣幸地成为调查组成员。主要是调查走访当地县乡两级政府负责人、当地老百姓，以及林业科研人员，探讨大项目落户神舟山的利弊，尤其是对环境造成的危害。

社长手里还拿着雪茄，神色一如平常，不急不忙地吩咐："你准备一篇反驳文章，但不要急于出手，要看对方如何出牌。我想这项目计划书后面，可能有很大的利益链。没准是篇大文章。"

我哑然一笑，当场无语。走出社长的办公室，太阳帽、照相机掉落到走廊地板上。我已对赵凯林非正式承诺，岂能出尔反尔？社长根正苗红，有招惹是非的本钱。而我的父母都是文盲，所有亲戚都是农村户口，不是离家在广东打工，就是在家种责任田。我既无牛全胜的流氓习性，又缺赵凯林的钻营才能，当然只能甘居平庸。

事情闹大了。据我耳闻，一些地方的党政主要领导之所以热衷于搞开发，出让国有土地，与其说是为了谋发展，不如说是为了制造敛财机会。一旦招商即有商人跟进，有商人跟进即有利可图。项目的盘子做得越大，敛财的机会也越大。这是一种正比例关系。你看"反腐败"抓的领导干部，倒在开发商手下的占了多半。所以，假设神舟山大项目真的黄了，赵凯林也就少了一条敛财的路。这家伙肯定对我恨之入骨。说不定给我安个"新闻诈骗"的罪名，下令县公安局来北京抓人。这种事情已发生多次。还有土匪加流氓的牛全胜，能量更不可小觑。据说他在北京有三个会所，专门招待各类要人。每个会所外表平常，内部豪华，超五星级宾馆装修，非一般人可以涉足。我这么个小喽啰，想封杀如踩死一只蚂蚁。再说把赵凯林和牛全胜彻底得罪了，有我什么好处？

我便通过老乡关系，搞了个病假条，在调查组从北京出发之日，上医院去看急诊，再由急诊转为门诊，急性病成了慢性病。你们出发吧，我这个病假是请定了。这样才对，我谁也不用得罪。太和老爹，对您也只能这样了。

遇上一个难得的北京的下雨天，淅沥淅沥的小雨下了一小时，空气中蕴含的水汽令人心醉。我那天晚餐喝了点自己泡制的枸杞酒，庆幸有一点小聪明。小半杯枸杞酒喝到最后，我差点呛了。官大一级压死人。会不会高层领导上面还有高层？别看赵凯林只是个正处级干部，牛全胜什么都不是，而桌子底下办事，从来不管级别。那个走私犯赖昌星算个什么级？小学文化，江湖骗子，他却能把李纪周使唤得团团转，人家可是堂而皇之的公安部副部长。其他相关部门的厅长、局长、处长们，更都是他的下酒菜。这就是政治经济学的"杠杆原理"。就像古代科学家阿基米德所言：只要给我一个支点，我就可以撬动地球。

三一　劳模会重逢红军老团长（老爹自述）

　　"镇反"与"土改"结束之后，我悬着的心算是放下了。往后应该再不搞政治运动了吧？没什么担心，我就安心过日子吧！要不要公开与偏瘫妹子成亲？她可是个富农婆。小心点，别惹事。你的政治立场哪儿去了？那么多贫农女子嫁不出去，偏看上一个富农婆？这罪名就大了，弄不好把隐瞒的历史问题牵出来。但我也不能与别人结婚啊，那不伤透了偏瘫妹子的心？就这样暗地里保持关系好了，反正晓得我与偏瘫妹子真实情况的，也就是自家屋里的三个人。小舅子尽管有点懒，干农活不是行家里手，但心地不坏，所以用不着提防。还是两方面都摆平，这样对得起方舟惠子。只是苦了自己，没建成一个真正的家。也许方舟惠子流落在某个地方，也是个单身婆呢。百年修得同船渡，千年修得共枕眠。看来这辈子与方舟惠子的缘分，也就到头了。由于朝鲜战争，日本站在了美国一边，这中日关系如何能好？这种时候，我还敢说出与她这日本女子的特殊关系？这就是命！我有时扛着锄头，站在距偏瘫婆娘的院子约莫半里的山岗上，望着黑色的屋顶出神，一站就是两三个钟头。

　　出乎意料的是，建国以后的政治运动一个接着一个。"土改"分田没几年，城市开展"三反""五反"，工商合营，农村兴起了互助组、初级社、高级社。我开始非常不适应，这日子怎么过？后来一想，如果不这样，共产党设定的共同富裕的目标，怎能实现？由于有了这种认识，政府怎么讲，我就怎么做。政府说要搞互助组，我马上联系几个农户，其中包括偏瘫妹子一家，也就是我那未公开身份的小舅子。

"你怎么这样表现积极？""不是表现积极，而是这样做，对我们农民确实有好处。""你积极表现，不是想当干部吧？"

"我不是党员，哪里想到当干部？""你样样积极，送公粮，卖余粮，捐钱支持抗美援朝。大家都服了你。"

听到乡亲们讲这些话，我觉得很不好意思。我对人民政府的感恩是真实的，因为我有个比较。虽然在国军当了军官，却没尝到半点家庭幸福。回老家后，人民政府无偿分给我两亩多水田，头一年就收了一千多斤稻谷。除去应交的公粮，剩下全是自己的。人均计算，我成了山圣甸村的首富。除了自己的口粮，我把余粮卖给国家，换得的钱买了八尺土布，给自己缝了一身新衣。我还有一点钱，即趁着黑夜从后墙翻过去，跳进小院，悄悄地塞给了偏瘫妹子。

最让政府满意的，是我动员偏瘫婆娘和小舅子一家加入互助组与合作社。"土改"分田时，小舅子家三分之二的田产交出去了，工作队给他们姐弟俩留下三分之一，共六亩多。那时还没搞户口登记，迁居比较自由。我在山圣甸老家没屋子住，而道观已在取缔"反动会道门"的运动中给拆除了。所以我征得赵海鸣区长同意，搬迁到另一个村子，与偏瘫婆娘同属一个行政村。这就可避开众人耳目，暗地里找机会帮他们姐弟俩一把。除了这个便利，我还在办互助组与农业合作社时发挥了带头作用。搞互助组的阻力还不算大，成立合作社时，各种矛盾都来了。而我，政府说要成立农业合作社，把分得的田地再集中，我立马在群众大会上举手发言。心怕别人看不见，特意把两只手都举起，站在一只翻转的扮桶上："同意，明天就把我那两亩多水田交出去。"当然，小舅子也听我的，跟着交出田地耕牛农具，成为全区最早的一批合作社社员。由于小舅子表现积极，经赵海鸣区长特别批准，家庭成分从富农降低为富裕中农。尽管对于他来讲意义不大，因为他既入不了党也当不了官，可在全区，却产生了很大影响，成了表率。"牛太和，不错，功劳大大的。"赵海鸣对着我，把大拇指高高竖起。

我这就出名了。不管我愿意不愿意，区长赵海鸣也要把我树为先进典型，号召更多做过长工的村民，也动员他们过去的东家，报名参加合作社。原来在政府号召成立农业生产合作社初期，像我这样自觉响应的，三个月里没找出第二个。政府却不能搞强迫命令，只能进行动员，启发自觉性。赵海鸣区长从我这儿受到启发，变相强制成分不好的农民交出土地，加入合作社。赵海鸣区长一时大获成功，很快升为副县长。"牛太和，不错。给，奖状！""感谢政府，非常感谢。"我心里想，奖状对于我，一张蛮好看的纸。我既不想升官也不想发财，表扬与否，有何意义？但表面上，我必须表现出受宠若惊、感激涕零的态度，否则会被怀疑对党和政府有二心。奖状摆在破屋子里，哪儿也不合适。干脆，找一块木板，锯成长方形，把奖状贴在板子上，再将板子悬在破屋子当中，别人一眼就看得到。

虽然我不是存心表现积极，一堆荣誉却全来了。这样，我不仅成了积极分子，还成了名副其实的矮子爬梯子——步步升高，先是指定让我当上互助组组长，再让我担任初级合作社副社长，后来又是高级合作社副社长。为么子都是副的？因为当正的必须是共产党员，而我不是。后来，赵海鸣区长竟要培养我入党，把我吓得，只差点尿都流出来了。

"不行不行，不够条件。""谁说不够？我说你够你就够。""感谢区长，我确实差得远了，永远不够。"

赵海鸣区长是一片好意，可是你想，我敢入党？入党要经过调查。我这豆腐渣底子，一旦查出来，还有好果子？所以尽管入党有千般万般好，升官，吃"国家粮"，可我不眼红，宁可不当正的当副的。后来证明，我这样做对了。有个国民党军的排长，隐瞒真实身份，不仅入了党，还当上县干部。结果有一年，"大鸣大放"，他说了领导不爱听的话，被盯住了。再调查，好家伙，埋藏很深的历史反革命，罪加一等。新账老账一起算，判刑二十年。一个壮汉子，瘦得只剩六七十斤。我后来坐牢，正与他在一个劳改队。赶上"文化大革命"，劳改农场也有"造反派"。看着他挨"造反派"皮鞭，最后死在牢里。

威武高大的赵海鸣区长，是一个有事业心、有干劲的共产党员，精力比我还充沛。那时他的年纪比我小，却已是营级领导了。因为他也是单身一人，所以只要下乡到山圣甸这一方来，必上我的住处，同我拉家常。同时他还主动提出，与我一道进餐，我煮的饭菜他喜欢吃。他背着手枪，枪里没有子弹，看起来很吓人。我与他走在一起，只够得着他的腋窝。从背后看我俩，我就像他的小兔崽子。他喜欢我听政府的话，所以千方百计要培养我："你不仅是全区的积极分子，还要争取成为全县、全专区，甚至全省、全国的积极分子。""啊啊，不敢。""你竟不敢？""好好，我敢。""兔崽子，这还差不多。"原来，把我培养好了，是他的工作成绩啊。再说有我这个积极分子带头，各项工作就会比较顺利。

但他有个毛病，喜欢贪小便宜。上农户家吃饭，上级规定必须交伙食费，每餐一角钱，五两粮票，他却基本没交。有时他装装样子，问客杀鸡："我要不要交给你钱和粮票啊？"边讲边在身上东摸西摸，好像在掏钱包。人家当然摇头拒绝："不用不用。"他也就把嘴巴一抹，不再提起。有时看中农民家里的鸡，他便问："你这只鸡怎么卖啊？"农民见了区长，这么大的官，欢喜都来不及，连忙弯腰小跑，把鸡捉住，用细绳捆住鸡腿，送到他手："这点小意思，区长您看得起就收下。""呵呵，恭敬不如从命，这就不好意思了。"如此之类。其实农民心里并不乐意，把一只鸡养到两三斤重，不容易啊，得七八个月。农民的鸡是散养，鸡在户外成天跑，不像现在关着喂，吃饲料。散养的鸡吃谷子，吃小虫子，还吃点细沙子，帮助消化。因为鸡没有牙齿，细沙吃下去，可以把食物磨碎。所以鸡内金是一味治疗胃病的良药。散养的鸡，那鸡肉香啊，鸡蛋丢在地上，打都打不碎。蛋壳硬啊，钙质多啊。哪儿像现在，什么快餐鸡，喂鸡都用催长素，一只鸡只需个把月，便长成四五斤，结果出怪事，一只鸡长出三条腿，四个五个翅膀。鸡一天二十四小时关在笼子里，身子缺钙，站都站不稳。那鸡不是在长，而是在"吹"。我们人类吃多了这样的鸡，也跟着长激素。长期吃下去，不成虚胖子才怪，不患绝症才怪。话扯远了，也就是讲，那时，一只鸡，就是老百姓的一份小财产，一个鸡屁股就是一个小银行。可赵海鸣只顾自己吃着滋补，也没人敢讲他。后来赵海鸣在经济上犯了错误，贪污公款，受到处分，虽然十分可惜，却不是一天两天的事。

　　加入国民党简单得很，连表都不用填一张。国民党员到底有多少，蒋介石至死也搞不清。军队里的国民党员，也没任何优越性，升官只看打仗打得好不好，不看你是不是国民党员。所以自始至终，我都不入国民党。而加入共产党的手续却复杂得很，或者讲严格得很，查历史，查出身。我这豆腐渣底子，莫讲经不得审查，一不小心露了原形，假使查出我当过兵，麻烦都会够大。所以我时刻注意把握好一个尺度，既不能太先进，也不能太落后。既不在人前，也不在人后。一般来讲，我尽量避免与赵区长挨得太近，尤其是与军事相关的事情。比如，作为民兵队长，时不时要参加区里组织的军事训练。这在别的行政区，抓得不是太紧，因为负责军训的解放军官兵知道，民兵队长们大都从未摸过枪，有的连枪是什么样子都没见过。所以军事训练一般走过场。赵海鸣却把它很当回事，几乎每半个月就举办一次。这固然是他的负责精神，但与他好出风头也有关系。这样，我就得装作从未摸过枪的样子，不仅不会给扳机上油，就连摸枪的姿势也不合规范。结果好了，那天赵区长对我大发脾气："你比猪还蠢，恨不得抽你两耳光。"我高兴得真想跳脚，成功啦，我总算成功啦！

但另有一回，进行投掷手榴弹的实弹演习，我差点露出马脚。一个邻村的民兵队长心里紧张，手脚慌乱，竟把手榴弹甩落在一米开外。我见手榴弹在"嗞嗞"冒烟，本能地一步飞去，将它踢出十几米远。站在一旁的赵区长差我一步，也赶上来，结果他那一脚正踢在我的脚后跟上，疼得我当场蹲下，动弹不得。他是解放军正牌货，脚劲足，在枪林弹雨里死过多少回。所以毛泽东讲，"撼山易，撼解放军难"啊。

"你小子够机灵的。""这就叫狗急跳墙。""你真没当过兵？""没有，绝对没有。""你小子要说实话。不然老子毙了你！"

"你毙，你毙。你毙与不毙，我都是讲的大实话。"

五十年代头几年，我的心情一天比一天轻松，因为让我担心的事情越来越少。发现有漏网的历史反革命分子，一般不再枪毙，除非你又有新的反革命罪行。这样我就放了心，就算有人检举我的历史问题，顶多也是坐牢。像我这样被阎王爷多次拒收的人，坐牢怕什么！这样一想，我整天乐乐呵呵，一边干活，一边唱花鼓戏。我最爱唱的曲子是"611|6156|361"（啦哆哆|啦哆唆啦|咪啦哆），因为这曲子有劲。快四十岁的人，每年春节我还参加乡里的文艺宣传队，脸上涂满油彩，腰上系根带子，上台跳秧歌舞，演花鼓戏。大家都喊我"穷快活"。头两年我确实穷，连遮风挡雨的地方都没有，还借人家的牛栏屋住，四壁挂上稻草挡风寒。过了几年，才有两间空架子屋。但我没得怨言，夜里睡得安心，房门不用上闩，"石锤脑壳"一类人不会来逼我。

《道德经》里讲，圣人"后其身而身先，外其身而身存。非以其无私邪。故能成其私"。我理解这话的意思，好多事都是可遇而不可求的。有些事情你不去想，却落到你的头上。我在农业合作化运动中当劳模，实在不是有意想当，主要是为了消除政府对我的怀疑。结果，我的所谓先进事迹越积越多，出风头的机会也越来越多。因为我是合作社副社长，所以今天去乡政府开会，明天去县政府开会。这在乡里人看来，是多么光彩的事。作为一个非党员，能去开共产党的会，当然不是坏事。你是党领导下的积极分子，人家一般就不会怀疑你。卖假货的嗓子越响，人家就越不会怀疑他卖的是假货。参加这样的会议，哪怕耽误工夫，也不缺勤。别人穿皮鞋、布鞋，还穿黄鞋面、系带子的"解放鞋"。我穿一双自编的笋壳叶子草鞋，柔软扎实，冬暖夏凉。开会的这个看看，那个摸摸。"我用脚上的鞋子与你换好了。""不换不换。穿习惯了，穿着舒服。"

最有意思的是1956年年底，我居然由赵海鸣推荐，被县政府选中，参加省里的农业合作化积极分子会议，胸前戴了一朵大红花，用纸做的。这真是天大的光荣。那时，农村已经历过互助组、初级农业合作社、高级农业合作社三个阶段。每个阶段都有人反对，尤其是搞合作社，所有农田、耕牛、农具折价充公，反对的人特别多，并用各种方式发泄不满。把农具毁坏，把种子吃掉，甚至有人残忍地把耕牛杀了，对外却讲是牛突发瘟疫，等等。而我从内心拥护。本不想当先进的我，无意间又成了先进。听说去省里开会的当晚，我瞒着所有亲朋好友，点了三炷檀香，先跪在妈妈坟前磕头，再来到山圣甸旧道观的遗址，面对神舟山方向，额头抢地，胸脯贴土，恭恭敬敬拜了三拜。

国家加快建设步伐，应该是从1956年开始，1958年达到第一个高潮。那时我们都不晓得，苏联老大哥这年二月开了一个全国大会，赫鲁晓夫做了一个秘密报告，反对斯大林。从这以后，中国与苏联的关系开始紧张。国际上还出了个"匈牙利事件"，闹得国家紧紧张张。我们感觉到，国家恨不得一天就想建设得很好，共产主义一天就能到来。口号是：鼓足干劲，力争上游，多快好省地建设社会主义。这个感觉，是在省劳模大会得到的。省劳模大会十分隆重。因为是中华人民共和国成立以来第一次省级劳模会议，省会的主要街道上都挂着大红横幅，写着"热烈欢迎会议召开"的文字。那时大客车极少，代表们乘坐的是一辆辆大卡车，没有顶篷，车厢里摆着一排排木椅，车头上扎了红绸花。作为大会主会场的，是一座五层楼高的大楼，这就是当时省城最高也最豪华的建筑物了。街道上除了我们代表乘坐的大卡车，几乎见不到别的汽车。一部分街道铺了水泥，一部分街道涂了三合泥，一部分街道还是麻石板。不过我仍然感觉到省城的巨大变化，同时不由得想起长眠在各个抗日战场的弟兄们，尤其是集体长眠在神舟山的他们。倘若他们地下有知，一定会觉得自己的鲜血不曾白流吧。

人走红运时，抬头就见喜。参加省劳模会议的意外收获，我居然在会场见到了久别的红军老团长邱爱民，就是我救过的那个团长，他后来给我留下五十块光洋。他还活着，没被打死，不仅活着，还当了大官，是副省长了，主管农业。这个全省劳模大会，就是他主持召开的。没错，是他，鼻梁稍有点歪，那是红军长征以前，在战场上与"白军"搏斗时受的伤。省委书记与省长只在大会开幕式和闭幕式出席。会场是个大戏院，戏台就是主席台。正面墙上挂着毛泽东主席的彩色画像，两边是斧头镰刀图案的党旗。主席台前沿上方是大幅会标，红底白字，十分庄重。台上横着三排椅子，他坐在第一排正中，而我坐在下面会场偏边，相隔十四五排椅子。他穿一身四个袋子的中山服，铁灰色，很精神。他没认出我，我却认出了他。

的确是意外惊喜，怎么也想不到会与老团长重逢，而且是在这样隆重的场合。我全身血流加快，差点喊叫起来。一个人要懂得感恩，他也是我的救命恩人啊。没有他那五十块光洋，我没准就死在深山老林里了。可他坐在台子上，穿着那样整齐，样子像个菩萨，左右两边的人都不敢与他靠得太近，我当然不能大大咧咧地走上前去，同他握手。而且那样做，旁边的人会说我想巴结省领导。再说，他还认得出我吗？认我不出怎么办？机会太难得，该如何抓住它？我就这样走了神，散会了，主席台上空空落落，台下座位左右两边的人也都起身走了，我还呆呆地不动。

这个会共开三天。我是在开幕式见的他。下午分组讨论，自然见不着他。第二天又是讨论，还是见不着。只剩最后一天了，上午开联席片会，下午会议闭幕。会议休息时，我望着空荡荡的主席台发愣。哪年哪月才有这样的机会与他坐在一个场子里？也许一辈子就这一回了。不行，下午闭幕式我一定要和他说上一句话，他认不出我也没关系。我怕什么呢？又没丢掉什么。像我这样死过几回的人，过去专门搞特务侦察的人，这点勇气都没有？白做人了。

于是我设计了几套方案，就像过去搞侦察一样。第一套方案是，我在大会开始前从主席台左侧上去，在那儿等着。我发现，省领导都是从左侧入场。工作人员拦我，我就说是某副省长的老熟人，老部下。这样他们肯定会报告邱副省长本人，与我核实。我这就成功了。第二套方案，快散会时，我赶紧跑上主席台去，把老首长堵住，自我介绍。我相信老首长肯定会记起我，因为我们毕竟交情不一般啊。第三套方案，闭幕式进行中间，我提前出去，去主席台右侧站着。右侧是卫生间，领导们也有憋尿的时候，有时开着会，便起身往那边去方便。邱副省长在开幕式时起身两次，再回到座位，闭幕式难道一次都不去？

当然，万一这三套方案都不灵，就说明我与邱副省长无缘叙旧。努力过了，成与不成，不必后悔。会议第二天的晚上，我在床上睡觉，一会儿换个姿势，各种画面在脑子里闪来闪去。假如我不曾受伤，今天会是什么样子？假如我后来去找红军，今天又可能是什么样子？假如，假如……可惜人生没有那么多"假如"，只能面对既成的"现在"。主动见他还是不见？他或许早就把我忘了。不见，什么事情也不会发生，我就是参加过省劳模大会而已。见他，我的身份即可能彻底公开，必须准备承担各种不测。小心，还是回避为上，就当我不曾参加这个会议。东想西想，直到天亮才闭了一会儿眼。我这种人，竟然失眠了。

老天偏有意想不到的安排。第三天上午开联席片会，副省长恰好参加我们这个片的座谈，他的座位，与我只隔着三张桌子。原来他是特地来听取大家的意见。每个参会者的座位事前已安排好了，我的座位离主持人就那么点距离。联席片会会场不设主席台，只在北边墙下摆了一排沙发，每两张沙发之间有一张茶几。另有几排普通的座椅与沙发相对，供会议代表就座。我坐在第二排，正对着中间那张沙发。

当老红军团长走进会场，在正中那张沙发落座时，久别重逢的冲动，一下把我昨晚预设的方案毁了。我忘了一切忌讳，目不转睛地望着老团长的眼睛。老首长，老首长，是我，小牛子。还记得我吗？我在喉咙里喊着，只巴望能与他说上几句，哪怕简单地问个好也行。老天爷是偏爱我还是考察我？或者是弟兄们暗中助力？脚心热得发烧，真想一步蹦过去，握住老首长的手。其他代表都在鼓掌，我努力控制自己，也跟着使劲拍巴掌。

这是一个较大规模的讨论会，选出的代表轮流发言。可惜没有我发言的份，要不肯定会引起他的注意。他对每一个发言者都听得那样认真，右手拿着钢笔，左手压着摊开的笔记本，听到感兴趣的内容，就往笔记本上记几句。有时他还捂着半边嘴巴，含蓄地笑笑。像有鬼使神差似的，未得到发言机会的我，所处的位置已很显眼，却还有意偏着脑袋，避开前排那个代表的身子，想把老首长看得更清楚些。这样一来，自然引起老首长的关注。

我看出老首长先不在意。而在我毫不回避，一次次主动盯视时，老首长终于注意到我了。他先是明显愣了一下，接着视线转向别处。过了片刻，再回过头。而我的目光还注视着原来的方向。两人的目光终于对接。我的视线立刻被他磁铁般吸住了，不由得举起右手的两个指头，以引起他进一步的注意，嘴唇轻轻张开，像要喊出声来。老首长，是我，是我。还记得吗？真想不到，能有今天……这些同样在喉咙里咕噜咕噜，一个字也吐不出来。

也不知座谈会已开了多久，先后有几个人发言。我的脑子完全开了小差，只觉得有一大堆话要对老首长倾诉。趁着会议短暂间歇时间，我再忍不住，从前排椅背一跃而过，就像过去飞檐走壁一样轻巧。"老首长您好。我，我是牛、牛……小牛子。"我含混不清地讲着，两腿差点软了下来。

"真是你啊，我看着面熟，就想不起来。你当先进了？好，好，是个好兵。现在哪儿上班啊？""报告老首长，我现在……在……在老家。""好，好，好兵。你是……记得你后来……怎么样啊？"

我站在那儿，一时蒙了。哪儿有这么蠢？不是明摆着的吗？彼此相隔二十多年见面，怎免得了询问别后情形？就我本人，也很想知道老首长后来的经历啊。可我那一串故事是讲得出口的？这不是给自己找死！我干吗头脑发热，主动与他套近乎？我是想求他介绍入党，还是求他推举做官，或是求他批给几百斤返销粮，或是批给我一笔救济款？都不是，都用不着。既然都用不着，为何偏要主动贴近，主动亮明自己，主动挑起他的回忆？蠢啊，愚蠢至极。他问的这些，我怎么作答？怎么作答？

"报告老首长，我后来，后来……"简直要了我的命。

也是我的命大。正当我不知如何是好，一个脸色白净、鼻梁准直的小伙子手拿一份文件和一支钢笔，疾步向他走来，对我微笑着讲了句"对不起"，随即将文件和钢笔都递到邱副省长面前，口齿伶俐地报告："省委张书记派人送来，请您立即阅办。"

还有比这更合时宜的及时雨吗？我赶紧对老团长讲了声"老首长您忙，不敢打扰"，逃命般迅速闪开。一个提着开水瓶上台，准备给首长添水的穿红衣服的女服务员，被我撞得赶紧靠着椅背，才没倒下。

有几位代表见了我与邱爱民副省长亲密对话的全过程，一时惊得呆了，其中包括神舟县带队的副县长赵海鸣。我在大家眼里立时地位大大提高，因为谁都不晓得究竟是怎么回事。

（"老团长会后找过您吗？""听人家讲，我在离开老团长之后，他的眼光在会场扫来扫去，好像是在找我。""您老那时是在哪儿？""我为了避免与老团长再次见面，躲进厕所里了。""您能在厕所躲一个下午？""我已晓得是省委书记在找老团长，估计他会提前离开会场。""结果呢？""凑巧得很，老团长过一会儿果然走了。""您那时有预测之功吗？""没有，真的没有。"）

三二　痛失偏瘫婆娘（老爹自述）

年轻人，你现在体会不深，人生经历应该是长流水，一会儿激流奔涌，一会儿平滑如镜。但总的来讲，要想有大的成就，就得战胜大的失败，要想有大的作为，就要经受大的痛苦。幸福不分大小，全是个人感觉。睡高楼大厦的人与睡茅棚树屋的人，幸福的感受有时是相同的。天道公平，不欺你一星半点。我在中华人民共和国成立后的头些年，一路顺风顺水。再过一段，路子便不那么顺畅了。待到第十年，灾祸降头顶，眼睁睁痛失了偏瘫婆娘。

我在省劳模会议与红军老团长意外重逢，成为一件引起轰动的大事。代表们都对我刮目相看，县领导也被我弄得云里雾里了。赵海鸣副县长一次次搔着我的肩膀，半开玩笑半是认真："兔崽子还有这一手。留着什么时候才用？"

"哪里哪里，牛绳子穿针眼，全是凑巧。"

"给我们讲讲，到底是怎么回事？"

我更觉为难，那一段经历虽然扯不上国军什么的，可却能证明我不是一直在外乡帮工。不在外乡帮工，到底是做什么？政府有的是办法，可以派人调查。而且赵副县长是常去省里开会的，倘若哪天当面向邱副省长问起……不不，官大一级压死人，赵副县长没机会与邱副省长交流的，只有特殊关系的人，才可能打破官场规则。对！我一拍大腿。就用邱副省长这座大山把他挡住，让他没机会再提起这事。编故事，看来有些情况下必须会编故事。还需有点玄乎，否则不能唬人。

"也没什么。只给邱团长送过一次信。"我故作轻松地笑了笑。

"信？军事方面的？"赵海鸣立即敏感起来。

"大概是吧。我不晓得，我不能看。""是军事情报啊。小子，那是红军时期吧？""我搞不清，只记得他头上戴的是红布做的五角星。""好小子，原来还是个小功臣。给红军送情报。了不得，了不得。对不起，就这一次，以后我再也不问了。"

赵海鸣的两只拳头在我肩膀上擂得震天响，像是在打铁。

我这一招果然见效。军人出身的赵海鸣，知道凡是涉及军事情报的事情，都是禁区，从此真不再问。而我这顶积极分子帽子即成了铁帽子。县里开积极分子会，每回有我，省里开贫下中农代表大会，也派我参加。当然我干什么都更起劲，宁肯脱掉一层皮，也不会使奸耍滑。冬天修水库挑石头，我一担挑二百斤，是自己体重的两倍半。劳模就得像个劳模，同时也是为老首长争光。我还是精精瘦瘦，扁担竖起来比我高，干活的劲头却超过一般人，夏天流大汗自不必讲，冬天干活，汗水像瓢泼的大雨一样往下淌。区里、县里开劳模大会，披戴红绸，总有我的份。我因为个子矮，特别安排我站在第二排，下面垫一张木凳。省里的报纸上也登载着我的先进事迹，配上一幅相片。那时照相，可是天大的事。村民们大都一辈子没照过相，年轻人赶时髦，想照相，要上县城唯一的照相馆。头一天照相，最快也得十天才冲洗出来，再跑去取。

风光背后也有烦恼，烦恼出在对共产党的政策越来越吃不透。"土改"分田到户后，十个指头不是一般齐，几年下来，户与户之间拉开距离了。我的小舅子就是这样。他种田没技术，别人的田里禾苗长势好，他的田里杂草胜过禾苗。他不幸又生一场大病，耽误了插秧季节。结果那一年，他白白拥有比一般人家多的耕地，秋季的稻谷收成却不及别人的十分之一，差点连公粮都交不上。我看着他可怜，顾不得忌讳，给了他家五担谷子，又补交上公粮。这回区里不仅不批评我"阶级立场不稳"，反而讲我助人为乐，热爱国家，有政治觉悟。毛主席提出搞合作化，小舅子自然高兴得不得了，否则他只能把田地卖了。过去有个作家，写了一篇小说叫《不能走那条路》，题目实实在在，内容也是实实在在，符合当时农村情况。过去的日子才离去不久，心里有杆秤啊。所以那时候，共产党最常用的教育农民的办法，就是开忆苦思甜大会，层次更高一点的会议，即组织大家看《白毛女》。

初级社没搞两年，转入高级社。每个初级社的农户一般是二十户，这样便于管理。关于管理，最重要的是按工计分，也就是把一个标准成年男人一天的劳动工作量，定为"10分"，把标准妇女一天的劳动工作量，定为"6分"，其他人以此为标杆，相应递减。到了年终，看谁总共得了多少个"工分"，全社所有人共同是多少"工分"。再用合作社一年的总收入扣除各种支出，剩余的净收益除以全社的"总工分"，得到每个"10分"的单元收入。再用这单元收入乘以各人的"工分总数"，就是那人应得的报酬。据人家讲，是从苏联老大哥的集体农庄那儿学来的。那时对苏联可尊重了，连我这底层人员都晓得，要学苏联老大哥。凡是苏联老大哥的，就是好的，谁也不能怀疑。以致后来"反右派斗争"时，有人还因此被打成"右派"。讲起来也是冤枉，中国"反右派"那年，苏联已召开过"二十二大"，赫鲁晓夫已做过反斯大林的"秘密报告"了。

苏联老大哥的集体农庄管理经验看来简单，操作起来却相当复杂。主要是各人的工作量实难准确量化，中间有偷工减料，耍滑藏奸。这样的劳动效率，怎能提高？初级合作社时期，大家觉得新鲜，出工都还积极。合作社的干部们，大都是我这种真心干事的，主要心思都扑在集体事务上。一个社二三十户，管理起来还不算难。但过不了多久，要由初级合作社转入高级合作社，说是更体现社会主义制度优越性。猛地，一个合作社一下由二十多户扩大到二三百户。管理难度大大增加，漏洞大大增多，反对的也多了。因为初级社的优越性还没发挥完，锅里的米饭半生不熟，还没到揭盖的时候。

过了两年，更响的口号出来了，叫作"跑步进入共产主义"，要把几个、十几个甚至几十个高级农业合作社合并，变作人民公社。"公社"两个字是怎么来的？是不是受了那个"巴黎公社"的启发？口号叫作："共产主义是天堂，人民公社是桥梁。"还有一首歌曲，只记得前面几句："公社是棵常春藤，社员都是藤上的瓜。瓜儿连着藤，藤儿牵着瓜。"这瓜呀藤呀一牵连，整个农村大动荡。各家的锅碗瓢盆全收缴了，吃饭上公共食堂。家里的房门也都锁上，睡觉上集体宿舍。男女分开住宿，一家人拆散，分作几处睡觉。农民都要军事化，出工排队，边走边喊口号。粮食分配不再以自然村为单位。而是整个公社，几万人统一调配，接近军队的配给制了。结果是干与不干一个样，干好干坏一个样，反正都是"吃大锅饭"。乡亲们的劳动积极性严重受挫，粮食产量不升反降。这就冒出了新的问题：人民公社的先进性如何体现？瞎吹！浮夸！你亩产粮食一万斤，我亩产达到一万五千斤。还有超过两万斤的。我有时看看报纸，不仅省一级报纸登载这一类"人造卫星"，就连《人民日报》也登。1958年8月13日的《人民日报》头版头条，肩题是：麻城建国一社出现天下第一田；套红的主标题是：早稻亩产三万六千九百多斤；下面还有个副题：福建海星社创花生亩产一万零五百多斤纪录。

对林业造成灾难性伤害的是土法炼钢铁。有个口号：为1070万吨钢而奋斗。把国家钢铁搞上去是好事，可要完成这个高指标，太不容易了，于是全民大炼钢铁，机关干部、教师、大中学生，一起参战，打"淮海战役"。干部们把从农民手里搜集来的铁器砸碎，扔进土高炉。在人民公社，社员们把百年老树砍倒，烧成木炭，运到县城的各个机关，让他们去炼钢铁。木炭与钢铁怎么扯到一起了？原来是炼钢需要焦炭，而焦炭供应不上，于是有人冒出一个发明：用木炭代替焦炭。这样，古老的树林子就倒霉了。那些树真是可惜，几十年上百年才长得那么大，三斧头两锯子就倒地了。好多山林被败光，有的变成癞痢头，有的干脆成了秃头。"大跃进"当然不是一无是处。比如社会主义建设热情被大大激发，完成了农业、重工业、化学工业多项建设，都是国家龙头企业，奠定了往后二十年甚至五十年经济发展基础。但由于操之过急，造成的损失不小。

我可不是一贯正确。就讲"放卫星"，我也是参与者。我们把十几亩水田里的稻子连根拔出，集中到一块田里，堆积起来，照一张照片，这就叫亩产三万斤。第二回，县领导又提出要求，放一颗棉花的卫星。我们便把其他地里的棉花堆积拢来，冒充一块地里的棉花，"卫星"就出来了。

神舟山第二次遭到破坏。就地转为林业工人的村民，与从外地招收来的新工人一道，前些年集中精力植树造林，现在主要任务是砍伐。牛福山的父亲从四川回到神舟山，当上了林场医生。我在一个偶然机会，晓得他父亲就是我的救命恩人。他的老家就在神舟山。"大跃进"那年，神舟山的树木大都长到一二尺直径，烧木炭最好不过。于是那绿荫如云的神舟山，顿时长出了大片大片的癞头疮。那座抗战胜利纪念碑原来掩映在树林里，不打眼。现在周围的树木砍伐得七零八落，纪念碑便突显出来，成为人们寻开心的对象。有的远远地朝它扔石块，比赛谁的瞄准水平高。有的往它身上扔泥巴，边扔边喊"打倒蒋介石"。好在那时，还不是特别强调抓"阶级斗争"，所以也没人刻意要从根基上摧毁它。林场工人对山林被毁感到痛心，有骂娘的，有怠工的，也有公开向领导提反对意见的。我呢，每天站在山脚呆望一阵，眼睁睁看着神舟山由绿变秃，自然管不了林场的事情，包括那座面目全非的纪念碑。我只担心，总有一天，不是被汽车轧死，就是掉进河里淹死。我做了太多昧良心的事，每天都在给自己将来下地狱做"积分"。

再后来，机关、学校"反右"，农村搞"反资"斗争。村里人白天出工，夜里开斗争会，天天如此，斗争那些发过牢骚的农民，不仅仅限于地主、富农分子，有的还是贫农、下中农，被称作"蜕化变质分子"。看着站在台上挨斗的人们，我心里只有深深的同情，却不再有当年参加"镇反"运动那种心惊胆战的感觉。老道长那一幅"履虎尾"图，分分秒秒在眼前悬挂着。一定要继续捂住自己那个豆腐渣底子，在"反资斗争"的风浪中求得平安。白天，我带领社员们出集体工，一边挖土，一边口喊"加油加油"。有一回锄头樺子脱了，只剩了锄头把，我一边挥着锄头把，一边继续喊"加油"。晚上，我主持斗争会，把发过牢骚的人叫上台，低头站着，接受批斗，有时还用报纸、草纸糊一顶高帽子，给那人戴上。个别年轻人为显示积极，还打挨斗人的耳光。有时我也打，但举得高落得轻，只在那人脸上捎一下。

但这样也有尴尬的时候。那一回，已升为县委副书记的赵海鸣见了我，居高临下，摸着我的脑壳顶心问："听说你在'大鸣大放'中不发表意见？"

"没有。我对政府哪儿敢有意见？""你这话就像是有意见啊，只是不敢讲出来。是不是？""不是不是。真的不是。""是与不是，都得讲出一两条。后天县里开会，邀请你参加、提意见。你给县里的工作准备一两条。"

赵海鸣那几天可能是辣椒吃多了，内火上升，嘴唇起了燎泡，讲话有一股火药味。看着赵海鸣迈着正步走远，我还在原地傻傻地站着。他这是玩笑还是真话？就凭我与邱副省长那一点交情，他们真把我看作上宾？脑子别烧，记住古人讲的，"敏于事而慎于言"。但对赵海鸣还不能硬顶，没准会拿我开刀。我便去药店买了点大黄、黄连，配成一味泻药。吃下之后，我连着闹了三天肚子，几乎没法出门。我又让医生开了个证明，托人交到县委传达室，再由传达室转交赵海鸣。这个会就算躲过去了。

好侥幸啊。事后得知，那回在县里参加座谈会发言的，属国家干部、中小学教师的，只有两人未被打成"右派分子"。属农村干部的，后来全都成了"阶级异己分子"，挨了斗争。因为农村干部比国家干部、教师更敢讲。再往后，被打成"右派"的国家干部和教师，有一半丢了城里的饭碗，户口被迁到农村，长期劳动改造。这对于他们就遭罪了，因为他们平时都是坐办公室，哪儿经受过日晒雨淋？何况在南方耕种水田，比北方人耕种旱土的劳动强度大得多。他们大多数下乡后累出一身病，有的早早地去世了。比较起来，那些农村基层干部只是不再当干部，照样每天在下地干活。不可思议的是，会议主持人是赵海鸣，最后给大家定为"右派""阶级异己分子"的，也是赵海鸣。

赵海鸣再见到我，有点不好意思。我请他进屋里喝茶，他摇摇头拒绝。我便端着茶杯出门，走到他面前请他喝。他喝过之后，舔了舔嘴唇，用袖子擦了一把脸。这以后我有两年未与他单独有过接触。后来见他时，是中央开了"庐山会议"，下面跟着"反右倾"的时候。万没想到，他本人也倒霉了。原来他对1958年的"大跃进""放卫星"也有不同看法，并在一个会议上用拳头敲着桌子，脸红脖子粗地讲了出来。有人在一旁扯他的袖子，他反而加上一句："我讲的句句是实，共产党不讲真话还行？"

"赵海鸣后来是什么情况？""一个字，惨。不知他后来是怎么搞的，把自己也搞成'右倾机会主义分子'。还把他平时爱贪便宜的事算上，竟成了贪污犯兼'右倾机会主义分子'。""他不是有过战功吗？""共产党管这个又不管这个。1952年枪毙的刘青山、张子善，都是有战功的人，职务还不低，罪名就是贪污。照我的看法，他吃亏还在于嘴巴。有双重含义，一是贪吃，二是爱吹。""您老最后一次见他是怎样的情形？""头发剃光了，戴一顶黑纱帽。所有职务全免了，还好，保留城市户口，继续吃国家商品粮。直到去世那一天。"

还记得我与偏瘫婆娘的事吗？自进入合作化以来，我因为有一大堆杂事，逐渐少管他们家的事了。而且由于实行合作化，小舅子不精于耕作的缺陷，也得到了弥补。在生产队这个大集体里，总有小舅子干得了的活儿，他只要不偷懒，不缺勤，即能获得与别人差别不大的收益。小舅子经过这些年的磨砺，吊儿郎当的少爷气息再没有了。我那偏瘫婆娘虽然下不了地，却可以将各种绣品卖给国营的百货公司，换得现钞，养活自己。因之姐弟俩不仅生活自足，还有了一些积余。小舅子正酝酿给自己讨婆娘呢。我嘛，谢天谢地，可以忙自己的事。自己的事也就是公家的事，晴天一身汗，雨天一身泥。我必须多一些好的表现，不是为了当劳动模范，而是别引起人家的怀疑。这样求得后半辈子无灾无难，老年善终。

烦恼总是有的。当公共食堂兴起，偏瘫婆娘遇上了前所未有的困难，弄得我不知该如何助力，一时干着急。

1958年"大跃进",家里的炊具不是都收归公有了吗?所有人不是都上公共食堂就餐吗?开头不是吃饭自助,大家敞开肚皮吃饱吗?这对于正常人来讲,不算难事。可对于偏瘫婆娘,就是大难题了。她因为没法下地,所以挣不到工分。而挣不到工分就影响到分口粮。还好,政府保证所有社员一份基本口粮,但只够吃三个月。再就是社员们吃饭都上公共食堂,家里做不成饭,她一年到头出不了门,怎可能去公共食堂用餐?我看着她实在可怜,便委婉地向食堂管理员提出:"公共食堂当然好。不过有一个具体问题,即那些行走不便、没法来公共食堂用餐的人,是否另想个办法?"

"你是说那个偏瘫的富农婆?""也不仅指她,还有其他走不动路的老人。""政府要求所有人都上食堂,体现社会主义优越性。""可社会主义不应该让人饿肚子啊。""那就给他们一点米,让他们自己煮饭吃。可没有锅碗瓢盆怎么办?""那就不管了,找个瓦罐也行。"

这就算帮了偏瘫婆娘一点小忙,而且不露马脚。她兄弟帮她从公共食堂领回一点点白米,自己用一只瓦罐煨着吃,分量不够,加一些野菜,水亮花、蒲公英、禾茄菜等等。还不够填饱肚子,她便没日没夜地刺绣,卖出去挣点小钱。她绣呀绣的,绣得眼球都快要暴出了。尽管这样,到了大饥荒那年,她仍由于缺少最起码的营养,而患上了水肿病。

我得知这消息时,她已患病多日。小舅子先想隐瞒,瞒不住了,才向我透露。那是一个黄昏,宿鸟已开始归林,在林子里吵吵嚷嚷,议论着一天的见闻。墙边的丝瓜花晒了一整天,花瓣已经打蔫,失去鲜艳的光泽。我扛着锄头正往家走,忽然后面有人呼唤。我回头看时,却见小舅子也扛着锄头,迈着"八"字步,一拐一拐地走来。刚收了集体工,村里人都扛着农具,各自往家走。还好,现在已不搞集体住宿。我不愿在众人面前显露与小舅子的特殊关系,便没有刻意等他,只是放慢了步子。小舅子明白我的意思,尽量加快步子。原来他也因为吃不饱饭而力气不足,步子也迈不大。待接近我时,我仍不停住步子,只低声问他:"你找我有事吗?"

"我姐姐想见你一面。"声音低低的,刚够我听得见。

"有什么急事?"

"她得水肿病了,腿肿得比水桶还粗。"

我脑子里"嗡"的一声,脚钉在地上了。眼见村里一个接着一个的水肿病人,我就料到偏瘫婆娘在所难免。可我不知该怎么帮帮她。存点侥幸吧,或许她能闯过这一关。人民政府总会想办法救济困难户的。什么时候去看看她？可看望病人，总不能空着两手。现在我手里有什么呢？除了每天从公共食堂打回来的那一点点米饭。再讲，万一我不谨慎，被别人撞见了怎么办？一旦被揭穿老底，便没法再给她提供任何帮助了。再等等，再看看。于是一天一天拖延一天，直至这无法再延迟的今天。

"你快走。我晓得了。"我于是低低回答。

我在天色完全暗淡时才从她家后院跳了进去。这要讲一讲我。尽管粮食普遍困难，可基层干部多吃多占的现象还是存在。比如我，每当我去吃饭时，食堂炊事员总给我多打一小瓢，用饭勺把我碗里的米饭压得紧紧的，不让别人看出来。我还晓得，有的基层干部贪图享受，甚至私分公共食堂的物资。这不是贪污行为吗？在我是不耻的。不过能在最想吃饭时多吃多占一点，我也不抵制。因此这样，我过的还是半饥半饱的日子，但较之当年在神舟山修炼，自然强得多，基本营养得到了保障。所以除了带头下地干活儿，我仍有力气坚持偷偷练习轻功。翻墙进入偏瘫婆娘后院时，我用力运气，双足一蹦，便轻松地落在她家院内。落地时一点响声也没有，像一只老猫从高空落下一样。

"哥，你——""对不起，我来迟了。""哥，我——""对不起，好久没来过了。""没事，今天来了就好。""对不起。没能给你带点吃的来。""不用，见了你就行。"

就是这么简单几句，至死我都记得。此前，她从没称呼我"哥"，只把火一般的温情，包含在她会讲话的眼神里。但是今天，她却忍不住冲口讲出来。她蜷缩在一张矮椅上，两腿僵硬地分开，动弹不得，只伸出两臂，等着我挨近。我赶紧抢步上前，匍匐在她脚边。距离乡村点电灯的时期还早，屋里点了一盏用竹筒做的小油灯，灯芯细得像是用头发丝拧成的，勉强照见双方的面容。我想揉一揉她的双腿，她却发出一声压抑的呼叫。我这才闻得她身上散发的一股怪味。天，她肿胀的大腿已开始化脓。这可危险。凭我过去在部队接触伤病员的经验，这类因营养缺乏而并发的水肿，一旦化脓，离最后期限就不会太远了。她意识到自己病情严重，想把我远远推开，不让闻那怪味。半明半暗中，看不清屋里有多凌乱，空气中的异味却是无法掩饰的。一方面，我自然不会对异味生出反感，有的只是深深的同情。但另一方面，我努力克制自己，尽量不与她发生肌肤之亲。自打与方舟惠子发生那事之后，我就在行为上背叛她了。虽然讲那是在不知情的情况下发生的事，却也是一种背叛行为。我不能做"两头通吃"的男人。所以我在她脚边匍匐片刻，便镇定着站了起来。油灯豆大的光亮不住晃动，把我摇摆的身影映到背后的土墙上。窗户推开半边，飘进一阵栀子花的浓香。

不能久留，得防止被别人识破。好像有人推门。风声。隔壁禾坪里有狗在叫，该不是冲我来的吧？我在心惊肉跳中待了十来分钟，临别时不由得再次蹲下，脸贴脸猛亲了她几下。偏瘫婆娘眼睛闭着，长长的睫毛形成了两道细长的阴影，泪水一串一串，顺着鼻翼两边的浅沟不住地流。

她让我来做什么？只是想见我一面？不会再有别的想法吧？见过这一面，我是有自己的计划了。必须帮她弄些吃的，不然她就危险了。可我一不能像某些社员那样，去偷公共食堂，二不能厚着脸皮多吃多占。唯一的办法，是自己口中节粮，省下一点是一点，再设法捎给可怜的她。

"那不行的，你自己也饿。""我饿不着的，请你相信。""你能有什么办法？与别的干部又不一样。""放心，肯定饿不着。"

"不过也是，你们当干部的……"

这是我第一次把一小袋白米交给小舅子时，两人的小小争执。听得出来，社员们对基层干部多吃多占有所耳闻，并且产生牢骚了。为了让小舅子放心接下我省下的救命粮，我让他猜想我也是多吃多占中的一分子。真实情况是，我从食堂司务员手里把我那份口粮领出来，倒出一半，给自己熬成水状的稀粥，掺和些能找到的野菜叶，有时还掺杂捣碎的牛楠树皮、枇杷树皮、柏树皮等，另一半则积攒下来，交付给小舅子。就这样维持了一段时间。

在那饥不择食的时期，大家几乎都去偷食堂。我有一回饿得实在耐不住，也顺手在生产队的菜地里摸过一把。我拧得的是一棵毛白菜，洗都没洗干净，一点点撕着吃。咳，还不如当年被一粒子弹打死，省得今天活受罪。但这只是一时之念。立即又想，炮火连天的日子都过来了，这个苦算什么。我相信共产党会想办法，还相信共产党总有办法。作为旧社会的过来人，自信我把共产党和国民党这两个党都看得深透。我要看到这出大戏怎么转场。

那时可真饿呀。应该讲我挨饿是经常发生的事情，从小时候到行军打仗，总觉得吃不饱。在神舟山修炼时，虽然也以野菜为主食，但不用搞劳动，所以饥饿感能强行压制。行军打仗，则是饥一顿饱一顿，而不是像现在这样总处在饥饿状态，而且还得下地劳动。再过一段，从公共食堂里得到的口粮更少了。我只好将其中三分之二给偏瘫婆娘，自己留下三分之一。为填饱肚子，我把那一点点米用石磨碾成粉，掺进野菜，搅成稀得不能再稀的糊糊煮着吃。吃到最后，我先用手指把碗里的残汁刮干净，再用舌头把碗舔得光光的。尽管这样，我仍不觉得苦到不能忍受，比起过去有时在战场上挨饿，好得多了。至少没有遭到枪击炮击的危险。到了年底，社员们的口粮指标降至最低点，隆冬天气，冰雪茫茫，一些人衣不遮体，生病去世的也就多了。我仗着自己过去体质好，有本钱，对于吃的问题还不当回事。进入肚里的大米少了，我就用树皮草根替代。秋季已过，树叶大都发黄。生长在土里的蕨根开始成熟，但只有肠胃好的人才能部分消化。另有一种与楠木同属一个大类的树，树皮略红，柔软，摸起来有弹性。吃第一口时，还有点嚼味。我就用它们来哄骗肚子，心里想着局面改善的一天。直到有一天我内火猛升，先是拉不出大便，后因用力过猛，导致肛门撕裂。再以后竟发生大量便血，却无法止住，只任由它流。血流得差不多了，这肚子又出问题了，像是被神话里的吸血鬼吸成了空壳。最后，当我从卫生间出来时，只觉得天正坠下地，地正升上天，两者交互旋转，全世界成了个大滚筒。地就要陷了，房屋就要倒了，身子站不稳了。趴下，赶紧趴下。我就像战场上躲避炮弹似的，不由自主地趴在地上，或者讲扑倒在地上……事后别人告诉我，当我被发现时，已在地上躺了两个多小时。

我醒过来时，已是第三天中午，发现正有人往我嘴里喂黄豆汤。有时一两滴汤水从嘴里流出来，便有一只调羹把汤水截住，再往我嘴里送。黄豆水，救命的水啊。慢慢地，我的意识重新明朗，还没弄清躺在什么地方，首先想到的便是偏瘫婆娘，不知她这些天吃得怎样，水肿病好些了吗？我同时意识到自己已经是一个病人，暂时对于她，一点用处也没有了。我心里起了一阵痉挛，暗暗责备自己：都是你害的。倘若你敢公开与她成亲，她就有了依靠，不至于像现在这样孤苦伶仃。这可能损害了你，但却拯救了她。现在呢，她病倒了，你也病倒了。不，我错了。我应该与她一同上人民公社的办公室去，在那儿领一张正式的结婚证。

可是我真的敢公开与她的关系吗？真的敢向人民政府坦白自己的个人历史吗？我有勇气面对那么多意想不到的麻烦吗？

"醒过来了。牛劳模醒过来了。""快快，快叫院长来。""要不要报告县里领导？""我们只管照顾好病人，其他都是院领导的事。"

听了这简短对话，我不由得一阵感动。原来是赵海鸣得知我病重的消息，特别指示县人民医院专门救治，并让我住进县人民医院的干部住院部。这是在普通病房后面另辟的一个小院，三层小楼，墙壁经过粉刷后，洁白光滑，院内天井里长着两行四季常青的桂花树，桂花早已落下，在地面铺成模糊的一片金色，淡淡的芳香还在飘散。桂花树下面，是一张张干净的小木椅。按当时规定，本县副科级以上领导干部，才有资格住进这座小院。而我不过是一个普通农民，怎配享受这么好的待遇？赵副书记发话："人家是省级劳动模范，相当于部队的战斗英雄。搞点特殊化有什么要紧？"医生和护士都对我讲，若不是县领导发话，我不仅不可能住进干部病室，就连普通病房也进不去。"太多了，需要住院的人太多了。床位再扩大一百倍也不够用。何况凭现有财力，再增加一张床位都困难。"而如果不是治疗及时，补充了营养，我这小命当年就销号了。赵副书记，是你给了我又一次生命。而你是代表共产党在行事，所以可以讲，给我又一次生命的，也是共产党。

我在医院住了一个星期，每天喝三次黄豆汤，吃两碗白米饭，力气很快有所恢复。但在医生护士眼里，我仍未达到出院标准，还需要再住一段。住在那里头，就等于真正过上了神仙般的生活。小院外面，还有多少人在排队等着！可我的心思不在自己，而在失去信息的偏瘫婆娘身上。不，我不能只顾自己在这儿享受，应该与她同甘共苦。我要对得起自己的良心，哪怕立即会失去眼下拥有的特权。佛教讲，人不为己，天诛地灭。为己，就是为自己积点儿德行，修点儿德行。主意一定，我就向医生护士提出出院的要求。这让他们大为吃惊。

"你不是开玩笑的吧？对我们来说，开一张出院通知书，再简单不过的事。""谢谢你们，我已经住够了。""出了院想再进来，可不那么容易呢。有时即便领导批条子，没空余床位也没用。"

这绝对是大实话。据护士长介绍，有一位上过抗日战场的老科长，患了急病，需要住院治疗，却因为没有空余床位，只好在过道里临时支一张弹簧床。我朝病室里的天花板看了看，心里起了一阵犹豫。从哪儿飞进来一只苍蝇，绕着我飞来飞去。那就再多住一天吧，身子多养一天，今后就有更多精力暗中照顾她。否则我如果垮了，谁还会管她呢？不过，明天无论如何也要出院。再不出院，讲不准就晚了。她的日子，比我难熬得多啊。

一天，又一天。每天都经历过一场类似的内心斗争。归根结底，还是与她公开结婚的意志不够坚定，担心从此沦为受社会歧视的人。本来只有她一个人受歧视，我即在暗中关照她。一旦我的身份变了，变成个富农婆子的丈夫，什么劳模、先进，全与自己无缘，也许政府还要对我进行清算。政府，人民的政府，我那时还算不算人民呢？我，还必须考虑得成熟点。

我在脑子里反复盘算，越是盘算，越是得不出说服自己的结论。居然有失眠迹象了。该死，我狠狠地甩了自己两巴掌。直至有一天发现我住的病房外面的走廊上摆了一张钢丝床，这才毫不犹豫地离开了病室。"我完全恢复好了。外面走廊上的病友，比我更需要病床。"看我，嘴里何等冠冕堂皇。从苏醒到出院，我在病床上让医生治疗了五天，内心也激烈斗争了五天。

现在没别的考虑了，只看她的决心。即使她还不乐意，也要千方百计说服。我一路迈着很大的步子，像在丈量土地，竟没注意是晌午还是傍晚，也没考虑是不是该从她家后院翻墙而入。这时已进入冬季，地上的青草受过寒霜的摧残，叶子全都发黄，有的只剩下枯茎。枫树、柿树、油桐的叶子差不多落光，现出了黑色的枝丫。近了，近了，再拐个弯，就是我熟悉的那个院落了。院落前面的禾坪里，几个人正忙着什么。不管了，决心定了，再拖延下去，没机会了。那是什么？白白的，长长的，一个大木盒，由两人用木杠子抬着。无声无息，冲着我迎面而来。啊，一具简易棺木，一个已经僵化的生命即将送往墓地。其中一个抬枢的，正是小舅子。

"来晚了，好婆娘，我对不起你！"我顿时明白发生了什么，嘴里嗫嚅着，情绪无法自控，悔恨的泪水涌流，飞跑着迎了上去。将要靠近时才猛然意识到，这又是不明智之举。不行，我还得活下去，不能跟着殉葬。到了清明节那天，还得有人给她烧一点纸钱啊。别出洋相，赶紧掩饰。急忙中生出一个主意，故意一脚踩空，跌下高高的田埂。

我又瞒过去了。

三三　赵副省长急中生智（正在进行时）

　　人类与苍天之间是否确有某种感应？就像人有十二条脉络、天有十二个月份、人有三百六十五个主要穴位、一年有三百六十五天那样。一如人们所言，人悲天也悲，人喜天也喜。神舟山大爆炸发生的这天下午，昨天还是烈日当头，突然由晴转阴，接着下起瓢泼大雨。雨水就集中在神舟山主峰一带，主峰顶上是浓如水墨的云层。久旱缺雨的土地承受着大雨的冲击，先是"嗞嗞嗞"冒出一股股白烟，随即积起团团水洼。再过一会儿，满山百川奔流，裹起松软的湿泥，从山腰直下山脚，迅速汇合成喧腾的山洪。

　　赵凯林从省城坐着小车赶到神舟山里，遇到的正是这一景象。从高速公路出口通往神舟山主峰的道路，已被山洪漫过。汽车轮子辗着流水，溅得老高。赵凯林在车里摇晃了两下，忽想起这是个作秀的好机会，赶紧让司机停车，自己从车里钻出来，穿着擦得干干净净的黑皮鞋，站到雨水里。随行的秘书先是一怔，马上跟着下车，拿起随身带着的智能照相机，"啪啪啪"对着赵凯林连按几下快门。赵凯林忽感觉走路的方向不对，头发的湿度也不够，便在雨水中淋了一会儿，同时转个方向，做出疾走的样子。随行秘书本欲上车，忙又重回到大雨里，再次举起相机。

　　当赵凯林走到房屋倒塌起火爆炸的事故现场时，抢先赶到的县委书记、县长（女）、县政法委书记、常务副县长、县公安局局长、县安全生产管理局局长等人，一起跑步迎接。有的撑着雨伞，有的披着雨衣，有的什么雨具也没带。曾在赵凯林手下担任县委办公室秘书科科长的现任县委书记，手里刚好撑着雨伞，忙跑到赵凯林身边，替他高高地撑着。赵凯林想起网上曝光的下属替首长撑伞的画面，奋力将县委书记一推，自己在雨中傲然而立，同时打着手势，询问受灾情况。他的手势，以伸出手指头为特征，一二三，一二三，来回倒。这是他的习惯动作，因容易入镜，一度被誉以"影帝"称号。可惜肚子外挺，裤带只能勉强挂在肚皮上，上镜的效果实在不佳。腰围的增加，伴随着职位的升迁，开始还颇为得意，后来却发愁了。这到底是富态还是噩兆？

且说眼下，赵凯林这一招果然绝了。现场经过批准进入的记者们，全是专门跟着领导屁股转的高手。他们见常务副省长站在雨水中亲自调研，手势又是如此丰富，还能不赶紧抢镜头？"啪啪啪啪"，只听得一阵阵急剧的快门声，如同响起了密集的机关枪声。也亏得这么多人抢镜头，才使赵凯林瞬间成了"网红"。

赵凯林接下去的工作是视察现场。那是一大片摧残得不堪入目的工厂区，倒塌的墙壁压住破碎的机器，高大的烟囱拦腰折断，躺在堆得老高的废墟堆上。遵照赵凯林的指令，现场已经用红布围了起来，死者的尸体也已搬走，伤者则都送去了医院。所以留在现场的，只有一大片倒塌的厂房，一堆堆炸毁的机器，与当年战火刚刚停息的神舟山颇有几分相似。不同的是，当年的施暴者是赤裸裸的日本法西斯，今日的罪魁祸首是谁，一时还难以辨识。你说是牛全胜吗？他肯定不会承认。你说是曾光仪之类，更会矢口否认。至于赵凯林，身为联合调查组最高领导人，怎会自己查处自己？

从另外一方面说，这回的事故确也有几分诡异。莫非真如民间所传，"帝豪大世界"犯了凶煞？这一片掩埋过多少头颅、浇灌过多少鲜血的土地，真有某种灵性？那我这回就死定了。但愿都是迷信。对，本来就是迷信。共产党员，还信那些？呸。

又是一阵快门响。赵凯林知道自己的一举一动都在众人关注中，索性继续淋雨，谁给雨伞也不接受。这些年来，中央对灾难事故的查处，严厉多了，动不动就扯出后面的一大串。把该做的表面文章做足了再说，千万别像那个什么"表哥"，当场出丑。赵凯林穿着越淋越湿的衣服，头发上淌着雨水，在爆炸现场这儿摸摸，那儿看看，装出一副痛心疾首的样子。虽不与记者们有任何交流，却明白大家的摄像镜头都在瞄准他。

就在这时，西服口袋里的手机响了。他一想就知道是谁。

真该死，赶在这个节骨眼上打电话。你不是在坑我吗？把我坑苦了，哪天我进了秦城监狱，你就舒服了。没道德底线的家伙，当初为什么竟被她迷惑？随便往大街上扫一眼，她那样姿色的女子，实在多得用载货的火车拖。一失足成千古恨，古训就是古训。回头找个时间，再给她严厉地上上课。现在最要紧的，是千万别因为对死伤者的赔偿问题引发群众上访，务必把后遗症缩小到最低程度。怎么没把手机调到"静音"状态？当着这么多人的面掏出手机来看，也是不行的。省级领导还有手机？什么样的人才掌握常务副省长的手机号？如果是工作关系，怎么不首先打给秘书？如果是特殊工作关系，比如是省委书记、省长来电，赵凯林副省长岂能不接？若不是工作关系，那么除了妻子，还有什么样的人会在工作时间来电干扰？唉，如今当领导的，哪怕是高级干部，这么一点小事，处理起来就这么为难。

响吧，响你个死！好在近边没人，讨厌的记者们与自己也隔着一段距离，赵凯林只当没听见手机的响铃声，继续伸长手指，一二三，一二三，满脸严肃地发布救灾指示。

会不会是另外那一位来的电话？知道我回神舟县了。她怎会知道我的手机号？朋友圈子里出了内奸？那就麻烦大了。据说她有过一个儿子，后带着这儿子结的婚。是我播的种子？仅那么一回，命中率竟百分之百？不可能吧？否则早缠上我了。二十年了，一点事都没有。一了百了，钱给得也不多。想来倒真是问心有愧，我几乎把她给忘到九霄云外了。要说"报应"，没准真在她身上遭报应。呸，彻底的唯物主义者还信那个？赵凯林把手伸进裤兜，狠劲将手机挂断。

雨还在下着，像在致力发泄某种郁结的情绪。现场背后的大山笼罩在绵延不断的雨雾里，失去了本来颜色。地面的黑灰被雨水一冲，浑浊的肮水满地乱淌。

赵凯林从一个爆炸现场走向另一个现场，利用转换场地、记者们未曾跟上之际，赶紧将手机掏出来，调成静音。关是关不得的，那蛮不讲理的混账一旦发觉"老公"（却不是真正的老公）的手机关机，马上会吵翻天。该死的手机，该死的现代通信工具，该死的卫星定位系统，竟把人逼得无处可藏，任何一点私密空间都没有。一旦你的手机号被锁定，就像你身上的影子似的，把你跟定，扔掉电池也不行。阴雨天气，你的影子还可以被你甩掉呢。科技，没完没了的科技。"科技是生产力"，这到底是利还是弊？走极端吧，大家统统完蛋。

雨还在下着，像老天在替死难者哭泣。赵凯林不敢在神舟山多待，决定再让记者拍几个镜头就下山，在县城住一晚，找个相对隐蔽的场所，将来上面领导追问，有个交代。"你们在一线，我在县城坐镇指挥。再次重申，无论何种情况下，也不许任何局外人接近现场。对外只能一个声音。"这正是在场的县委、县政府领导们求之不得的事。听，这些家伙，竟然鼓起掌来。这种时候鼓掌？不能给他们减负。下面轻松了，压力自然落在上级身上。

前面是"帝豪大世界"首长休息室。这是一个完全封闭的所在，"大世界"里面的小世界，单设门岗，严格挑选的接待员。她们一个个年轻貌美，如同复制的"世界小姐"。这是牛全胜当初规划"帝豪大世界"时特设的，其功能与赖昌星修建的著名"红楼"类似。三道严密的隔离带，将包括媒体人员在内的所有局外人挡在外面。行，这环境设计得不错。赵凯林带着满意的笑容大步走进，环顾一番后重新板起面孔，一会儿伸出一根指头，将事故的严重性大大强调了一番。

"看，喇叭云。"当赵凯林坐进车里，与尾随的车队长蛇阵一般驶出"帝豪大世界"大门时，前面的深涧里忽又升起一片血红色烟雾，慢慢凝聚成圆柱形状。大圆柱徐徐上升，在顶端形成盛开的大喇叭。随行秘书眼力好，很快捕捉到这一景象，忙指给赵凯林观看。赵凯林却像个严重色盲患者，对此漠然待之。"这有什么？雨后的浮云罢了。快走快走，别耽误时间。还要见那么多人。"赵凯林对自然界的异常景象从来不敏感，"天人相应"的说法在他看来，除了迷信别无解释。咱们共产党人是彻底的唯物主义者。彻底的唯物主义者只相信共产主义。

怎么前面有那么多人？黑压压一片，聚集在县城那一家四星级宾馆前面的广场上。不对，看样子是冲我来的。该死。光顾了作秀，竟将自己的行踪暴露了。掉头，另换一个住宿的地方，不行就住县委大院。赵凯林凭着对县城道路的熟悉，既不与冲在前面引导的县长商量，也不与跟在车后的县委书记招呼，就要求司机中途转向，驶往县委大院。好，现在让你们闹去，我可以安静地想一想对策了。赵凯林往车内座椅靠垫上一靠，舒服地闭上了眼睛。

脑子里一锅粥，都是被一大堆经济学家搅浑的。一位相当著名的经济学家写文章说，国家既然决定搞社会主义市场经济，就必然有贫富差距，甚至出现贫富悬殊。怎么解决？没法解决。唯有一些人做出牺牲。好比一个大家庭，家长指定老大上大学，老二去打工做苦力供养老大，但由于他们对家庭有"群体认识感"，就不会认为有什么不公平。不能笼统地用基尼系数来说明中国的问题。甚至可以说，基尼系数在中国还未到极致，还可以拉高。好，你们就做出牺牲，让老子好好享受吧。太累，太累，赵凯林闭眼不过数秒，竟发出很响的鼾声。

说来也怪，刚才大家在神舟山事故现场时，雨下得那样急猛，似乎天上所有积水都在往下倾。而在县城，却是阳光普照，路面干干净净。司机也许有点疏忽，挂着省城车牌的黑色奥迪小轿车拐弯时急了一点，让赵凯林在车里猛颠簸了一下，接着小车减速，使他笨粗的身子往前一冲，前额撞在前排副驾驶的后座上。赵凯林正要对司机表示不满，偶尔往车窗外面一瞥，却见才擦身而过的路边，一辆电动摩托车侧翻在地，摩托车驾驶员连同一个大人两个小孩倒作一堆，正努力地爬起身。若是往常，赵凯林只要不是特别赶急，总要让司机下车看看，倒地者是否受伤，伤得怎样？要不要送医院看看？一辆摩托车坐四个人，虽然交通规则不允许，但骑摩托车的人也不容易，肯定有什么急事。但是今天，赵凯林生怕屁股背后来了追兵，使自己陷入重围，哪儿还顾得这些？走走走，走你的。谁允许他骑摩托载人？还要搭载三个。此风不可长。赵凯林狠狠地嘟哝着。知趣的司机从后视镜里看了常务副省长一眼，像是听懂了首长的腹语，重新加大油门，疾驶而去。

县委大院的变化真大，八年前赵凯林调离时栽下的猕猴桃已经满架，重建的办公楼外墙粉刷成枣红色，楼前的白色大理石台阶很是整洁，两边的罗马廊柱庄重肃然，大楼前的广场上，喷水池虽废弃不用，里面却有睡莲与荷花装点。那时，上头对地方政府办公楼建设的规模及豪华程度尚未严格限制，赵凯林暗想这神舟县肯定是自己发迹之地，何妨把县委办公楼建成自己不挂牌的纪念馆？现在看来，当年的预期目标——八年内由正处级上升到副省级——提前实现了，下一阶段的目标……而如果不上去，那就无所谓纪念馆不纪念馆了。

一方面拼命掩盖自己，一方面拼命表现自己，这些年活得真累。作为地方主官，赵凯林把主要精力都用于发展经济。发展经济的主要手段是招商引资。招商引资的主要手段是零地价、减免税，甚至对"黄赌毒"睁一只眼，闭一只眼。秉着"外来和尚会念经"的宗旨，他在气壮如牛的外来投资者面前放下架子，与他们勾肩搭背，称兄道弟，把盏换杯，醉烂如泥，有时还吐得一塌糊涂。他戴着草帽，深入工地，给投资者们解决各种疑难。对于阻碍搬迁的钉子户，他则带着县公安局长，一户一户做思想政治工作，教导他们放眼大局，牺牲自己。结果他的"土地财政"政策大见成效，神舟县的GDP总量直线上升，与"温暾水"主政时期形成强烈对比。看着一座座拔地而起的高楼，听着一声声签约仪式的礼炮，还有写在纸上的一串串珍珠般亮闪闪的数据，有几位清醒的上级领导会怀疑他的笑脸后面，掩藏着深深的担忧和恐惧？牛全胜你小子再不许惹祸，否则咱们全都完蛋。你们这些娼妇都给我老实点，摇钱树倒了，你们再上哪儿去摇钱？由于其他若干小型招商引资项目的成功，使"神舟山大项目"的问题被巧妙掩盖。偶尔下来视察的上级首长坐在贴着深色防晒玻璃膜的小车里，顺着赵凯林精心设置的线路绕行，路边的建筑物全被彩色模块挡得严严实实。不错，神舟县这些年发展真快。看把赵凯林累得，满身是病。不是发胖，而是浮肿啊。痛心，痛心！提拔，越级提拔，就是要用这样有开拓精神的好干部。职务是上去了，血压也上去了。金钱是挣多了，血脂也高多了。婚外情的滋味品够了，绞索也一条条套上了。

赵凯林的祖父和父亲都止于县处一级领导。祖父赵海鸣在最得意之时管不住自己的嘴巴，私欲膨胀，竟贪污农民的救灾款，差点成了第二个刘青山、张子善。幸亏数目还不是太大，也就是他三个月的工资，且念他有过战功，退赃及时，因而获得从宽处理，只给开除党籍，从正县级领导降为副股长级非领导职务。若是现在，肯定是最廉洁的领导干部。父亲也做到副县级领导，正盼着继续提升，却管不住自己下面那玩意儿，犯了乱搞男女关系的错误，而且不止一次两次，不止一两个女人。这在毛泽东时代可是大事。于是赵凯林的父亲在特殊年代当作"走资派"批斗，挂上黑牌、戴上高帽，不仅站台，还要游街。结果心理防线崩溃，竟然上吊自杀。若是今天，算个鸟事。可怜他父亲非正常死亡时，赵凯林才刚三岁。幸亏祖父与父亲给他攒下一些人脉底子，年幼丧父本身也令人同情，祖父与父亲的老同事、老朋友们便以不同方式伸出援手，给他创造崭露头角的机会。赵凯林本人也算争气，从小就立下大志，非得超过祖父与父亲不可。他对于每一个能给自己带来好运的机会都充分利用，以至获得"人精"的雅号。比如他通过父亲的老熟人穿上军装后，在部队的生活就利用得很好，给上级首长送礼从来不惜倾其所有。这就使他在新兵中第一个入了党、提了干。而当他发现文凭太低会成为他继续晋升的障碍时，他又果断退伍，回到神舟县老家。他在通过送礼，进了让人眼馋的公安机关后，也不贪图一时享受，而主动去1989年下半年刚建立的机构——街道"处置突发性事故办公室"（简称"处突办"）任职，等等。

赵凯林在工作方面确肯吃苦。在部队当兵，难度再高的训练他也能坚持。有一回跨越障碍物摔折了胳膊，他托着受伤的胳膊硬是坚持到训练结束。在"处突办"工作时，他除了每天主动打扫办公室的卫生，有时还帮淘粪工人开粪车。根据县"处突办"规定，蹲守"重点对象"本来由公安民警负责，他却乐此不疲，一有机会便抢着上阵，不惜在茅草窝里睡个通宵。加班写稿不是他的强项，但如果本单位有"笔杆子"需要加班，他会主动陪着，给同事烧开水、泡茶。他在女同事面前更表现殷勤。这个，你们女同胞别做，别累着。那个，我来，小伙子就该干这个事。你买了这么多东西？来来来，我帮你提，送你到家。要不要让我帮你擦皮鞋？这可是我的强项。帮你买一瓶洗面奶吧，我正好路过化妆品商店，等等。

　　旁人曾说，对于他们这个赵家，县级干部是个迈不过的坎。赵凯林不信这个邪。既要从政，县级干部与他梦想中的政治目标相比，实在不值一提。在中央和国家机关，处级干部都是干具体活的，相当于以前农村的生产队长、工厂的车间班组长。若想得到提拔，只有冒险一搏。所谓冒险一搏，就是推出怪招，成为风云人物，博取上级眼球，再辅以经济手段，必能达到目的。

　　该死的电话又来了，幸亏手机已调到振动状态。女人怎这样难打发？

　　县委书记与县长急火火地赶上来。县委书记的小车左前灯被撞碎，县长的小车右侧被剐掉一大块黑漆。当两人喘着粗气赶到赵凯林跟前时，赵凯林的专车也才停住，本人正吃力地从车里往外钻。书记眼疾手快，替他拉着车门。见女县长站在一边，嘴角挂着一丝幸灾乐祸的浅笑，像忘了下属身份，一心想看热闹。赵凯林不由得狠狠地瞪了她一眼。女县长大概意识到什么，忙秉着部属身份，谄媚地弯下腰肢，扶他这位笨重如牛的老领导。赵凯林用火气冲天的眼光狠狠地刺了两位一眼，问："给我预备一个房间，我要在这儿就地办公。"

　　"是是，马上照办。""请问省长还需要什么帮助？"书记、县长抢着回话。

　　"马上通知受害人家属，我要亲自接见他们。"

　　"是是，省长。不过，爆炸现场刚做了简单清理，暂时还不能确定死伤人数。"

　　"那就找一两个代表，向他们表明省委省政府的态度。还有，有没有住进医院的？我也要亲自去慰问。慢。这个，医院周边环境怎样？还是我离开时的老样子？"

"报告省长，承蒙您的关心，拨付专款维修，牛全胜的'帝豪大世界'也捐了一些善款。医院现在的硬件建设比以前好多了。比如说，购买了——"

"首长要了解的是安全保卫方面的情况。"随行秘书见赵凯林的一个手指往上跷了一下，赶紧把县委书记的话打断。

这下把二位地方主管给难住了，你看我一眼，我看你一眼，谁也不敢先开口。刚才赵凯林的举动已经告诉他们，常务副省长最害怕的是与群众见面，最不敢去的地方是群众聚集的场所。所以才急忙躲进县委大院，准备在有众多下属、警卫人员拱卫的大安全圈里，接见受害人亲属代表。书记、县长既知其意，便不敢造次。万一走漏风声，广场上的几百人全都转移阵地，赶往医院，将省领导包围起来怎么办？最后两人交换眼色，达成共识：外面交通拥挤，道路不畅。小车既已开进大院，就在这儿接见受灾人家属代表的好。这也可以减少扰民。

"对对，减少扰民。刚才已骚扰过一回，差点出安全事故了。"赵凯林两手提了提肥大的裤腰，想起路上与摩托车剐蹭的情形，还真有点后怕。就这样定了。我在这里专等。八年过去，旧地重游，倒也有点意思。赵凯林倒背着手，不再理会那两位地方主管的动静，自顾自地在办公楼前的猕猴桃园里漫步。一只长尾巴乌鸦从一棵树跳到另一棵树上，也像在进行视察。

慢。思维跳跃的赵凯林，忽想起曾在县委大院后门遭遇的太和老爹。那个老人家倒很能沟通，善于替别人着想。好长时间没听到他的消息了，不知还在不在？十年前的那一回，他可是亏大了，不仅经济利益丧失干净，最低要求也没得到满足。现在想来，在神舟山修建一座抗战纪念碑有什么呢？中央领导"九三讲话"之后，全国好些地方恢复重建了类似的纪念场所。我当年却那样保守。当然，建不建那玩意儿也是一回事，不影响我的仕途。老人家的忍耐力竟那样好，十年里不再提起。那么这回，让老人家出个面，平息一下可能引发的群体性事件，不是很好吗？对，点名见他。

"首长，是不是非得见他不可？""怎么？""首长，他这人有点毛病……""进过精神病院？""首长，是这样。并且……""那就算了，明天再说。"

赵凯林只习惯下属在自己面前唯唯诺诺，哪儿容得他们吞吞吐吐？何况这县委书记是在这儿替自己"看家"的。为此，他把该县委书记提为享受副厅级待遇的市委常委，却仍担任神舟县委书记，从而使"马仔"对自己绝对负责。现在见对方说话含含糊糊，思路不清，他颇为恼火，便狠狠瞪了一眼。

在赵凯林面前做惯了小人的县委书记，知趣地咽了咽口水，再不多言。

赵凯林后来想起十年前的开工典礼，以及山道上发生的冲突，脑子里闪过一幅幅画面，很快得出太和老爹已是个废人的结论。难怪"马仔"昨天吞吞吐吐。这样也好，省得这老东西曝出什么料来。对，老东西，你就继续患精神病好了，最好在医院继续待着。接见一两个别的死伤人员家属代表，应付一下，反正是做个姿态。

当晚，县委书记腾出一间办公室，给赵凯林临时布置了一个睡铺。赵凯林为避免与民众照面，只好将就着点，对部属们却说："生活条件不能要求太高，否则容易脱离群众。"这个夜晚，赵凯林睡得很少，老想着自己如何一步一步从这儿起势，往下应如何发展，等等。脑子里装的问题过多，以致把调研的正事都给忘了，直到第二天早餐之后才又想起这事。那是他手里拿着一根竹质牙签，边走边剔除牙缝里的肉屑时，猛听得外面有人吆喝："疯子来了，进县委大院了，那个太和老爹。另外还有几个，都是家属代表。"左右陪同的县委书记与县长听了，脸色顿时煞白，一左一右，架着赵凯林朝办公大楼猛跑，边跑边喊："赶出去，千万别让他进来。不能见他。否则我们都会被吓死。"同时他们以极短言语，极快语速，汇报了县工商局局长被吓死的过程。一群县机关的年轻干部远远地看着，不知如何是好。

赵凯林手一抖，嘴里的牙签立时将牙龈捅得鲜血直流。他有特异功能？他能洞察一切？有可能。连著名科学家钱学森都说过，"特异功能"是一个有待开发的未知领域。那老东西本来就怪，一百岁了，身体还那样好。赵凯林平时除了应付式阅读各种官样文件，还把很多时间用于读其他书籍，所以知识面不算狭窄。可不得了，我可不能与他照面。快快，赶紧回避。多危险，昨天居然还主动提出见他。身体肥胖的赵凯林被架在两人中间，累得气喘吁吁，活像一个即将被执行死刑的囚犯，跑着跑着便两腿发软，步子错乱，最后只好由同样紧张的两位地方党政主管拖着前行。

赵凯林为维持形象中光鲜的一面，的确没少付出。共产党抓干部队伍建设，并不是一天两天的事。"延安时期"处决黄克功，建国初期枪毙刘青山、张子善，多坚决。"文革"时期不用说了。即使改革开放以来，惩治贪污腐败也不手软。既要当官，又要发财，怎么办？只有"装"。才调进省政府大院，整个大院上班族中，数他上班最早，下班最晚。做了常务副省长，省政府大院里没有他不能插手的事情。于是他变得更忙。他的办公桌上，堆起的文件高达三尺，不得不用几个特制的钢架，把文件架起，防止倒塌。别人进门，只看见一堆堆文件，看不到他的脑袋。有人反映大院食堂的伙食质量下降，他跑进食堂操作间，拿起大锅铲，"咔嚓咔嚓"，亲手炒做一番。为贯彻中央提出的"精准扶贫"精神，他背着蓑衣，打着赤脚，在水田里一边与村民并排插秧，一边了解社情民意。从直升机上卸下救灾物资？给我一顶安全帽，亲手搬。涨洪水了，河堤告急，他拿个大喇叭，蹬着长筒靴，在现场哇哇大叫。忙啊，忙。书记、省长说他忙，贴身秘书说他忙，手下的人说他忙，家里人说他忙，报社、电视台的记者们更说他忙。忙得他起居不定时，饮食无规律，看病服药的时间也抽不出。医生开出的药品，他想起来吃下去一大把，一旦忙起来，"去去去，添什么乱！"把秘书递给的药品甩出去一丈远。有一回他上山区考察"扶贫"，道路狭窄，只能步行。"首长，您别去了吧？""怎么不去？党的干部，为人民服务。"明知山有虎，偏向虎山行。已变得体胖的赵凯林一脚踩空，跌下两丈多高的田坎。幸好田坎下面是一摊烂泥，只污秽了他的面颊和鼻子，还有一件枣红色夹克衫。这一跌把记者们忙得，为突出报道效果，还让另一位年轻人做了模拟实验。报道出去后，赵凯林声誉大增，并为他的政绩考核加分不少。好干部，我党优秀的高级领导干部，活着的焦裕禄、孔繁森。谁会想到，他除了被牛全胜牢牢地"利益绑架"，脖子上还有几条结结实实的"秀发辫绳"！

"赵省长您好。您别跑啊，别看您年轻，都跑不过我呢。"县委书记、县长和赵凯林全都白耽误工夫。太和老爹就像有神明引导似的，短短的步子迈得飞快，直奔三人而来，将同行的几个上年纪的职工甩在后面，赶在三位领导踏上办公楼的大理石台阶时将他们截住。把个赵凯林吓得赶紧三步并作两步往楼梯上爬，却因为双膝发软，两腿乏力，一个台阶没跨上去，骨碌骨碌，从楼梯顶上滚了下来。

三四 跌入深渊之前（老爹自述）

1961年春天，山林重新返绿，中央政策调整了。在农村，最大的变化是公共食堂解散，开放了小规模的"自由市场"，每人还有五厘土的自留地，种点菜，喂头猪，喂几只鸡鸭，作为集体分配制度的补充。在一些地方，又搞起了"包产到户"。我的自留地虽然只有五厘土，但收获的粮食、菜蔬顶了几个月口粮。中央的大政策叫作《农村工作六十条》。共产党的事我不懂，若不是这经过调整的政策，恐怕有好多人继续得水肿，甚至活不过那个坎。心里高兴，好久没唱的花鼓戏，我又边走边唱开了。抬头看天，天又是那样蓝，低头看路，路又是那样宽。

不过这个政策没持续多久，又出了新情况。也是人心太贪，欲壑难填。中央讲，一家一户可以搞一点点自留地，作为家庭生活的补充，有的地方就把自留地的面积偷偷扩大，扩大到每人三分五分，有的多达一亩，这不是变相的分田到户吗？还允许私开荒地，谁开垦的归谁所有，于是农村里又开始乱了。譬如在我们公社，有的人家由于劳动力强壮，结果自留地收获的粮食比集体分得的还多，甚至自己一家人吃不完，偷偷上市场去卖。国家政策讲，可以搞小规模的自由市场，有的人便专门搞长途贩运，牟取暴利，集体的功夫也不做了。那时出门要由大队开证明，证明你是什么家庭成分，出门干什么，否则买不到车票，住不上旅馆。这些人为了取得证明信，就给大队书记、管公章的秘书送礼，先送一点小礼，然后慢慢加大。贪污贿赂也就有了。这叫作管严了就死，一放松就乱。我看着别人私自开垦的荒坡地，心想，你们这些人，不懂共产党的套路，将来又要吃亏。

有一回，一个想出门搞长途贩运的人在收工的路上把我拦住，笑嘻嘻地问："牛社长，能不能帮我个忙？"边讲边把手伸进布袋，想往外掏什么东西。

"我可不是社长，连党员都不是。""但你还是社长啊。""不，我只是社员代表。请问你找我有什么事吗？""嘿嘿，也没什么。想出门串个亲戚，不知能不能替我说句好话，开个证明。""你走亲戚，开证明是允许的啊。找大队秘书。""嘿嘿，说起那亲戚嘛，本来也亲，但好久不走动，也算不得太亲。"

"到底是走亲戚还是别的？你得讲清啊。你这做法，只怕有麻烦。"我已晓得他绝不是走亲戚。而凭我的面子，找大队秘书开个证明，十拿九稳。可我故装不懂，与他绕圈。那人见我不上他的套，只好改变主意。事后据我了解，他用报纸包着一块喷香的、用柴火熏好的腊肉，放在布包里，背在身上，找别的公社领导了。你就收他的好处吧，我管不着，只管自己。不干不净的腊肉，吃下去肚子要痛的。

我的预感没错，1962年10月，中央开了个北戴河会议，提出一个新口号，叫作"千万不要忘记阶级斗争"。还有一句："阶级斗争，一抓就灵。"我那时也算是公社副社长，只是不脱产，所以晓得中央这个会议，晓得这件大事。这就要斗争一些人，批判一些人。我看着报纸标题，心里很踏实。这回是反对搞资本主义，不是抓历史反革命。我只要继续积极肯干，不会搞到我的头上。但是对另一些人，恐怕要倒霉了。

这是中华人民共和国成立以来，农村第二次大规模"反资"运动，与1957年的"反资"规模几乎相等。不少农村干部上了批斗台，普通社员也有上台挨斗的，他们一般都搞过长途贩运，后来给统一安了个罪名："投机倒把"。我们公社有一个社员，因为"投机倒把"罪的赃款累计超过一万元，结果被执行枪决。枪决他的那天，天下大雨。第一颗子弹没响，又射出第二颗子弹。被执行死刑的人穿了一件绛紫色毛线衣，这在当时可是奢侈品。社员们看到了反面典型，顿生敬畏，一段时间里，整个公社一万多人，再没有谁敢于冒险，搞长途贩卖了。

受打击的除了普通社员，还有领导干部。比如那位收了别人腊肉、腊鱼、鸡鸭、鸡蛋等小款礼品的公社秘书，后来就站上了斗争台，低着脑壳接受批斗。还有被迫下跪的领导干部，头上套了一项用报纸糊成的高帽子，出他们的洋相。何必贪那点小便宜？到现在把吃商品粮的资格都丢了。我站在台下，心里跟着他们受难，自己万一哪天落难，将是什么模样？但我坚守一条，若落难也决不因经济问题而起，决不嘴馋手贱。如果是过去的老问题出事，那就是活该，而且也值了。你欺骗党和政府，骗了这么多年，连省级劳动模范的荣誉都到手了，还有什么好讲的？所以我时刻准备挨批挨斗。

那天我上县城办事，走在街上，忽见一人拉着板车，正上前面的斜坡，样子显得吃力。我抢上几步，跟在后面帮着推车。上了这个坡，拉车的人回过头来，表示感谢。我正想讲一句"这算什么"，却不由得发出一声惊呼。

"赵书记您好。""你好。我现在已经不是书记，而是普通百姓了。""赵书记您这是上哪儿去？""送肥，去城关镇蔬菜大队。我已经在那儿落户，是那儿的社员了。""赵书记您身体还好吧？""马马虎虎。对，大家都说你懂中医。给我瞧瞧病，如何？""不敢不敢，赵书记不敢。我那是小打小闹，上不得正榜。"

记者你已经听出我遇上谁了。真没想到，南下干部赵海鸣也会犯错误，受处分。得知了他的落户新址，我便想办法去看望他，每次都带点自己做的小吃，如晒干的柿子、红薯片、爆米花等，还带去自己做的猪血丸子。赵海鸣毕竟不能与偏瘫婆娘相比，看望他，没有谁讲我阶级立场不稳。可惜，我与赵海鸣所在的城关镇蔬菜大队相距太远，来回一百里地，所以顶多也是一个月去一回。"够了够了。你来得够勤的了。你也很忙，下回别来了。我若能请得了假，我去看你。"赵海鸣总这么拦阻。

与城里的政治运动同步，自1962年以后，农村的运动也越来越多了。以后是搞"四清"，又称搞"社教"，全称"农村社会主义教育运动"。搞得"地主、富农、反革命、坏分子"这"四类分子"紧张得不得了，时时等着挨斗争。这时的斗争会与1957年的"反资斗争"有很大不同，主要是斗争对象集中，不再像当年那年，谁发一句牢骚，就会挨斗，管你是什么成分。现在，斗的是"四类分子"，而他们人数不多。这样，"四类分子"可遭罪了，几乎每次开斗争会都有份，每回上台都挨打。有的"四类分子"实在受不了，或是上吊，或是投水，死后还不准家里人哭。他们的子女也受牵连，该上学的不能上学，该吃商品粮的不让吃商品粮。那时结婚也讲出身，出身不好的男孩女孩，本身条件虽然优秀，往往还是找不到如意郎君，或者如意妹子。看着他们被斗得那样，我心里既有几分庆幸，又暗怀恻隐之心。这就与看着搞资本主义的人挨斗的感受大为不同，觉得烈火就在眼前，随时可能烧到自己身上。有时半夜从睡梦中惊醒，不是从斗争台上跌下来，就是被人戴上高帽子游街。这里说明，那时的高帽子都是纸糊的，不是其他东西。高帽子越戴越重，有的变成铁皮，是"文化大革命"以后发生的事。

可斗争会还得参加，有时还要发言，讲的多半是套路上的话，自己难受，听的人更难受。所以我白天是人，夜里是鬼；当面是人，背后是鬼，但我还不愿找事。为了表现积极，每当村里开斗争"四类分子"会议，我都上台讲话，忆苦思甜。骂"四类分子"人还在、心不死，盼着算变天账。现在我再不打人了，装样子的事也不做。别人动手，我自然不敢阻止，也不愿看，就走向一边。老道长画的"履虎尾图"，分分秒秒在脑子里晃动。

我只表现过一回。也是开斗争会，我见一个贫农积极分子飞起一脚，猛踢一个七十多岁的老地主，踢得老地主直打滚。那人还嫌不够，又想踢第二脚、第三脚。老地主身子干瘦，动作笨拙，不觉退到台子边沿，眼看就要滚下台去。斗争台用木板、木柱搭成，八九尺高，他一旦滚落，不死也会断手断脚。我是参加会议的，和每次一样，都在前面几排站着。那回我站的位置，离台子只有丈把远。我心里着急，脑子一热，"贫协主席"的立场便顾不得了。随着自己的一声大喊："会死人的"，我一个箭步跨近斗争台，再运气憋劲，运用轻功，"嗖"一下飞上台去，一把拉住那个老地主的衣领子，死死拽住，勒得老地主的脖颈出现一道深红的痕。我这就算救人一命。

这个举动使我出了大名。现场几百人全惊傻了，不知我怎能跳那么高。当我回到台下，我站的位子成了会场中心，好像我成了怪物。斗争会主持人大为恼火，拿起铁皮广播筒连喊"不要动，大家不要动，开会，斗争会继续开"。事后好多熟人问我："你从哪里学到这个功夫？"我赶紧解释："不是功夫，一时急的。平时讲'狗急跳墙'，应该就是我这样子。"听的人哈哈大笑。

我这一跳，跳出领导对我的两种态度。这是个全公社组织的斗争大会，由年轻的公社书记亲自主持。据人家讲，这新来的公社书记也姓赵，不知与赵海鸣有没有一点点联系。他的革命精神可坚决了，每天穿着军装，打着绑腿，在全公社范围内走来走去。打从他主持工作后，我们公社的斗争大会开得特别勤，次数是其他公社的两倍。他那天看了我的表现，对其他人讲："这个人本事有，但阶级立场不稳。要查，查出问题要坐牢。"查什么？查我与老地主有没有特殊关系，查我的出身和历史，查我平时的表现和言语。还好，查来查去，没查出我过去那些事，牢也不用去坐。

但有一天，公社书记还是把我叫到他的办公室。书记的办公室与宿舍是同一个大单间，比别的干部宽一倍，屋里摆着床，也摆着办公桌。公社书记让我坐下，而我自觉地站着，因为我不能与他平起平坐。

"你不能当公社贫协副主席了。不是我不让你当，是上面不让你当。"公社书记见我不坐，就给我倒一杯白开水。讲的话开门见山，先把自己撇开。

我立即明白是什么原因了，赶忙接话："感谢领导，本来我就不够格，这十多年都是瞎混混。"

"哪里，别说这话。我们县里，哪个领导不知道你在省里有关系？而且你本身又积极，真积极，不是假积极。不过听说，你那位老首长，也就是邱副省长，邱副书记，那年也犯错误了，跟着一个更高级的领导瞎起哄。"

"书记，那我不晓得呢。我除了有时上公社或县里开一天半天会，其余时间都在田里打滚。上面的事，我真不晓得呢。"

"好好，不谈这个。你不当贫协副主席的事，与邱副书记无一丝一毫关系。讲白了，你不该救那个老地主。"

"感谢领导，我也晓得。救与不救，反正已经发生了，我不后悔，后悔也没意义。"

"你虽然不当贫协副主席了，但工作一样要好好干，而且要干得更好。别人才会说，这个牛太和，当领导与不当领导，前后一样。"

"感谢领导。我保证，我肯定。决不改变。"于是我被宣布撤销公社贫协副主席职务，当个普通社员。

这一棒打在头上有点晕。不当贫协副主席不要紧，本来我就是个国民党军官。长期冒充，心里难受。每次参加会议，心里总有点打鼓。不开会，卸下个大包袱。可是不开会，没身份，别人看不起。最要命的，再遭怀疑，再查历史怎么办？心里这一急，身体的毛病出来了。一段时间里吃不好睡不稳，两边眼皮都在跳。人家讲，左跳财，右跳祸。我认定，财没有，祸难免。

肢残不算痛，心痛才是病。这年冬天，二十年没感冒的我，竟得了一场肺炎。先是心里焦虑，虚火上攻，夜里睡觉盖不得被子，穿件单衣跑到屋外吹风。结果寒风从窗户灌进来，我剧烈胸痛、头痛，全身肌肉酸痛，持续发烧不退，最高达40℃，吐痰带血，食量减少，有时还呼吸困难，走路也得弯着腰杆。我个子本来就矮，这一来在人堆里更找不着了。

我这下急了，子弹没把我打死，肺炎就把我摧垮？都是心病引发的。是福不是祸，是祸躲不过。上斗争台又怎么样？戴高帽子丑到哪里去？只要不把我毙了，就要活下去。孙思邈大爱大德，活到一百四十一岁。我干吗稀里糊涂了结生命？下辈子？先过好这辈子吧。

见过我那样吃药的吗？我找一个老中医开处方，老中医摘下老花镜，对我讲："后生家，怕不怕苦？看你身体底子，应该不差。这回是大意了。要想好得快，我的药开得重，因为你病得重。"

我先看看周围，有没有人，再靠近老中医耳朵，说："老人家，我身上有十多处伤疤，多次大难不死，你信不信？"

"好，我就给你开猛药。连吃二十四服，包你治好。"老中医戴上老花镜，一笔一画，写得工工整整。我看那药方，竟以黄连为"君"，黄柏为"臣"，黄连每服用药30克。我还没喝，就感觉苦得打战。

我现在还记得老中医的长相，眉毛全白，胡须很少，额头的横纹一道一道，像画好的波浪线。我按老中医的药方煎出的药水，苦得舌头全麻，针扎都不会痛。却正是这个方子，当时不仅治好了我的肺炎，还保了我三十年无病无灾。

心火泻去，脑筋清醒。用得着这样提心吊胆、整天演戏吗？干脆，向公社书记自首去。我便编了双新的笋叶草鞋穿上，往黑布包里塞进两件没染过的土布衣，哼哼唧唧地唱着花鼓调，扯起步子往人民公社所在地走。

就在这一天，那个书记调走了。原来他在搞"三自一包"时过了头，所在的村全部包产到户，受到上级批评。我正好赶上他推着自行车往门外走，几个人站着送行。我看着骑自行车的领导越走越远，脑子里突然冒出一个念头：一个领导一把号。他这一走，或许我的事不再追究了呢。别自首了，瞒过一天是一天。

我的猜测果然不错。接位的新书记听说我这个事，还风闻我与副省长有那么点关系，见到我时，不仅点头，还笑了笑。原来邱副省长经过"甄别"，确认与更高层领导只有工作关系，没有组织关系。再过一段，新接位的公社书记对我的行为重新认定：这应该是做了件好事。假若那个老地主当场摔死，按人的同情心理分析，参加会议的人肯定恨的不是老地主，而是恨会议主持人。想想看，我不是无意中维护了共产党的形象？

"书记，书记，永远铭记您的大恩大德。"我这一激动，泪水直涌。

"别感谢我，要感谢党。我们党最讲实事求是。"

"是是，永听党的话，永远跟党走。"

于是，我又当上了贫协副主席。

"听您老人家说话，对《易经》很有研究。这书可不好啃啊。"

"哪儿谈得上研究？半罐水都算不上。兴趣倒是浓，有空就拿出来看，64卦、386爻背得烂熟。背一回，体会就加深一点点。当国军时，时刻准备打仗，没机会认字。解放后，政府号召扫除文盲，村里办起夜校。我就从那时学认字，还得了一本'扫盲毕业证书'。后来住精神病院，读书的时间多了，于是找出来又读。不光是《易经》，其他感兴趣的也读。"

"您老人家的学习精神，真值得我好好学。"

"活到老学到老啊。人老了，日子一天比一天少，更要生活积极，不能消极等死。孙思邈就是这个主张。活一天，脑子里就要进点有用的东西，不然就会进水。有用的东西进得多了，脑子也不糊涂了。我八十岁还学电脑呢，打五笔，拼音不行，拼不准。现在正在学习上网。"

三五　八十岁老爹的"桃花运"（情景再现）

　　载着太和老爹漂流的人生长河，一路的急湾险滩常超出个人预料。1995年，他就经历过一场戏剧性变化。在大牢里生活了近二十年的他，出狱后先是差点把扫大街的活儿丢了，接着双喜临门，买福利彩票中了大奖，还被一个年仅二十五岁的黄花姑娘看上了。太和老爹成为新闻人物，以各种理由上门套近乎的人让他应接不暇，小小土砖平房差点被挤塌。

　　太和老爹从监狱出来时，已经"奔七"了。倘若照古人"人生七十古来稀"的说法，他剩下的日子已经不多。自我掂量，这一场牢狱之灾实属冤枉，却不把怨恨挂在嘴上。怨也没用，东去的流水不能复西。一个人不能生活在昨天，而要生活在今天和明天。这样他走出狱门之后，很快找到自己在熙熙攘攘的社会中的位子：打扫大街。每天清晨四点，他准时出现在自己负责清扫的街道，左肩挎一个用塑料绳系着的铁皮撮箕，两手执一个比他矮不了多少的竹扫帚，在马路上"沙沙沙"地忙碌着。见到紧黏着路面的糖纸、口香糖之类的东西，他就蹲下地去，用手指一点点抠出，装进铁皮撮箕里带走。当第一批早起的行人出现在街头时，他所负责打扫的那一段路面，一片纸屑也没有。

　　"老爹早哇，别累着了。""不累不累，这点小事。您上班啦，好走好走。""您的腿怎么啦？不太对劲？""不小心跌的，过几天就好。"

　　太和老爹头一阵上街，走路时确有点摇摇晃晃。加上他又瘦又矮，头发胡子几乎皆白，让人看着可怜。太和老爹却乐呵呵的，见谁都主动招呼。看到有小孩过马路，他会走过去护送。谁过马路时拿的东西太重，他就前去搭上一把。倘若遇上汽车抛锚，他二话不说，上去就推，如同当年在战场与弟兄们一同推山炮一样。

　　他对自己的伤痛讳莫如深，从未对人提起过伤在何时何地，更讳言十多年的牢狱生活，如何使旧伤加剧。相反，他倒觉得自己的人生又到了新的转折点。过去的日子没有白过，今后的生活应该是新的样子。脑子里想得很多很多，不由产生了想写一首快板诗的冲动，以便用精辟的话来表述。

　　　　长江流水不复西，
　　　　神舟野童忽奔七。
　　　　战战兢兢履虎尾，
　　　　扭扭曲曲留蛇迹。
　　　　有悲有喜度光阴，
　　　　无怨无悔对天地。
　　　　人生寿高属仁者，
　　　　布衣药王一四一。

　　身体出毛病了，这可是个大事。突出表现是风湿性抽搐，一会儿左腿抽筋，一会儿右腿抽筋，一会儿膝盖很难弯曲，一会儿小腿无法伸直。有时痛得全身颤抖，整夜不能安睡。病根，是在监狱落下的。由于劳动环境太苦，一年中大部分时间都泡在水里，导致湿气深入骨髓。狱医是有的，他却不愿老上医疗所。一是麻烦，要经过很多道手续。二是管教干部肯定不高兴，还会讲你是装病。他又不可能如以前那样自采草药，在狱中哪儿有这个自由？于是只好挺着。唯一的办法，是夜间睡在被窝里修炼气功，驱除寒气。同时从大腿根到脚指尖，由上到下一次次推拿，并坚持按摩承扶、血海、伏兔、足三里、委中、太溪、涌泉等穴位，借以舒筋活络。现在行动自由了，他除继续坚持推拿按摩，还开始服药。因他懂得，风湿性抽搐的根子在"里"。肝主筋，因而护肝是治疗风湿性抽筋的根本。根据这一原理，太和老爹从张仲景的《伤寒论》里找学问。参考该书中茵陈蒿汤与小柴胡汤的配伍原理，给自己配了一服纯中药复方制剂，由柴胡、茵陈、五味子、板蓝根、猪胆粉、绿豆等组成。经一段时间服用，效果不错。再结合推拿按摩，终于缓解了病情。他别提有多高兴，这不又可以练习轻功了吗？

从1979年出狱到1995年第三次做新郎，太和老爹的住处都是一间土砖小屋。位于县城大街后面，原是一户农家的猪栏。土砖直接用半干半稀的泥土做成，块头很大，未经烧制，身子靠上去，就有一层灰。好处是成本低廉，制造简单。太和老爹自己制砖，自己砌墙，往砖缝抹点泥灰，给房顶盖上稻草，约莫十五平方米的屋子就竣工了。一头摆着自制的棕绷床，另一头摆着灶台、矮桌、矮凳、笼箱和锅碗瓢盆，还有一台装在木盒里的"金星"牌收音机。

"老爹，您这屋太挤了吧?""与过去的日子相比，强到天上了。""您那双黄跑鞋，快露出脚趾了。""那是双'解放'鞋，用线补过两回。再补一回还能穿。""怎么一月不见您买二两肉?""吃素好，身上没毛病。""老爹，政府每月给您多少钱?""用不完。政府按月发，我月月剩。"

太和老爹的钱确实用不完。所以他才有钱按月资助两个孤儿的生活费，才有钱给一个断了腿的妇女买轮椅，才有钱按月送去县民政局办的福利院，才有钱寄给地震灾区、水涝灾区。钱虽捐得不多，心意却是浓浓的，那年大兴安岭着了火，老爹在收音机里听说后，第二天便通过邮局汇出500元给当地民政局。500元，在当时，是老爹六个月的工资。

也由于他有钱，国家福利彩票一发行，他就开始购买，每天10元，不多不少，连续五年，一天不缺。"我不图中奖，不图回报。算是支援国家建设。"他对彩票代理销售员这样说。

世事却怪，刻意逐利者往往事与愿违，不图回报者偏偏得到回报。他那座由猪栏屋改建的小土砖屋，就属于意外之财。

农历四月，江南多雨。细绒般的雨水带着寒气洒落在地，街面的柏油路面滑得像打了一层蜡。路面的泥泞是没法避免了，一踩一个大泥印。太和老爹所能做的，是将路面的每一片碎纸及时捡起，免得粘在人们脚下踩来踩去，使街面成为泥途。

也是个刚下过雨的日子，街面经众人脚踩，一片狼藉。早餐过后，都忙着奔向各自的目标，你争我挤，街面忙乱无序。各种色彩的雨伞、雨衣、塑料薄膜和斗笠、蓑衣挤作一堆，大卡车、小轿车、摩托车、自行车、板车与行人混在一起，形成一道拥塞的洪流。

这时有一位老农，头戴一顶斗笠，肩挑一对竹篾笼子，笼子里装着四头猪崽，小心地走在马路外侧。竹笼占的空间较大，被别人连撞带挤，不知怎的给挤到大路中间。刚好后面来了汽车，大喇叭的叫声尖厉刺耳。老农费力想退回路边，动作慢了点，被一辆枣红色桑塔纳轿车挂住竹笼，倒在地上。

随即，从桑塔纳驾驶室副座上下来一人，戴一副纯属装饰的蛤蟆墨镜，抬起穿尖头皮鞋的右腿，朝着倒地的老农腰部就踢。见簸笼还挡在路上，他即如踢足球似的，猛力朝簸笼踢去。簸笼里的四头小猪跟着打滚，边滚边凄厉地尖叫。没等挑担人醒过神来，那人重新上车，尾部喷着一股黑烟，没事儿似的继续直驶。有人看不过去，趁桑塔纳开得慢时，用拳头捶汽车车身。驾驶室副座的玻璃摇下，从车里伸出一只毛茸茸的胳膊，握着一支手枪，同时送出一声吼叫："你找死？"

太和老爹正弯腰拾取地上的塑料袋，与挑猪笼的老农隔着一些距离。他看不清戴蛤蟆墨镜者的脸，只留下那家伙走路时左肩偏斜的深刻印象。这是过去干特务侦察时练出的本领，能在瞬间捕捉某人与众不同的特征。现见挑担人遭受暴打，他忙放下扫帚、撮箕，斜插过去，从汹涌的人群中费力地挤出一条缝，搀扶挑担子的老农，再去救助那四头还在簸笼里尖叫的小猪，把它们全都引到路边。

那农民却坐在路边，起不来了，手捂腰部，疼得咧嘴。

"别动，我摸摸。可能伤着骨头了。赶紧上医院。"雨还在下着，太和老爹见老农伤得不轻，没法行走，担心淋雨，让他把斗笠戴好，仍在一边坐着。几经周折，他拦下一辆轻型卡车，将老农拉去医院。在去医院的路上，太和老爹将老农多看了两眼，感觉有点面熟，却不敢认，也顾不上。那农民始终处在钻心的痛苦中，身子蜷缩成团，同样顾不上打量他。

接下去麻烦来了。挂急诊交费时，院方错把卡车司机当作肇事方，非得拦下他不可。那司机忙指着太和老爹："是他，是他让我拉人的。"边说，边拔腿往外跑。这会儿太和老爹身上却没带钱，交不上挂号费。眼见伤者坐在医院急诊室门外台阶上疼得直咬牙，太和老爹拦住一位从院长办公室走出的穿白大褂的中年人，恳求道："请求您救死扶伤，让我那朋友挂号就诊。钱，我马上去拿，一分不少。"

"怎么证明您家里有钱？"穿大褂的中年人推一推滑向鼻梁的眼镜，偏着头问。

"我把这件棉衣脱了，押在您这儿。"太和老爹说时，就解棉衣纽扣。

"您这破衣服值几分钱？""对不起，我再去借。""您借来再说。""大夫，那恐怕不行。"

两人争议间，围上一些人。见了下面的情形，个个呆了。

原来太和老爹身上除了一件破旧的棉衣，只有一件补过的衬衣。他急着脱棉衣时，不小心将衬衣也带下来，顿时光着膀子。这样无意间显露出半边身子的累累伤痕，以及瘦骨嶙峋的身架。

又通过几句简短对话，穿大褂的中年人明白了太和老爹的抗战老兵身份，态度这才变了，当即做出收治伤者的决定，同时要太和老爹通知伤者家属。

"对不起，他家住哪儿，我也不晓得。""你们互不认识？""是的。我只扫马路。不过，医药费肯定我出。我在银行还有三百多元，不够再借。"

两个小时后，走得气喘吁吁的太和老爹，穿着空荡荡的旧棉袄，拿着准备寄给某个灾区或困难户的最后一笔钱，出现在医院收费窗口。

这时，太和老爹才有余暇对老农多看两眼。这一看不打紧，硬生生吓他一跳："原来是你啊。怎变成这样？"

"我也看出你了，但不敢认。你也变化大啊。""可不是嘛，到今年八月，就是整三十年。""你不住老家了？""如今农村，年轻人都出门打工挣钱，地没人种了。我妹子嫌乡里冷清，非得来城里住，我也就跟着来了。""那你们住哪儿呢？""讲起来出丑。在街道后面，租了一间屋子，又在旁边空地上用土砖、木头、竹片、牛毛毯搭了个棚子。棚子我住，那间屋子让女儿住。""你女儿在哪做事？""到处喊下岗，她哪儿有事做？在幸福街的拐角边，摆了个小摊子，卖零货，兼卖福利彩票。"

太和老爹听完，惊得眼睛直了。他那时练功还没达到后来的境界，怎么也不曾想到，会在这儿遇上偏瘫婆娘的弟弟，也就是他那没有名分的"小舅子"。在人生低谷挣扎了近三十年的太和老爹，自然脱离了当年的生活圈子。一方面是原来的生活圈子不再容得了他，一方面是他主动回避原来的亲友。他的亲人本来不多，偏瘫婆娘死后，更说不上谁是至亲。以后遭难入狱，为不连累别人，他从不对狱警提起亲友之事。出狱后穷困潦倒，更不愿主动接近原来的任何熟人，生怕成为别人的包袱。他每天只是默默地扫街，对谁都礼貌而机械地一笑。他的倾吐对象，除了街面还是街面。面对喧嚣的县城，他是个彻底的局外人。

与小舅子戏剧般的意外遭逢，改变了他的生活方式。

被踢断骨头的小舅子在医院躺了三天，在家里躺了三个月，总算能弓着腰杆走路。听说太和老爹长期租住"锦绣仙苑"八平方米宽的地下室，便提议老爹与他同住一处。太和老爹猜想小舅子生活孤单，也就同意合住，彼此相互照顾。征得出租屋的户主同意，他们将那间棚屋改造成简易住屋，当中隔开，太和老爹与小舅子各住一小间。两人约定，对谁也不说老爹与偏瘫妹子的那一段感情。这是瞒得着的，因为当年喝过证婚酒的老人们早就不在人世，周围邻居也从不往那方面去想。如今又过了三十年，乡邻中谁还记得有过一个牛太和？何况这是在县城，离岳父家还有几十里。所以只要他俩不泄露出去，这秘密肯定会随着当事人一同升天。

太和老爹住下后得知，比自己年轻二十多岁的小舅子因为贫穷，娶不了黄花姑娘，只能与一个结过婚的女人成家。这个前夫死于癌症的女人，还带来一个半岁的女儿，跟着前夫姓牛。跟妈妈到了这儿，再改姓马。妻子生下一个儿子后，跟着丈夫在县城的建筑工地做辅工，被毛坯房梁上突然掉下的水泥块砸中，可怜当场身亡。工地老板通过请法官洗桑拿、打麻将大把输钱的办法，把主办法官、民庭庭长、分管副院长、院长全部搞定。最后，法院给出的"本院认为"是：意外伤亡，死者本人负全责！

判决依据是：死者的安全帽当时戴得不正，偏斜二十五度。

这个"本院认为"，由法院院长亲自主持审判委员会讨论通过。鉴于死者的儿子未到上小学年纪，从人道主义出发，雇主给死者一次性抚恤金250元。本判决为一审判决，有十天上诉期。如若上诉，一审法院先代收上诉费2500元。

于是死者家属放弃上诉，因为他根本凑不齐那笔上诉费。再说上诉又能怎样？上级法官同样会被工地老板搞定。他含泪收下房地产老板的250元抚恤金，再向人家借来50元，一并做了妻子的安葬费。小舅子自此带着一儿一女，过起了单身生活。他相信有人说过的话：命硬，克妻。

"你比我好哇，毕竟儿女双全。"太和老爹与小舅子在竹椅上对面坐着，啃着晒干的红薯片，安慰他说，"我的体会，千万别以为自己是世界上最苦的人，要往低处想。想想我那些弟兄，一个个年纪轻轻，都早早地去了。我却还活在世上，这般高寿，有吃有喝。满足啦，所值啦。"

小舅子听了，连连点头。太和老爹见小舅子情绪平缓，才问："你女儿和崽呢？"

"女儿在街上卖货，崽在外面打流。"小舅子详细说起女儿的种种趣事，尤其是女儿少有的孝心。而对儿子，则有无奈其何的感慨。小舅子从屋里拿出熏干的腊猪耳、红薯干和甜米酒，在月光下与太和老爹对酌，坐到露水打湿衣裳才上床去睡。

太和老爹想起，在他每天清扫的街道一角，有一个小小的绿颜色铁皮售货亭。一位约莫二十的长辫子姑娘，每天第一个开店，最后一个关门，在货亭里或站或坐，含笑注视着来往行人。她对顾客态度极好，帮你挑拣一千遍，到头来你一分钱的货没买，她也冲你微笑。她将乌亮的长发编成一条大粗辫，辫梢用红绸扎紧，做成蝴蝶结，自然地垂在脑后，别人看着舒心，自己也省去梳理的麻烦。这是太和老爹年轻时百看不厌的姑娘装，如今则极少见了。姑娘们最时兴的，是把头发染成棕色，仿照外国女人。而当染色半褪，要多难看有多难看。太和老爹看着这位姑娘，仿佛又回到年轻时候。

这姑娘还兼着一项任务，代售刚开始上市的福利彩票。虽是捎带之事，姑娘却同样倾注热情。每见到一人从面前走过，便笑眯眯地说："嘿嘿，恭喜发财哟。"

太和老爹后来知道，代销点卖出的福利彩票收入，与提成直接挂钩。卖得多了，还能得到格外奖励。姑娘费了好大努力，才取得这项代销权。她将所得提成的一半，分给替她争得这项权力的有权人。

太和老爹本来对购买福利彩票毫不关心，认为那是一种赌博游戏。赌博自古为邪恶之门，害人害己，为正人君子所不齿。再说，他也不知卖彩票的钱归了谁，倒不如拿钱直接救助穷苦人。后听别人介绍，卖彩票的收入中，也会有姑娘微薄的一份。出于对姑娘的同情，他每日便从自己扫大街的工资中抽出10元，去那绿色售货亭里买上五注。无论刮风下雨，只要售货亭开门，他就会在姑娘面前出现。至于中奖，他梦都不做。因不指望，后来干脆连奖券也不要了。"别撕了，浪费纸。或由你拿着，我也不懂开奖是什么意思。"

自己支配的时间多了，太和老爹重新迷上道家功夫。得益于山圣甸老道长的轻功启蒙，太和老爹对气功一辈子难以割舍。战争年代，他一有机会便练习骑马桩，两膝呈"八"字分开，微屈，为骑马之势，使全身重量托于两股。此功于体健十分得力，习之更身轻如燕。那位老师长，有一回见太和老爹（那时以"精猴子"著称）在练骑马桩，从后面往肩胛猛击一拳，"精猴子"居然纹丝不动。那师长连道："'精猴子'，本座服了。好好为党国效力吧。"

"报告长官，卑职愿以一死报效国家。"太和老爹本能地弹跳起来，立正、敬礼。他的用词，看似与师长有所区别，其实心里，并不明白"党国"与"国家"的区别何在。

从内战战场脱逃后回到故里，至被关进监狱的那些年里，太和老爹同样对气功不曾中断。他每天凌晨五点起床，只要哪儿有一块空地，哪怕巴掌大小，也是练习场所。他糅合抱朴子等道学大家的气功精髓，结合自己不同年龄段的身体素质，创造了一套刚柔兼备、因时而异的独特功法。一进入气功状态，全身即畅达清爽，如腾云驾雾一般。百般烦恼尽去，俨若神仙附体。由于这气功的效力，数十年里，他几乎与医院不打照面，更不曾输液、打针等等。

现在，太和老爹与小舅子住到一起，交谈的机会多了。小舅子见太和老爹体质甚好，便向他请教健康养生秘诀。太和老爹笑了笑说："都是后来练的。您也练吧，从简单的做起。"

"我，没您那个心劲。"

"哈哈，这就是我俩的区别。您若能像我这样，坚持练功，强健身体，有病治病，没病防病，再过几年，高血压啊，心脏病啊，肺心病啊，糖尿病啊，各种常见的老年病全躲得您远远的。"

穷人自有穷人的活法，否则这世界上只剩下富人，也就无所谓富人了。每天打扫街道的太和老爹，无疑是个穷人，每月收入在全县基本生活保障线以下。无家无室、无儿无女的他，就却依然活得逍遥自在。所有认识他的人都感觉奇怪：这老爹的黑发越来越多？真有返老还童的事？

太和老爹从没照过镜子，不知自己什么模样。平静的日子一天天过去，扫了十五年大街后，习惯了的生活节奏才突然被打乱。年已八十的太和老爹，突然间买彩票中了大奖，奖金高达六位数。这可了不得，可在县城繁华地段买下半条街的店面。

更大的喜事接踵而来，卖彩票的姑娘竟看上他了，甚至流露出和他成亲的意思。姑娘第一阶段的情感，自然只表现在眼神上，然后一步步移向言语和细致入微的动作。开头阶段，马秀美的动机可不太单纯，爱情在她那儿，所占比重甚微。她当然不会想到，这位古怪的老爷子曾是她的姑爹，只照着自己的意愿，大胆向老爹进攻。

把太和老爹急得，开头以为她只是调口味，闹着玩，后来发现不对，才认真考虑对策。接连几天，他不再去那个果绿色售货亭，并从小舅子家里搬出，重回到"锦绣仙苑"八平方米宽的地下室，避免与她见面。可还得每天扫大街啊。他便趁着姑娘尚未起床，每天早早地打扫果绿色售货亭那一段街面。心里有事，内火上升，眼睛也红肿了，走路一脚高一脚低。有一回右脚踩空，他从六级台阶上滚落下来，左额渗血，挣扎几次都爬不起来。

都是这"金钱万能"害的。看街上新开的"卡拉OK"厅里，坐了多少年轻妹子，穿的衣服几乎透明。都等着陪有钱人唱歌跳舞，自己拿小费。还有什么桑拿浴，没进去看过，不知是什么东西。这些出卖色相的场合，蒋介石政府时，太和老爹见得多，还陪长官进去过，当然自己是穿着便服当保镖。而在毛泽东时代，即完全绝迹了。可是这些年，这类玩意儿却死灰复燃。钱，真是一个怪兽。难怪《道德经》里讲："不贵难得之货，使民不为盗。"这笔买彩票中奖的钱，我还是不要的好。对，要么就送给她，反正欠她姑妈的情。啊，她还不知道我与她姑妈的故事呢。要不要直截了当地告诉她？是告诉她好，还是继续瞒着她好？我真算她的姑爹吗？太和老爹思想开了小差，有一回差点卷进载重翻斗车的轮子下。

太和老爹还没理清思路，从天而降的一击落在头上，砸得他晕头转向。那是一个闷热的晌午，他莫名其妙地做了牛全胜的俘虏，被反锁在一间没有窗户的屋子里。与他同在的，是提前进屋、脱得一丝不挂的马秀美。

自此，他与马秀美的故事跨越式发展。很快，昔日的小舅子成了他的岳丈。太和老爹接过牛全胜递过来的烫着金字的"结婚证"，觉得这一切似梦非梦。他们的儿子，马秀美的亲生骨肉，也稀里糊涂地宣告降生。太和老爹独自对着静静的流水发愣，怎么有点像《三侠五义》里面的故事？

八十岁的太和老爹成了风云人物，多少人不满足于传颂他的故事，还要一睹风采。他对此早有预料，新婚第二天便悄悄上了神舟山，与林场洽谈承租大事。这事谈好后，太和老爹招收了百余名伙计，对神舟山重新规划，大规模植树造林。他将其他伙计安排在神舟山东面山脚下的木房里，自己操着锛子、锯子、刨子、墨斗，在山北半山腰建起那座精致的树屋。

不知不觉中，太和老爹在神舟山生活了十年。

三六 "54DAO" 拒不认账（正在进行时）

　　牛全胜从海滨休假区到北京，再从北京到省城，一路说不尽的艰难困苦。这是因为他每一程都不敢坐飞机，火车的动车与高铁也不敢坐。他也算活生生接受教育，一个人一旦被社会抛弃，成为社会碾轧的对象，处境有多艰难，人格有多下贱。操你妈的×，干什么都是该死的实名制，都得出示身份证。坐飞机要，坐高铁要，坐火车要，住宾馆要，上银行存款也需要。心里有鬼最怕鬼。一听说要查验身份证，牛全胜便吓得脸色发白，赶紧绕道。身份证这玩意儿，以前随身带在身上，没觉得查验它有什么大不了，你要，给你好了。因为不把身份证当回事，牛全胜先后丢过几个。有一回，他突然接到公安局的通知，要求去核实情况。原来有一个不法分子捡了他的身份证之后，用它在银行开了一个账户，再用这个账户转移犯罪资金，最后案情败露，被关押起来。办案人员以银行账户为线索，摸到牛全胜这儿。牛全胜因为身上干净，坦坦荡荡，当即与办案民警大吵。你他妈的耽误老子的宝贵时间，务必赔偿损失。眼下在公安干警面前，哪还有那样的神气？只要有穿警服的在前面出现，牛全胜立即全身紧张。那小子是不是在等着抓我？是不是公安局的通缉令已经下发？赶紧溜开，惹他不起。可是，偏偏穿警服的是那样多，其中相当一部分是仿冒警察的服装，尤其是保安队员，除了臂章上的字有所区别（一个写的是"警察"，一个写的是"辅警"或"保安"），其余完全相同。害得牛全胜有几次躲了也是白躲，因为"辅警"与"保安"没有执法的权力。幸亏坐长途汽车还不是实名制，所以牛全胜从南到北，从东到西，全是搭乘长途汽车。这样坐的时间久了，只要一闻到长途卧铺汽车上被褥的味道，他就忍不住想吐。

牛全胜此行的本意，是希望能撞见那位据说已是大领导的邱某人。此"邱"非彼"邱"。比起战功赫赫的邱爱民来，这个邱某人要资历没资历，要水平没水平。可是却怪，在和平环境里长大的邱某人偏偏官运亨通。据不确切考证，他之所以能够"通吃"，全在于走门道，包括同乡门道、同学门道、贵夫人门道、外戚门道等。官运来了，竟然洪水都挡不住，"噌噌噌"连升三级，成为政坛上一颗耀眼的明星。牛全胜早就看准该人上升的巨大空间，所以一直对他紧盯不放。尽管这些年没挣到大钱，对邱某人却没少输诚。两人间的金钱交往，须以九位数计算。邱某人对他的回报也不含糊，通过各种渠道的不同名目，拨付给神舟山"帝豪大世界"的政策性补助款，更达十位数以上。所以实际说来，牛全胜返回给邱某人的那些金钱，也都出自国库，出自邱某本人签字批准的拨款单。两人间的分配关系，实际是合伙盗窃了国库之后的分赃行为。可惜的是，自邱某上调后，两人的关系便淡了下来。牛全胜想要找他，必须通过秘书。秘书十有八九却不接电话，接了电话也不给通报。牛全胜是个倔脾气，你不理我，我还不想理你呢。别以为你对我有多大恩惠，那都是慷国家之慨，没有一分钱出自你自己的腰包。铁打的衙门流水的官。且让我看看，你这个狗官能当到几时？去了头上那顶官帽，你连臭狗屎还不如，因为臭狗屎能肥田。

牛全胜少说有两年没与邱某人联系，过年过节也不打电话问好，以至搞不清他的去向。

现在，大爆炸发生了。牛全胜忽感到大祸就要临头，一把巨大的铁钳正在伸来，要将他的喉管钳断。他顿时觉得自己是何其渺小，何其孤立。一个人如果光明磊落，无懈可击，那他自然是强大的。而如果作恶多端，就必然沦落到遭人唾弃。他突然觉得，有人保护的生活是多么惬意，躲在用乌龟壳做成的保护伞下，你可为所欲为。而一旦失去保护，就成了海滩上找不到硬贝壳的寄居蟹，说死就死。

报复，必须让这个与别人共用情妇的老混蛋付出代价。写举报信。现在反腐败的力度这样大，邱某算哪根葱？我只要举报他一个实实在在的经济犯罪线索，肯定将他拉下马。问题是信怎么写？寄给谁？怎么寄？人家会不会拆开看？但不管怎样，信还得写，否则咽不下这口气。牛全胜在海滩蹲守了两天两晚，才盯住邱某的专用小车，以及后面的车队。结果却碰了一鼻子灰，只好失望地离开。

他的下一个目标，是上北京找"54DAO"总部驻中国代表处。可是坏了，也不知上何处去找。原因是他自去过"54DAO"东京总部后，便要求与石原劲太郎建立直接联系，以显示自己的身价。石原劲太郎满足了他的要求，牛全胜立觉底气十足，走路都不知踩到哪儿了。他马上中止了与"54DAO"总部驻中国代表处的联系，改为直接和日本东京总部打交道。每过半年，上东京当面做一次汇报。咳，多风光！孰料加藤政二获准请辞，"54DAO"总部驻中国代表处换人。新的驻华代表不知为何，竟表面宣布，未得到继续介入神舟山项目的授权。他在暗地里与赵凯林指派的那位小妖婆直接联系，把牛全胜排除在外。牛全胜气得找赵凯林大吵。赵凯林却将责任推到小妖婆本人身上，说小妖婆另择高枝，他对她说的任何话早就不灵了，等等。牛全胜没法，赌气不搭理这位新任总代表，来了电话也不接。"你找小妖婆去。"眼下有麻烦了，牛全胜感到那个家伙或许还有点用处，却连他的地址是在海淀区还是在朝阳区都弄不清。

老天爷心肠软，好人坏人都肯帮。有这么巧的吗？他竟于大爆炸发生的前一天，在省城"天上人间"大饭店宴请过"54DAO"总部新任驻中国总代表。据悉该新任代表已改变主意，主动南下，准备在江南开拓新的市场。这样，神舟山"帝豪大世界"当然绕不开。牛全胜求之不得，多个人多条路嘛，便亲自开车，把该人接来餐厅。那家名字古怪的宾馆，牛全胜幸好记得。若不发生意外，那个王八蛋此刻应该在宾馆睡大觉。

那家宾馆的餐厅临近湘江，地理位置倒是很好，水面浮动着各种彩色广告的倒影。席间气氛却糟糕透顶，中方人员与日方人员各占据圆桌的一半座位，日本人那种见面先鞠躬的礼节不知丢到哪里去了。争论焦点：一方要求按股权分红，一方要求补交注册资金，否则股权清零。该死的东洋鬼子，以为今天是1931年9月18日？老子这是在替国家报仇雪耻你懂不懂？牛全胜在生意场上已练得越来越精，这下算是掐住了对方的死穴。对方立即表示，将上告中国政府，甚至不惜惊动纪委。牛全胜趁着酒意，摇晃着站起，隔着桌子，突然朝对方一巴掌扇去，打得那新代表脸上立时现出三个指印。若不是席间有人劝阻，牛全胜会把酒桌掀个底朝天。鬼子到底是鬼子，你想糊弄他们？早将你算计过了。想自己当初好天真，以为真在路边捡了个金娃娃。"54DAO"会代行日本政府职责，把ODA协议继续履行下去。考虑到还不能翻脸，他又笑嘻嘻地抱着对方的胳膊，连赔不是。

但是现在，天翻地覆，"帝豪大世界"成了人间地狱。股东们要面对的，是对死伤职工的大额赔偿。按照股份制公司的运营原则，股东们务必同舟共济。赢利时，照着股权分红。赔偿时，亦需照着股权摊派。那么，好，你日本"54DAO"作为"帝豪大世界"的控股股东，该你们来履行股东义务了。牛全胜顾不得身子累得快要散架，提着个不打眼的旅行箱，换乘了一趟又一趟长途大巴，急急地从北京来到省城。

牛全胜下了大巴车之后，为等天黑，在城郊又磨蹭了好一阵，直至午夜才坐出租车进城。谢天谢地，坐出租车同样不查身份证。而这个时间段一是不堵车，二是可以将东洋鬼子堵在被窝里。牛全胜凭记忆来到"54DAO"总部代表入住的宾馆，服务台却不肯提供客人的房号。牛全胜因为生气，把对方印制精美、还附上一张太阳膏药旗的名片撕碎之后，扔进抽水马桶了。他眼睛一横，本待与前台服务员大吵，想到自己目前的处境，咬咬牙又忍了回去。好在大厅里有几张沙发，专供等候的客人使用。牛全胜便面朝大厅一角，曲着腰杆，坐等那个该死的总部代表从楼上下来。

他这回倒是如愿以偿。那位西装革履、衣冠楚楚的总部代表黎明时分终于出现，原来那人要赶乘早班飞机。这样当牛全胜突然直立在他的面前，且要求进行详细具体的商业谈判时，能得到什么样的"礼遇"——

"神舟山基地发生大爆炸，代表先生你知不知道？""对不起先生，我现在急于赶飞机。""受害人要求赔偿，你还赶什么飞机？""先生你说什么？我听不明白。""你他妈的装什么蒜？你们是大股东，得按比例出钱。""股东？你的意思我还是不明白。""他妈的×。'帝豪大世界'的控股公司不是你们？董事长不是你们那个老不死的王八蛋石原狗太郎？"

牛全胜冲到对方面前，一把揪住他的胸襟。

"先生你除了骂人还是骂人，请问你到底有什么事？你说的什么地方，我从未听说过，我们公司更不可能进行投资。你们中国是法治国家，法治国家也就是用事实说话的国家。请问你这位先生，有什么根据说明我们曾经出资？未曾出资怎么会有股份？没有股份怎么会有赔偿责任？你拦住一个毫不相干的人，这是不是一种违反人权的行为？"

这王八蛋，看来对神舟山大爆炸已了如指掌，否则不会冒出这么大篇言辞。你看他一手扶着行李箱拽长的拉杆，一边慢条斯理地说着，逻辑性之强，你还真不好辩驳。除了工商管理部门，只有牛全胜与对方知道，所谓日本一方控股，玩的是"障眼法"，为的享受合资企业的优惠政策，骗取国家财政转移支付。所以从牛全胜的角度说，他打着与日本"54DAO"合资的幌子，有百利而无一害。从日本一方说，同样无一害而有百利。真正受害的，是中国国家财政这个大口袋，被偷偷地剪开一个大窟窿。

"他妈的，把老子过去付给你们的钱统统退出来。""先生你又说胡话了。你过去给我们的，全部是我们的应收账款。""王八蛋你刚才自己是怎么讲的？没有投资哪儿来的收益？""先生把我刚才的话歪曲了。我只是说，我们没有出资，也就是说，没有注入现金。但我没说，我们没有投资。没注入现金不等于没有投资，就像贵国不少企业，都有不出一分资本金的'干股'一样。"

这王八蛋，把中国的事情真琢磨透了。没错，几乎每个干得红火的企业，背后都有深厚的政治背景和人脉关系，都有大人物在后面站台。这些人心安理得地在企业持有"干股"，或者叫"无形资产股"。持股者或是这些人的亲属，或是他们的挚友。赵凯林与邱某，在我的"帝豪大世界"也是这样持股的。可是，他妈的可是……

"你们有什么狗屁无形资产？""我们的品牌就是。""你们的品牌有个卵用？""你一次又一次去东京，不就是冲着我们的品牌吗？""放屁，那是你们有事求我。""先生，我们何时去过你那偏僻山区？何时主动找过先生？"

牛全胜把自己的行李箱用力踢了两脚，行李箱在惯性作用下，直直地撞上日本代表的拉杆箱。他的怒气尽管不打一处来，却还无由发作。不能不承认，对方说的句句是实。合作阶段，牛全胜一切权当理所当然，一点也没想过可能产生的法律后果。现在看来，小鬼子早在每一件事情上都埋下伏笔，等待着有一天对簿公堂。自己却是马大哈一个，只考虑一时之需。现在你听，人家一套一套，把对自己不利的东西撇得一干二净。我呢，哑巴吃黄连，有苦无处诉。已经送出的全送出了，没有送出的，人家还有分红的权利。共同赔偿？连毛都逮不着。

天色大亮，大堂里聚的客人越来越多。人们的眼光有些异样：这两个人在争吵什么呢？牛全胜见吵不出什么名堂，便要求对方飞机改签，两人另找个合适的地点好生谈谈。当对方傲慢地断然拒绝后，牛全胜的怒火立时直上脑门，抢起拳头，照准"54DAO"总部代表的鼻梁狠狠打去，然后没等对方反应过来，拉着行李箱，满脸怒容地扬长而去。

没有谁阻拦他。"54DAO"总部代表捂着被打断的鼻梁骨，也不来追赶。前台女服务员先是一惊，随后赶紧捂住嘴巴，以免发出嚷叫。

大爆炸发生的那个清晨，牛全胜才从省城坐小车来到神舟山，住进"帝豪大世界"的"总统套间"，准备好生给自己消消气，然后享受一番。自"帝豪大世界"开始建设以来，他的作息时间就发生倒错，将白天当作黑夜，把黑夜当作白天，以此表明自己非同常人。他对下属当然不这样要求，否则降低了自己的身份。但如果他某个午夜心血来潮，要召开一个什么会议，相关人员即务必在限定时间出席。如果他突然要查阅一份文件，机要员即务必及时呈送。如果他猛然间想召见某位下属，那下属同样得说到就到。头一天在餐桌上与东京"54DAO"总部代表发生的争吵，使他大觉败兴，因感到在省城无法安心睡觉，才决定回神舟山来，睡他三天三夜，醒醒神再说。更大的子项目就要启动，他不能没有日本"54DAO"这块破遮羞布。

所谓"子项目"，实则是"帝豪大世界"企业王国的"镇国之宝"，其他各种项目只是为它打掩护，做铺垫。为躲避海关检查，"子项目"的第一批机器全部拆散后，已运进神舟山组装成功，刚刚试机。关于这一部分内容，在他与石原劲太郎偷偷签署的协议中另有规定。这项目若做好了，不仅他与石原劲太郎都将稳居"福布斯全球富豪榜"之首，还将成为左右"世界"的关键人物，让西方"共济会""骷髅会"的头目全都拜倒在两人脚下。当然，若做得不好，对石原劲太郎来说，毫发无损，他牛全胜却可能粉身碎骨，死无葬身之地。

这才够劲，这才是真刀真枪的合作。他牛全胜，信的就是撞大运。

现在，完了，一切都完了。

他妈的×，还是找赵凯林去。报道说，赵凯林对神舟山爆炸案高度重视，高度认真，亲赴现场详细调研，指示有关部门严肃处理。该判刑的判刑，该重罚的重罚，该赔偿的，迅速由政府出面进行赔偿。赔偿你个鬼。我会出一分钱？你的"小三"会出一分钱？还不又是慷国家之慨，用国家的钱填补私人挖出的大窟窿。

出乎牛全胜的意料，这回，赵凯林却痛快地表示见他，见面地点竟然是赵凯林的办公室。也许在赵凯林看来，上哪儿都不合适，唯有在自己的管控范围内能保安全。

三七　日本外婆病因异常（记者手札）

　　加藤政二又打来电话，提出和我见面。这时我已到南方，正待再去神舟山，想对神舟山大项目继续深入了解，找机会捅它一家伙，于是在电话中回复，只能再过半月。加藤政二却等不及，非得让我赶紧回北京不可，且说飞机票由他负责。话说到这个份上，我只好又往回返。我估计他又要谈该大项目事，脑子里乱哄哄的，边往他办公室方向走，边想该如何应对。

　　我已与社长不愉快地分手，因我不希望报社被我所累。社长想通过"内参"阻止该项目上马的努力已经失败。高层领导的批示竟然敌不过"赵牛同盟"，以国家名义组建的环评专家组，竟然由牛全胜全程陪同。最后给出的结论是："完全符合环评标准。"社长不服，支持我写第二份"内参"。我没答应，必须顾虑社长的政治前途。现在，我既已脱离报社约束，即可自由做出选择：是继续介入神舟山之事，还是自此撒手不管。牛全胜的能量确实不可小视。他的真实目的也很明显，就是要套取中央和省里无偿的财政补贴，再加上国家银行的巨额贷款。外方的投资究竟能到账多少，他其实并不关心。眼见国家利益受损，我是多一事不如少一事，还是如顾炎武所倡导的，履行匹夫之责？若弃之不顾，问心有愧。若追踪下去，能有什么样的结果？我还没来得及理出头绪，加藤政二的电话来了。

　　加藤政二这回没让我去办公室，而是在距北京东城使馆区不远的一家咖啡屋。不知何时开始，北京咖啡屋一家接着一家，装修也一家比一家讲究。于是在咖啡屋谈事逐渐成为时尚。我现在就座的这个咖啡屋，装修得像是置身异邦。外墙上涂满了变体的外文字母，里面贴满西方影视明星的彩照。室内各包厢之间都打了隔档，颇显私密。里面的灯光可以调节，而不会影响别的包厢，因而特受情侣们的欢迎。外国客人更成群光顾，穿各种民族服装的都有。他们大多是留学生、游客、外企白领和大使馆工作人员，对中国既友好又好奇。据有关部门透露，这里头以窃取各种情报为业者，也是不少。

"抱歉先生，这回咱们谈的纯属私事，与公务无关。所以我十分乐意补偿您的损失。"

"先生不必客气。很高兴为您效力。"

"我上次回日本，其实是公私兼顾。那天见面，我们谈的是公事。我已看出，您不太乐意与我们合作，那没关系。说句您别生气的话，如今在中国，想替我们办事的人太容易找了。我见到不少中国人，口喊日本如何如何坏，但用的是日本家电，吃的是日本料理，开的是日本汽车。好，那个事彻底告一阶段。另一件事，本来那天想谈，是我勇气不够，就没谈了。现在想来，还得向您交底。"

加藤政二刚才列举的事实，我不能否认。他却看不到自己的弱项在哪儿，使我想起高桥敷所著《丑陋的日本人》一书中某些片段。不过他既然又找我来了，说明我对他还有一定利用价值。我想起上回加藤政二酒醉的情形。对，那就是心里有事的表现。

我放下正在慢慢搅着的咖啡，看着他的眼睛。加藤政二的喉结轻轻蠕动，那是吞咽动作。他还需下最后决心。

"加藤先生，我可是从南方赶回，专来听候吩咐。"我重新端起乳白色细瓷咖啡杯。咖啡的名字令人作呕：猫屎咖啡。

"真是抱歉，先生。我知道您非常非常的忙。"

"那您有话就快快地说啊。"我努力想装幽默。

加藤政二再次蠕动喉结，低头瞧一眼脚下，好像怀疑地板上藏着窃听器。最后，他终于抬起下巴，眼里充满勇气："说来不是一件体面的事。我的外婆，也就是我妈妈的妈妈，年轻时候，有过一段伤心经历，与那一场战争有关。我说的是'支那事变'和'大东亚战争'。先生请您别生气，这是我从小在教科书里学到的知识，你们叫'日本侵华战争'和'太平洋战争'。外婆很小就来到中国，那时战争还没正式打起来。她从小跟着她的妈妈，也就是我的老外婆，来到中国东北，当时叫'满洲国'。她差不多就在中国长大，所以中国话比日本话还说得好。与她们一起来的，叫什么'拓垦团'。我外婆具体是如何经历的，我也说不清，外婆从没对我讲她个人的事。我妈也不给我讲。但我知道，外婆年轻时属于左派，参加过很多政治活动，是个有名的大活动家，还有说她加入过日本共产党，但共产党档案里没她的名字。我偶尔在图书馆翻阅过去的报纸，才知道一点点。"

"那你们这一家子，与我们中国还有些渊源关系吧！"我撇了撇嘴，略带揶揄地道。

"被你说对了。据说我们家族，与你们中国的渊源关系还真的很深。你们中国，有关于徐福东渡的记载，在有名的《史记》里能查得到。说的是秦始皇时代的事，他带领的那三千秦国人，就在日本扎根，成了日本一部分人的祖先。在我们日本，也有这方面的记载，叫作《宫下富士古文书》。书里有徐福第七代孙秦福寿讲述的故事。并说徐福把七个儿子改为日本姓氏，长子姓福冈、次子姓福岛、三子姓福山、四子姓福田等等，派往日本各地。从此，徐福的子孙遍及日本各地。所以在日本，凡是有一个秦字或一个福字的姓氏，他们的祖先都与徐福有关。"

"那你们家族有没有这几个姓氏？""我外公的外公的外婆家有个什么人，就姓福田。""有家谱记载吗？""可惜，只是口口相传。""西方有名的《荷马史诗》，口口相传才保留下来。"

加藤政二接着介绍，他们家族中，一直有研究中日关系的学者。古典小说《源氏物语》里，一些人物的服饰和生活细节，即与他们家族有关。仔细研究就会发现，那都是中国同时代生活的写真版。后来发生战争，两国相互敌视，这个课题不受欢迎，于是便中断了。据他母亲说，家里有几件珍贵文物，是先祖们一代代传下来的，藏在乡下某个地方，年代非常久远，经过战争还保存下来了。其中有一件类似牛头的家徽，问过考古专家，也弄不懂是什么意思。

这话的确引起我的兴趣，因我的业余爱好就是研究历史，尤其是政治色彩不浓的古代史。我嘱他下次回国，记得将文物拍几张照片，同时催他把故事讲完。

"我妈开头受外婆影响，对政治也热衷过一阵子，据说在六十年代，还当过几个月学生运动领袖。她出生于二十世纪四十年代，到底出生地在哪儿，妈从不对我说起。我外婆年轻时绝对是个美女，所以我妈也非常漂亮，追求她的人不知有多少。她却选中我爸，一个普通的中学教师。我相信这里又有故事，可惜妈不会说给我听。我妈后来大学毕业，就抛开政治，一头扎进经济圈，入了日本最大的一家银行。那时正赶上日本经济腾飞，大家都忙着消费。您知道，1968年，日本以1597亿美元的国民生产总值，超出了西德、英国和法国，一跃成为世界第二号经济大国，实现了先贤们提出的'脱亚入欧'理想。那时，日本整个国内都在欢呼啊，挣钱啊，发疯了。我妈受这个思潮影响，不再对政治感兴趣，只想着如何多多赚钱，享受生活。我不是说我妈的坏话，相反，我现在也是这样，完全接受我妈的思想。坦白说吧，只要有钱可挣，往往不顾一切。这样做，好处当然有，但麻烦少不了。比较而言，哪样值当？有时自己也搞不清。"

这话让我颇为吃惊，没想到加藤政二的家世背景如此复杂。强烈的自尊心压迫着他，对我老是欲言又止。我不由得感谢他的信赖，再向服务员要了个果盘，没等加藤政二表示一起结账，便付了现金。加藤政二举手抓了抓有点凌乱的头发，信任地望着我，继续自己的叙述。

"放下我外婆年轻时候的故事不讲，这些或许永远成为谜，因为我外婆如今已经瘫痪，而且失去记忆。她的病因，现在还不清楚。只知道她最后一次访问中国，也就是十年前，回国途中便开始发病，到了国内，病情加重，高烧不退，昏迷不醒。先后用各种办法治疗，遍访日本国内名医，性命总算保住了，却出现另一种情况，即严重老年失忆性痴呆症。问她以前的任何事，她都只是摇头，露出一种傻笑。

"你们中国的医药讲究治病求源，这思想在日本也已扎根。我外婆这病是如何形成的？与她去中国南方是否有关？她去过中国南方哪些地方？这些我和我妈都不知道，因为外婆没来得及说。我妈可急坏了。外婆只有我妈一个女儿，没有其他儿女。我妈对我外婆的那个感情，恨不能将自己身上的肉割下，给我外婆治病，只要能把外婆治好。你们中国人讲孝道，这就是我妈的孝道，是从我外婆身上继承下来的孝道。"

加藤政二说到这儿，眼睛有点发红，与上回谈生意的那个加藤政二判若两人。我忙给他续上开水，同时用叉子叉上一块雪梨，请他品尝。加藤政二连忙起身，鞠躬致谢，然后继续介绍："我妈与我外婆本来有点不融洽，主要是进入六十年代中期，我妈不爱参加社会活动，尤其是政治活动，让外婆觉得失望。我妈是个享受型人物，喜欢逛商场购买时髦衣服、名牌香水和各种化妆品，而这恰恰是我外婆年轻时很少接触的东西。先生您别生气，我妈对中国还特别没好感，认为中国是个不好的国家，是日本人的一大障碍。我妈甚至认为，过去日本没有做过对不起中国人的事，相反帮助中国人从西方人压迫下解救出来。以前是好几个西方国家在中国设立租界，后来都被日本人给赶跑了，所以，中国人要深怀感恩之心。至于家族先祖中有没有中国人的基因，她才不感兴趣呢。先祖是先祖，我是我，先祖再穷或者再富，都影响不了我今天的生活。我妈的脑子里，就是这些七七八八的东西。也都不是她的，而是从那些报纸、杂志、电视等等学来的，还有学校课堂，从小学到大学。先生请别生气，但有一条，她从来不与那些人混在一起，也就是我们通称为右翼组织。她只是个普通的日本妇女，也算有一定文化教养，有时在家里唠叨给我听。这样，外婆生病之前，我妈就常与外婆发生争吵。外婆要来中国，我妈不肯陪伴。我妈说，中国没什么好看头，破破烂烂，满地是痰。这样，外婆上回来中国，去南方，到底在哪儿出的事，因为什么受刺激，突发病，妈妈一点也说不上来。反过来说，我妈现在是特别后悔。"

我听加藤政二声音又有点哽咽，便再给他续水，请他休息片刻。隔壁小屋里，传出很响的接吻声。

"自从外婆生病，我妈的思想忽然发生了变化，对物质方面的追求不再那么执着，同时对美国式的生活方式开始反感。结果弄得我非常尴尬，女朋友都不敢往家里带。"

"那是为什么呢？"

"因为我的女友是美国人。"

"你妈不赞成你们之间的交往？"

"我妈坚决反对我移民美国，而我女友希望我成为一个美国公民，为此做了不少工作，找了不少关系。美国是个讲规矩的国家，没错。但是，别以为美国人都那么纯，有时办事，'人脉关系'同样起作用。尤其是某些核心部门、核心岗位，有些人就不让进。她尤其痛恨美国人搞的什么'广场协议'，纯粹是坑害日本人，把日本人当'二等公民'，与殖民地统治没有两样。像她这种骨子里都是爱国思想的人，假若有一个入了美国国籍的儿子，一定感觉羞愧。"

我坐得更正，头往前探探，生怕漏过他说的关键内容。隔壁的接吻声再响，我也是充耳不闻。

"我以前的心态就不说了，肯定是受妈妈影响多。外婆生病这些年，我的思想也没有太多改变。因为现在日本的年轻人，不少人对中国是有看法的。

上次回国，上医院看我外婆，外婆的病情忽有变化，虽然还是失忆状态，眼神却明澈了不少，转动的频率也多了。据我妈说，是我那回从中国南方打过一个长途电话，我妈接电话时，外婆就在身边。我那时说了中国南方一个省会的名字，因为我妈不熟悉就重复说了。就在我妈接过电话之后，外婆脸上有了表情，现出兴奋、异样的神采。虽然只是一刹那，但是我妈还是捕捉到了这一细微变化。

"我妈自外婆大病之后，真是痛悔相加，不知该如何在外婆面前赎罪才好。后来，我妈不仅从不与外婆争论（当然两人也争不起来了），几乎放弃了社会工作，更不参与右翼组织的任何活动，只接受能在家完成的活儿，为的是在家照看外婆。外婆现在也离不开人，否则难免出事。因为外婆不能行走，从早到晚在榻榻米上躺着。我妈是极有孝心的人，对过去与外婆的争吵，同样懊悔不已。再说我妈自捕捉到外婆那细微变化，便开始琢磨，是哪个字音刺激了外婆。我妈的第二学历，是东京大学心理专业，所以懂得心理与环境的密切关系。她就在外婆耳边一次次重复那回与我通话的主要内容，并用心观察。这样十次、二十次、一百次、一千次，反复念叨，反复观察，终于发现一个规律，即每当我妈念到你们中国南方那个省会的名称时，外婆脸上就会有细微颤动，如同正常人被针扎了一下。这种观察过程及其结果，唯有我妈那样的专业人士才能完成。先生您想，我妈是何等惊喜。"

"那是，那是，祝贺祝贺。往下呢？"这话题同样让我听得入迷，由衷地为加藤政二一家人高兴。我又给加藤政二递上一片雪梨，听他把要说的事情说完。

"往下就是我的难题了。我妈非得我脱离'54DAO'不可，除非我有脱不开身的足够理由。""这又是怎回事？您的待遇这么好。""是啊，可这不能说服我妈。""您妈不是很看重金钱吗？"

加藤政二顿了一下，接着笑道："是，又不是。借用中国一句古语，叫'君子爱财，取之有道'。我妈虽想多多赚钱，却非常看重钱的来路是不是干净。我妈后来讨厌所有政党，决不与他们有任何来往。我妈常说，'玩党'的没几个好人，不是有野心就是会阴谋。因为身边躺着一个生病的外婆，我妈还把'玩党'与战争联系起来，认为昭和年代的战争，就是那些'玩党'的家伙挑起的。她听说自己的儿子是石原劲太郎的得力干将，这还了得？非得将我拉出来不可。因为石原劲太郎的名声实在太臭，在很多场合不得人心，我妈早就知道。"

"您不是说石原先生改邪归正了吗?"

"是啊。可我妈不信,怎么说也不信。我没法说服她,必须找一个正当理由,以便继续在中国留下。否则只能回到我妈身边了。"

"那你与女朋友的事咋办?"

"她也算半个'中国通',对中国传统文化很感兴趣。讲起这事,她就援引你们中国人的说法:一切随缘。"

这话让我确实感动,不由得赞道:"看来你们日本年轻人真是有孝心。"

"您先别夸,只会让我脸红。最要紧的,拜托您一件事。我外婆十年前去贵国南方时,有一个日程表。我想将那日程表所列出的地名抄给您,拜托您将那些地方发生过的重大事件,主要是昭和十二年以来,也就是1937年以来的重大事件,了解一下。然后我会循着您给出的路线,亲自走访一遍,看哪儿与我外婆当年在中国的经历吻合,哪儿碰巧能找到当年的亲历者。这就是我妈交给我的重要任务,也是我的应尽之责。孝文化是中国传统文化重要内容,在日本也有传承。我在美国混了几年之后,把这些给忘了。前不久,我在某本中文书里读到两句话,叫'子欲养,亲不待',吓了我一大跳。这不就是说给我听的吗?所以我也想改邪归正了。推动神舟山那个大项目,就是我继续留在中国的正当理由,客观实在,既不欺骗我妈,也不欺骗自己。因为我只有一个妈妈,我妈也只有一个妈妈!"

加藤政二说完,起身离座,跨上两步,对我一再鞠躬。"别别别,受不了。"我忙摘下太阳帽,也连连作揖回礼,心里涌动着一股热流。分手之后,他的话还长久地在我耳边响着。有加藤政二这样一个家族,有这样一个走在探寻路上的同龄人,我怎可漠然置之?虽说两国在近代有过交恶,但较之两国自古以来的友好交往,毕竟这只是一个片段。

于是我回到宿舍,翻开采访本,把此前获得的信息梳理一番,下定决心,就神舟山之事再参与一回,管它有用没用。

三八　歪打正着的老少婚配（情景再现）

像是命运之神对太和老爹的慷慨馈赠，从不肯在坎坷途中止步的他，逢上改革开放，国家发行福利彩票之年，居然中了大奖。尽管旁人有种种说法，他对整个流程却全然不知。他将自己的中奖归之为两条：一是神灵相助；二是长眠在神舟山的弟兄们在暗中使劲。所以这奖金不是属于个人，而属于特殊团队。他相信马秀美的公道正直，不会有歪心眼，再讲也不可能使心眼。

就是这个大奖，不仅把他与马秀美紧紧地捆绑在一起，生活中还多了个脾气暴烈的小舅子。牛全胜从部队复员回来已经两年，没正当职业，也不愿干正经活儿。他虽会一点武功，却不学文化，还喜欢充"龙头老大"，于是从县机关到企业，都对他敬而畏之。牛全胜失去了固定的生活来源，姐姐卖货得来的微薄收入，以及老父亲捡废品得到的一点小钱，他见了就要，拿去买酒。喝过酒之后，他便用酒杯敲着桌子，眼睛红红的，嚷着"要杀两个人"。

好在他只是嘴里嚷嚷，抢的仅是老父和同母异父的姐姐的钱，故谈不上严重危及社会。只是县政府门口的保安见了他就关大门，生怕他冲进去胡闹，因他曾一脚将县政府的门踢出一个大洞。太和老爹的中奖救了他，也救了县政府的大门。

太和老爹至今记不起牛全胜让他喝下了什么饮料，使他人事不省。又不知牛全胜如何把他与马秀美反锁在同一间屋子，且将他脱得一丝不挂。然后是牛全胜破门而入，腆着肚皮，露出胸毛，操起照相机，"啪啪啪啪"，对着狼狈不堪的太和老爹直按快门，再一把托起老人的下腭："老东西，说，公了还是私了？"

衣装不整的马秀美在一旁低头哭泣，一声不吭。

"小弟兄，别着急。你已经见到我满身伤疤，多半是被子弹和炮弹打的，少半是在牢里被警察抽的。小弟兄，我晓得你手头紧。不就是那些奖金吗？全给你。不中这个奖，我也是一样活。"已经清醒的太和老爹，并不急着要衣服穿，反正在马秀美面前现丑了。他在一个破纸箱上坐着，挺直不是太长的腰杆，不紧不慢地与牛全胜闲谈。

"你，老东西你……"照相机从牛全胜毛茸茸的手里滑到地下。除了继续骂人，他不知还能干什么。

"我是老了。但比我年轻的人，不一定都能活到我这岁数。"太和老爹坐在用实木做的床沿上，两腿半悬，晃了两下，接过马秀美用一只手递来的裤子（她的另一只手仍捂着脸），脸色还是那样平和，好像眼前发生的一切尽在意料之中，早有心理准备。

"你敢骂人……"

"我没骂你，小老弟。你也当过兵，尽管当的和平兵，那也长见识。世界就是这样，该死的不死，不该死的死了。我也是个该死的，但却活着。还是那话，奖金你都拿去，或与你姐姐分去。我要钱做么子？八十岁了，无崽无女，吃饭每餐三两米，睡觉只要一张床。就算夏天穿绸衣，冬天穿皮衣，也只能穿一身两身。再讲，那钱本来就不是我扫街挣的，也不是国家的，是无数买彩票人共同的血汗钱。《易经》讲，'颐，贞吉'。就是讲，食物来路正，吃下才吉利。"

"别说了，闭上嘴。"

"好，我闭嘴。秀美你莫哭，我也不怪你。希望还像原来，每天都见面，见面笑一笑。小弟你莫凶，钱都在银行，银行里有账号，还得写个授权，银行有这规定。"

"你？"

"你找支笔来。"

"……"牛全胜嘴唇颤动，但没出声。

谈判进行不下去，因为太和老爹真的什么都不需要，这就失去了讨价还价的意义。太和老爹已穿好衣服，站在约莫十平方米的屋子当中，等着牛全胜拿笔来。牛全胜堵着门的身子一动不动，好像僵了。马秀美继续哭泣，声音越来越小。与售货亭相连的这间小屋，一时安静下来。从大街驶过的汽车，震得小屋子的窗户玻璃"哗哗"响。

这是一天中相对宁静的时段，许多人都在午休。马路上的柏油路面被太阳一晒，沁出细密的油珠，踩上去有点黏脚。槐树叶子晒过了头，松软地卷曲拢来，显得有气无力。浓荫里的知了没完没了地叫着，诉说着它们的酸甜苦辣。地球变暖，对它们也不是什么好事。

三人当日无话。

第二天一早，马秀美穿上玫瑰红底湘绣旗袍，脚蹬乳白色浅口平底凉鞋，抹了淡淡的口红，将第一次躺在木板床上睡懒觉的太和老爹一把拉起。

"去，民政局。""你这是做么子？""民政局还能做么子？登记，结婚。""啊，你不是发癫吧？""癫你个头。占了便宜，还想卖乖？"

马秀美顺势坐下，把太和老爹推倒，将半边香腮歪在他厚实的胸脯上。坐在床上的太和老爹，接过由马秀美洗得干干净净的白汗衫，一脸茫然。他慢吞吞穿好衣服，身子往靠墙的床里边挪。占了便宜？除见了她纤细的身材，一个指头也没伸过。马秀美敏捷跳上床去，伸长柔韧的两手，从太和老爹两边腋下插去，正面将老爹抱住，任凭他如何用力，也没法挣脱。

太和老爹吸着马秀美柔发的芳香，心跳开始加快。不论马秀美是如何想的，但此刻肯定不是做戏。于是他不再挪身，闭上眼睛，接受马秀美送上的热吻。这一吻让他顿时回到年轻岁月，回到第一次与偏瘫妹子亲密接触的美妙时光。呵，还有方舟惠子……仿佛太阳把所有的热量都加持在自己身上了。也许，这又是一段缘分。罪过，这回倒真是占大便宜了。

这天下午，太和老爹向街道居委会主任告假，表示病了。但他并未如马秀美希望的那样，同去民政局登记结婚，而另择了一个去处。行前，他向马秀美拱手请求："我想想，你也想想。古人讲，三思而后行。变个方向，看到的景致就不相同。同样一件事，今天这个想法，没准明天冒出另一个想法。生米煮成熟饭容易，熟饭一旦做好，便永远变不回生米了。"

"我等你三天。"堵在门口的马秀美，没容他有所准备，抱住又一个响吻，然后移开一步，亲手把门拉开。墨绿的老槐树上，一对长尾巴喜鹊，对他俩欢叫。

80岁娶25岁，太和老爹做梦也不敢想。光是满街人的眼光，也足够把自己背脊戳断。而他每天还要背着撮箕，拿着扫帚继续扫大街呢。还有，我毕竟与她姑妈有过一段姻缘，这算不算是乱伦？过去时代，这类事倒是不少。

唐玄宗与杨贵妃的关系，你想多复杂。好在马秀美身上没有我的基因分子。当然，这事除了她的老爸，再无别的人知情。

太和老爹戴一顶竹篾斗笠，背一个帆布包袱，迈着两腿，朝神舟山走去。他边走边观赏沿途风景，边走边思考如何面对马秀美的真情。牛全胜肯定图的是财，姐姐的名誉全然不顾。倘若马秀美自甘堕落，倒也好办，要什么都给，一分不留。看她的样子……想想她往日瞅我的眼神，那可真能勾魂。

"不敢想，不敢想。"太和老爹感觉心里醉了，不由得一阵晕眩，忙在路旁草地上坐下。他折下两小截桂花枝，在唇边嗅着，一边喃喃自语："我牛太和何德何能，竟走这样的桃花运？"

"父母给不了我这样大的福分。弟兄们，马县长，一定是你们给的！"

太和老爹甜蜜地一想，脚尖不禁一上一下，敲起拍子来。花鼓戏《刘海砍樵》中刘海与胡大姐对唱的曲子，也就脱口而出：

> 刘海：我把你胡大姐，好有一比。
>
> 胡秀英（狐仙）：刘海哥。
>
> 刘海：唉，胡大姐。
>
> 胡秀英：唉，你把我比作什么人啰呵？
>
> 刘海：胡大姐，我把你比织女不差分毫。
>
> 胡秀英：刘海哥，那我就比不上啰呵。
>
> 刘海：我看你是勒（特）像的啰呵。
>
> 胡秀英：刘海哥。
>
> 刘海：唉，胡大姐。
>
> 胡秀英：唉，我把你刘海哥，好有一比。
>
> 刘海：胡大姐。
>
> 胡秀英：唉，刘海哥。
>
> 刘海：唉，你把我比作什么人啰呵？
>
> 胡秀英：刘海哥，我把你比牛郎不差分毫。
>
> 刘海：胡大姐，那我就比不上啰呵。
>
> 胡秀英：刘海哥，我看你是勒（特）像的啰呵……

八十岁的太和老爹，真如顽童一般，一会儿扮作狐仙大姐，一会儿扮作樵夫刘海，高兴地喊着唱着，来到神舟山北面山坡，先朝着"文革"期间被毁、如今只剩下碑座的抗战胜利纪念碑深深鞠躬，再躺倒在一处柔密的草丛里，望着树梢间湛蓝的晴空，伸直又瘦又短的两腿，美美地睡了半天。

这是一年中神舟山最有生气的季节，满山树木花草都长得生气勃勃，富有灵性。一株株乔木挺直优雅的身段，向空中舒展苍劲的枝叶。常春藤亲昵地依偎着一棵棵大树，努力贴近抚摸着树梢的白云。海棠花、杜鹃花盛装犹在，山茶花、紫荆花再给无边的绿林饰上万点嫩红。红腹锦鸡、白腹锦鸡、长尾山雉在花丛中匆匆闪过，忙着哺育才刚出壳的雏鸟。百灵、鹩鸟、八哥、白鹇、虎皮鹦鹉在高枝上边唱边跳，无忧无虑地享受仲夏的美好时光。

新的念头在太和老爹脑海一闪，万山丛中，满脸戚容的方舟惠子冉冉而升，慢慢来到面前。方舟惠子，你在哪儿？人海茫茫，异国他邦，今生还有可能一见？中日建交二十余年，官方民间的交流都很畅通，我为么子不设法去日本走一趟？以前政策不许，两国相互敌视，与任何外国人交往，都可能被打成"里通外国"。好多人为此吃了大亏。现在政策变了，可自己没钱出国旅游。但是今天，中了大奖，手头阔绰，可不可以向哪个部门提出申请，去日本打听打听，兴许能问个究竟。对，我得设法拖延，没准马秀美会改变主意。

太和老爹的那一点侥幸，被牛全胜又一个惊人之举击得粉碎。他竟然用钱开路，找了县民政局的头头，替太和老爹和马秀美将结婚证领出来了。天高皇帝远的神舟县竟会发生这等怪事。西方国家的基督徒在教堂举办结婚仪式，也得男女双方在教堂的登记簿上签字。算了，别与他计较了。再看马秀美的表现，并没有与弟弟拼死拼活的意思。算了，只要马秀美真的愿意，我就别为难她了。事情已张扬出去，我若不配合，他们姐弟俩的名声就难看了，肯定咬死他们"贪财"。而我表示愿意，人家只会骂我是"老骚公"，不正经。方舟惠子？也许早就不在人世。再讲，与她也没有任何正式手续。

于是，太和老爹去掉"但愿那妹子改变主意"的最后一点侥幸，再见到仍身着一袭红底绣花旗袍的马秀美时，心态也变了。身上不禁涌出一阵温热，脸上现出两摊潮红，仿佛又回到热情奔放、精力四溢的年青时代。当马秀美温情脉脉地张开两臂向他扑来，太和老爹不由自主地迎了上去。一老一少，紧紧地抱在一起。一只小黄猫跳上窗台，友好地冲他俩"喵"了一声。

这是两人第一次亲密拥抱。此前，太和老爹对马秀美虽有关心，不时送她一点礼物，那是拿她作晚辈看待。何况，自己还住在秀美父亲家里。

一阵冲动过后，太和老爹又将马秀美轻轻推开。我与她相差这么一大把年纪，倘若我哪天去了，她不成了单身婆？不行，要结婚，只能做名义夫妻。我绝对不能碰她，让她永远是个黄花姑娘。

婚后，马秀美对太和老爹做出解释：牛全胜此番操作，事先并未与她商量，纯属讹诈金钱，而她对太和老爹则早有爱慕之心，只是不敢吐露。看着太和老爹八十高龄，孤身一人，生活多有不便，马秀美不是木头人，岂无怜爱之心？再看老爹处处替他人着想，自己省吃俭用，救人于危难之际，自然产生敬意。得知老爹每日购买福利彩票，只为增加她的营业额，连票券都不保存，更如同遇上救命菩萨。在马秀美有限的阅历里，还是头一回遇上这么好的男人。可惜年纪太大。犹豫之际，牛全胜粗暴地横插一杠子，让她下不来台。此事一旦传开，谁能不怀疑她参与合谋？与其让别人说三道四，不如干脆弄假成真。大不了说我贪财舍身。说又怎么样？你是你，我是我。你走你的路，我过我的桥。马秀美思虑再三，咬咬牙拿定主意，索性就汤下面，做一对老少夫妻。卡拉OK歌里不是在唱"年龄不是问题"吗？她认不得几个大字，只会哼流行歌曲，邓丽君的歌声是她的最爱，几乎全靠那些录音磁带陪伴终日。

"好，我听你的。""你信不信？""好，我信。""你信就好。"

马秀美说到后面，眼眶里竟满是晶莹的泪水。太和老爹慌了，忙到处找手绢，帮她擦眼泪。

"好得很，免得担心他告我敲诈，刑事犯罪。你嫁给他，所有家产你占一半。他哪天死了，全是你的。这样的买卖上哪儿找去？"此前，当马秀美把自己的想法告诉牛全胜时，牛全胜喜形于色，把裤腿撩过膝盖，一边搔痒，一边得意地大笑。

"呸你个死！"马秀美再忍不住，气得朝牛全胜身上吐了一口。

"随你的意。只是，我以后怎么称呼他？"她的父亲马老汉，低头看着火塘里的柴灰。火塘用砖砌成四方形，上面吊着一个熏黑的竹篮，竹篮里放着几块腊肉。腊肉的油滴到柴灰里，没有一点声响。

"这也用愁？喊他的名字。或者喊'哎'。"这是马秀美出的主意。

一家人背着太和老爹议论过后，这门婚事就算定了。

太和老爹第二次听过马秀美的追述，轻轻拧了拧她的脸蛋，笑道："原来你们都在欺负老头。"

"欺负又怎样？你啊，活得长一点，多陪我过几年。"马秀美搂着他的脖子，很响地亲着。

"好哇。不过，我的长寿方法，你得支持呵。"太和老爹说时，不由得发出一声重重的叹息。

想起《易经》里一个爻辞："老夫得其女妻，无不利。"也就是讲，老夫少妻只要感情相投，专心专意，不是坏事。撇开古时候的例子不讲，国父孙中山与宋庆龄，不是这样吗？或许，这就是缘分。套用乡下俗话，叫"命里有来终需有，命里无来不强求"。哪怕粉身碎骨，也要对得起她。太和老爹抱着马秀美纤细的身子，暗暗发誓。

太和老爹早就看出，牛全胜不是正经货色。倘若以往，两人站在双人桥的两端，各自准备过桥，太和老爹哪怕在桥这边睡上一觉，也不愿与他擦肩而过，闻到对方气息。而今做了亲戚，太和老爹便无法回避与他见面了。有人讲，世界上没有百分之百的好人，也没有百分之百的坏蛋，不知这话对不对。"人之初，性本善"还是"人之初，性本恶"？看来永远得不出结论。太和老爹接过由牛全胜代领的结婚证书的当晚，独自躺在棕绷床上，睁着眼睛，半夜不闭。马秀美睡在另一间屋子，同样未曾入睡。关于奖金处理问题，太和老爹的想法倒是简单：一切听小舅子的，免得发生冲突。

马秀美却不同意，如今她身份不一样了。若在以往，她也许一声不吭。一家人讨论来讨论去，最后达成协议：90%由牛全胜拿去投资，赚得的钱各占一半。剩下的10%归太和老爹支配，想干什么就干什么。

"也行。我就用它承租神舟山林场，能租多少林地就是多少。"

（神舟山树屋底下，我与太和老爹并排坐在粗大的树根上。那是一棵古老的樟树，树根有一部分凸出地面，左盘右绕，形成庞大的树根群。我们坐着的那一段树根水桶般粗细，表皮磨得很光亮。我们头上，是那座底部出现过窟窿的树屋，已经让太和老爹重新修补好了）

三九 "外婆名叫理枝子"（记者手札）

加藤政二的长途电话又追过来了，询问托付之事有无进展。我拿着手机，对加藤政二通告："我这儿叫神舟县。也是你们那个大项目准备落户的地方。"

"神舟县是个什么县？"

"神舟县就是神舟县。"我听着笑了起来，接着解释，"这儿有一座像大船一样的山，名叫神舟山。因地貌取名，所以叫神舟县。"奇怪，他对神舟县如此陌生？是谁把他忽悠过来的？这人可真有本事。

"印象不深，非常抱歉。请您等等，我过十分钟给您打来。"

在加藤政二挂断电话的短暂时间，我想起与这位年轻人重逢的情形，揣摩他在"神舟山大项目"中扮演的角色。十分钟过去了，加藤政二的电话没有打来。二十分钟之后，还没动静。其时我正在林场场部整理照片，便将手机调到静音，自顾自地忙活。一小时后再看，加藤政二来过电话了。我忙回过去，问他究竟。他在电话里抱歉地说："对不起，我刚才与我妈通了个长途，因为有些事我完全不懂。"

"您想弄懂什么？""您说的那山，是叫神舟山吗？""没错，还有很多传说。""在那儿打过大仗？""打的是日本法西斯。""您在那儿遇见过什么人？""神舟县现有人口八十万，不知您感兴趣的是谁。"

听加藤政二说话，感觉他很兴奋。我不由得想起太和老爹说过的故事，天下会不会有这种巧合？于是我补充问他："加藤先生，冒昧问您一声，您外婆是不是叫方舟惠子？"

"方舟惠子？不，我外婆名叫理枝子。"他把外婆的名字重复了两遍。

这话让我凉了半截，几乎想将手机摔了。

我们的通话持续很长。为防止泄密，我又让加藤政二用座机重拨。通过沟通，我总算明白了以下背景：加藤政二因为ODA大项目在日本政府层面受阻，失去信心，想要回国，或去美国开拓业务。但母亲坚持原来的想法，希望他继续留在中国，跳槽没关系，换一家公司，离石原劲太郎远远的。于是他又回到北京。

加藤政二的母亲在日本东京接到儿子电话，即去查看老妈妈的笔记本。可惜老妈妈没有记日记的习惯，只有一些工作笔记。加藤政二的母亲急忙中乱翻乱找，终于在一页纸上见到"神舟山"字样。

这让我抱了很大希望，或许理枝子就是太和老爹牵挂六十年的方舟惠子。我便向加藤政二询问他外婆的具体情况：出生之地，哪年入伍，哪年来中国，到过中国哪些地方，等等。

"先生，抱歉得很，我只能回答其中两项：第一，外婆出生地在东京下町；第二，外婆今年81岁。"加藤政二认真地说。

"您外婆最后一次来中国南方，见过什么人，您能提供点线索吗？"

"非常抱歉，先生。这只能等我外婆恢复记忆后，亲口告诉您了。"

我一想也是。假若加藤政二知道那些，还用得着拜托我吗？或许凭她老人家生于东京下町这条线索，可解开这个谜团。于是我与他约定，过一段时间再通电话。

我兴冲冲赶紧出门，坐上开往神舟山的乡村班车，上山找太和老爹。我把最后那个座位让给背篓里坐着一个幼儿的瑶族大姐，低头站着，直达目的地。

当年为了将县级领导们绑架在同一辆战车上，赵凯林别出心裁，在神舟山召开了一次"四套班子"联席会议。所谓"四套班子"，即县委、县政府、县人大、县政协。赵凯林站在山坡高处，眼鼓得圆圆的，俯视着大家。谁有不同意见？当场提，充分发扬民主。谁敢当面顶撞他这个"一把手"？于是"四套班子"联席会议一致通过，全力支持神舟山大项目落户当地。会议之后，该项目便进入勘测和规划阶段。一拨又一拨陌生人来来往往，有的扛着测量仪，有的带着绘图板，还有的只带一张嘴。我在去往神舟山的路上，即见到两辆载着测量器材的敞篷车，吼叫着超过我们的乡村班车，朝神舟山驶去。

这项目还没经过省里正式立项，更谈不上经国家发改委批准，怎么就开始勘测规划了？特事特办，边干边报批。时间就是金钱嘛。一方面是没完没了地走审批程序，一方面是特事特办，实则什么手续都没有。这就是地方政府对投资项目的不同态度。

天气升温，地面的青草低下了柔弱的嫩尖，树叶朝阳的一面变成灰白色。鸟儿躲进树叶的浓荫里叽叽咕咕。水里的青蛙懒洋洋地呻吟一声两声。

我在神舟山下的小院里见到太和老爹。他坐在一张自己制作的矮藤椅上，正与那个小男孩在瓜架下剥蚕豆，一颗颗蚕豆从豆荚里跳出，蹦进竹篾筲箕里，发出一股淡淡的鲜味。里面屋子，传出炒菜的铁锅着油时的"噼啪"声。棚屋左边，长满车前子、蒲公英和马鞭草的绿地上，小黄牛正在专心吃草，偶尔甩一甩尾巴将牛蝇赶跑。

"记者来了，快坐快坐。"太和老爹背冲着我，挽着袖子，正在择菜。而当我轻步走近，还差几步，他却像后脑勺长了眼睛似的，突然转过身，边热情招呼，边站了起来。

"重要新闻，我的老爹。"我高兴地嚷着，大步向太和老爹走去。

"什么事？这么高兴？"太和老爹说时，朝里屋努一努嘴。

"呵，明白。"我忙将声音压低。

马秀美果然在里屋做饭，紫苏叶煎小河鱼的香味直扑鼻子。不多一会儿，马秀美从屋里出来，腰系一条白围裙，手拿一个炒菜的铁锅铲，边走边说："大记者，这几天跑哪儿去了？"

我忙用别的话来搪塞，好让她再进屋去。太和老爹却用眼光示意，让她知道也不要紧。但我还是转移话题，只对她笑笑说："北京朋友来电话，向老爹问好。也问您好。"

"问我好？哈哈。谁会认得我？你就在这儿吃饭，尝尝我的厨艺。除了紫苏叶煎小河鱼，还有鲜蘑菇红烧娃娃鱼。"说完，她拿着锅铲进屋去了。

我庆幸留了一个心眼，因为要传递的是一个并不确切的信息。我真诚祝愿他们现在这一对老少夫妻幸福美满，少有波折。我没敢直说日本那个理枝子可能就是方舟惠子，只问方舟惠子到底多大年纪，还有没有别的名字。

"方舟惠子那年18岁，不会错的。""您老问过她的出生地吗？""搞不清。她只说生在海边。"

太和老爹朝里屋一瞥，声音放低，担心马秀美知道得太多。

我有些失望，摘下太阳帽当扇子扇着，同时介绍："有位日本朋友，托我打听一个名叫理枝子的女人，如今已经是'奶奶级'人物。这位老奶奶战后没回日本，不知漂落到哪儿去了。"

"有这种事。当时日本又乱又穷，回国还没有交通工具，因此有些日本女子就在中国结婚了。那时中国老百姓也穷，尤其是农民，没钱讨老婆的情况多了。所以这些日本女子便在农村就地成家，很少有与城里人结婚的，也很少有人与有钱人结婚的。她们来中国时，天皇对她们信誓旦旦。后来战败了，她们失去了自己国家的保护，就像流浪猫一样。没准方舟惠子也是。"太和老爹说时，仰脸朝东，深叹一声，"算了，不想这事了。"头顶的瓜架上，筛下稀疏的阳光，落在太和老爹新添了几道皱纹的脸上。

加藤政二还等着我回话呢。因为神舟山尚未开通手机漫游，信号覆盖不了，于是我连夜赶往县城，用座机与在北京的加藤政二继续通话，通报与太和老爹的谈话情况。我没说出太和老爹的名字，觉得意义不大。加藤政二听了，果然同样失望。

"能否让你妈来中国一趟？"我临时冒出个提议。

"三十五年前可以，现在不行。"加藤政二不假思索。

"'三十五年前'是什么概念？"

"那是1960年，日本全国反对延续《日美安保条约》，最多时有一千万人参加。我外婆、我妈，一个是社会斗争的组织者，一个是'学运'领袖。在反《日美安保条约》运动中，有个东京大学的女生名叫桦美智子，死在斗争现场。她是我外婆的侄女儿，我妈的表姐。"

"反《安保条约》的焦点是什么呢？""不让日本成为美国的军事附庸。""日本还有这样的事？""我也是孤陋寡闻。为查妈妈的资料，才去翻旧报纸杂志。""那条约现在还管用吗？"我一个劲追问。

"怎不管用？那是日美'夫妻'间的捆绑索。左翼民众呼吁取消，右翼则唯恐条约失效。它还给美国与中国的关系带来影响，对中国构成潜在威胁。现在日中两国产生分歧的钓鱼岛，美国就扬言要纳入《日美安保条约》的适用范围。这实际是在讹诈中国。两国真打起来，美国未必替日本参战。用你们中国人的话讲，美国绝不可能为日本两肋插刀。谁都知道，美国真正的掌门人不是总统，也不是国会议员，而是那些搞'政治捐款'的财神爷。"

四十　老少夫妻的新婚之夜（情景再现）

县城牛氏别墅，这几天经过修葺，不再是以前那种衰败景象。院子里半人多高的杂草已被清除，变成一片绿茸茸的平地。网球场上的杂物全给清走，新换的护网白得耀眼。这都是牛全胜的主意，他打算在这儿设立未来的神舟山大项目总部驻城办事处，接待来往贵宾，炫耀自己的富有。而在此前，他差不多打算放弃这座别墅，专心打理省城和别处的房产。

马秀美得知太和老爹出院后去了神舟山，便不再操心他的健康。让她担忧的，是老爹能否主动配合林场，就补偿问题达成协议，将钱拿到手。而当太和老爹决意放弃，马秀美只好附和。因她知道老爹的个性，在钱财问题上，是不会与牛全胜争执的。她为此大觉委屈，可向谁倾吐心声？性格内向的她，平时就与别人少有交往。自发生了那件影响她一生的大事，更不爱搭理别人了。于是她回到家里，关上大门，上到二楼的住房，也不脱罩衫，便往床上躺，眼睛眨也不眨，望着天花板生气。

每个人都有自己的秘密，她当然也是。说起她与老爷子的关系，别人首先想到的，是她贪财。怎么说呢？任何瓜果，都有条根，任何流水，都有个源。谈起婚事，从佛家来说，还有缘分问题。在她认为，嫁给他，缘分是很深很深的。每个人都是这样，有些事，可以讲，有些事，一辈子都打算烂在肚子里，带进棺材去。譬如当年在县招待所发生的那件事，她就准备带进棺材里。因为除了两个当事人，谁也不可能知道真情。既然如此，何必给自己脸上蒙羞？马秀美想到这些，不由得长叹一声。

嫁人当然得嫁个好人。明知道是坏人，谁会嫁过去？这老爷子，不能不承认他是个好人吧，应该说，是个大好人。她那时看他吧，一是人好，二是可怜。你想吧，衣服脏了没人洗，烂了没人补，被子要换没人管，每天吃饭吃两餐，前天的剩饭今天还在吃。有时上山挖草药，一去两三天，就在山上喝泉水，啃饼干，睡溶洞。是死是活没人理，也没人知道。有一回他一脚踩空，掉下悬崖，昏死好半天。幸好溪水不深，只浸湿一身衣服，自己昏过去又醒来，天快黑才下山。她第二天见他左脸有血痕，浮肿，盘问他。开始他不说，后才知是这回事。看着这么个好人马马虎虎过生活，你说于心何忍？

咳，我当时究竟是出于同情，还是已经有别的想法？马秀美在床上动了动，改为侧身躺着。半边脸枕着手掌，继续回想逝去的岁月。

世间让人着急的人、让人操心的事多的去了，世间的孤寡老人也多的去了，为何我偏要关注他？因为他确实是个难得的大好人，或者说是个大傻瓜，活雷锋。"雷锋"现在不吃香了，意思与"傻瓜"差不多。您想他，本是个扫街的，管那么多闲事干吗？不，他要管。谁提东西提不动了，他帮忙；谁的汽车抛锚了，他比司机还着急。他还帮派出所抓扒手呢，有一回帮着追扒手，自己跌倒了，出了好多鼻血。还有一回为救一只毛毛狗，那狗钻车轮下了。结果狗得救了，车却把他给剐倒了，幸亏司机刹车及时，不然就没有后面她和他的什么事了。

也是他爱帮忙，想帮我多卖彩票，让我得一点提成。于是他天天买，每回买四注。那时彩票还是个新鲜事，大家不相信有中奖的可能性，从售货亭前面走过时，看都不看一眼。我的售货亭才开张几天，也不把卖彩票当回事。卖彩票，只当是闹着玩。谁中奖谁不中奖，我也不关心。世间事就是怪，你想求它偏不来。而他就有这个运，中个六位数大奖。开奖结果公布那天，我都不敢相信。这是他买的那四注吗？马秀美回想起太和老爹的中奖过程，现在还忍不住开心地一笑。而在当时，看了开奖结果，她竟高兴得又蹦又跳，尖叫起来，别人还以为是她自己中了奖。

有人说他中奖有猫腻，真的不是。用文化人的话说，那叫作无心插柳柳成荫。用老百姓的话说，叫作狗戴帽子，瞎碰的。"猫腻"两个字更扯不上她。她那时除了当他是大好人，还可能有别的一星半点想法？真的，只能说他运气好，善事做得多，应了"人在做，天在看"那句话。本来马秀美不相信这句话，但从太和老爹中奖的事，让她又信又不信。自此以后，"好人得好报，坏人遭天谴"的观念便在她脑子里慢慢扎根。"吃亏是福"，她就此学会安慰自己，不让太多的怨气在肚子里积存。

那时通货膨胀不像现在这样猛。现在一个鸡蛋的价格是那时的十倍，小白菜的价格是那时的十二倍。其他就不说了。太和老爹中奖是六位数，扣除税款，还是六位数。于是好多人打老头的主意。这个动员他投资房地产开发，那个教导他倒卖黄金，自告奋勇替他理财的排成长队。可以说，没一个真心替老头着想，都想从他的奖金中分一股。马秀美回想起来，不由得撇了撇嘴唇。她起身喝了几口凉开水，仍躺回床上。

这些人中贪心最狠的，数我那满肚子坏水的弟弟。真不知他在部队受的什么教育，还是北京的部队，据说还是给首长站岗呢。真想不通，他怎会变得那样坏？听说以前有个口号，叫"全国学人民解放军"，说解放军是一个大学校。怎么这年头从解放军队伍里，会拱出我弟弟这样的烂仔？他是要将老头的钱全部拿到手，一分也不留给他。"彩票是政府行为，奖金是从国库里出来的。他拿得，老子就拿不得？"这是他对我亲口说的，混不混账？气得我吐了他一口唾沫。真是贼有贼的理由，强盗有强盗的逻辑。马秀美现在想来，还有几分痛恨。

马秀美最后与太和老爹发展成老少夫妻关系，也不光是牛全胜的事情。你对他确实没半点想法，可以上公安局报警啊。没错，弟弟纯属爱钱，姐姐即是一半爱人，一半爱财。说她对老头感情多深，这是蒙人的。说她一点感情没有，也是冤枉她。他过年过节给她和老父亲买礼物，她则包了他的脏衣服洗，还帮他补破烂衣服。有时她做了好吃的，总设法给他留一点。每见到老爷子，心就一阵猛跳，眼神也特别温柔，能把人的魂给勾住。当然我尽量控制，也就抛过去一两个眼神而已。嘴里怎这么干渴？马秀美又爬起床，喝了几口凉开水。对了，心里不安，焦急上火。牙龈出血了。她赶紧漱了漱口，继续睡觉。

黑心弟弟把这些都看在眼里了，开头是不屑一顾，还骂她是"贱婊子"。"贱婊子"三个字特别扎她的心，使她联想起许多。那时还没有开设售货亭的事，她还在县招待所当前台接待员。太和老爹买彩票中奖的事情发生后，牛全胜看姐姐的眼睛都发绿了。鬼知道他从哪儿受的启发，竟想出"设局"的主意来。他刚流露出一点点意思，马秀美就骂他"不是东西"。可问题是，她随后却不决意出走，离开家里，或给老爷子提个醒，让他对牛全胜防着点。相反，她倒有点儿盼着事成的意思。在我悲痛难忍、最需要帮助的时候，出现他这么个人。若单论人品，老爷子实在是百里挑一的好人。可这年龄的悬殊却是个真实的存在。我不管不顾，别人会怎么想？肯定会说，我为了图他的钱财，什么脸面都不顾。

她这儿还不知究竟如何是好，贪财心切的牛全胜，已急不可耐地将"设局"的卑劣手段付诸实施。马秀美现在想来，还恨得咬牙，不由得抬起脚后跟，将床垫敲得"啪啪"响。

没有选择余地了，马秀美只能沿着弟弟策划的路径往前走。怎么说呢？撇开年龄不讲，若从生活方面考虑，她则有一份理由。好好照料他，让他晚年过得快快乐乐。我同意，你一个老头还能不同意？我二十几岁，你八十岁。在社会上挨骂的首先是我，骂我贪财，什么都不顾。而你老头子，人家顶多骂你是老色鬼。老少夫妻多的去了，当大官的，发大财的，结发夫妻去了之后，再讨的老婆有几个不年轻？这和找"小三"的男人不能比。凭我对老头的感情，待到以夫妻名义占有了这笔钱，回头把老头照顾好，不算违反天理。何况他买彩票时早就说过："我不要彩票，也不做中奖的梦。若真的中奖，那就是上天有灵。我只要一小股，百分之一，偿还天上的恩惠。其余都是你的。"

我这么年轻，嫁个老头，日子怎么过？得过且过。每个人的一生，既是自己的，也是别人的，但归根结底是自己的。所以只要可能，你爱怎么过就怎么过好了，别人爱说不说。而我，这辈子一不想当官，二不想出名，三不想有成就，四不想当富豪，只求舒舒服服，平平安安，无病无灾，当然，也不要过得太穷苦。我不害别人，希望别人也别来害我。这样悄悄地来，悄悄地去。好比一棵树，长在山林里，不用谁理它，只要有阳光，有雨露，它就在那儿自生自灭，最后不声不响地死去。就是我的人生追求。真的。所以她对老爷子从心底不觉得反感，与这样好脾气的人在一起，日子不会差到哪儿去。

那个夜间，马秀美把自己关在家里，假装睡觉，实际在等待太和老爹的回应。房门外只要有一点点响动，她就悄悄地爬起，脸贴着门缝，往外偷看。她的心思，全拴在这上面了。马秀美想着往事，不由得双手把脸捂住，好像会有人偷看偷听。事情还真如马秀美猜想的那样。当牛全胜用控告相要挟，逼太和老爹答应这桩"老少配"的婚事时，他老人家一点也不犹豫。那天中午，他们三人从售货亭回到自己家里，马秀美的老父亲听说事情经过，拿起一把斧子，要与儿子拼命。太和老爹赶紧挡着他，抢下他的斧子。"坐下坐下，大家都坐下。来，先吃个西瓜解解暑。"他果然从屋里抱来一个大西瓜，把大门关上，切开西瓜，摆在四方桌上。太和老爹挑一块瓜瓤最红的，双手捧着，半跪在地，献给自己过去的小舅子，现在的新岳父老子："您老别把自己气坏了。我也不生气，事情既然已经这样，那就这样子好了。我晓得他们姐弟两个想做事，都缺钱。这笔钱不是我流汗挣来的，他们想拿去做事，也是好事。不用这个名义，他们也不好花这笔钱。我也活不了几天，百年之后，秀美还可以再嫁，找个比我强百倍千倍万倍的。我名下的所有财产，就都归她了。所以只要秀美愿意，我可以顶这个名分。"

马秀美的老父亲听得两眼发直，西瓜在手上直抖，红红的瓜汁顺着指缝流到地上。后来他把西瓜往桌上一放，抱住太和老爹的脖子，两人额抵着额，激动地说："好人啊，好人啊。愿你活到一百二十岁，一百二十岁。"

马秀美心里涌出一阵热浪，冲向喉咙鼻子，忙去厨房拧一把热毛巾，给老父亲和太和老爹擦脸。在她以为，事情就这样定了。

太和老爹却有自己的想法，只不明说。他的真意，是顶一个夫妻的名分。这主意他开头就拿定了，与后来发现的意外情况无关。马秀美只顾高兴，没认认真真理解他话的含意。

这样牛全胜高兴了，所有结婚手续都由他代办，因太和老爹无论如何不肯去民政局亲自办登记。莫要出洋相，让别人指背脊。牛全胜手里有钱了，什么事都办得特别顺利。法律手续办完后，都变成一家人了，话题又回到钱上。一家人围着土屋里的火塘坐着。太和老爹给岳父点上一锅烟，半跪着说："钱，给我留一点点，够交神舟山林场那一片工区的承租费，同时买一批树苗，在那里补栽。其余都是你们的。那些树苗长大了，承包的山林有收入了，也是你们的。我八十岁了，活一天就干一天，能干多少是多少。不图财，图个健康快活。"

听说他要去承租山林，马秀清以为他说着玩的。待弄清他的真意，她不由得一张嘴，"呸"地吐了他一脸瓜子壳。太和老爹用袖子抹抹脸，一点也不生气。

"一把老骨头，开这个玩笑！""山上空气好，健康又长寿。""山上高高低低，摔一跤怎得了？""我的骨头硬，摔两下不算事。""万一病了呢？上哪儿找医生？""只要保养好，一般不生病。""山上还有蛇。""蛇一般不咬人。""要去你一个人去。""我正是这意思啊。"

马秀美本想赌气出门，逼太和老爹改变主意。见他来真的，急了，转过身子，冲到他面前，揪住他的耳朵又捏又扯："你是想毁我名声吧？让人指着背脊骂我：'那个女的，只想让老公快死，自己再嫁个年轻的。'是不是？是不是？"

马秀美说的是实话。打从拿定主意嫁他，她就开始替他着想了。太和老爹年已八十，想怎么也得让他再活十年。看他脸色，也就是五六十岁。十年后他不在了，我不到四十，吃穿不愁，想嫁就嫁，不想嫁就一个人过，也不是不可以。所以马秀美要尽最大能力，创造好的条件，全心全意照顾他十年以上。不让他上山搞承包，不是心疼那点钱，是心疼他那个人。

不能让她觉得我老，不然我单独上山，她肯定不放心。太和老爹便在马秀美面前，演示了一下轻功。"啊，你这样狠？""成精怪了。""不是精怪，还是凡人。"于是太和老爹将过去的经历说了个大略，其中包括打日本鬼子的事。现在不是五十年代，历史问题已不成为问题。马秀美则如听天书。她怎相信国民党当年也打过小日本？更无法想象国民党正面战场的最后一战，就发生在神舟县。她却也不以为意。就算老爷子打过日本鬼子，但作为国民党的兵，也不是什么光荣的事。否则，怎么就没人提起？她便调侃地说："你的光荣证书呢？你应该是英雄啊。"

"我可没讲自己是英雄。""那你打日本鬼子不是白打了？""为国家为民族，那不算白打。""可政府不承认呀。""对得起自己的良心就行。""如今良心不值钱了。""别人怎么想不打紧，我觉得值钱就行。"

窗处忽传来锣鼓和鞭炮声，从未关严的窗户灌了进来。马秀美有点嫌烦，从床上爬起，想将窗户关得严实一些。她却看到窗外经过的结婚车队，全是清一色的黑色小轿车，每辆车上都系了红绸。第一辆敞篷车上，站着敲锣打鼓的乐队和燃放鞭炮的人们。幸福的新郎、新娘坐在第二辆车里，车盖上立着一对卡通式新婚夫妇。这等情景，不由得触动了马秀美对自己新婚之夜的追忆。看人家，多幸福。我那所谓的新婚之夜，叫作什么名堂？

由于太和老爹的坚决态度，马秀美与太和老爹一没办结婚喜酒，二没闹洞房。那夜里倒是同房了，一对新人却各睡各的床。作为新房的屋子，是马秀美老父亲腾出来的一间土砖屋，当中摆一张大床，靠窗摆一张桌子，两把椅子，都是新的，刷上红漆。那晚月色很好，映照着花格玻璃窗户。纺织娘的叫声也很动听。马秀美提前在床上睡下，脸朝墙壁，用被子蒙住脑袋，心跳得厉害。太和老爹则一直坐在椅子上，先是盘腿打坐，然后"嚓嚓嚓"，给自己搓脚板心。九点多了，他才走近她的床边。马秀美以为他要脱衣上床，忙闭了眼睛装睡。

怎么没声音了？有的，却是他穿着拖鞋走出房门的声音，很轻很轻。接着"咔嗒"，是房门被反锁的碰撞。老头上哪儿去了？她掀起被窝的一个角，发现摆在椅上的毛巾被不见了。

老头去哪儿了？马秀美在床上再睡了一会儿，睡不着，便悄悄起身，开门，探出脑袋看外面的动静。与厅屋相连的是一间偏屋，也就是老头平时住的那间小屋。她屏息一听，偏屋里传出鼾声了。是太和老爹的鼾声，他有躺倒就睡的本事。马秀美蹑手蹑脚走过去，轻轻推那房门。门却从里面关上了。

她身子哆嗦，在偏屋外面站了半个多钟头，老头的鼾声始终那样均匀。回到床上，她翻来覆去，总睡不着，将房门半开半闭，等着老头再进屋来。

结果马秀美白等了一夜。眼见一道斜着的阳光从半开的房门往里探望，她才把房门严严地关紧，上了插销，深深叹气。他这是怎么了？年纪大了，再没有那方面的需求了，还是看出我有什么不对……不可能，不可能。除非他真是神仙……凑巧，肯定都是凑巧。否则不迟不早，偏偏是我最需要找个替身时，说来就来了。不管，反正生米已做成熟饭，不怕他不认账。我这算不算卑鄙？将来会不会下地狱？地狱根本没有，都是封建迷信。不这样又怎么办呢？再说他已八十，我才二十多，谁亏了谁啊！不想它了，这辈子就好好照顾他，照顾十年二十年，给他做牛做马。马秀美脑子里颠三倒四，眼睛一会儿睁着，一会儿紧闭，一会儿泪水淌了满脸。直至东方现出一片薄薄的晨曦，她才迷迷糊糊合眼。

这就是马秀美和太和老爹的新婚之夜。马秀美在第二天醒来时，已是正午，听得有人敲门。她估计是太和老爹，便假装没有听见。待到门外的脚步声远了，才起来开门。结果她发觉上当，太和老爹远去的脚步声是故意弄出来的，很快轻手轻脚地又回到门口。他见房门开了，站到门口，笑眯眯地看着她的眼睛，也不说话。她嘛，自然不好意思再去关，便不答话，只低头坐回床沿，无聊地玩弄十个手指头。

太和老爹跟着进屋，仍看着她，站在离她三尺远的床挡头，轻声地说："昨夜开头没讲清，害得你没睡好。我答应做你的老公，只顶一个名分。你有你的青春，我不能破坏你。你是真的没结过婚，而我做过两回新郎巴公了。不过对外还是保密，犯不着让别人晓得嘛。"

这话的音量不高，却如同在马秀美头顶响起惊雷。他已结婚两次？这我可没听说。看我多傻，怎么就没想到这一层？奇怪吗？当然不。这么大把年纪的男人，结过两次婚算什么事！好，对等，谁也不亏欠谁。不过，我能对他实话实说吗？那在他眼里，我是个什么人？也许他不怪我，但至少会看不起我。你这个小贱货……不行，不能什么事情都告诉他，否则我在他面前没法做人了。我还要反责他呢，显得我清白无辜。也许他只是逗耍方，根本没碰过一个女人，更别说两个了。马秀美装出一副蒙受奇耻大辱的样子，低着头，脚尖踢着地面，粗声粗气地说："你睡过两个女人了？什么时候？什么骚货？"

"别急，你听我讲。一个是有病的，一个是没病的。有病的是中国人，没病的是日本人。"太和老爹垂手而立，十分认真，语调不高。马秀美偷眼看时，见他清瘦的脸上没有一丝笑容。

"当真？你连日本女人也睡？你这个大汉奸。打你，打你。打你这臭老头。""日本女人"四字使马秀美真来了气，日本人多坏，日本女人更臭。怎知这后面是什么样的故事？马秀美连气带撒娇，"啪啪"，真往他脸上抽打了两下，完了又扭过身，垂着头，白净的脸先自红了。后来她觉得不能并排坐着，自己必须出去，于是一甩手跑出家门，跑到河边，跑到不被任何人看得见的堤岸上，一头扑倒在地，也不管是草丛还是石子泥巴。一只洁白的鹭鸶在旁边的水田里迈着方步，好奇地打量着她。

马秀美这回哭了，哭自己的多苦多难，哭得泪水全干，嗓子也哑了。我怎么这样倒霉？这个婚还怎么结？不被天下人笑死？年纪比我老爸还大，结过两次婚。没准他的孙子孙女比我还大呢。这事瞒不过去的，没准好多人知道。笑话，天大的笑话。我是头晕了吧？世界上男人这么多，偏偏看上他！对呀，找来找去，为什么偏找到他？不是他找我，而是我找他。弟弟之所以敢搞名堂，还是因为我打心里喜欢他。否则，就算弟弟要那些鬼名堂，我不乐意还是成不了。我究竟看上了他哪方面？我，我，我觉得我并不蠢啊！是的，不蠢，我觉得看人还是有眼光的。那么，那么……马秀美哭过之后，冷静些了，于是从头至尾，在脑子里将太和老爹又过了一遍筛子。

优点仍旧是优点！这个老爷子，除了年纪大一点，其他方面，优点多多，确实值得我疼我爱。就说那回我感冒发烧，他那个体贴劲儿，一辈子都忘不了。他用陈皮、生姜、金银花熬水让我喝，还点燃用艾叶、雄黄做成的灸条，给我灸穴位，又抱着我的腿，给我搓脚板心。我出了一身汗，慢慢便退烧了。有时我觉得腰酸背疼，他就给我按摩推拿，真是舒服。老爷子除懂得不少中医方子，还会刮痧，刮脖颈、背部，一刮就见效。别看他个子小，满肚子都是名堂啊。

马秀美在河堤上坐直身子，抓过一把小石子捏在手里，脑子里像过电影一样，闪动着太和老爹平时一张张生活画面，不由得重新陷入对老爹的深切爱慕。我这是怎么了？一个八十岁人的男子，结过两次婚算得了什么？毛主席他老人家，那么伟大的人物，还结过三次婚呢。我当然要想到他结过几次婚。这事一点也不觉为奇嘛。还是他自己说出来，并不想存心瞒住我。存心隐瞒，那才叫骗婚。我既然爱他，就不管他结过几次婚。确认他现在还是单身，这就够了。我不能那样死脑筋，既然迈出了第一步，就不怕迈第二步。结婚自由，我爱与谁结婚就与谁结婚。偏要找个老爷子，怎么样？老爷子靠得住，一条心。说话一是一，二是二。不像那个家伙，当面是人，背后是鬼。表面光鲜得很，又是上电视台，又是上主席台。花花肠子，不知骗过多少黄花闺女，做过多少回新郎官……就是他，认了，这辈子就陪着他，能陪多久是多久，他哪天走了我就打单身。有人在后面嚼舌头？爱嚼不嚼，伤不了我一毫一毛。对，我现在还有钱了呢，自己的，全是自己的，法律保护。老话怎么讲？"百年修得同船渡，千年修得共枕眠。"对，这就是命，不信也信！

马秀美蹲在水边，捧着清洁的河水洗去脸上的泪痕，把飘散的头发用橡皮筋束紧。天上的白云落在水里，轻悠悠地飘着荡着。她的内心，渐渐开朗起来。小时候爱唱爱跳的她，不由哼起了自嘲式的歌儿：

> 山上长着杨梅树，
> 树下长着常春藤。
> 树牵藤来藤缠树，
> 你牵我缠是缘分。
>
> 杨梅不熟莫去采，
> 缘分不到手莫伸。
> 木刀断水水不断，
> 瓜熟蒂落自然成。

马秀美唱够了，洗净了，再起身回屋。嚯，老爷子还在土屋里站着，脸朝着门，等她回头呢。当马秀美手捂着脸，再来到他跟前时，他就像犯了过错的小学生似的，声音居然有点发颤："真对不起，我过去就是这个样，不骗你。往后过不过，怎么过，我都听你的，决不添半点乱。"

"莫讲了，莫讲了，莫讲了。"个头高过太和老爹的马秀美，在他面前弯腰站着，两手扶着他的肩头，额门抵着他的额门，佯作生气地用嘴去堵他的嘴巴，随后顺势跪下，将脸埋进他的大腿间。

太和老爹先是一愣，接着也跪了下来。窗外的桂花树把浓浓的芳香，水一般灌进这间土屋。

当马秀美由太和老爹紧紧搂着，脸对着脸，感受着他温暖的体温时，她的第一感觉是身子发软，呼吸似乎也停止了。她不由得闭上眼睛，嘴唇微翘，期待着他更热烈的亲密之举。太和老爹送上一串深情的热吻之后，却坚决而轻巧地把马秀美推开，主动站了起来。这使热烈奔放的马秀美很是失望，报复式地将他推得更远。太和老爹毫无防备，机械地向后倒退，最后被土墙挡住，后脑勺很响地磕在墙上。

太和老爹"呵呵"笑着，顽劣儿童般将后脑勺又在墙上磕了几下，心里很是得意，终于守住了横亘在两人之间的关系底线。马秀美太年轻了，而年轻人往往容易一时冲动。他必须给足马秀美考虑的时间。虽然讲世界上没有后悔的药，但有些事情，后悔也还来得及的。

让马秀美喜出望外的是，太和老爹在新婚第十天后的那个夜晚，忽然主动要求与她亲热，像是弥补新婚当夜对她的冷漠绝情。这正是马秀美求之不得的。那是永远保存在记忆中的美妙时刻，温馨的感觉将持续到她生命的终结之时。真没想到，八十岁的老爷子精力那样旺盛，体力那样强健。金枪不倒啊。对比自己的第一次……再别想它了，就埋在心底吧，否则只会唤醒心里的厌恶与恐惧。人生，也许那就是我命中必有的一劫。好比长途客车有固定站位，不经过那一站，就到不了第二站。现在好了，到底遇上一个真男人，尽管年纪大一点，却还有熬不住的时候哩。这决心下得值当，起码十年内没得问题。哈，我也成了一个真正的女人了。老爷子，张开你的胳膊，再来，再来。我要，我要。我不是木头人，离三十岁我还有几年哩。

让马秀美大失所望的是，十年过去了，她却没等来第二回。这个怪怪的老家伙，不知心里是怎么想。马秀美一次次暗示，甚至一次次追问，得到的回答是："请相信我的话，都是为你好。"

结婚，生子，从古至今，天经地义。马秀美望着窗外消失的结婚车队，忽想起自己的儿子。崽啊，你晓不晓得，妈为你动了多少脑筋，受了多少屈辱？不行，老爷子与我的所有财产都可以放弃，我崽的那一份却一定要保留。不然哪天老爷子去了，我又没本事挣钱，我的崽怎得了？必须，哪怕与没良心的弟弟再打一架。万一不行，就找他去，逼他拿主意，不管影响不影响……为什么非得等到那一天？早动手不是更保险？马秀美心里一阵焦虑，肚里的燥火直往上冲，在家待不住了。她拉上窗帘，下了二楼，一边小跑，一边扣外衣的纽扣，一阵风出了家门，朝政府大院方向奔去。

四一　在大动荡的日子里（老爹自述）

记者，今天讲我坐牢的事。命该如此，在劫难逃。就像谁要从中国到美国去旅游，肯定绕不过太平洋一样。而且我那时功力还弱，达不到"履霜，坚冰至"的预见水平，所以像坐过山车似的，忽高忽低，一下栽进谷底。

我被送进牢里，起因还是那块纪念碑。我从山东回老家后，第一次去神舟山祭拜弟兄，不是吓一大跳吗？后听别人讲，隔着阴阳两界的亲人分别久了，突然重逢，就会显灵。这种事信即有，不信即无。我却但愿这事是真的。弟兄们太冷清了，不该被后人忘记。这样自那以后，我每年清明节都去祭拜，只隔了"镇反"那年。从1952年起，我又在清明节前后悄悄上山，给弟兄们烧香，还将抗日县长加上，他做了个樟木灵牌，插在纪念碑旁边，后改为石碑。那些年尽管一次次开斗争会，却没有一个干部记得，神舟山还有一座蒋介石题写的纪念碑。你们都忘了也好，我可以偷偷摸摸地上山，不惊动任何人。

1958年以后，我再上山祭拜时，遇上新的麻烦。神舟山好比给剃了癞痢头。所幸抗战胜利纪念碑在半山腰，被留下的树木遮住，所以没引起注意。

以后到了特殊年代，城乡都在斗"走资派""破四旧"，把很多纪念碑都砸了。我便想起神舟山那座纪念碑，会不会有人也去砸呢？我每年上山祭拜有两个时间，一是清明节，一是农历七月十五，也叫"祭祖节"，有的地方叫作"鬼节"。清明节不用讲了，重点在于扫墓。被称作"祭祖节"的农历七月十五前后，同样相当隆重。按我们神舟山习俗，七月十五的前三天，各家各户都在自家祖宗神位前摆上饭桌，供奉米饭、肉类、蔬菜、水果等祭品，焚香祷告，恭迎列位祖宗入户享用。三天之后的七月十五日傍晚，再在祖宗神位前焚香诵经，礼送列祖们重新归天。一座座用竹片和细纸裱糊的漂亮的屋子，精致的箱笼、衣柜等等，里面还装着纸折的衣服、鞋袜，更有一沓一沓冥钱，币值都大得吓人，十万、百万一张的冥钱都有。在鞭炮声中，将礼品悉数焚烧，接送祖宗的仪式才算完成。我虽知这里头多半是生者的自我慰藉，每年却也照做不误，才感觉对得起弟兄们。

一九六六年的农历七月十五日快到了，我心里一直不安，锄地常常把苗给挖掉，剩下杂草。有一回锄头一飘，竟落在脚背上。不好，今年可能要出事。出在哪儿？我不晓得，我不是李淳风和袁天罡，他们搞得出流传千古的《推背图》，我远远达不到。从省里到大队的领导靠边站了，只有生产队长照常喊工。我的公社贫协副主席职务给免了，干了个谁都不想干的生产队队长。级别太低，算不上"走资派"。

我嘴里不讲，心里最牵挂的是神舟山纪念碑。看到到处在"破四旧"，我梦里都看到那座纪念碑被砸，满地碎石碎砖。因为心情烦闷，我开始抽烟。不是抽那种从商店买的一包一包的锡纸烟，而是自己卷的"喇叭筒"。我把切碎的烟丝装进一个小布袋，想要抽时，拿一小片纸，把一撮烟丝卷成"小喇叭"，划一根火柴，慢慢地吸。看着白色的烟圈一个个往上升，我的心也一点点往上提。能飞上天去多好！像这烟雾一样，那才叫快乐如神仙。

随着树木逐年被砍伐，纪念碑的位置一点点显露出来。但由于无人管理，碑座四周的杂树杂草也逐年增长，以至将纪念碑围封起来，只现出一个尖顶。这虽是对弟兄们英灵的极大不恭，却也有一项好处，没人想着去破坏它。我每回祭拜，都带了一把柴刀，从碑座正面的杂树杂草中砍出一条小道，弯腰进去，再在碑座前焚香磕头。这也是"履虎尾"的事，从防止山火的角度来讲，极犯忌讳。正如医生给病人的心脏开刀，一丝一毫不能大意。我先将点香烛的那一小块清除干净，不留杂草，香烛点燃后，一直在旁边守着，烧得只剩最后一点灰烬才敢离开。由于谨慎，十多年都没出过事。

再说1966年这一回，我因为惦记着纪念碑的安全，便决定上山看看。反正大队干部、公社干部都不管事，我不用向谁请假。正赶上"七月半"，我用布袋装了一块巴掌大的腊肉，还是过年时留下的，半升米，一盒火柴，一把檀香，一把弯弯的柴刀，走了大半天。到达神舟山纪念碑前，薄雾开始升起，太阳快要落山。

这时我见到的是，那纪念碑真被谁给推倒了，只剩下一个基脚，残缺不全地立在那儿，无声无息，像在流泪。满地都是砖头、碎石和水泥块，把周围几十丈宽的平地全都铺满。那块由蒋介石题字的牌匾被砸成几截，扔在地下。我为马县长特制的那个无字牌，则不知扔到哪儿去了。为日本战死者立的那座矮小的砖碑，几乎成了齑粉。我赶紧将腊肉和米摆开，点燃檀香，跪下磕头，一边念着："各位弟兄，对你们不住。大形势如此，谁也扛不住！"

这时在我身边，类似头一回上山的情形又出现了。只觉得满山树叶"哗啦哗啦"，脚下的土地一颤一颤。接着头顶现出一片光亮，好像太阳刚从云里钻出来。身边几棵大茶花树，红色的花朵挤挤挨挨，像在燃烧。同时我感觉全身清爽，从百会穴到涌泉穴像敞开一条大道，阵阵凉风直往下灌，会阴那一块也感到清爽无比。啊，弟兄们知道我来了，听到我讲话了。感觉害怕？没有，一丝害怕的感觉都没有。"砰砰砰砰"，头都磕出血了。我不信鬼神，但相信天人之间会有感应。

天完全黑了，下山的道路已看不清。好，就在这儿陪弟兄们过个夜吧。在野外过夜，对于我们搞过特务侦察的人来讲，是常有的事，唯一要防的是蛇。我在纪念碑座附近选了一棵有枝杈的大树，爬了上去，两脚分开，身子半靠半斜，就这样靠着树干陪弟兄们过了一夜。因太疲劳，我一会儿就睡着了。

第二天早起，我把那块被砸成几段的木匾收拢，用藤条扎成一捆，在附近找了个溶洞，硬塞进去。钻出溶洞后，上下左右看看地形，在心里记牢，这才下山。

"站住。干什么的？""没干什么，上山采药。""你的药呢？""想找几兜天麻，没有。"

真是老天照看，纪念匾不该被毁。就在我下山途中，与几个"造反派"相遇。原来那些人正是来寻找木匾的，觉得应该把它烧掉才是。没想到被我抢了先。

我因为才从溶洞里出来，样子比较古怪，脸上、身上都有泥巴。这就引起了他们的怀疑。他们在碑座四周没见到木匾，立即回头追我。他们人多，分成几路，有围有堵，终于把我抓住。为头的大个子胳膊上戴了个红袖箍，上面写着"卫东彪造反兵团"七个黄字。他凭着身高力猛，一把抓住我的脖颈，像拎小鸡似的将我提起，居然脚板离地。我好生气，表面却仍保持微笑，尽量减少对立情绪。反正木匾你们是找不着了，看能把我怎样？我便跟着他们去"造反司令部"。

我却把这事看轻了。藏匿蒋介石亲笔题写的纪念匾，这在当时事有多大：现行反革命。那时"造反派"权力可大了，说判谁的死刑，就判谁的死刑。"卫东彪造反司令部"的墙上，就有他们印制的布告，判处了一个"保皇派"头目的死刑。布告下半部分，用红墨水画了一个大大的钩，好像是专门给我看的。我忙说那木匾确实是我挪走了，但不是藏起来，而是把它砸碎了，因为我对蒋介石也很痛恨，决不容许他"人还在，心不死"。

"你是'牛鬼蛇神'。""就算我是'牛鬼蛇神'，可'文化大革命'的重点是整'走资派'啊。""既整'走资派'，又整'牛鬼蛇神'。《十六条》里的'破四旧'，就是整'牛鬼蛇神'。"

于是，那张载有《横扫一切牛鬼蛇神》的文章的报纸，摊开在我面前。另一个满脸凶气的"铁杆造反派""啪啪啪"冲我连甩三个嘴巴，骂道："对'牛鬼蛇神'就是要武斗，不要文斗。"我捂住被打得出血的嘴巴，再不敢吱声。

一招不慎，在劫难逃，"造反兵团"正要展示"战斗成果"呢。他们便将我看管起来，临时实行"无产阶级专政"，等着"运动后期"处理。我感觉势头不对，这个坎必须迈过才行。不是讲"坦白从宽，抗拒从严"吗？于是我主动交代当国军的经历，还有"镇反"时塞进老家墙缝里的那个笔记本。

好，"军管小组"派人去抄家，果然在一堵快要倒塌的墙垛里找到了它，纸张已霉得发黑，摸一下全碎了。但这证明我没讲假话呀。由于这事"军管小组"完全不掌握，于是成了他们的大功劳。而我这个"国民党残渣余孽"坦白从宽的结果，是被判处有期徒刑20年，刑期从1966年10月算起，到1986年10月结束。我的天，若不主动讲出这个，不会把我给毙了？那个印有国民党党徽的小木盒我没有讲，于是保留至今。

于是我进监狱了，剃个光头，穿着灰色囚服，在拿枪的狱警的严密监视下，今天挑着扁担运肥，明天挥着锄头挖土，后天下矿井挖煤。直到1976年10月6日"四人帮"被抓，才宣布结束"文化大革命"。我，一个犯人，对这些怎了解得这样清楚？吃咸鱼操淡心，我这人就是特别关心国家大事。个人与国家是个联体，国家安定了，强大了，个人才可能有好日子过。我抱定一个信念：凡是发生在我身上的，想躲也躲不过。最好的办法是全盘照收，或者讲逆来顺受。有了这种心态，便不觉得那么难受。事实也是，我所受处罚并非最重。有一个国军连长，因为被别人检举出来，又说有现行反革命行为，实际是与邻居打了一架，邻居恰好是个贫农。结果对这国军连长新账老账一起算，"砰！"一颗子弹给毙了。多遗憾，"履虎尾"不自慎，酿成大灾。坐牢总比丢命好啊。"好死不如赖活着"，马县长就是教训。

我后来打听到，马县长被判处极刑另一重要原因了。看押他的民兵队长同他谈话时，两人争吵起来。民兵队长骂他是老反革命，马县长不服，说："我报效国家时，你才穿开裆裤。"

"你敢骂老子？老子毙了你。""有本事你来啊。我不信共产党不讲理。""你这个现行反革命，竟敢骂共产党不讲理？""请你别歪曲我的意思，我是针对你刚才的话……"

但是迟了，急于立功的民兵队长，屁颠屁颠，跑到区政府告状去了。

马县长开头本不在判死刑的队伍里，民兵队长对军管会领导讲："这个老家伙特别反动，竟给自己评功摆好，还敢高喊'蒋介石万岁'。"接待民兵队长的，是刚升为副区长的赵海鸣。赵海鸣新官上任，当然要创造政绩。现冒出这么重要的反革命线索，自是求之不得。他不敢怠慢，赶紧再报告上级。他的上级是"军管会"，在县城，距区政府三十华里。没有电话，更没有汽车。事情重大，连夜赶路。天蒙蒙亮时，三十华里路已在赵海鸣身后了。好，"军管会"正要抓一个"抗拒从严"的反面典型。反动县长，正够级别。加上"石锤脑壳"提供的"证词"，杀！最后，民兵队长因检举揭发而获得一担米的奖励，赵海鸣因上报及时而升任区长，马县长却因顽固到底而丢了性命。豆腐再硬，硬不过刀子。在地上爬来爬去的那些小虫虫，黄豆般大，遇到危险，马上蜷缩成一个小粒粒。乌龟遇到危险，第一反应是把脑袋缩进硬壳里去。有点闲暇，我趁着没人注意，遥对神舟山默立一会儿。马县长，我可不打算像您那样。该做缩头乌龟时，我必须照做。

卷

三

号外十　福山老汉的红卫兵情怀（正在进行时）

　　福山刚从省城被警车载回，即获释放。但不是让他回家享受自由，而是被请进县"维稳办"专用的招待所。这是距县城约莫十华里的一个旅馆，砖木结构，共有六层。他就住在顶层的一间屋子里。屋子条件倒不算差，面积不大，地面铺了瓷砖，有单独的卫生间，吃饭也由旅馆餐厅的服务员给送上来。但他不能下楼，不能打电话，也不能见任何人。这儿比公安局看守所的条件自然好多了，所以还不能说是被关押。与专门机关的"留置室"也不能比，因为没有撞不死人的软墙，也没有防止跳楼的钢窗护栏。这真是县"维稳办"的一大发明，比起"文化大革命"期间动不动把"牛鬼蛇神"给关进黑屋里，自是文明多了。他为此自嘲地问：我怎么福气一下子这样大？变成哪个级别的大干部了？就因为我想去北京？错了，我去北京，不是上访，而是想旧地重游，看看天安门广场如今变得怎样。真的，我去北京，就想再看一眼天安门，在天安门广场站一会儿。我对天安门广场的印象，太深太深。因为在那儿，我见到了心中的红太阳毛主席。现在的年轻人，哪儿懂得我们当时的心情。福山站在窗口，遥望北方，不时自说自听。

　　怎么不让我上访呢？老百姓心里有话，怎么就没个诉说的地方呢？老百姓嘴里"兔子急了也咬人"这话，我是懂得的。"帝豪大世界"里关着的几百只兔子，也不能任人宰杀。

　　楼梯上脚步响了。这是负责看护他的县"维稳办"干部上来送饭菜，并附赠一番训词。这个，福山老汉已很熟悉。尽管饭菜简单，一般是一菜一汤，菜是当季的新鲜蔬菜，汤是不见油腥的清水汤，但福山老汉每次端着碗筷时，都不禁笑了。他不是埋怨饭菜质量不好，反觉得享受了大干部待遇。有专门厨师，不变成省委书记了？有的地方政府，抓住上访人员就往公安局的看守所送，把他们与流氓窃贼关在一起。我们神舟县的领导，这回怎这样开明？对我这样客气？

果然是给福山老汉送午餐来了，却不是县里的干部，而是饭店的服务员。饭菜用竹盘盛着，变成两菜一汤。其中一碗菜还是芹菜香菇炒腊肉片，闻起来香喷喷。福山老汉已有三天未见油腥，不由得胃口大开。他刚要动筷子，忽然停下，叫住正要下楼的女服务员。

"你没搞错？是送给住店客人的吧？""没错啊，就是给您吃的。""我可付不起伙食钱。""没说让您老出钱。""怎么突然改善伙食呢？""原来那个干部走了，换了一个新的。""那我现在可以下楼了吗？""这个恐怕不行。您楼下的三层楼梯口，还专门安了一张木门呢。"

系白围裙的女服务员感到说的太多，忙竖起右手食指，压住自己的嘴唇，同时对他做了个同情的表情，便匆匆下楼。

饭菜咽不下去。福山老汉脑子里装的，是神舟山的情况如何？"帝豪大世界"还会不会办下去？死难人员能拿到多少抚恤金？他重回到六楼玻璃窗前，望着远处的山梁和盘旋的公路，心里不住翻腾。

自牛全胜掌控"帝豪大世界"以来的十年里，诡异的事情不断出现。福山老汉作为第一批职工，虽只是一名普通装卸工，却看出不少问题。企业经营庞杂，看不出什么是它的主业。这是个绝对酋长式王国，牛全胜就是酋长。他的话就是圣旨。企业资产都由他个人支配，企业所有重要岗位的人，都是他亲自选定。至于具体情况，福山老汉自然不知底里。

最让福山老汉困惑的是，"帝豪大世界"从去年起，还偷偷摸摸采矿。说是偷偷摸摸，因为企业没有矿业开采权。那是一个"国中之国"，用铁栏杆围得很严，与其他区域完全隔离，入口有人把守，任何无关人员都不许靠近。把守的人都穿着武警部队制服，不知是军人还是保安，看去非常威严。常有载重大卡车拉着机械设备从大门出入，卡车用厚油布罩得严丝合缝。而且一般是夜间出入，白天看不出有何动静。福山老汉有一回试着走近，相距三十米远便被叫停。这样他便只看到一大堆灰色石头，装在封闭的大卡车里运走。他估计，这是在开掘矿道。

福山老汉如一只想冲破玻璃窗的苍蝇，从北边窗户走到南边窗户站一会儿，再从南边窗户走回到北边窗户。不行，我还得出去。我不向上级反映，谁也不会了解。我要上北京，要去天安门。牛全胜现在搞的是什么事？没有人支持他敢这样搞？毛主席啊，我们这些接受过您老人家检阅的人，不知该听谁的，还能不能做点事？不行，应该……可是，真不知该怎么办！

看我瞎忙，竟忘了给家里人打个电话。出门好几天，家里人肯定急。说是手机大普及，福山老汉却没钱买，也付不起电话费。这在平时没事，现在却感到它的作用了。找饭店服务员试试，饭店应该有座机。福山老汉匆忙吃过饭，便往楼下走。快到楼梯转弯的地方，才想起服务员说的安装隔门的事。

"喂，能不能开一下门？让我打个电话。""打电话？这怕不行。必须经县干部批准。""我给家里打电话，儿子在到处找我呢。""大爷，对不起，就是不能让您家里人知道。""这是什么话？若是我死了呢？连个收尸的人都没有。""咳，大爷，别说不吉利的话。""我要换洗衣服，好几天没洗澡了。""这个可以，我们派人上您家取。您老把家庭地址说一下。电话由我们打。来，说说您儿子的手机号。"呸，真变成囚犯了。我犯下什么了？

夜色降落，颜色越来越浓。附近的群山全都融为一体。福山老汉站在六楼北边窗口，眺望远方点缀着稀疏星斗的夜空。他的方向感很好，认出那是偏东北方向。天安门广场就在那个方位。天安门广场南面有毛主席纪念堂。福山从电视上看过，人们如何排着长队瞻仰毛主席遗容。他早有这个愿望，至今却未能实现。主要是车费钱、住宿钱的问题，也不单纯是钱的问题。总想着待手头宽裕点再说。其实还不是那么迫切。假若有个什么事，非得去北京不可，这样顺便瞻仰，就值得了。

咳，这回，若不是被他们截住，我也就去北京了。当年托毛主席他老人家的福，作为神舟县一中的学生，免费上北京串联。毛主席接见了八次红卫兵，我刚好赶上最后一次，1966年10月31日。印象好深，一点一滴都记得。如今北京的变化大呀，完全不是原来的样子。毛主席，您好哇！红卫兵战士真的好想您！好想来看望您，好想来向您报告，如今的中国是怎样的情况……咳，说那么多空话做么子，迈开你的腿，伸出你的手，从窗口翻过去，从空中飞过去，不就实现了?! 毛主席，我来了，又接受您的检阅来了。我生前是您的红卫兵，死后还是您的红卫兵。

应该是福山老汉的脑子出了毛病，否则没法解释他的愚莽之举。没有钢质护栏的窗户，为他的愚莽开了方便之门。身边没任何亲人，只有脑子里的幻影对他召唤。他闭着两眼，朝东北方向默叨，像是许了一个大愿。然后他拉过屋子里唯一一张木椅，靠窗户放好，一步跨上，膝头刚好与窗台齐平。最后他搓搓手掌，"啪啪啪"连拍三下，两脚往下一蹲，身子曲成弓形，脚下突然一弹，身子便如出膛的炮弹似的，从北边窗口飞了出去。

四二 九十老爹春梦重温（情景再现）

神舟山东面脚下的草棚屋里，马秀美主动跟着太和老爹住了进来，给老爷子做饭洗衣，还没话找话地陪他聊天。不过两人的话题总不一致，谈不上两句便冲撞起来。不是明火执仗的冲突，而是不见烟火的抬杠。已过惯舒适生活的她，对神舟山脚下的小院生活显然格格不入，过于贴身的花格罩衫紧箍箍的，稍一走动就会出汗，出汗就黏糊糊的。才来一天，米黄色高跟鞋已让她在布满碎石的地上崴了三次脚。香水与口红更不敢用，苍蝇、蚊子闻得气味，一群群围着她转，伸手就能抓几只。后来她实在忍受不了，这才主动挑开话题："签字。快点儿。在这儿，上面，快签字。"

"你讲什么？""快快签字。""签什么啊？""签你的狗名。""我什么时候改姓了？那我的名字呢？对不起，这场大病，我把自己的名字给忘了。"

太和老爹坐在木头矮凳上，脑袋稍偏，傻笑地看着她，装作没听懂。这就是他应付马秀美的方法。随后将矮凳挪个位置，面向门外的青山。

太和老爹经不住马秀美一劝再劝，终于来到这儿。他知道她心里所想，很是理解。他更明白小舅子的目的明确，就是要套国家的钱。他不是一个人，而是一个团伙。他们的背景很硬，看起来没有搞不成的事情。怎么办？成全小舅子，送个顺水人情？那我算不算为虎作伥？我不签字，自然挡不住他们的步伐。从县里到上面都签字盖章，支持上马，我的反对意见比空气中的微尘还轻。最好的选择是洁身自好，别扯进去。所以上策是不在协议书上留任何笔迹，这样上对得起天，下对得起地，中间对得起自己的良心。可能产生的严重后果，与我无任何关系。

可这样也做不到。一拨一拨，非得把你拉下水不可。这不，马秀美也出面了。

"我签不签字都无所谓，反正你弟弟有关系，没有他做不到的事。""你想让他犯罪？""这顶大帽子怎么得来的？""你不签，不是逼着他搞伪造？""那公司本来就是假的嘛。""你让他假上加假，罪上加罪？""意思是要我替他分担一部分？"

马秀美张了张嘴，一时无话。后来她突然爆发似的站起，一脚踢倒另一条小矮凳，朝他尖声叫道："不签就不签，有什么了不起！大不了我们娘崽俩困死饿死。我们娘崽俩是死是活，反正关你屁事。我早看出来了，你从来只顾自己，你是狼心狗肺。晓得你对崽有看法，不把崽当崽看。"马秀美说完，一阵风跑出门去，直奔湍急的溪流。

"你去哪儿？别别别。"太和老爹一时没在意，当马秀美从身边经过时，还机械地避让了一下。这是他的一贯做法，在马秀美面前，从来退让。偶有意见相左，他总是尽可能顺着。这下好了，把她得罪了，一把刀无意间插进她的心脏。儿子，儿子，扯上了她的儿子。两人间最为敏感的禁区，他竟闯进去了。看那态度，是真生气了。小心，她把儿子看得比自己的命还重。

马秀美脚步飞快，眨眼工夫便到了溪边。小溪的水面不是很宽，但流速很快。流水冲击着两岸突出的岩石，溅出一束束浪花，发出"哗哗"的响声。不知马秀美到底想干什么，太和老爹但见她的脚步在岸边匆促地收住，好像犹豫不决。不能多想，一个人在情绪冲动时，什么事情都可能发生，而事后的后悔多半无济于事。太和老爹身轻脚步快，三十多岁的年轻人也就是他那个跑步速度。没容马秀美多想，太和老爹从后面一把抱住她的腰，身子朝后一坐，两人都摔了个仰面朝天。太和老爹用脊背垫地，两腿分开，以免马秀美的身子受到撞击。他却不小心后脑着地，恰碰在一块凸起的石头上。碰撞突如其来，眼前一片金星。

"对不起，对不起，你说吧，我听着。才讲到孩子的事情，你讲得非常在理，怎么也是我俩共同的事情。要紧的是我们大人别出岔子，否则无依无靠的小孩长不大呢。"

马秀美在他的环抱下先想挣扎，后来就放弃了，顺从地躺在他的胸脯上。两人的鼻息混合一起，心房同时跳动，彼此感受到胸脯的起伏，听得见血液流经心脏"汩汩"的声音。

也许与刚才跑得太急、用力太过有关，太和老爹的身子一下软了，软得像要融化在初秋温暖的阳光下，渗进弥漫着草香的泥土里。小溪的流水声突然消失，周围的世界也不存在了。这是怎样一种感觉？久违了，两人间温馨甜蜜的肌肤之亲。是哪天与秀美有过夫妻间亲密接触？十年前的八月二十日，没错，那一个月色明朗的夜晚。是我采取主动，出乎她的意料。本想始终坚守底线，这辈子只与她做名义夫妻。是男人本性的冲动？是，又不是。其中真情，至今没有第二人知道，包括马秀美。

其实她早就盼着，太和老爹看得出来。一个眼神，一个手势，一声叹息，都注满了她的期待。她想做真正的夫妻，想过正常的夫妻生活。太和老爹却百般回避，甚至避免与她有任何肢体接触。对于太和老爹的主动要求，她明显感觉意外。还是在那间曾经作为洞房的土屋，墙上的"囍"字还未褪色。他知道她的房门没有上闩，每个夜晚都为他敞着。他就这么把房门轻轻一推，披着从窗外透进来的淡淡月色，摸到她的床边。

她一动不动，继续睡觉，甚至发出故意装出的鼾声。而当他轻轻揭开被窝的一角，她竟将身子往里挪了挪。

一切顺其自然。

太和老爹对自己是有信心的，因为他虽早已远离床笫之欢，为了强身健体，却从未停止气功训练。气功是一个广义的概念，其中包括男性青春功能的恢复与强化。这在道家功法里还有个专用名字："回春功"。得益于此，作为一个年已八旬的男人，太和老爹在年轻貌美的妻子面前，充分展示了一个强健男子浑然天成的本性，让如饥似渴的马秀美惊叹不已，高潮迭起，身子飘飘然不知天地宇宙。而当令人销魂的时刻过后，太和老爹立即披上衣服，起身要走。马秀美从被窝里伸出两只绵软的纤手，紧紧箍住他的腰肢，不肯松开。

"我得走啊。""不准你走。""我在这里，你睡不好觉。""你不在，我才睡不好呢。""那不会吧？我就习惯于一个人睡觉。"太和老爹故作轻松，听来非常轻巧。

"你走，你走。"马秀美嘴里说的这话，却嘤嘤地哭了起来。

太和老爹犯难了。依她还是不依？若是依她，也许能帮她眼前解渴，却帮不了她的长远大计。因为她毕竟年轻，后面的日子还长。她的生活道路还不算确定，完全可以再找个优秀男人。尽管现在真正优秀的男人太少，但如果被我这八十岁老头拖住，那就任何机会都没有了。她有自己的人，这回是入了弟弟的圈套。加上她的难言之隐，这才草草地与我这老家伙结合。假若我就此当真，把她据为己有，我不是成了趁火打劫的老王八？不行，无论如何我得退出，决不与她真做夫妻。这回的举动只是救急，因为她需要我的名分。事情既了，也就一了百了。将来去民政局办个正式离婚手续，一切顺理成章，谁也讲不出什么。所以我必须态度坚决。

但此时如何收场？总不能让她挺不下去。"好，今晚就不走了，反正该做的已经做过。我陪你好好睡一觉，恢复体力。那么以后，我俩来个约定行不行？"太和老爹放倒身子，重回到马秀美身旁。

"好好，你说，我听。"马秀美转过身子，先是与太和老爹脸对着脸，然后一头扎进他烈火般的胸怀。

菩萨在上，请求原谅，假若真有菩萨的话。"人在做，天在看。"对不起，老天爷，请原谅我这些善意的谎言吧。我可真是为了她，也为了她肚子里的孩子。她以为我不晓得事情的真相，我就装作不晓得好了。对，一直装傻，免得她感觉不自在，在我面前抬不起头，做不了人。

后半夜的月亮露脸了，清澈的银辉洒遍沉睡的大地，也爬进这间土屋的窗棂。浓浓的月季花香溢满夜晚的空间，也逸进这娴静的小屋。碧玉般的丹桂树上，一对刚梳理过羽毛的斑鸠在温软的窝里紧紧依偎，喃喃梦语。被爱神眷顾的土砖屋子里，太和老爹与马秀美度过了第一个真正的新婚之夜。他们的酣睡那样深沉，直至日头高起。

这一个难分难舍的夜晚之后，太和老爹随即食言，与马秀美定期过夫妻生活的承诺，从来没有兑现。为避免两人亲密接触，太和老爹一头扎进神舟山林场，极少与她见面。他之所以搭建树屋，多半原因是要推开她。树屋里只有半张床，两人没法住啊。再讲，她也不敢爬上去住。

只有一项他无可奈何，马秀美坚决不肯与他办离婚手续。

好快，一晃就是十年。一切如在昨天。此时，以石垫背的太和老爹，从下面抱着马秀美水柳般的细腰，温馨的往事顿时浮现在脑海里。他忽然觉得身子出现本能的战栗，一股强大的热流从头顶直下脚尖。关元穴以下又热又胀，难熬难耐，如一条火龙在丹田运行。这就是气的运动。体内运行的气，肉眼看不见的气，西方人用仪器怎么测也测不出来的气……气在运行，气在冲动，从关元穴往下猛烈推进，如有万钧雷霆。勃起来了，锐不可当。原来这老东西还是"贼心不死"，受不得肌肤亲密接触的强烈刺激。秀美，婆娘，我的合法女人，大红结婚证虽然由牛全胜代领，写的却是我与她的名字。可是自结婚到现在，十个年头，三千六百五十多个白天黑夜，除了一次像样的夫妻生活，其余的日子都是分居。冲动，本能的冲动。我有，她有没有？她有，看，她这身子颤抖得，像突然间疟疾发作。她的腿开始抽搐，腰身以下开始磨蹭了。她也是自然本能，不过三十多岁，正是饥渴难耐的年纪呢。天空在抖。白云在飞。青山在动。屋子在转……

　　我要，我要，我要。这是谁在呼唤？像是二月的柳条在呼唤春风，六月的沙漠在呼唤甘霖；干涸的河床在呼唤清流，钟情的子规在呼唤伴侣。离得那么远，又贴得那么近。

　　男不可无女，女不可无男。这可是彭祖的话，据传他最会养生，活了八百岁。庄子也推崇他。孔夫子讲的是，饮食男女，善莫大焉。对，在孙思邈的《千金要方》里，还有一篇关于男女情爱的描述，叫《房中补益》。讲到，人年二十者，四日一泄；三十者，八日一泄；四十者，十六日一泄；五十者，二十日一泄；六十者，闭精勿泄，若体力犹壮者，一月一泄。我这是多久了？她那方面……女不可无……啊。

　　怎么成这个姿势了？明明是我在下面，从后面抱的她啊。怎么进屋里了？明明是在溪水边，我垫的是石块啊。发生什么了？一切在恍惚中。太和老爹努力睁大眼睛，拼命梗着脖子，试图控制自己。别别，不能害她。她分明早就有主了，哪儿能夺人之爱？她也是明白的，只不过逞一时之气，犯了糊涂，才缠上我老家伙。我不能这样，不能乘人之危。对，她本来就不应该属于我。我算什么东西？老而不死是为贼。对，我不过是一个老贼。不，我不能做一个老贼。不能，绝对不能……太和老爹如梦方醒，一下从柔软而有弹性的棕绷床上跳了下来，往身上套衣裤。

　　马秀美没有立即起床，而是在结实的棕绷床上继续躺着，闭上眼睛，专心回味刚才的快意。待太和老爹穿好衣服，扣好扣子，她才面带满足的微笑，将落在枕上浓密的黑发撩了撩，轻声说："嘻嘻，恭喜你。"

　　"什么？我没听清。"

　　"没听清就算了。"马秀美转过身去，脸朝着用树皮做装饰层的墙壁。

　　太和老爹坐回床头，两手伸进薄薄的被子里，捉住了马秀美的一只手，颇为迷惑地问："真有这么巧？"

"莫晓得。别问我。"马秀美说时，再转过身，将另一只发烫的手也放进太和老爹温暖的掌心里。眼里灿烂而娇媚的光辉如电闪一般，直射在太和老爹脸上。瞬间之后，又把眼睛闭上。在太和老爹的凝视下，两滴泪珠透过长长的睫毛，慢慢往下滚落。

"别哭啊。你哭什么，我怎么伤害你了？"

马秀美将身子再转向墙壁。他听到的，是越来越响的抽泣声。

太和老爹心慌意乱，一时不知所措。刚才是怎么啦？一下变成这样？九十岁了，竟不能控制自己，让情绪牵着鼻子走。难怪好些人在情绪失控时常做下荒唐事。她说的当真？竟然有这么巧？那可真是缘分，想摆脱也不可能了。儿子，她时刻想着的就是儿子。儿子是她生命的一切，至少占据大半。儿子的希望才是她的希望，儿子的幸福才是她的幸福。她，一个普通的农家女子，能要求她什么呢？再讲，人类的绝大多数，不都是这样过吗？像我这样，九十岁了，或多或少还有点追求的，不可能太多。满足她的愿望吧，照理讲，也有她的一份。且不管这钱的来路正不正。"外国有个加拿大，中国有个'大家拿'。"我也跟着拿一回吧。只把自己撇干净，我不沾半点腥味就得。但是还有个问题。

"好了，字我签。但是，你弟弟那儿，肯拿出一份给你吗？"太和老爹把两手从被窝里抽出来，俯下身去，隔着棉被，趴在马秀美身上。

"那个不用你管。"马秀美忽然转过脸，冲他大声嚷叫。

"真的，你有办法？"太和老爹还有点怀疑。

"我说有办法，就有办法。"马秀美挺起身，一把抱住青春犹在的年迈丈夫，把他拼命往床上拉。

啰，她真有这本事？我想想，我猜猜。恐怕是……有可能。那么，我也趁着机会，提点要求吧。我的要求应不算高，只希望保留十亩山林，或者五亩，两亩。我还是希望重建神舟山抗战烈士纪念碑。建碑地址不变，并继续用原来的木匾。尊重历史嘛。我的预感，国家今年会举办一场规模盛大的抗战纪念活动，因为今年是抗战胜利六十周年。我们国家有个传统，"逢五逢十"必举行重大活动。机会难得，希望能搭上这趟车。

"你讲有可能吗？""你这也算个事？""里面有政治含意呢。"

"他就是专门搞政治的。"马秀美意识到自己说漏了嘴，便不再答话，只忙着快点把丈夫的衣服褪下……

太和老爹与林场之间重签新合同之事，就这样峰回路转。太和老爹亲自走到林场，让场长从保险柜里拿出牛全胜代签的那份合同，握紧那杆儿黑白相间的签字笔，坐在桌前，在"签字人"一栏里郑重地加签了自己的名字。见证补签仪式的，不仅有县政府的相关领导，还有县电视台的新闻记者，以及特地赶来看热闹的一班人，其中包括马馆长。当天晚上，县电视台在"本县要闻"的头条时间，报道了这一重大新闻。与此同时，县电视台在第一时间发布本地新闻，播报了县委书记赵凯林就这一话题接受采访时的讲话片段。

因为是县政府出面协调，以林场名义支付补偿，而且数额可观，所以应该是一个"双赢"乃至"多赢"的局面。在赵凯林的强力主导下，跟着太和老爹一道上山的职工们虽不再拥有"股东"身份，却也得到自己的一份补偿。这对于他们来说，无疑是意外的惊喜，因为全都拿的是"干股"。

唯一受损的是牛福山老头儿。他因为去北京上访的事情，成了县"维稳办"关注的重点对象，走到哪儿都有人盯住。他气得自愿放弃一切福利，跑回祖籍地的亲戚家种田去了。他重回神舟山，进"帝豪大世界"当一名临时工，那是五年以后的事情。

四三　坐牢的悲喜剧（老爹自述）

记者，现在和您讲一讲我坐牢的情况。正式坐牢从1972年元月开始，但被关是1966年。由于我入监前挨过打，脑子受过伤，记忆力大减退，所以好多事情都记不得了。心里想的是，只要政府不枪毙我，坐牢也要活下去。想那周文王，关在土牢里推演《易经》，多宽广的胸怀。我们普通人学周文王，不是梦想称王称帝，而是学他的人生态度。天还在头顶，并没有塌下来。

我刚一进去，管教干部就找我训话："睡在你旁边的某某某，你要盯着他。发现他有什么鬼名堂，立即报告，算你立功。你若不报告，他出了事，你同样加刑。"后来我发现，同监犯人的眼光一个比一个毒，像带着钩子似的。原来他们都领了任务，要监视别人。想想看，一天二十四小时，生活在别人钩子式的目光下，这日子好得了？浑身不长疮才怪。难怪老子讲："犹兮若畏四邻。"

唯有一个办法，老老实实，服从管教。身体累一点，心不能太累。要给自己创造一个宽裕的内心世界，在那个世界里过自己的生活。这样，我干活从不偷懒。干活时，我个子小，力气薄，但跑得快。人家跑两趟，我跑三趟四趟。大家把我比作老鼠，溜来溜去。这样我照样完成定额，还常常超额，于是干部经常表扬，还讲要给我减刑。

"您老的意思是，我们每个人在任何时候都需要一个空间，尤其是内在的空间。当感觉不够时，需要有意识地去创造，特别是内在的空间。""正是这样。甚至可以讲，内在的空间是真正属于自己的空间。也是可以减少外间干扰的空间。""一个人内在的空间越大，就会有更多机会去领悟我们的生活，琢磨生活的价值。我这样理解对吗？""正是这样。有了这样的空间，可以让自己静下来，忘记周围的烦恼，进入舒坦的世界。""但这个空间如何创造呢？""别人怎么做我不晓得。我的办法是，内心修炼。"

"报告干部，我不求减刑。""那你是打算坐满二十年？""报告干部，我也不是这个意思。""那你还是想早点出去？""报告干部，我也不想早点出去。""你不是想对抗劳改，把牢底坐穿吧？"

我吓一大跳，赶紧解释："报告干部，绝对不是。我的意思是，并不是为了立功减刑才表现好。刑满之后，如果干部不嫌弃，我还想在监狱就业呢。所以我也不急着出去。"

我在监狱里一直坚持锻炼身体，方法是练"骑马桩"，分开两只脚，身子往下蹲，好像屁股底下真有一匹马让你骑着。这对身体强健最管用，可以强肾、舒肝，加速血液流动。练"骑马桩"既不需要好宽的地方，也不需要怎样的环境，只看你有没有恒心。从山东当逃兵回来，直到被"造反派"看押之前，我都在练。不分雨雪，从未间断。"造反派"先不把这当回事，后来突然醒悟。老家伙的功力这样强，会不会反过来打我们？不行，不让他练。便对我下令：再练打断你的狗腿。现在进了监狱，我又想练。我见干部们还讲道理，为避免误会，我决定先向他们报告。

"你会功夫？"这是又一位管教干部，戴一副黑框眼镜，知识分子模样，左眉高右眉低。他睁大眼睛，有些好奇。

"干部，您晓得，我过去干过侦察。"这时对我的个人历史，已毫无隐瞒的必要，所以我讲得非常直白。

"你是想瞅空逃跑？"戴黑框眼镜的管教干部立着眉毛，满怀警惕。

"干部，您这一讲，我就不练了。"管教干部对我们犯人，才真正是"虎"，怎敢对抗呢？

练不成"骑马桩"，就改为练习打坐。这是从老道长那儿学的。我睡前往床铺上盘腿一坐，不需要任何空间。别练了，睡觉。是的，监狱要求所有犯人同时睡觉起床，你怎能另搞一套？再一琢磨，有办法了。我在被窝里仰面朝天，两脚弯曲，朝上收拢，脚心相对，这样一吸一呼，涌泉穴便有热烘烘的感觉。这个，谁还发现得了？真的叫逼我成才，我采用这个法子，一直坚持到出狱的前两天，粗粗算来，应该在十年以上。长期下来，我睡得着，吃得香，虽然与同监舍的犯人吃的是同样的伙食，干的是同样的活儿，我却比他们大多数显得精气足，体质好。

练气功在监狱真管大用。监狱生活毕竟不是在家，吃的、住的都比家里差，有时连着两天喝菜叶子汤，一粒米星也见不到。可我因为练气功，有时竟不觉得饿，干活照样有力。不仅狱友觉得奇怪，干部也觉得奇怪。得知我在练功，一位刚刚到岗、左脸有道伤痕的干部竟认为我存在越狱的危险，强令禁止。

为防止我睡着再练气功，管教干部将我的睡铺调到门边，便于监督。有时我睡到半夜，被子突然被管教干部用钩子钩起，往旁边一拉，看我是不是收缩两腿，在练气功。但在这个事情上，我可没那么听话，因为身体好坏，首先关系到我本人。所以一有机会，我照练不误。有一回我睡觉了，两只脚还保持收缩姿势，硬被认定为练功，又挨了一顿批斗，又说要给我加刑。我仍不罢休。最后几年，记忆力也慢慢强化。

1972年国庆节后的一天，我突然看到中日建交的消息。那是晚上犯人们的政治学习时间，照例由狱友中文化程度高一点的人轮流读报纸。依着顺序，那个晚上刚好轮到了我。犯人们平时不能个别读书看报，只能在这个时间集中学习。报纸由监狱统一订购，发到各个班组。因报纸要邮递员投递，我们只能读到三四天之后的。这样，登着中国与日本9月29日建交消息的报纸，监狱四天后才读到。一看中日建交的大标题，我立时呆了：还会有这种事？

随后，我的脑子里闪电一般，出现了方舟惠子最后告别的身影：头发短短的，秀气、朝气、可爱。我的亲人，你在哪里？

"怎么啦？读报啊。"管教干部不知我想的什么，一旁催促。

这个夜晚，我更加无法入睡，脑子里放电影一样，一幕一幕，全是与方舟惠子在一起的画面。想来可叹，我们在一起，也就是十个日日夜夜。其中九个夜晚各睡各的铺，我的主要角色是护理员。二十七年了，一去无音信。现在中日建交，昔日的仇敌彼此握手，会不会是与她重聚的兆头？

"昨晚你想些什么？为什么迟迟不睡？"

第二天一早，出操时间一过，脸上有疤痕的管教干部把我叫到一边，严厉地问。

"报告干部，我昨晚睡得很好。"

"还不老实？半夜一点，你还在床上翻来覆去。"

天哪，原来监舍里有管教干部的秘密眼线。昨夜因没法入睡，我自然在床上多翻了几个身，弄得铁架床吱嘎吱嘎响。监狱到底是监狱，美梦也是做不得的。对不起干部，昨夜身子有点不舒服。要斗私批修，灵魂深处闹革命。是是，一定一定，我一定牢牢记着。不切实际的妄想，竟能带来这样大的麻烦。她还活不活在人间尚且不得而知，即算她还活着，怎知沦落得怎样？她如何得知我在何处，我又如何得知她的去处？即使彼此都有了音信，她那是日本，是资本主义国家，我这是中国，是社会主义国家，两国的百姓怎可能随意交往？我，一个在押犯人，怎允许乱说乱动？连夜晚睡觉翻身都有人管着，还会允许去日本会见自己的未婚妻？趁早死了这条心。欲望人人都有，但无法实现的欲望还是去掉的好，否则或引诱自己走歪门邪道，或自己折磨自己。有的人为何走向犯罪（是真犯罪，不是我这种所谓的"犯罪"）？就是欲望害的。于是我在经历了那一个夜晚的激动之后，心里又归于沉寂。

1975年，国家宣布释放全部在押的国民党县团级以上人员。我不在其列，却也不着急。我立功多，一次一次获得减刑。这样，我离出狱也不远了。可出去之后怎么生活？却没想好。我已过六十，身体不如从前，况且无家无口，没有一个归宿。我在监狱已得到好多方便，可以从这个车间走到那个车间，有时还跟着干部上街，挑着箩筐，帮监狱买这买那。在那种情况下，我甚至可以不穿监狱号服，挑着担子跟在干部后面，与普通人没太多区别。当然，言论自由是没有的。但别人也不能随口乱讲话啊，包括管教干部。

这样，1979年中央再来政策，宣布所有在押国民党军政人员一律释放时，我竟忍不住哭泣起来。

我那回真哭成什么人了。趴在管教干部办公桌上，整整哭了半个钟头。我哭我的父母，已有多年没给他们上香；哭我的身世，怎会有这么多劫难；哭方舟惠子，这时候不知在哪儿。还哭我的日后，不知该去哪儿吃饭睡觉，最后哭这把老骨头，将来不知埋在哪里。"文化大革命"已宣布结束，国家已发生了天翻地覆的变化。既然一时半会儿看不清前景，倒不如在监狱里继续住着，静以待变。我已熟悉了监狱里的一套行规，只要埋头干活，无欲无求，就伤害不了别人，别人也不会伤害我。牢头狱霸也不怕，管教干部压着他们呢。当然，也有牢头狱霸与管教干部穿一条裤子，牢头狱霸才敢耀武扬威，活不肯干，还动手打人。但那毕竟是个别人。我现在出去，重找工作，没准又会与谁谁谁产生矛盾。与其重新面对新矛盾，不如继续适应老矛盾。向管教干部请求吧，试试看。没想到嗓子不争气，声音竟有点嘶哑："我不出去行不行？求求你们。我就在里头干活，一分钱不要，管吃管穿就行。"

"你肯留下来当然好，我们也需要你这样的人。不过，国家这三年的变化翻天覆地，一些人说是第二次解放。你不想出去感受一下？"管教干部给我端来一盆热气腾腾的洗脸水，还把毛巾拧干递来。

"我不想走，没地方可去。这里好，我就在这里过老。""那也行。什么时候你想转行，尽量提供方便。""太感谢了，感谢政府，感谢政府。"

我一阵激动，就要下跪。却被管教干部一把拉起。另一个干部让我把在号子里穿的衣服脱下，借给我一套深蓝色中山服。

监狱里有一种人，刑满之后就在里面就业，干活时带班，附带做点监管工作。但这种人一定要劳动改造表现好，对犯人改造能起好作用。我最初出于对监狱的反感，这念头从没有过。后来对监狱情况逐步熟悉，觉得这不失为一条出路。却不知合不合条件，所以从来不敢提。这回一着急，脱口说出来，没想到干部真的答应我。

于是我拿定主意，就在里面干活，努力做个好人。国家变化这样大，没准哪天我那些"违法犯罪"问题，又不算什么问题呢？人生宝贵，能活得长久一点，就不要自己糟践。但清明节"挂青"怎么办？有没有可能给我假？"请求允许我两天假，回去祭祖。"祭谁？这个就不能如实报告了。除了祭奠我老爹老妈，当然还要祭奠神舟山的弟兄和马县长。

"你以后就有休假的权利了，清明节爱上哪儿就上哪儿。"脸上留有刀痕的干部的回答非常痛快，他这时已升为监管队长，顶头上司是左眉高右眉低的那一位。

看着这套非常普通的服装，我转过身子，落泪不止。在监狱劳动改造，受苦受累不怕，唯有囚服最伤人心。虽然也是布做的，可一穿上它，立马感觉像套了一具枷锁，里外不是人，甚至比不上牛马。农民对耕牛看得多重，骑兵对战马感情多深！穿着囚服在监狱里还无所谓，一旦出门，比如跟着干部上街采购，那感觉就像自己是只狗。那时，我没有穿普通服装的权利，非得每天穿囚服不可。现在我终于把囚服甩掉，穿正常人的服装，心里能不激动！

我就这样在监狱继续干活，直至第二年清明节才改变主意。

四四　加藤母亲的嘱托（记者手札）

"您能否让我与那个老爹见上一面?""您怎么对老人家如此有兴趣?""我刚回了一趟东京。""这与那个老爹有何关系?""我挨我妈的批评了。""您还没正面回答我的问题。""那我当面向您解释好了。也不能老让您跑路。"

在电话里，我与加藤政二戗着，一句对一句。我听出他又在吞吞吐吐，便来个一针见血，想使他改变态度。听他说得恳切，我便在高楼林立的中关村一带找了一家装修别致的茶舍，专等加藤政二过来。

加藤政二让我好一阵苦等，直等到中午十二点已过，才气喘吁吁而来。一来就向我道歉："多多关照，真对不起。你们中国的建设速度也太快了，六年前熟悉的路，怎么也找不到。我在这儿绕来绕去，绕来绕去。"

"六年? 相距六个月就不同了。北京天天在拆，天天在建，一天一条新路，一天十座高楼。"

"是啊，你们中国人，太有创造力了。你们的GDP快赶上我们日本了。"

"您才发现中国人的创造力?"我摘下太阳帽，将一杯热牛奶推到他跟前，揶揄他说，"你们那个叫作什么喻吉的人，不是认为亚洲其他民族都是劣等，唯大和民族才有创造精神吗?"

加藤政二猛喝一口牛奶，然后呵呵一笑："您以为我是来吵架的?"

"这就是人类文明进步的表现。上一代人用枪炮子弹吵，我们这代人用笔墨嘴巴吵。"我也跟着笑道，用小叉子叉了一片切好的杨桃，递到他手里。上午，咖啡店里很静，好多座位都是空的。

"我妈狠狠批评我了。"寒暄过后，加藤政二切入正题。他沉思地用左手托着腮帮，眯着眼睛，慢慢地说，"我真没想到。原以为我妈被政治所伤，便一心只想自己。结果呢，这回我才知道，我妈比我还关心天下大事，尤其是日本与中国之间的事情。"

我对他的话将信将疑，举起另一只牛奶杯，夸张地道："是吗？这么说，您妈了不起，不愧是当年反对《日美安全条约》的学运领袖。像她这样坚守信念的人，在我们中国都很难找到。来，向您妈致敬，干杯。"

加藤政二放下牛奶杯，从背包里掏出一份折叠得很好的《朝日新闻》。"您以为我瞎吹？看看这上面的文章。"

幸好我还能看懂日文标题，便匆匆扫了一眼："这不是你们董事长的文章吗？你们董事长不会写，要您妈妈捉刀代笔？"

"两码事。我挨我妈批评，是因为石原劲太郎先生这篇文章。"

"你小子别藏头露尾好不好？未必你妈妈与石原劲太郎关系暧昧？"我看出加藤政二还在犹豫，用调侃的话语故意激他。

"董事长把我出卖了。你看这儿，'加藤政二先生代表总部……'"加藤政二苦笑着说，指着报上文章中的一小节。

我看不懂全文，但看出那一段文字描述颇为具体，还有某年某月某日，加藤政二与中方什么人有过接触，谈的情况怎样。在这段文字里，赫然出现"赵凯林"三字。

"你妈妈真是好样的。"我不动声色地说，将那份报纸递还，"来，为你那了不起的妈妈，再干一杯。"

"再干一杯，为着我那不合时宜的老妈。站在你们的立场，我妈是了不起。可在我们国内，她这种人却越来越少，也越来越不吃香了。六十年代反'安保条约'那样的斗争，再不可能发生了。"加藤政二说时，语气有点泄劲。

我听了当然高兴。在国家与民族存在的时期，两个相互对立的国家和民族，是没法拥有共同的民族英雄的。就说西方有名的圣女贞德，在法国人看来是个英雄，但在英国人眼里，未必这样。苏联"二战"时期的女英雄卓娅也是一样，不可能同时被德意志民族视为英雄。所以看来，唯一之策，就是取消国家概念，废除民族之争。但人类真有这一天吗？

放下牛奶杯，我再要过那份报纸，将那一小段文字连蒙带猜，浏览一遍，不由得发问："你们董事长未免过于性急，八字还没有一撇的事，他那样不遗余力地宣传，目的何在？"

"这您不懂。"加藤政二断然说，"我们董事长是江湖上的老麻雀。他现在就是要引起高层关注，特别是你们中国方面。据内部消息，你们驻日使馆已注意到他了，已给国内写了专报，推荐神舟山大项目。你们商务部的高级官员，已经找过我了。"

"哎呀，这样厉害。祝贺，祝贺。服务员，请过来。请给我来一瓶红酒。"

"别，别，别，多谢关照。还喝什么红酒？我妈要与我彻底决裂了。"加藤政二拉住我的手，要我重新落座。

我事后了解，加藤政二的妈妈真不简单，对石原劲太郎的政治表现和人品都很了解，完全信不过。石原劲太郎不是个单纯的企业家，有强烈政治目的，还有美国国会和华尔街大佬的背景。为了自己家族的利益，连本国同胞也出卖。那个臭名昭著的"广场协议"，就有他的影子，所以在日本企业界声誉甚差。他来中国办厂，绝非出于单纯的经济目的，一定还有别的企图。即便从经济角度衡量，这也不是一个好项目，明摆着会带来重大污染。这种项目在日本国内，更会受到谴责。所以，加藤政二的妈妈坚决要儿子退出，甚至从"54DAO"辞职。"我家的孩子，讲正义，讲良心，讲和平，不与他们同流合污。"

"你妈怎么这样伟大？""还是受我外婆影响。尽管一段时间里，妈妈有些叛逆。""可你干吗不受你妈妈好的影响呢？""这个嘛，这个嘛……来，干杯。为友谊，干杯。"

刚好服务员拿过一瓶红葡萄酒，未征求我们的意见便将瓶塞拔掉。于是加藤政二主动起身，拿过两只酒杯，分别注满，准备与我碰杯。

"对不起，你还没回答我的问题呢。你若是与他们搞在一起，等于把你妈、你外婆都背叛了。"我忽然觉得日本右翼太可怕了。加藤政二这种家庭背景的日本青年，居然也被"洗脑"。我得理清一下思路，于是起身，上卫生间去。

从咖啡厅到卫生间有一条窄长的过道，贴满了各式各样的宣传画，夸张地展示出日本沿海风情。其中一些图片与中国的山水图片非常接近。我不由得想，日本与中国大陆，原本是联结在一起的陆地板块，因为地壳的剧烈变化，才被分割出去。上溯百十万年，两国应当是同一大族类。再查有文字记载的历史，中日两国的正常交往，远远多于兵戎相见的时间。如何让过去的悲剧不再重演？如何让曾经的仇恨不再延续？应该是我们这一代人的不辞之责。正因为有石原劲太郎一类人存在，这责任更显得迫切。怪事，我居然有这么深的爱国情怀。这是从哪儿学来的？

待我回到原来的座位，加藤政二已将大半杯红酒喝下。他见我不太高兴，便笑咧咧地对我哈腰。一边解释："不孝之人，多谢关照。可否不谈既往，只说未来？"

于是我坐下，接过酒杯。

"本来我对我妈是非常孝顺的。我妈小时候跟着外婆，不知吃过多少苦。据说我妈是在中国出生，那时日本已经是战败国，日本人在中国人眼里，只有恨，没有爱。她们母女俩是如何活过来的呢？我妈不知道，只有我外婆知道。也许过于心酸，外婆不愿回忆。我外婆只对我妈反复说，我们无论如何，子子孙孙，不要再与中国人打仗。若真有疯子再发动战争，宁肯当逃兵，也要躲兵役。所以我猜想，在那特殊年代，外婆肯定得到过中国人的帮助，大恩大德。中国有自己的文化传统，主张以德报怨。而我的国人……这让我想起动物之间的争斗。一头将要成年的雄性海豹想向雌性贴近，另一头年轻力壮的雄性海豹立即吼叫着扑来，毫不含糊地将觊觎者赶跑。你说，这像不像我的国人性格？唉，我快要变成大和民族的叛逆了。来，喝酒。"

加藤政二举起酒杯，想将新添的满杯酒一口喝干。我见他情绪不对，便把他的酒杯夺下。

听了加藤政二这番表白，我感觉非常高兴。倘若绝大多数日本青年都有这想法，中日之间就不会出大的偏差。眼下这难得的朋友的情绪过于低落，得刺激一下才好。我突然想起，加藤政二不是在北京有一个女友吗？一个美国姑娘，在美国花旗银行驻中国总部工作。我便想逗他一乐："把你的女友请来吧，三人一起喝酒，晚上再去卡拉OK。"

"吹灯了，别提了。看不起我们日本人。美国政府狡猾狡猾的，华尔街阔佬是他们的亲爹。一个'广场协议'，一下把我们坑了。国内那班政客为拉选票，却一天到晚谈《日美安全条约》，甘当美国人的奴才、走狗。"加藤政二说时，头垂下来，一绺头发滑到前额，情绪更加沮丧。

我暗自一惊。这是几年前那个在咖啡厅狂呼乱叫的加藤政二吗？看来，母亲对他的教育真起作用了。这就叫一千个谎言抵不住一个真相的力量。我不能再灌他酒，那会损害健康。我让服务生端来一盆热水，并拿来一条毛巾，给加藤政二洗把脸。

咖啡屋的墙壁全是粗糙的原木板，壁缝间夹着干净的稻草、麦秸和薯藤，伸手摸去，真实自然。天花板上挂着不少卡通人物，除了日本近期流行的，还包括中国神话故事中的著名人物。这些不无商业气息的中国文化元素，明显拉近了与中国消费者的距离。难怪这儿总是宾客盈门，门外长廊里还摆了几张粗木小桌，供等待入席的客人暂歇。

加藤政二用热毛巾敷过脸，果然精神好了许多，重新坐正，向我详细介绍石原劲太郎那篇署名文章。那文章不仅让作者出了名，也让中国的神舟山在日本的知名度大增。石原的文章将神舟山着实描述了一番，充满诡异色彩。他还引经据典，说是某年某月，某某西方国家的地质学家，又是传教士，跋山涉水来到神舟山，不仅留下宝贵的文字资料，还绘了地形图。文章还称颂神舟山是长寿之乡，有个名叫牛太和的老人，九十多岁，还能飞檐走壁。文章一出，曾有亲人战死在神舟山的遗族们都给报社打电话，询问神舟山在哪儿，能否领他们去走一趟，给亲属做个祭奠，把他们的孤魂引导回国。

加藤政二的妈妈也知道中国有个神舟山，外婆早年对她说起过，但不知神舟山与外婆是什么关系。他妈妈每天给外婆读报纸，希望刺激老人神经，发生奇迹。那天她读到石原劲太郎准备在神舟山投资，由加藤政二具体操作，大为生气，当即在电话里与儿子争吵。结果她意外发现，就在她与儿子高声争辩时，外婆面部有细微反应。究竟是哪个词句刺激了她？她仔细回忆两人争吵的关键词，"神舟山"啦，"牛太和"啦，"大项目"啦，等等。每天反反复复，希望她再受刺激，最终苏醒。她相信外婆的意识仍然存在，目前处于沉睡状态。最后她捕捉到一种感觉，即老妈妈对"牛太和"一词反应比较明显，于是要求儿子，务必找到这位老人。

"我妈要求我最好与老爹见上一面。""那就上神舟县去一趟。""你不是让我从那个什么项目中退出吗？""这与投资项目是两码事。再说神舟县经济落后，确实需要资金。""集团总部的事，我可保证不了。""只要你真心想去，我可做出安排。差旅费我替你出。"

"好，够哥们。'54DAO'，见鬼去。"加藤政二从电脑包里扯出那份报纸，三把两把撕碎，扔进有盖的蓝塑料垃圾桶。

四五　北京记者的惊人发现（正在进行时）

照我原来的打算，此去神舟山只是了却一个心愿。至于效果如何，就不做考虑了。由于太和老爹再次从精神病院失踪，我只有直接往神舟山碰运气，是否有可能去爆炸现场外围看看，感受一下现场气氛。这次已没有上回来神舟县享受贵宾待遇的机会，因不曾与政府任何部门打招呼。上回是赵凯林书记有求于我，现在的县领导求我什么呢？我在一家价格相对便宜的旅馆登记时，费了好大周折，原因是旅馆服务员一再问我，是不是北京来的记者，如果是记者就不接待。"记者怎么变得臭大街了？你们是不是还要检查我的行李？我是自费旅游，路过这儿，住上一晚就继续赶路。你信不信？不信拉倒。我另外找一家不行？""行行行，别发火。我们也是按上面领导说的做，不然一旦查出，就会找我们的麻烦。""他们最常用的手段就是罚款，然后你去找人。找来找去，又是找到那些当领导的，于是又是请客，又是送红包。我还是走吧。""别走，别走，别走，你住一个晚上哪儿够？神舟县好玩的景点多着呢。要不要配上一个导游？我们这里漂亮妹子多得很，除了导游，还可以提供'全套服务'。'全套服务'你懂不懂？""不懂不懂，多谢多谢。我还是抓紧休息吧，先登记两个晚上。"于是我总算在一间约莫十平方米的客房住下，被褥下的跳蚤与从天窗钻进来的老鼠，差不多折腾了我一个晚上。

因睡不踏实，十年前采访赵凯林的片段细节，不由得在脑海浮现。我那时的身份虽是说客，试图说服赵凯林改变主意，放弃神舟山大项目，赵凯林却以县委书记之尊，极有耐心地向我一次又一次做着解释："这个口子开得的？别说是国家的大项目，哪怕是县里的小项目，一旦县委、政府发了话，那就非执行不可。否则政府的权威何在？中央一再强调政令畅通。中央要求畅通，地方政府更要畅通，尤其是县级政府。因为县级政府正好处于各级政府的中段，若中间不通，就必然产生肠梗阻。大记者你说对不对？"

"但如果双方顶牛顶得厉害？""共产党的江山，容得了顶牛？""政府对老百姓，总该以理服人吧！""这个当然。只不过你有你的'理'，我有我的理，你的理必须服从我的理。事情就这么简单。"

我忍不住笑了一下，因想起苏格拉底说过的一些话。这个苏翁，强烈反对"强者正义论"，即反对"政府正义论"。在一些人眼里，正义不是别的，就是强者的利益。而所谓强者，专指政府。"每一个统治者都制定对自己有利的法律，平民政府制定民主法律，独裁政府制定独裁法律，依此类推。他们制定了法律明告大家：凡是对政府有利的，对百姓就是正义的；谁不遵守，他就有违法之罪，又有不正义之名。""利益集团成为统治者的时候，是没有错误的，他总是定出对自己最有利的种种办法，叫老百姓照办。"

这场公案，太和老爹是输定了。这也是我迅速撤离的根本原因。

十年后重回神舟县，我除见过已退休的马馆长，还见了挂名"帝豪大世界"顾问的高志尚。刚从省信访局被送回原籍的高志尚，说起神舟山爆炸事件，居然一把鼻涕一把泪。就在他准备与我一道上县"信访办"接出福山老爹时，却被告知老人家已不幸遇难。我大受刺激，还能敷衍了事吗？我必须进入现场，不管用什么手段。取得第一手资料后，再考虑文章如何做，做好的文章如何用。如果必要，把这事直接往省委书记那儿捅，防止赵凯林一手遮天。当然，方法还得讲究。为争取时间，我第二天一大早赶紧上路。十年时间，神舟县已通了高速公路，可惜在神舟山不设站。所以要去林场，还得走原来的国道，再从国道转专用公路。没有便利的交通工具，我决定搭乘农村短途班车走上一段路，然后步行上山。正待靠近国道与专用公路的交叉路口，一道用红布拉起的警戒线出现在面前。警戒线前立了一块大木牌，上面写着："前面路障，行人止步。"

"那我该怎么走呢？"我装作为难的样子，问戴红袖章的特勤队员。

"你想去哪儿？"

我说了神舟山附近的一个地名。这是马馆长上回提供的。

"绕，绕，绕。"值勤人员倒也热情，打着手势，在空中画了一个大圈。

我差点发出惊叫。照这位戴着红袖章的热心人给出的线路图，那不得绕半个中国？我估计，现在脚踩的位置，离"帝豪大世界"爆炸现场大约十公里。怎么办？不是说钱能通神吗。我不妨出一点钱，请个当地人带路，绕过布下警戒线的这条大道，抄小路进去。未必谁真有本事在"帝豪大世界"布下天罗地网，麻雀都飞不进？

我便离开布下警戒线的大道，走向旁边的岔路。走出一华里路程，看到几位正在地里收割稻谷的村民，还有人正挥着连枷，"梆梆梆"打豆子，我忙向他们走去，准备实施自己的计划。却见一个人从后面跑着追来，同时喊道："等一等，请您等一等。"

这不是刚才那个戴红袖章的特勤队员吗？他竟然一直跟在我的后面。我警觉地站住。他想干什么？出于本能，我先摸了摸双肩包里的照相机。虽说现在的手机都有拍摄功能，但相机对于我们这一行，还是备受青睐。若失盗或者被抢，损失太大。

"刚才想去神舟山的是您吧？""对不起，请问您是什么意思？""您是外地来的记者吗？""是记者怎么样？不是记者又怎么样？""如果您真的是记者，而且是外地来的……"

他因跑得太急，有点气喘吁吁，顺手用袖子擦着脸上的汗水。我这才注意到他现在没戴袖章。遇上一个"两面人"了。"两面人"任何时候都有，是好事还是坏事？

"如果您真的是记者，而且是北京来的，我就告诉您一个办法。不要走那么远的冤枉路，也不要跨越他们的警戒线。"

我好不欢喜，正求之不得。却故意说："刚才您怎么不肯？"

"刚才是刚才，现在是现在。听您口音，肯定不是神舟县的人。您还背一个大包。很沉吧？我替您背。放心，不会抢跑您的。不管您是不是记者，您一个外地人，这个敏感时候，费心费力要去神舟山看现场，说明心里有我们老百姓。帮一下还不是应该的？您知道大家是怎么想的，都盼着突然降下个包青天呢。国家反腐败的力度这么大，难道我们这儿就是一个死角，雷都打不醒吗？"那人絮絮叨叨地说着，要过我的双肩包，往自己身上挎。

这位素昧平生的年轻人的话，使我大受鼓舞，同时也深感压力。可不能让他们对我寄予过多希望，否则怎么收场？

"多谢多谢，年轻朋友。我不是记者，真的不是。我是来旅游的。您只需告知方位，我自己走着去。还是不行？那我下回抽空再来。所以还是求您给指条近道，下回再来时省点时间。"

"您真的不是记者？那我就失陪了。神舟山主峰现在也确实不能去。下回您要去，就走那儿，走那儿，再走那儿……"山里人就是纯朴。

告别热心的年轻人之后，责任感驱使着我的双脚，按照他的指点，踏上另一条通往神舟山"帝豪大世界"的山道。一路攀爬的辛苦，使我对在山道上滚爬的山民们肃然起敬。年已百岁的太和老爹，攀登陡峭的盘山小路是怎样的情形？他可是长年累月啊。老人家长寿的秘诀到底是什么？我有没有寿高百岁的幸运？幸好这十年里受太和老爹启发，我对健康比较注意，不仅体重得到控制，秃头皮居然又开始返青。此刻攀爬山道，也不那么吃劲。冲着这些，我也非得要把"帝豪大世界"爆炸案的真相弄明白不可。这里头有个情感问题。正如狄德罗所说："只有情感，而且只有大的情感，才能使灵魂达到伟大的成就。"

也不知绕了多少弯路，抄了多少近道，总算接近目的地了，眼前出现一堵高高的铁丝网围墙，围墙里面是一排绿树。墙体依高低不平的山梁而建，不知有多少里程。透过树梢，可见到里面的房屋稀稀落落，结构简陋，外观粗糙，东立一座，西立一座，显得杂乱无序，感觉不到生气。这应该属于"帝豪大世界"的一部分了，但不会是核心部分。业主的兴趣不在这上面，所建这些不过是一种摆设。明白了，牛全胜肯定是个玩弄国库的高手，而且与银行关系相当的"铁"。前些年里，国家银行管理松懈，贷款不实行个人负责制，而是唯领导一支笔，动不动制造"烂账""坏账"，使国家银行海量亏空。那些居心不良的企业家见有空子可钻，千方百计使自己的资产虚高，把本不值钱的破铜烂铁抵押给银行，获得巨额贷款，再将其中若干"回扣"给经办人。银行领导与不良企业事先有约，评估时睁只眼闭只眼，同样乐得将企业资产虚高，以便多拿"回扣"。眼前这一家企业看来也是这么做的，否则修这么多简易房屋干什么？"帝豪大世界"爆炸现场在哪儿？我顺着围墙的墙脚往左走了一段，没找到入口。回头往右，又走一段，总算见到一座用竹排扎成的便门，已有一段时间不曾开启，上面满是灰土。中间有条小缝，挂着蜘蛛网。我便从小缝里挤了进去，双肩包卡在竹缝里，用力扯了几下，才把背包扯出。

果然如我所料，牛全胜虚增企业资产的花招玩得不小。铁丝网围墙只是"帝豪大世界"的外墙，面积大得出奇。稀稀落落的房屋这儿那儿都有，如跑马圈地一般。外行人一看，不知这企业规模多大。也就是我们的银行是全民所有制，用心险恶的蛀虫们才得以钻空子。项目范围的地势有高有低，站在树木繁密的高处，可鸟瞰"帝豪大世界"的全景。铁丝网围墙里面有大片空地，空地那头还有两道围墙，其中一道高墙抹了白色泥灰，另一道高墙全涂成褐色。那边一长溜高耸的石墙是什么？好像又是一个天地。墙头立着电杆，显然拉了电网。这不成监狱了？牛全胜当监狱长了？如此高墙林立，这十年里他在里面干什么了，为何要如此防范？"帝豪大世界"是个怎样的企业？经谁批准建立？经营范围多宽？我们国家在政府对企业管理方面，可是世界上管理部门最多，审批手续最繁，管理手段最严的。我看过一则报道，某企业为申办一个项目，前后经过一百零八个部门，盖了一百零八个公章。最后一个公章没有盖到，项目还是没有办成。

"特事特办嘛。再说有些手续可以补办，也就是常说的先斩后奏。这样的特大利好项目，加上牛全胜的特殊人脉关系，拿批准手续只是走走形式。甚至国家某个部委的司局长，也只是奉命盖章。你我都是体制内的人，对这些还不清楚？"对了，这是赵凯林十年前同我说过的话。估计，"帝豪大世界"这十年的经营之术，都是在这种特权思想指导下形成的。

特权，有职务就必然有特权？又想起苏格拉底说的："好人就不肯为名为利来当官。"一个真正的政治家追求的不是他自己的利益，而是老百姓的利益。

既然来了，务必有所收获。看来在大道设防的当权者们，没想过后院会有漏洞。这正好给我机会。只是肚子有点饿了，背包里什么吃的也没有。好在这是金秋时节，山上果子不少。我感觉口渴，摘下两个熟得透亮的柿子，撕开薄皮就吃，又发现野生的猕猴桃成串，轻轻一捏，蜜汁直流。好，这就足够充饥。想想太和老爹讲过的挨饿故事，我这算什么。利用这大半天时间，我走遍第一道围墙与第二道围墙之间的所有空地，给牛全胜用来作秀的全部建筑物拍照建档。进入第二道围墙与第三道围墙之间的地面时，我不得不小心点儿，尽量不发出响动。因这里已有一些倒塌的房屋，房前已拉上警戒线。当然，最具诱惑力的是拉上电网的围墙，那里面究竟有什么不能公开的东西？一定要设法进去，拿出战地记者的勇气和智慧。我猫着腰，在第二道围墙与第三道围墙之间继续穿行。已听得见隔墙巡逻人员的声音，听他们说话的语调，好像还有公安民警。他们说话，习惯于命令式。千万小心，他们的规定就是正义。前面有一棵分权的香樟树，靠墙长着。多好的瞭望台，爬上去。

我将双肩包放下，只把相机挂在脖子上。怎这么笨？居然爬到半腰又滑下来了。体重超标的人就是这样。听说太和老爹还能上树摘果子呢。不甘失败，再做努力。我手抱树干，两腿夹紧，如青蛙浮水一样，终于上到香樟树分杈处。好，视线总算超越安了电网的围墙。

怎么看到的是这些东西？这也是"帝豪大世界"的一部分？分明是一个采矿场。那铁臂高扬、威武雄壮的，是一台大吊车；胡乱停放的，是几辆翻斗车。一条双轨铁路，从地面伸往掘开的坑道入口。地面左边是两座有棚顶的大型仓库，仓库前面是一个巨大的选矿场。有些矿石已被粉碎，有些矿石有棱有角，还保持原始状态。"帝豪大世界"有采矿业务？国家规定，矿山开采必须有采矿证。这些年国家对私人开放部分矿山开采权，但同时颁发采矿证。我听说，民营企业要办好一个采矿证，不比上天揽月容易。

牛全胜，服了你了。你可真是"全胜"。神舟山地层深处，是什么好宝贝吸引你？无利不早起，这是商人千古不变的铁律。矿山开采，也有个环境保护问题，同样属于我们的报道范围。好，这回可写的内容更多，更有针对性了。采矿场那边好像没人，是一时疏忽，还是值勤的人在休息？机会难得，这儿肯定不属于对外开放范围。站在树上拍照？距离远了点，效果不好。跳过去，从树上，使点劲。不过，从树上到地面有点高哇，估计超过二十米，不会把脚跌伤吧？苦不苦，想想长征二万五；累不累，想想革命老前辈。口号好喊，真做起来，却又有点犹豫了。跳不跳？得清静一会儿。闭上眼睛，让心跳缓一缓再说。

一个形象及时在脑海浮现。嗬，还真是百岁的太和老爹。与此同时，传来一个略带嘶哑的声音："树上有人。是谁？别跳，太高，小心，别摔。"这是在招呼我吗？怎么不见人影？不可能，我不可能被发现。跳，怕什么，胆小鬼！一股强大的冲劲突然从心底涌起，我将相机从胸前移向身后，松开手里的树枝，口里喊着"来了"，身子略曲，猛地跌落下去。

四六　出监后的第一大愿望（老爹自述）

我出狱后的第一站是沧浪寺。小时候见过的沧浪寺，基本是木头建筑，主殿里八根圆柱有金丝楠木香味，一人合抱不住。雕刻在翘檐上的盘龙凤凰，像立马就要飞腾。还有不少画图，依照佛教经典提供的故事蓝本绘制，教导信众如何行善。这座寺庙建于元代，一直保存到1965年。"文化大革命"开始后，被从城里下乡的红卫兵当作"四旧"，给砸得不成样子。除了结实的房柱没被捣毁，那彩绘的木壁拆的拆除，涂的涂污。精雕的菩萨全都粉身碎骨。

我与沧浪寺深深结缘，是在坐牢时期。因为我改造积极，赢得干部相信，有时就跟着干部到沧浪寺买这买那。这可是狱友们眼红的差事，因为可以出来散心。那时沧浪寺的菩萨虽然全砸光了，主殿里的石鼓凳还在，可以坐着乘凉。干部们每次买物品累了，都在主殿里歇会儿，我也跟着进去休息。

后来我动了一个念头，可否利用这个方便，在主殿原来敬菩萨的神台旁边，悄悄给神舟山的弟兄们立块牌位？山圣甸老道长讲过，神灵无处不在，香火久的老寺庙，尤其能吸引他们。所以我在这儿立个牌位，没准他们会跟着过来。又一个清明节之前，我得到跟随干部去沧浪寺的机会。于是偷着用木片削了一块八寸长、二寸宽的灵牌，写着"神舟山死难弟兄灵位"，趁管教干部上厕所的空当，将灵牌偷偷插在原来供菩萨的神台一旁。然后闭上眼睛，两手合掌，心里默祷，祈求他们灵魂安宁。冥钱是不敢烧了，也没有香火可敬。这都得请求弟兄们谅解。

结果你说神不神奇？就在我闭眼默祷之时，身上突然有了一种奇妙感觉。仿佛头顶的天空开了个巨大的亮窗，一股强光从亮窗直直地下来，射向我头顶的百会穴，顿觉浑身舒坦，脚底像踩着一团棉花，轻飘飘的，似乎失去了重量。接着耳边响起柔和的音乐，像从天上飘送下来。同时感到暖洋洋的气浪从地面缓缓上升，如潮水一般，慢慢漫过我的脚踝、膝盖、身子、头部。

我眼睛紧闭，正要进一步体验这妙不可言的感觉，管教干部却走过来了，往我肩上一拍："你在干什么啊？身子摇摇晃晃？"

"呵，对不起。我感觉有点累，站着站着就瞌睡了。"我忙用话搪塞，假装揉揉眼睛。于是所有的美妙感觉一扫而光。

"那就再歇会儿吧。"由于我平时表现还行，所以干部没找我的岔子。管教干部见我累了，自己掏钱给我买了一碗酸辣粉。除了辣椒酸萝卜菜，里面还有点点肉丝。吃着热乎乎的酸辣粉，我心里很是感激。

晚上回到监舍，躺在铁床上，我又失眠了，却不敢随意翻身，硬生生僵着身子，不出大气，只怕又引起狱友注意，报告管教干部。想着白天经历的一幕，我不由得心潮澎湃。我相信弟兄们真来到我身边了，他们因为是为国家而战，为民族而死，为正义而亡，所以都能进入天国。他们没有把我忘记，等着在清明节享祭。

这是我入监后第五年的事。以后每年清明节前后，我都努力寻找这种机会。当然机会不是每年都有，中间有两年，就没这么赶巧。但不管怎样，想到沧浪寺，心里感觉暖烘烘的。见到寺庙旁整齐的垂杨柳，在微风中轻轻摇摆，感到非常亲切。

1979年，我的监狱生活结束了。下一步去哪儿？好长时间没想好，于是在监狱里临时就业。临时就业与犯人的最大不同，是不再住在监舍，也不受干部管制。只要做好交办的工作，就不用再报告这报告那。不过一般不得请假，请假得详细说明原因。我惦记着藏在神舟山溶洞里的纪念匾，但不敢请假上山去看，担心被人发现。这时虽然宣布"文化大革命"结束，但干部们对国民党和蒋介石，基本还是老看法。如果有人讲他们曾经抗日，做出牺牲，那就是存心诋毁共产党，就是严重阶级立场问题。

有一回我挑着两只箩筐，又去沧浪寺买物品，这回我是独自行动，穿着普通的蓝卡其布衣服，没有干部跟随。我看看太阳，离落山还远，于是两脚像有指南针引导似的，不知不觉便来到沧浪寺大庙。寺庙照样还很清冷，只是被好心人打扫得干净了些。虽然中央讲要"解放思想，实事求是"，但下面的人不知该怎么个"解放"法。所以对寺庙这样的地方，还没人有胆量伸手。

啊，能单独在主殿里站着，想怎么走就怎么走，想待多久就待多久，这是多大的幸运！我放下担子，在主殿内外转来转去，这儿站站那儿看看，就像回到自己的老屋场。最后我立在主殿原来供菩萨的神台前，垂下两手，舌尖抵住上腭，试着练习气功。因为神台上没有任何一尊神像，故我不敢磕头。

也许与这寺庙历史久远有关。虽说主殿神台上没有神像，主殿的气场却相当融和。那感觉就像寒冬季节，暖烘烘的太阳照在身上。全身的气感也特别强烈，每当我缓缓地吸气、呼气，从头顶到脚尖如同敞开一条输气的管道，一直贯穿下来。

这使我感悟到古老寺庙的气场能量，比其他地方强了不少。气场这东西，据说西方一些人认为不科学，看不见摸不着，想否认它们的存在。国内也有人跟着起哄，讲气功是伪科学，有气场是唯心论。我从不与任何人争，只自己有感觉、能受益就行。在老寺庙这一练，更激起我重建神舟山抗战纪念碑的愿望。不仅要恢复纪念碑，还要争取在神舟山修建一座纪念堂，与过去的玉皇大帝庙一样，让子孙后代记住那些为国倒下的同胞弟兄，激发后人的爱国心。国家，一个神圣的称呼。人类在发展过程中形成的国家，是各个民族的家园。由于人类自我膨胀的本性，只要有国家存在，就会有国家之间的纷争。无论文争还是武争，都得在全体国民中弘扬爱国之心。否则没人肯去戍边，自己的祖国就可能从地球上消失了。世界历史上有不少国家，曾经相当辉煌，最后就是在外族的侵略下消亡了。所以在国家消亡之前，爱国，这是一种永不过时的崇高精神。我不能再在监狱待着，那儿太狭窄了。我要出去，做更多的事，为国家，也为自己。

我挑着买好的东西回到监狱，马上向领导提出口头申请。这时，监狱领导是真的不愿我走了，觉得我这人比较可靠，还精通几门手艺，可以干零碎活儿。但监狱领导不是明白地讲，而是委婉地问："你准备回哪儿去呢？继续回老家挣工分？"

一句话问住了我。是啊，我该回哪儿去？按政策规定，我只能回原籍老家。那时还是人民公社、大队、生产队，而不是乡政府、村委会、村民小组，大家还在出集体工，用记工分的方式分配粮食。我这一回去，不是又要与大家一样挣工分？而现在我已经不太习惯挣工分，脑子里只有立功、奖励、加分。

"你在这里，干得好，也许还有机会吃国家粮呢。"监狱领导进一步启发。这位新领导是女同志，负责人事教育。她任何时候都穿着警服，前额宽阔，不留刘海，表情严肃，在犯人面前总是板着面孔。我虽说平时表现还好，但每次见了她都两腿打战，不知为什么。今天她这样耐心地和我说话，真是让我感动。

面对领导细致周到的关怀，我几乎想改变主意，立即站起，认真回答："报告干部，您讲什么，我听什么。"

"哈哈，坐下，坐下。你现在不用再站着和我说话了。你以后可以叫我大姐。再问你一个非常现实的问题，你老家有房子吗？""有两间，但不知还能不能住人。""那你回家住哪儿呢？""这个，还没想过。"

一下被问住了。我坐牢之前拼尽老力，盖了两间屋子，房顶一半盖着茅草，一半盖着瓦片。如今十几年过来，那屋子还在不在？会不会漏雨？

监狱长大姐最后拍了拍我的肩膀，亲切地道："你现在要出去，很容易的事。再想想吧，想好了，随时找我。"临走时，她突然发现我的蓝卡其布工装有一个破洞，便要我脱下来，让一名女工给补好。

穿着女监狱长让人送来的补好的蓝工装，我连着几天都睡不着，吃不好，脸瘦了一圈，成了"刀豆脸"。早晨练气功也不能入定，眼睛一闭，直冒金星，像被谁当头打了几棒。耳朵里响着蜜蜂的叫声，没完没了。脑子里不分白天黑夜转来转去，想这个事，就是拿不定主意。

那时吃国家粮与吃农村粮，是天与地的差别。吃国家粮不但吃饭有保障，月月有定量供应，还有油票、副食品票、猪肉票、棉花票，这票那票，等等。那年代物资短缺啊。农民的情况刚好相反，只能从生产队分口粮。如果生产队收成不好，社员们的收入就减少。一旦有"吃大锅饭"的思想，干活没效率，哪儿来的好收成？所以后来搞土地承包责任制，大家的积极性一下起来了。同样是这么多土地面积，粮食立马解决。这是另外的话。

那时在监狱就业，完全不用考虑吃饭问题。而且那时，住房有公家提供，每月都有固定收入。成不了富裕户，但基本生活有保障。于是我在监狱继续待着，直至1980年清明节到来。

这一年的清明节对于我，意义又不一般。我只需请个假，爱怎么走就怎么走。什么东西只有失去了才感觉它的宝贵？一个是健康，一个是自由。譬如现在，我就充分感觉到自由的好处。我想到的第一件事是直奔神舟山，祭拜十几年未见的弟兄们和马县长。我做事顺风顺水，当然有弟兄们和马县长的一份功劳。

上山后的第一件事，是去那个藏纪念匾的溶洞，看那东西是否还在。老天相助，上山前还下着蒙蒙细雨，如一张巨大的雨幕，罩住整个天地。而当我上到山腰，雨居然停了，云层中透射出一片金色的阳光。雨后的阳光与空中细绒绒的雨雾交织，现出一道美丽的彩虹。突然见到如此奇妙景象，我不由得暗喜，莫不是弟兄们和马县长在天有灵，见到我了？若真是这样，过去受的苦就算不得什么了！不过我心房仍"怦怦"直跳，万一那东西不在，这十几年的牢就白坐了。时间长了，记忆有误，加之山上的变化很大，为了给"三线建设"项目开山修路，把好多刚刚成材的树木也砍伐了。我在山里钻来钻去，找那山洞。花去个把多钟头，才找到那个溶洞。

真是万幸，溶洞前面的杂树、茅草和葛藤缠绕在一起，密匝匝的，占去约莫半亩地，风都吹不进去。我发挥个子小的优势，像野猫一样弓着背，硬钻进去。我一路扒开杂树杂草，身上的衣服被撕得"刺啦啦"响，总算靠近洞口。顾不得想洞里会不会有蛇，我又大着胆子往里钻。天哪，我刚要抬步，真有一条蛇从洞里蹿出来，就从我身边擦过，我明显感觉到它身子散发的凉意。原来是我拨拉茅草的响声惊扰它了，这就叫打草惊蛇。惊跑了这条大蛇，我倒放心了，更不管不顾地往里钻。洞里乌漆墨黑，我的脑袋在岩顶碰了几回，两手在地下和溶洞壁缝里扫来扫去。没有。再摸。什么东西？蛇，一条盘曲成一个烧饼似的长蛇，幸亏没咬我的手。长蛇也被吓跑了，我又继续摸。啊，总算摸到些木片了，湿漉漉的，长着青苔。因为在洞里没法分辨，我便小心抱着它们，从原路退出。

啊，我的天老爷，果然是那纪念匾的碎片。原来的颜色已看不出来，上了金粉的字也变成黑色。尽管这样，我还是止不住狂喜。纪念匾，纪念匾，十三年的牢狱之灾，多少回挨打挨骂，都是因为你，因为你呵。一场梦，真像是一场梦。我将寻得的所有碎块一把抱紧，眼泪不由得涌了出来。

满山寂静，林木无声，流水不响，鸟都不来打扰。整个世界，都仿佛消失了。

我不知在杂草丛里坐了好久，天色开始变暗，才想起该拼凑一下，看能否复原。我不敢立即钻出草丛，心怕突然被人撞见，便就地试着拼凑。由于捆扎的藤条已断，碎片松滑，少了几小块。我又钻进去摸索一番，直到基本找齐。我小心地用袖子把每一块碎片上的青苔抹去，根据长短不同重新搭配，有字的一面朝里，这样合成一个整体，再扯几根葛藤严严实实地捆扎，确信天牢地稳了，才扛在肩上，钻出杂树草丛。

纪念匾显然不能再藏在山洞里了，否则会彻底毁坏。虽然不可能把碎片拼凑起来重新竖立，但毕竟是原物。蒋介石本人已经作古，所以更有一定的文物价值。藏哪儿最安全呢？以目前台湾海峡两岸的情况，公开提出重建蒋介石题写的纪念碑，肯定还不行。我扛着纪念匾在山上磨磨蹭蹭，边转圈子边想法子。往哪儿放呢？放在监狱的宿舍楼完全不可能，再藏进山洞则没有必要。还是藏在老家的小屋吧，但不知那两间小屋破败成什么样。蓝布工装帮助了我，一路没任何人怀疑我扛的是违禁物品。在牢里关了十几年，路上也没遇上一个熟人。不过在进村时，我还是选择太阳落山之后。走进村里，我才见那两间屋子已做了生产队放杂物的库房，几只老鼠正在打架。有一只老鼠溜到我脚边，我刚想一脚把它踩死，转念又放过了它。最后我想到沧浪寺庙的房梁顶上，暂存放在那儿吧。待哪天有了固定住所，再搬一次好了。

将纪念匾安放妥当之后，我坐在沧浪寺庙过厅里的石鼓上，从挎包里掏出两个凉薯，撕去薄皮，边"吧嗒吧嗒"吃着，边想心事。不行，不能贪恋在监狱就业的甜头，哪怕在里面能得到金山银山，也得离开。否则，也许我再过十年二十年，也实现不了在神舟山重立纪念碑的目标。那毕竟是监狱，而我是监狱里的员工。员工就有员工的纪律，一旦上级宣布，不许接触国民党留下的任何政治性纪念品，我听还是不听？不听，就是违反政治纪律；听，手脚又被捆住了。而在社会上，我是个自由分子。当然不是想怎样自由就怎样自由，相对而言，肯定比做一名监狱职工，思想上不受禁锢。

"你真的要走？在里面就业不好？""报告干部，我……""先别这样，快改口吧。你有什么想法，直接说吧。""报告……监狱长，我是想，是想，早点有一个家。"不知怎的，我脑子里突然蹦出这么一句。

"有家？呵，我明白了。你是想回去结婚成家？外面早就有人等着了是吗？恭喜恭喜，好事好事。这个我们应该支持。这也是我们的一份成果，说明我们正确执行了党的监狱改造政策嘛。"女监狱长从办公桌后面的椅子上站起来，主动向我伸出右手。

我离开监狱时，女监狱长让财务室替我结算了这段时间的工资，又以监狱管理局的名义，发给我一笔补助费。接过装满钱币的信封，我先是深深地向女监狱长鞠躬，还觉得不够，便在她面前跪了下来。

"起来，快起来。共产党哪儿兴这个！"那大姐忙把我扯起来，"你有好事，别忘了告诉我们就行。我们还等着喝你老人家的喜酒呢。"喜酒？喜酒。听到这个，我鼻子不由得一阵发酸。偏瘫婆娘、方舟惠子好像都来到面前了。真对不住啊，欠你们的太多，太多。怎么偿还？或许只能等下辈子了。

我的监狱生活就这样结束了。离开那天，忍不住回头再回头，看看黑色的铁板大门，又看看墙上的电网，心里讲不清是什么滋味。痛恨？留恋？也许是恋旧的表现吧，毕竟在里面生活了十多个年头。人生能有几个十年？头一眼见到监狱大门时，第一个念头是能不能活着出来。并不是这座监狱的管教干部格外仁慈，我亲眼见过，管教干部穿着大头皮鞋，猛踢不服管教的犯人的屁股，踢得那犯人满地打滚。那犯人最后成了终身残疾，永远只能用手代替脚来走路。不用讲，"反改造尖子"在里面是吃不消的。而今我终于以新人身份与监狱告别，管教干部还送我礼品。十几年冤枉牢狱，日子也不全是白过。好比人生躲不过的一个坎，列车必须经过的一个站，有的人倒下去，我却挺过来了。现在我要从这里开始，迈出新的步子了。不管前面的山有多高，路有多险，我走不过就攀，攀不过就绕，总之要一步一步往前走。也许只能活三五天，也许还能活三五年，甚至或许还能再活三五十年呢。有人讲，上天给每个人设计的年龄是一百二十岁。不到六十岁都属于夭折。你不珍重，自打折扣。活到一百零八岁，九折；活到九十六岁，八折；活到八十四岁，七折，活到七十二岁，六折。以此类推。不管还能活多久，活一天就要像模像样的是一天。还是那句话：我命在我，不属天地。

后来的事实证明，我这个决心又下对了。从监狱出来之后，由于监狱方面给我的评语写得好，我很快在县城居委会的安排下，谋得一个扫马路的差事，最后还与秀美有了这番美好姻缘。

四七　"报纸不等于文件"（情景再现）

县城在膨胀，中心城区在猛拆，空中浮动着一层半透明的灰尘，与雾霾有点类似，隔老远便能看见。下午上班时间，悬着"坚持科学发展，建设和谐社会"两幅大红标语的县委大院门口，又被数百名上访民工堵了个严严实实。大门一旁的苦楝树上，临时拉起一道横幅："拥护中央英明决策，坚决反对贪污腐败。"苦楝树的叶子开始发黄，一片片小黄叶飘落在上访民工的身上和大型横幅上。数十名穿着警察和保安制服的人，在上访的人群中来回走动，做劝解工作。民工们有的坐着，有的站着，有的光着两手，有的拿了扁担，有的与劝导人员激烈争辩，有的一声不响，脸上一副冷漠麻木、听天由命的样子。我陪同太和老爹走到离大门百米远处，见此忙掉转方向，朝后门走去。为防止发生意外，太和老爹提议马秀美留在家里看护孩子。

这是2005年9月4日。前一天的上午10点钟，中国人民抗日战争暨世界反法西斯战争胜利60周年纪念大会，在人民大会堂隆重举行。中共中央总书记、国家主席、中央军委主席胡锦涛发表了重要讲话。他讲道："在波澜壮阔的全民族抗战中，全体中华儿女万众一心、众志成城，各党派、各民族、各阶级、各阶层、各团体同仇敌忾，共赴国难……中国国民党和中国共产党领导的抗日军队，分别担负着正面战场和敌后战场的作战任务，形成了共同抗击日本侵略者的战略态势。"

他又讲道："杨靖宇、赵尚志、左权、彭雪枫、佟麟阁、赵登禹、张自忠、戴安澜等一批抗日将领，八路军'狼牙山五壮士'、新四军'刘老庄连'、东北抗联八位女战士、国民党军'八百壮士'等众多英雄群体，就是中国人民不畏强暴、英勇抗争的杰出代表。"

"找书记，请您陪我去找县里的赵书记，帮我提我的计划。终于替国军弟兄讲话了。还提到'八百壮士'呢，参加淞沪会战，团长谢晋元，就在我那个部队的左手边。我讲话结结巴巴。您是大记者，您帮我讲话。您这样的年轻人，有文化，有见识，有头脑，有历史眼光。而且中央领导讲话在先，画了个框框，你只要不超过这个框框，也就不用有顾虑了。"这就是太和老爹要我陪他走出神舟山脚下的棚屋，来县城找赵凯林的原因。报纸的投递时间缩短了，3号的《人民日报》隔天就到了神舟县。太和老爹把2005年9月3号的《人民日报》小心折好，用塑料薄膜包着，放进一个褪色的黄布包。报纸头版，是胡锦涛总书记与老兵代表亲切握手的彩色照片，还有那气势磅礴的通栏大标题。我见县委大院的大门口被堵成那样，忙照着县文博馆马馆长的指点，拉着太和老爹的手，来到大院后门。

果然这儿相当安静，见不到情绪激动的上访人群。两扇深灰色铁门紧闭，门口两边蹲着的大石狮昏昏欲睡。几株高大的桃树从墙里探出半个身子，将枝叶搭在墙头，似随时准备离开原位，往别处潇洒。与桃树做伴的，是一簇簇开得正旺的牵牛花。它们将一个个粉红、浅绿、淡白色的小喇叭朝向四面八方，似在起劲地吹拉弹唱，只是听不见鼓吹些什么。

太和老爹和以往一样，每次回县城，都先去看望文博馆的马馆长。马馆长手里转动着核桃（后来我才知那根本不是核桃，而是一种比核桃价值高出多少倍的矿石，产地就是神舟山），笑眯眯地听了老爹的打算，没表示什么，只说了进大院的难度。见太和老爹上访心切，便透露了县委大院后门的秘密。它因为不当着大街，也不挂牌子，所以不太打眼。来访者只要说出某个人的名字，门岗一般不予阻拦。

我陪同太和老爹来到县委机关后门，正要举手去敲那两扇大铁门中间的一扇小门，整个大门突然敞开，一辆挂着武警车牌的黑色奥迪正准备从院里驶出。我一看是赵凯林的专车，忙迎上前去，使劲朝小车挥手。

奥迪减慢速度，很不情愿地在我身旁停下。我扶着太和老爹，绕到小车后排右座。车窗摇下来了，果然里面坐的是赵凯林。他头上抹过发胶，脸上刮得很光，像要出席盛大庆典。

"书记您好，冒昧打扰。太和老爹您认识吧？特来拜见您。我看他年纪大了，走路不太方便，所以陪他来一趟。"说时我退向一边，请太和老爹靠近车门。

"书记您好，还记得我吗?"身子瘦小的太和老爹两手扒着车窗，显得有些激动。

这时在黑色奥迪后面，另有一辆红色保时捷紧随而来，见前面的小车不动，便鸣了一声喇叭。赵凯林在车里说了声什么，司机缓缓动车。赵凯林趁机将太和老爹的手从半闭的车窗玻璃口推开。

"书记，报纸，请您读这张报纸，读总书记的讲话。是总书记，我们共产党的总书记。国民党没有总书记，只有总裁。"太和老爹这回却很执着，一边跟着小车往大院外面走，一边从随身背着的黄布包里掏出那份《人民日报》，想往车里塞。黑色奥迪的玻璃门徐徐上升，直至只剩一条缝。太和老爹的手离开窗口了，报纸却被紧紧夹住，一半在车里，一半在外面。

设于后院的门岗小屋里跑出一名穿深蓝色制服的保安员，一把将老爹拖开。手里还拿着半张报纸的太和老爹，经不住这粗暴的一拖，当即摔倒。

我忙抢步上前，把老爹扶起，朝柿饼脸保安员狠狠地瞪了一眼，说："他可是九十岁的人呢。没准比你爷爷年纪还大。"

黑色奥迪靠边停稳，穿深蓝色西服的赵凯林推开车门，钻了出来。他像要出席重要活动，所以有点恼火，却也不便发火。他先将保安员批评两句，再面带笑容地走向太和老爹，弯腰拍着老爹的肩膀："您老人家有什么事情，打个电话就行啦，何必亲自跑呢! 国有国宝，县有县宝。您老若能活过百岁，就是我们的'县宝'啰。"说完捂着肚子，做作地仰面大笑。

我看出赵凯林虽有些做作，却也难得如此。他的出行计划，肯定被打乱了。须知人家是一县之主，有多少事情需要拍板，有多少人需要见他。因为黑色奥迪靠边靠得不够，红色保时捷还是出不来。我便拉着老爹的手，与他一起靠边站着，同时等着赵凯林与我们贴近。另一位好心的保安员走来，示意开黑色奥迪的司机把车再挪挪。

"不用挪，我马上走。老爹您说，到底何事? 把北京的大记者也惊动了。"赵凯林的耐性有限，有点不耐烦了，边说边朝我俩走近，正好挡在大门中间。红色保时捷自认晦气，只好老实在原地待着。

那天晚上，赵凯林屈尊来宾馆见我，还亲自给我安排住宿。原来赵凯林对我的身份发生误会了，以为我有什么大背景。我越做解释，他越是不信。那好，今天就陪着太和老爹，求您办一件事吧。

我便将仍夹在车玻璃缝里的报纸用力抽下，递到赵凯林面前："老人家有个小小请求。主要是受到总书记讲话的鼓舞。"

"报告首长、书记，这篇文章可大了。您看这个，这个，还有这个这个，我画了红线，打了红钩的。"太和老爹快步靠上，挤到赵凯林跟前，踮起脚跟，右手在赵凯林握着的报纸上移动指点，表示有哪些重要段落。

赵凯林在老爹面前直直地站着，似乎被弄糊涂了，转向我问："他到底想干什么？"

我见赵凯林有些茫然，便松开老爹，将赵凯林拉到一边，放低声音说："事情简单，老人家要求恢复神舟山抗战纪念碑。"

我却把这件事想简单了。赵凯林神色庄重地看了看报纸，然后拍了拍，故作惊讶地问："这里有要求恢复神舟山抗战纪念碑的内容？哪一行？哪一句？我怎么没见到？"

这倒把我问住了。我把太和老爹画出的重点段落飞快地扫视一遍，确实没找到相关文字。

赵凯林一手叉腰，一手挥动，摆出对我进行启蒙教育的架势："记者同志，这是一个极其严肃的政治问题。报纸是报纸，文件是文件，报纸不等于文件。"

"可是在北京，却有张自忠路、佟麟阁路、赵登禹路。他们都是国民党高级将领。"

"那是过去定的，不是今天定的。"

太和老爹站在距我们两尺远处，赵凯林故意大声大气的话，无疑都飞进他的耳里。这些话对他来说，不啻当头棒喝。遇事一贯沉着的他，出人意料地伸过手来，一把抢下那张报纸，三把两把，扯得稀碎，如撒垃圾似的，全扔到地上。然后他转过身子，朝铁灰色大门外走去。在他身后，突然刮起一阵大风，将地上的碎纸片吹得漫天飞舞。

"老爹，别急。请听我说。"我赶紧追着上去。

"老爹等等，我话还没说完呢。"赵凯林稍停一下，也跟着追上。

太和老爹低着脑袋，没有停步，从后面看去，有些蹒跚。我正要疾步跟上，赵凯林却把我拉住。

"行了，大记者。老爹毕竟不是我们党内的人。恢复神舟山抗战纪念碑的事，不要再想了。即使上级下达了专门文件，那座抗战纪念碑也没法重建。"

赵凯林见我一脸茫然，便把我拉到一旁，将声音压低："您想想，人家日本人来投资办厂，你在厂区立一块打日本的大碑，不是存心恶心人家？厂子一建，地盘就是人家的了。老板是人家来当，放屁是人家的香。"

我心里"咯噔"一响。这一层意思，上回赵凯林可没对我讲起。他那回只说，上级没有重建国军纪念碑的精神，所以不敢擅自主张。我不由得问："你后面这话的意思是……"

"除非这项目废了，或换成其他国家的投资人。""这要求是牛全胜提的吧？""他现在全权代表日本投资方。""您对日方完全有把握？""那当然。我们已经有热线联系。"

我一时哑然。

赵凯林进一步解释："我们这样一个穷县，多少年没见过一分钱外汇投资，外国老板走错了路，也走不到这儿来。现在突然来了这么个大老板，我若有怠慢，你说，记者同志，由此造成的损失，是不是同时有政治、经济两笔大账？我现在就准备上省里专题汇报这事。你见过刚才那辆红色保时捷吗？联系人早等得不耐烦了。怎么样，值不值得你来一篇报道，给我们这国家级贫困县上头版头条？"说到最后，赵凯林亲切地拍打着我的肩膀，似对我寄予厚望。

难怪，那回在五星级宾馆餐厅聚会时，迟到的赵凯林要求调换座位，与加藤政二紧紧相挨。这才是问题的实质，"报纸不等于文件"只是借口。中央精神对于他这种人，也看如何为我所用。倘或需要打"擦边球"，捕风捉影，甚至凭空捏造的事情也干得出来的。这就叫"上有政策，下有对策"。我抬头看看门外，太和老爹已走出很远，快要拐弯进入小胡同。我担心老人家发生意外，忙追了上去。

跟我们解释了这番苦衷，赵凯林的汽车重新发动，正要起步，太和老爹却转过头来，与小车走个正对。小车只好刹住，赵凯林拉着长脸，推门下车。我正担心事态恶化，太和老爹却对赵凯林弯了弯身子，表示抱歉："我不该撕了报纸，不知算不算犯法？算犯法我甘愿再坐几年牢。纪念碑我也不提了。只求赵书记一个事，神舟山保住不容易，大项目要搞就搞好，别再折腾来折腾去。"

四八 探险者被活埋在溶洞（正在进行时）

高志尚没有想到，会在这个时刻、这个地点见到北京来的记者。当他在围墙脚下把记者接住，防止他摔成重伤时，还以为是哪个小偷，想打那些采矿设备的主意。

"怎么是您?""您是高场长吧?""您怎么上这儿来了?""我也搞不清哪儿来的吸引力。"

两人打趣地说着，最后同时哈哈大笑。高志尚见记者的照相机摔在地上，忙弯腰捡起。记者把照相机重新挂上脖子，垂到胸前。高志尚提醒他道："别别，赶紧藏起，千万别让'特勤队'的人看见。他们刚下去吃饭，一会儿就回。"

"特勤队员归哪儿管?"

"公安局。这里本来由公安局直接派人看守，公安局警力不够，才加派'特勤队'队员。我们县的'特勤队'，实际是公安局的一支辅助力量，由地方财政负担，县公安局直接管理。每人配备警棍，专门对付群众上访，尤其是集体上访。由于中央三令五申，严禁动用警力介入群体性事件，地方领导便想了这么个好主意。他们有公安局做后台，所以对老百姓下手特别狠。在城里，有些人特别恨'城管队'，我们这神舟县，有些人却特别恨'特勤队'。"

"他们自己也是普通百姓啊?"

"是啊，也许是'重赏之下，必有勇夫'吧。'特勤队'的待遇，比出门打工强多了。县里的土政策，从赵凯林当书记延续至今。赶紧走吧。让他们见了真的麻烦，起码您的胶卷保不住。"

"这儿到底是怎么回事？'帝豪大世界'成了采矿厂。""对不起，我也是头一回进来。"高志尚尽其可能，做着介绍。

于是记者明白，这里是绝对禁区，国中之国。在这里干活的，全是高薪聘请的外地人。现在那些人走了，出现空当，才有他俩的机会。墙上的电网真通了电的。就在爆炸事件发生前不久，有个十几岁的小男孩好稀奇，偷偷爬上来，想看里面是什么玩意儿，结果触电死亡，只得到一万元补偿费。这企业的资本结构相当独特，中国方面拥有一定股份，主要持股人为牛全胜与另一名女性股东。这个女股东也神秘得很，从未在神舟县露面。董事长是日本人石原劲太郎。但从奠基典礼到正式投产，石原劲太郎的影子都见不着，只派了几名高管长期驻守。牛全胜作为执行董事兼总经理，独揽企业全部大权，只每年三次向董事长汇报。或去东京，或去北京。听说他早就买了私人飞机，不想露富，所以矢口否认自己在企业拥有股份，只说是替"首长们"代持股。"首长"是谁？什么级别？一概不予披露。

"企业员工从哪儿来？""大部分本地招收。""刚才您不是说，招的全部是外地人吗？""那是指这个特殊工区，也就是我们眼下所见的采矿区。现在弄明白了，为的是封锁消息。其余工区，招的都是本地人。""招收本地人有什么好处？""压低工资，减少成本啊。本地人以前都去沿海发达地区打工，现在家乡有这么个企业，当然愿意进来。要求进厂的人多，劳动力便贬值，企业方趁机签订'霸王合同'。太和老爹承包时建立的员工之间的平等关系，全部等于零。"

高志尚与记者还是十年前见的面，分手时谈得不愉快。现在久别重逢，都很高兴，似有说不完的话题。他们站在处于停工状态的矿井外围区，面对一大堆采掘机械，心里充满疑惑。因担心"特警队"队员们返回，高志尚提议赶紧离开。可记者有自己的想法。既然来了，最好弄个明白。职业的责任感告诉他，牛全胜玩的是一个大动作。

"赶紧离开这儿，不要让他们知道我们来过。""那更要抓紧时间，多拍些照片。""既然这样，我陪您好了。""您不担心有什么麻烦吗？""本乡本土，我更要主动担负一点责任。"

这话让甄士彬很受感动。其实他很希望高志尚留在这儿，看着前面黑洞洞的矿井入口，感觉真有点发毛。从新闻工作者的职业责任来说，他应该深入下去，看看洞里到底有什么。第一手资料掌握越多，写出的文章越有价值。但让他独自进去，却没这个胆量。遇上毒蛇怪兽怎么办？四周山林黑苍苍的，记者板着面孔，像在沉思。

"您是不是想进里面去看？"高志尚看出他的想法，走近矿井入口，往里看了看。两条铁轨已向前伸了一段，隐隐可见金属的光亮。再往前看，即一团漆黑。他便建议，两人先出去找照明工具，回头再进洞探奇。记者当然对这一提议感到高兴，有这个好伙伴，心里踏实多了。于是高志尚在前，领记者沿着有电网的高墙墙脚走了一段，找到另一棵大槐树。高志尚是山区长大的，年近花甲，爬树却还利索，手抱树干，很快上去了。见记者有些困难，弯腰垂手再来拉他。两人相互配合，借助大槐树顺利翻过带电网的高墙。记者找到放在墙外的背包，一同去找照明工具。

经过一片苍郁的古树林时，记者的目光被它特殊的气质所吸引。与周围林木相比，每一棵树木都高大苗壮，树叶葱郁，生气昂扬。记者忙向高志尚请教原因。高志尚自豪地介绍，这是大西南山区独有的大面积古树林，古树树龄最长的在三千年以上。其中一片金丝楠木林，清朝修建故宫时就差点遭砍伐。砍伐时突然雷鸣电闪，接着大雨倾盆。伐木者吓得面色如土，钢锯斧头掉在地上。一把斧头不偏不斜，正砸在为头的管带脚上。"快撤快撤，树神发怒。"管带说时，率先逃奔。其他人见状，立即争先恐后逃命。于是这一片古树得以保存。1958年大炼钢铁时，工人们喊着口号，上山砍伐，用来炼钢铁。走近这一片古树林时，砍了边上的若干棵大树，同样发生雷鸣电闪现象。于是只砍了旁边的柞树林，放过这一片。高志尚担任场长时，特别将这大片古树林列为重点保护区，受到国家林业部门表彰。有一棵金丝楠木两人合抱不住，高达十丈，亭亭玉立，顶上的绿叶如一柄漂亮的大伞，估值五千万元以上，视为镇山之宝，如同东海龙王的定海神针。

为找照明工具，他俩花了不少功夫。这附近没有商家，他们只能去山下小镇购买手电筒。这样一来一回，费时半天。高志尚临走，忽感到有必要给家里人留个电话，便在电话中简略说出要去的方位，并告诉家人，手机一会儿将会关闭。待两人兴冲冲地拿着新买的手电筒自原路返回时，发现井外工场区的"特警队"队员们又在那儿坚守了。

"怎么办？"两人异口同声，接着陷入沉默。

"您别进去，到天黑时趁他们不注意，我翻墙过去，往矿井里走一圈。回头向您汇报。"高志尚看着记者，缓慢地说。

真男子汉！记者承认自己没勇气说出这话。但是让高志尚单独进洞，自己在外面等着，绝不可能。这样吧，天黑后我们同时翻墙，同时进洞。反正洞里也是黑咕隆咚，与夜晚没两样。我们有手电筒，不怕。于是两人找一块石板坐下，一边喝着用黄姜、花椒、金银花泡的凉茶，一边闲聊。

夜幕终于落下，神舟山上空浮动着一层薄雾般的烟云。山峰间的沟壑里，升起一团团半透明的烟云。由于停工，采矿区外面的工区路灯给断掉了，留下一片昏暗。高志尚领着记者，小心绕过可能引起"特警队"队员注意的地方，仍旧攀着树干翻墙而过，进入采矿区。记者的背包给放在电网围墙外面的一棵树下，这样轻装上阵。进入矿井入口后，两人都把手电筒亮着。高志尚吃惊地碰了碰记者的袖子，低声道："难怪几年前这里就立了围墙。谁想到他们偷偷摸摸干这种事，规模还这样大。"

记者还是头一回下矿井。在手电筒的照射下，见到的坑道范围有限。坑道地面铺设了两条钢轨，顶部用一段一段圆木支撑。坑道两旁的岩石与硬土凹凸不平，宽度也不完全一致。坑道高约五尺，伸手可摸到顶部。有的路段平直，有的路段急拐，有的路段坡度很陡，还有的路段连着大小不同的溶洞，溶洞顶部悬挂着长短不一的钟乳石。再走一段，坑道分岔了。该走哪条道呢？不妨两条岔道都走一趟。

这时，两人忽闻到一股怪异的气味，呛得泪水直流。气温骤然升高，两人燥热得不行。头顶与两边的岩层有巨大裂缝，不时掉下碎石。怎么回事？谁在这里头搞过爆破？危险，随时可能塌方。"往回走吧，朋友。"记者拉了拉同伴的衣角，果断提议。

问题来了。由于坑道分岔太多，手电筒照射的范围有限，找不到明显的标志物。这样往回走时弯弯绕绕，走了不少冤枉路。接近地面入口时，竟费去三个多小时。总算有冲出迷宫的希望了，两人的步子不由加快。"听听，什么声音？"地面好像有人说话。且慢，等一会儿。入口处好像有人，还有灯光。冲我们来的？想干什么？出不出去？记者与高志尚还没拿定主意，却听得入口处传来惊天动地的爆炸声，像突然发生八级地震。坑道顶部受了强烈震动，硬土与石块"哗啦啦"一个劲往下塌。高志尚眼疾手快，忙把记者往后一拉，不让塌方把他们砸扁。两人的手电筒同时落地，顿时陷入一片汪洋无际的黑暗里。矿区入口被封！他俩给活埋在里面了。天哪，这可怎么办？若出不去，就死在这儿了？想到自己年迈的父母亲，记者焦急上火，真想往岩壁上撞。

四九　赵凯林心存侥幸（正在进行时）

赵凯林神舟县之行，从楼梯往下滚时，不幸额头擦破了点皮，算是受了轻伤。正想找借口离开办公室，安静几天。他便一头扎进省人民医院高干病室，把自己当病人给养了起来。高干病室的住房条件，可与五星级宾馆的总统套间一比高下，所有用品都镀过金，马桶盖上也有一圈金边。巨大的花园式阳台，更为之增色不少。赵凯林搬了把升降躺椅，坐在阳台盆栽的美人蕉的浓荫里，吩咐护士，谁也不许进来，然后撩起裤腿，闭上眼睛，边搔痒边想心思。离开神舟县时，为防止太和老爹慧眼追踪，他的身子几乎不敢坐直，而是斜躺在小车后排座椅上。一路上脑子里乱哄哄的，像有几百只蜜蜂"嗡嗡"叫唤。

绝没想到，神舟县大爆炸让他坠入深渊。他本以为，"帝豪大世界"做得天衣无缝，这辈子官运财运皆通，黑道白道两吃，光宗耀祖，满可以赢个满贯。说什么咱赵家人过不了正县级领导那个坎，我偏要干个样子让你们看看。人算不如天算。一夜之间，赵凯林头发白了一半。带领调查组去神舟县之前，他不得不先去机关理发室染发，让自己显得年轻，前途大大的。

赵凯林十年里连升三级，如今已进入副省级领导干部序列。位子还特别令人羡慕，既是省委常委，又是常务副省长，接着往上……人类社会必有分工，总体分工是孟子说的："劳心者治人，劳力者治于人。""治人"的群体中，又分不同等级。级别越高，人数越少，由此组成个庞大的金字塔。自年轻时开始，赵凯林眼光始终不离顶层那个圈圈。要不是考虑到升迁问题，他才不会主动捡他人穿过的"破鞋"，也不会为了这双破鞋，在神舟山狠赌一把。彼时，居于省委组织部常务副部长之位的邱某，受尽那破鞋纠缠之苦，人事部门却正在考查他。赵凯林偶尔窥测出邱的隐情，于是使出一番巧计，既让邱某知道是他赵凯林接的"盘"，又不让邱某面子上太难堪。一来二去，心照不宣。最后，邱某顺利通过考查，晋升副省级领导序列，赵凯林即在邱某全力保荐下，半年内由正科级跃升为副处级，第二年升任县长，第三年升任县委书记。他替邱某接盘，并无心理负担，因他此前也陷入类似困境，最后巧妙地找了个"托"，把包袱甩了过去。

在县长任上，天上掉下个大馅饼，牛全胜引来了"54DAO"。这机会太难得了，赵凯林在邱某人的全力支持下，使手段将"温暾水"赶跑，跃上神舟县权力之巅。有了这不受约束的权杖，他与牛全胜沆瀣一气，一路狂奔，直至今天。

赵凯林那天染过发回到办公室，还存一份侥幸，希望有来自神舟县的新的消息，冲淡灾情报道，让他再次蒙混过关。他的办公室在省政府大院后面的一座小院，一道围墙将小院与大院里的普通办公区隔开。

院里分立一栋栋二层小楼，每位副省级领导占据一层。楼前立个高高的葡萄架，楼后种着果木花草，每个季节都有不同种类、不同颜色的鲜花。撇开春夏秋三季的鲜花不算，冬天的梅花则有红梅、白梅两个品种，相映成趣，浓郁的香味让人醉倒。较之十年前在神舟县的办公条件，简直是鸟枪换炮了。所以有人说，就省部长而言，排场，享受，舒服，还是在省里的好。斜靠在躺椅上的赵凯林，闻着美人蕉的芳香，不由深深吸进几口。就说这医疗条件，副部级干部在北京住院，能有这种享受？

不过，赵凯林即便有如此优越的物质享受，心里却一直揣着个大炸弹，时刻担心下一个分分秒秒被引爆。那情形，颇似一个隐姓埋名的杀人逃犯，就业于某家单位，虽干得红红火火，却时刻担心冤家债上门索命。

"小朱，没有特别重要的上访信吧？""省长，您指的是哪方面？""你怎么越来越笨了？""是是，省长，我脑子积水，没转过弯。""那就是没有啰？""没有，没有，没有神舟县方面的信息。""好，那就好。"

一段时间里，这是赵凯林经常对秘书主动提起的一件事。他所关心的，就是神舟县的动态。他知道神舟县"帝豪大世界"一旦揭了底，就难得有安宁日子过。不仅是通过财政账户填进去的那数千万所谓前期配套资金，更有用政府财政担保的数十亿元贷款。或许拔出萝卜带出泥，连累已上调的那位老领导。赵凯林不由望了一眼书柜里的那张合影。照片上的老领导神色庄重地坐在藤圈椅上，赵凯林腰杆微屈，侧身立于椅后，一脸谦恭。

赵凯林的办公室依次三间，最外间为大会客厅，第二间为小会客室，第三间才是他处理公务的所在，摆着一张巨大的写字台，几个塞得满满的文件柜，最里面一间，即是铺着厚绒地毯的卧室与卫生间。通常情况下，部属们止步于第一间，贵宾们入座第二间，秘书可进入第三间。在这三间办公室之外，还有一间耳房，面积不大，与这三间相通又相对独立，即是他本人与"小三们"的私密去处。

神舟山发生爆炸不止这一回。五年前的6月6日，那里就发生过一次大爆炸，震惊全国。高层批示，责令严厉查处。那位才掌新政的老领导，刚好分管安全生产这一块。这样从上到下，都是自己查自己，真正的"自查自纠"。

那回赵凯林听到消息时，正主持一个大型会议，省委书记亲自到会并做重要讲话。秘书趁着赵凯林从主席台上下来，上过卫生间，准备重回主席台的片刻，赶紧将他截住，塞给他一个手掌大小的纸条："神舟县发生大爆炸。"

"你说什么？"

"神舟县出大事了。"秘书低声重复。

赵凯林立时呆了，脑子里一片空白，两腿忘了迈步。

"省长、书记还在台上坐着呢。"忠心耿耿的秘书，跟在他屁股后面低声提醒。

"是是，好好。"赵凯林机械地应着，这才往主席台上走。也是他训练有素，往主席台这么一坐，朝台下这么一扫，省级领导的派头立即恢复，口齿也重新变得伶俐。这是省政府机关廉政建设工作会议，他的总结讲话自然是这个内容。由于平时注意阅读这方面的文章，他做报告时毫不费劲，既不用看省政府研究室给起草的讲话稿，也不用过多思考，便讲得如长河流水，滔滔不绝，十倍于评书演员的艺术效果。坐在第一排的听众与他虽相隔三五尺远，却不得不承受唾沫侵袭。其余听众（都是副处级以上干部）表情皆傻愣愣的，无不佩服赵副省长的好口才。演讲圆满结束，台下掌声雷动。

会议才刚结束，赵凯林立即重新陷入苦恼。仿佛有一柄看不见的利剑，正向他砍下。半小时之后，赵凯林总算清醒过来，忙对秘书下达一道又一道指令。

幸亏自己还有些手段，使上回一场灾难最终化险为夷。其中有两项是别人惯常的套路：第一，让县委、县政府组织警力，立即封锁现场，一个人也不许放进去，尤其是新闻媒体。第二，唯省委省政府联合调查组才有公布死伤人数的权力。第三项霹雳手段，一般人不敢使用，因涉及国家财政政策。而赵凯林用上了，且立见奇效。这样，他不仅稳稳定当地在副省长的位置上坐到现在，且马上有希望更上一层楼了。

阳台通往卧室的门响了一下，赵凯林神经质地弹起身子。中纪委来人了？牛全胜全招了？没人，虚惊一场。看看左右，只有美人蕉默默地相伴而立。手机没关，乱七八糟的骚扰信息。不过，听说手机即使在关机状态，侦查机关想找你，还是易如反掌。该死的互联网。那班人吃饱了撑的，发明这些破玩意儿，用来害人。搞得你一点隐私都没有，动不动还来个"人肉搜索"。赶紧制订新的管理办法，严禁私自往互联网发布新闻图片与文字。再有……可是他妈的远水解不了近渴啊。

赵凯林重新躺下，撩起裤腿继续搔痒，搔得肤屑落得满地。这是他遇到难题的不雅表现。记不清从政以来干过多少违法违纪的事，收过多少肮脏污秽的钱。最让赵凯林油水满罐的，是主持全省国有企业所有制改造工作。他主持下的国企改制，基本是两种模式。一是由原来的国企领导班子"出资购买"。首先，莫名其妙地宣布"企业破产"，所谓资不抵债，由管理层请的"清算小组"以极低价值评估。然后由管理层向国家银行借款，以个人名义将"破产清算"企业买下，对企业职工进行补偿，亦即"一次性买断"工龄，随之把他们扫地出门。于是国企眨眼间变成私企，原来的国企老总分分钟成了亿万富翁。另一种方式是，社会上突然冒出个大公司，声称与国企合作，成立一个新的公司。该国企于是由管理层请的"资产评估小组"进行评估，几十亿的资产被低估为几千万。于是这突然冒出的公司在新成立的公司里，顺理成章地成为大股东，从而让老鼠鲸吞了大象。

赵凯林手握着"全省国有企业所有制改革领导小组组长"这杆枪，每一份光鲜透亮的呈报表上，都由他在最后一栏签字。别人即使想玩点"猫腻"，也逃不过他的笔头。不过他的态度是"给人方便，也就是给自己方便"，所以一顺百顺。

那一阵子，赵凯林收黑钱收到手腕发软，收到数目不清，收到心里后怕。只可恨银行存款全是他妈的实名制，只好把大量现钞藏在自家的地窖里，用塑料薄膜捆了一层又一层，防止发霉长毛。

"人在做，天在看"，会说这话的人不知多少。赵凯林以前从来不信。可现在突然冒出个把工商局局长吓死的老家伙，这不害人？他去纪检部门实名举报，还不是一说一个准。

　　通往卧室的门响了三下。这回是真的响了。脸色白净的秘书未等赵凯林出声便推门进来，急速地说："省委张书记的秘书电话，询问您的病情，说要来医院看看。"

　　"啊，你怎么回的？""我说，您还在医院，等待最新检查结果。""好。但是……出院，你马上去办手续，然后回办公室。"两小时之后，赵凯林果然将肥胖的身子埋进办公室柔软的大沙发里，等着省委书记再来电话。

　　赵凯林在沙发躺了许久，目光一抬，正对着自己与那位老领导的合影。这算是牛全胜干的好事，是神舟山大项目的副产品，或者是说他本人的又一重大收获。牛全胜这狗杂种，没准真是"老首长的干儿子"呢，否则哪儿有那么大的能耐！

　　赵凯林看着照片，想到自己的危险处境，不由对照片上的老领导大生恨意。老领导捞钱，可不像他这样低能，脱光裤子，硬生蛮干，到头来留下诸多把柄，随时可能爆炸。

　　赵凯林盯那照片的时间太久，照片上的老领导向他走来了，轻轻拍了拍他的肩膀，鼓励他说："坐起来，振作点。"赵凯林幡然警醒，仿佛刚做了南柯一梦。他狠狠拧一把大腿，骂自己没出息。"真他妈杞人忧天。有老领导在，我怕哪个鸟！"赵凯林如此一想，胆气忽增加不少。看来不能把牛全胜贬得一无是处。不是牛全胜出的这个大题目，他就没理由动用财政资金，也就没有后面的获利机会。手头若没有数额可观的储蓄，他也就没胆气拿出巨款给老领导送礼。倘若老领导没接受那巨额礼金，十有八九不会让他在副厅级岗位只干了半年，便力荐担任省发改委主任，再帮他谋得今天这显赫职位。经济方面，他也不可能躲在后面，在省城黄金地段稳控五个房地产项目，还控股两家上市公司。论个人资产，十位数已打不住。

　　"奶奶的，这就叫环环相扣。"赵凯林突然来了神，兴冲冲站起，爬上椅子，把那照片取下，用细纹纸仔细擦过，再踩着椅子，准备重新挂上。

　　这时，办公桌上的红色电话座机响了。赵凯林手里正拿着相框，慌乱中忙从椅上跳下，顺手将相框一扔，抢着去接电话。这是内部保密电话，全国单独联网。非有要事，或非要人，不可能接通。赵凯林拿起话筒一听，那边说话的，正是省委书记："凯林同志，您这么快就出院了？我可没有催您的意思。"

"多谢书记关心，也就做个例行检查。手头事多，也住不安心。"

"那就辛苦您了。顺便问一声，神舟县那事，处理情况怎样？"

"书记您好，早该向您汇报，全被这例行检查给耽误了。"赵凯林就汤下面，赶紧接过话题。

"好，那就请到我办公室来一下。"省委书记将话筒挂了。

地面颇为狼藉。原是刚才急着接电话，慌忙中将相框扔在地板上了。本来房间铺了地毯，不知哪儿来的权威信息，说办公室铺地毯容易滋生螨虫，他便将地毯撤了。这下倒好，玻璃相框往地下一扔，玻璃顿时炸裂。那裂缝不偏不倚，恰将那位老领导的面部从头顶到右肩狠狠剐了一刀。裂缝沿此而下，再将他的胸脯斜着劈开，直至肋下。"奶奶的，晦气。"赵凯林气得骂出声来，却因为省委书记在那边等着，顾不上收拾，只随它去了。

"按照常委分工，神舟县不是你的联系范围。但你是那儿的老书记，对神舟县的情况非常了解，所以才让你辛苦一趟。"省委书记从北京"空降"过来不久，正忙于逐个地市调研，有时还轻车简从，深入县市甚至乡镇村组。神舟山"帝豪大世界"的前世今生如此复杂，他当然不可能马上知情。省域之大，每天都会有大灾小难。只因该事故发生在中日合资企业，所以得格外慎重。日本企业已通过外交途径放言，此事与日方无任何关系。有着丰富基层工作经验，又管过政法、纪检工作的省委书记，似嗅出里面的异味，所以才决定亲自过问。他已把茶水备好，坐在茶几后面的沙发上，专等赵凯林到来。

"谢谢，书记的安排完全正确。"赵凯林没有马上落座，而是谦恭地站着，两手下垂，眼里含笑，仿佛是第一次进校门的一年级小学生。"我在那儿工作多年，对县里情况的确熟悉。"

"请坐，坐呀。你站着，我也只好陪站了。"省委书记穿一件浅蓝色T恤衫，显得随意而谦和。他的办公室的格局与赵凯林的一样，也是一进三间。不知省委书记平时接待客人的习惯如何，现在与赵凯林谈话，是在最里面的办公室，两人只隔着一张茶几。书记的两只手隔着茶几落在赵凯林的双肩上，直至两人都平起平坐。

省委书记与赵凯林同属六十年代，只是一个在年头，一个在年尾。赵凯林立于屋子中间，目光躲躲闪闪，避免与省委书记对视。不用担心，这位大老哥似的省委书记，不具有太和老爹那样的特异功能，看不透他的所思所想。

可惜的是，他本人也不能像太和老爹那样，能透视对方的内心。否则，他就会知道，书记对他的违法犯罪事实到底掌握了多少。我该死，怎么不能如太和老爹那样，练就这么一项本领？倘若那样，还有什么难关不能通过？还有什么层次不能跃居？

"凯林同志，神舟县那边现在的情况怎样？能找出根源吗？"

根源？我的天。他怎么一上来就追根溯源？谁是根源？牛全胜？日本鬼子？"共享情妇"？都是，都不是。真要追查根源，恐怕除了我还是我。不好，他一直盯着我的眼睛。就不能往别处看看？完了，他当过反贪局局长，亲自办过多起大案要案。中央怎么把他派来？是专门针对我的？身上怎这么热？脸上也感觉烫。危险，千万不要在他面前失态。不可久留，赶紧离开。可我能上哪儿去？他省委书记要求见我，我能不见？

"书记您说根源？我想，恐怕得从制度上找。嗯嗯，我是说制度上。"赵凯林有点结巴地说。

蠢啊，怎说出这样的话？这不是给自己挖坑？你指的是什么样的制度？是制度本身还是指执行制度的人？

"嗯，现在群众情绪怎样？""很平稳。受害民众一致表态，一切听从党和政府。""好，群众真是通情达理。该抓的那几位，抓到了吗？""我已责成公安部门下发了通缉令。一两天内，所有逃犯都会到案。""好。那么后续工作？""这个请书记放心，我都安排好了。""好。那么，对死伤人员的赔偿方案，定下了吗？""总的原则，坚决依法行政。"

赵凯林两腿发软，差点膝盖触地。让企业赔偿受伤人员？政府不管？这事肯定砸锅。牛全胜的鬼影子都见不着，还想指靠他出钱赔付？再说，他出钱不等于我出钱？所以，只能由政府花钱买平安。当然，不是任何企业都有资格享受这种红利。五年前由国家财政拨付给"帝豪大世界"的那笔巨款，至今秘而不宣，除几个经办人，多数省级领导都瞒过去了。

"好，我相信。这件事可能我多问了几句。老省长与您还保持联系吗？他工作那么忙，还惦记着家乡的发展，对这事也很关心呢。点名提议由您亲自处理。您是不是太累？脸色有点不对。回去好好休息。要不要再去医院检查？一定从'根'上解决问题，千万别留尾巴！"省委书记拍着他的肩膀，把赵凯林送出房间，直到电梯口。

赵凯林离开省委书记的房间时，心里喊着"万事大吉"，全身清爽，如一片鸿毛。出电梯门时，在门框上猛撞一下。回到自己的办公室，喘息片刻才决定出门。他抹一把脸，将头发压平，正要走出办公室，裤兜里的手机却"嗡嗡嗡"振动起来。不敢急慢，他赶紧把手机从裤兜里掏出，又退回办公室，用屁股把房门顶死。又是那个得罪不起的讨厌鬼？知道他手机号码的，没有几人，除了同级或上级领导，便是拥有相当实力的企业大佬。

　　"啊，是你？还不快逃出国境，等着警察抓你？你不是有几个护照吗……什么？见你的鬼，什么时候了，还说这种话……赶紧，马上就会发'通缉令'……省联合调查组组长马上就要换人。"赵凯林"啪"的一声，将手机按断。

　　不对，不能这么逼他。万一他横下心来，要同归于尽，我就更麻烦了。与他同归于尽，简直太冤枉了。任何斗争都有高潮低潮，但愿反腐败逃不出这个规律。祖宗在上，神明佑护，别人有本事漏网，我却躲不过？

　　"来来来，你过来。直接上我办公室。到门口再打电话，我派车接你，直接来常委楼。"赵凯林经短暂权衡，挥手将桌上的文件扫到一旁，果断做出面见牛全胜的决定。

五十　失忆外婆突然苏醒（记者手札）

地球环绕太阳，在人们不知不觉中又绕了十圈。有人觉得时光老人步子太快，有人却觉得它的步子迈得太慢。

"苏醒了！好消息，我外婆终于苏醒了！"加藤政二在日本海那边大叫大嚷。

"什么？请重复一遍。""我外婆今早开口说话了。""不是童话吧？""我妈的功劳，'东大'医学博士的功劳。""这可真是奇迹。""我们一家三口，准备来中国旅游。""肯定要去神舟山？""你说呢？老朋友。"

十年前，"帝豪大世界"举行隆重奠基典礼，省内外嘉宾云集。第一会场在县城大广场，燃放的烟花堆起一层楼高。第二会场即特意设在神舟山上。奠基典礼开始前，牛全胜已调来推土机在神舟山开挖铲土，结果铲出一堆堆白森森的尸骨。年轻工人不知神舟山之战的历史背景，比赛胆大。竟将一个个头盖骨用乌泡藤穿起来，挂在树上，作为装饰。那天太和老爹见了，又气又急，当场昏倒，不省人事。救醒后他虚汗不止，上吐下泻，一会儿畏寒，一会儿高烧不退，半睡半醒中说着胡话："惠子……国家……好累……公道……六十年……弟兄们……对不起……"

太和老爹真的病了，这给牛全胜提供了新的机会，趁机把他送去精神病院。自那以后，我与加藤政二只保持邮件往来，不再见面。部分原因是他从那时起便退出"54DAO"总部，被女友玛丽莲·洛克小姐给拉到美国旧金山，进入IT行业。本来与石原劲太郎有密切业务关联的华尔街某公司，高薪聘请他出任"高管"，玛丽莲·洛克小姐却反对，拿出一堆秘密资料，证明那家公司与美国中枢部门的特殊关系。还说该公司秘密控制着美国驻台湾代表处，行使对《与台湾关系法》执行情况的监督权。自此，加藤政二与"54DAO"业务脱钩。石原劲太郎在嫡系亲属中，甄选新的"54DAO"驻中国代表处负责人。

而我，自太和老爹住进精神病院后，便中止与神舟县各部门的联系。只偶尔与马秀美通通电话，打听太和老爹的健康状况。蒙社长宽宏大量，仍允许我回到报社，还当上中层骨干，除了出差采访，其余时间都在电脑前坐着改稿、审稿。这种工作态度的改变，与太和老爹的影响不无关系。对太和老爹本人，我虽知他受了很大委屈，却无法将他从精神病院接出。唯一可以做的，便是每月给老人家汇去1000元，权当生活补贴。与太和老爹的这番交往，使我知道民间还有这样一批功臣，因多种原因弄得灰头土脸。这样当有人发起民间"救助抗日老兵行动"时，我欣然参与。与加藤政二之间的联系纽带，完全断绝。

现在，突然接得他这个电话，怎不令人欣喜！虽说我知道他又会说神舟山的事，却也做了精神准备。

今年的春天来得早。才过二月，户外大院里，柳树薄薄的皮肤已经返青，梢头现出米粒般的黄芽。几只喜鹊在树枝与墙头飞来飞去，落下时长尾巴一弹一弹，欢喜地叫着，像在探讨有趣的课题。有一只喜鹊毫无顾忌地飞到我办公室的窗外，隔着玻璃，偏着脑袋看我，像要探寻我心里的秘密。我伸出一个指头，往窗玻璃上晃了晃，试图把它吓跑，不让分散我的注意力。加藤政二的话题让我着迷。我太想知道老人家恢复记忆的过程了，便央求他详细讲解。我坐在拥挤的办公室里，兴奋地举着新款的"华为"手机，一边在桌椅书柜间的夹缝里来回走动，一边高声嚷叫。

加藤政二在电话里笑道："那得费去我多少话费？"

"你就发电子邮件吧，三五千字都行，越详细越好。不许偷懒。"我挥着拳头，威胁他说，"否则就不给你们祖孙三人带路。"

"不给带路？那可不行。"他在电话里笑道。

数小时后，我果然读到关于加藤政二的外婆突然苏醒的详细描述——

我妈自那回察觉出外婆脸上的细微变化，便尝试用熟悉的亲情的声音将她唤醒。我妈相信，外婆必是受了某种强烈刺激，而一种强烈刺激，必须以同等的强烈刺激来对冲。不愧是"东大"医学院的高才生，我妈决定将唤醒亲人与科学研究相结合。在双重动机的驱使下，我妈的耐心与细心达于极点。

外婆瘫倒在榻榻米上，植物人一般，已逾十年。她眼睛闭着，手脚不能动弹，唯有脸色始终平和，就像睡熟了一样，心跳也基本均匀，只是比以往缓慢。刷得洁白的墙上，悬挂着一幅外婆亲手创作的山水画，两座景色优美的山峰相互依偎，如同姐妹。一座是我所熟悉的富士山，另一座山的形状，似一艘航行在星空的大船。两座山峰的右下角，是两只弯曲的水牛角。

妈真是顶呱呱的孝顺女儿，每天用鼻饲的方式，将流汁从外婆鼻孔里注入营养液，维持外婆的生命。妈坚信外婆有一天必然醒来，每天早晨、中午和晚上，都在外婆身边跪下，对着她的耳朵，重复"神舟山"一词，就这样每天三次，每次5分钟。无论发生什么情况，哪怕出现了东京惯常的中小型地震，也不间断。妈的声音那样温柔，像是从云层里飘下的雪花一般。

同时，我妈利用现代科学技术，在外婆床头安了个小小摄像头，对着外婆的面部扫描，观察、比较，区别最细微的变化，记入一个专用的红壳面记事本。

以后，我妈将词儿增加，变成"中国、南方、神舟山"，每次重复念叨的时间增至10分钟，继续观察外婆的反应。妈担心外婆受到干扰，特地将窗户关严，把窗帘放下，挡住直射进来的阳光、东京街头的喧嚣，以及从东京湾吹来的海风。

再以后，我妈将单词又增加一个，成了"中国、南方、神舟山、太和先生"，继续重复念叨。

那回我妈也病了，感冒，发烧。妈担心感冒病毒传染，便将要说的话录了音，放给外婆听，持续的时间与以往相同。

效果不错。外婆脸上仍显平静，说明接受了这种方式。这使我妈大受鼓舞，担心那天感冒，录下的声音质量不理想，有鼻音，又选一个身体状态最佳时点，把对应的几个音节重录一遍。自此，我妈将亲口呼唤与播放录音结合，每天增至5次，每次的时间延至15分钟，继续观察效果。

"我非得将老妈唤醒不可。"妈信心十足地说。

奇迹出现了。2012年5月的一天，也就是外婆85岁生日时，她老人家的睫毛忽然动起来了，先是轻轻一弹，似被针给扎了一下，接着多次颤动，像睁眼感觉费劲。我妈见此情形，忙跪在外婆身边，贴着老人家的耳朵轻轻呼唤："太和先生，太和先生。太和先生看您来了。太和先生看您来了。"

外婆的眼皮终于抬了抬，现出一道缝，丝线般一道细长的缝。把我妈喜得！

天哪！二十余年的努力终见成效，"太和先生"到底把外婆给唤醒了。我妈高兴得伏在外婆身上，泪水憋不住流了出来。从日谷比公园送过来的樱花的浓郁芳香，透过榉木窗棂的缝隙，溢满整个屋子。

对我妈这样的医学工作者来说，有了这样的开端，能不持续下去？那些获得诺贝尔医学或生物学奖的学者，不都是从偶然中看到必然，最后创造奇迹？何况这是唤醒自己的亲人。自那一刻起，我妈更坚定了唤醒外婆的信念。她要运用亲情的力量，不仅将外婆唤醒，还要让外婆下地走路，重踏旅途，去她年轻时遗梦最多、印象最深的中国神舟山一游。

我妈隐约觉得，能将外婆唤醒的"太和先生"，在老人家人生道路上有着非比寻常的位置。

妈为达到强刺激效果，尝试改进呼唤方式。她发觉"太和先生"一词对外婆刺激最大，便强化这个词的使用频率，语调也变得更亲切、柔和。外婆的眼睛虽能睁开，却看不出眼神的变化，眼珠也少有转动，像镶着两颗玻璃珠子。我妈知道，这是外婆由苏醒到清醒的重要过渡期。她便跪在外婆身边，用拉家常般的口吻，一次次反复念着："太和先生看您来了，太和先生在您身旁。太和先生看您来了，太和先生在您身旁……"

我妈的期望是正确的。这样再过了三年，外婆终于恢复了意识。她的眼珠开始转动，转动，第一滴泪水慢慢、慢慢、慢慢溢出眼角。

"妈——妈——我在叫您哪——"

昏睡二十余年的外婆，干瘪的嘴唇轻轻颤动，溢出第二滴泪水。

"妈——妈——好妈妈，好妈妈……"我妈高兴得用脸摩挲着外婆的胸脯，把泪水全抹在外婆胸前的衣服上。日比谷公园的樱花，这会儿开得更加灿烂。浓浓的花香海潮般涌进屋子，令人陶醉。张贴在外婆榻榻米对面墙上的画图，像注入了生命的力量，时刻吸引着外婆深情的目光。

受过雨露滋润和春光照射的花蕾，必将一朵朵绽放。外婆既已意识清醒，便踏上了恢复健康的快车。自这以后，外婆的眼里终于有了晨露般的光彩，嘴唇颤动得越来越勤，手指也开始动弹了。外婆显然有话要说，只是发不出音来。外婆最急切要见的是谁呢？老人家憋了几十年的要紧话是什么呢？我妈真是聪明，仍遵循强刺激规则，重复那个词儿，同时更近地贴着外婆的脸，看着外婆的眼睛。

"妈，太和先生，想来看您。太和先生，他是谁呀？"

外婆的嘴唇慢慢张开，颤动得更加厉害，"咯咯，咯咯"，上下牙开始碰撞。

"妈，太和先生，咋回事呀？"

外婆嘴里发出"咝咝"的呼气声。

"妈，您说，您说。太和先生，您说，太和先生。"我妈一边用手指梳理着外婆斑白的头发，一边更温柔地问。

外婆嘴里继续往外呼气。

"妈，您是问太和先生在哪儿对吗？神舟山，神舟山。妈，您知道有个神舟山吗？"

"啊，啊……"躺在榻榻米上的外婆，拼尽力气，身子颤抖，脸上涨红，终于发出声音来了。但不知老人家是想说"啊"，还是想要问"他"。

"神舟山。妈，太和先生在神舟山。"妈激动地抚摸着外婆的面庞，大声复述。

"啊，啊……"外婆再次拼尽力气，尽管声音仍那样细弱。

我妈以心理学博士的本领，准确地揣摩到了外婆的心情。虽说她没有事实根据，因为我已数年得不到来自神舟县的消息。妈为了慰藉外婆焦渴的心灵，当场大胆虚拟了一个事实："妈，太和先生，他还活着。太和先生，一直在等着您呢！"

"他……他……"我妈的话如雷鸣电闪，给外婆的撞击那样猛烈，竟把外婆憋在心里的话给撞了出来。外婆下陷的眼睛刹那间闪射出一道光辉，恰似一团电击的灿烂火花。

"妈，活着，活着，太和先生活着！"妈的嚷叫声更大。

"他，他，他……"外婆受到的冲击更大，两手竟伸出被窝，试着举向空中。

"妈，太和先生，他在等您，一直在等您。太和先生。太和先生，太和先生……"我妈的心，同样受了极大冲撞。十多年所追求的，不就是这一刹那？她一遍遍大声呼叫，扑倒在外婆干瘦而温暖的胸脯上。

于是我妈知道，确有一位名叫太和先生的老人，深深地扎根在外婆心的深处。这位太和先生，与外婆在某一关键时刻命运与共，是外婆生命中的重要部分。1990年外婆突然失忆，很可能也与太和先生有关。

又是一年恢复期过去。在我妈煞费苦心的照料和调理下，外婆终于从榻榻米上坐起，尝试扶着墙壁走路。而且从这时开始，外婆恢复了对国家大事的热情，每天看电视新闻，看天下大事，尤其是关于中国方面的事情。她手里拿着遥控器，生怕被谁抢走。我们见了，既觉得好笑，又感觉奇怪。

这样，当东京都知事石原慎太郎的"购买钓鱼岛"计划公布后，外婆的心，便被它紧紧拴住了。

"这个石原慎太郎居心不良。"外婆握电视机遥控器的手，剧烈颤抖。

"那年反'安保条约'斗争，也有右翼捣乱。"外婆边看电视，边回忆往事，愤愤地说。

"我得上中国去，看看那里的朋友。他算什么东西，竟敢代表日本国民？他父亲叫石原莞尔，'九一八事变'就是他们一伙人搞的。只是后来与东条英机不和，才没升上去。"外婆说这句话时，日本政府刚做出决定，将钓鱼岛收归国有，"怎么突然间弄出个这样的事情？一定与美国人有关系，存心与中国人过不去。让我们日本在前面打冲锋，他们在后面操纵指挥。与过去的做法一模一样。"

也就从这一天起，外婆不住念叨："去中国，去中国。神舟山，神舟山。一定去看看神舟山。"

"妈，您真要再去中国？"我妈见外婆念叨没完，便蹲在她跟前说。

"妈这么大岁数了，还开玩笑？"

"是啊，正因为这么大岁数了。"

"所以更要抓紧。"外婆说时，目光先是投向墙上那幅山水作品，再慢慢转向窗外，仿佛在凝视远方。后来她突然问我妈："我画的那幅画，你懂得什么意思吗？"

"妈，我不懂。""那两只牛角？""妈，更不懂了。""我想你们也不懂的。老一辈人不说，你们年轻一辈怎能懂得呢？这不怪你，是我们责任没尽到。神舟山，到底是什么模样，好想见见你啊！"

我妈见外婆说着说着，眼里竟噙满泪水，生怕外婆伤感过度，忙小心替她擦拭，同时岔开话题："妈，您如果真去了神舟山，最想见谁呢？"

"太和，太和先生。""妈，您还没告诉我，那位太和先生，到底是谁呢。""这个，到了中国，神舟山，见过太和先生，才能确定。才对你说。牛角的事，也对你说。"

外婆微微下陷的眼窝里，被柔情充盈得满满的，再次闪烁着晶光。说话的语气却很坚定，让你不得不服。

亲爱的甄先生，您现在懂得我们一家人的心情了吧！对了，我女友玛丽莲·洛克小姐也会陪同前来。因为她的祖父，当年美国第20航空队的飞行员，也在神舟山战斗中失踪，至今尸骨无存，后被追认为美国空军英雄。政府不仅颁发了功勋章，还在家乡给失踪的飞行员立了一座纪念碑，接受人们凭吊。恳请甄先生您，抽点时间去神舟山走一趟，就算替我外婆和我妈打个前站。

五一 九十老爹被迫装疯（情景再现）

太和老爹的病，开头是被逼出来的。而到后来，即有点"装"。"装病"的想法，受《易经》"困"卦九四爻辞的启示："来徐徐，困于金车，吝有终。"不然，他当年就可能过不去。

关于恢复抗战纪念碑的事，不能说赵凯林所说全无道理，红头文件确比报纸管用得多。那天在县委大院后门口，看着老爹听了赵凯林答复后的沮丧神情，甄士彬担心他当场被击倒。太和老爹开头确不高兴，转念一想，人家是共产党的县委书记，当然首先考虑党的事业。他不愿干的事情，岂是"逼"得来的！好啦，没必要与自己过不去，闹出一身毛病。留得青山在，不怕没柴烧，这话永远是没错的。于是他反过来安慰记者，拉他走进一家特色小吃店，要了一份剁椒鱼头，一盘腊味合蒸，一盘魔芋豆腐，两份钵子饭，两碗鸡蛋甜酒汤圆，两人坐在松木椅上慢慢品味，表示胜利大团圆。

对老爹伤害最大的，莫过于目睹烈士遗骨被挂在树上的惨痛情景。他被救醒后，由甄士彬搀扶着，坐上"大巴"，来到县城，两人住进一个刚刷过白漆的旅社，旅社门口挂着两只用竹篾编制的大红灯笼。

神舟山东边脚下的茅棚屋给拆除了，树屋更不许重建。太和老爹不愿马秀美得知自己病了，于是在甄士彬的安排下暂时住进这家旅社。他在木板床上躺着，闭上眼睛，在想心事。甄士彬要送他去医院，老爹白发稀疏的脑袋在竹垫枕头上缓慢扭动，表示不用。他让甄士彬忙自己的事，得到的回答是："照顾您老人家，现在是我最大的事。"同时采用激将办法，"您的纪念碑还没建好呢。您不建碑，就没人建碑了"。

这话对太和老爹激励很大，合着的眼皮轻轻颤动，两行泪水慢慢下滑，形成两道泪痕。甄士彬坐在床边，正要掏手绢替他拭泪，太和老泪却睁开眼睛，含着泪光，带着歉意，请求年轻人去买黄连、生姜，以及藿香正气胶囊等。甄士彬跑得脚不沾地，很快将这些买齐。在太和老爹的吩咐下，他先给老爹泡上黄连水，加点冰糖，连喝三天，止住腹泻，再煮红枣姜汤，同时服用藿香正气胶囊。经初步调理，太和老爹感觉饿了，甄士彬再依从老爹指导，做山药薏米粥。因蹲在灶前烧柴火不太习惯，火头过盛，有点烟味。太和老爹坐起身子，背靠床挡板，接过来就喝。喝光一碗，又问"还有吗"？干脆把煮粥的铝锅一并接过来。

到第六天，太和老爹终于下床，开始走动。吃过晚饭，太和老爹望着窗外的路灯，闷声不语。甄士彬正要问他需要什么帮助，太和老爹突然转身，没头没脑地问："记者您讲，找个大领导管不管用？"

"老爹您想……""我认识一个大领导，北京的，但我从未找他办过任何事。不管公事还是私事。""还想建纪念碑？""我只问他，对总书记讲话应该如何全面理解。我现在一闭上眼睛，就有许多人围着我，也不讲话，就这样看着。睁眼一看，什么都没有。"

"行，不妨一试。"甄士彬庆幸太和老爹终于缓过来了，忙顺着他的意思回答。官大一级压死人。大领导发一句话，当然比普通民众喊千句万句都管用。

"能不能今夜动身？"

"夜里没车啊。"

"我知道有一班夜车，长途车，直接开到省里。"老爹显得情绪激动，利落地从床上爬下，拉开房门。

甄士彬好不容易说服他，夜里坐"大巴"不安全，前不久媒体披露，"大巴"夜间掉进悬崖。"放心，我明天一定陪同到底。"太和老爹这才安静下来，坐回床沿，还同意甄士彬给他买一碗酸辣米粉，少放点辣椒。"辣椒伤肝。我现在心里焦躁，肝火太旺，所以要特别少吃辣椒。"

接着太和老爹小心地问记者，见大领导带什么礼品最合适。甄士彬笑着回答："这要看您见什么级别的领导，两人的关系深到何种程度。一般来说，大领导家里什么都不缺，因为国家都保证配给了。"

"我懂了。带点土特产，比如本地的火焙鱼、腊豆腐、猪血丸子，还有……还有……对，还有一样东西，他家里绝对没有。"

"那是什么好东西?"甄士彬感兴趣地问。

"这个暂时保密。不过大领导见了一定高兴。"太和老爹抿了抿嘴,忽露出稚子般率真的表情。

太和老爹情绪见好,体力有所恢复,才由甄士彬陪着,去别墅见马秀美。马秀美懂得老爹的心情,对他进京上访的计划不加阻拦,还帮他做上路的准备。他们花了两天时间准备礼品。第三天动身时,让记者大开眼界的是,装行李的是一个式样陈旧的帆布旅行袋,太和老爹却穿了一套新缝的深蓝色西服。剪裁工艺虽不敢恭维,长短则与他的身材非常合适。"我婆娘赶急赶忙做的。嘿嘿。在商店花钱也买不到。"

因为是马秀美坚持替记者出路费,为了省着点,甄士彬提出乘火车。太和老爹表示赞成。说:"这也行了。过去打仗,军长才能坐汽车,师长以下能骑马就不错了。有时急行军,一夜要走百儿八十里。那个累啊,站着就能睡。打仗真不是个事,只有当哪样哪样大官的,有大野心,才想打。别人的性命都是草,只有自己的命值钱。"

"别穷酸相了,坐飞机。坐火车要十几个小时,'咣当咣当',把老骨头给震散了,你自己不心疼,我还心疼呢。不然就别去。"马秀美知道阻不住他,便担心他受累。

"那也行。请老爹把身份证带上。"于是我提醒道。

"身份证?没有,从未办过。"太和老爹忙说,"因我只在山上住着,从不出门。"

这又难不倒马秀美。她"噗"一声吐出嘴里的瓜子壳,说:"我去找派出所的熟人,办个临时的还不行?"

"那还得老爹亲自去一趟,因为要照相。"

"好,好,照相,照相。"难得年轻妻子热情附议,太和老爹也就顺着她的意思走。这样来回倒腾,费时三日。马秀美担心两人中途变卦,一直送老爹到了省城的飞机场。

接着又发生意外风波。记者替老爹买机票时,售票员见老爹临时身份证上填写的年龄,很是担心,非得让老爹去机场医务室检查不可。"九十岁老人,需要特别护理呵。"快过"安检"时,安检员将老爹的身份证左看右看,问:"这是您的身份证吗?哪年的照片?不是现在照的吧?您真有九十岁了?"甄士彬在一旁笑着解释,老人家的年龄无须"打假",因他不是体制内的人,不存在提拔重用问题。

接下的麻烦发生在过安检门之后。安检员用仪器在他身上检测时，听出有异常之音，便要求他将内衣口袋里的金属物品拿出来。

"一定要拿吗？"太和老爹皱着眉头，近乎恳求。

"老人家，这是规定。国家定的。"年轻貌美的女安检员握着检测器，笑眯眯的，耐心解释。

"那我，我先解个小便。""您老人家有什么不方便吗？""对不起。缝在短裤上了。"

甄士彬不由笑了，一定是太和老爹带给大领导的特殊礼品，忙对安检员解释，并建议领老爹去旁边一间小屋做特例检查。

"他是抗日老兵呢，身上七处负伤。"甄士彬郑重介绍。

"啊，了不得！向抗日老兵致敬！"四周一片赞叹。还有人慷慨地说："上飞机补一张头等舱，我付费。"

更大的意外接着而来。就在老爹通过特别安全检查回来，满脸欢喜地走向候机室时，突然一个人从后面追上，两颊略陷，身子偏瘦，伸手搭在太和老爹肩上，说："老爹好，您老准备上哪儿去啊？"

老爹回头一看，眼里现出一些迷惑："你好，我上北京去。你是哪里的？我好像不太认得。"

"可我早就认得您了，老人家。我也是神舟县的。您看我这个挎包，'中共神舟县委党校纪念'。"两颊略陷者显然是一路疾跑，说话还有点接不上气，不知因何要务在身。

甄士彬正并排走在老爹旁边，一手扶着他的胳膊。因老爹比他矮了不少，他只能将身子屈着。听得声音，甄士彬扭头去看那人。是一个穿白衬衫的中年男子，微陷的脸上有些麻疹。凭口音可认定确是神舟县人。他对太和老爹那样热情，马上就要取下老爹的挎包，替他背着。可老爹的挎包是斜挂着的，从左肩直至右胸。他一时不能取下，拉力过重，差点让老爹摔倒。

他乡闻乡音，自然格外亲。太和老爹听了他的话，同样回报满腔热忱，同时将一只手由对方握着。一问一答间，单纯的太和老爹便将行程大致说了，差点道出大领导的姓名，且指着甄士彬说："这就是我在北京的朋友，大记者，可好了。专门陪我。"

"您好，您好。"那人立即将热烈的问候朝甄士彬抛来，"您为神舟县人民立了大功，我代表全县人民感谢您。"

"请问您是……"这话让甄士彬摸不着头脑。好大的口气，他竟然代表全县人民。

"我嘛，县里的一名小小副科级干部，比不上你们上级中央机关的普通办事员。"接着他从老爹身子那边走到这边，与甄士彬并肩，先将老爹支使去卫生间，再从衣袋里掏出工作证，对甄士彬说道："辛苦您了。老爹就交给我吧。"

甄士彬暗自吃惊，太阳帽掉到地上。屁股后面怎会跟着个"县委信访接待办公室"副主任？

"我们在机场有专人盯着。如今买机票是实名制，凡是神舟县的人买北京机票的，一查就知。""信访办"领导得意地说。

"管得过来吗？"

"重点关注嘛。譬如这牛太和，赵书记亲自点名，因为身份特殊。"见甄士彬神情惊愕，接着补充，"全省各县，差不多都是这样，都有一批名单。不仅飞机场有人监守，火车站、长途汽车站都派了专人。基层工作，太难做了。一旦名单上了国家信访局，就会反馈下来。哪个县多少人去上访了，年终考核就会扣分。"

"赵书记真了不起。您的意思怎么着？"甄士彬不由叹道。他相信对方的工作证不会有假，只能耐着性子磨蹭。

"别上访了，领他回县信访接待办。"副主任说得干脆，接着带点威胁，"他这么大岁数了，出了问题，谁负责呢？"

"他爱人把老爹托付给我，我得对家属负责。"甄士彬态度强硬，立即反驳，"再说他已经办好登机手续了。"

"机场方面由我协调，他的经济损失由县里承担。如果您不打算今天回北京，您也可以退票，或把机票作废。我付给您现金。"副主任说着，脸上的麻疹一颗颗发亮。

甄士彬一时无话，只原地站着。这大概就是流传很多的"截访"了，只不知"信访办"副主任奉了谁的指示。

"还有另外一套方案。"见太和老爹出了卫生间，正往这边走来，"信访办"副主任急急地说，"为了不伤害老人，我陪同他上京，但不离左右，防止发生任何意外，或出现任何过激行为。"

甄士彬先一愣神，接着差点笑出声来。这位副主任重任在身，肯定不敢松懈丝毫。还能说什么呢？为了不过多伤害老爹的自尊心，只能将这位副主任的真实使命瞒着。好在甄士彬已知老爹的行为走向，绝对不会发生过激的事。何况，有一个县里来的副科级干部跟着，也省去自己不少精力。行，就照您的第二套方案办。于是三人同乘了一架飞机，只座位不连在一起。善良的太和老爹，对甄士彬与"信访办"副主任之间的交易全然不晓，一路与神舟县老乡谈得热闹。

　　到得北京，老爹的一举一动，自然全在"信访办"副主任的视野里。"信访办"副主任竟负责老爹的全部吃住费用，还同乘一辆出租车，陪老爹去了一趟八达岭的长城。这倒是善意之举，让老爹好不欢喜。

　　太和老爹兴致甚好，陡峭梯级的坡道，他竟自个爬上，不用两位随行者帮扶，步子相当轻松。当见到巍峨的长城时，他马上对两位随行伙伴介绍："我那部队的弟兄，有人在长城打过仗，好像叫喜峰口。他们半夜摸进鬼子营地，抡起大刀就砍。后来有一首歌，叫作'大刀向鬼子们的头上砍去'，唱的就是我那些弟兄。"阳光照射下的长城，由起伏的崇山峻岭稳稳托起，城墙周围是大片大片火焰般的红叶，显得格外俊美、沉雄。个头不高的太和老爹，攀着长城的墙垛，饶有兴致地看这看那，脸上放射着红润的光彩。"信访办"副主任跟在太和老爹后面，边喘粗气边说："服了，老爹。他们对您，实在不公。"

　　太和老爹所见的那位大领导，正是当年的红军团长邱爱民。甄士彬用小车将太和老爹送到大院的门口，与"信访办"副主任在外面等着，直至他从里面一步步走出。这座由中央警卫团战士站岗的大院，甄士彬不是第一次造访。里面住的，大多是退休的部长级干部，门口略显清冷。一辆洒水车响着《祝你生日快乐》的曲子，正从门口经过。

　　当老爹出来时，推着老团长坐的轮椅，慢慢走到门口。老团长白发已经不多，脸上满是铜钱大小的老年斑，边随着轮椅走向门口，边扭头与太和老爹说话。老团长继续举例，从古代的屈原、岳飞、袁崇焕到当代的一些事例，说明哪个朝代都可能发生冤案错案，都会有人受委屈。最后分手时，太和老爹转到轮椅前，突然朝老团长"扑通"跪下，扶着老团长的膝头，呜咽着说："我听您的，首长。您多保重，健康长寿。我也一样，活过百岁，争取看到那一天。"

也是怪了，自北京回到故土，太和老爹的疯癫病便开始加重，说话颠三倒四，有时行动反常。这正合牛全胜的意愿，也不与姐姐商量，便将太和老爹送进精神病院。马秀美得知后，先是与牛全胜大吵。待到进医院探望过了，态度才有所改变。她看得出来，老爷子本人有住精神病院的意思。他把自己看作是个病人。

五二　红军老团长的胸怀（记者手札）

此次去神舟县之前，社长卓文健曾经找我，要我去看望他的外公，也就是邱爱民老红军。我吃惊不小，此前从未听说社长有这么个德高望重的外公。难怪他从一开始就对神舟山表现出高度关注，只不肯透露底细。这些年来，某些人凭借长辈的福荫，疯狂掠夺国家一点一点积累的财富，鲸吞老祖宗留下的矿山、河流、森林资源。家族兄弟姐妹多的，自成一个圈子。是独生子女的，即与父辈的同事、朋友的子女纠集起来，形成名目繁多的"学会""研究会""基金会""联谊会""同学会""战友会"等，或在一二线城市圈下土地，再将土地指标转手高价卖给房地产商人；或操纵股票市场，设圈套让千万小股民血本无归；或垄断要害行业，使中小企业主纷纷破产；或贱卖国有企业，用一堆硬币换取一堆黄金。富得流油之后，却把"先富带后富"的话忘得一干二净。或将大把大把的钱汇往国外，匿名存储；或以大量现金在国外购置豪宅，或在境外投资暴利行业；还有的参与豪赌，对澳门的赌场还看不上，眼睛只盯着美国的拉斯维加斯。他们的子女则以投资移民或其他方式入籍他国。铁门重重的私人会所，是他们的麇集之地。卓文健社长却甘居其位，每月按规定领取固定薪金，有时还与我们一道坐在单位食堂里，用筷子"叮叮当当"敲着碗边，家长里短，东扯西拉。看来，世界上没有清一色的树林。

"服了，社长大人。原来'高干'后代中，还有你这样的人。"临出门时，我向社长深鞠一躬。

"拍马屁没用。"社长往我肩上重重一拳，催我快走。

通过社长简单介绍，我才得知他外公的资历之深，竟是从井冈山下来的老红军。鼻子部位的伤痕，便是井冈山时期留下的纪念。中央红军改编为八路军之后，他外公由红军团长降格为营长，编入国民革命军115师。在著名的"平型关大捷"中，他外公作为火线的营长，不仅亲自指挥战斗，还端着上了刺刀的步枪，与退守死抗的日军拼杀。胸前的刀疤，便是这样留下的。治愈之后，首长感到他不宜再在火线打冲锋，便改做军队后勤工作，直至抗战胜利。而他的战友们则继续转战华北敌后战场，与日军打游击，捉迷藏。最后是，共产党的队伍越打地盘越大，成为侵华日军的心腹之患，拖住了数十万日军主力。刀豆脸冈村宁次对此大伤脑筋，除了对抗日根据地推行残酷的"三光政策"，还大挖壕沟，大修碉堡，把大块根据地分割成一个个小块。此毒辣之举，一度逼得中共军队举步维艰。而当冈村宁次为发动"一号作战"，把华北重兵抽调出去，他外公与他的战友们在延安总部指挥下，立即向日军兵力空虚的城镇进攻，从而使根据地迅速恢复发展。冈村宁次眼睁睁看着中共军队迅速扩大，却只能望洋兴叹。

待我按照社长提供的门牌号找去，却发现是太和老爹十年前走进的那座大院。再问，太和老爹见到的，正是老红军邱爱民。

大院位于北京城西，几十年前是一片水田，种出的稻米又香又软，成为京城衙门的"专供"。1949年中国人民解放军进城时，北京城区西边以复兴门为界，距这儿若干里路程。于是在这儿建立起一个个部队总部大院。几十年过去，这里却变成北京西长安街的延长线，两边的高楼一座胜过一座。透过这小小窗口，展现出改革开放辉煌的一面。

邱爱民所住大院，就是在二十世纪五十年建成的。住的大都是部队离退休干部。邱爱民因为是1955年授衔的少将，所以一直住在这儿。那时还没有文艺兵将军，能被授予少将军衔的人，个个有过出生入死的经历，包括著名的女将军陈少敏。有人分析，若论资历，从井冈山下来的邱爱民，当年授予中将或者上将，一点问题也没有。但因为他后来是搞部队后勤，不属于火线，所以屈尊了。邱爱民本人却从来没有异议。

部队大院由军人站岗，显得气派而神秘，一般人难得进入。承蒙社长事先打过招呼，邱爱民家里人又提前给门岗打过电话，所以还算顺利。大院里的道路宽广整洁，两旁的冬青树修剪齐腰，上面能摆稳一个个鸡蛋。院里还有一片片树林，杨树和槐树的叶子刚刚绽绿，嫩生生的叶片薄得透明。贴近再看，似能见到叶脉里流动的汁液。

我在大院最里面的一排深灰色楼房里，见到这位资历颇深的开国将军。房子是新建的五层楼，安装了电梯，两户一梯。每户的使用面积在二百二十平方米以上。邱爱民因年事已高，上下电梯不太方便，所以选择一层。当我敲门进去时，老将军坐在轮椅里，正在听无线广播里的音乐节目。他头发全白，所剩不多，额上横着的皱纹一道一道，如墨线弹过一般。脸色涩而发暗，嘴唇也有些松弛，仍看得出鼻梁有受伤的痕迹。

　　"你来啦，小伙子，欢迎。"老将军说话有些吃力，操纵着可以自控的红色靠背轮椅，向我靠近，又客气地请我在沙发上就座。

　　"您老身体真好。"我想到老将军已过百岁，忙抢步上前，半蹲在他身旁。

　　"谢谢。身体，不行了。"老将军说话有点接不上气，所以一般每次只说两至三个音节。老将军精神仍好，面带慈祥的微笑。

　　"哪里。我如果到您这年纪还这样健康，那才高兴呢。"我这话是由衷的，并弯腰向他深深鞠躬。

　　"会的，肯定行。只要平时，多多注意。现在不是战争时代。那时人……一发炮弹，就没了。所以，大家要珍惜和平。"老将军有些气喘说着，握着我的手。

　　记忆的闸门打开了，老将军天南海北地说着往事，不觉间扯到抗战老兵牛太和。"他受的委屈不少，见了我，跪下就哭，九十岁哪……"老将军说到这儿，一时说不下去，在身上摸索着找手帕。

　　我忙从口袋里找出一块湿纸巾，扯开后递给老人，同时报告老将军，我与那个抗日老兵已称得上"忘年交"。

　　"谢谢，年轻人，这个……我听说了。所以我……特地找你来。你这个年轻人，能体谅……老一辈，太难得。那老兵受委屈，是事实。国家发展进步，走弯路……总难免。事后诸葛亮，都好当。这不比坐火车，事先有站牌。过去我也曾经受过大委屈，可一想到牺牲的许多战友……见不到，牢骚也就……没了。"老将军说着，又哽咽起来。

　　我忙跪在老将军身边，掏出自己的手帕，替他擦拭泪水。

　　国家大动荡的那个特殊时期，个性倔强的邱爱民将军，眼见那些专案组人员睁着眼睛说瞎话，与他们拍着桌子大闹大吵，拒绝在被篡改的笔录上签字。"你们把我拉出去枪毙好了，字，我是不会签的。"而到后来，他的个性开始改变，不再与专案组计较。你们想怎么写都行。今天吹东风，明天说不定吹西风呢。于是他落个态度积极，免了不少皮肉之苦。

后来政局大变，他却因为"路线问题"仍没给及时分配工作。他不能享受与其资历相称的"政治待遇"。好，我安心养老好了。邱爱民不哼不哈，在五尺宽的大阳台种花种草，还用大陶瓷盆装满土，种丝瓜、苦瓜、葫芦等藤本植物，把阳台搞得丰富多彩。

一年年花开花落，老将军一年年见老，包容心更多，对"待遇问题"也更看淡了。出门望西，离八宝山也就那么一点点路程。偶尔见到挂着黑纱的灵车从大院门口经过，他怔怔地看着发呆。面对牢骚尚未化解的老战友来串门，他扳着指头，说服对方，还列举一推不知从哪儿得来的数字："我们这个人民共和国，开头穷啊。1950年，国民生产总值才180亿美元。国民党运往台湾的黄金600吨，价值100亿美元。1951年，国家财政收入126亿元人民币，因为要抗美援朝，军费比例超过50%。以后搞'两弹一星'，开支168亿元。搞'三线建设'，开支6000亿元。不搞不行啊，人家时刻盯着，时刻想进屋打劫啊。干到1976年，虽然几经反复，但毕竟搞成了'两弹一星'。万丈高楼平地起，一棵大树一天长不成啊。所以当家人不容易。"对方于是说："服了，服了。"

十年前，太和老爹突然来访，在他心中激起不小的波澜。听了牛太和的简单陈述，他不敢设想，牛太和是怎么熬过来的。可他能替当年的部下做什么呢？只能以自己的经历作比，劝牛太和把心眼放宽。

"老将军，我懂了。请歇一会儿，喝点茶水。"邱爱民一字一字，说话吃力的样子，像钢针扎进我的心房。因不知老人将说些什么，我匆促中竟未带录音机。他的话在我看来，句句重要，我读过的历史教科书中，好些观点未曾收入。我既不能借助先进设备，所以只能速记。为了不让泪水浸湿笔记簿，我强力咬着下唇。尽管历史不可能百分之百地还原，但作为修史的后来者，相信他们会尽可能客观、公正。因为只有客观、公正地对待先人，才能更好地激励后人。这样一代接过一代，一代胜过一代。在民族特征鲜明的人类社会里，不被淘汰，不被湮灭，而是相反，不断繁衍，不断壮大。

趁着老将军喘息的工夫，我赶紧给他倒茶水。

我们的谈话在老将军的客厅进行。客厅中间是一张榆木方桌，上过清漆，显露出本来颜色。桌上放着一盆鲜艳的蝴蝶兰，上方垂下一盆墨绿色吊兰。墙边一角，有一株盆栽的迎客松，枝干遒劲，满是张力。老将军谈话歇休间，推着轮椅，拿过带喷水漏眼的铁皮水壶，依次给迎客松和蝴蝶兰浇水。我见他给吊兰浇水不方便，便接过水壶，为老将军代劳。

"谢谢。老了，不服不行。可是，那个小鬼……牛太和，我可服了他。那年九十，只比我小半岁，腰杆……那个直，腿脚那个有劲，脑子那个灵。了不得，这小鬼打仗，是好手；养老，有一套。他有个东西，你没见过吧?"老将军说时，推着轮椅，朝里面书房走去。我想帮他，他说"不用"，自己在屋里转了一圈，很快拿来一件物品。

我大为惊讶。这东西我曾在军事博物馆里见过。"这是日本法西斯最高级别的军功章，以天皇裕仁的名义颁发。缴获这玩意儿可不容易，日本人看得比老命还重。老将军是您缴获的?"

"牛太和，是他缴获的战利品，还有……护身符。"老将军说时，又从抽屉里掏出一个类似绣荷包的东西，颜色已经发旧。护身符上面还有一个日本人的名字，只是我不会拼读。

我不由"呵"了一声。十年前太和老爹在机场过"安检"时，妨碍他过关的，原来是这些。这两样东西跟随太和老爹六十年，舍不得上交。他是想留作纪念，哪天有机会遇上死者遗属，就直接交给对方。因他知道，这玩意儿在日本军人心目中的分量。这也是他作为抗日功臣的小小见证。

"小鬼，他送给我……做纪念。是要报答我。我说，该我回报你。他说，'过去事，我俩平手了，都救过对方。现在，是我……求您了。有个事，想不通……'我说，今年你九十，活到一百岁，行不行? 或者一百二。假如受委屈，想不通跳楼、自杀，也就没有今天，快乐好心情。你看人类历史，不管哪个国家，不管哪个年代，总有一些人受委屈，烧不死的鸟，是凤凰。最后，他想通了。"老将军回想当时的情景，不由咧嘴大笑，嘴角的涎水也流出来了。

我立时大悟。难怪那年太和老爹从老团长家出来时，心情那样激动。实在说，太和老爹2005年那回受到的打击，称得上如雷轰顶。而他从北京回到家乡后，却出人意料地进了精神病院，与谁都不接触，人间蒸发了一般，这需要多大的勇气和耐力! 显然，老红军团长给了他足够的启示。

老红军团长最后要我再去神舟县，转达他对太和老爹的问候，并告诉他一个喜讯:今年9月3日，为庆祝抗日战争暨国际反法西斯战争胜利七十周年，北京将举行大阅兵。如果太和老爹身体硬朗，两腿有劲，邱爱民会向中央有关部门推荐，让他作为抗战老兵代表，加入检阅方阵，出席阅兵式。

"那么您老……?"我急切地问。

老红军团长用枯瘦的右手拍着轮椅的扶手，笑了笑说："假如有轮椅方阵，我一定报名参加。"

五三　方舟惠子痛说家史（惠子自述）

以下是方舟惠子首访神舟山之后，与甄士彬的第一次长谈——

我与中国结缘，应该有相当长的历史渊源。我们一族的家徽上，有两只牛角的图案。据说，我们的祖先从中国大陆漂洋过海，最后在太阳升起的地方落户。"日本"的名字，也是我的先人取的，既是象形文字，又是会意文字，表示是太阳居住的地方。先人们见识有限，以为地球是平的。太阳既然总是从东边升起，那就一定居住在东方，东方就是太阳的家。秦始皇派遣徐福东渡的故事，在日本同样广泛流传。自秦末之后，亦有一批批勇敢的中国人横渡东瀛，来日本开拓大业。那时，日本的国门封闭不严，中国的边境也相对敞开，所以也有一些日本人来中国求教学艺。你看日本的文字，与汉语的重复率多高。日本的风俗习惯，与中国也多有相同。也许有那么一天，从埋藏在地下的文物里，能证实日本民族的根就在中国大陆。若从地质发生学的角度，日本各个岛屿，本来就与中国大陆相连。由于地壳的变化，一步步分离出去。如果地壳再变，将日本各岛屿托起，日本与中国又会连成一个整块。

我对我家族发展史的具体记忆，从我爷爷的爷爷一辈算起。我爷爷的爷爷生于1818年，原是北海道一户渔民。大约是1840年前后，也就是中国人被英国人打败那时候，乡里人说，去中国可以发大财。于是有一回，我爷爷的爷爷跟着别人做海盗，偷偷上中国旅顺的海岸边打劫。他们在一个没有月亮的夜晚登陆，手持长刀，蹿进中国普通人的家里，把主人从床上拖起来，并逼着交出财宝。交出财宝的杀，不交出财宝的更要杀。后来被中国人发现了，把这班海盗给包围起来。为首的海盗给打死了，有几个受了轻伤，另有一些海盗拿着抢得的财宝拼命跑。我爷爷的爷爷受伤过重，跑不了多远，昏死在海边的一处山脚下。幸亏天黑，乌云满天，伸手难见五指。追赶的人只顾往海边跑，我爷爷的爷爷躲在一块突起的大石头底下，没被发现。

真是他命大，到第二天，竟被一位上山采药的中国老爷爷给发现了。那位中国老爷爷明知我爷爷的爷爷是日本人，来中国不是干好事，不仅治好了他的病，还传授许多草药知识，希望我爷爷的爷爷从此改邪归正，重新做人。用中国人治病的方法，救治更多的日本人。我爷爷的爷爷别提有多感动，连着向那位中国老爷爷磕头谢恩，称赞这位善心菩萨。他乘着木船回国后，面对神祇，立下家规：无论出现什么情况，我的子孙不得危害中国人。否则，我的在天之灵必降以灾难性惩罚。而遇到相反情况，我的在天之灵必保子孙平安无事。

我的爷爷生于1875年。当他十九岁时，也就是1894年，正赶上日本与中国的那一场"黄海大战"，你们叫"甲午战争"。我爷爷刚好在海军服役。为了遵从祖训，避免上前线与中国人作战，他装作高处失足，从三层楼跳下，跌断了一条腿。也是他自己懂医术，把血给止住了，牺牲了自己的右腿。这样，他便从军中提前退役，在北海道教渔民的孩子念书，同时给别人治病。

说起用草药治病，日本与中国有很多相通之处。远在中国唐代，有个孙思邈，他的书就由日本在长安的留学生给传过来，书名叫《备急千金方》。因为日本的地理环境、气候等等，与中国北方非常接近，所以不少生长在中国的药草，在日本也能生长，只是名称不同。

我爷爷的爷爷学的就是这些。因为中国地域广大，药草的种类与数量比日本多得多，所以日本世世代代，都是从中国进口药草。就是今天，每天都有大量中国药草通过各种渠道，进入日本，而且是质量最好的药草。一要地道药材，也就是最适宜某一种药草生长的、黄金地带出产的东西，而不是东药西种，或者南药北种。二是很多关键性指标不能超过限度，否则拒收。这样的药草经过精细加工，制成片剂，再卖来中国，并远销世界其他国家。我们说的"汉方"，就是这么回事。

却说我爷爷有了军队的惨痛经历，便想让他的孩子长大后与军队绝缘。这就是我的父亲。我父亲生于1900年，正是八国联军杀进北京城的那一年。历史已有记载，当年杀进北京城的八个侵略国，唯有日本是东方国家，其余都是西方国家。而出兵最多的，则是日本。日本有一位理论家，叫作福泽喻吉。我不说他的理论全部不好，但是他那个"脱亚入欧"的理论，着实害死人。"脱亚入欧"的本质，我要说，就是日本要向西方国家学习，不仅是学习科技，还要学习他们的人文思想和治国理念，特别是"弱肉强食"的丛林法则，学得像他们那样，侵略、欺凌弱小国家。

且说我父亲因为有前三辈人打的基础，所以出生之后的日子，还是不错。爷爷和奶奶省吃俭用，送我父亲上学。我父亲知道上学的钱来得不易，发狠用功，所以一路绿灯，最后考取了东京大学。这可是了不得的大事，整个北海道地区也没几个"东大"学生。我父亲还特别聪明，记忆力特好，真有点过目成诵的本领。结果我父亲以本年级最优异成绩毕业，被《朝日新闻》社董事长看中，直接受聘，成为一名记者。于是我父亲不再回故乡北海道，而将家安顿在东京。那是1923年。

我父亲为何选择去报社，而不是去内阁部门，或经济部门，以及其他岗位？因为我父亲牢记家训，为避免服兵役，才选择进报社。这样万一战争发生，也就是做一名战地记者，不会扛枪打仗。那时我父亲已有预感，在他的生活中，难免再有一场战争，而且很可能又是对华作战。

也就是这一年，9月1日1时58分，日本发生了突如其来的7.9级大地震。整个东京成为废墟，像个一眼望不到边的垃圾场。因为是在夜间，大家都在睡觉，损失可就惨了。满地都是砖瓦，满地都是死者，满地都是抛撒的物品。全城的房屋几乎全塌，到处在救人，到处在冒烟，到处在呼爹喊娘。据事后统计，共有142807人死亡或失踪，12866户房屋被毁坏，340余万人成了直接受害者。我父亲那些日子忙上忙下，又采访又救人，累得不分白天黑夜。他那个累呀，身子快要散架了，只要站立一会儿，便会闭上眼睛入睡。由于他表现突出，获得董事长嘉奖，并被破格提升。

也是全赖我爷爷的爷爷在天之灵，我家出现了奇迹。这场天崩地裂般的大地震，使东京绝大部分城区成为瓦砾堆，偏偏我父亲与爷爷所住的根岸和日暮里地区，幸运地逃过一劫，你说还不是奇迹？

我父亲的预感完全正确。1927年6月底至7月初，由首相田中义一主持的"东方会议"，果然制订了一个大计划，目标是中国与整个东南亚。会议重中之重，即是那高度浓缩的几句话："惟欲征服支那，必先征服满蒙；惟欲征服世界，必先征服支那。倘支那完全被我国征服，其他如小中亚细亚及南洋等，异服之民族必畏我敬我而降于我，使世界知东亚为我国之东亚。"好大的野心，要把整个东亚都变成日本的东亚。怎么变？当然是依靠发动侵略战争。这些家伙，就是这么赤裸裸。他们只想着日本大和民族"一股独大"，别人都必须俯首称臣，甘当奴隶。

这次会议上还提出："如欲征服中国，必须先打倒美国势力。"也就是从那时起，田中义一等军方人士，就酝酿太平洋战争怎么打了。他们觉得，1841年的美军军舰造访日本，是奇耻大辱。可是今天，"二战"之后，美国成了日本的"保护国"，美军不仅是来一艘军舰的问题，还有几万名驻军，还有核导弹发射基地。一些人倒觉得正常了，很光荣，还生怕美军撤走，生怕《日美安保条约》中断，要在美国人的核保护伞下生活。

开头，我父亲对"东方会议"的议题完全不知情，只是以新闻记者的身份介入，自然最早获悉会议的核心秘密，而且是非军方人士。我父亲心里直打鼓，这不是要发动大战吗？而且是一场恃强欺弱的战争。

会议结束后，我父亲向我爷爷提出，他们还是搬回北海道吧。东京不是个平安之地。我爷爷问他，为什么呢？他不肯说，也不敢说。那时我父亲还是单身，所以我爷爷和奶奶便说："你一个人在东京，怎么过啊？还是全家人在一起吧。"

于是我父亲和爷爷奶奶仍在东京下町区住着，过着一般平民的日子。那时下町区是穷人集中的居住地，街道又窄又脏，晴天满是灰尘，雨天满是烂泥。任何时候从街道走过，裤管的下半截不是沾满灰土，就是沾满稀泥。行人在街道上走着，总担心两边的房屋突然往中间倒下来，把自己砸倒、挤扁。我爷爷因为走路不灵便，找了一份在印书馆校对的活儿，得到的薪水不够维持他自己的生活。我奶奶每天帮一家旅社拆洗被褥，两手在水里浸泡，先是红肿，后来就溃烂流脓。幸亏我父亲的薪水还比较高，每月能拿出一部分补贴爷爷奶奶。一家人住在只有十席宽的屋子里，进门必须把头低着，躺下得缩着脚，小心把纸糊的墙壁蹬出一个洞。吃的土豆汤里，有一半是烂菜叶，只有逢年过节，才能吃上一点肉末。日子就这样勉强度过，一家人都没想到，会有更加悲惨的命运在后面等着。

这就是灾难性的"二二六事件"，发生在1936年。

我不想详谈"二二六事件"的过程，许多书里都有记载。因没涉及天皇本人太多的事，所以相对比较准确。我这里要说，在日本，凡是涉及天皇本人的历史事件，基本都是遮遮掩掩、藏头露尾。现只说我父亲的受害经过。

叛军冲进报社前，已经杀死和重伤多名大臣，可以说杀红了眼。然后，他们冲进报社，要求立即刊载他们的政治宣言。他们提着手枪，大喊大叫，一路还不停地放枪。而这天在报社新闻部担任值班课长的，刚好是我父亲。

日本的大众传媒兴起于幕府末期。1853年，佩里率领的美国舰队的到来，给德川幕府带来了巨大的冲击。在这之前，幕府官员靠阅读荷兰人进献的《荷兰传闻书》来了解世界，并对民众进行信息封锁。以后，开始出版《官版海外新闻》之类的读物。这就明确了传媒与官方机构的性质。1867年10月，德川庆喜将政权奉还朝廷后，幕府手下的洋学者们开始自己办报，为幕府评功摆好。与之相对立的"尊王派"，也创办报纸攻击对方。于是，私人报纸大批出现，都为政治派别服务。办报人想独立思考？根本不可能。我父亲的悲剧就是明证。

我父亲正坐在一张小桌前埋头改稿，见这么多军人蜂拥而来，报社院内还响着枪声，便知大事不妙。自"东方会议"以来，我父亲经常与军方打交道，深知这帮家伙的行事方式，就是拿着枪杆子，强迫全体国民服从军人意志，由军部接管整个国家，把国家变成一部巨大的战争机器。他们的本质，是拿一亿国民做筹码，搞一场大赌博。赌赢了，军人地位更加飙升，想怎样就怎样。日本民族近代发生质变，出了一批疯狂的军人和文人，在"脱亚入欧"的口号下，将西方的海盗精神全部吸收，加上传统的"武士道"精神，使尚武嗜血成了时尚，对异邦杀戮成了"美德"。我父亲作为新闻部的课长，对田中义一为代表的军部深为厌恶，却还不敢公开得罪他们，于是对军部的稿件能拖则拖，能删则删，能扣下不发就不发。现在见这许多人拥来，本想立即躲开，却被叛军将退路堵死。他只好迎上叛军头目，严肃地问他"有何公干"。

"啪啪啪啪！"上来就是一顿耳光，因为这一问把叛军头目给惹恼了。这班家伙在军营里，狠抽下级军官和普通士兵的耳光是惯常之事，哪天不狠狠地抽别人几个耳光，手掌就发痒。相反他们自己，也动不动被更高级别的军官抽耳光，整个军队就这样你抽我的耳光，我抽他的耳光，大官抽小官，小官抽士兵。才进军营的新兵找不到抽耳光的对象，有机会便寻求发泄。日本下等兵在战场上之所以特别疯狂，一是平时高度压抑，二是急着立功升级。现在叛军头目见我父亲不愿合作，岂肯容忍？首先来一通"下马威"。

那天天气很冷，从早晨到上午都在下雪。报社的窗户玻璃已被叛军砸烂，子弹在报社大院"嗖嗖"乱飞，打到墙上又反弹下来，把无辜者打伤。北风挟着雪花，"呼呼"往屋里直灌。我父亲挨了四记沉重的耳光，当即被打倒在地，嘴巴歪向一边，嘴里鲜血直流，手扶办公桌才能站直身子。

我父亲平时表现懦弱，关键时刻男子汉气概上来了。他忍着疼痛，眼光将叛军的"政治宣言"扫过一遍，然后递回给他："对不起，这里面的提法与现行国体、政体相违，不方便刊登。"说时，父亲从办公桌里找出一本《宪法》，想让叛军头目看看。

"'八格牙路'，你想找死？"叛军头目立即将手枪的枪口对准我父亲。

"对不起，那就请你们让军部最高长官署名。"父亲强压怒火，尽量保持克制。

"废话，我就是最高长官。"

"对不起，那就请出示天皇陛下的任命状。"我父亲还是不屈不挠。

叛军头目凶相毕露，一把揪住我父亲的领子，猛力推拉，再次将我父亲打倒。随即"咔嚓"一声，叛军头目的子弹上膛，用枪指着我父亲的鼻尖："说，你到底登不登？"

"对不起，我没有这个权力。"跌坐在地的父亲仰着下巴，睁着两眼，仍不示弱。

"砰砰！"叛军头目牙根一咬，眼睛一瞪，扣动扳机，对着我父亲的头部连发两枪。可怜父亲，当即被打得……倒地时还紧紧握着那本《宪法》。（年且九十的方舟惠子说到这儿，悲痛得泣不成声）

在那场叛乱中，倒下的还有三名资深国会议员，另有一人受了重伤。由于这次兵变直接挑战了天皇裕仁"最高统帅"的地位，显得对他很不尊重，所以裕仁非常生气，坚持对叛军头目处以极刑。但天皇并不真的要削减军部的影响力，相反还要提升。因此发动叛乱的下级军官虽被镇压，上层却未受到丝毫触动。与此相反，从这以后，军部地位至高无上，因为军部后面就是天皇。日本就这样彻底走上军国主义道路。可怜我的父亲，则成了牺牲品。自此，媒体成了军部的附庸，发动侵略战争的工具，完全失去了自己的主导权。

那一年，我9岁，斜背个灰布书包，上小学三年级。

五四　牛全胜想找谁同归于尽（正在进行时）

牛全胜坐在水塘边的一块石头上，接听赵凯林从省城打来的电话。一个小时前，他还在为自己庆幸，居然未被通缉。根据赵凯林的职权，让公安部门在全国范围内通缉他这个现行犯罪分子，易如反掌。这么说，这只老狐狸还是投鼠忌器，生怕惹火烧身。哈哈，谁能与本公的战略战术相比？这就叫捆绑式犯罪，或叫捆绑式享乐，要么同上天堂，要么同下地狱。

一小时之后的此刻，他突然接到赵凯林的电话："赶紧走，越快越好。已决定发你的通缉令。动作慢了你就出不了国门。"

"扯鸡巴淡，你吓唬老子？""我吓唬你？前天见面时我说过这话吗？""国家环保总局还来不来现场检查？""那是当然的。""我已经把采矿区炸掉了，还担心什么？""炸得晚了。记者比你早到现场，所有照片都冲洗出来了。""记者不是全挡在外面了吗？""北京来的，你见过的。他闯进去了。照片我都见过了。""他妈的×，现在在哪儿？老子一拳砸扁了他。""现在说这些没用，你赶紧走吧。别抓个物证人证俱在。"

一个念头在脑子里一闪，会不会是调虎离山计？我走了，他与那个臭女人就可以独吞一切，包括国家的各种补偿。

"老子不走，老子不怕。"他的语气变得很硬。

哪知对方反应特快，半点没有歇气："你不听拉倒。你犯的是死罪，懂不懂？你有本事，看谁能救你？"

没有他再说话的机会，赵凯林将手机挂断了。这是赵凯林第一次使用的手机号，不知登记的是谁的名字。买手机实名制，对一般老百姓有点限制作用，但对于赵凯林这等层次的人，有个鸟用。

虽入仲秋，正午的阳光还有一定热度。天上的白云在别人眼里是多么舒畅，在牛全胜看来却故意与他作对。四十出头的牛全胜因为非正常发胖，走不上几步就气喘吁吁。他张着嘴巴，边走边擦头上、脖颈、脸上的汗。如今的牛全胜，口袋里的票子虽然不少，身上的疾病也成比例增长。高血压、心脏病、糖尿病、肺气肿、胃溃疡、前列腺炎等，一大堆。用神舟山老百姓的话说，这就叫报应，吃多了冤枉饭，挣多了冤枉钱。可世界上真的存在因果报应？瞎扯淡，不相信。我只相信撞大运。

牛全胜在太和老爹身上轻易得手后，便相信自己绝对是个撞大运的人。以前两手空空，尚且能撞上大运，现今钱袋里胀鼓鼓的，那不更如裤裆里捉鸟？干！从来撑死大的，饿死胆小的。为"办事"方便，牛全胜首先给自己配上名牌服装，名牌手表，豪华小车，同时虚拟了一个令人仰视的身份。于是，赵凯林把他看作"通天人物"，加藤政二以为他真是"皇亲国戚"。为唬住喜攀高枝的赵凯林，他直接将挂着警卫局假车牌的豪车，耀武扬威地开进县委大院；为笼住在钓鱼台国宾馆认识的加藤政二（他花钱在钓鱼台国宾馆包房长住，为的结识有身份的贵宾），他一变而成为神舟县委、县政府驻京招商引资全权代表，开具的优惠条件，走遍天下都难碰上。为加入石原劲太郎描述的"智慧超人"阵营，立即抢着偷采神舟山稀世之宝……唉，满以为一个比一个大的大运，全都撞上了。哪儿晓得，到今天，落得这个鬼下场。

该死，这样的日子哪天到头？牛全胜在外面兜了一个大圈，再回到神舟县。他不敢贸然进家门，在县城外面游荡。他坐得累了，于是站起。朝水塘里自己蓬头垢面的倒影望了一眼，捡起一块大石头扔下水去，把自己的影子砸碎。

这一趟艰难行程，唯会见赵凯林稍有所获。这小子说得透彻，自己最大的闯祸在于非法采矿。采的不是别的，是列入国家战略资源的特殊矿藏，稀土中的稀土，专供航天、军工使用，全球唯此一处。自己却不仅偷偷开采，还想偷运出去，一口吃成个大胖子，成为全球首富。准备了这么多年，国外最先进的采矿机都运上了山，送进了洞，安装、试机，马上就要开工了，也没外人知道。这就叫神不知鬼不觉。孰料天怨人怒，才动工就出大事故，好好的地面突然陷塌下去。真他妈见鬼。莫非真如人们所传，神舟山里里外外都藏着精灵？"这就是警告，最严厉警告。也等于救你一命。"放屁，救我还不等于救你自己？要不是在你的办公室，老子早就一脚把你踢飞。有几个人真的想死？除非迫不得已。那些人肉炸弹，要么上当受骗，要么还想上天堂过更好的生活。老子神不信鬼不信，只信金钱这个硬道理。老子当然怕死，死了，埋了，还有个屁？现在闯大祸了，离行刑的枪口只不过两三米远了。赵凯林你吠吧，吠吧，只要能保我过关就成。回头再算细账。

赵凯林到底有他的办法，这办法源自他的权力。对死伤人员的赔偿，还是援用老法，让政府出钱，平息民愤，企业却不用出血。因这企业说到底也是他的（"小三"名下），企业出血也就是他在出血。至于企业本身，由于牛全胜暂时不便露面，最好的办法是宣布"破产"，由政府接管。这就可将"帝豪大世界"的所有账本、注册档案全部封存，避免秘密外泄。至于何时解封，真正实施破产，即可根据赵凯林的安排，找到新的代理人再说。同样出于安全的考虑，对那一片要命的"特殊区域"，即可用外地调来的警察予以保护。先是严密封锁，风头过后再行采掘。外来的警察两眼一抹黑，还以为在执行保护国库的神圣使命呢。

"难怪你小子官运亨通。"这是牛全胜的临别赠言，想了想又补上一句，"不过你这种人，也只有在国内才吃得开。"

"哈哈，我从来就不打算出国。"

有家难归。刚完成采矿区入口处爆炸任务的牛全胜，感觉太累，必须找个地方休息才行。上哪儿去呢？中国之大，竟容不下自己一双脚。没见到通缉令，反使他更担惊受怕。还是回县城老巢吧。为不被熟人认出，他用一大块纱布将右眼罩住，又在下巴上拉了一道口子。他在离县城十华里处下了大巴，在水塘边坐着，吃样子像毛毛虫似的廉价面包，面包里加了点人造奶油，吃起来一股怪味。没法子，太贵的面包买不起。他磨磨蹭蹭，进入县城时已是下半夜。街道两边的商铺几乎全部关门，路灯的光线则增强了许多。这时段真好，一个熟人也未遇上，就这么神不知鬼不觉潜伏回来。他吹着口哨行不多远，心情马上烦躁起来，口哨也不吹了，扯下裤子就撒尿。

原来他正要经过一座寺庙，位于进城的路口到自家别墅之间的街道，堆起的建筑群一片富丽堂皇，占地五十多亩，耗资五亿多元人民币。为盖这座寺庙，牛全胜出钱出力，所以其芳名赫赫然居于"功德碑"之上。根据规定，寺庙一般只能在原址恢复重建，新建则需经国家宗教管理部门严格审批。牛全胜听说，捐款修建寺庙为最大的善行，不仅今生立马能得到好报，来世更会贵比王爷，富可敌国。这样的善事还能不做？别的不说，能保证下半辈子活得痛快潇洒，干坏事不被追究，也不错啊。干，老子就来做这捐款的冤大头。先把这座寺庙建好，以后再多建几座。于是在县城傍山临水的风景带上，硬是平地立起这么大片不伦不类的建筑物，红墙黄瓦，宫廷气派，无论功能、色调还是风格，都与周边楼房全然不协调。有钱就是大爷，它成了国家特批的一个新的宗教场所，进门的墙上悬挂着开业许可证。透明的玻璃功德箱里，被5元、10元、20元、50元、100元的钞票塞得满满的。现在牛全胜从这儿经过，不由大为恼火。老子这些天颠沛流离，过的什么日子？怎不见菩萨显灵，救我一把？去你妈的。什么普度众生，全是骗人的把戏。牛全胜对着新立的寺庙撒过尿，还觉得不解气，在地上摸到一块碗口粗的石头，朝盖着金色琉璃瓦的寺庙狠狠扔去。"砰！"那石头却砸在高高的围墙上，反弹回来，正好砸了他的脚背。牛全胜更为生气，再从地上摸到一块石头，第二次狠狠扔去。这回，石头直接砸向金黄色琉璃房顶，听得见瓦片清脆的碎裂声。

当牛全胜笨重的身子越过围墙，进入别墅时，老父亲也刚好起床，准备推着板车去小饭馆收集潲水，用来喂猪。曾有些黑心人，用饭馆的剩菜提炼油脂，俗称"地沟油"，再卖回小饭馆挣钱。因为他老人家每天早起上饭店收集潲水，也把他归于这一类。其实马老爹对此从来鄙视和憎恶，有一段时间家境好一点，女婿对家里的开支有资助，他便不再收集潲水，免得坏了名声。后来太和老爹重陷困境，他才继续这老行当。他在板车上放两只有盖的大木桶，正要开大门的铁锁，却听得身后突然响起一个压低的声音："把房门钥匙给我。"

"啊，你怎么……""不许叫。""钥匙在屋里。你想住一层还是二层？""我住三楼。听好了，未经许可，谁上楼我打断谁的腿。你要是走漏风声，对你也不客气。""你姐姐知道吗？""该找时我会找，不关你的事。"

马老爹唯唯诺诺，低着脑袋，一边咳嗽，一边将"吱嘎吱嘎"的大铁门拉开，透过一个小孔，从里面将大门锁好，然后推着板车上街。唉，前世作孽，得到这么个报应崽。两人的关系早颠倒了，他是我的爷，我成了他的崽。我们马家这一族的先人，不知在哪一代犯下大孽，欠下大债，到今天由我们偿还。出个好人，被冤枉毙了。出个能人，不知云游到哪儿去了。报应，我信。所以还是守我的本分，免得再祸害下一代。呵，我现在哪儿还有下一代？完完全全地绝了后，外孙也没了。马老爹的板车推不动了，干脆靠街边停下，坐在板车的把手上，用灰乎乎的脏袖子擦泪水。

牛全胜站在别墅三楼东屋朝南的窗户上，看着老父在板车上坐着，断定他是累了。懒得理他，自己还顾不过来呢。他将有一股霉味的竹叶窗帘拉上，躺倒在满是灰尘的弹簧床上，叉开两腿，吁着长气，望着吊满蜘蛛的天花板发呆。金窝银窝，不如自己的狗窝。这一点以前怎么就没想到？他实在累了，心力交瘁，身子接触床垫不到半分钟，立即鼾声如雷，直睡了一天一夜方醒。一旦醒来，潮水般涌来的烦恼立即又淹没了他。

他妈的×。回想起来，一大堆失误。全是不该做的事，包括冒充大领导的干儿子，骗取赵凯林与邱某人的信任，伪造亿万资金证明、虚报公司注册资金，与日本财团合谋玩假投资、搞空手盗，骗取国家财政拨款、吞食地方财政配套资金等。至于偷采稀有矿产、环境污染、毁林滥伐等项，已经是小意思了……牛全胜打开父亲放在三楼东屋窗台上的塑料快餐盒，发现里面有半盒白米饭、几根酸萝卜条，也不管是热是冷，用手抓着就吃。因过于脾虚，他舌头发胖，咬得舌头出血。全是他妈的赵凯林，野心勃勃，要以神舟县为基地，开创所谓的霸王之业。不然，他牛全胜空有贼胆，所有荒唐计划都落不了地。

牛全胜把空饭盒从窗口扔下三楼，透过窗帘缝隙看看外面，继续想自己的心事。还有那个该死的臭婊子，鬼晓得她与邱某、赵某之间是怎样的淫乱关系。呸，她还想把我拽上那张洒满香水的臭床呢，看，人行道上，一个穿荷花色衣裳的女子从林荫路上走过，边走边看手机。一脚踩空，跌了个猪婆子坐泥。好，跌得好。女色，世间最大的祸害，毁了多少有出息的男人。牛全胜给自己定了个很高的目标，计划在挣得一千亿个人资产以前，不谈婚娶。到那时，老子要举行一场超级婚礼，创下世纪之最，排场超过英国王室的婚礼，载入《吉尼斯世界纪录大全》。雄心如此之大，牛全胜对公共情妇这类的角色便没有好脸色，曾用狠狠的一记耳光，回应她露骨的挑逗。鄙视被邱、赵穿得快烂了的"破鞋"是一个方面，另一方面，即痛恨赵凯林硬把那"破鞋"当作常务副董事长兼财务总监塞给公司，实际是对他严密监控。

活得窝囊。有没有下辈子还不知道，这辈子却基本玩完了。大礼炮变成他妈的大爆炸，一下把世纪婚礼炸了个踪影全无。牛全胜望着林荫道上那重新迈步的荷花色身影，不由拿额头在贴了壁纸的墙上"砰砰砰"直撞。不活了，没意思。做人是为了什么？不就是满足可怜的虚荣心吗？大成功是大虚荣，小成功是小虚荣，不成功即白活了。还不如早死早投胎，争取来生再辉煌。只不知怎样死不觉得痛苦，是从十几层楼顶跳下来摔死，还是跳进河里淹死，还是用一根绳子吊死？还有，假若投胎投错了，投进猪肚子、狗肚子怎么办？牛全胜再次脑袋撞墙，不知如何是好。

老父亲想起了什么事，推着板车打转了。牛全胜懒得下楼，两人隔着窗户喊话。

"你姐姐今天下午要回来取衣服。""她会不会上三楼来？""三楼有她的大衣柜和五屉柜。""她单独住还是与别人住？""现在他俩住一起。"

牛全胜脑子发麻，想起死去的外甥。死了别的职工好办，拿点钱就可以了结，一条命值不了几个钱。而外甥，可是老东西与马秀美的命根子。牛全胜一直认为，外甥是自己财产的潜在威胁，几次想对这一根秧苗下狠手。却是老东西拯救了他，因为老东西根本没有把财产传承给儿子的打算。所以牛全胜一直拖着，下不了决心。这回是天老爷帮忙，刚好被钢管砸中，但这一来，姐弟情谊也就完蛋了。

不能照面，赶紧避开。牛全胜先想把通上三楼的间门锁了，但他们砸门怎么办？还是在屋里装哑巴的好，反正他们想不到我会回家。上五楼吧，这是最高一层，再往上是露天平台，万不得已，还可拉一条绳索往下滑。于是牛全胜"噌噌噌"上了五楼。五楼从不住人，只放杂物。牛全胜将笨重的身子塞进一间满是蜘蛛网的杂屋里，蜘蛛丝弄得他脸上黏黏糊糊，很不舒服。

中午时分，马秀美与老父亲一同回别墅了。牛全胜悄悄从五楼溜到二楼，扶着楼梯，偷听他俩的对话。

"那人呢？在哪儿？"是马秀美焦虑的声音。

"你问谁？就我在家。"行，老家伙还守信用。

"我弟呀。他没在家？"

"你弟弟？"

"嗨，依我讲，您老就……"这是第三个人的声音。那个老东西跟着回屋里了？他们在一层客厅。几年不见，声音还那么洪亮。这老东西每天吃了什么营养补品，身体怎这么好？高级领导人的生活医疗保健条件那么好，还有全世界的超级富豪们，却并非个个健康长寿。奥秘在哪儿？

"不在。家里真的没进来人。"老家伙还不改口。看来对他的威胁真起作用了。

"老爸，您瞒天瞒地，还瞒得了老爷子？您以为他练几十年气功，全是白费时间？告诉您，他现在已经是神神道道，有特异功能了。别说我弟弟在哪儿，他隔好远就看得到，就连他肚子里想些什么，下一步准备做些什么，他都说得上。您还不知县工商局局长的事吧？就是那个坏得透顶的法官，大前天上午突然死了……"

父女俩继续叽叽咕咕。太和老爹的声音把她的话不时打断，表示工商局局长可能死于心肌梗死，或脑血管突然爆裂。前法院庭长必已改过自新，才会获得那么重要的职位。"不能把这么好的人往坏里想。"

牛全胜这一听，直吓得身子筛糠一般抖。早就听说这老东西有特异功能，在医院也没停止练功，现在不知到了什么程度。但他今天肯定是见着我了，尽管两人尚未碰面。"连他肚子里想些什么，下一步准备做些什么，他都说得上。"且莫说他究竟是不是活神仙，仅凭他能看透人的内心这一条，就太可怕了。哪个肚子里都有屎尿屁，但毕竟有多有少。我当然算不上坏事做尽，还有比我坏十倍、百倍、千倍甚至万倍的。我在大机关警卫站岗，见得多了。他们却都过得好好的，用不着像我今天这样东躲西藏。既然撞上他了，就只能自认倒霉。不，我干吗要自认倒霉？我又没被抓现行。只有傻瓜才坐以待毙。老子即便被判处死刑，也要拉几个垫背的。与我同流合污的，一个也跑不掉。让我一个人全扛着，咬断舌头充义士，最后被枪子崩了，留下你们继续做两面人，尽享富贵，祸害别人？跑，他妈的×跑。多活一天赚一天。这老东西，当年怎不下狠心直接弄死？从树屋底下"漏"下去……智商多低，小儿科不如。

"你犯的是死罪，懂不懂？你有本事，看谁能救你？"忽记起赵凯林在手机里说的话。

只有跑路，别无他法。牛全胜扶着楼梯，勉强站直。可是糟糕，身上才几百块现金。买一张去省城的汽车票倒是够了。到了那儿，再给赵凯林打电话要钱去，他敢不给？喂喂，你他妈的×，老子的声音听不出来？开会？老子下午就上你办公室。

这一招准灵，赵凯林就怕这个。你来吧，这就对了。我给你把出国的一切手续都办好，还派人去国外陪你三五个月，帮助你安家立业。好啊，有个跟班，倒彰显出老子的身份。他妈的，这叫逼他说人话。会不会有诈？他敢？老子先宰了他。冷静点，这个王八蛋的分析是对的。此时必须走出去，否则一旦上了通缉名单，就别想片刻安宁。外逃确是首选。万一被抓住，至少要受皮肉之苦。赶紧，下楼。何况家里又来了个催命鬼，练功到了这地步，居然能洞察一切。简直害死人，什么事情都瞒不过他。

"别跳楼。楼层高，小心，绳子不结实。"

就在牛全胜爬上顶层露天阳台，抓住一条不知何时搁在上面的旧尼龙绳要往下滑时，太和老爹真像有神通似的，在下面仰着脖子大声劝阻。这非但不能制止牛全胜的疯狂行为，反而加快了他逃离的速度。心里有亏的人，白天都害怕见鬼。太和老爹在他眼里，不啻是一面移动的照妖镜，离得越远越好。慌乱之际，他顺手抓过那条久经风化的尼龙绳，一头拴在阳台的半截水泥柱上，另一头缠住自己的腰，急急忙忙跑向阳台边沿，身子趴着，双脚悬空，捉住尼龙绳，就往下面溜。

过度风化的尼龙绳哪儿经得住他笨牛般的体重？一下崩作两截。牛全胜才从阳台顶上溜下一米多远，便像条装满秽物的大麻袋似的，"啪"的一声，掉到硬冷的水泥地上，又一个趔趄，落入旁边的化粪池。化粪池里除了粪便，还有流入的污水，其深度刚好将牛全胜的头顶淹没。

真不是好兆头。牛全胜大口大口地吐着粪水，发誓找赵凯林找算总账，却看不到，索命鬼拿着绳子，一步步跟在他的身后。

五五　我的战后经历（惠子自述）

太和先生与我在抗日县长（我称呼他"马大爷"）家分手后，我日夜盼的便是先生按时回来，接我去乡下某个去处，一块儿过那牛郎织女的生活。牛郎织女虽是中国人的故事，但在我们日本，同样流传很广，我早就向往那种生活。仗打完了，该是百姓们过正常日子的时候了。无论中国也好，日本也好，老百姓盼的都是不要打仗，好好过日子。从古至今，任何国家任何民族，真正喜欢打仗的人，就那么极少数有政治野心的狂妄分子。

可是我等啊等啊，左不见人来，右不见消息。先生是很讲信用的人，这么久没有消息，肯定有他的理由。而我发觉自己已有身孕，小宝贝一天天在肚子里长大。越是往后，行动越是困难。因为是第一次怀孕，我又是兴奋，又有些莫名的恐惧。但有个信念非常坚定：必须保住我们两人的孩子。把孩子生在哪儿？倘若将孩子生在中国，父亲顾不上怎么办？光凭我一人之力……啊，想来浑身发颤。对不起了，找妈妈去，唯有妈妈能帮助我。把孩子生下来，养大，就是我最大的责任。好在我已知道了他的故土，想必有机会重逢。

我就这样匆匆离别了他的故土，离别了令我无限眷恋、让我获得第二次生命的神舟山。

我后来才知，战争结束时，滞留在海外的日本人竟有660多万人，其中在中国就有200万人。既有日本军人，又有其他非作战人员和随军家属，在中国东北，还有一些早年移居的"拓殖团"平民，现在都得回自己的国家去。旅顺码头上那个挤呀，好些人不小心，给挤下水去了。我真是幸运，较早一批上了回国的运输船。因属怀孕早期，易于流产，所以每一步路都走得十分小心。总算上船了，我选择一个僻静角落，面朝海面坐着，在海上漂泊四天，才算回到自己的国家。啊，满目凄凉，到处是烧得黑乎乎的残垣断壁，整个东京就是一个垃圾焚烧场，见不到一座完整的好房子。据我妈说，较之1923年的东京大地震，惨得多了。战争，魔鬼导演的战争，给中国人民、其他亚洲国家人民带来的灾难自不必说，给本国百姓又带来什么好处呢？所以自那时起，我对战争开始了本能的反思，对将全体国民引向战争之路的家伙们，包括天皇呀，首相呀，元帅啊，将军呀等人，开始痛恨。

后来又得知，战争结束时，日本留在海外的军队多达368万人，加上国内本土的219万军队，共计587万人。以不足一亿人口的国家，拥有如此庞大的军事力量，这是何等可怕之事。要这么多军队干什么？而且半数以上部署在国外，就是去别国武装抢劫，残害别的民族。

这里说到我自己当兵的过程。父亲惨死后，我和我妈没了固定生活来源，而我刚上小学。我妈便给富裕人家做家务，挣点钱糊口。妈两手泡在洗衣服的肥皂水里，皮肤泡烂了，指甲一片片往下掉。那段时间，国家还显得富裕，从"满洲国"运回国内的物品，装了满船满船。所以东京既有我们母女俩这样的穷人，也有每天吃海参、鱼翅、三文鱼和其他山珍海味的富人，有的家庭还拥有自己的小汽车。他们穿着漂亮衣服，开着汽车，按着喇叭，在大街上横冲直撞，看上去非常威风。我懂得自己家里穷，妈挣钱不容易，所以读书特别用功，成绩在班里最好。

战争开始时，军部对国民吹嘘：三个月内结束"支那事变"。大家想，好啊，真要过上好日子啦。看"满洲国"的大米多香，看华北平原的面粉多细。还有来自中国的棉布、丝绸、水果。至于战争物资，普通国民不懂，只知道煤啊，铁啊，铝啊，都来自中国。国民们过着比以往宽裕的日子，尽管每天都有人在码头接出征亲人的遗骨，却也没太多怨言。敢发怨言的，很快被特高课抓进牢里去。

1942年下半年以后，国内的情况就不同了。商店里的东西越来越少，粮食配额越来越低。肉类一年也见不到，老人小孩都饿得皮包骨头。进入1944年，国内供应更紧张，每天配额的主食只有二两。我妈担心我长不高，把她那一份悄悄匀给我。这哪儿行啊？妈每天还得干活呢。不行，我得自己谋生。正在这时，军部扩加招兵，女中学生也招。兵源不够，十六岁以上的男生都上前线了。尽管上前线有可能被打死，但不去不行，不去就不是爱国，就会

455

被特高课给关起来。再据军部宣传的海报说，上前线能吃饱饭。中国的粮食多着呢，东南亚的粮食多着呢。

那天我妈突然昏倒在进门的台阶上，口吐泡沫，脸色惨白。我想一定是饿的，可家里什么好吃的都没有，我就给妈喂了一点糠饼。就在这一天，我拿定了从军的决心。那时我尚未憎恨整个军部，只憎恨杀害我爸的人。听说那支叛军被天皇下令镇压，我当时觉得很满意。现在我决定从军，首先是想解决吃饭问题，也算是一种就业。而为了不被妈拖后腿，我硬着心肠，不辞而别，只给妈留了一张字条儿。那是1944年年底。

我就这样成了一名军中报务员，一名侵略中国的日军士兵。我虽还记得爷爷的爷爷的话，却私下原谅自己：我没开枪，也不去杀人，只是要找一份差事，混一口饭吃。随着军队三转两转，我从中国大连上岸，由北往南，最后被调往神舟山，结束了可耻的军旅生涯。尤其让我痛恨的，是我被名叫栗原太郎的上司，夺去了贞操。那畜生竟趁我累了，在办公室熟睡而侮辱了我。我却不敢声张。他是上司，随便找个理由，就可将我"军法处置"啊。他却因为拥有帝国陆军大学毕业生身份，作战勇猛，连连获得晋升，三十几岁就升为大佐，眼看要做到将军了。最后他死于中国大陆最后一场会战，具体位置说不清楚，总之尸骨无存。我失去贞操后，一时真不想活了。反过来又想，妈妈怎么办？妈妈还在等着我呢。我就这样强忍屈辱，咬紧牙活着，直到遇上我的中国先生。先生对我这样真诚，要不要把实情对他说？说，干吗不说？不说反而对不起他。

战争发生前，我对神舟山不知其名。只知道我的祖上来自中国南方某个地方，传统家徽上有一个牛角图案。战争打响后，我按照军部的思路，一厢情愿地想，这一仗下来，就是"日中亲善"，就是"大东亚共荣圈"；我祖上的出生地也就是日本的领地了。大家都是一家子，不分彼此，友好亲善。我即可往来于两地之间，做一个特殊的地球人。我既是大和民族，又是大汉民族。我到前线去，可以早点儿看看祖先的出生地是什么模样，将来如何与那儿的人们友好相处。但在战场上，我听到和看到的许多血淋淋的事实，使我明白这些只是幻想。日本军人的野蛮作为，引起中华民族如此深刻的仇恨，还谈什么"日中亲善""大东亚共荣圈"？于是我只盼着战争快快结束，早点回到日本的家乡。至于谁胜谁负，我已经不关心了。

从"二二六事件"之后一直守寡的妈妈，在我应征入伍后，又回到北海

456

道渔村。战争结束后，我费了好些日子才找到妈妈。这一路的费用，全是用太和先生留下的钱变换出来的，否则活不到今天。我在沿途所见，好些人家生生饿死，另有人因营养太差，没有抗病能力，最后死于天花、霍乱、伤寒等。从这一条看，先生实际又救了我一命，还救活了我妈和我们的孩子。所以无论白天黑夜，我都在深深思念先生。

　　且不说妈妈见到我是多么欢喜，母女怎样相依相伴，终于使我们的孩子平安出生。孩子从"呱呱"落地开始，就受到营养不良的折磨。那时国家整个陷在深深的困境里，庞大的失业人口，大量复员军人和海外归来人员，使吃饭再次成了第一件大事。时常见到全家人饿死或自杀的新闻。黑市猖獗，全国泛滥，包括东京的新宿、涩谷、池袋、新桥等地都有。黑市上的粮食价格最高时，是公定价格的40倍。甚至有人说，首相中原喜重郎家也不够吃的，将布帽拉下，罩住眉毛，也上黑市摆地摊。因为粮食问题，那时还引发一连串震惊社会的大事件，包括特大刑事案件。如"小平连续杀人案件""片冈仁左卫门一家灭门案件"，甚至发生"山口法官饿死事件"等。上百万东京市民下乡抢购粮食，把列车挤得满满的。1947年2月的一天，由于超载，发生列车颠覆和重大事故，造成147人死亡。战争，这就是日本军部发动的战争。它给中国等国家带来的灾难自不用说，带给本国人民的，也是灾难，灾难，灾难！

　　这样你可以想象，我们祖孙三代过的是什么样的日子。我妈那时为了保证我有奶水，孩子有的吃，自己节省得不能再节省，又一次营养严重不良，最后患上水肿，全身皮肤肿得透亮，一摁一个大坑。熬到孩子4岁，我妈再坚持不住，就这样，倒下了。至今想来，我仍很悲伤。战争，我对你有多么地恨。发动侵略战争的人，真该千刀万剐。

　　美军占领初期，占领军强奸案件不断。一些年轻女性迫于生计，通过不同方式向占领军献身，以换取物品。东京地方政府发明了所谓"两全之法"，即在银座、大森、立川、调布等处设立二十多处特殊慰安所，专为美军服务。这实际是战时"慰安妇"的变种。不同之处，那时的"慰安妇"是被强征的殖民地女性，现在成了日本国民。那时的"慰安"对象是国外的日本军人，现在成了驻扎在本土的美军。真是极大的讽刺。这桩罪行，也是那一场侵略战争的发动者们所犯。后来，这样公开的"慰安"引起美国国会的抗议，连罗斯福总统的遗孀都加入了抗议队伍。于是公开的慰安设施被迫取消，代之以街头流浪的娼妓，称作"邦邦女郎"。后来日本出现了近二十万混血儿童，源头就在这儿。我的一个儿童时代的女友，不幸也坠入这个深渊，最后死于性病。1945年的东京，生活水平远远不如上海。那时流行一句话："东京人吃地瓜，上海人吃大米。"

就说孩子长到4岁时，我妈不幸没了。我在北海道没别的生活手段，就重回东京，试着找一份适合我的工作。在这两年，美国占领军政策悄悄变了，从过去的非军事化、民主改革，转向扶植日本经济复兴。这样做，美国人是有战略目标的，就是要让日本成为对抗苏联的同盟者，也就是后来说的"冷战"。我那时不知道这个词儿，但懂得这个转变的意义。后来发生朝鲜战争，美国政府的态度更不同了，更急于重新武装日本，与中国对抗。这样，日本工业迅速得到恢复，东京就业的机会也慢慢多了。这又从客观上帮助了日本。所以一些日本人，忘记了美国初期的政策带给日本的灾难，也忘记了这一切都是日本军部的家伙们引起的，反而稀里糊涂对美国人表示感谢。

我总算在立川找到一份差事，距东京都中心以西30公里，给人干家务活儿。为干活方便，我租了一间屋子，大约有四席半宽。里面除了睡席，几乎没法放别的东西。好在我的行李本来不多，用一块花布全包住了。我把孩子托付给房东看着，每月付出我挣得工钱的一半，另一半就是我们母女俩的生活费。虽然一年里只能给孩子吃上两回肉，添两件新衣裳，我也觉得够了。能让孩子一天天长大，哪天他们父女俩重逢，是我最大的愿望。我自己只有一件像样的湖蓝色外衣，白天穿着出门，晚上回家后洗了在火上烤干，第二天照穿。

立川那儿有一个美军飞机场，服务设施多，就业的机会也多一点。美军的驻扎还带来别的问题，尤其是性犯罪，而美军是犯罪主体。当地村民便不愿美军长期驻扎，只望其早日迁走。这样，当美军提出扩大机场，要多征用村民土地时，矛盾立即尖锐起来。

一九五五年五六月间，在立川市，可怕的事情终于发生。

那是美军单方面要求扩建机场，征用农民土地。日本农民的土地可不比中国农民的土地，那是私人所有制，国家征用，需经过许多复杂手续。更主要的，当地农民对美军非常反感，只希望他们快点离开。这年5月4日，政府有关部门下达征用土地的通知后，不仅村民反对，町长也反对。于是形成尖锐矛盾，最后演变成激烈冲突。9月13日和14日，民众聚集5000余人，坚决反对测量。那时，村里妇女大多不识字，而我会写字，便被推举起草"女子请愿书"，递给政府官员。慢慢地，我也就成了运动指导者之一。这也是我之所愿，因此欣然接受。我担心美国人把日本重新拖入战争泥坑啊。我因为要带孩子，有时忙不过来，就把孩子用布绳系在背上，背着走来走去。这样，我的形象特别扎眼，连政府部门也派人与我联络，问我有什么要求。我明白他的意思，坚决摇头："多谢关照，可我不需要您的帮助。"

由于立川市民众齐心合力，终于阻止了政府的测量计划。

反对美军基地的斗争，最先起于内滩。内滩原是石川县金泽市一个小村，距金泽市约12公里，面临大海。地方政府应美军要求，未经村民同意，将其辟为美军打靶场。原定的使用时间，是1953年1月1日至4月30日。四个月期满后，美军还想延续，并要求辟为永久性靶场，于是激起民众强烈反对。"内滩反基地斗争"迅速波及其他地区，形成全国性反基地斗争风潮。最后，政府采用加大补偿的方式，缓和矛盾，但根本问题没有解决，更大规模的斗争还在后头。

我在立川反对扩建机场的事件里，得到初步锻炼，激发了很强的责任心。想着父亲的爱国精神（那可是真正的爱国呀），也想为国家做点儿小事。我便从立川搬到东京市区，住在根岸的一座木屋里，租的房子有十席宽，这对于我们母女俩，就算奢侈的了。那时的根岸以木房为主，很少有楼房，有的还破破烂烂，组成一条条大街小巷。战争年代因为不是军事区，也不是行政区，所以遭受盟军轰炸的机会少。骑自行车的人，就是薪水高的了，而我每天来回六公里上下班，为节省路上的时间，我总是半跑着。旁人说："看这个疯女人。"我只是笑笑。

这时我找到一份在报社校对的工作，非常满意，薪水也比以前多了。我白天忙校对活儿，晚上回家给孩子洗衣服，并把第二天的饭菜都做好。一半留给孩子，一半给自己第二天带到报社吃。就这样，我一边上班，一边带孩子，一边参加一些社会事务，还发起一个女子读书会。

女子读书会不是我的发明。首先是东京杉井区的女同胞，组织了一个反省战争的读书会——"杉之子会"，成立于1953年。参加者有战争寡妇，有战争亲历者，像我这样。正好我的女邻居也是个战争亲历者，她被军队给弄去马来西亚了，受的苦不比我少，同样被上司夺去了贞操。她却没有我幸运，因为我有一个孩子，而她没有。她说："我们也组织一个读书会吧，想想这该死的战争。"我说："好啊，您真了不起。"于是就开始了。由两人到4人、6人、10人，最后到109人。每半月集会一次。开始是我那位邻居当干事长，后来她搬家了，干事长就是我，主要是为姐妹们做些杂务事儿。以后，其他区的女同胞也向我们学习，于是成立总联络会，我又被推选为总干事长。那时我还年轻，说话不怯场，演讲时常常把袖子往上掳，说着说着就变成对战争的控诉了。因为我已经从心里痛恨那场战争，痛恨把成千上万无辜百姓卷入战争旋涡的魔头。

有人说，动物之间也有争夺地盘的斗争。一只幼小的寄居蟹看中了一个才从海里冲上来的贝壳，另一只体格健壮的同类来了，毫不客气地将幼小的寄居蟹赶走，自己钻进了那只阔大美丽的贝壳。几只狮子争食，地位低的只能远远地看着，等着地位高的吃饱了，才敢靠上前来，吃点碎肉残渣。雄狮称霸得久了，衰竭了，若不自觉让出地盘，就可能被年轻的雄狮赶跑，甚至咬死。但它们不会如人类这样绞尽脑汁，花样百出，祭出活剥、凌迟、油烹这种种的酷刑。地球上的一切物种中，人类是最热衷于相互吞噬的。暴君们已不满足做一国之帝，还想做全世界的主宰。

由于这个读书会，后来反《日美安保条约》时，我们成了"国民会议"发起单位之一，我被选为总部指导委员会委员。那位在冲突中倒下的"东大"女生桦美智子的妈妈，是我们读书会的骨干成员。桦美智子非常智慧，长相又好，真是可悲。

那年，我们的孩子也长到14岁，也跟着我上街游行。我不让，她不听。她这时最关心的是爸爸，问："我爸呢？我爸在哪儿？还能回国吗？"

这问题，早在十年前她就提出了。我每当听到，就想起在神舟山度过的那些日子。孩子小的时候，我总用别的话搪塞，现在，我只能告诉她："你爸在战争中失踪了，至今没有消息。不过不要紧，只要未列入阵亡者名单，你就有希望见到你爸。"

而我自己，一方面怀着希望，一方面几乎绝望。想想那时，中美交恶，而日本坚决站在美国一边，日本与中国之间能友好吗？同时我也知道，中国方面，如今执政的是共产党，蒋介石已经被赶到台湾岛上去了。而先生参加的是国民党军队，是蒋介石的属下，还能有先生的好？

然而在冥冥之中，我仍存一线希望。我相信国家与国家之间，没有永远的敌人，日本与中国不应永远对抗。中国有句俗话，远亲不如近邻。日本与中国作为邻国，是搬迁不了的。喜欢也好，不喜欢也好，邻居就是邻居。既然这样，为什么不能友好相处？"脱亚入欧"？脱离地球好啦。一亿日本国民，就是被这班所谓理论家、军事家害的。这班人过去害人，现在还想害人。也许有一天，我还会重新踏上那一片土地。我一定要去看望先生，看一眼神舟山，哪怕只能见到他的魂归之地。

就是这坚定的信念，支配着我的生活。这样到了1972年，得知田中角荣即将访华的消息，我立即向各方请求，以新闻记者身份，跟随访问团，再次来到中国。可惜那时，民众对所有外国人本能地不信任。我在北京街头见过一条用红油漆写的大标语：打倒帝国主义！打倒现代修正主义！打倒各国反动派！看，全是敌人。我不能独自出门，也不敢独自上街。唯一能够做的，便是站在北京饭店的九层阳台上，遥望中国的南天。心里想着，人类社会，国家之间，敌人与盟友是经常互换的。过去日本与美国互为敌对国，现在日本成了美国的附庸。过去法国与德国打得一塌糊涂，现在同为欧洲共同体的主要成员国。那么日本与中国，也没有理由继续对立。这两个亚洲最大的国家既为邻居，邻居之间有必要永远交恶吗？

我们日本国民的心态变成这样，与美国政府的政策关系极大。由于美国的纵容，日本虽然战败，却根本没有尝到战败国应该承受的苦难，比如"二战"后的德国民族，被盟军攻占后，柏林等城市全都成了瓦砾堆。日本国内有一批人，比如岸信介，本该被定为甲级战犯，却没受到应得的惩罚，相反战后还当上首相，领导全体国民。中国有个成语叫"与虎谋皮"。让这类人承认战争罪行，就是与虎谋皮啊。他们把所谓的"大东亚战争"美化成解放亚洲的"圣战"。在他们的思想中，承认侵略有罪，就意味着日本必须放弃征服中国的"梦想"。这是他们的本性所无法接受的。他们以大和民族代言人自居，认为自己是世界上最优秀的民族，所以应该独吞世界上最好的资源，过着最好的生活。别的民族只配受他们的奴役。

我们日本，前途有两种。一是真正承认对中国与亚洲人民犯下的战争罪行，与军国主义彻底划清界限，放弃征服亚洲乃至世界的野心。一是继续美化日本的战争罪行，对一代又一代年轻人灌输军国主义"光荣史"，以便在将来的适当时机，又一次全民发动，东山再起，进行新一轮"大东亚圣战"。让人不安的是，日本目前各种动向表明，一些人确实梦想走第二条道路。他们中有的做了内阁大臣，甚至做了首相，坚持祭拜"靖国神社"，并发表煽动性演讲，为的什么？选票。"二战"最后，德国整个国家毁灭，柏林成了一堆焦土。我们日本，吃了两颗原子弹，死了大约三十万平民，倒了一批房屋，本土也有不小的损失。而中国死亡三千多万，其中军人二百多万，损失的财产实际上永远没法统计。日本战后未得到应有的清算，一切都是美国政府所为。而美国之所以要这样干，又是冲着中国来的。他们要封锁中国啊，要搞什么岛链啊，把日本与台湾联结成一个大链条，等等。控制着美国政府的那一班人，真是坏透了。他们是整个人类的敌人。有的科学家说，地球上的人类文明曾经毁灭过多次。这是什么人干的？人类中的极少数蟊贼。他们搞极端民族主义，一切都是"我的民族优先"。

呵呵，我又成演说家了。但还得说一句，也不能说，敌视中国的是整个日本民族。我也是日本民族的一分子啊，还有我的整个家族，家族的朋友，朋友的朋友，可多了。1972年日本与中国建立邦交。走到现在，风风雨雨过来了，就不能中途停顿。希望在我有生之年，看到更加美好的现实。

现在再说，我第一次访华没能达到目的，又去了第二次、第三次，最后一次是1990年。

也就是那一回，我受的打击最大。脑子里"嗡嗡嗡嗡"，接着就不省人事了。结果呢？呵呵，摊上个好女儿，竟把我唤醒了。他呢，太和先生，也是奇人，居然活着，他还很健康，还显年轻，是吗？

我也是信佛的人，信的是中国最早传进日本的佛教教义。那个鉴真和尚，在日本可有名了。佛说，无论你遇见谁，他都是你生命中该出现的人，一定会教你一些什么。所以我也相信，无论我走到哪里，那都是我该去的地方，经历一些我该经历的事情，遇见我该遇见的人。中国神舟山，就是我该去的地方，那个太和先生，就是我该遇见的人。

还有，听说今年9月3日，北京要举行大阅兵，会有中国抗战老兵代表出席，还会邀请外国友人。记者您联系广泛，能否拜托您想个办法，让我与太和先生都有出席阅兵式的机会。这对于新闻媒体，也是好题材啊。

五六　四剑客神侃神舟山（正在进行时）

太和老爹与记者甄士彬、高志尚在溶洞里的历险，谁听了都觉得是天下奇谈。他们从溶洞里出来之后，一同来到马馆长乡下的家。四人面前摆着一张由整棵大樟树剖开的条桌，桌旁垒一个小灶，灶膛里烧着劈柴，灶上摆着铁锅，铁锅里煮着岩茶。为了让灶火烧旺点，马馆长拿一个竹子做的三尺长的吹火筒，吹着灶火。白色小瓷杯在桌上呈梅花状摆开，浓浓的茶香充满屋子。这是山区村民传统的岩茶煮法，马馆长给承继下来。马馆长的眼镜上落了一层灰土，用手指草草地拂去。他从书柜里抽出一个套着塑料封皮的笔记本，还掏出一个精致的暗红色大木盒。当他把盒盖揭开，包括太和老爹在内的所有人都大觉惊喜。那里头装的，全是年代久远的化石。他常握在手里把玩的化石，也是从溶洞里捡的。他拿在手上，是时刻提醒自己的责任。

"我进过溶洞多次，但都是从东边的一个入口进去，那儿比较方便。我也想过从南面绝壁那儿上去，但既要有本事，也要有胆量。我锁在书柜里的小东西，都是从溶洞里捡来的，都有特殊属性。每进去一回，都觉得神舟山不一般。"马馆长一边给客人斟茶，一边谈自己的感受，"最早发现神舟山深处藏着稀奇珍宝的，是我们的老祖宗。怎么这儿的樟木比别处香？怎么这儿的银杏都在千年以上？一身是宝的红豆杉，怎么在这儿连成片？这里的温泉也不一般，其中有股泉水，将鸡蛋放下去，'咕噜咕噜'，一会儿就熟。没见过稻穗一尺多长吧？煮成的米饭香飘好几里。孔雀、山鹇、野雉、百灵、红腹锦鸡等，都把这儿看作最温馨的家园。快鹿、麂羊、山兔、刺猬、穿山甲等等，一代接一代在这里繁衍生息。"

高志尚对马馆长的观点表示赞同。他一边嚼着煮熟后晒干的红薯片，一边讲述神舟山的异常现象和传说。自古以来，神舟山就很少出现过老虎、狮子、金钱豹等猛兽。这些肉食动物一进神舟山便浑身燥热，干渴难耐，如在炉膛里炙烤。所以尽管有那么多美味晃来晃去，这些嗜血成性的家伙却没法驻足。好比有一堵看不见的高墙，横挡在它们脚下。这里也没人敢进山打猎。据说谁如果举起猎枪或屠刀，准备向快鹿、穿山甲等等珍稀动物下手，要么猎枪不响，要么屠刀变钝，要么自己突然抽搐，口吐泡沫，扑倒在地。若吃了在这儿猎取的兽类，那家人会突遭天火，连屋带人烧光。

马馆长打开暗红色木盒，取出几块矿石。矿石颜色暗红，形状各异。他介绍说，按照科学家们现在对矿物质的分类，怎么也无法把它们归到哪一类。第一批地质学家冒险进入溶洞，取得一些样品后，因为没法归类，便以为价值不大，草率地放弃了。他们的做法也对，人类目前既然不能识别它们，那又何必惊扰？让它们继续待在地层深处，踏踏实实睡着好了。等到人类哪天懂得它无与伦比的价值，再开采不迟。

记者一边喝茶，一边回味见过的溶洞里的异彩。这些奇异现象之源，或许要追溯到地壳形成初期。在长达90亿年的宇宙大组合过程中，多种矿物性物质进入地球体内，成为地球的血肉。把它们按性质区分，拥有不同元素，具有不同能量。为便于区分，各起个学名，便有了门捷列夫的"元素周期表"。但迄今为止，人类对大自然的认识却有限得很，对许多物质仍知之不多，甚至完全没有认识。所以列入"元素周期表"的东西，远不是地球矿物质的全部。深埋在神舟山脚底的神奇之物，就属于这一类型。它在冶金、石化、光学、激光、储氢、显示面板、磁性材料等现代工业领域，均广泛应用，可制造制导武器、航天飞机、超级电脑、导航卫星、风力涡轮机、光合动力汽车等高精尖产品，甚至可制造用于太空作战的武器。它作为地球的重要元素，已有45亿年历史。

他品味了半杯岩茶，继续发表意见："可否做这种设想，神舟山是一个特殊的强大磁场，在宇宙大爆炸中，凝结了来自太空的稀有成分，形成了与周边地区不同的地壳，土壤、气候也与其他地方不同。于是才有外星人将它作为着陆点的传说。外星人智慧超常，没有进化过程，天生就这么灵聪。不过他们是好斗的一族，最终在火拼中引爆了一颗颗星球，大部分归于毁灭。一部分幸运的外星人飘降地球，落在神舟山。以此为基点，向四面八方扩展。

待到地球上诞生了新的物类，外星人与这种物类结合，繁衍出新的物种，即我们人类。但他们仍然是不安宁的一族，经常打斗厮杀，致使繁衍缓慢，还把地球炸得千疮百孔。"

马馆长往小灶里添一些劈柴，再用吹火筒吹了吹。他沉思片刻，接着又说："关于人类的诞生，还有另一个版本。即在宇宙大爆炸初期，产生大量放射性物质，还有一些有机物。这些有机物在太空中飘浮，其中大多数未遇上合适的生存条件，最后归于死亡。另有些有机物飘落地球，找到了适于繁衍的自然条件，于是在地球上扎下根来，开始了极为缓慢的进化过程，最终成为现代人。"

记者要过马馆长手里的化石，边看边琢磨。关于生命物体的形成，狄德罗有过一段话："这些元素形成的胚胎曾经过无数的组织和发展……在这种发展的每一阶段，都经过了几百万年。"这当然是唯物主义的，没有了上帝的位置。但这个过程远没有达尔文描述的那么简单，前后应该花了数十亿年光阴，付出极沉重代价。可惜人类中的败类并不爱惜自己漂亮的羽毛，好斗基因持续发酵，将大部分聪明才智用于同类互害。以至殴斗的武器不断升级，比核武器更厉害的家伙也用上了。美丽的地球成了血染的角斗场，人类文明一次次毁灭，又一次次重生。六千万年前，出现新的闹剧，全球气候变暖，所有恐龙死绝，人类个体虽小，却绝对称霸地球。称霸地球后的人类又不长记性，在互殴中再三摧残自己。斗到大约六千年前，人类又几乎濒临灭绝。中华民族最早的文献《河图》《洛书》，应该是这一拨人类对远古文明最初浅的记忆，也是人类文明周而复始的确切证明。那些符号看起来简单，包含的内容却极为复杂。至今人们也解释不清。如今散见于世界各地的这文化遗址那文化遗址，即是六千年前人类文明的物质残骸。神舟山深邃的溶洞里，珍藏的乃是其中最有价值的部分。既有宇宙大爆炸时孕育的天然宝藏，也有一代代人类留下的稀世珍品。神舟山，你说你的价值有多大！

"您在溶洞里捡到什么特别有意思的东西吗？"高志尚感兴趣地问马馆长。

"我捡到过核放射废料，放在一个地窖里。据估计，距今不少于两亿年。那一场大战，波及现在的美洲、亚洲、澳洲和北非。许多城市被毁灭，许多男女老少被杀死。这是人类贪欲的结果，是极少数野心家想称霸世界。"马馆长感慨地说。

记者忽想起读过的《山海经》，里面提到的"柜山"，有人说就是神舟山。

这么说，书里说"其中多白玉，多丹粟"，就是曾引起多少代歹人垂涎的宝藏，包括今天的牛全胜一伙！由于史书的记载，人们抱着不同目的，从全球各个角落而来，其中就有把小十字架丢失在山上的不知名的传教士。这珍宝的品性至今未能界定，能量无与伦比。它当然卖得出天价，却是动不得的，一触及就会地动山摇，是名副其实的"镇球之宝"，画出了人类伦理的底线。稍有不慎，小则引发神舟山局部地震，大则殃及全球。这一拨文明再次毁灭殆尽，人类又得从结绳记事开始，修订再版《河图》《洛书》。

"有一种人，文明程度越高，对人类的危害越大。掌握的尖端技能越多，越有可能再次毁灭地球。在他们眼里，科学技术不是造福百姓的工具，而是征服世界的凶器，可用它杀死更多的同类。所以科技这个东西，如果掌握不好，与人类的安全感和幸福感刚好形成反比。比如现在，人工智能、克隆技术、转基因技术、阿尔法狗等，无疑都是好东西。如果破坏了生存环境，就等于人类自己在作死。"太和老爹忧郁地说。

记者吃惊不小。这不是爱因斯坦的观点吗？当前谈到原子弹等高精尖武器可能对人类造成的伤害时，爱因斯坦曾忧郁地说："人类通往毁灭的道路，是由杰出的科学家的名字铺就的。"一个是光焰四射的当代最伟大的科学家，一个是默默无闻的山野匹夫，两人的心灵居然相通。难怪英国著名哲学家伯特兰·罗素说："凡是具备伟大灵魂的，其心胸都是开阔的，能让宇宙间八面来风自由吹入。在人类受到限制的范围内，他将尽可能本真地认识自己。"

"人类在物质生活方面是大发展了。有人推算，2016年，世界总财富将达到260多万亿美元。一百年前，人类财富总量才十多万亿美元。但这不等于，毁灭人类的魔王不再出现，再没人想步他们的后尘。恺撒、尼禄、亚历山大、希特勒、东条英机、冈村宁次等，阴魂不散。有的人不仅要做地球王，还要当太空王呢。"太和老爹做着茶灸，慢慢咽下。

记者再次受到震撼，不由想起人文主义者的莎士比亚，曾对人类做了怎样热切的歌颂。我们经得起这种歌颂吗？有人放言，由于人类得罪了老天爷，只有500年可以生存了，然后全体归于毁灭。我4岁的小儿子不知从哪儿听了这话，有一天突然举起手中的玩具汽车，冒出一句："爸爸，您快给天老爷打个电话，让他对我们好一点。"

太和老爹拿起马馆长放在桌上的矿石标本，看了又看。溶洞深处奇异的光和热，这事看来找到答案了。牛全胜可能有他的发现，这才甘冒任何风险。

太和老爹手捧又一杯岩茶，闭着眼睛，继续茶灸。他想起脑子里曾顽固出现、却不知出处在哪儿的一则信息——

一个总部设立于某个强势西方国家的秘密组织，极端民族主义是他们手里的旗帜，手段是制造当今最具科学价值的"智能超人"，通过它们掌控整个人类。他们认为，地球上的人类只能控制在5亿之内，超出这个数额的人口必须清除。为此，就必须涌现一批"智能超人"。先把体外"超强大脑"研制出来，再安在他们身上，使自己长生不老，尽享人间一切美好之事，包括美女、美食、美屋等。他们将霸占全球最好的资源，把99.99%的人类踩在脚下，自己永踞金字塔的尖顶。这机构吸纳了数万亿美元开发资金，却缺少制造"智能超人"的最佳原材料。

太和老爹脑子里豁然开朗。莫非这信息不是空穴来风？神舟山深处贮藏着的宝藏，堪称稀土中的稀土，王冠上的明珠，具有制造体外"超强大脑"不可替代的唯一性。于是这些家伙钻山打洞，将罪恶的黑手伸向神舟山。他们看中的操盘手，即是贼胆包天的牛全胜。

关于牛全胜，太和老爹太了解了。坑蒙拐骗手段俱全，大白天鬼话连篇。他冒充中央首长的"干儿子"，将偶尔相识的加藤政二忽悠得一愣一愣。急于往上爬的赵凯林，更被他糊弄得不辨东西南北。间接受骗的，则是财色俱贪的邱副省长。当听说"智能超人""长生不死"等名词，立即头脑高烧，以为撞上了全球领先的超级朝阳产业。为了过"智能超人"生活，老子杀人放火都干。神舟山肚子里的矿藏最值钱？老子要走私出卖的就是你。至于这技术会给人类造成怎样的伤害，给地球带来怎样的灾难，他才不管呢。

关于矿产，中华人民共和国成立以来，一直列为国家重要资源，个人不得染指。1996年，国家修订了《矿产资源法》，明确规定："国家实行探矿权、采矿权有偿取得的制度。"同时规定："国家对集体矿山企业和个体采矿实行积极扶持、合理规划、正确引导、加强管理的方针。""个体"两字写进法律条文后，一些有公权力背景的私企老板趋之若鹜，由此迅速催生出一批家产亿万的私营煤老板、金老板等。牛全胜没赶上那个潮流，便想中个"智能超人"的头彩。也不知他从国外偷偷运进什么爆破器材，采用何种野蛮方式，在地层深处强行爆破，犯了大忌。人有人脉，地有地脉。地下坑道从未有过的大爆破，触动了更深处的敏感物质，从而产生连锁反应，导致大灾大难。那些深藏在神舟山的稀有矿产，有人类目前无法破译的密码，分离、提纯和加工难度极大。好在只是试爆阶段，工程规模还不算大。而这已足够人类受的了，居然导致"帝豪大世界"的诡异塌陷。大自然是蔑视不得的，不管是谁都得受罚。幸亏灾情控制在初级阶段，若真的引爆这"镇球之宝"，怎敢断定地球不会爆炸，史前灾难不再重演？导致人类文明推倒重来的史前灾难，不是大爆炸，便是大瘟疫。究其起因，必曾引爆"镇球之宝"！

太和老爹再睁开眼，停止茶灸，抓两片熟红薯在嘴里嚼着。这究竟是自己的感悟，还是胡思乱想？经过这么些年修炼，自己究竟有多大能量？是否确能见到所谓的"暗物质"？《推背图》作者那样的功力我肯定没有，但比较其他一些人，比如在座的三位，会不会稍有优势？好比跳高运动员，弹跳力肯定超过常人；陈景润的数学演算能力，肯定在亿万人之上。不过感悟力也有走偏的时候。西方有个诺查丹马斯，号称千古未有的大预言家。预言1999年人类将要毁灭。结果怎样？

红薯片在嘴里继续嚼着，提醒自己不是在梦幻里。曾有一段时间，太和老爹对自己失去信心。那是在神舟山受到强烈刺激之后。算了，由他们去了。九十挂零，还活得几天？我这辈子，本来志向不高。一不想当将军，二不想当文官，三不想成名成家，四不想谋利发财。我就是我，平凡球民，淡泊一生。心里沉闷，于是读书。还是孙思邈在《退居》篇里讲的："人性非合道者，焉能无闷？闷则何以遣之？还须蓄数百卷书。《易》《老》《庄子》等，闷来阅之，殊胜闷坐。"翻开《黄帝内经》第一页，太和老爹便大受鼓舞。那书上讲："上古之人，其知道者，法于阴阳，和于术数，食饮有节，起居有常，不妄劳作，故能形与神俱，而尽终其天年，度百岁乃去。"古人能活过百岁，后人为何不能？比起古人，现在物质生活条件好了多少。不行，我不能打退堂鼓。倒在胜利道路上的弟兄成千上万，包括坚持在敌后战场的共军战友，都在看着我们这些侥幸活下来的人。我们有什么理由不好好活着？于是他重新校正养生之道，定要突破百岁大关。

又一锅岩茶煮好了，浓得发黑，香得醉人。马馆长往太和老爹面前的杯子里添上新茶，太和老爹点头表示感谢。现在，百岁过了，身体还行。就这样吃饭、拉屎，拉屎、吃饭？直至咽气？那不变成两条腿的畜生了？既然活着，就该做点有意义的事。既然看到了"帝豪大世界"留下的巨大隐患，就不可等闲视之，否则就是极大的犯罪。既然上天赐予我一点儿特别的悟性（我不叫它特异功能），就该发挥点作用。李白有句诗："天生我材必有用"，我也到了用得着的时候。别人觉察不到"智能超人"将给整个人类带来的危害,我觉察到了;别人觉察不到对大自然的伤害已接近红线,我觉察到了;别人觉察不到人类六千年前重启的文明有可能毁灭,我觉察到了。我就有义务报警,有义务履责。否则,牛不犁田也老了,功夫不用也废了。修炼只图寿高,不算真正的高人。"履虎尾,不咥人",人类与大自然相处,也该是这个态度。不论种族,不分国界。否则,大自然这只老虎也照样伤人。人类曾有过抗击"非典"等疫情的沉痛记忆,怎知不会有更大规模的疫情卷土重来?

"神舟山与别处不同,这是确切的了。我们生在这儿,长在这儿,将来还会长眠在这儿。这是我们的幸运,也天然有份责任,守护好这一方宝地,别让恶人乱来。用顾炎武的话讲,也叫作'天下兴亡,匹夫有责'吧。"马馆长把煮过的茶叶倒进装垃圾的竹篓里,再抓一把新的茶叶,放进小铁锅。灶膛里的劈柴"哔哔剥剥",迸出烂漫的火星。他的话调门不高,得到大家的认同。四人端着茶杯,凑作一堆,齐道:"以茶代酒,干杯!"

分手之后,记者浮想联翩,夜不能寐,不觉凑成一首格律词,忙从床上爬起,趴在桌上,铺开稿纸,写下一首词《满江红·咏神舟山》:

> 浩瀚恒河,驶过来,一艘无垠方舟。大爆炸,混沌初开,万类为友。绿冠绒披是素装,镇球之宝腹内兜。度千岁,伴玉皇老君,唯此优。
>
> 尘世间,遍烽火。人之欲,无尽头。争称王,务将环球已有。几度文明成废墟,杀人如麻不歇手。奔大同,扫邪归正日,逍遥游。

写毕,重读两遍,改了几个字,便把它抄在日记本上,以志纪念。神舟山,我是迷上你了。

五七　马秀美枯木逢春（正在进行时）

　　县城别墅里，马秀美闭门不出，二楼不下，已过了十个小时。老父亲懂得她的脾气，也不敢招呼她。煮好了的饭菜，在微波炉里热了一遍又一遍，却不敢喊她下楼来吃。院里杨树上的知了不通人性，"知了知了"起劲地唱歌。老父亲拿一根长竹竿，拍打着树枝树叶，把它们轰走，不让给马秀美再添乱。

　　马秀美的卧室宽敞明亮，连着很大的卫生间，屋里时时弥漫着淡淡的芳香。睡床更大，两人并排绰绰有余。床单质地柔软，颜色温暖，每过三天就焕然一新。客人一看，就知这是一个懂得生活的女主人的卧室。可惜这屋里长年只住了马秀美一人，宽大的睡床空出一大半。尽管这样，马秀美仍维持卧室的整洁，床铺、窗台、梳妆台、衣柜擦拭得光可鉴人，像是随时准备迎回卧室另一半的主人。

　　马秀美横躺在床上，脸朝下趴着，动也不动，好像失去了知觉。她现在的情绪已经失控，差不多接近崩溃。眼前的景象一片黑暗，她看不到任何希望。

　　马秀美在家熬了两天，实熬不住，便坐乡村班车来到神舟山下，绕过岗哨，从采矿区入口处来到"帝豪大世界"办公区。她很快得知儿子的死讯，伤心得当场晕倒在地，经过救护才苏醒过来。她正在办公楼一层大厅的沙发上休息，就听说大老板来了。大老板是谁？当然是牛全胜了。好哇，正要向你讨说法。当初的合同是怎么写的？你做了怎样的承诺？还不是我俩一对一的事，有赵凯林那个臭家伙在场。当时是在他的办公室。

　　"来了，来了，大老板来了。"有人主动报信。

470

泪眼婆娑的马秀美赶紧抬头。在哪儿？牛全胜在哪儿？不是。谁是大老板？从门外一辆红色保时捷小跑车里，走出一个女人，捂着个浅绿色大口罩，戴一副琥珀色太阳镜。

"请问小姐你……?"马秀美不知对方身份，心想，叫你"小姐"，表示一种尊称。

不料"保时捷"（姑且这样称呼）勃然大怒，朝接待桌上"啪"的一巴掌，吼道："放肆！你竟敢这样侮辱我?"小姐是什么东西？这不是公然暗讽我是"公共情妇"？现在的"小姐"可不是过去的大家闺秀，而是"卖淫女"的代名词，桑拿浴、足浴店、洗头房、路边店，甚至大星级宾馆里随处可见。与我等"公共情妇"岂是同一个档次？

马秀美怔住了。村姑毕竟只是村姑，还真不知"小姐"的称呼已经变味。她本人只是一时失足，且主要责任不在于她，与"小姐"还不沾边，更无法高攀"公共情妇"这种档次。见"保时捷小姐"如此震怒，便取消打听对方身份的念头，往口袋里掏出一块干净手绢，擦了擦红肿的眼睛，声调低沉地说："对不起，不知怎么就侮辱你了。我还以为是牛全胜来了。那个该杀的。"

"牛全胜，你也找他?""不找他找谁呀？是他害死了我的儿子。""你的儿子？那你是……是……"

"保时捷小姐"这才重新打量马秀美。牛全胜曾对她提起过有个姐姐，那是他在提出"帝豪大世界"的股权结构方案时说的。意思是必须给姐姐留下一份。这当然说得过去，却不知牛全胜只是拿姐姐做幌子，实则姐弟两人的份额全归他处置。结果"帝豪大世界"的股权比例是3.5：3.5：3。即牛全胜实际控制了65%，而她控了35%。而她的35%里面，含有邱某人与赵凯林的份。她同样不吃独份。

"你也是太和老爹的夫人了?"

"是就是，怎么'也是'?"马秀美也猜到对方的身份了，因为牛全胜多次对她说起过。提到她时，牛全胜的口吻极为敬重，仿佛没有她就没有"帝豪大世界"的一切。所以在提到股权分配时，他说的比例刚好相反，牛全胜只能得35%，而她是65%。这样，他给马秀美的儿子留下5%的股权，就相当大方了。"我后面还代持了多少人的股权？上头的老干爸，那个邱八蛋，包括赵凯林。还有个姓陈的，不知道吧？比赵凯林还重要。但是所有这些人加起来，没有冰姐一个手指头重要。"牛全胜如此解释。

一个女人能有这么大的神通？不就是长相甜一点。再过几年，照样是满脸的老丝瓜瓤。她胯下压倒过多少男人？会不会包括赵凯林？闹了半天，我和她也共过一个男人。可气，可恨。马秀美突然对眼前盛气凌人的女人大为恼怒。儿子的死，不能光怪牛全胜和赵凯林，她分明也有一份责任。她是大股东嘛。

"我已经搞明白你是哪一个了。你不是最大的股东吗？赔我的崽，我的崽……我的崽是你们害死的。你赔，赔！牛全胜跑了，你不能跑。"心情燥热烦乱的马秀美，忽觉得能逮住"帝豪大世界"的大股东，来得正是时候。恼恨中夹带着酸涩，使得她非拿对方撒一把气不可。她突然抬起头来，眼里燃烧着怒火，伸手一捞，便抓住了对方的衣襟，随即如推拉门似的，把她一推一拉，推得她东歪西倒。

"你打人！你敢打人？你这个臭婊子！""保时捷小姐"只傻愣了几秒钟，立即开始还手。她有个打耳光的惯常动作，一般只针对想占她便宜的男同胞，现在情急之中，却也顾不得区分对象了。只见她扬起两手，照准马秀美的脸左右开弓，"叭叭叭叭！"直打得马秀美提防不及，脸上的血印子也出来了。再挥动两下，打在马秀美的嘴上。这最易受伤的部位顿时涌出鲜血。马秀美感觉疼痛，抽回手来，本能地往自己脸上一抹，立时抹了个血糊淋剌的大花脸。

"大老板打人了！""不许打人！""她连崽都没有了，你还欺负她？""不光她家一个，还有别的死者伤者。""赔钱，赔我们的血汗钱。""快来，大老板在这儿。""围住，千万别让她跑了！"

场面失控了，大厅里一派混乱。拥有打耳光惯常动作的"保时捷小姐"，只顾一时任性，忘了周围还有众多职工，且个个都有怨恨"帝豪大世界"大老板的理由。本来他们是看热闹的，甚至做了劝架的准备。殊不料两个女人竟动起手来。双方的地位是那样悬殊，本来强势的"大老板"表现得如此张狂。这些人便看不过去了，由开始的劝架变成半明半暗的参与，最后演变成一场混战。已经不是两个女人在相互攻击了，而是多只拳头朝"保时捷小姐"砸下，也不管砸在谁的身上。居于混战中心的马秀美，因为有桌子支撑，不至于倒地。"保时捷小姐"即在众人推拉中站立不稳，竟倒了下去。这可不好，会出大事。离得最近的马秀美一边大喊"别闹了，别闹了"，一边从桌子底下钻过去，俯身下去，将倒在地上的"保时捷小姐"拼力抱起，让她靠桌子站着。她同时推着继续往桌子这边拥挤的人们，高声尖叫："没事了，别闹了，大家别闹了！桌子会挤垮去。"她的声音总算起了一些作用，沸腾的人群慢慢平静下来。

开保时捷的小姐原是省级电视台旅游频道的节目主持人，一个偶然机会，单独采访邱副省长。禁不得急着找靠山的女方主动进攻，两人便缠上了。干吗非得嫁给豪门？我自己成为豪门不行？女人做豪门就不行？武则天还做皇帝呢。别人有大胸脯，我也有大胸脯；别人头发长，我的头发可留得更长更飘逸。她却一度黏糊过头，气得邱副省长拔出手枪（也不知从哪儿搞到的枪），要把她干掉。恰好出现了赵凯林，愿替邱副省长擦屁股。行，有足够的物质享受就行。不是说人最宝贵的东西是生命吗？生命就是享受。对，我的人生道路就这么走。猛听说牛全胜可能出逃，长期躲在幕后的她急中生智，亲自出马，清点自己的家产来了。因惯于颐指气使，她不急着帮助平息民众的怨怒，却利用这短暂的平息，忙着调兵遣将。她从马秀美替她捡起的小坤包里掏出亮灿灿的名牌手机，拨通对方的电话号码后便喊："赵凯林你死到哪里去了？你这个王八蛋还开什么鸟会？赶快派警察来。我快要被流氓土匪打死了……"

赵凯林？这名字好熟。赵凯林是谁？她与他什么关系？桌子旁边，备受委屈的"保时捷小姐"在电话中冲赵凯林继续诉苦，最后变成一阵阵抽泣。人群中间，大家的议论声围绕赵凯林，由近而远，由低而高，如同涌向对面海岸线的层层波涛。马秀美还站在桌旁，心里涌现出一股刺鼻的酸辣味。妈呀，果然与她共过一个男人。就是这么一个烂货。但不知是我在先，还是她在先。这就是我的命？怎么是这样子？我可真的没有害人之心。不是说"人在做，天在看"吗？上天，是不是您也有打瞌睡的时候？

独生子的死就够她难受的了，赵凯林的真面目偶然间被彻底揭露，更往她受伤的刀口撒了一把盐。一大瓮苦酒才喝下一杯，马上又上来更大一瓮。马秀美此前对赵凯林的认识，一直是"隔着毛玻璃看花"，模模糊糊。她肯定赵凯林揣着一颗花心，却不知究竟"花"到怎样的程度。现在经"保时捷小姐"这一闹腾，她基本有数了。与这种男人发生亲密关系，实在是人生的耻辱。怀上他的种子，实在是天大的错误。

也许不该有后一种念头。现在，独生子突然没了。这，是不是产生过坏念头的报应？她不懂什么叫作意念的力量，只知道有些东西，连想都不应该想。否则就会遭报应。

崽啊，可是从我身上出来的血肉。辛辛苦苦养育了这么多年，小时候一把屎一把尿，长大了这操心那操心。好不容易长到二十岁，能得到崽的力气了，还想着给崽娶媳妇呢。这事要不要同老爷子商量，她也反复想过。老爷子尽管年纪大了，住在医院，但对于崽，始终放在心上。他对崽的爱，马秀美看得出来。那可是真心实意。在他那儿，崽就是自己的亲骨肉，没有半点虚假。什么时候，什么样的情况下，对老爷子把真相挑明，同样是马秀美的心病，苦苦折磨着她。那么现在，不用再折磨自己了。这，是好事还是坏事？值得庆幸还是继续内疚？

"秀美，起来，有人来了。"是老父亲在楼下怯声怯气的声音。

马秀美在床上纹丝不动。

"秀美，有人要见你呢。"

这个时候，哪儿有心思见人？老父亲真不懂味。马秀美翻了个身，仍不回答。

楼下有低低的交谈声，像是两个人在商量。马秀美脑子里忽闪过一个念头：难道是老爷子过来了？

没错，来的正是太和老爹。声音听出来了，亲切，温和。他来干什么？也怪，老父亲为何不直接明说，是他来了，却故意绕弯子。马秀美从床上坐起来，用五个手指把蓬乱的头发抓了抓，却仍拿不定主意下楼。

"哈哈，我已经见到你起床了，你信不信？"

马秀美一下愣了，在床上像个雕像。怎么？他有这个本事？早就听别人说过，修炼到家的人，会有特异功能。民间说的"千里眼""顺风耳"都有根据。哪儿想到自己身边，也出了这么个怪物。以前我往医院给他送饭，他在门口站着迎接，准时准点。就因为他预先知道我会来，好像通过什么望远镜看着我一样。我那时只觉得奇怪，哪儿往特异功能这方面想！

"晓得你什么人也不愿见。但我就算特例，好不好？"

特例，他确实是个特例，世界上找不出第二人。再没人像他那样真心实意对我好，好多事情，他都首先站在我这方面考虑。但我还是不能见他，见了他就会想起我的崽。崽啊，我与赵凯林的崽，而不是他的崽。他与我的崽没任何血肉联系。虽然说他对我的崽那样好，与亲生父亲没两样，甚至比一般的亲生父亲还好，还体贴关怀。我，我怎么对他说？

"你还是让我上来吧。"

上来？不不。我没有这个勇气，面对着他。没法开口。他会把我的心思全部看透。太尴尬了。从二楼跳下去，会不会像牛全胜那样？楼层不高，我可以溜下去。谁让你在楼下待着？我有两只脚，下楼就跑，你追不上。

马秀美推开二楼窗户，探出头来，往下看了看。还行，真不算高。她便爬上窗台，身子转向，面部朝里，背部朝外，手攀着窗户的边沿，将身子慢慢移向窗外。而当意识到即将悬空，脚下如同无底的深渊时，她突然害怕了。天哪，这样掉下去，万一砸在水泥地上，把腰砸断怎么办？死不能死，活不能活。不行，再回屋子去。她的力气却不够用，两腿沉重得像捆了铅球，身子僵硬，全身的重量都在两只手上。糟糕，手没劲了。完了，妈呀，谁来救我？她两脚在墙面上乱蹭，想找个支撑点。

"松手，别怕。我在下面保护着呢。"又是那个人在说话。

这回再不能拒绝。马秀美两手一松，顺着墙壁，"刺溜溜"滑了下去。不偏不倚，正落在太和老爹敞开的怀抱里。她不再挣扎，闭上双眼，做了任凭老爷子摆布的准备。

马秀美下滑的窗口底下，刚好长着一丛低矮的米桂树，墨绿色的叶片重重叠叠，交织成厚厚的绿茸软垫。米粒大小的花朵着色金黄，浓郁的芳香满院飘逸。它是桂花树中的特型树种，花开时间长达半年。马秀美身子落地前，太和老爹已赶到正对二楼窗口的米桂树下稳当地站好，满有信心地张开手臂，等着马秀美滑落下地。一切都在他预料之中。两人身上都沾着喷香的米粒大小的桂花瓣。

"放开我，放开。""我没妨碍你啊。""走开，不要你管。""我走开容易，你真的能单打鼓，独划船吗？""我什么也没有了，什么也不要了。""怎能这样讲话？我不是好好的还在吗？""你是一个废人。""怎能下这个结论？""你自己心里清楚。""可不可以让事实讲话呢？"

两人争辩之间，太和老爹连拥带抱，拉扯着她进了家门，又回到马秀美的卧室。像是担心有人从远处偷窥似的，太和老爹还将天蓝色窗帘拉上。洁净的窗帘上，映出一对在水波激滟的湖面并颈浮游的鸳鸯。

马秀美相当累了，身子也软了，顺势又倒在床上。她仰脸朝天，薄衫裙缠在她的腰间，感觉不太舒服，便对太和老爹做了个动作，示意帮她把衫裙给抽出来。太和老爹顺从地俯下身子，把手向马秀美伸去。马秀美白嫩的腹部散发着隐隐的体香，裸露在他面前。

她迫切需要我。

我应该怎么办？以前我可是讲过，只做名义夫妻。太和老爹的手像被开水烫了一下，刚伸出去又缩了回来，身子直直地恢复原位。他不敢面对年轻妻子裸露的肚皮。

崇尚自然的道家有个说法，叫作"独阳不生，孤阴不长。男不可无女，女不可无男"。这话，在葛洪、孙思邈的书里都能找到。从这个意义上讲，这些年真正是委屈马秀美了。她正年轻，精力旺盛，生理的正常需要却被剥夺了。这既是我的问题，也是她的问题。我左讲右讲她不听，死活不肯改嫁啊。过去有一个儿子联系着，而今这纽带没有了，正是彻底解决这畸形婚姻的好时机。我已过百岁，她才四十多一点。寒冬的残梗不该继续碾轧嫩生生的春枝啊。

"你又怎么啦？""不，不合适。""'不合适'你的头。你不是我老公了？""'名誉老公'。不行了，我早就不行了。""胡说，上回在溪水边，你还……"

回想着十年前在小屋外面的点点滴滴，马秀美脸上不禁现出一片浅浅的红润。她将手背搁在前额上，顺便遮住柔顺的眼睛。

"那是偶然。长久没动，偶然一次，所以起得来。而且是十年前的事了。""哄鬼呢？十年前十年后，对于你一个样。别个不晓得你练的什么功，我还不晓得？""你讲的是'回春功'。是有这个功法，可我从未练过。""不练也不行！"

见太和老爹敷衍着，腰杆仍不肯弯下去。马秀美忽然坐起，一把将太和老爹抱住，再直挺挺倒下，震得厚厚的床垫"砰"的一响，反弹起来。太和老爹被拦腰抱紧，勒得生疼。浑身的不舒适使他产生本能的痉挛，身子僵硬得如同老柞木。

他失败了。

马秀美的感觉，自然与那天完全不同。

我这是怎么啦？真的不行了？该不会吧。人的体质，个性化差异是很大的。一般来讲，先天因素占三成，后天因素占七成。所以这"我命在我，不属天地"的说法也不全对，正确的讲法是"天人相应"。我这些年的习练，遵循的就是这个原则。根据子午流注，决定练功内容，同时自我调理。子午流注是古人总结出来的好东西，根据一天十二个时辰的流转，对应身体各部位的变化，突出养生的重点。同时注意养生先养身，养身先养心，养心先养性。情性是最基本的。孙思邈在《千金要方》里讲，善摄生者，常少思、少念、少欲、少事、少语、少笑、少愁、少乐、少喜、少怒、少好、少恶。他还做过解释：多思则神殆，多念则志散，多欲则志昏，多事则形劳，多语则气乏，多笑则脏伤，多愁则心慑，多乐则意溢，多喜则忘错昏乱，多怒则百脉不定，多好则专迷不理，多恶则憔悴无欢。此十二多不除，则荣卫失度，血气妄行，实为丧生之本。

这些不能称作准则，只是我自觉遵循的东西。再加上饮食起居方面的恰当调理，所以身体始终健康如常，各种疾病都远离而去。不是单纯依赖药物，也不是一味仰仗锻炼。什么长寿矿泉水，什么长生不老丹，那些在广告中叫得很响的东西，我都不予采信。身体健康了，男性功能也就正常。而不靠这鞭那鞭、这哥那哥起作用。当然，这与长期不泄也有一定关系。因彭祖又说过："上士别床，中士异被。"那天与秀美的亲密接触，算是一次检验。讲我有意，却是无意；讲我无意，也是有意。结果不错嘛，我的感觉不讲，秀美的感觉也看得出来，真个是酣畅淋漓呢。这也不怪，大自然给人类设计的，本来是一百二十岁，大多数人自己糟蹋，才使寿命大打折扣。我不过是顺应自然，健康地活着，朝着自然年龄进发。所以刚才的失败于我来讲，不是正常状态。放开，松弛，再来。为了你，也为了我自己。

但是在最后瞬间，太和老爹又改变主意，从床上坐了起来。

还是那个老问题，我该怎样对待她？我一百岁，她四十多岁。她的儿子没了，而我是孤寡老爹。我是有能力老来得子，可她究竟心里怎么想？会不会还恋着别的人？

屋里安静了。窗帘上的鸳鸯，无言地在水面浮着，彼此望着对方。窗外的知了，趁机起劲地叫着，像在呼唤它们的另一半。楼下的老父亲在木椅上呆坐着，竖起耳朵听二楼的动静。

马秀美却发生误会了，以为太和老爹看她不起。以他的特异功能，一定看出从前的各种秘密，包括第一回的失身。他明明有那个能力，偏偏故意放水，只当是老了，真的无能了。想想那天，他的劲头多足，简直像乡里郎中用铁棒捣药。痛快！平生从没有过的痛快，一辈子都不会忘记。可惜那天空喜一场，没赶上好日子，否则就怀上了。那才是我真正想要的，多少回做梦都想要。为想它，哭湿了多少个枕头，哭湿了多少张床单。想来我多可怜，结婚二十年了，才有过几次这样的享受？往上再推，自懂得男女之情以来，这样的机会也数得出来。女人，我这叫女人吗？与从小出家的尼姑有多大区别？人生在世，该享受的我却不能享受，枉做女人了。苦啊，我的命怎么这样苦？是前世欠了债，还是今世没修好？马秀美翻过身子，脸朝下趴着，先是低声抽泣，肩膀轻轻抖动，接着便控制不住，大声哭泣起来。她抖得那样厉害，整个床铺都在颤动。

"哎哎，你这是怎么啦？""你走开，别碰我。""我做错什么了？""走你的，别理我。""你的想法是……""'是是是'，'是'你的头。你是圣人，你是神仙，你是菩萨。知道你把我看透了，我就是一个破烂货。那个崽不是你的种，我不该瞒了你二十年。今天你一下明白了，所以你再不把我当人了。我自作自受，活该如此。现在崽没了，面子也丢尽了。我这种人活着还有什么意思？不如死了算了。"

马秀美突然坐起身，与太和老爹脸对着脸。她披头散发，边说边哭，满脸是泪，唾沫星子也控不住，暴雨般喷溅在太和老爹脸上。后来她忽地下床，拖着只遮了半边身子的衫裙，直奔窗户，"哗哗哗"使劲推拉着窗户玻璃，要把它打开。

太和老爹意识到她的想法，赶紧抢步上去，从后面抱住她的腰部，硬将她拉了回来，扶她在床沿坐下。

"秀美，别发火。听我讲。我什么时候把你看作什么人呢？今天也没本事看透哪一个。但关于你崽的事，老实讲，别不信，我二十年前就看出来了。我那时虽没有看透人的本事，但基本知识还是有的。之所以不讲，真是维护你的面子，担心你在我面前矮化了自己。记得我主动上床的事吗？那也是为了配合你。为么子只有一次？我觉得一次也就足够，可以把故事编圆满了。以后你的崽生下来，我都把他当自己的养，从未有任何言语表示。至于孩子真正的父亲是谁，你不讲，我从来更不问。我的目的，就为了维护家庭和睦。我一直等着你再嫁，过正常家庭生活。现在发生这样的意外，我晓得你心里有多深的痛苦。你不讲，我也不敢碰。你与那一个人的崽没了，也是你们的缘分彻底断了。只可惜好好的一个男子汉，就这样断送了宝贵生命。唯愿他在另一个世界过得更好，假如真的有另一个世界的话。但是你不要绝望，你毕竟年轻，四十多岁，既然有过第一个孩子，完全有条件再生一个。可我不行啊。我都一百岁了，一是养不出，二是即使养出来了，也没办法帮着你把孩子带大啊。你讲，你再想，是不是？"

马秀美坐在床沿，身子靠着太和老爹。因她比太和老爹个儿高，所以几乎整个儿压在他的肩膀上。老爷子所说这些，她可真没想到。原以为自己的小小伎俩，即可将一切都掩饰妥当。所以太和老爹才会对我的崽那样关爱，胜过一般的亲生父亲。崽那方面，对老爷子更未有半点怀疑，十岁以前都跟在老爷子身边，两人在神舟山相依为伴。后来老爷子被逼进了精神病医院，我的崽才恋恋不舍地跟着妈妈，有空就上医院看望。崽十八岁那年，应本人坚决要求，正式进入"帝豪大世界"上班。呵，对了，对我的崽去"帝豪大世界"上班的事，老爷子曾表示过不同意见，只说得相当委婉。莫非那时他已感觉出有什么不好？我却生怕崽失去"帝豪大世界"的股权，支持崽的决定。现在崽没有了，准确点说，与那个王八蛋生育的崽没有了。往后该怎么过？我这一生中只亲近过两个男人。一个是王八蛋，一个是真正的男子汉。且不管幸运与不幸，要紧的是现在必须再拿大主意。打从得知儿子的凶讯，这问题就在折磨马秀美。回避不了，苦恼万般。似乎唯一的解脱办法，就是立即结束自己的生命。

生命，宝贵的生命。她不信佛教，不信来世，同样相信人的生命只有一次。

"别说了，别说了，别说了。我不好，我不好，我不好。就认你，就认你，就认你。我说行，你就行，肯定行。"太和老爹所说的每一个音节，都在马秀美心里狠扎一下。她没有勇气再听，捂住了老爷子的嘴巴。然后她连着几个麻利的动作，便将老爷子制服，压在自己温软的身子下面。

墙头窗帘上那一对钟情的鸳鸯，忽然得了灵性，在绿水中欢快地舞蹈嬉戏起来。

五八　太和老爹反常一搏（记者手札）

2015年。由于北京9月3日的大阅兵已经确定，我便想让加藤政二祖孙三代先在北京逗留两天，再去神舟山。没准，邱爱民老团长真有本事推荐太和老爹作为抗战老兵代表，参加阅兵式。让他们一家在那种场合会面，岂不更有意义？

神舟山"帝豪大世界"的新闻调查工作暂缓，专等中央专案调查组的到来。据说中央专案组的组长当过老省长的秘书，与赵凯林是党校"青干班"的同学。我心里不踏实，又往北京跑，想与加藤政二约定见面时间。结果我没料到，转身之间，神舟县再次发生严重群体性事件。马秀美在电话中哭着说，太和老爹在骚乱中摔成脑震荡，是真的昏迷不醒了。医生说，很可能成为植物人。

我脑子里"轰"一声，像要炸裂。太和老爹，我的救命恩人。那天不是他从神舟山南面绝壁的入口摸进溶洞，我与高志尚的身子就烂在洞里了。这"好人好报"的规律……距北京大阅兵只剩了二十五天。我不敢多想，戴上太阳帽，背上双肩包，心急火燎又往神舟县赶。

网上的信息铺天盖地。主流媒体的报道是：由于专案调查组尚未到达，省委省政府联合调查组的工作继续进行。但民众对联合调查组信不过，致使受害者家属受人挑拨，蓄意闹事，纠集不明真相的民众围攻县政府大院，砸烂县政府大门，并与维持秩序的警察冲突。

我凭着对神舟县城地域位置的了解和一点小聪明，逐步理出一个头绪——神舟山大爆炸发生的一周后，联合调查组迟迟不公布事实真相，承诺的赔偿也不能到位。原来这回，赵凯林驾轻就熟的把戏玩不转了，省委书记在调研中获悉，赵凯林滥用职权，用财政拨款替企业堵漏的做法不妥，因而当面向赵凯林提出质疑。赵凯林立即敏锐地感到可能东窗事发，即使有一百个狗胆，也不敢再沿用以前的套路。无可奈何，他只好用各种借口拖延，同时琢磨新的对策。受难者家属既进不了事故现场，又得不到任何补偿，便来到县政府门口，要求与联合调查组见面，讨个说法。家属们越聚越多，联合调查组成员始终不出现。县政府大门关闭，里面用粗木杠子别着。民众情绪更烈，聚集的人群在继续膨胀，长长的街道被全部堵塞。

一个消瘦的老人突然出现，由一个小伙子扛在肩上着。隔远看去，老人就像一个小孩。老人有了男子肩膀作托，顿时高于众人。他还大门大嗓，唯恐大家听不见："不要闹，大家不要闹。举报，实名举报。选出代表，上省里去，上北京去。总有讲理的地方，纸终究包不住火。"

"下来，下来。你是哪个鸟人？"离老人远的围观者乱叫乱喊。

"别乱来。他已经一百岁了。"给老人垫脚的男子扯着嗓门大嚷。

"他是太和老爹？""承租神舟山林场的就是他？""不是一直说他病了？"

没错，就是这个饱经沧桑的老人。因担心城里有人闹事，他在精神病院住不踏实，又回到城里，与马秀美住进县城的别墅。听说县委大院门口聚集的人很多，他便赶了过来。马秀美想要劝阻："没你在场不行？""我不去，会出人命。""你去了就不出了？""危险减少一分是一分。"

太和老爹已觉出自己的感悟力与别人稍有不同，这回溶洞救险就是一例。那天他接到高志尚妻子的求助时，脑子里立即显示高志尚迷失的方位，再见到记者挂在树上的双肩包，便推断出两人都迷失在地底下。从南面绝壁进入溶洞后，别人什么也看不见，他却看得见一幅幅清晰的图画，稍一走动，一点绿色的荧光便赶在前头游动。借着这一束光明的引导，他很快找到两人，再顺着来路，从南面绝壁把两人引出——这是太和老爹后来对记者说的，让记者以为在听新版阿里巴巴与四十大盗的故事。

给老人垫脚的小伙子，原来是福山的儿子，曾在神舟山路口与记者遭遇。他是个退伍军人，平时穿"特勤"服装，今天却穿了件迷彩服。太和老爹这一番喊话，使大家的头脑立时清醒了许多，喧闹的现场也安静下来。小伙子趁机将太和老爹放下，继续大喊："大家别闹，我们搞实名举报。现在上头最重视实名举报。我来牵头，大家签名。"

"他们歹毒得很。""越怕鬼越来寻。""打击报复咋办？""身正不怕影斜。""好，听你们的。""谁拿纸来？现场就签。"

现场再次平静，外围的人开始退让，县政府门前的压力开始减轻。就在这转折关头，从大院里忽冲出一支队伍，由警察领着，穿着清一色"特勤"制服，戴着井下矿工常戴的结实的安全帽。这是一支领了特殊津贴的专职"维稳"队伍。"一"字儿排开，冲围观群众大叫大嚷："散开散开，不许聚众闹事。"

"我们哪儿闹事了？""让省领导出来。我们要见省领导。""做梦吧你，省领导由你想见就见？"

现场民众不服，与"维稳"专职队伍言语冲突。先是相互争执，然后变成对骂。如同干柴堆点了一把火，这批人的出现，使现场对立情绪迅速升级。

太和老爹看出这伙人受人指使，会把水搅浑，便把手掌握成喇叭筒，再次高喊"散开"。可大家都憋着劲，要争一口气。太和老爹担心托举自己的小伙子出事，便恳求他带头疏散："我在里面，会被闷死。"小伙子已知父亲死讯，满肚子都是怨气。他本想继续与警察僵持，听太和老爹说到这份上，只得往外挤。在他的带动下，其余围观者跟着疏散，核心人群开始松动。

这时，冷不防一声爆响，一发催泪弹从大院方向发出，追着太和老爹而来。太和老爹偏头避过，催泪弹在离他半米的空中爆炸。接着是第二发、第三发……在人群上空形成云山雾海。呛人的气味迅速扩散，如突然遭遇空袭。

现场秩序大乱。大家你推我挤，骂爹骂娘，强大的人流如决堤的洪水，很快无序汹涌。一些人被撞倒，倒在地上徒劳地大喊"救命"。其他人继续争相拥挤，无数双鞋底在倒地者身上践踏。现场聚集的人数已逾数万，一公里长的街道全部堵死。骚动发生后，整条大街各个路段都有因踩踏而受伤的人。愤怒的民众失去理性的控制，将怒气泄向公安车辆和县政府办公楼。还有人喊着号子，撞击政府大门。

眼看暴力还会升级，更多人还会倒下，已从人流中退出的太和老爹，又拼命往县政府大门方向挤。不能给他们留面子了，必须把"铁幕"捅开。太和老爹在人缝里左钻右钻，挤到紧闭的大门口，脚一发力，"噌"一下跃上牌楼式大门顶部，骑上粗大的横梁。啊，果然藏了这么多人。看样子有人唯恐天下不乱，事闹大了，才有借口嫁祸于人。"你们冲着谁呢？拿自己当枪使啊？"太和老爹冲着门里厉声嚷叫。

铁门里面，水泥操场上，坐着数百名警察与"特勤"队员。有的拿警棍，有的拿木棒。听了带队警长的动员，一个个热血迸发。现突然面对居高临下的太和老爹，一个个全都呆了。是啊，他说的没错。

"大家都受共产党的领导，都是平头百姓。兄弟间相互斗殴，有什么意思呢？"太和老爹继续吼道。

整装待发的警察与"特勤"队员，互相看看，低声说着。铁板裂缝了，有人开始起立。是时候了，犹豫不得。太和老爹从横梁上跳下，落在铁门里面的水泥地上。不待警察与"特勤"队员反应过来，就去拔铁门的木闩。门闩太粗，他拔了几下也未拔出。一个领队的警察醒悟了，忙跑来制止。却有另几个警察与"特勤"队员站在太和老爹一边，帮着拔门闩。一、二、一、二，大门闩终于拔下来了，黑白斑杂的铁门呼啦啦敞开。门外的群众与门里的人们面面相对，彼此立时明白是怎么回事。双方都觉得找错了对象。还坐着做什么？撤。于是水泥地上坐着的人一个个起身，拍拍屁股走人。拥塞在门外街道的人们，也不想往里攻了。打来打去，打的还是平头百姓，省领导根本不在现场。头上的乌云慢慢散开，更大规模的混战终于避免。

太和老爹紧绷的神经一旦放松，忽感到精疲力竭，全身软瘫，昏倒在地。幸好福山的儿子及时赶到，忙蹲地去背老人。其余人争着打"120"，叫救护车。拨同一个号码的人太多，一时间一个也打不进去。

太和老爹是肯定不能参加"9·3大阅兵"了。我怀揣金色的邀请函，赶在方舟惠子一家到达北京之前，又来到神舟县。

结果，我赶上了正在酝酿的又一场游行。原因是省联合调查组的答复仍不痛不痒，含糊其词。太和老爹还在医院躺着，没有谁能够劝阻。有人将前一场大混乱中的遇难者放入棺木，准备抬着游行。本县的"特勤"全部上街，穿正规警服的人员中，还有不少人来自外县。头顶乌云密布，像重重叠叠的大山。来自神舟山深处的劲风，打着凄厉的呼啸。危险，马上就要下雨！

看着这剑拔弩张的一幕，我的心一阵阵揪紧。太和老爹的身影突然在眼前晃动。他老人家若在现场，肯定有所作为。仿佛有一双无形的大手推动着我，脚下生出一股不可阻挡的强风。不能袖手旁观，哪怕粉身碎骨。我"噌噌噌"爬上靠得最近的一座阳台，挥动太阳帽，使尽全身之力，朝即将出发的游行民众尖声高喊："我是北京来的记者。我劝你们不要采取这种方式。我虽不是神舟县的人，但关心神舟县的事。我愿意与你们一道，实名向中纪委和省委举报，谁有问题就举报谁。要把所有犯罪分子绳之以法，让神舟县变得更加美丽，告慰神舟山的抗战英烈，让死难者都能安息……"

无数双眼睛刹那间转向了我。一些人热烈鼓掌，一些人大声呼喊："欢迎有良心的记者！"

惭愧。我配受这样的信赖？

五九　百岁相知挚爱重聚（正在进行时）

　　2015年9月3日。北京，雾霾散尽的一天，金秋的阳光直射大地，辽阔的天空蓝得透亮。一朵朵镶着金边的白云，舒缓自如地浮游。站在长安街头往西望去，西山的雄姿在阳光下显得峻峭分明。

　　上午九时，纪念中国人民抗日战争暨国际反法西斯战争胜利70周年大阅兵开始。规模之大，为建国六十六年之最。中国中央电视台现场直播，全球主要电视台同步转播。中共中央总书记、国家主席习近平主持阅兵式。俄罗斯总统普京、韩国总统朴槿惠、巴基斯坦总统、越南国家主席、老挝国家主席、缅甸总统、巴西总统、委内瑞拉总统等24个国家的总统或总理，以及其他国家的政要或特使出席阅兵式，总计53个国家。德国前总理施罗德、英国前首相布莱尔等作为特邀嘉宾，也登上贵宾台。菲律宾前总统也站在贵宾席上。包括一些国家代表队在内的一队队接受检阅的方阵，迈着齐刷刷的步伐，昂首阔步，从天安门前走过。年龄均在九十岁以上、分乘敞篷车的抗战老兵，尤其引人注目。许多新型常规武器、带有核装置的武器在全球首次亮相。拖着彩色长烟、在空中"轰隆隆"编队飞过的，是国产新型歼击机。

　　唯有美国、日本两国政府，没派出像样的特使出席阅兵式。这两个当年一度水火不相容的国家，如今领导人的步调惊人的一致。美国算是收编了日本，使自己有了个死心塌地的小伙计。不来就不来好了，阅兵式照样举行。

　　一年前，在卢沟桥中国人民抗日战争胜利纪念馆，中共中央隆重举行纪念仪式，习近平出席并发表讲话。包括共产党和国民党抗日老兵在内的10名老战士，出席活动并接受检阅。出席纪念活动的人民解放军官兵、武警官兵、公安干警、工人、农民、机关干部、青年学生、少年儿童，一个个紧握拳头，宣誓报国。

九十九岁的太和老爹穿着深褐色对襟褂子，坐在精神病院的电视机前，看到这一情景，忍不住老泪纵横。同座的医院护理人员，也都跟着抹泪水。马秀美坐在他的身旁，一边流泪，一边用湿纸巾替他擦泪水，同时调侃他说："真没出息，快过百岁了。"

"我太欢喜了。你晓得我想么子吗？"太和老爹含泪笑道。

"我不知道。明年国家搞阅兵，你去北京好了。我陪你。"

"好啊，若真有那个福分……"

福分是有的。在今年国家大阅兵组委会审定的抗战老兵代表预选名录里，果然有太和老爹，推荐者正是老红军团长邱爱民。但根据组织原则，还需征求本地民政部门的意见。结果出岔子了。从省民政厅到市民政局、县民政局，再由县民政局、市民政局到省民政厅，反馈的信息是太和老爹神志已不清醒，快变成植物人了。省民政厅刚好由赵凯林分管，闻知后大大松了口气，当即手执镀金的签字笔，在省民政厅的请示报告上龙飞凤舞：让我们选派抗战老兵，体现了中央领导对我省抚慰抗战老兵工作的高度评价和充分肯定。名额有限，机会难得，拟另行改派。

太和老爹得知这一内情，是几天以后的事。即便他当时得知，也不会前往。我算什么？一没立过大功，二没升上高位。哪儿配享有这么高的荣誉？古人言，"德不配位"。我真若出席了，就属于这情况，反而不是好事。剩下的日子虽少，这"履虎尾，不咥人"的古训，却还忘不得的。一个人想要"善终"，不易得啊。

可今天毕竟是个大喜日子，七十年才有这一回。赶上了，不能不讲是我的福气。在前不久街头大混乱中受伤的太和老爹，又进精神病院了。他乐呵呵的，觉得在这儿住着舒服。但今天在精神病院傻待着，就真是精神病人了。北京去不了，就去神舟山。不能感受北京阅兵现场的气氛，就看电视，看现场直播。再讲，近日还有客人要去神舟山。他与马秀美交换了一下眼神，马秀美立即明白了他的想法，于是请老父亲帮忙，早早地离开医院，坐着一颠一颠的三轮车，来到神舟山东边脚下的草棚屋。自太和老爹住进精神病院，这屋子便只有马秀美的老父亲间或料理。老人家有个信念，相信太和老爹还会来住。小牛子留下的那头黄牛，也在草棚屋陪老人家住着，帮主人驮运柴火。它对太和老爹印象深刻，见他来了，打着响鼻，晃着脑袋，欢喜地奔了过来。太和老爹不用谁帮忙，自己从三轮车下来，踢踢腿，伸伸胳膊，踮着脚尖，原地站立片刻，然后环顾四周。他穿一件浅灰色盘扣长衫，脚上是一双白色运动鞋，看上去仙风道骨，特别精神。头一回与他打交道的人，以为他不过五十。为见客人，他倒是着意收拾了一下。太和老爹拍着老牛的脖子，轻轻摩挲。老黄牛舔了舔老爹的手，继续上山坡吃草。一群热闹的画眉鸟，在林子里蹦跳欢叫。

神舟山早已变了模样，昔日满目葱茏苍翠的景象再见不到了。原来的树木几乎全被砍光，代之以清一色的桉树。山腰平展处，即以抗战纪念碑为中心的古驿站区域，建起一座座厂房，吞噬着锯成一截截的原木，吐出一吨吨纸浆。有的运往日本和其他国家，有的变成纸张。未经认真处理的污水，直接导入河流。被大面积山火吞噬过的神舟山主峰，成了难看的癞痢头。山风吹过，刺鼻的焦灼味呛得行人泪水直流。

阅尽人间沧桑的神舟山！种下了人类多少头颅的神舟山！还有多少灵魂得不到安息的神舟山！倾注了太和老爹多少心血的神舟山！SARS肆虐的2003年，神舟山因是世外桃园般的净土，吸引众多游客来这儿躲避疫情。经过这十年折腾，面目竟变成这样。太和老爹望着饱受创伤的山林，深深叹了口气，然后朝原来树屋的方向走去。

草棚屋后面，本有一条通往山上的阶梯路，连着他曾亲手搭建的树屋，是太和老爹用锯短的木头一个阶梯一个阶梯修筑的。"帝豪大世界"开工后，树屋没有了，这条路也被牛全胜拦腰挖断。太和老爹沿着荒废的阶梯小道往上走了一段，来到同样荒芜的小凉亭站着，左手托着下巴，瞭望半山腰的风景。

自"帝豪大世界"项目动工后，太和老爹便不再光顾这一片山林，连清明节祭祀死难弟兄的仪式，也改在精神病院后面的空坪举行。虽说牛全胜为掩人耳目，将他的名字写在股东名册里，太和老爹却从未过问公司任何事项。每年清明节将至，他照例避开众人，独自将"三牲"面西摆好，烧香，磕头，嘴里默默念道，弟兄们，请原谅，暂时只能这样。不过，快了，弟兄们享受公祭的好日子不会远了。医生、护士先是不理解，这老人家神经真的有病呢，不然怎会这样？经嘴角有一颗小痣的圆脸女院长点拨，他们才知老人家是个有想法的主儿。且由着他的性子，让他照自己的方式生活吧。他愿意住在这儿，自有他的理由。咱们这精神病院，也许成全了他老人家呢。于是太和老

487

爹成了神舟县精神病院的特殊病人。

太和老爹站了片刻，在凉亭石凳上坐下，舌尖抵住上腭，闭眼叩齿。

叩齿过后，太和老爹利用嘴里的唾液漱了漱口。再两手平放下腹，深深呼吸，将体内污浊之气轻轻排出。再揉揉膝盖，捶捶小腿，用眼光搜寻原来树屋的位置。想来有点后怕，因缺少超常感悟能力，竟让牛全胜钻了空子，差点跌进深涧，送了性命。好处是，让马秀美看清牛全胜有多狠毒，同意他长住精神病院。她在精神病院附近租房，既是为方便照顾丈夫，也是希望精神病院的高墙起到保护作用。想着这些，太和老爹心里涌起一股暖流。

太和老爹款款站起，手扶廊柱，朝西望去。一座环境优雅的高干病房出现在朦胧中。穿蓝色条形住院服的，不是赵凯林吗？你大难临头还执迷不悟？非得等到中央宣布审查你？你犯的可是判二十年、无期甚至死缓的重罪。别以为省调查组的结论伤不了你的筋骨，北京那位领导也未受牵连。两块挡箭牌这样灵，真保你万事大吉？动员他赶紧自首吧，相信他会听从劝告，因为这是他唯一的自新之路。他老父曾救过我，也算报这个恩。太和老爹忽感到一阵燥热，恨不得马上奔向省城，上高干病房揪赵凯林的耳朵。

一只乌鸦"呱呱"叫着，从凉亭顶上掠过。太和老爹用目光跟踪了一会儿，直至乌鸦在山那边消失。牛全胜前两天突然失踪，听人讲，跑到国外去了。国家这么大，神舟山这么宽，他却连立足的地方都没有了。流落国外，会有你的好？你晓得的秘密太多了。你现在对于那班人来讲，只是累赘。你活不了多久了，必将死于谋杀。他们不会放过你的，我预感不会有错。今天救你？我还有这个能力吗？扁鹊最后救得了蔡桓公吗？回头想来，把那笔奖金白送给你，应该是我的失误。纵容你犯罪啊，助长了你的野心啊。唉，好人也不能随随便便就做。只便宜了那个开"保时捷"的女人，她突然人间蒸发。万事万物真能如她所愿？也不见得。婚姻方面，她就是失败者。还有恶性疾病在等着她呢。心胸狭窄阴暗，饮食起居无常，怎得有好身体？怎能不折寿？李世民年轻时体魄那样壮，一张硬弓尉迟敬德、程咬金都拉不动，他却不在话下。他只活了五十岁。苦啊，他那二十三年的皇帝当得安然？亲兄亲弟亲侄的阴魂，无时无刻不在折磨他。"人行阳德，人自报之；人行阴德，鬼神报之；人行阳恶，人自报之，人行阴恶，鬼神害之。"据说这话是太上老君讲的。不管是谁讲的，不信就是不行。

一股青烟从山那边升起，歪歪扭扭汇入云层。山里怎会有明火呢？一定有人在烧烤苞谷和猎得的野味。这是明令禁止的，总有人试图破坏规矩。好在烧烤者在明处，相信很快被护林员发现并制止。危害最烈的破坏者，往往都在暗处，比如那代号叫"阿尔法舰队"的阴谋组织。他们把自己称作"智能超人"（是尼采哲学中的"超人"多少个几何级数），别人却是凡人、野蛮人、垃圾人、多余人。他们想利用人工智能技术，使自己长生不老。孔子讲："仁者寿"。懂得吗？

太和老爹又掐指算算，然后欣慰地笑了。耐心等吧。十年都过来了，不在这三五天。省委书记明白了就好办。中央调查组也换帅了。只要"帝豪大世界"得到清算，神舟山就又有希望了。套旧框框当然不行，对老百姓的利益不管不顾更是不行。原来的林场职工，改制后失去劳动权利，又没有别的挣钱手段，空吃那一点买断的"工龄钱"，生活越过越艰难，成了新的贫困户。他们必须重新做"业主"，拥有自己的份额，与林场共生共荣，才能摆脱贫困。一两个人做林场主，其余人当"打工仔"？行不通。"不患寡而患不均"，话是不多，不知经过多少代人的检验。

神舟山爆炸事件，影响波及全国。太和老爹也因此引起广泛关注。十年前那位发布"寻找国军排长"博文的山东青年再次露面，要拜会太和老爹。那是一个著名的民营企业家，"先富带后富"的真正代表，上过全国政协会议讲坛。他的注意力，落在国军抗日老兵的现状以及抗战纪念场地建设上面。由该企业家带队，一个民营投资团队正往神舟山赶，希望参与林场重建。在他们的计划里，抗战纪念场所是一项重要内容。太和老爹已与董事长见过面了。哟，与他爷爷长得一模一样。谢谢你爷爷的救命大恩。该怎么祭祀你爷爷？咱一起努力，把神舟山建设好，让他老人家在天之灵来这儿神游吧。

太和老爹转个方向，朝向曾立过抗战纪念碑的地方。那儿已被圈进"帝豪大世界"的外墙，庙宇和塔体早已拆除，代替它的是一个烟囱。烟囱里平时冒着黑烟，现在因为停工，直挺挺立着，孤独死寂。烟囱周围是造纸厂的工区，现也停产。太和老爹与老道长重逢的玉皇大帝庙的旧址附近，同样成为"帝豪大世界"的一部分，建成的房屋贴着玻璃，与古建筑风格全不沾边。

太和老爹踮一踮脚尖，重心下沉，反复数十次，以强肾固体，在原地蹦蹦，目光转向另一方向。半山腰间，斑驳杂芜。那儿原来有一片大炼钢铁时期侥幸留下的古树，包括金丝楠、花梨树、香樟树等珍贵树种。太和老爹为保护它们，给它们一一编号，挂上小牌，写着树龄、种属、特性等等，用一道道木栅围着，防止偷伐。到了牛全胜手里，古木都成了摇钱树。他利用各地大建庭院、别墅与各种楼堂馆所之机，用古树谋利。他命人将一棵棵古树连根刨起，用草绳、麻绳和厚布将树蔸连根带土裹着，开动起重机吊装，运往客户家里，给豪门增添气象。为运输方便，特修一条大道。如今出现在太和老爹眼里的古树保护区，有价值的大树几乎没有，残存的树木稀稀拉拉，如癞痢头上剩下的几根乱发。

这边方向，太和老爹记得是一片杜仲林。平整地块时，他的小腿肚还被碎石崩伤。牛全胜却嫌杜仲产值不高，挣不来大钱，便将成片杜仲挖掉，改种曼陀花。也不知他从哪儿听说，曼陀花具有治癌特效。刚好神舟山适宜生长。这还了得？惯于喜欢撞大运的牛全胜，顿时高兴得发狂。头脑一热，发动神舟山上下百里的村民上山，四处寻找曼陀花，移植在一起，构成一片灿烂的云锦。好，有得吹的了。请电视台的记者来，给我拍成电视专题片。再花笔钱，在北京的电视台播放。全中国的电视观众，你们看到没有？神舟山有这种特产，制作的药专治癌症，治一个好一个，治两个好一双。药价太高？暴利的暴利？我们的药是祖传秘方，不能公开。所以这成本核算必须保密。卖药还要有批准文号？这算什么。如今社会，只要有钱，没有办不成的事。牛全胜不知用了何种手法，还真从上头拿到了批文，宣布这是专治癌症的特效药。后有人揭示，曼陀花的药用功效并非牛全胜在广告中吹嘘的那样。消息传开，销售量大跌。牛全胜一怒之下，将所种曼陀花全部毁掉。此时出现在太和老爹眼里的，便成了大片荒芜之地。

对，让福山的儿子挑头，他年轻，公道，能吃苦，当法人代表。高志尚当监委会主席。我嘛，当个实实在在的顾问。股权重新确立，职工全民持股。既共同富裕，又不吃大锅饭。这是做得到的，前十年的成果就很说明问题。山就是山，青翠，雄浑，壮观。遍山出产珍宝，人们靠山吃山。恢复神舟山被毁坏之前的原貌，以自然规律为尊。重在培植富有经济、药用价值的果木林，兼种黄精、白术、罗汉果等适宜生长的地道药材，包括曼陀花。对金丝楠木等珍贵古树严格保护，不得砍伐。并根据神舟山独特的自然条件，新植一批名贵的金丝楠木、红豆杉苗，让它们长成千年佳木。同时在林园中新建一批风格别致的树屋，树屋下面，是千年古道的原貌。清澈见底的涧水里，喂养对水质要求苛刻的娃娃鱼。哈，神舟山就真的神了，世界级森林公园，环球旅游胜地，地上地下，都是"镇球之宝"。并专辟一处，作为抗战纪念园区，立青铜雕像，庄严堪比玉皇大帝庙。可不是什么延续民族情仇，而是让警钟长鸣。不仅要制止常规战争，更要制止核大战。什么"阿尔法舰队"，露头就打。人类文明，务必永续。谁想再当希特勒、墨索里尼、东条英机、冈村宁次？人类的公敌。没错，方向就是"人类命运共同体"。地球，人类赖以繁衍生息的家园，必须永远平安，永远年轻，永远美丽。外星人，让你们羡慕地球人吧！

"老爷子，下来，客人快来了。"马秀美在草棚屋的空坪里亲切呼唤。

"好咧，来啰——"太和老爹拖长声音，欢快地回应。

"小心点，慢点行。"

"走啰嗬，行啰嗬——"太和老爹和着花鼓戏《刘海砍樵》的曲调，一边下坡，一边高声唱着，对马秀美别提有多感动。

真为难马秀美了，明知道今天来见的客人是谁。没什么可瞒的，该对她讲的都讲了。她心里的苦楚可想而知。她却坚持陪同太和老爹前来，感受难以承担的内心的煎熬。

方舟惠子一家三代，在北京记者陪同下，特地于今天前来，与太和老爹共同度过这个特殊日子。方舟惠子因与中国的渊源关系，本已收到出席北京"9·3阅兵式"的请柬，享受贵宾待遇。但在得知无法与太和老爹在天安门城楼下团聚后，便将请柬作为纪念品珍存，领着女儿、外孙，往神舟山疾奔。

与北京的"阅兵蓝"一样，神舟山的天空同样放晴，碧透如洗，越望越显得深邃无际。云团轻薄如展开的乳白色绸缎，在人们不知不觉中变幻出各种图形。神舟山虽然被毁，附近的群山依然苍翠，如蓝天背景下的大幅画卷。树下的草尖上，晶莹的露珠映射着太阳的光芒。小院四周，回应着画眉、黄鹂、巧嘴百灵合作演奏的轻快的交响乐。

来了，一辆乳白色中巴沿着山下公路，从县城方向驶来，在木桥前的小院停下了。车门自动打开，第一个从车上下来的，是戴太阳帽的甄士彬。加藤政二随后下车，与甄士彬一左一右，站在车门前。在马秀美关注的目光下，一个白发满头、脸容端庄、不失风度的老太太下车了，穿一件湖蓝色作底的和服，和服上盛开着大朵大朵的玫瑰。在身旁挽扶她的，是一位雍容华贵、光彩四射的中年妇女，穿的是米黄色旗袍。嚯，又是一个奇人，那老太太居然不用别人帮扶，自己迈着细碎的步子，朝小院这边走来，探寻的目光直朝着马秀美。

"这就是那个日本女人，老爷子七十年前的相好了。"马秀美穿一身白色套裙，同样显得年轻。她斜倚柿子树站着，树上的柿子正在成熟，柿树的叶子开始发黄，反衬得柿子的颜色更加鲜艳，如无数点亮的小灯笼，挂了满树满枝。她一边等着太和老爹从山腰下来，一边喃喃自语，将越走越近的客人反复打量。想来这女人也真了不起，孤苦伶仃坚守几十年，还把孩子给抚养大了。作为女人，盼星星盼月亮，盼着的不就是团聚的这一天吗？千里姻缘一线牵，真没说错。何止千里，两人中间还隔着大海呢。而且是两个国家，过去彼此还打过仗。百年修得同船渡，千年修得共枕眠。没错。没错。他两个年龄也般配，比不得我们俩。但他们算是夫妻吗？应该没举行过仪式吧，也不会有结婚证。不过，仪式也就是一个仪式。举办过仪式的，没感情还是没感情，想分手还是得分手。没举办仪式的，有感情还是有感情。亲的亲不开，疏的拢不来。看女的那个表情，那个急渴的样子，感情深得很哪。我的天，老爷子若是被她给要走了，我可怎么办？我不得守空房？而且又怀上孩子了，是我俩共同的骨肉呀。这骨肉之亲，刀也割不断，水也隔不开。我们的孩子不能没有父亲啊。怎么办？怎么办？这可怎么办？头晕，头晕，我快要晕倒了。啊，老爷子怎么啦？你怎么比我先倒？"老爷子，老爷子。"马秀美尖声叫着，撒腿就往太和老爹那边跑。

　　惊喜，冬雷震天般的惊喜。虽说早有预料，毕竟是在意念中。现在真真切切，亲人就在眼前。不是虚幻，更不是量子纠缠。多少个日日夜夜，揣摩着方舟惠子的神态。时而清晰，时而模糊。她还在吗？真还活着？到神舟山来了？那是她吗？没搞错吧？我何德何能，竟有这么大的洪福。别的兄弟早不在了，尸骨就在这大山底下。好多人一辈子没见过妹子脱衣，没见过妹子洗澡。我却拥抱过三个女人，个个前世姻缘。一个先我一步走了，眼下还有两个。何德何能？我牛太和何德何能？既不是皇帝，也不是酋长。既不是高官，也不是学者。高不过武大郎，丑胜过猪八戒。何德何能？牛太和何德何能？再平凡不过，再平凡不过。也就是会点点轻功，多点点感悟力，枉活到一百岁。现在她两个同时来了，我该怎么办呢？一个隔洋跨海，苦寻苦等七十年，一个在眼皮子底下，苦守空房二十年。呵，她肚子里还有了呢。这回可真是我的种子。难、难、难………一步步往下走着的太和老爹，边走边观察来自远方的客人。阶梯小道两边有树木杂柴遮挡，他看得见客人，客人看不见他。当走下最后一级阶梯时，因注意力全在客人身上，竟忘记脚下的阶梯，一脚踏空，身子失衡，脸朝下栽倒在地，闭了双眼，一动不动。这突然的变故，与老人家十年前猛然见了挂在树上的战友们的头盖骨，当即昏厥的情形相似。

马秀美的父亲本在屋里，握着一个三尺长的竹节水烟筒，"咕噜咕噜"悠闲地抽烟，为的是腾出空间给客人们交流，现在见太和老爹栽倒，也急忙向他跑去。

方舟惠子还在车上，车门未开，就看到了站在柿子树下的马秀美，但未引起注意。她有些模糊的目光左右扫视，寻找日思夜想的亲人。记者先生，太和先生在哪儿？这是他住的屋子？他知道我今天会来吗？这就是神舟山？仗就是在这儿打的？我俩当年见面的地方离这儿多远？晚上，对，是在晚上。先生，太和先生，我的、我日思夜想的好先生哪。盼呀，盼呀，盼得我泪水快要枯竭。我也信佛，日本人的佛是中国人传去的。我祖上的祖上就是中国人，我血脉的根基就在神舟山。我家的家徽上，就有一个牛的图腾。我念过多少部经，拜过多少次佛，还以为自己上辈子修行不够，再聚只能盼来世呢。佛光无量，爱心动地，这不，离散七十年的亲人就在眼前。记者先生，太和先生在哪儿？站在树下的那女人是谁？那么年轻，该不是老夫子的妻子吧。女儿可没提过。保姆，但愿是保姆。对，应该是保姆。车快停下，快开车门。不用你们扶，我自己能走。我年轻着哩。"先生——先生——太和先生——"方舟惠子四顾茫茫，边下车边喊，还是没找到目标。当马秀美突然惊叫着往草棚屋旁边的山脚奔去时，她的心脏猛然颤动，似要跳出胸腔。先生，先生。记者先生，怎么回事？快去看看。该不是我的太和先生在那儿吧？

方舟惠子跌跌撞撞，快步向太和老爹扑去。女儿山口真纪子一时反应不过来，待弄明白后，赶紧在后面追赶，挽住老妈的胳膊。一个体态消瘦的老年汉子在地上坐着，双眼紧闭，神态安详。刚才那位站在柿树下的年轻女人，同样坐在地上，右手绕过他的后脖，左手从他胸前伸过去，握着自己的右手，将老年汉子紧紧托扶。另一位上年纪的男人蹲在离他们两步远的地方，关切地注视着。没错，就是。脸轮廓还是当年的样子。"是太和先生吗？对的，我是专来看望先生的。先生，我来了，先生，你睁开眼，先生，你看着我……"她跪了下去，膝行上前，想往太和老爹跟前靠。"妈妈，安静，现在需要安静。可能发生点意外，不过不要紧的。""好好，我不说话。我只看着。"方惠舟子下巴颤抖，嘴唇抽搐，牙齿磕得"嘚嘚"直响。她大睁着眼，与失去知觉的太和老爹凝神面对，感伤的泪水无声地流着，流着，挂满稀疏的睫毛，再从布满皱纹的脸庞顺流而下，一串串注入树叶覆盖着的黑土里。

万籁皆静。唯有对面山腰那一线清凌凌的泉水从悬崖高处落下后，溅开珠玉般的花朵，发出低低的吟叹，像是老人拼命压抑的饮泣声。

这真是她了，老爷子那个离散七十年的老相好。马秀美小心地托扶着太和老爹，看着半跪在老爷子脚前痛哭不止的女人，先是呆了，接着眼里也有了泪水。看她哭得，看她的泪水。我守着老爷子这么多年，还没为他流过这么多眼泪呢。该怪老爷子，一直不愿像正常男人那样亲近我，老说我年轻年轻，老要我再嫁再嫁。二十年里，同房的次数竟数得出来。两人之间，看起来半点感情也没有。他真没感情吗？要我再嫁，怕误我青春，这就是感情呀。他明知小牛子不是他的种子，为避免尴尬，影响感情，一直不点破，这也是感情呀。我却傻乎乎地以为他被我蒙了呢。那个姓赵的，真恨死他了。趁我在县招待所当服务员，长得还行，就把我占有了。我也是穷疯了，给我几百块就不闹了。不过那时的几百块抵得上今天的几万块。我好缺德，配合该死的弟弟设局，硬逼他结婚，好把孩子让他顶着。他提出离婚，与儿子不是已出无半点关系，只真心希望我嫁个年轻丈夫，免得耽误青春。唯有这回，小牛子没了，他见我坚决不肯再嫁，怕我无后，才肯同房，而且是主动同房。还真有本事，我已感觉到了。他就是这样的男人。这还不是好男人吗？这么好的男人是随便找得着的？除年纪稍大一点，还能挑出他别的毛病？年纪大一点算什么事？哪个小帅哥最后不会变老？找一个花心小帅哥，与找一个可靠的真男人，对一个想好好过日子的女人来说，你说哪样合算？更何况他身子了得？哪儿像个上了岁数的人？有的人不到六十就牙齿脱落，走路驼背，老眼昏花，这病那病。可是老爷子你看，单论精气神，一般的小帅哥哪儿比得上他？呵呵，还有，他那个家伙竟然还那么神气，把我爽得那样，云里雾里，死去活来，我都没有想到。不是这回他采取主动，我还以为那家伙已经废了呢。他居然有这个本事，百岁之身，一点就中，竟让我怀上了。所以老实说，我脑子并不傻哩。别人说我傻，我只不吱声。有必要吱声吗？关别人什么事？可是啊，可是，突然之间，蹦出这个女人，日本来的，七十年前两人就认识的……怎么办？怎么办？怎么办办办办办？我我我，与她比，怎么比，怎么比比比比比？晕，晕，晕。马秀美的泪水愈加增多，很快盈满两眼。既是为方舟惠子的真情所感，也是为自己的困境而忧。见方舟惠子还想靠前，不由将太和老爹抱得更紧，生怕被人抢走。

太和老爹躺在马秀美怀抱里，两眼紧闭，还是没有动弹。旁边那一排柿树，挂着满树的灯笼，在清风中轻轻颠摇。

"请各位长辈安静，不要紧张。看老爸的脸色和嘴唇颜色，没大问题。我是学这一门的，我来试试，看能不能唤醒他老人家。"山口真纪子看一眼老妈，又看一眼马秀美，获得两位长辈眼神的许可后，躬身上去，将米黄色旗袍往上提了提，跪在太和老爹跟前，贴近他的耳根，用纯正的中国普通话柔声呼唤："老爸，好老爸，您醒醒。我妈看您来了，从日本东京来的。老爸，好老爸，我是您的女儿，您的亲生女儿。我叫山口真纪子，还是第一次见到您哩。老爸，好老爸，我妈看您来了，从日本东京来的。我妈的名字还记得吗？我妈叫方舟惠子，方舟惠子。老爸，好老爸，我妈妈方舟惠子看您来了。我妈的名字是方舟惠子，对，方舟惠子，方舟惠子，方舟惠子……"

太和老爹仍无明显反应。

方舟惠子泪眼模糊，望着一动不动的亲人，七十年前的往事历历在目。没错，还是这么瘦小。脸色却也红润。发生什么事了？不是一直说身体很棒的吗？一定是突然的变故，他怎会用这种方式迎接我呢？女儿，你爸，他，没事吧？你真正是他亲生女儿哩。妈一辈子就你这么一个女儿，只因为再没有机会见到你亲爱的老爸。但老妈抱定一个心愿，非得要知道你爸爸的下落不可。老妈一辈子只恋爱过一次，只爱过一个男人。现在终于见到他了，七十年的等待有结果了。好女儿，呼唤你老爸吧，继续，继续，轻轻地，轻轻地，一定要。你能够，好女儿。你既然能把老妈唤醒，也一定能唤醒你的老爸。轻轻地，静下心。多好哇，一家人聚在一起，气息都闻得着。轻轻地，别着急，我们的时间足够，再没有任何可担心的了。先生，先生，太和，太和。你听到了吗？我是方舟惠子，你的方舟惠子。你能不能睁一下眼睛，哪怕一秒钟也行。看看我，看看我，看看你的方舟惠子，当年那个方舟惠子，对你日思夜想的方舟惠子……但她一个字也没能吐出嘴。一方面担心惊扰心爱的人，一方面还有所忌讳。抱着太和先生的这一位年轻女人，能容忍我的存在，高兴我的到来吗？七十年里，盼呀盼呀，竟盼来这样一个局面。我怎么事先没想到呢？我是应该想到的。毕竟是七十年岁月，没有任何信息的七十年岁月，任何事情都可能发生。现在，今天，此刻，我应该怎么办呢？是退？是让？还是坚持当年的初衷？有好几回，她情不自禁地把手伸出，伸向日思夜想的亲人，但遇上马秀美同样含泪的目光，又赶紧收回来，继续呆望着。多想拥抱你啊，抱得越紧越好。可是不能，可是不能。虽在眼前，可是不能……她的心在抽搐，下巴在颤抖，上下牙继续很响地碰磕着，泪水，控制不住的泪水，继续往下淌着。

太阳斜照着收获的大地，柿子树斑驳的阴影落在马秀美身上，脸上也落下两个椭圆形斑点。为了让太和老爹躺得舒服一点，她小心地改换了一下姿势，把右大腿竖起，手托住太和老爹的肩部，让老爷子稍稍平躺。这样，她自己便费力多了。泪水已慢慢止住，占据她脑海的，是如何面对远方的客人。说白了，是突然冒出的"情敌"。这"情敌"对老爷子的感情，不是一般的深，不然不会是这样的表情。她的嘴唇一直在颤动，不知心里藏了多少话。七十年了，比我的年纪还长了二十多年。尽管只亲密相处十天，她却一直把爱情深深地锁定在心里。太难得了，我都不一定做得到。上天成全好人，那么短的时间里，两人居然有了孩子。这女儿多懂事呀，多漂亮呀，还蛮能干呢。他们真是太幸福了。幸福了还要幸福，为追求圆满，竟从日本走到中国，走到神舟山来。服了，不能不服。成全她们母女俩？让她们把老爷子带走？那么我呢？只身一人？虽然说与老爷子不常同房，可想到有这么一个老爷子，心里就踏踏实实，暖烘烘的。况且她与他的孩子已经长大了，我与老爷子的孩子却还在肚子里，只是个小胚胎呢。不行，不能退让。马秀美不由将太和老爹抱得更紧。他是我的，我的，谁也抢不走他。马秀美忽然撇了撇嘴角，射向方舟惠子的眼光里，掺杂着无法掩饰的敌意。

"长辈们不用担心，我老爸就会醒的。他这是突然过于激动，发生惊厥，出现昏迷。看我老爸的脸色，不是那么惨白了，嘴唇也变得红润了。让我爸再安静一会儿。我再轻轻呼唤一会儿，慢慢刺激他的中枢神经。我有经验的，长辈们尽可放心。老爸，我是您的女儿。我陪着妈妈，特地老远跑来，来看望您。老妈，请您忍着点，千万别哭出声来。老爸，老爸您好，我妈是方舟惠子，方舟惠子，方舟惠子……"

从两座山梁之间的峡谷里刮来一阵凉风，吹落了片片柿子树、枫香树、银杏树的叶子。它们先在空中纷飞，再鸟儿般飘然落下。有一片枫香树的叶子落在方舟惠子肩上，又滑落在地。马秀美眼里的敌意，让方舟惠子敏锐地捕捉到了。这是女性的本能。她不高兴了，担心我抢去了她的幸福。想来也是对的，本来好好的生活节律，突然间被别人给打乱了，一切重新规划，这

496

对谁都是一个考验。何况这哪儿是一般的打乱？简直要了她的命了，假若她对太和先生感情很深的话。他俩的感情何得不深？头一眼就看得出来。如此悬殊的年龄差距，更不是一般的情缘可比。好人难得，重感情、有责任心的男人更难求。七十年里，我身边就没出现过第二个。她应该与先生养育了孩子吧？她这么年轻，两人还常过夫妻生活吧？看先生的气色，在这方面应该是没问题的。我们日本，也有百岁男人做父亲的事例。说不定先生也有这方面的需求。可我在这方面却不行了。看他们这一对，天造地配，特殊中的特殊，一定让好多人羡慕。我这一来，在中间夹塞，把他们拆开？于情于理，似乎都说不过去。况且我九十岁了，健康状况也不是很好，过了今天，不知有没有明天。就算两人重续姻缘，喜乐的时光能有多久？而他们俩，一个是实实在在的年轻，一个是结结实实的长寿。啊，我怎么没想到这些？现在陷入这尴尬局面。可我就是这样渴望着他！我心里也涌动着爱的波涛哪。不是一年两年，而苦等了七十年哪。菩萨，您怎的给我安排这样一个命运？痛苦，可望而不可即。方舟惠子不由得匍匐在地，悄悄挪动膝盖，与太和老爹靠得更近，染过的头发往下一低，嘴唇便往太和老爹的脚背贴了上去。泪水，酸涩的泪水，再次浸润了树叶下面芬芳的土地。

"啊——"马秀美不由一声惊叫，忙又把嘴闭住。抱着太和老爹的手稍稍松弛，身上的白衫裙跟着往下坠。

太和老爹的身子似乎颤了颤，眼睛仍未睁开。

"老爸，我妈看望您来了。我妈是方舟惠子，方舟惠子……"山口真纪子那如第一缕春风般柔和的声音，继续在太和老爹耳边萦绕。

甄士彬下车后一直发愣，没想到会出现这等场景，太感人了。两位离别七十年的老人，分属两个意识形态不同的国家。两个国家之间，时不时发生一些碰撞，却一点也不影响两个老人之间的真情。人类啊，要追求持久和平，防止重蹈历史覆辙，就必须制裁那些好斗争强、自命不凡、总想驭使整个人类的上层狂人。提醒人类多长记性，无疑是防止重蹈覆辙的重要手段。在用无数人的鲜血浇灌过的地方建造纪念碑，对唤起后人的记忆、尊重先人的奉献，何等必要。相反，如果不追思先人，就不可能敬重先人，甚至会糟蹋先人。神舟山发生的连环灾难，不就是糟蹋先人的"经典之作"吗？在神舟山修建抗战纪念场所，完全符合国家大政方针，十年前就该完成。之所以拖延至今，主要是人为因素。是牛全胜变着法子阻挠，担心刺激日本"54DAO"

的大老板，影响他的企业发展。甄士彬对马秀美的情感故事虽有所了解，却无法细致体会。他只记得与神舟山相关的事情，只记得太和老爹多年的夙愿。出发前，他从老红军团长那儿获得的消息，会不会给老人家带来震惊？且试试看吧。他于是先在马秀美耳边简单说了说，征得许可后，再跪在太和老爹身旁，缓慢而清晰地说："老爹，您醒醒。今年是抗战胜利七十周年，国家民政部门已决定拨付专款，在神舟山重建抗战纪念碑。"

神舟山上空的白云，贴着宝蓝色的穹空，像美丽的仙女拽着洁白的长裙，袅袅而行。从下面望去，神舟山主峰高耸入云，如托起一艘生命之舟。这，不就是一座浑然天成的纪念碑吗？"天地不仁，以万物为刍狗。"我们怀恭敬之心，持履虎尾之态，把她实实在在卫护好了，就可以天长地久，永立人间！

就在大伙儿忙着呼唤太和老爹时，加藤政二返身来到车上，迎下又一位神舟山的嘉宾，她就是金发黑眼、亭亭玉立的混血儿玛丽莲·洛克小姐。来自太平洋彼岸的玛丽莲·洛克，坐在汽车后排。她那柔软的手掌上，托着一个颜色发暗的小玉坠，玉坠的形状正如眼前雄屹的神舟山。回想祖父讲过多次的故事，她在心里，描绘着一幅先祖出行图：起源于气候宜人的非洲中部，向着北端的尼罗河畔迁徙；辗转来到南亚，进入现在中国的云贵高原，再入四川盆地；继续迁徙，来到神舟山。惊奇地发现，这儿才是最适合人类居住的胜地。向着幸福，不停顿地探索。向北，向东，向着大洋。殷商时代，一批军士奉命远征，其中有来自神舟山的英武山民。途中迷向，辗转漂流，跨越海峡，进入完全陌生的原始森林地区，扎根落户，繁衍生息，创造北美洲的早期文明。"五月花"事件发生，当地原住民惨遭白人入侵者种族灭绝性的屠戮。其中极少数幸运者冲出山林，进入平原，建设城区。以他们绝顶的勤劳与智慧，融入更广阔的社会，组成混血家庭。这些人当中，就有她的祖上。也是在七十年前，她家族中一名勇士，参加了美军第二十航空队。在最后一次对日作战中，不幸壮烈牺牲，至今尸骨无存。在他出生成长的土地上，人们为他立了一座花岗岩纪念碑，世世代代缅怀这位为人类正义事业洒尽最后一滴血的壮士。勇敢的先人，您魂归何处？会不会就在这神舟山？真惭愧，这个有着特殊意义的地方，我却是头一回探望。我还听说，二百多年前，就有西方探险家来过这里。他们的身份多半是传教士。他们读不懂中文，却看得出这里的岩山结构与别处不一样，地层深处蕴藏着极其丰富而且罕见的宝藏。他们把探索的结果绘制成图，有的存在国家博物馆，有的散落在民间私人图书馆。于是这神舟山便在西方不少人心里充满神秘，都想一饱眼福。神舟山，我来了，你能否给我透露一点儿宇宙的秘密？这么多的秘密，都在您肚子里装着哩。

玛丽莲·洛克小姐遐想之际，加藤政二拉着她的手，出了车门，又挽着她的腰，走近草棚小院那边的长辈们。眼前这感人的一幕，让她不知如何是好。虽有语言障碍，却完全理解长辈们的心情。弄明白马秀美的身份后，她用英语与加藤政二交谈一会儿，便挽着加藤政二的胳膊，来到马秀美跟前。两人并排站着，朝她深深地鞠躬。一鞠躬，二鞠躬，三鞠躬！感谢这位年轻的外祖母，这些年来对外祖父真切的爱。

奇迹发生了。不知是山口真纪子柔情呼唤产生的效果，还是甄士彬这话起了作用，躺在马秀美怀里的太和老爹，眼皮明显地颤动了一下。

"老爸醒了！好呵，继续呼唤。老爸，您醒醒，老妈看您来了。方舟惠子，方舟惠子，方舟惠子……"山口真纪子欢快地呼唤着。玛丽莲·洛克小姐也在太和老爹面前跪下，跟着学习发音。

"先生，你醒醒，先生，先生。"方舟惠子大受鼓舞，不由喊出声来。

"老爷子，快醒醒。你看，他们一家子都来了。"马秀美弯下脖颈，吻着太和老爹的嘴唇、脸颊、眉毛，泪眼婆娑地跟着呼叫。

太和老爹终于睁眼了，那神色像是美美地睡了一觉。他看看跪在面前、蹲在左右的亲人们，感觉有些奇怪："哟，这么多人？我刚才怎么啦？我是不是睡了一觉？梦游天堂了。"

"先生！""老爸！""老爷子！""姥爷！"几个不同的声音同时发出。方舟惠子再也控制不住，猛扑上去，紧抱着太和老爹的腰部放声大哭。马秀美轻轻地、轻轻地挪开身子，将老爷子推向方舟惠子怀抱，走向一旁，止不住泪雨滂沱……

2019年9月16日第六次修改

图书在版编目（CIP）数据

神舟山传奇 / 罗先明著. -- 北京：作家出版社，2020. 6
ISBN 978-7-5212-0829-0

Ⅰ. ①神… Ⅱ. ①罗… Ⅲ. ①长篇小说 – 中国 – 当代 Ⅳ.
①I247.5

中国版本图书馆CIP数据核字（2019）第284276号

神舟山传奇

作　　者：罗先明
责任编辑：韩　星
装帧设计：刘红刚
责任印制：李卫东
出版发行：作家出版社有限公司
社　　址：北京农展馆南里10号　　　　邮　　编：100125
电话传真：86-10-65067186（发行中心及邮购部）
　　　　　86-10-65004079（总编室）
E-mail:zuojia@zuojia.net.cn
http://www.zuojiachubanshe.com
印　　刷：北京玺诚印务有限公司
成品尺寸：170×240
字　　数：510千
印　　张：31.75
版　　次：2020年6月第1版
印　　次：2020年6月第1次印刷
ISBN　978-7-5212-0829-0
定　　价：48.00元